DOS COPAS EN SITGES

DOS COPAS EN SITGES

Josu Diamond

Papel certificado por el Forest Stewardship Council®

MIXTO
Papel procedente de
fuentes responsables
FSC® C117695

Penguin
Random House
Grupo Editorial

Primera edición: junio de 2022

© 2022, Josu Diamond
Autor representado por Editabundo Agencia Literaria, S. L.
© 2022, Penguin Random House Grupo Editorial, S. A. U.
Travessera de Gràcia, 47-49. 08021 Barcelona

Printed in Spain — Impreso en España

ISBN: 978-84-666-7223-8
Depósito legal: B-5.501-2022

Compuesto en Llibresimes

Impreso en Rotativas de Estella, S. L.
Villatuerta (Navarra)

BS 7 2 2 3 8

Para todas aquellas personas que, como Andrés,
vieron sus vidas truncadas

1

Mauro

El aire que entraba por las ventanillas del coche impedía que Mauro pudiera cerrar bien los ojos y, por un momento, pensó que le iba a dar una conjuntivitis de campeonato. Delante de él iba Gael y, conduciendo, cómo no, Míster Iker Gaitán. Habían encendido la radio con el bluetooth conectado desde el teléfono de alguno de sus amigos. Él no sabía cuál de los dos le estaba deleitando con aquella lista de reproducción, pero poco le importaba. Tenía una sonrisa en los labios porque iban gritando a pleno pulmón cada éxito pop que se pusiera en su camino. En ese momento, sonaba La Oreja de Van Gogh, de lo poco que Mauro conocía y también podría cantar.

—*Como esos cuadros que aún están por colgar...* —comenzó a entonar Gael, fingiendo que tenía un micrófono en la mano. No era más que un paquete de clínex.

—*Como el mantel de la cena de ayer...* —continuó Iker.

—*Siempre esperando que te diga algo más...* —se atrevió a cantar Mauro.

—*¡Y mis sentidas palabras no quieren volar!* —gritaron los tres amigos al unísono.

Después, Iker fingió tocar una guitarra eléctrica invisible y continuaron su actuación hasta que la canción terminó. Mauro volvió a mirar por la ventanilla en cuanto hubo recuperado el aliento. Había visto que Cataluña no estaba tan cerca como pensaba y que se tirarían un buen rato en la carretera. Pese a esos momentos divertidos, el viaje ya se le estaba haciendo cuesta arriba. Le dolía el culo de estar en ese asiento tan incómodo del coche de alquiler que había conseguido Iker. ¡Una hora llevaban ya montados en el coche! Y acababa de ver en un cartel que aún no habían salido de Madrid. ¿Desde cuándo la ciudad era tan grande?

La mano de Gael se asomó de pronto con una bolsa de Cheetos Pandilla enorme.

—¿Quiere? —le ofreció a Mauro.

Este negó con la cabeza, pero la bolsa siguió ahí.

—¿Quiere o no? —La meneó.

—Ay, que no he hablado. Es que voy a otras cosas —se disculpó Mauro entre risas.

—¿A cuáles? —Gael, desde la inocencia, hizo aquella pregunta.

La vista de Mauro se desvió como un rayo hacia el retrovisor, desde donde podía apreciar la mirada masculina de Iker con el ceño fruncido, molesto de pronto. Claro, si es que ellos estaban un poco mal. Atrás quedaban las tardes de compras o las noches de fiesta. Llevaban prácticamente un mes sin hablarse, tensos, fríos, desde que Iker se hubiera tropezado con Héctor en casa. Honestamente, Mauro no entendía del todo ese desdén hacia él y hacia quien parecía que se iba a convertir en su primera pareja formal. Ya estaba todo solucionado con Héctor después de la discusión, pero con Iker... Las cosas eran bien distintas.

Todo había cambiado. A peor.

—Nada, nada —dijo Mauro. Prefería no hablar del tema.

Que las canciones de La Oreja de Van Gogh hubieran servido para que al menos cantaran juntos en un coche de dos metros cuadrados fue de agradecer, aunque ya mismo habían vuelto al estado habitual: no dirigirse ni una mísera palabra. Vamos, que últimamente se comunicaban con monosílabos o con gestos por causas de fuerza mayor.

El olor a Cheetos inundó el vehículo en pocos segundos, y a Mauro se le antojaron de pronto. Le pidió a Gael, que volvió a poner la bolsa en un punto intermedio. Cuando Mauro metió la mano en la bolsa, distraído con su teléfono, se chocó con algo. Alzó la mirada y descubrió que se trataba de la mano de Iker.

Ninguno de los dos la quitó, peleando por coger más fantasmitos que el otro. No dijeron nada tampoco, porque luego comieron. Y ya.

Ese había sido el contacto físico más estrecho que habían tenido desde hacía casi un mes.

Mauro miró melancólico por la ventanilla, pensando en Andrés. Le quedaban cientos de kilómetros para reencontrarse con él, si es que lo hacía. Se la estaban jugando a un milagro, como poco. Tenían poca información sobre su paradero, más allá de alguna foto en redes sociales que había subido Efrén, su pareja tóxica, que parecía alardear de nueva vida. Estaban en algún lugar de Sitges, aunque era probable que Andrés trabajara en Barcelona. Al final, uno de los mayores motivos que le habían llevado a mudarse era ese, encontrar un buen trabajo en la capital. Mauro cruzó los dedos para que así fuera; él siempre le había contado que allí es donde estaba toda la movida literaria. Si al menos había conseguido entrar en alguna editorial que le gustaba, no todo estaba tan perdido como parecía a primera vista.

Por los altavoces sonaba ahora una canción de Las Bistecs, un grupo que según Iker se había separado y no volvería a cantar nunca más, pero cuyo impacto cultural había sido histórico. Sin embargo, Mauro nunca había escuchado nada de ellas, así que prestó atención a la música.

—*Griegos, romanos, son todos humanos. Mientras vivieron columnas construyeron... ¡Dórica, dórica, jónica, jónica, corintia, corintia, corintia!*

Iker reía y gritaba la letra, la cual no es que fuera de mal gusto para Mauro, sino también para Gael, que se quejó.

—Bebé, usted no tiene gusto musical —le dijo.

La respuesta del conductor fue gritar aún más alto, subir el volumen y realizar una coreografía con los brazos. Mauro, pese a su enfado con él, no pudo evitar contagiarse de la felicidad de aquel momento tan pintoresco y rio por lo bajo, disfrutando de la visión que la vida le dejaba del chico que le...

Un mensaje de Héctor llegó e hizo vibrar su teléfono. Lo llevaba sobre las piernas, así que lo cogió enseguida, no sin antes chuparse los dedos para no mancharlo del polvo anaranjado de los Cheetos. Héctor le deseaba suerte en su viaje y decía que ya le echaba de menos.

> Yo también te echo de menos ya
> Nos vemos en nada
> Te contaré a la vuelta
> Besitos 💭

Aún se sentía raro con él, hablando así, compartiendo tanto. Sí, aquello había surgido y fluido, pero desde la discusión en su casa, todo había cambiado. Mauro lo notaba. Y no, no había cambiado nada en lo que fuera que tuvieran, sino en él. Dentro de él.

—En nada tendremos que parar a repostar; me han dado el coche con casi nada de gasolina, los muy cabrones —se quejó Iker.

Mauro asintió y se guardó el teléfono en el bolsillo, y menos mal que lo hizo, porque de pronto sintió que algo explotaba y salían disparados hacia un lateral de la carretera.

—QUÉ COJONEEES —gritó Iker. Movió con rapidez el volante, tratando de evitar un accidente mayor.

Tanto Gael como Mauro gritaron mientras se sujetaban a lo primero que pillaron. Madre mía si gritaban. Mauro cerró los ojos con mucha fuerza porque no quería ver sangre, ni tripas, ni cerebros explotados. Pensó en Blanca, en Rocío, en sus momentos en Madrid, en todo lo que había disfrutado y vivido, en su trabajo, en lo a gusto que se encontraba en su nuevo hogar, en la familia que había encontrado en sus amigos...

Se escuchó un ruido metálico, un golpe.

Y luego todo acabó.

2

Mauro

Cuando Mauro abrió los ojos se vio reflejado en el retrovisor interior, que ahora estaba torcido y le apuntaba directamente. Sus amigos parecían estar bien y no había rastro de nada rojo, es decir, de sangre. ¿Cómo era posible? Trató de que sus pupilas se adaptaran a la luz y vio... verde.

—¿Perdón? —fue lo único que pudo decir mientras trataba de encajar lo que había pasado.

—Creo que ha sido un pinchazo —aclaró Iker desabrochándose el cinturón. Agarró el retrovisor y lo colocó para verse la herida que el sistema de seguridad le había dejado en el cuello—. Venga, no me jodas.

Le dio un golpe al volante, abrió la puerta y salió del coche.

—¿Tú estás bien, baby? —le preguntó Gael volviéndose.

—Asustado. No entiendo nada —respondió Mauro como buenamente pudo. Trató de recuperar el aliento y que sus pulsaciones no subieran de quinientas.

Gael le sonrió para tranquilizarle.

—No pasa nada, no es culpa de nadie. Yo también creo que fue un pinchazo.

Dicho aquello, su amigo salió del coche y se puso a examinarlo junto a Iker, que no podía dejar de temblar. Mauro no pudo evitar sentir pena por él. Al ser el conductor, por supuesto que se había asustado más que nadie, y se había preocupado por el bienestar de sus amigos. Claro, era toda su responsabilidad al fin y al cabo y, aunque no hubiera sido su culpa, no podía evitar estar nervioso. Mauro dejó salir un sonoro suspiro de empatía.

—... pues como que va a tocar, menos mal que estamos cerca —escuchó que terminaba de decir Iker justo cuando él también abría la puerta para salir.

Ahora estaban los tres fuera. Sobre verde. Mauro miró confuso; la carretera quedaba a unos pocos metros de donde se encontraban.

—¿Qué ha pasado? —preguntó a la nada. Tampoco estaba demasiado preparado para hablarle a Iker, entre las palpitaciones y que estaba demasiado tenso.

—Un pinchazo —dijo simplemente Iker, con voz monocorde. Se giró hacia Gael y continuó—: Así que, mira, al menos hemos tenido la suerte de pinchar al lado de una gasolinera, joder. Me voy a poner con ello, podéis esperarme si queréis.

Mauro supuso que se refería a cambiar la rueda. ¿No? Recordó que una vez con Blanca les pasó algo similar en el coche. La diferencia era que fue en medio de la plaza del pueblo y que les ayudaron a cambiar la rueda varios vecinos que no tenían nada más que hacer. Allí todos se conocían y todos tenían tractores o coches todoterreno para poder ir a sus campos y fincas. Pero a Mauro nunca le interesó lo más mínimo ni siquiera sacarse el carnet de coche, y mucho menos aprender a cambiar una rueda.

—Yo le ayudaría, pero no tengo ni idea —le dijo Gael entre risas—. Soy una buena marica adinerada, yo me compro otro carro y listo. Bótelo, a la papelera, bye.

Los amigos rompieron a reír con el comentario. Quizá rieron más de lo que era necesario, más de lo gracioso que era el chiste en realidad. Pero necesitaban liberar tensiones, perder por unos segundos de vista el miedo, olvidarse de ese pequeño accidente que los podría haber matado a ciento veinte kilómetros por hora.

Siguieron riendo durante minutos, incluso soltaron algunas lágrimas, hasta que Iker se recompuso y trató de ponerse algo más serio. Mauro y él cruzaron una mirada furtiva, ahora sin tanto embargo de emociones, y Mauro sintió en el estómago unas mariposas que creía muertas.

Con Gael al teléfono, y cara de pocos amigos mientras hablaba con su abogada, Mauro se sentó en la tierra que quedaba frente al coche. El sueño estaba ahí, a punto de devorarle, después del pico de adrenalina que habían vivido. Sin embargo, Iker ya estaba manos a la obra. Había tratado por todos los medios de no entablar conversación con él, para no recibir sus miradas frías y su desprecio silencioso. Además, el nivel del juego en el que se encontraba tenía a Mauro completamente enganchado. Tenía que matar a ese maldito elfo, darle una buena tunda con su espada nivel siete...

Un ruido fuerte lo sacó de su vicio. Levantó la cabeza; Iker había cerrado el maletero del coche tras haber terminado de sacar los materiales y la rueda de repuesto. Las maletas, tiradas por ahí, mientras trataban de buscar una solución. Pero es que vaya, Iker realmente se había puesto manos a la obra.

¿Cuánto pesaba una rueda de coche? Mauro se lo preguntó de verdad, porque Iker cogía la de repuesto como si fuera una pluma. Eso no evitaba, por supuesto, que sus músculos se marcaran más, esas venas que tan loco le volvían... Mauro miró casi boquiabierto cómo Iker, siendo rudo, fuerte y grande, metía cachivaches debajo del coche para levantarlo, cómo desatornillaba las ruedas con garbo y gemidos que le hicieron sentir cosas, cómo empezaba a sudar, a mojar su camiseta por todos lados, a limpiarse ese mismo sudor con una mano llena de suciedad y grasa.

Joder, joder. Deja de mirar.

Pero no podía.

La imagen de Iker medio tirado en el suelo, lleno de manchas negras por la cara, brazos y manos, haciendo esfuerzos físicos, estaba volviendo loco a Mauro. Honestamente, si no dejaba de mirar ya mismo, tendría que masturbarse con urgencia.

¡Oye! ¡Que estáis enfadados! No le des el gusto. Además, Héctor...

Bueno, se dijo a sí mismo, Héctor no estaba ahí. Si estuviera, lo más probable era que perdonara a Iker por haber montado el circo que montó cuando se lo había encontrado en su casa. Se lo perdonaría, como estaba a punto de hacer Mauro, porque era incapaz de pensar en alguien que habitara la Tierra tan espectacularmente sexy.

De pronto, como si se hubiera dado cuenta de que le estaban mirando de más, Iker volvió la cabeza para cruzar la mirada con la de Mauro. No dijo nada, mientras se esforzaba en encajar la rueda, sin apartar la vista de él. Mauro la mantuvo durante unos segundos, pero no se vio capaz de seguir. Volvió al juego de su móvil, en el que le habían matado debido a la distracción.

Y la verdad es que le importaba una mierda en aquel momento, ahora toda su atención iba a disimular la erección que le apretaba el calzoncillo.

3

Gael

La situación era terrible. Sentía que estaba con el agua al cuello desde hacía meses, pero cada día que pasaba, esa sensación se volvía más y más asfixiante. La llamada de Luz, su abogada, le había pillado totalmente desprevenido. Tuvo que alejarse un poco del coche varado y de Mauro, sentado en la tierra, porque no quería que le escucharan frustrarse al teléfono.

Gael no podía dejar de pensar en su familia, tan lejos. El drama con la vuelta de Felipe, su gran pelea y el plan que habían preparado sus amigos para echarle para siempre del piso le había hecho cerciorarse de que ellos eran ahora su nueva familia. La manera de mantenerse ahí, de seguir con ellos, labrarse un futuro en España... Tenía que conseguirlo como fuera. La opción de Luz, que es con la que estaban trabajando a contrarreloj, era el matrimonio.

No, no era la mejor de todas, pero sí la más rápida.

En varias ocasiones había estado a punto de sentarse con Iker para proponérselo. Para él, era un mero trámite, nada romántico. Un favor como amigo. Estaría dispuesto a pagarle varios miles de euros si no le veía del todo convencido. Podrían divorciarse, separarse legalmente, en unos años, cuando sus papeles no estuvieran en peligro. Y es que Gael contaba con el sí de Iker, con que le echaría una mano sin dudarlo. ¿Pero y si dudaba? ¿Y si no se sacrificaba por él? Lo entendería, la verdad, era una situación muy difícil y lo pondría en un aprieto.

Todo era demasiado complicado.

—Chicos —dijo, una vez hubo terminado de hablar con su abogada—, voy a la gasolinera por mecato. ¿Qué quieren?

Mauro fue el primero en girarse, ladeando la cabeza en señal de no entender.

—¿Qué?

—Mecato son papas fritas, Cheetos, todo eso. —Oye, ¿en serio desde que estaba en el piso nunca había dicho esa palabra? Ah, claro, que hasta que no había llegado Felipe había cuidado su dieta...

—Vale, coge lo que quieras —le respondió Iker, liado con el cambio de rueda—, mientras me traigas un agua de siete litros congelada.

Gael rio y asintió con la cabeza. Caminó hasta la gasolinera con las manos en los bolsillos, pensativo. Antes de comprar pasaría por el baño, porque la conversación con Luz le había dejado algo revuelto. No por lo que le hubiera dicho, sino por volver a tener que pensar en el tema, así de golpe.

—Buenos días —le dijo la cajera del supermercado.

No había casi nadie en el establecimiento, solo ella, un chaval de unos quince años con un casco de motorista bajo el brazo comprando condones y un limpiador que le quitaba las manchas de lo que parecía vómito a las cámaras frigoríficas. La luz titilaba de camino al servicio, las puertas estaban sucias, pintadas con rotulador y nombres extraños.

Se dirigió hacia el baño de chicos. Abrió de golpe. El silencio le recibió, y unos baños que tenían mucho mejor pinta de lo que esperaba. Los cubículos, a su izquierda; los meaderos, a la derecha. Había un silencio sepulcral ahí dentro, no se escuchaban ni los coches pasar por la autovía. Pero no estaba solo.

Gael se dispuso a mear en la parte derecha cuando sonó un pequeño ruido, el golpe de una puerta abierta muy lentamente. El colombiano volvió la cabeza para ver de qué se trataba.

Casi se le corta la meada.

Un señor de unos cincuenta años fingía mear. O sea, así, tal cual. Se encontraba de lado, mirando fijamente a Gael con una sonrisa que intentaba ser... ¿sexy? Sujetaba con sus manos un pene semierecto, que meneaba con la mano derecha, bastante oculto entre tanto pelo púbico. Gael no tuvo mucho tiempo de reaccionar, estaba a punto de terminar, pero no podía apartar la vista de aquel hombre, horrorizado.

—Ven, guapo —le dijo el señor, enseñándole los dientes, como si fuera un perro—. Grrr, qué delicia negra por aquí.

¿Qué cojones estaba pasando?

Gael sacudió velozmente su pene, se cercioró de que no soltaba ni una gota más, se subió el pantalón y salió de ahí sin mirar atrás. Ignoró como pudo la mirada de aquel señor, que le taladraba el cuello.

Ya fuera de aquel terror, compró las primeras patatas y bebidas energéticas que vio, pagó como pudo y literalmente huyó de aquel lugar. En el camino de vuelta no dejó de pensar en lo feo que era aquel hombre, lo antierótico de la situación y en que oye, ahora que lo pensaba...

—No van a creer qué me pasó —les dijo a sus amigos en cuanto llegó junto a ellos. Les lanzó las bebidas y la comida, y ellos las recibieron sin fallar. Iker estaba manchadísimo y Mauro tenía cara de preocupación.

—Déjame adivinar —comenzó a especular Iker—. Has entrado a la gasolinera y pensaban que ibas a robar, por eso de que eres oscuro y tal.

Mauro casi escupió el Monster por el suelo.

—Literal —dijo Gael, siguiendo con la broma. Entre ellos estaba bien con ciertos límites—. Me dijo la señora que no podía comprar, primero debía mostrar mi DNI. Y yo pues, mami, no tengo DNI, soy ilegal.

Tanto Gael como Iker rompieron a reír. Les encantaba bromear sobre cosas de las que no debían bromear, pero al fin y al cabo, ¿cuál era el problema? Tanta confianza, tanta amistad... debía servir para al menos divertirse un poco con las desgracias de cada uno.

—No me lo puedo creer... —Mauro parecía consternado.

—De verdad, ¿no nos conoces? —le dijo Iker, serio. Parecía que el hecho de que Mauro no pillara aún su humor le sentara mal.

—Ah, vale. Es una broma de las vuestras —dijo, con una voz claramente teñida de resignación.

Ahora sí había llegado el momento de contar su anécdota. Ambos amigos escucharon atentos, uno de ellos sonriendo por el drama, el otro sin dar crédito a las palabras de Gael.

—Me pasó algo parecido una vez en Madrid —confesó Mauro, cuando el colombiano terminó de contar la historia—. En un bar del centro, así como verde.

—Ay, papi, es que ese lugar... —medio bromeó Gael.

—Pero bueno, vamos a ver una cosa. ¿Al menos el señor estaba de buen ver? —contrarrestó Iker, retomando la historia original.

—No, no. ¿Usted se cree que si estuviera rico no me lo hubiera comido? Solo que hacer cruising en una gasolinera en medio de la nada para... No entiendo.

Iker sacó el teléfono móvil del bolsillo. Gael se acercó un poco más a sus amigos, que habían abierto un paquete de Pringles Paprika, los cuales amaba. Con la mano insertada hasta el fondo en el tubo, lo que le recordó a un cliente que había tenido no hacía mucho, esperó a que Iker les contara lo que estaba buscando.

—Vale, mirad. —Les señaló el móvil. Había un mapa de España con un montón de puntos—. Es una web que te enseña los lugares para hacer cruising. Y resulta que sí, esta gasolinera es uno de ellos.

—¡No me joda!

—Ahora sí que no entro, voy a mear detrás de algún árbol —dijo Mauro, con cara de querer vomitar.

—¿Me pasas ese enlace? —preguntó casi a su vez el colombiano.

—Uuuy —gritó Iker, riéndose de la cara de Gael, que fingía seriedad. Ambos rompieron a reír mientras, en la dinámica que era la costumbre, Mauro trataba de asimilar la información. Negaba con la cabeza y los ojos enfocados en un punto fijo.

Al cabo de un rato, cuando las risas se calmaron y comieron y bebieron, volvieron a meterse en el coche para continuar con su aventura.

4

Andrés

Si aquello era un sueño... no quería despertar nunca.

Si su vida se iba a convertir en un cliché..., quería ser el mejor cliché del mundo.

Andrés y su felicidad se habían encontrado en el punto álgido cuando le rozó la mano a Efrén, en su coche, con el maletero lleno de ilusión y nuevos comienzos. Con la ventana bajada y el pelo despeinado, gritaba a pleno pulmón sus canciones favoritas, que ahora Efrén ya al menos tarareaba.

Él lo tenía todo atado: trabajo, un piso precioso cerca de la playa, amigos.

Pero Andrés, por primera vez en su vida, decidió que dejarse llevar era una muy buena opción. Disfrutar del amor, de lo que le ofrecían todas esas experiencias que estaba viviendo. Alejarse de sus amigos, de todo el ruido de la gran ciudad, de la promiscuidad y del estrés de un curro de mierda con un jefe que le quería devorar.

Cuando llegaron a su nuevo hogar, el olor a humedad embadurnó a Andrés de sudor. Efrén se rio al verle agobiado de pronto, abanicándose con la mano como si no hubiera un mañana. Ambos rieron, porque daba igual; porque eran recuerdos para una nueva vida, momentos juntos, instantes eternos.

¿Se podría plastificar esa sensación? ¿Para mantenerla siempre intacta?

La casa decorada, el suelo barrido, algunas cajas aún sin abrir y los vinilos de Taylor Swift esperando a ser colgados como trofeos en algún rincón. Una capa de pintura por allí, unos tornillos por allá. Andrés no podía dejar de sonreír.

Tampoco quería hacerlo.

Efrén y Andrés se besaron mientras cenaban Taco Bell sobre unas cajas de cartón en su primera noche en el piso, viendo la televisión colocada en el suelo porque aún no tenían todos los muebles. En aquel momento, la casa solo estaba viva porque ellos la llenaban con los latidos de su corazón.

Así fueron las primeras noches, repletos de amor e ilusiones, y repletos también de la energía propia de las emociones de formar un nuevo lugar donde vivir. ¡Era el amor, maldita sea! ¡Lo que Andrés tanto había deseado!

Y por fin lo tenía. Lo tocaba. Lo sentía cada día en el pecho.

Luego, al cabo de unos días, Andrés dejó de ver tanto a Efrén porque comenzó a trabajar. Le tocaba quedarse cuidando de la casa, buscando trabajo en su MacBook, mimando su espacio y llenándolo de buenos recuerdos. Andrés solo quería que pasaran las horas para volver a ver a su novio, y sobre todo, sentir sus labios sobre los suyos, sellando su amor para que no se escapara.

A veces, Andrés le hacía masajes a Efrén porque se estresaba en el trabajo. Otras era Efrén quien le besaba el pectoral y bajaba sugerente hacia sus pezones, para terminar en estallidos, como fuegos artificiales. También pasaban tiempo mirando por la ventana, contemplando el mar y su calma, que era como Andrés se sentía en su interior. Como si, por fin, todo hubiera terminado por encajar.

De esta forma transcurrieron los primeros días.

En los siguientes, llegó una fría llovizna.

Más tarde hubo nubes que amenazaban con un enorme chaparrón.

Y finalmente, llegó la tormenta.

Era una tormenta que entraba dentro de todos los pronósticos, que personas que no eran meteorólogas habían visto llegar desde lejos gracias al simple poder del instinto. Una inclemencia que auguraba un cielo oscuro sin estrellas, una noche sin atisbo de la luz de la luna, un amanecer tapado por las nubes grisáceas.

Era una tormenta que pilló a Andrés sin paraguas y que le empapó sin poder remediarlo.

5

Iker

Bueno, pues de nuevo frente al volante. El momento pinchazo no le había gustado en absoluto, más que nada porque conducir le distraía, y era lo que necesitaba entonces.

Sus amigos no lo sabían, pero no tenía trabajo. Aún no era el momento de contarlo. Después de que su padre recibiera un chivatazo por parte de Diego, se había visto de patitas en la calle. Hombre, aunque eran familia, no le había destituido inmediatamente, pero en aquel momento, en plena autovía camino a Sitges, ya estaba oficialmente desempleado.

Qué puente ni qué vacaciones, estaba en el puto paro.

Aún seguía dándole vueltas a los motivos que hubiera tenido Diego para joderle de aquella manera, cuando miró por el retrovisor para ver a Mauro gritar el final de una canción de Rocío Dúrcal que había querido poner. Iker se encogió de hombros; no la conocía.

—Me despiertan cuando lleguemos, babies —le dijo Gael entonces, cuando la melodía desaparecía por los altavoces. Se acomodó y cerró los ojos. Tenía una gran facilidad para dormir, algo que Iker envidiaba, en especial durante estos últimos días donde no sabía qué le depararía el futuro y le era imposible conciliar el sueño.

Sobre todo, de dónde narices iba a sacar dinero para sus gastos.

Para tratar de que no se le viera demasiado ofuscado, enfadado o gruñón, se concentró en la siguiente canción: un clásico de Lady

Gaga que le apetecía entonar. Pasó una buena media hora hasta que se dio cuenta de que Mauro no hablaba desde hacía un rato. ¿Se estaría aburriendo con su lista de reproducción? ¡Si eran todos hits! Pero bueno, ya sabía que Mauro no estaba demasiado en su onda desde su encontronazo con Héctor...

Héctor. Maldito Héctor y maldito Mauro.

Vale, no había sido una relación (si es que se podía llamar así) que hubiera surgido en la oscuridad. Las señales estaban ahí, pero había estado demasiado ocupado con su propio proceso interno como para preocuparse por los demás. Y oye, tanto que mejor haber discutido con Mauro. Cualquier atisbo de duda que hubiera tenido respecto a él, por mínimo que fuera, había desaparecido. Le sirvió para aclararse, claro que sí. ¿Cómo podía llegar a pensar que le gustaba, aunque fuera un...?

—Ay, súbele a esta. —Mauro interrumpió sus pensamientos.

Iker hizo lo que su amigo le pidió a regañadientes y aumentó el volumen desde el práctico botón del volante. La canción que sonaba era una de sus favoritas, que parecía haber enamorado a Mauro en cuanto la había visto en la televisión.

—*Bing, bang, bong, sing, sang, song, ding, dang, dong... UK Hun?* —cantaron al unísono, con una sonrisa.

Después de rapear el verso de Bimini y medio bailar con el final, el coche volvió a la normalidad. Iker no dejaba de pensar en todos sus problemas, especialmente, ahora que su cerebro había vuelto a pensar en Diego...

Ese había sido su último polvo. Sí, el Increíble Y Magnífico Activazo de Grindr Iker Gaitán no había vuelto a follar desde entonces. Estaba como bloqueado, no entendía qué le pasaba. Incluso había llegado a pensar que era algo más grave, por lo que había buscado soluciones en internet. La desaparición total de sus ganas de acostarse con chicos era más que inaudita. De hecho, era la primera vez que le pasaba durante tanto tiempo en su vida, desde que empezara a conocerse a sí mismo y experimentar hacía unos años.

Por supuesto que no tenía nada que ver con lo que había visto de Mauro y Héctor.

Que, de nuevo, hablando de Héctor...

Joder, si parece tu novio. Deja de pensar tanto en él, si es idiota, te mira fatal.

Mauro estaba sonriendo como un puto bobo. O sea, tal cual. Iker trató de que sus ojos no hicieran demasiados comentarios silenciosos a través del retrovisor, pero no pudo evitarlo: los puso en blanco. Por suerte, Mauro estaba tan inmerso en su conversación de WhatsApp, con esos deditos tecleando a la velocidad del rayo, que no se dio cuenta.

—Jajajaja —se rio de pronto su amigo, desde la parte de atrás. Iker ignoró la risa y pisó un poquito más el acelerador, antes de cambiar de carril para adelantar a un coche.

Con la mente llena de imágenes de su padre, Diego abierto de patas, Andrés apartado de todos ellos, Héctor en la cama de su amigo, la sonrisa bobalicona de Mauro... se dio cuenta de que estaba rozando ya los ciento sesenta kilómetros por hora.

—¿Qué te pasa, Iker? ¿Estás bien? —le preguntó Mauro de repente, preocupado, acercándose al asiento del piloto.

Era raro, pensó Iker, porque apenas se hablaban. Si eso no cambiaba iba a ser un viaje largo, raro y tedioso.

—No, que se me ha pirado la pinza, cagueta —le respondió sonriendo.

Había que romper aquella tensión, así que lo hizo.

6

Mauro

—Y bueno, a ver, cuéntame. Ponme al día, después de tanto sin... hablar en condiciones. Nos quedan unas cuantas horas, entretenme.

Mauro volvió a reposar la espalda en el asiento de atrás, bloqueando el teléfono, sorprendido.

¿Qué mosca le ha picado a este ahora?

Aún asombrado y sin entender muy bien el porqué del cambio de actitud de Iker, Mauro se dispuso a resumirle su vida. No era demasiado excitante, pero ya que preguntaba por primera vez en tanto tiempo, era momento de hacerle una buena recopilación de mejores momentos. Al menos mostraba un poco de interés, aunque fuera tarde.

—Pues nada, en la librería estoy bien, ahora solo hablo con Rocío, porque Javi... Pues ya sabes, resultó no ser muy buena persona —dijo Mauro, encogiéndose de hombros. Ya le resbalaba bastante, apenas tenían relación desde el incidente en el que le llamó gordo y tras el cual Iker fingió ser su novio para callarle la boca.

—Nada de eso, di lo que es: un Javipollas. —Las palabras de Iker estaban teñidas de sorna, con un deje de cabreo.

Los dos amigos rieron, sin embargo, al recordar la cara que se le había quedado al pobre muchacho cuando Iker había besado a Mauro delante de él. La verdad es que era uno de los mejores momentos que habían pasado juntos.

—Sí, pues eso es —continuó Mauro—. Entonces con Rocío estoy superbién, aunque le ha tocado trabajar este puente y nada, la pobre estará aburridísima... Pero bueno, en ese tema bien, estoy contento con mi trabajo y me encanta.

Iker no añadió nada, así que Mauro prosiguió.

—Y luego, pues todo lo demás también está bien.

—¿Qué es todo lo demás?

Mauro supuso que era evidente, pero bueno. No quería tocar demasiado al causante de su discusión, que era nada más y nada menos que Héctor, el chico con el que...

—Perdí la virginidad —soltó de pronto Mauro.

Pese a estar en medio de la carretera, Iker dio un frenazo y corriendo, al darse cuenta de su error, retomó la velocidad enseguida. Como si no hubiera pasado nada. Mauro alzó una ceja, extrañado.

—¿Me he perdido algo? —fue lo único que dijo Iker, al cabo de un rato. Apretaba el volante con fuerza, los nudillos blancos, la mandíbula tensa.

—Creí que era obvio, aquel día... —Mauro trató de hablar con cuidado, eligiendo bien sus palabras.

—Bueno, obvio, obvio... Tampoco. No sé —interrumpió Iker, sin querer escuchar ninguna mención al día en que su relación se había ido al garete—. Entiendo que supongas que los demás nos hayamos hecho a la idea, aunque no has sido nada claro, maricón.

Mauro no sabía si estaba bromeando o realmente molesto, además de que no había entendido la mitad de lo que había dicho. Le costaba identificar la expresión de su amigo desde el asiento de atrás.

—En fin, que nada ha cambiado, Iker. Me siento igual.

—Ya —le dijo este—, si es que es una tontería.

—No lo era para mí, pero Gael tenía razón.

De nuevo, Mauro vio cómo su amigo apretaba el volante. El coche aumentó un poco la velocidad, nada demasiado loco, lo justo para que Mauro notara el arrastre de la gravedad. Iker se estaba comportando de una manera muy extraña.

—¿Has hablado de esto con él? ¿Antes que conmigo?

Silencio.

—A ver, no por ser mala persona, pero no tenemos ahora mismo la mejor relación del mundo, Iker —sentenció Mauro—. Siento decírtelo. Y quiero que este viaje sirva para volver a conectar si es posible. No me gusta esta tensión.

Qué atrevido, Mauro. ¡Ahora llevas tú la batuta! A coger el toro por los cuernos, se ha dicho.

—Pues qué quieres que te diga, Mauro. Me alegro por ti, por haber perdido la virginidad y todo eso, pero me hubiera gustado que me hubieras tenido en mente para contármelo. Es importante.

Mauro chasqueó la lengua, sorprendido. Estaba tan perdido con aquella conversación, sin saber a dónde narices iba, que no pudo evitar fruncir el ceño.

—¿No acabas de decir que es una tontería?

Su amigo movió la mano frente al volante, como restándole importancia a lo que acababa de decir hacía unos segundos.

—Bueno, ya me entiendes. —Estaba serio, con cara de pocos amigos.

—No sé, no me entero de nada contigo, Iker. Parece que estás enfadado y no te he hecho nada, desde ese día con Héctor es como si te hubiera picado algo y no lo comprendo.

—Déjalo estar, Mauro.

Así que no dijo nada. Se quedó mirando a Iker tratando de descubrir qué emociones se reflejaban en su cara, pero el ángulo era una mierda y le estaba siendo imposible. No quería que la conversación muriera, quería aclarar de una maldita vez el tema. No se imaginaba estar por Sitges, conociendo más lugares y reencontrándose a Andrés, sin poder compartirlo en condiciones con Iker.

Cogió aire.

—Es que de verdad me gustaría saber... —retomó.

—Déjalo estar, Mauro. —Esa segunda vez fue más fuerte, más llena de rabia.

Con un movimiento brusco, Iker desconectó la radio y dejó el coche sumido en el más absoluto silencio. Con ello, dejó claro que la conversación había terminado.

7

Andrés

La vida de Andrés con Efrén no estaba siendo como la había imaginado.

En su sueño, no tenía botas katiuskas, y la tormenta le había dejado un charco de agua alrededor. ¿Por qué solo le llovía a él? ¿Nadie más era consciente de las nubes que se cernían sobre ellos? Había tratado de huir, pero el sueño había decidido cambiar y ahora no era una tormenta la que le empapaba, sino que él mismo, entre sus manos, guardaba nubes negras y espumosas, ahora él tenía el poder de que lloviera o dejara de hacerlo.

Se despertó perlado en sudor, pero pudo contener la respiración lo suficiente como para calmar el latido de su corazón. Pasó unos minutos mirando el techo.

Aquella mañana se había despertado sin necesidad de que sonara la alarma. Bueno, para considerarse despierto tendría que haber dormido en condiciones, y había sido incapaz de pegar ojo en toda la noche, exceptuando aquellos horribles minutos de una pesadilla sin sentido que ya casi había olvidado. Se desperezó como pudo, entre las sábanas y Efrén, que siempre ocupaba gran parte de la cama. Trató por todos los medios de no despertarle cuando se levantó. Se calzó las zapatillas de estar por casa y se miró al espejo que tenían frente a la cama.

No era Andrés.

Fuera quien fuera que hubiera tomado posesión de su cuerpo, debía salir cuanto antes. Las ojeras que llevaba días notando se marcaban más que nunca esa mañana, rojas, incluso moradas, profundas, como si llevara sin dormir semanas. Tenía los ojos aguados y había perdido por lo menos diez kilos. Ahora, en vez de un «twinkazo», era un maldito saco de huesos. Vio cómo se le marcaban huesos que antes no sabía siquiera que se encontraban en esos lugares, y suspiró con pesar, mirando hacia atrás, a Efrén dormido, sano, feliz.

El café matutino era una rutina. Primero uno solo, después otro más grande y con leche, para acompañarlo en su búsqueda diaria de empleo. Llegó al salón con un par de galletas y la taza ardiente en la mano, tratando de hallar un lugar donde sentarse. La casa era un desastre. No era culpa de ninguno de los dos, porque Efrén apenas pasaba tiempo ahí, y Andrés estaba demasiado ocupado en sobrevivir como para preocuparse. Finalmente se sentó en el sofá, aún sentía las legañas molestando con cada parpadeo, y engulló las galletas con la mirada perdida en las incipientes canas de Ana Rosa Quintana. Era un día cualquiera, de una semana cualquiera.

Andrés volvió a suspirar. ¿Era su segundo, tercero... o décimo? Intentaba no llevar la cuenta, pero se encontraba muchas veces a sí mismo pensando en cosas que no le gustaban y soltando aire de manera furiosa por la nariz.

—Ey —le dijo Efrén de pronto desde la puerta. Andrés le devolvió el saludo con una sonrisa a medio hacer, como si le faltaran ingredientes para completarla—. Anda que me despiertas para desayunar contigo.

Efrén se acercó al sofá, le dio un beso y se marchó a la cocina. Las mañanas eran siempre iguales, una pura monotonía. Toda la pasión y chispa que hubieran tenido en Madrid se habían desvanecido a los pocos días de llegar a su nueva casa, a su hogar juntos.

Dejar la oficina, había pensado Andrés, le pondría de nuevo en busca de esa felicidad que tanto ansiaba y que sentía perdida a causa del estrés al que le sometía su jefe. Pero para nada fue así. Encontrarse sin trabajo le frustraba, vivir en el Día de la Marmota, con besos mañaneros, galletas y café.

Suspiró de nuevo, cansado de pensar siempre lo mismo.

—Me ducho y me voy, amor —le dijo Efrén, una vez hubo terminado sus tostadas.

—Vale —respondió simplemente Andrés.

Escuchó el ruido de la ducha, luego el frotar de la toalla contra la piel de su novio y por último el sonido de las llaves. Ya totalmente vestido, Efrén volvió al salón para darle un beso de despedida. «Nos vemos por la noche», o algo así le dijo, porque Andrés no lo escuchó, porque Efrén ya estaba de espaldas, porque Efrén nunca se daba cuenta de que Andrés no estaba bien, porque a Efrén no le importaba.

Lo tenía bastante claro.

Había ido a parar a la boca del lobo. ¿Qué más necesitaba? ¿No era ya demasiado evidente? Sobre todo desde aquella noche, hacía un par de semanas, cuando Efrén hizo amago de...

El timbre interrumpió sus pensamientos. Era un paquete de Amazon, que vio a través del portero automático. Andrés esperó pacientemente junto a la puerta y, cuando el repartidor tocó con los nudillos, abrió.

—¿Eres Efrén?

Andrés asintió. Se sabía de sobra aquello: decenas de paquetes semanales, cosas que no podía saber qué eran, regalos para familiares.

Cuando tuvo entre sus manos el paquete y cerró la puerta, fue en busca de unas tijeras. Estaba harto de las tonterías, de las chorradas, de estar como un despojo humano chupándole el culo a su novio para que no se enfadara. Esa mañana, cuando se miró al espejo, sin haber dormido nada... No, no podía seguir así.

Y no podía dejar de pensar en qué narices había fallado.

De vuelta al salón introdujo las tijeras con cuidado en un lateral. Iba a tratar de abrirlo con cuidado, para dejar las mínimas marcas posibles. Luego le pondría algo de celo y le echaría la culpa al repartidor.

Al abrir el paquete, después de un rato de forcejeos, descubrió que contenía un libro sobre personajes Marvel tipo enciclopedia. Lo raro era que ni a él ni a Efrén les gustaban los superhéroes.

Pasaban los días y los días y las ojeras se hacían más grandes, los sueños más terribles y las ganas de correr más fuertes. Pero no, en teoría estaban enamorados. Efrén seguía teniendo detalles de manera ocasional; de vez en cuando le hacía la cena (excepto los viernes, que a veces ni se molestaba en volver a casa hasta el domingo) e incluso alguna vez le había llevado al cine.

Y eso era todo.

La continua búsqueda de trabajo de Andrés era como hablarle a un muro de hormigón armado, sin respuesta alguna, que tan solo le devolvía el eco de sus propios gritos angustiosos. Tenía el último sueldo, el finiquito correspondiente, y todas esas cosas que te dan cuando te piras de un trabajo. Pero obviamente, como becario, no era mucho. Apenas podía darse algún capricho como alquilar una película en la televisión, y ni siquiera eso.

Estaba jodido, realmente jodido.

Sin embargo, unos días después de que hubiera abierto el paquete de Amazon para Efrén —o para quien fuera ese regalo—, comenzó a sentirse mal. Eran como pinchazos en la garganta, mareo, incluso fiebre.

Todo comenzó sin más, como un catarro normal. Se notaba cansado, o grogui, como le decía su abuela cuando era pequeño, y por más ibuprofenos que se tomara no importaba: aquello no mejoraba.

Al tercer día todo le daba vueltas, sudaba por las noches y no quería ver a Efrén ni en pintura, porque era incapaz de mirarle fijamente; se mareaba, por más que tratara de no hacerlo. No podía ni siquiera usar el teléfono, le daban taquicardias.

Empezó a preocuparse, sobre todo porque cuando Efrén le tocaba, le subía la fiebre aún más. Y no en el buen sentido.

Corre.

Había una voz en su cabeza. Era una voz que no se dormía tampoco, por más almohadas que se pusiera encima para ahuyentarla.

Corre.

A veces, la voz gritaba. Otras, era un susurro. Pero siempre estaba.

Corre.

Llegó un momento en que lo único que podía pensar era en eso.

Correr.

8

Iker

Iker intentaba por todos los medios concentrarse en la carretera, pero le estaba resultando imposible. El silencio que le acompañaba desde hacía una buena media hora se había instaurado incluso en sus oídos, emitiendo un pitido que le incomodaba.

¿Estaba mareándose? ¿Por qué veía borroso?

El corazón amenazaba con salírsele del pecho de lo fuerte que le azotaba. Le dolía el cuello de forzarse para no mirar por el retrovisor y así evitar cruzar su mirada con la de Mauro, en el asiento de atrás.

—Necesito echarme un piti —anunció a la nada, porque Gael seguía roque y Mauro a su maldita bola.

Joder, ¿por qué no le hacía caso? Aunque, bueno, tampoco quería. Estaba tan cabreado...

Al cabo de unos segundos, Iker avistó un cartel que avisaba de una salida cercana hacia una gasolinera. Era el sitio ideal, parecía tranquilo, alejado del ruido de la autovía, entre unos árboles. Cuando paró el coche y se bajó, Gael despertó de golpe, pero él ya se había alejado antes de que le pudiera preguntar cualquier cosa.

Necesitaba no saber nada de nadie, ni ahora ni nunca.

La nicotina entrando en sus pulmones fue lo más cercano a la tranquilidad que había sentido en todo el viaje, a decir verdad. Abrió los ojos y miró hacia sus amigos, de los cuales solo el colombiano estaba fuera, estirándose. Este, desde la lejanía, comprendió que Iker quería estar en soledad, y mantuvo las distancias.

Allí, al lado de un árbol, sobre las piedrecitas del suelo, con un cigarro en la mano, Iker se preguntó qué cojones le estaba pasando. Sin darse cuenta pasaron varios minutos, se quemó las yemas de los dedos porque el cigarro se había consumido casi por completo, y además notó que una lágrima corría por sus mejillas.

¿Qué era lo que sentía? ¿Rabia, dolor, decepción?

No tenía ni la más remota idea; eso era lo más complicado de todo. No podía aclararse, era incapaz, por más que lo intentara.

Y mucho menos cuando una mano le tocó el hombro en una caricia, con un poco de fuerza que hizo que se diera la vuelta, pero Iker sabía lo que venía. Era un abrazo. En un primer momento le daba igual de quién fuera, todo fue confuso y rápido, y terminó envuelto en un olor que reconocería hasta en el fin del mundo.

Era Mauro. Estaba abrazando a Mauro.

No se permitió llorar, se tragó las lágrimas con fuerza; le escocieron en la garganta.

—¿Estás bien, Iker? —La voz amortiguada de Mauro le llegó, pero como si estuviera a cientos de kilómetros. Él quería mantener ese abrazo lo máximo posible.

Se separaron al cabo de un minuto.

—¿Qué te pasa? —volvió a preguntar Mauro.

Iker aún notaba los efectos reconfortantes del cigarro —y del abrazo—, pero eso no evitó que se sintiera atacado de alguna forma. Cogió aire y trató de no ser demasiado grosero.

—Son muchas cosas. No te preocupes, no lo entenderías.

Aquella frase pareció sentarle mal a Mauro, que frunció el ceño.

—Si no me lo cuentas, no lo voy a entender nunca —le respondió este, conciso.

—Claro, claro... Es que hay cosas que no hace falta explicar. —Iker le guiñó el ojo. Fue un gesto de recochineo, para molestar.

Mauro puso los brazos en jarras, visiblemente molesto.

—Iker, en serio. —El mosqueo quedó bien reflejado en su voz. Podría contar con los dedos de la mano las veces que había escuchado a Mauro hablar así—. Deja de ser tan misterioso. Habla claro, porque me va a tocar...

—¿Enfadarte? —le interrumpió, al tiempo que alzaba una ceja—. Eres incapaz, Mauro. Lo sabes.

—Sí, pero hay una primera vez para todo —se defendió este.

—JA. —Iker se esforzó en que el sonido saliera cargado de sarcasmo—. ¿Como el primer polvo que no le cuentas a tu mejor amigo, que se ha preocupado por ti durante meses y te ha cuidado desde que llegaste a Madrid?

La frialdad quedó estancada, entre los dos. Solo se escuchaba el aire atravesar los árboles, las hojas chocando entre sí. Iker buscó con rapidez en su bolsillo para fumarse otro cigarro. Se lo encendió, aún a la espera de que Mauro respondiera algo. Que dijera algo, joder.

—Mira, déjalo. No sé qué mosca te ha picado. —Sonaba derrotado, aburrido, roto.

Iker dio un paso. Mientras hablaba, dejó que el humo de su cigarro le golpeara a Mauro en la cara.

—Creo que es bastante evidente, Mauro, solo que no quieres asumirlo.

—No tengo nada que asumir —le respondió—, eres tú el que tiene un problema conmigo y el que me ha estado ignorando durante tanto tiempo, sin preguntarme sobre mi vida, nada de nada. ¡Nada, Iker, nada!

Para responder, Iker tuvo que coger aire. No quería alzar la voz, aunque estaba lleno de rabia. Los dos lo estaban, se notaba en el aire.

—Tú tampoco lo has hecho —le recriminó Iker, alzando un dedo acusador.

—Porque no me has dado la oportunidad de hacerlo, entendí que necesitabas tu espacio. —Mauro hizo un gesto con las manos, como para hacerle entender que no era su culpa, como alejando el problema de su lado.

Iker bufó, resignado.

—Está claro que si sentías eso, es porque entendías que debía tenerlo.

—¿El qué?

—Mi espacio —aclaró Iker, como si fuera evidente—. Entonces tienes una ligera idea de lo que me pasa. Te has delatado solo.

—Bueno, que da igual, Iker. —Mauro parecía haber alcanzado

su límite. Apartó moscas invisibles con su mano, en un gesto claro de que quería hacer desaparecer la conversación—. Solo quiero que estemos bien. A veces me pierdo contigo.

—Entonces es mutuo, Maurito. Entonces es mutuo.

Y con eso, terminó la conversación.

9

Blanca

Lanzó el móvil contra la cama y volvió al presente. Mauro llevaba ignorándola un buen rato, así que era mejor centrarse en Rocío, que se encontraba tumbada a su lado con tan solo un tanga.

—¿Qué pasa? ¿Y esa cara? —le preguntó esta. Se estaba liando un cigarro. El tabaco en hilos le caía por el estómago.

—Nada, nada. ¿Qué me estabas diciendo, perdón? Que te he interrumpido...

—Pues eso, que unas movidas que tienen estos en el curro, o sea no te creas que se pegan ni nada, pero hay mazo de tensión. Te habrá contado algo Mauro seguro, ¿no?

Blanca se encogió de hombros. Quizá sí, quizá no. Estaba distraída con todo lo que estaba pasando.

Las cosas habían ido, quizá, demasiado deprisa. Blanca nunca le había dado demasiadas vueltas a su obsesión con *Crepúsculo*, porque era evidente que lo que le molaba era la relación de los protagonistas. No hacía demasiado tiempo que se había parado a pensar que quien le gustaba era realmente Kristen Stewart. O que cuando con ocho años miraba un videoclip de The Pussycat Dolls se le iba la vista a las piernas de la cantante, Nicole. Eran cosas que, simplemente, pasaban por su mente. No había sido hasta que habló con Mauro, ver la libertad que parecía vivir en Madrid, que... todo comenzó a encajar. Y finalmente hicieron clic al conocer a Rocío.

Sí, no tenía miedo de experimentar. Sí, había pasado un día. O dos, o tres. O solo unas horas. No lo sabía y qué importaba. Lo único a lo que le prestaría atención en aquel momento era a los besos que quería continuar, el tacto de Rocío entre sus pechos, palpar la humedad de sus labios... Era un torrente de emociones que no estaba dispuesta a detener.

—Vaya, que yo me quedé en shock porque no me esperaba que Javi fuera así de gilipollas, y tendrías que haber visto su cara cuando Iker...

—Cuéntamelo luego —le dijo Blanca, con una sonrisa.

Rocío encendió el cigarro y le dio una larga calada, mirando con los ojos entrecerrados a la chica que tenía a su lado, también en tanga, también viva y ardiente, como ella.

—¿Tú eres lesbiana? —preguntó, sin rodeos.

—No tengo ni idea —le confesó Blanca, de pronto sintiendo que la química entre ellas se esfumaba.

—Eh, nena, no pongas esos ojitos, que no pasa nada. Yo he tenido mil mierdas, pero bueno, la idea es probar, ¿sabes?

—Yo soy muy echada para adelante. —Blanca se acercó un poco más a Rocío, que volvió a sonreír. En eso estaba consistiendo su dinámica: sonrisas, flirteos, palabras bonitas y muchos besos.

Después de haberse encontrado en la librería, caminaron un poco por las calles de Madrid. Se tomaron una cerveza en una terraza y pasaron un poquito de frío. Las miradas sexuales habían estado, desde el primer momento, a la orden del día. Rocío no vivía lejos, así que continuaron caminando después de la pausa hasta su casa.

Y hasta entonces.

Ahora estaban ahí, en su cama. Blanca miró de soslayo su maleta, a medio abrir, en una esquina. Allí estaba su ropa y algunos recuerdos. Había tomado la decisión de no llevarse demasiado, de romper con su vida en el pueblo de una manera casi tajante. Empezar de cero de manera literal. Y tanto, vaya, porque en ese instante se estaba comiendo a besos con una tiarrona que le estaba haciendo sentir cosas que jamás pensó que sentiría. O al menos, no tan fuertes.

No iba a negar que estaba cachonda. ¡Cachondísima! Se habían tocado ya demasiado.

—Quiero descubrir Madrid. Tengo todo lo importante en esa maleta.

—Te pareces a Mauro —le dijo Rocío, con un poco de tristeza en los ojos—. Os han quitado media vida en ese pueblo, lo sabéis, ¿no?

—Supongo... —La voz de Blanca fue más un susurro.

—Aquí estás bien, yo creo que encajas. Desde luego tanta fogosidad me hace pensar que estabas deseándolo. —Blanca abrió mucho los ojos, pero se rio.

—¿Liarme contigo? ¡Si no te conocía!

Blanca cogió una de las almohadas de la cama de Rocío y se la lanzó con fuerza. Esta, en el último momento, alargó la mano con el cigarrillo para que no se quemara, pero chilló con un sonido que era una mezcla de alegría y risa.

—A mí no me importa que no tengas experiencia —le confesó esta vez Rocío.

—Para tenerla, hay que practicar.

Y con eso, Blanca se acercó a besar a Rocío. Olía y sabía a tabaco, pero no importaba. Nada importaba desde que había entrado en esa habitación. Se besaron. Durante un buen rato. El ambiente volvió a estar caldeado, el cigarrillo de Rocío sobre el cenicero de la mesilla de noche, sus manos evaluando de nuevo los pechos de Blanca. Los acarició con cuidado y con lentitud, y una sonrisa de medio lado surgió en sus labios al ver la reacción de ella.

—Ay, esta pueblerina...

Como respuesta, Blanca le mordió el labio con una sonrisa también, pero ahora juguetona. Sus alientos se juntaban en uno solo y su saliva era también una, como un conjunto. ¿Era posible conectar tanto y tan rápido? Pero es que Rocío era una puta bomba, ¿verdad? Era todo lo que Blanca querría en una chica, por fin se daba cuenta de que su vida había sido un engaño.

Continuaron con los besos, ahora más cálidos y sedientos. La mano de Blanca fue la que ahora exploraba a Rocío, aprovechando sus movimientos sensuales para seguir hacia abajo, y hacia abajo, y hacia abajo... Percibió su interior húmedo, que se adaptó con naturalidad a sus dedos. Con cada suspiro de excitación, a Blanca se le ponían más duros los pezones. Sentía la urgencia de que Rocío se los lamiera o pellizcara, como si nada de lo que estuvieran haciendo en aquel momento fuera suficiente. Pero ella continuó con su baile, mientras la cadera de Rocío se movía, pidiendo más. Meneó los dedos en su interior, al tiempo que los hacía entrar aún más con lentitud.

Blanca no sabía qué narices estaba haciendo, aunque Rocío gimió, por lo que Blanca continuó moviéndolos, entre la tela del tanga, jugando. Era molesto porque la tela se le quedaba enredada en los dedos, pero aun así pudo masajear la entrada de Rocío; las dos necesitaban más y más.

—Sigue, sigue. —La voz de Rocío era un susurro y estaba cargada de excitación.

Entonces, Blanca siguió. Era como hacérselo a ella, pero mucho mejor, porque tener ese control, ese poder, en las puntas de sus dedos le ponía increíblemente cachonda. No podía más. Llevó la otra mano a su entrepierna para acompañar a Rocío con su propia masturbación. Ella estaba demasiado húmeda, lo cual era nuevo para Blanca, pero sin duda, había descubierto algo que le excitaba sobremanera.

—Joder —se quejó Rocío, gimiendo de nuevo. Ya había empapado la mano de Blanca, la cual no podía evitar sentirse elevada, caliente, con incluso dolor en el pecho.

Blanca no podía dejar de besar a Rocío, por el cuello, por los labios. Tampoco podía dejar de tocarse ella, aunque ahora necesitaba esa mano para agarrar del pelo a Rocío, que no se impuso, y casi gritaba de placer con la boca abierta. El olor a cigarro ya era uno solo con el de ellas, todo era literalmente una nube de la que no se quería bajar. De pronto notó cómo sus dedos estaban más y más húmedos, provocados por la excitación de Rocío, que tenía los ojos cerrados en aquel momento. Se atrevió a dar un paso más allá, y lo iba a hacer como a ella le gustaba masturbarse.

Con cuidado, se dispuso a...

El sonido atronador de un timbre rompió toda la magia.

—Una puta bocina —se quejó Rocío, abriendo los ojos, desconectada en un instante del momento de pasión—. Perdona, nena, pero tengo que abrir.

Blanca lo entendió, pero no quería entenderlo. Sentía los pezones durísimos como nunca y la entrepierna con una necesidad de ser tocada que le iba a ser incapaz de hacer desaparecer a no ser que siguieran y terminaran lo que habían empezado. Trató de recomponerse cogiendo aire, aunque había cierta urgencia en el ambiente. Rocío estaba ya casi vestida, acalorada, con el pelo como si hubiera ido a una isla: totalmente despeinado y erizado, con volumen.

Vio desde la cama cómo Rocío se dirigía hacia la entrada del piso y abría los seguros de la puerta. Escuchó la voz de un hombre y a Rocío decirle que pasara, como ¿asustada?

Definitivamente la urgencia era real.

Blanca buscó veloz con la mirada la ropa, que estaba desperdigada por toda la cama y la habitación. Se vistió como pudo y cuando se asomó, se encontró a un chico bastante mono abrazando a Rocío. Estaba llorando.

—Blanca, este es Javi. —La mirada de Rocío le estaba contando varias cosas.

«Este es mi compañero de trabajo, sí, ese Javi, el que insultó a Mauro, pero tengamos la fiesta en paz porque estoy rayada: esto es muy raro, me ha pillado totalmente de sorpresa. Tranquila, luego hablamos del otro tema, ahora centrémonos en qué mierdas pasa».

Rocío, sí que eres expresiva, joder.

—Hey —dijo él, secándose las lágrimas—. Siento interrumpir lo que fuera que estaba pasando, pero...

—Soy Blanca, la amiga de Mauro. —En cuanto habló, se arrepintió de haberlo hecho. ¡Pero tenía que decirlo! Dejar claro que ella no era su amiga, sino de Mauro. Su lealtad estaba comprometida, y quería que se diera cuenta de que, en efecto, estaba algo molesta con aquella interrupción.

Los ojos de Rocío viajaron hacia los de Blanca y le pidieron que por favor se relajara.

—Bueno, ¿qué ha pasado? —le preguntó esta, volviendo la cabeza hacia él.

Blanca tomó asiento en uno de los sillones del salón, junto al sofá donde estaban los otros dos, que se tomaban la mano en señal de apoyo.

—Estoy metido en una movida que flipas —dijo aquello como si le costara aceptarlo—. No sabía dónde me estaba metiendo, pero tiene muy mala pinta.

Rocío frunció el ceño, preocupada.

—¿Tiene algo que ver con...?

—No, no, Roberto está totalmente fuera de esto. Hace tiempo que dejó de buscarme. —Blanca no sabía de qué hablaban, pero supuso que sería un ex tóxico o algo así—. Esto es otra cosa, Rocío, tía, algo horrible. En plan amenazas de muerte. A ese nivel.

—Cuéntanos cada detalle —le dijo su amiga asustada.

Javi entonces carraspeó y comenzó a contarlo todo.

10

Mauro

Pues no, su cerebro no le iba a dejar en paz. La conversación tan candente que había mantenido con Iker durante la pausa le había dejado algo tocado. Furioso, sí, pero también pensativo. Iker parecía realmente dolido. ¿Tan grave había sido esa supuesta traición, que parecía que era lo que sentía su amigo? Mauro chasqueó la lengua, molesto por no encontrar respuestas.

Aquello no era fácil.

Gael, como casi siempre, intentaba ignorar el conflicto. Era gracioso verle escabullirse, como si los problemas le resbalaran, cuando le habían visto en medio del embrollo con su pareja Felipe. Cuando Iker y él se asomaron a la ventana...

Joder, es que todo lo has vivido con él.

Mentira. No todo.

Pero no puedes dejar de pensar en él.

Aunque sostenía el teléfono móvil en la mano con mensajes de Héctor por leer, Mauro sentía que en aquel momento no debía contestarle. Miraba al frente, ignorando la expresión de enfado que llevaba Iker mientras conducía.

Se le fueron cerrando los ojos, poco a poco.

Al cabo de unos minutos se encontraban en un lugar intermedio entre la parada pos-rueda-del-coche-rota y la conversación tensa con Iker. Gael no estaba, solo ellos dos; no había nadie más en la gasolinera.

Iker y Mauro, solos en medio de un descampado al lado de la autovía.

—¡Joder, joder, mierda! —Iker golpeaba el coche con fuerza, enfadado. Mauro lo miraba desde lejos, pero se quería acercar. El conjunto que vestía su amigo era con el que había puesto la rueda de repuesto y por supuesto, estaba manchado de grasa hasta los topes. Mucha más grasa.

De pronto Mauro se dio cuenta de que estaba más cerca y de que Iker se quejaba del calor. Entonces se echó una botella de agua por encima, mojándose por completo.

—Estoy superenfadado, pero no puedo estar enfadado y mojado. Al menos no por esto. —Señaló la botella y se quitó la camiseta, que desapareció en la nada, como por arte de magia.

Vale, Mauro, estás soñando.

Iker seguía furioso, respirando fuerte, y se acercó lentamente a Mauro.

—Aléjate porque no quiero que me veas.

—¿Qué?

—Voy a cambiar la rueda y eso te pone cachondo, lo sé, Maurito. Veo cómo me miras. Si te echas para atrás, tendrás mejores vistas. —Tras decir eso en tono seductor, le guiñó un ojo.

Mauro, como estaba en un maldito sueño surrealista, de pronto se encontraba cinco metros más alejado. Una pantalla gigante apareció de la nada detrás del coche, centrándose en primeros planos de los músculos manchados de grasa de Iker. Una música comenzó a sonar con ritmos lentos y bajos graves, muy sexy.

—Uff, joder, esto está mojadísimo —decía Iker mientras hacía chapotear la grasa bajo el capó del coche, que le salpicaba la cara a cámara lenta—. Como siga así voy a acabar empapado y me tendré que quitar también los pantalones.

Era de esperar que Mauro no dijera nada, y menos en aquel momento, porque su mano se encontraba sobre su pene erecto. ¿Qué narices? Desde luego que su mente era todo un caso.

—Alguien se ha puesto cachondo —le gritó Iker en tono burlón, mientras se acariciaba su cuerpo perfecto, cada poro, cada músculo...

—Alguien se ha puesto cachondo —confirmó Mauro.

—Alguien se ha puesto cachondo —repitió Iker, lamiendo una llave inglesa mientras le clavaba la mirada.

Un golpe en la pierna, que era una pequeña molestia, se tornó enseguida en una *gran* molestia y Mauro abrió los ojos. Sintió la baba cayéndole por un lateral y Gael con una sonrisa, torcido desde el asiento delantero.

—Alguien se ha puesto cachondo —repitió entre risas—. Baby, el noviecito no le da verga o qué pasó.

Antes de reírse, Mauro quería... bueno, morir. Desaparecer. Corrió a taparse la erección como pudo y el calor le recorrió todo el cuerpo. Se dio cuenta de que Iker lo miraba a través del retrovisor y su mundo se tambaleó aún más.

Qué vergüenza, joder.

Mientras sus amigos ignoraban lo que acababa de pasar entonando una canción de una chica que decía que era La Más Pegá de España, Mauro se atrevió a tocar un poco, porque notaba algo raro. Confirmó que sí, en efecto: había mojado el pantalón debido a la excitación del sueño.

El comentario que había hecho Gael sobre Héctor no le había hecho demasiada gracia, pero en cierto modo su mención le hacía pensar. O no, de hecho, porque tenía a Iker ahí al lado, en un coche de dos metros, y si estiraba la mano podría tocarle.

No podía negar que Iker era mucho Iker, y Héctor... Bueno, era Héctor. Al menos su amor era correspondido, ¿no?

11

Iker

Conducir no era aburrido. El viaje estaba siendo cuando menos entretenido, tanto bueno como malo. Que si un pinchazo, que si una pelea, que si canciones que gritaba a pleno pulmón... Sin embargo, cuando Iker vio que quedaban unos pocos kilómetros para Sitges, se puso realmente contento. Recolocándose en el asiento y, de pronto, activo por la felicidad que le recorría, también se dio cuenta de que el propio volante estaba tapando el combustible y ahora, desde ese nuevo ángulo, lo veía por fin.

—Uy, chicos —dijo en alto para que le escucharan sus amigos.

Había estado pensando en el conflicto bélico entre él y Mauro. La conclusión, después de mucho meditarla, había sido que su malestar con Mauro debía dejarse de lado aunque fuera durante esos días. Un puente, unas minivacaciones que les harían disfrutar y recuperar a su amigo Andrés.

Tengo que dejar la fiesta en paz. Ahora mismo, hay otras prioridades.

—¿Qué pasó? —preguntó Gael.

—Tengo el coche en reserva. —En la voz de Iker había urgencia y... miedo.

Mauro se acercó al hueco entre los dos asientos, tratando de vislumbrar algo, pero el sol lo impedía. De todas formas, Iker dudó de que supiera a qué se refería, después de verle con cara de no enterarse de nada cuando había estado cambiando la rueda...

—¿Tan mal estamos?

—Tengo para diez kilómetros solo, está en ultrarreserva —se quejó Iker.

Joder, joder, joder. Aquello pintaba mal.

—Meteos en el Maps y miradme gasolineras cercanas, intentaré ir más despacio, tiene que haber alguna como máximo a, no sé..., quince kilómetros.

Sus amigos se pusieron manos a la obra, corriendo a sus teléfonos móviles. El primero en decir algo fue Mauro, que había encontrado una Petronor muy cerca de donde se encontraban. Cuando empezó a darle indicaciones a Iker...

—Mauro, ¿seguro que tienes bien la ubicación? Me acabas de decir una calle de Madrid y estamos literalmente en medio de una autovía.

Por el retrovisor, Iker vio cómo Mauro entrecerraba los ojos, concentrado, y se rascaba la cabeza en señal de confusión.

—Déjalo, anda —le dijo Iker—. Gael, cariñito, dime que tienes algo. Me quedan siete kilómetros.

Rápido como una bala, Gael intercambió su teléfono con el de Iker, que estaba enganchado en un aparato magnético de esos para llevar el GPS. Iker miró y... ¡bingo! Era recto, así que continuó hacia delante. Atravesaron un túnel, unas calles con casas...

—Hostia, estamos en Barna —dijo casi en un susurro.

—¿Qué? —gritó Mauro desde su asiento, haciendo fotos con el móvil.

—Papi, son calles, cubos de basura y señoras comprando pan, usted lo ve todos los días allá en Madrid —le reprendió Gael entre risas.

—A mí me hace ilusión, chicos.

—Okey. No le digo nada, bebé, no vaya a molestarse. —La risa de Gael les hizo reír a todos.

—Oye, pero mira, tienen peluquerías para perros. —Mauro estaba superilusionado, al leer un cartel que Iker también había visto.

—Eso es peluquería en catalán, bobo.

La última palabra cayó sobre el coche como un jarro de agua

fría; no porque hubiera sentado mal, sino porque era la confirmación de que las cosas se habían calmado, de que Iker volvía a sonreír con Mauro e incluso a hacer bromas con él.

Iker carraspeó antes de volver a hablar, porque se acercaban a una gasolinera. Por supuesto, ya no sentía tanto temor: se encontraban en Barcelona, a menos velocidad y con más sitios donde repostar. El GPS continuaba indicándoles la dirección y que estarían en su destino en menos de un minuto, cuando de pronto el coche comenzó a renquear y a moverse como si fuera a explotar.

—Oh, mierda —se quejó Iker, apretando con fuerza las manos contra el volante.

No había demasiado movimiento pese a ser inicio de días festivos, pero sí lo suficiente como para que aquello formara un atasco de estos que salen en el telediario. El coche fue parándose lentamente hasta que dejó de andar. Iker fue rápido al poner las luces de emergencia y, cuando el coche estuvo completamente parado, salió para buscar un chaleco reflectante en el maletero. Agradeció a sus amigos que no comentaran nada porque le daba mucha rabia esa situación. Como conductor, era su responsabilidad, y es que no tenía ni idea de por qué había estado tan distraído...

Mauro.

Se golpeó la cabeza con la mano, intentando quitar esa palabra de sus pensamientos. Se colocó el chaleco reflectante y pidió perdón con la mano a los coches detrás de él, que se apartaban furiosos. El olor era diferente al de las calles de Madrid, con menos contaminación y muchísima más humedad. Notó incluso que su pelo se sentía chicloso, y solo llevaba allí un minuto.

—Bueno —dijo, golpeando el techo del coche, en una señal para que sus amigos bajaran las ventanas—. La idea es que ahora mismo estamos jodidos, la gasolinera está a unos metros, se ve ahí delante, pero no llegamos.

—Nos dimos cuenta, baby.

—QUÉ GRACIOSO, GAEL —gritó Iker, fingiendo que aquello era superdivertido, aplaudiendo con las manos incluso. Enseguida, para marcar aún más el contraste con su sarcasmo, volvió a su cara seria—. Por favor, salid del coche, poneos un chaleco y ayudadme a empujar.

—¿No podemos ir a por una garrafa de esas? A veces Paco y María llenaban así el tractor.

Se hizo el silencio entre los amigos.

—Entonces es solo empujar un poquito, porque estamos bastante cerca. Venga, que no va a ser nada —prosiguió Iker, confiando en la iniciativa de sus compañeros.

Mauro hizo una mueca, como si estuviera pensando cuál era la excusa perfecta para escaquearse, y Gael de pronto había dejado de mirarle y tenía la vista fija en el teléfono.

—No me jodáis —se quejó Iker—, no es tan pesado como creéis.

De todas formas, no había muchas más opciones, así que sus amigos finalmente cedieron. Con los chalecos ya puestos, Iker corrió a quitar el freno de mano y comenzaron a empujar. Entre tres, y el coche pequeño, no fue un esfuerzo titánico como el propio Iker creía que iba a ser. Fue sencillo, a decir verdad. Lo complicado era el paso de cebra, los coches que pasaban por los cruces y, bueno, el bache que había antes de entrar a la gasolinera. Por suerte, la policía parecía estar patrullando otra zona, porque sin duda acababan de liarla bastante parda y solo se habían enterado los conductores rabiosos que les habían insultado.

Pero vaya, que al final lo consiguieron. Solo tardaron media hora. ¡Increíble!

Al llegar por fin a la gasolinera, con el coche en posición para ser repostado, Mauro se excusó para ir al servicio. Estaba blanco y mareado. Gael e Iker se encontraban algo mejor, aunque el sudor les había dejado marcas por las axilas y el pecho.

—Parce, este ambiente... No recordaba que era así —se quejó Gael bebiendo un trago de agua.

—Lo peor —se quejó también Iker, que se sentía asfixiado con tanta humedad. En el gimnasio podría mover el mismo peso o incluso más, pero no sudaba tanto ni le daba tanto asco el olor que le dejaba. Sin duda, iban a ser unos días complicados.

Mientras rellenaba el depósito, Iker se dio cuenta de que Gael estaba un poquito más delgado, como si desde la aparición de Felipe esas semanas se hubiera consumido para siempre. Había perdido mucha forma física en muy poco tiempo y ahora le estaba costando recuperarla. Pero bueno, Iker miró su reflejo en los cristales y la deformidad le hizo sentirse bien, sabiendo que en realidad no tenía el brazo que se veía sobre la ventanilla del coche, pero oye, era gracioso. Ojalá tenerlos así algún día: más grande que su torso y en forma de pelota inflable.

—Tengo que ir a pagar —le dijo Iker a Gael, que le sonrió en respuesta.

Dentro de la tiendecita se cruzó con Mauro, que ya no estaba blanco, sino amarillo, pero no sudaba tan copiosamente.

—¿Estás bien?

Mauro asintió. Se quedaron unos segundos mirándose a los ojos sin decirse nada más. Iker se lamió los labios para hablar, aunque no lo hizo, porque parecía que Mauro fuera a hacer lo mismo. Ambos movieron la cabeza, esperándose el uno al otro. No pasó nada más, solo mantuvieron esa mirada que se estiraba entre ellos como un chicle infinito. Y de pronto Mauro se apartó y continuó su camino hacia el exterior. Al llegar a la caja, Iker se percató de que su respiración estaba agitada.

Joder, pues sí que cansa echar gasolina.

—Pagaré con el iPhone —dijo Iker con esa sonrisa perfecta que tanto le caracterizaba. La chica que le atendía se sonrojó y apartó la mirada.

Para desbloquear el teléfono era necesario poner la cara, así que cuando Iker la alzó vio que tenía una notificación que no esperaba tener. Todo su cuerpo tembló, pagó sin decir nada más y antes de salir de la tiendecita, revisó si no estaba alucinando.

> Guapo, lo he visto en tus stories
> que me parece que te veo pronto
> Recuerdas? Trabajo por aquí!

Y luego, una ubicación. Pinchó sobre ella: una discoteca de Sitges. No recordaba en qué momento le habría desbloqueado —seguramente cuando tuvo sus crisis existenciales hacía unas cuantas semanas—, pero ahí estaba Jaume volviendo a escribirle.

¿Cómo no había caído en que Sitges no solo le traería de vuelta a Andrés, sino también a su acosador favorito? Su vida era como la canción de Merche: una de cal y otra de arena.

12

Blanca

—Pues, maricón, ya tienes ahí tu cafecito que me has pedido, ahora te toca soltar prenda. A ver, nene, cuéntanos.

Javi parecía sorprendido. Meneó la cabeza y el pendiente le rebotó en la mandíbula.

—¿A las dos? ¿Es en serio, tía? —Parecía que le sentaba bastante mal aquella situación.

Rocío estiró el brazo y alcanzó la mano de Blanca, asiéndola con fuerza. Entrelazaron los dedos y se quedaron así, expectantes ante la historia misteriosa de Javi.

—Sí —dijo simplemente Rocío, dejando claro con su tono de voz que no le iba a dar más explicaciones. Bastante que le habían abierto la puerta justo antes de tener un orgasmo.

—Yo siempre había tenido curiosidad de probar una cosa para salir de fiesta y tal, que se lo veía a muchísima gente y no era mi estilo, pero bueno, la vida son dos días y todo eso. —Bebió de su café, como esperando que sus interlocutoras le hicieran preguntas y, como no lo hicieron, continuó—: Una noche al final lo probé con unos amigos, y me gustó muchísimo. Lo entendí todo de golpe. Pum.

Rocío puso cara de asco.

—Hija, me estás hablando de cocaína, ¿qué eres ahora, colaborador de Telecinco?

—¡NO! —le cortó Javi de un grito, ofendido—. De popper, ¿de qué iba a ser? Hombreee.

Ella se encogió de hombros, esperando que Javi continuara con su relato. Blanca solo escuchaba, porque... Porque el drama corría por sus venas. Si su madre era una de las personas más cotillas del pueblo, Blanca se había entrenado para superarla con creces. Así que, lamentando mucho la situación en la que Javi se hubiera puesto, aquello era jugoso. En plan, si hubiera un periódico de cotilleos de gente aleatoria, Blanca estaba segura de que lo pondría en portada. Estaba nerviosa, oye. ¡Su primer salseo en Madrid y no llevaba allí ni un día!

—La cosa es que es ilegal en España, ¿vale? —decía Javi—. Entonces hay que comprarlo en webs y tal, pero es una mierda, la verdad, a mí me da como mal rollo que eso vaya por ahí, ¿sabes? No me fío de las de Correos, siempre me miran mal, y no me extrañaría que abrieran mis paquetes... Una vez abrieron unos jocks que pedí. —Rocío alzó la ceja, en un gesto de que espabilara con su historia y no contase otras mucho menos interesantes—. Perdón, sí, que se me va. La cosa es que entonces le empecé a decir a mis amigos que si me daban sus botecitos de popper, ¿sabes?, que yo se lo pagaba, mierdas así. La movida era lo de las webs, que me daba mal rollo.

—Vale, entonces... Déjame que me entere. ¿Ahora eres drogadicto?

Javi se quedó serio, parpadeando.

—No, Rocío —dijo, y después puso los ojos en blanco.

—Pero eso es como una droga, ¿no? Por la nariz y eso. Vamos, que no he escuchado hablar de eso más que en alguna serie y tal... —comenzó Blanca, pero Javi la interrumpió.

—Es una droga. Una ilegal.

—Pues como casi todas —le dijo Rocío, restándole importancia—. Hija, que menos el tabaco y el alcohol todo es ilegal.

—Bueno, vale —casi le cortó Javi con un gesto de la mano—. El caso es que no soy ningún tipo de drogadicto ni nada de eso, si los efectos duran solo unos segundos y no crea adicción.

—Vale, vale, lo que tú digas.

Rocío no compraba aquello. Pero ni de coña. Blanca no necesitaba conocerla a fondo para darse cuenta de cómo era, y si algo destacaba en Rocío sobre todas las cosas, era su expresividad. El gesto de disgusto y asco en la cara, con las aletas de la nariz arrugadas, no se le iba.

—¡Pero escuchadme, joder! En serio, es importante, dejad de interrumpirme, tías.

Las dos chicas cruzaron una mirada y, alzando una ceja y ladeando la cabeza, le hicieron ver a Javi que se había pasado de agresivo. Pero enseguida le restaron importancia cuando su amigo continuó con el relato. Se le veía nervioso, así que se la pasarían por alto.

—Os dije que empecé a decirle a mis amigos que si ellos me lo conseguían y yo se lo pagaba y tal... Al final, pues mira, he estado unos meses un poco alocado y conociendo un montón de gente, no solo de fiesta en persona, sino también por Instagram. Con la tontería empezaba a pedirle a la gente que consiguiera popper y al final, pues tenía un montón y yo lo ofrecía después para sacarme unas pelas. Que ya ves tú, el margen de beneficio cuál es, si es una reventa de una reventa... Pero no sé, que si en mejores amigos de Instagram, que si algún compi de clase de Valencia que venía a pasar el finde... Un poco de todo, aquí y allá.

Rocío tenía los ojos abiertos, tratando de captar hacia dónde iba la historia de su amigo Javi.

—El problema vino cuando de repente me escriben desde un número muy raro y me dicen algo así como: oye, chico, deja la tontería, te tenemos localizado. Y no sé qué más. Cuando iba a responder veo que me habían bloqueado ya.

—Mal rollo —comentó Blanca, intentando quitarle tensión al asunto. Javi le miró con cara de querer asesinarla, pidió perdón en un susurro y el chico prosiguió. Eso sí, se le veía afectado.

—Decidí ignorarlo porque me dije que era un chaval de Instagram o algo así que me quería acojonar, la típica broma. Total que terminé por llevarme algunos poppers de fiesta para intentar colocarlos ahí y el primer día superbién, pero al segundo... Llevaba más y también me conocía ya más gente, así que los vendí enseguida. Yo ya estaba bastante borracho cuando voy al baño y de repente alguien me choca contra la pared, en plan una hostia que flipas.

—Ahí a Javi se le rompió la voz, comenzó a hablar más despacio para no interrumpir su relato con las lágrimas—. Al tío no le vi la cara porque me apretaba mucho. Me dijo al oído que... Que me estaba pasando. Que ya me había avisado, que era un sidoso de mierda y que dejara las gilipolleces con la reventa de los cojones y no sé qué más cosas me dijo. Yo estaba cagado, me hacía mucho daño. Cuando me soltó le vi de espaldas irse corriendo del baño.

Javi hizo una pausa para recuperar el aliento.

—Después de eso obviamente no quería seguir de fiesta, hice bomba de humo y me piré sin despedirme. No reconocí la chaqueta del chico en la puerta así que tiré para casa. Y justo cuando estaba llegando a ver mi portal vi como a tres tíos del mismo estilo del de la discoteca. Me dieron muchísimo mal rollo, me hice el loco y esperé un rato a que se fueran mientras me fumaba un piti. Pero no se iban. Así que decidí pasar por ahí todo cagado, y pues nada, no me hicieron ni dijeron nada. Ya no sé si eran paranoias mías o no después de lo del baño, pero me dieron bastante mal rollito. En plan máximo, porque se callaron cuando llegué y luego me asomé por la ventana y se habían marchado en cuanto entré en mi casa.

Entonces el silencio se hizo el protagonista en el salón. Rocío y Blanca no se atrevían ni a moverse en el sofá, sin saber muy bien qué decir y, sobre todo, con una sensación en el cuerpo de inseguridad que no les gustaba nada.

Blanca se temió lo peor. Se imaginó a aquellos hombres turbios como en las películas de mafiosos, esperándoles en el portal por ser ahora cómplices de tráfico de drogas. O lo que era casi peor... la policía. Apretó fuerte la mano de Rocío, que aún tenía entrelazados los dedos con los suyos. Ella le respondió devolviéndole el apretón, para tranquilizarla.

—¿Qué vas a hacer? —le dijo finalmente Rocío, acariciando con su pierna la de Javi.

Él ahora lloraba, no de forma exagerada, sino más bien permitiendo a sus ojos soltar lo que habían mantenido atrapado y dejar que esas lágrimas se deslizasen por las mejillas con una expresión descorazonadora.

—No tengo ni idea, tengo miedo, no sé qué hacer. Igual luego no hacen nada, pero la amenaza en la disco me dejó fatal —confesó Javi—. Y ahora he venido porque ya no puedo más, ¿sabes? Tampoco puedo no contarlo, si me pasa algo...

Rocío se acercó para abrazarle. Estuvieron así unos minutos

mientras Javi terminaba de romperse y desahogarse. Blanca no sabía muy bien qué hacer; eran demasiadas emociones para ella en tan poco tiempo. Madrid estaba siendo una locura, desde luego. Se lo imaginaba distinto al pueblo, pero ¿tanto? Era como vivir en una maldita serie de HBO.

—Bueno, sea como sea... —comenzó a decirle Rocío a Javi, mirando a Blanca como pidiéndole permiso para algo. Blanca asintió, confundida, para descubrir enseguida a qué se refería Rocío—. Te podemos echar una mano. Estamos para eso. Somos amigos, bobo. Tendrías que habérmelo contado antes.

¿Pero esta chica se ha vuelto loca?

Era mejor no decir nada, pero sentía cómo el corazón le latía a mil por hora. Se estaba mareando. ¿Qué iba a hacer ella en plan justiciera con una mafia que vendía botecitos de drogas a maricones? Es que era surrealista, ¿no? Aunque había una parte en ella que, con lo vulnerable que se estaba mostrando Javi y el cariño que parecía tenerle Rocío pese a sus problemas con él... Era extraño, pero sí que sentía que una mano por lo menos debía echar.

Por otro lado, no obstante, estaba Mauro. Ese era el imbécil que le había jodido con un comentario horrible, y no podía traicionarle de esa manera. Pero de nuevo, ver a Javi en ese estado le hacía sentirse impotente. Chasqueó la lengua, confundida.

—Venga, vamos a pensar un plan. Y nos ponemos manos a la obra.

Rocío levantó la cabeza del hombro de Javi para sonreírle y este le agradeció el gesto con los ojos.

—Gracias, chicas. —La voz de Javi se había recompuesto un poco—. Ahora os cuento el plan que he pensado.

—Nena —dijo Rocío—. Di que sí. Las Angelitas de Charlie.

Fingió disparar un arma con los dedos y todos se echaron a reír.

13

Iker

—A ver, ya es de noche y Sitges está cerca, digo yo que podemos mariconear un poco por aquí.

—No tenemos tanto tiempo, baby —advirtió Gael, para sorpresa de todos.

—Uy, ¿Gael diciendo que no a salir de fiesta?

El colombiano puso los ojos en blanco y soltó un suspiro sonoro.

—Me preocupa Andrés, ya lo saben. Cuanto antes lleguemos, mejor.

Tanto Iker como Mauro asintieron en silencio, sin poder evitar darle la razón. Se dejaban llevar un poquito por la emoción del viaje en coche, de conocer una nueva ciudad... Pero la meta estaba clara y era una misión de rescate. No había duda de que el tiempo corría en su contra.

—Igualmente, creo que puedo desviarme un poco para ver la bonita Barcelona así de noche. Un poquito de la Sagrada Familia, que si la fuente esa de Montjuic... —intentó, pese a todo. Al final, unos minutitos más o unos minutitos menos no iban a hacerle daño a nadie, ¿no?

—Eso estaría bien, no conozco Barcelona —le apoyó Mauro, de pronto entusiasmado con la idea. No pensaba que fuera a ver demasiado de la ciudad, pero cómo no, Iker siempre tenía las mejores ideas. Y lo sabía.

—¿Gael?

Este repitió el gesto de poner los ojos en blanco, pero terminó asintiendo con la cabeza y esbozando una sonrisa.

—Sí, parce, un poquito solo. Yo vine una vez nada más llegar a España y sí me gustó.

Iker alargó la mano hacia el teléfono y lo apagó.

—Vivamos la aventura —dijo simplemente, haciendo alusión a ese gesto y a que el Google Maps no iba a ser necesario.

Mauro, desde atrás, apartó la mirada para contemplar los edificios a través de la ventana. Barcelona no era oscura y sí muy diferente a Madrid. Conducir por esas calles estaba siendo cuando menos... extraño.

Ostras.

—Me voy a perder —anunció Iker de pronto, al darse cuenta de un detalle importante—. Literalmente todas las calles son iguales, están locos estos barceloneses.

—¿Por qué lo dices? —preguntó Mauro.

Gael parecía aguantarse la risa a su lado.

—Baby, usted nunca vio las imágenes satélite de esta ciudad o qué le pasa. —Terminó por reírse mientras buscaba algo rápido en su móvil, que le mostró a Mauro.

—Pues puede ser que sí, por Instagram, pero ahora mismo... Esto es otro rollo. —Iker señaló al volante, como abatido.

—Confiamos en ti —le dijo Gael, sonriente, volviendo a mirar hacia la ventana.

Pasearon con el coche entre esas calles similares entre ellas hasta llegar a una plaza de toros reconvertida en centro comercial, una enorme escalinata coronada por un palacio a los pies de una fuente enorme con decenas de chorros y colores, para terminar pasando por un lateral de la monumental Sagrada Familia.

Mauro intentaba sacar fotos de todo lo que veían, incluso de las tiendas con letreros en catalán, y se quejaba continuamente de que le salían borrosas. Después de una broma de Gael sobre que debía comprarse un iPhone decente, guardó el teléfono, rindiéndose ante la evidencia de tener un Samsung chapucero.

Iker no quería reírse. Se prometía no hacerlo, al mismo tiempo que trataba de dejarse llevar por la emoción y la experiencia de conducir por una ciudad que no conocía de noche. Todo era raro, desde la humedad en el ambiente hasta el propio ambiente que había instaurado dentro del coche, una mezcla entre tensión y nerviosismo debido a estar cada vez más cerca de la ciudad objetivo.

Todo era un caos en la cabeza de Iker, y ni siquiera se había enfrentado al caos real que estaría a punto de vivir.

Sitges. Atrás habían dejado los carteles con el nombre de la ciudad. Ahora se encontraban buscando dónde aparcar entre tanto coche y calle de un solo sentido con plazas de aparcamiento surrealistas. Aquello era completa y absolutamente imposible.

—Dios, estoy que me meo —se quejó Gael apretando las piernas.

—Tienes suerte: acabo de dejar atrás un descampado lleno de árboles, puedo echar marcha atrás —le dijo Iker, serio. Como su amigo no respondió, continuó—: Que ojalá alguno supiera conducir, porque...

—Ey, ey, no te enfades —le dijo Mauro desde atrás, tratando de tranquilizarle.

Ah, estupendo. ¿Ahora me habla? ¿Justo cuando estoy desesperado por poder aparcar?

—Es que nos va a tocar dejarlo a tomar por culo y cargar con las putas maletas, joder —se quejó.

—No pasa nada, para eso vamos al gimnasio, ¿recuerda?

Iker no se rio ante el comentario de Gael. No estaba de humor, en serio. Odiaba conducir y conducir sin rumbo fijo solo para...

—¡AHÍ! ¡AHÍ HAY UN SITIO! —gritó de pronto Gael, dándole golpes al cristal y señalando un hueco estrecho entre dos coches.

Frenó en seco.

—Ouch. —El quejido de Mauro quedó resonando en el silencio del vehículo mientras Iker maniobraba para tratar de meterlo en ese huequito minúsculo.

—Por mis muertos que lo meto —dijo este, acelerado, girando el volante como si fuera el timón de un barco—. Vamos, coño, vamos, vamos...

Enderezó un poco el coche, lo revolucionó demasiado cuando

quiso dar marcha atrás despacio y justo cuando creía que iba a estrellarse contra el coche de delante, paró. Corroboró que todo estaba en su sitio y que había espacio para salir a cada lado.

Lo consiguió. ¡Había aparcado!

—Hoy se recordará como el día que la verdadera naturaleza de Iker Gaitán fue mostrada ante el mundo, un entrañable chico madrileño con mucha fuerza y que no deja de combatir por lograr sus sueños... —comenzó Gael en tono de burla.

—Mira, el próximo viaje os sacáis el carnecito de conducir, que me duelen las piernas ya de tantas horas aquí metido con vosotros, pesados —dijo Iker, tratando de sonar duro, pero no engañaba a nadie: la felicidad que le embargaba por haber conseguido aparcar por fin era demasiada contra su supuesto mal humor.

Sacaron las maletas como pudieron, porque no había demasiado espacio en la parte del maletero para poder hacerlo. El coche de atrás estaba tocando prácticamente al de Iker, así que extremaron la precaución. Una vez terminaron, Iker pensó que era el momento de echarse un buen cigarrazo mientras miraba cómo llegar al centro caminando. Y sobre todo, no tenían que olvidar que ni siquiera habían reservado hotel. De momento, no tenían dónde dormir aquella noche.

—Me parece que va a tocar buscarse un poco la vida, parece que todo está completo —dijo Iker después de expulsar el humo, al cabo de unos minutos.

—No pasa nada —dijo Mauro, encogiéndose de hombros.

Estaban cansados, a decir verdad. Todos. Pero Iker estaba destrozado, sentía las piernas entumecidas de mantenerlas durante tantas horas en la misma posición y, joder, también le dolían los riñones. El viaje se le había hecho eterno. Había cantado, llorado y sufrido, comido, cambiado una rueda... Parecían tres días y medio en vez de unas cuantas horas.

Llegaron al centro del pueblo sin cruzar palabra. La ciudad estaba despierta, brillaba y era ruidosa.

—Vea, parece que hay buena rumba —comentó Gael, con una sonrisa.

—No me digas que tienes ganas de salir de fiesta. Yo estoy muerto —le dijo Mauro entrecerrando los ojos.

—Me dormí unas microsiestas mágicas, baby.

Gael pegó un salto, lleno de vitalidad.

—Roncaste, mi amor, y no fueron microsiestas, ¿vale, mi cielito? Dormiste como una cerda —le molestó Iker, cambiando de pronto el tono de su voz, y le golpeó el hombro con el puño—. Bueno, vamos a ver qué nos encontramos por aquí. Primera misión: buscar un hotel.

Caminaron sin una dirección determinada, sin rumbo, buscando con la mirada dónde podrían dormir. Iker dejó que sus amigos continuaran hacia delante, porque le había vibrado el teléfono y, por si acaso, no quería que pudieran echarle un vistazo. De manera automática, su entrepierna se movió al ver el contenido del mensaje que había recibido.

> Chico, me dejas en leído
> Que sepas que me tratas fatal
> Pero quiero que me revientes aunque sea
> Fóllame
> Aprovechando que estás aquí...

Iker no supo por qué sus dedos teclearon aquello, pero lo hicieron.

> Puede ser
> Si te portas bien

> Y qué es eso de portarme bien?
> Hoy curro, guapo
> Afterwork?

escribiendo...
escribiendo...

> Ya veremos

Joder. ¿Qué haces?

Después de tanto tiempo sin tener ni siquiera un roce con un hombre, aquella tontería de intercambio diciéndose cuatro chorradas le había puesto a cien. Pero al cien por cien, vaya, que sentía su polla durísima como nunca, empalmada contra el pantalón. Trató de disimularlo como pudo mientras caminaba, pero debido a su tamaño, era tarea imposible. En ocasiones como aquella, odiaba estar bien dotado.

¿Qué narices le estaba pasando? ¿Iba a volver a usar a Jaume como un clínex? ¿Es que no había aprendido nada de nada en todo ese tiempo? Sus rayadas habían sido en vano, ¿o qué?

Pero y si...

¿Pero y si necesitaba confirmar que esa no era la forma de tratar a los hombres?

Ya has tenido confirmaciones de sobra, cabrón.

Miró hacia delante y vio cómo Gael y Mauro charlaban animadamente, arrastrando las maletas por los antiguos zócalos del centro de la ciudad. La visión de su amigo le hizo darse cuenta de que no, que quizá el amor no estuviera hecho para él. Al menos no por el momento. Y tampoco lo estaba el utilizar a los hombres como meros objetos sexuales.

Entonces ¿qué narices iba a hacer?

Su pene rebotaba en su pantalón a cada paso, duro como una piedra, y parecía gritarle una respuesta evidente.

14

Andrés

Andrés conocía la respuesta a todas esas dudas que le estaban acosando desde hacía unos días. Ver a Efrén cenar frente al televisor, riéndose de las tonterías que decían en el programa que estaban viendo, le estaba poniendo de mala hostia. Andrés tenía sobre la frente un trapo húmedo; la fiebre estaba aumentando de forma gradual con el paso de los días, tenía la garganta seca y rugosa al mismo tiempo, y Efrén solo le había dicho que por qué narices no había hecho la cena al llegar a casa.

Corre.

Adiós al Efrén bueno y cariñoso que se preocupaba por él. Adiós a todo lo que pensaba que habían construido. Ni siquiera había sido capaz de ofrecerse a hacerle algún té o prepararle una infusión decente con ibuprofeno machacado. No, pero ahí estaba, comiendo feliz su arroz tres delicias con la bolsa de papel de Glovo en una esquina de la mesa.

—Efrén —intentó llamar su atención Andrés. Hablar le provocó una arcada, que consiguió mitigar tragando saliva—. Efrén.

Poniendo los ojos en blanco, Efrén se volvió.

—¿Qué pasa? —Parecía realmente molesto por interrumpirle los chistes de la tele.

—Si me pudieras traer una palangana, estoy que vomito y...

Con un gesto de la mano, Efrén hizo que se callara. Aún masticaba unos granos de arroz y cuando terminó, habló con la ponzoña habitual de aquellos últimos días.

—Deja de hacer el tonto, Andrés. Lo que me faltaba por escuchar ya, vamos. Llego a casa cansado y llevas unos días queriendo llamar mi atención. Bueno, qué digo, ni siquiera es eso. —El odio que desprendía su mirada hacía que Andrés se sintiera pequeño. Seguía siendo guapo, como un maldito ángel en la Tierra, y quizá en otro momento de su vida aquello sería incluso excitante, esa mezcla del bien y del mal... Pero ya no, se había perdido todo.

Corre.

Así que Andrés no supo qué responder, tan solo lo miró a los ojos, tratando de no mostrarse vulnerable. Era lo que más le costaba: no romperse delante de él, no soltarle que por qué narices había llegado un paquete de Amazon con un regalo que era evidente que no era para él, que por qué los fines de semana ponía la excusa de que trabajaba hasta tarde pero venía oliendo a vodka. Tantas preguntas, tanto que quería decir, pero simplemente no se atrevía.

Solo por esos ojos.

—Si te viene perfecta la excusa para no buscar trabajo, ¿te crees que soy tonto? —continuó Efrén—. Mira esta cena, que ha llegado fría y me ha costado el triple que en un supermercado... Este piso no se mantiene solo, guapo.

Andrés abrió los ojos, sorprendido por aquello. No se merecía eso, y mucho menos en su estado.

—Yo aporto, Efrén, te lo he dicho mil veces —trató de excusarse, para volver a ser interrumpido.

—Los gastos los llevo *yo* al corriente. Todo está a mi nombre, además, así que...

—¿Qué? ¿Así que qué?

Ahora quien interrumpía era Andrés. Sí, a veces lo hacía, y sí, luego las consecuencias llegaban sin previo aviso. Pero comenzaba a estar harto. Además, la fiebre le hacía sentirse por momentos eufórico. ¿Sería el calor de su cuerpo, que afectaba a su cerebro y le hacía ser más valiente?

Efrén chasqueó la lengua y se volvió hacia la mesa, ignorando a su chico de nuevo.

—Déjalo, anda, déjalo.

Los siguientes minutos fueron tensos, porque Efrén subió el volumen de la televisión y se recostó en el sofá, de tal forma que ni siquiera rozaba a Andrés, que aún esperaba o una disculpa por sus palabras o preocupación por su estado de salud. Era lo mínimo en cualquier caso. Y lo peor es que en el fondo sabía que ninguna de las dos cosas iba a llegar, pero ¿y la esperanza?

Ya no queda.

Andrés trató de levantarse del sofá, haciendo aspavientos. Todo le dio vueltas, aunque al final, al clavar los pies en el suelo, se detuvo de golpe. El trapo sobre su frente cayó y salpicó el agua remanente en el suelo, mojándole las zapatillas de estar por casa. Se agachó a recogerlo, no sin ver cómo Efrén ni se movía para ayudarle. Al reincorporarse, se dirigió hacia la habitación, arrastrando los pies por el pasillo.

El volumen del televisor llegaba hasta ahí con un eco atronador. Se recostó en la cama, estiró bien las piernas y volvió a colocarse el trapo sobre la frente. Era incapaz de recordar cuántos paracetamoles y frenadoles había tomado durante el día, pero se tomó uno de cada por si acaso. Ya le daba igual si le sentaban mal o no, si eran buenos o no, porque sentía que no se recuperaría. Mañana mismo iría al médico, aquello no era para nada normal.

Se estiró sobre la cama hacia el lado de Efrén para alcanzar el cargador del móvil. Desde hacía unos días él era el único que tenía cargador en la casa porque se había puesto nervioso y le había roto a Andrés el suyo durante una discusión por unas tostadas compradas en el súper. Con el cable agarrado en la mano y al hacer un movimiento para arrancarlo de la pared, la manga larga de Andrés se movió dejando al descubierto algo que no quería ver.

Muerto de calor como estaba, se tapaba. El recuerdo de aquella noche con Efrén aún le golpeaba en lo más hondo de su cabeza.

La primera vez no había sido una excepción. Había sido amarga. Y cuánta razón tenía en llamarlo primera vez. Porque hubo unas cuantas más. La misma noche del cargador roto, Efrén estaba tan enfadado por tal tontería que ni siquiera Andrés recordaba qué motivos había tenido para enfadarse, solo que terminaron reconciliándose en el salón. Hacía mucho que Efrén no mostraba interés por él y aquella noche... Todo fue demasiado extraño. Sus ojos, esos que mezclaban cielo e infierno, se convirtieron en los que vivió en su primer encuentro sexual. Le apretó tanto las muñecas, empotrándole contra el respaldo del sofá, que al día siguiente los moretones le recorrían toda la mano.

Y aquella noche, mientras Efrén le follaba, Andrés no fue capaz de decir que parara. Ni siquiera cuando se la metió sin condón, como siempre, ni cuando no le echó lubricante y solo usó su saliva. Porque si decía algo que le contradijera en lo más mínimo, y más en un momento como aquel, le haría aún más daño. Sus muñecas ya habían sufrido demasiado como para enfrentarse de nuevo.

Así que Andrés solo se dejó hacer, entretenido con el gotelé en las paredes, pensando que parecían constelaciones, y que las estrellas estaban ahí fuera, en el cielo, libres.

Nunca le habían parecido especialmente bonitas, pero ahora envidiaba a las estrellas.

15

Mauro

El único hotel con habitaciones libres en Sitges aquel puente con tiempo ya casi casi veraniego era, obviamente, uno no muy decente. Habrían pagado lo que fuera; a esas alturas, ya les daba igual, pero estaban tan cansados... Ni siquiera habían cenado y el viaje había sido una paliza tremenda, por lo que no tenían más fuerzas para buscar alternativas.

—Solo tenemos disponible una habitación, chicos, lo lamento —dijo la Sra. Pérez, la recepcionista del hotel, que Mauro se fijó que tenía una barbilla redonda y brillante, como una bola de cristal.

—No importa, somos amigos —le respondió Iker con una sonrisa falsa.

La Sra. Pérez se sonrojó, se atusó el cabello y tropezó de camino a buscar las llaves para dárselas.

—Esta es boba, si tienes una cara de marica, papi —bromeó Gael en voz baja con Iker, que sonreía enseñando los dientes.

¡Hombre, el Gran Iker Gaitán! ¡Conquistador de Chochitos! Cómo le gustaba gustar. Mauro odiaba esa faceta de él, tan llena de ego que daba ganas de vomitar.

O bueno, no tanto, en realidad. Había cierto morbo en que fuera tan creído.

Hello, Héctor. ¿Cómo estás, mi amor?

Mauro meneó la cabeza para eliminar cualquier pensamiento y vio cómo la Sra. Pérez volvía con todo lo necesario para que se dieran de alta en el hotel. Pagaron, rellenaron los datos y subieron por el estrecho ascensor hacia la segunda planta, donde encontrarían su habitación nada más llegar, según las indicaciones de aquella chica tan enamoradiza.

Y claro, como no podía ser de otra manera, tenían una sorpresita al llegar.

—Solo hay dos camas —susurró Gael, en cuanto encendieron las luces de la habitación.

Una era de tamaño individual, la otra de matrimonio. Mauro tragó saliva, nervioso. Aquella situación podía significar... muchas cosas. ¿Cuántos días estarían en Sitges? ¿Cómo iban a dormir tres personas en dos camas? ¿Debería contarle la situación a Héctor? ¿Le haría gracia o se enfadaría porque le tenía celos a Iker? Blanca seguro que se mearía de risa con aquella situación, pero a él no le hacía tanta gracia. No quiso decir nada, mientras jugaba con el asa de su maleta con los dedos.

—Bueno, dos podemos compartir la cama grande cada noche , y nos vamos intercambiando, así todos dormimos... —comenzó Gael, tratando de buscar una solución.

—No, no, no, no, no, no —repetía Iker, moviendo la cabeza y los brazos cruzados.

Mauro y Gael se miraban sin entender la efusividad de aquella negativa, aún con las maletas en la mano. Qué narices le pasaba a Iker, y por qué estaba apretando los dientes en señal de enfado, era todo un misterio.

—Iker Gaitán no duerme con nadie —casi gritó, acercándose a la cama pequeña para soltar su maleta sobre ella—. Esta es la mía y punto.

El anuncio reverberó entre aquellas cuatro paredes. Mauro y Gael se dispusieron a caminar por la habitación, que aunque no era muy grande, no estaba para nada mal. Si no se fijaban en las manchas de la pared o en que la moqueta tenía agujeros de quemaduras de cigarrillos, casi parecía un tres estrellas. Dejaron sus maletas a los pies de la cama grande y Mauro se sentó sobre ella, de pronto agotado. Fue consciente de lo cansado que estaba cuando estiró las piernas y le atravesó un calambre hasta la espalda.

—Ey, que no pasa nada —le dijo a Iker, en un intento por calmarlo.

La tensión entre ellos iba y venía por momentos, y en aquel instante, Iker era pura tensión. Podría explotar sin explicación aparente.

—Somos amigos, baby —le dijo Gael, que saltaba a la vista que sí que estaba un poco molesto—. Esa norma es para las citas.

—Yo no tengo citas. Y solo tuve un desliz, que no fue mi culpa —se quejó Iker, sin mirarlos a la cara.

—Bueno...

A Mauro no le importaba compartir cama con Gael. Lo que hubieran vivido entre ellos en el pasado se había diluido, desaparecido, apagado y extinguido. Ahora eran más amigos que nunca, aunque no podía evitar sentir algo de incomodidad al imaginarse dormir tan cerca de Gael, con aquello que tenía entre las piernas rozándole sin querer en medio de la noche. Se imaginó empalado, como las víctimas del conde Drácula, atravesado desde arriba hasta abajo...

—¡Ay! —dijo Mauro en voz alta. Enseguida se llevó las manos a la boca, tratando de extinguir el sonido. Pero ya era tarde.

—¿Qué pasa? —le preguntó Gael, distraído, mientras abría su maleta sobre el suelo.

—Nada, nada, no os preocupéis.

Intentó disimular como pudo que estaba rojo como un tomate. Abrió también su maleta y fingió encontrar interés en sus calzoncillos de Superman de Primark.

Qué tela tan buena y qué dibujos tan monos.

—Duchazo y nos piramos por ahí —anunció Iker, en dirección al baño.

Al cerrar la puerta, Gael habló a Mauro bajito, para que su amigo no le escuchara desde la otra estancia.

—Parce, si se siente incómodo, yo veo cómo hago para...

—No te preocupes, Gael, en serio. No pasa nada, es normal. Te he visto el pene —añadió Mauro, sin saber por qué lo mencionaba cuando aún tenía en su mente esa imagen tan grotesca de hacía unos minutos. Gael rompió a reír.

—Es cierto, es cierto. Lo olvidé.

Mauro arrugó los labios, incómodo, antes de hablar.

—Solo que... no sé. Héctor igual se pone celoso. Y no sé qué le pasa a Iker, está demasiado raro. ¿Acaso tengo la peste? ¿Tanto le molesta dormir con sus amigos?

—Es una norma —dijo este, restándole ya toda importancia.

Como Mauro no dijo nada más, Gael solo se encogió de hombros y continuó sacando la ropa para elegir opciones de outfit para aquella noche.

—¿En serio vamos a salir ahora?

—Tendremos que comer, ¿no? No sé ni qué hora es. Y luego pues ya veremos qué hacemos con Andrés, tenemos que pensar un plan, supongo.

Mauro pensó que Gael tenía razón. Su tripa comenzaba a sentirse demasiado vacía, a rugir como un león de los documentales de La 2 de la hora de la siesta. Además, la mención de Andrés hizo que se sintiera mal por haberse olvidado de la idea inicial de todo aquel embrollo de viaje. Era como si Iker y todo lo que le pasaba con él le obnubilara la mente y no pudiera pensar en nada más.

—Y no se preocupe por Iker —le dijo Gael de pronto, acercándose un poco, hablando aún más bajito que antes—. Tiene cosas con las que lidiar. Démosle espacio, ¿okey?

Tratando de disimular su desasosiego, Mauro tan solo dijo:
—Ya.

Pero no quiero perderle. Y siento que se me escapa.

16

Gael

Demasiados cansados para salir del hotel siquiera una vez se dieron la ansiada ducha, pidieron algo a domicilio y terminaron dormidos en apenas unos minutos. Gael fue el primero en despertarse aquella primera mañana en Sitges, con el sol acariciándole la cara a través de la ventana. Se levantó sin darse cuenta de que la habitual erección mañanera quedaba al descubierto frente a sus compañeros, pero confirmó que estaban dormidos y fue corriendo al baño para mear. Ya más relajado se miró en el espejo: tenía los ojos hinchados y los mofletes con marcas de las sábanas. Se limpió la cara, se puso lo primero que encontró de chándal en la maleta y agarró la llave de la habitación. En el ascensor de camino al desayuno, cruzó los dedos para que fuera bufet libre. No había nada que disfrutara más en la vida.

—El desayuno es por aquí —le avisó la Sra. Pérez desde recepción. Gael asintió y se dirigió hacia la donde la mujer le señalaba.

Una vez llenó su estómago, se vio demasiado activo como para volver a tumbarse en la cama a esperar que sus amigos despertaran, por lo que decidió salir en busca de un poco de aire fresco. De aire fresco y de mar. Avisó a los chicos a través del chat grupal para que no se asustaran.

Ya rozando la arena con sus dedos, sintió que quizá ese puente no iba a estar tan mal. Quitando el tema de Andrés, que le revolvía las tripas, se permitió vivir unos minutos de calma. El olor a mar le cosquilleaba en las aletas de la nariz, trayéndole recuerdos de sus viajes a San Andrés con su familia o con Felipe. ¿Qué sería de ellos? ¿De todos? Deseó que Felipe hubiera encontrado la calma y no volviera a molestarle, pero nunca se sabía con ese chico. Era como una mala hierba: nunca desaparecía del todo.

Sin darse cuenta se quedó dormido con las manos tras la cabeza y una sonrisa en la cara, completamente relajado, hasta que...

—Sí que vives la vida, maricón —le dijo Iker golpeándole con un zapato en el estómago.

—OUCH —se quejó el colombiano, levantándose de golpe.

—Anda que avisas para bajar a desayunar, hemos ido y quedaban migajas.

Iker vestía como él, un chándal corto ancho, cómodo y chanclas.

—Tengo hambre —se quejó Mauro, que estaba sentado a su lado, en la arena.

Gael frunció el ceño al ver a su otro amigo en ropa larga, pese al sol tan incipiente de la playa, pero no lo comentó. Iker se hizo hueco entre ellos dos para quedar tumbado, no sin antes, por supuesto, colocar una enorme toalla para según él no mancharse de la mierda de la arena.

—Es difícil no ensuciarse, estamos en la playa —le dijo Gael en tono de burla.

Su amigo respondió encogiéndose de hombros y retirándose la camiseta para tomar el sol. Con unas gafas de sol enormes, dejó claro que no quería ser molestado. Por su parte, Mauro llevaba unos auriculares gigantes que le cubrían media cabeza, y la movía al ritmo de algún tipo de música de esa que él escuchaba mientras jugaba a un videojuego en el teléfono.

Gael suspiró y sacó también el suyo. Era media mañana, momento de comenzar a mirar qué se cocía por Sitges. En esa ocasión, decidió darle un respiro a la tan amada Grindr para usar Scruff, que hacía mucho que no la utilizaba.

Se sorprendió al ver tantísimos hombres de cuerpos esculturales. En Madrid había muchísimos, pero parecía que allí era lo único que la aplicación detectaba. Todos blancos, por supuesto; le habían dicho que Sitges era caro y para gente con dinero, así que era de esperar que fueran probablemente maricones ricachones y con un punto racista. Al final, los blancos se juntaban con blancos, como si no pudieran evitarlo. Vio que la mayoría de los que había eran grandes, de barbas prominentes oscuras y con el mismo tipo de cuerpo.

Inspeccionó los perfiles mientras varios le hablaban, buscando encontrarse con él pese a tener bien claro el diamante en su nombre de perfil. Todo el mundo entendía aquello: quien tuviera ese emoji es que se dedicaba a cobrar por sus servicios. Desestimó la oferta de unos cuantos hasta que...

Hasta que lo vio.

Un chico cuyo nombre era Oasis. Evidentemente se trataba de un pseudónimo y su foto de perfil no era más que un torso sin cabeza, aunque al escribirle a Gael, le había mandado un par de fotografías. Le sonaba su cara, pero no sabía de dónde. Y era demasiado guapo. Era perfecto.

Tenía los ojos avellanados y la nariz un poco ancha, pero recta y esbelta. La sonrisa en ambas fotos era, simplemente, increíble. De estas que te iluminaban. Tenía, además, los dientes rectos y blancos. La piel casi impecable, se notaba que se la cuidaba, y unas cejas poco pobladas pero que enmarcaban perfectamente el conjunto de su cara. Tenía algunos tatuajes en el pecho y se le veía el inicio de algunos más por los brazos. Una cosa que captó la atención de Gael fue que no eran rasgos caucásicos, sino una mezcla que no podía identificar. Su tono de piel tampoco era blanco lejía, tenía un punto dorado.

En fin, precioso.

Hola
Foto
Foto
Qué tal estás?

Bien, en la playa
Llegué anoche
Usted?

Ayer por la tarde
No suelo escribir a nadie
Pero eres monísmo

Gracias
Qué buscas exactamente?

Hablar

Ah, bueno
Vio que soy escort
Verdad?

No importa
Yo soy Oasis, encantado

No, mi nombre no es escort

Ya lo sé, bobo
Pero ahora solo quiero hablar
Nadie suele hacerlo
Bueno, yo no suelo hacerlo

Por qué?

Nada, muchas cosas
Siempre me hago esto y me lo cierro
Casi al momento
Es un agobio
Creo que eres la primera persona
a la que hablo directamente

Y me lo tengo que creer?
Jajaja
Se lo dirá a todos

Créeme que no
Foto

Le mandó una captura de pantalla de sus chats. Las conversaciones mostradas eran de hacía más de un año y todas de gente que le escribía a él.

Gael estaba intrigado. Había dos opciones claras: el típico chaval inseguro que se descargaba fotos de actores para hacerse pasar por ellos en ese tipo de aplicaciones o que de verdad fuera alguien conocido que quería mantenerse en el anonimato. No sería el primero que se encontraba y es que realmente su cara le sonaba demasiado. Era incapaz de ubicar dónde la había visto con anterioridad.

La gente siempre quiere algo de mí
Pero tú eres...
En serio

En serio qué?
Jajaja

Precioso
Totalmente mi tipo

Bueno muchas gracias
Y se queda mucho por acá?

Lo necesario
Vengo por trabajo

A qué se dedica?

Ya lo descubrirás, guapo

Está bien
Y qué más?

Aaah
Eres colombiano, verdad?
Tengo un par de amigos de allí
Qué más es en plan
Qué tal

Sí, jajaja
Usted de dónde es?

De todos lados

No, en serio

Ya lo descubrirás
Hazme caso
Quiero que nos veamos
Esto tampoco me mola mucho

Voy a pensar que es mentira
En esta app los que mienten
siempre quieren quedar enseguida

No te fías?

No le conozco de nada, baby

Vale, dime algo que quieras
ver en la foto
Y me la hago ahora mismo

Mmm
Con el meñique en un colmillo

Foto

> Ahhh
> Pero no se ve su carita

Prefiero que se vea el cuerpito
Foto

> Hizo 2x1
> Cuerpo y lo del meñique
> Se ve increíble

Gracias, lindo
Avísame para vernos

> Bueno, está bien

El colombiano dejó de teclear. Cerró la aplicación de golpe y se llevó una mano al pecho. Si no se equivocaba, ese tironcito que había notado en la mejilla era una sonrisa, ¿verdad? Oasis le había movido algo, y estaba ahí, mirando las olas del mar con una sonrisilla boba en la cara. No sabía identificar qué tenían sus palabras o su forma de hablar por mensaje, pero le había inundado una sensación de comodidad muy extraña y reconfortante. Y bueno, Oasis era precioso y tenía cuerpazo.

Fue incapaz de disimular la sonrisa.

Joder, pareces un adolescente.

17

Rocío

¿Qué llevaban? ¿Cuarenta y ocho horas conociéndose? Pero ahí se encontraban, con su futuro claro: adoptar un gatito.

—Va a ser verdad todo lo que dicen de nosotras —comentó Rocío, navegando por internet.

—¿Qué dicen?

Rocío se dio la vuelta al notar el cambio brusco en la actitud de Blanca, que se puso igual que su nombre y parecía mareada.

—¿Quién sabe que estoy aquí... contigo?

—Oye —la calmó Rocío—. No me refiero a que nadie sepa que te estás follando desde hace dos días al mejor coño de todo Madrid, sino a que dicen que las lesbianas vamos rápido.

—Ah, qué susto. Aunque no sé qué me da más miedo.

—¿Adoptar un gato o que sepan que eres bollera?

—No sé si lo soy, no me ha dado tiempo a pensarlo.

—Bueno, si te da cosa... Por mí te puedes quedar conmigo todo lo que quieras, ya te lo he dicho, nena, pero te lo vuelvo a repetir. Que estoy super a gusto y si sale mal, pues sale mal, pero tía, eres la hostia y guapísima.

Blanca se sonrojó y le dio un beso en los labios.

—Quizá sí que tienen razón con eso. Sea quien sea quien lo diga. ¿No es demasiado pronto para tener una responsabilidad así? Ni siquiera hemos etiquetado esto.

—¿A qué te refieres? —Como Blanca se encogió de hombros y no soltaba prenda, Rocío dio el paso hacia la dirección que creía más acertada—. Ah, a lo que somos. En plan novias, rolletes o ese tipo de cosas, ¿no?

Blanca soltó un largo suspiró y volvió a apoyar la espalda sobre el sofá. Parecía preocupada, y se mordía los carrillos por dentro.

—Tía, no sé. Yo no me complico. Si estás a gusto, yo estoy a gusto, y punto. Hace poco tuve una crisis que flipas, de estas de decir: no sé qué cojones tiene el destino preparado para mí, pero no me gusta.

—¿Qué pasó?

—Me lie con mi ex. En plan heavy. Es que tuve un bollodrama de los fuertes. No tenía claro hasta qué punto era bisexual, ¿sabes? Porque, o sea, me gustan más las chicas, pero no había follado nunca del todo con mi ex. Entonces, pues pasó con ella. Un par de veces. Y me rayé mazo.

Blanca no dijo nada, solo la miraba.

—No quiero que te asustes. Si digo algo con lo que la cago...

—¡No, no! No es eso. Soy yo. He venido aquí para ver a Mauro, para hacer como él y tener una vida alejada de toda la mierda del pueblo. A él se le ve tan feliz... Y me he encontrado contigo y ahora mismo ni siquiera quiero salir de esta casa. Estoy... bien. Simplemente bien.

—Qué mona eres, jodía. Y yo que pensaba que la gente de pueblo era supercerrada de mente. ¿Alguna vez te ha molado alguna chica?

—Pues me he dado cuenta de que la de *Crepúsculo*.

—¿Alice o la Bella?

—Bella, Bella. La puta Kristen Stewart, Dios mío de mi madre.

—Ya, te entiendo. Pero oye, entonces... Quiero saber si estás cómoda. Es lo más importante. Yo creo que hemos encajado y eres superfogosa y todo eso, pero no quiero que te equivoques.

—De momento me siento... bien. Que estoy haciendo lo que me apetece cuando me apetece. Como por ejemplo esto.

Se acercó a besarla. Al separarse, Blanca dijo:

—Puedo escuchar los gritos de mi madre de fondo llamándome de puta para arriba.

—Qué manera más fea de cortar el rollo, tía —le dijo Rocío

entre risas. Después de eso, se levantó hacia la cocina para traer algo de comer—. Me pregunto qué cojones estarán haciendo estos por allí, tan lejos... No me entero de nada con estos chicos, la verdad.

—Bueno, no me importa si nos dejan un poco de privacidad para conocernos. Puede que no tengamos que poner etiquetas, pero repito: me quiero quedar aquí encerradísima contigo. Enséñame todo lo que quieras, que sabes que soy una aprendiz.

—Uf, nena, no me digas estas cosas que me pongo como una moto. Aunque tampoco creas que soy la más idónea para enseñarte, como te digo, hasta hace poco...

Le interrumpió con un beso. De nuevo.

—Oye, ¿podemos tener una conversación sin que me beses?

—No. Con lo guapa que eres, eso sería imposible.

—Entonces no hablemos.

Se besaron, de nuevo. Rocío estaba segura de que si le hacían un análisis de ADN a través de la saliva, saldrían mezclados. Había perdido la cuenta de las veces que se habían besado y puesto cachondas, solo tocándose lo justo.

Rocío no era ninguna experta, pero Blanca tampoco. Aquello era bonito, ¿verdad? Descubrir el resto de las cosas que podrían hacer. Rocío lanzó sobre la cama a Blanca, que sonrió y se mordió el labio.

—¿Qué te pasa?

—Me pones —admitió Blanca—. Es todo demasiado ardiente, como en las películas.

Así que Rocío siguió. Le besó todo lo que podía besarle sin quitarle la ropa, jugando con la tensión que aquello provocaba. No tardó en llevar las manos a la entrepierna, la cual comenzó a acariciar, primero sin prisa, luego, poco a poco, de forma furiosa. Le bajó el pantalón, le quitó las bragas. No necesitaba demasiado espacio para hacer lo que tenía en mente.

Fue bajando, acariciándola. Blanca respiraba entrecortadamente mientras Rocío le besaba la pelvis. Sus besos eran dulces y llenos de pasión al mismo tiempo. Ahora, con la punta de la lengua fuera, bajó dejando un trazo de saliva. La misma saliva compartida con la de Blanca.

—Joder —dijo esta, sin poder resistirse.

Rocío había llegado a su meta. Frente a ella, tenía la vagina de Blanca, que parecía vibrar ante su presencia tan cerca. Era el momento. Comenzó a dar pequeños besos alrededor de sus otros labios, hasta ahora menos explorados y desconocidos para ella, y no tardó demasiado en jugar también con la lengua.

Dios, se sentía increíble.

Blanca agarró del pelo a Rocío; parecía algo que le salía innato cuando estaba demasiado cachonda, y eso a Rocío le encantaba. Dejó que la apretara mientras jugaba con su clítoris, primero rápido, luego lento, de nuevo rápido, y así hasta que aquello comenzó a humedecerse más y más. Cuando paró durante un instante para recuperar el aliento, notó la presión de Blanca sobre su cabeza, forzándola a continuar.

—Sigue —le dijo, a duras penas, entre gemido y gemido.

Así que Rocío siguió, ahora con la ayuda también de sus dedos. Ella también estaba excitada, pero en aquel momento quería darle placer a Blanca. Jugueteó con los dedos en su abertura, con la lengua en su punto climático, cada vez más furiosa y rápido, cada vez más...

—Joder, joder —se quejó Blanca, sin soltarle el pelo a Rocío, mientras le temblaban las piernas.

—¿Quieres que pare? —jugó Rocío, sonriendo, efervescente en el poder que le daba que el cuerpo de Blanca reaccionara de aquella manera.

—Jamás. —Y volvió a enterrar su cabeza en ella.

Cuando el orgasmo llegó, con los ojos en blanco presa del placer, Blanca pensó en qué coño había estado haciendo toda su vida.

Nunca mejor dicho.

Estaban tumbadas en la cama. Las horas pasaban. Habían comido una pizza hecha en el microondas y la habían dejado a medias, porque Blanca no había podido resistirse a devolverle el cunnilingus a Rocío. No fue tan bueno, pensó, pero Rocío se había corrido dos veces.

Así que estaban cansadas, la cabeza de Blanca sobre el pecho enorme de Rocío. Fuera, en las calles de Madrid, corría un poco de brisa. Aun así, en el apartamento hacía calor: el que ellas provocaban.

No habían vuelto a tocar el tema de Javi, porque el plan había estado claro desde el principio. Ellas solo habían tenido que aceptar lo que su amigo les había contado y esperar instrucciones. Pero de momento, ahí estaban, disfrutando la una de la otra.

—¿Sabes? No sé si estoy hecha para algo así —confesó de pronto Rocío.

Le había estado dando vueltas durante un tiempo y necesitaba soltarlo.

—¿Cómo? —Blanca pareció asustada, aunque no se movió del cuerpo de su chica.

—Una relación... normal.

—Explícate.

Y Rocío comenzó con su verborrea. Que si la monogamia, que si las relaciones abiertas, el patriarcado y la religión cristiana, la homofobia interiorizada, lo distinta que era la vida en Madrid. Sintió que Blanca era incapaz de procesar toda la información de golpe, pero ella no paraba. Siguió hablando de sus amigos con relaciones abiertas, de cómo la toxicidad era inherente a las parejas cerradas, de la libertad y de la diferencia entre el sexo por el sexo y el amor, sin olvidar lo que ella consideraba que era distinto entre una pareja heterosexual y una homosexual, el machismo implícito en todas las relaciones interpersonales y un montón de cosas más que ya sonaban demasiado enrevesadas para los oídos de la recién llegada.

—No entiendo nada —dijo finalmente Blanca, tras procesar medianamente lo que Rocío le había contado.

—Es normal, lo siento. Es mejor que lo dejemos como está, que vayamos viendo. Siento si te he asustado —se disculpó, finalmente, al ver que Blanca estaba impactada de verdad.

—Mmm... No te preocupes. Son demasiadas cosas en muy poco tiempo. Es solo eso. Hasta hace unas horas ni siquiera me habían comido el coño.

—¡Qué dices! Yo pensaba que eras más echada para adelante.

Blanca hizo un gesto con la mano mientras negaba con la cabeza.

—Anda, por Dios. Si me tiraba todo el día con Mauro haciendo frikadas... —dijo, casi avergonzada de que pensaran que era un as sexual—. Sí, a ver, que tengo un buen par de tetas y todo eso. Puede ser que en el instituto follara alguna que otra vez con tíos, pero mira, la verdad es que no fueron buenas experiencias. Paso total.

—Cuéntame, porfa. Quiero conocerte.

Rocío abrió los ojos y acercó la cara, como invitándola a que de verdad le narrara sus experiencias. Así que Blanca suspiró y se puso a ello.

—Con quince años me tiré a uno de estos del insti que entrenaba siempre. No es que fuera como el más buenorro o popular, pero tenía su cuerpito y tal. Le molaba mucho tontear con todas y hablábamos un montón por Tuenti, así que nada... Un día quedamos en su casa porque su madre se había ido a trabajar y terminamos follando. Él me dijo que le daba asco que mi coño tuviera pelos, que si me lo iba a depilar algún día, y yo le dije que era un puto cerdo y que él tampoco estaba depilado.

—Flipo con los heteros, tía. —Rocío estaba perpleja.

—Ya, pero bueno —continuó Blanca—. Tenía quince años, él tenía abdominales, yo veía series de adolescentes en el ordenador... Así que nada, creí que ese tipo de cosas eran normales y al final terminé chupándosela. Él, por supuesto, no me tocó el coño ni con un palo. —Hizo una pausa dramática—. ¿Lo peor de todo? Se corrió en menos de un minuto. Al menos tuvo la decencia de avisarme para que me apartara.

Rocío dio una sonora palmada, indignada.

—No, y luego exigen ellos, no te jode.

—Ya, ya, tal cual. Eso pensé yo. —Blanca tragó saliva, para proseguir—. Total, que se dio una ducha y me pidió perdón, y que no se lo contara a nadie por nada del mundo. Yo pensaba que íbamos a lo que se dice follar follar, vamos. A él le estaba entrando sueño y casi me estaba echando de su casa, pero honestamente, me ponía burrísima. O sea... No sé, había algo que me decía: Blanca, te lo tienes que tirar. Así que me quité la camiseta, me quedé en tetas y le dije que me follara. Pum, tal cual, tía. —Blanca se rio ante el recuerdo y Rocío acompañó su risa, fascinada—. Me estaba exponiendo a que les dijera a sus amigos que era una guarra, pero yo tenía la otra parte de la verdad... Así que estábamos en una situación parecida.

—La de eyaculador precoz, ¿no?

Las dos rompieron a reír a carcajadas.

—¡Exacto! —Blanca recuperó un poco el aliento y cogió un trozo de pizza que mordisqueó—. Así que le puse cachondo de nuevo y terminamos follando. Esa fue mi primera vez. Luego en el instituto no nos volvimos a saludar y me eliminó de Tuenti. Nadie nunca se enteró de eso hasta que se lo conté a Mauro un tiempo después. Dentro de lo mierda de persona que era este chaval, se portó bien. Porque hay cada chica que lo ha pasado mal...

Blanca asintió con pena, como recordando algo que hubiera pasado en el pueblo. Por supuesto, Rocío estaba fascinada. Le encantaba cómo Blanca se abría a ella, cómo narraba los cotilleos, pero sobre todo, cómo se expresaba sin problemas y creaba entre ellas una complicidad increíble.

—Me imagino. Y más en un pueblo pequeño, ¿no?

—Hay demasiada gente cotilla... No sé cómo lo soportan. Que oye, te voy a decir que soy la más cotilla del mundo. Me gusta enterarme de todo, aunque no conozca a la gente implicada. La idea es que haya un buen drama.

Ambas volvieron a reírse, se dieron un lindo beso con sabor a queso y pan. Como Rocío no había tenido suficiente, continuó tirando del hilo.

—¿Y qué otras experiencias has tenido, nena? Cuéntame.

Blanca se encogió de hombros y miró hacia el techo, pensando.

—Pues me tiré a un par más —dijo, dubitativa—. Sí, creo que a un par más, ¿eh? Tampoco te creas. Con uno estuve quedando un tiempo, follábamos casi todos los días durante un mes y luego no volvíamos a vernos en meses... Y así. Casi hasta bachillerato. Y luego, también en último curso, me pusieron con un par de compañeros de otras clases con los que nunca había coincidido y en el viaje de fin de curso me tiré a uno de ellos que se llamaba Eric, que era literalmente lo peor, tía.

—Malas experiencias todas, por lo que veo —comentó Rocío, haciendo un gesto de incomodidad con la boca.

—Ajá. Pero bueno, éramos jóvenes... —Blanca cogió aire para entrar en detalle con su historia—. Este que se llama Eric, te digo... Tenía el pene pequeño. Demasiado pequeño. Él estaba borracho y según él era por eso, pero mira, no soy idiota. Le dije que si se sentía incómodo, que al menos me comiera el coño. Él me dijo lo mismo, pero yo no se la iba a chupar ni de coña, estaba ya harta de los hombres.

—Normal, nena. Es que es como si fuera una cueva que les fuera a comer a ellos, ¿o qué mierdas les pasa? Ni que tuviéramos dientes.

Blanca alzó una ceja y puso los ojos en blanco, como diciendo: «Qué me vas a contar».

—Terminamos enrollándonos superfuerte. En plan suuuperfuerte. Follamos al final, pero fue sin más, aunque el preámbulo estuvo bastante decente, eso sí tengo que admitirlo.

—¿A qué te refieres? —preguntó Rocío, curiosa de verdad.

—Me masturbó y eso, y me puso muy cachonda. Supongo que era por el tema de tenerla tan pequeña, que se tendría que esforzar en lo demás... Ya solo por su propio orgullo, ¿eh? No me estoy metiendo con él.

—Claro, claro —dijo Rocío. Luego se mordió los labios para aguantarse la risa.

—¡Te lo juro! —Blanca casi gritó, y cuando se hubo calmado, concluyó—: Pero sí, estuvo interesante.

Rocío alzó las cejas.

—Ay, me voy a tener que poner celosa de Eric el Polla Pequeña.

—¡Jamás! Si se casó en cuanto hicimos Selectividad.

La sorpresa inundó la cara de Rocío, que no pudo evitarlo. De verdad, las historias de Blanca no dejaban de mejorar con cada giro en la trama.

—Qué me estás contando —dijo, sin dar crédito a lo que escuchaba.

—Es común en los pueblos. —Hizo un gesto con la mano como si no fuera nada, algo habitual. Pero ¿Blanca sabía que aquello era una locura? Dios bendiga Madrid, pensó Rocío. Dejó que Blanca siguiera hablando—. Estaba siempre de idas y venidas con una del pueblo de al lado y al librarse de las clases decidieron casarse. Fue lo más comentado del pueblo porque a los nueve meses nació su hija Érica.

Rocío no pudo evitar poner cara de desagrado. Aquello le daba mucha rabia, de esas cosas sin sentido que la ponían a mil revoluciones... en el mal sentido. Como cuando veía a la gente lamer las tapas de las natillas o a los niños en el metro sentándose en el asiento reservado para embarazadas y personas mayores.

—Odio a los padres que ponen su nombre a sus hijos. Y esto es lo mismo pero cambiando de género el nombre... Menudo circo.

—¿Verdad? Superpoco gusto... —dijo Blanca, que parecía opinar igual—. Total, que al final resulta que se mudaron y se compraron una casa y todo. Ahora son megafelices, pero se han quedado encerrados en el pueblo. Yo comentaba siempre con Mauro que nosotros seríamos ese tipo de personas como no escapáramos en algún momento. Es horrible ver cómo esa gente, que parecía que iba a ir a algún lado, se queda en el mismo lugar. Eric sabía tres idiomas, quería ser ingeniero aeroespacial. Era de los más listos del instituto... Y se metió a trabajar en el Mercadona del pueblo de al lado.

Aquel comentario sorprendió a Rocío.

—No hay nada malo en eso, ¿no? Yo también tengo estudios y... —defendió.

—Me has entendido mal. —Blanca hizo un aspaviento—. Es gente que se ha preparado para salir durante toda su vida. Eric odiaba el pueblo tanto como yo. O incluso más. Y al final se vio atado ahí, por su casa, su hija, su mujer. Cada vez que iba a hacer la compra y le veía, hablábamos un poquito, sin más. No es feliz. Lo sé. Me lo ha dicho. Pero es tarde. Y está encerrado.

Las palabras de Blanca cayeron duras sobre la habitación. Rocío pensó que la reflexión era más que interesante, y le hizo pensar sobre su vida y su futuro. Ella era feliz en Madrid, demasiado feliz en sus calles y barrios. Adoraba pasear por Gran Vía todos los días, trabajar en pleno centro de Malasaña... Pero ella sentía que la vida podía depararle cosas mejores que trabajar en una librería. ¿Era ese el futuro que desde niña había deseado? ¿Qué podría hacer por el mundo para cambiarlo?

Uy, pensar eso era demasiado intenso, pero su niña interior estaba viva de pronto.

—Qué fuerte —fue lo único que pudo decir, después de pensar.

—A mí me da pena. Y menos mal que Mauro espabiló. Huyó como si nada. Desde que se fue no sé si ha hablado una vez con sus padres. Se ha dado cuenta de que no le hacen bien y... No es que fueran los mejores padres del mundo. No ha tenido problemas en refugiarse aquí, con los chicos. Ha tenido muy buena suerte.

Rocío asintió en silencio, sopesando las palabras de Blanca.

—La verdad es que sí —dijo finalmente—. Independientemente de los líos que se traigan entre ellos, la verdad es que son buena gente. Mauro está feliz.

—Solo por haber puesto un pie fuera del pueblo... Yo ya me sentía más feliz. No sabes la sensación que ha sido llegar y encontrarte, además. Comprender por fin el resto del mundo, que hay vida más allá de Mercería Paqui. Y que hay una vida llena de experiencias para mí. Siento que me lo merezco.

18

Mauro

—La misión COCA de momento está siendo una mierda —dijo Iker, al cabo de un rato.

Mauro se volvió para mirarle extrañado.

—¿Qué?

—Contactar Con Andrés. COCA. Para abreviarlo —aclaró Iker, poniendo los ojos en blanco, como si fuera obvio.

—Pero suena a otra cosa. —Mauro tenía miedo de que un policía los escuchara y fueran a prisión por un malentendido. ¡Allí no había nada de droga!

¿Verdad?

Miró a todos lados, alerta. No quería meterse en líos tan lejos de su casa.

—Yo creo que es raro —le apoyó Gael, aunque sin separar la mirada de su teléfono. Llevaba un buen rato sin hacerlo, como si le absorbiera—. Además, sería CCA solo.

—Bueno, qué más da. COCA queda mejor —zanjó Iker, llevándose a la boca un trozo del bocadillo de beicon que se había pedido en un chiringuito cercano. Mauro se fijó en que la marca del cinturón de seguridad del coche se le notaba en ciertos ángulos, como en ese momento, al abrir la boca, mientras masticaba...

Llevaban unas cuantas horas ahí, con el sol golpeándoles, pasando calor. Bueno, quizá Mauro era el único que lo estaba pasando tan mal con esa ropa de manga larga. Sus amigos habían ido rápidamente a cambiarse al hotel hacía un rato. Ahora, Iker y Gael solo llevaban unos bañadores, los cuales marcaban increíblemente bien todos sus atributos. Mauro trataba de no mirar, pero se sorprendía a sí mismo con la vista fija en sus bultos. Era incapaz de no hacerlo.

—Si nos tiene bloqueados, es que es absurdo mandarle tantos mensajes y eso —dijo Mauro. Era un pensamiento que había compartido en varias ocasiones en voz alta, pero sus amigos no parecían mostrar interés, como si solo ellos tuvieran razón—. Es que aparte de eso, no sé qué podemos hacer. ¿Ir puerta por puerta a preguntar?

—Claro, y Efrén nos va a abrir en plan: hola, bebés, un besito, ¿queréis un té con hielito? —se burló Iker.

—La imagen sería graciosa —admitió Mauro por lo bajo, mientras jugueteaba con la arena de la playa entre sus dedos. Se encontraba ahí por primera vez y estaba siendo decepcionante. No era para nada como se lo había esperado tras verlo en las películas.

Sí, era bonito. Porque Sitges de momento le estaba pareciendo bonito, blanco e impoluto. Sin embargo, esperaba más del concepto del mar. Hacía demasiado calor, el sol le hacía arder los ojos y la arena era incomodísima: como estaba sudando se le quedaba pegada por todos lados. Además, al tumbarse, ¡su cabeza estaba demasiado baja! Por no mencionar el mar, que parecía más verde que azul, o la gente, que hablaba demasiado alto.

Sin duda había sido una decepción, aunque podría tachar conocer la costa de su lista de tareas pendientes en la vida.

—Ni siquiera me ha respondido desde el Instagram nuevo —se quejó Gael.

—A mí tampoco —añadió Iker.

Mauro miró su teléfono. Habían creado perfiles falsos para ver si Andrés podía ver sus mensajes, pero ni por esas.

—Nada, el mío sigue ahí —confirmó Mauro tras echarle un vistazo. Tampoco es que entendiera nada de esa aplicación. Después de que Iker descubriera que no tenía Instagram hacía unos meses, le había obligado a abrirse uno... Y no lo había vuelto a usar hasta ese momento, y tan solo para abrirse uno nuevo, falso.

—Es que hay una opción de bloquear a gente como tal, su número de teléfono y mail, y si Instagram piensa que eres la misma persona haciéndote otra cuenta, pues como que te bloquea —explicó Iker mientras leía rápidamente un artículo de Google.

—Pues vaya.

Se quedaron en silencio. Bueno, todo el silencio que podría haber a la hora de comer en una playa catalana en pleno puente. Una niña con un bikini rosa con tutú pasó por delante de ellos, salpicándoles de arena con cada paso.

—Puaj —se quejó Iker, que estaba demasiado obsesionado con no mancharse de arena—.¿Qué cojones? Esa niña me ha salpicado arena. Y agua. O no sé qué. Es mazo pringoso. Me tengo que ir al mar, ahora vengo.

—Yo también voy, ahora vuelvo, cuida las cosas —le dijo Gael, yendo detrás de Iker en dirección al agua.

Entonces Mauro se quedó solo, mirando al resto de las personas que había por ahí disfrutando de su día. Se sentía atrapado e incómodo con esa ropa y buscó con la mirada alguien que vistiera similar pese al calor que hacía. No lo encontró. Lo más cercano era un grupo de hombres como de cincuenta años con barriguita cervecera, pendientes en las orejas y con camisas hawaianas anchas medio abiertas. Todos llevaban pulseras con la bandera del Orgullo en la muñeca. Mauro sonrió para adentro viendo a ancianos felices de vivir como merecían en un entorno seguro, aunque la sensación que se le quedó al final fue otra.

No había nadie en toda la playa vestido como él.

¿Y por qué?

Porque no había nadie en la playa tan gordo como él. Ni tan peludo, ni tan feo, ni tan ridículo. Vio cómo Gael e Iker jugaban a salpicarse y de pronto se volvieron, haciéndole señas para que se uniera a ellos. Mauro les devolvió el saludo para tratar de hacerse el sueco, como si no entendiera que querían que fuera.

Finalmente, al cabo de un par de minutos tras ignorarles, unas gotas cayeron sobre sus piernas. Alzó la mirada. Era Iker, mojado, en todo su esplendor. Era perfecto, un puto sueño, por mucha tensión que tuvieran, había que admitirlo.

Pufffffffffffffffffffffffffffffff.

—Venga, vente un rato, Mauro —le dijo este, con una sonrisa a medias. ¿Eso era una tregua? ¿Otra más? Tardarían nada en volver a discutir, aún no le había perdonado por su negativa tajante respecto a dormir juntos en el hotel—. No pasa nada si te metes, cada uno va a su bola.

Ese comentario hizo que Mauro se sintiera como un puto hipopótamo. ¿Le estaba dejando caer que no pasaba nada por ser gordo? Porque claro, nadie le iba a prestar atención, que podría jugar, reír y chapotear ajeno a todo, porque nadie le miraría con deseo. No como a él, no como a ellos. Se había fijado, sí, en que muchos de los chicos de la playa los miraban o se acercaban, interesados. A él no le pasaría eso, e Iker lo sabía. Y por eso estaba tratando de dejarle claro la diferencia entre gente como él y gente como Mauro. Una diferencia bastante evidente, y algo que Mauro no podía soportar más.

Qué bajo había caído.

Por su gesto, fue evidente que a Mauro no le había sentado nada bien ese comentario, porque enseguida Iker trató de recalcular sus palabras pidiendo perdón, que si le había entendido mal, que si no sé qué, pero Mauro no las escuchó, porque ya se estaba yendo, casi corriendo, tratando de no llorar mientras llegaba al hotel y se encerraba en la habitación para, por fin, poder gritar en soledad.

A los quince minutos, alguien entró. Mauro estaba sudando sobre su lado de la cama, con los ojos cerrados, pensando en todo lo que había despertado esa frase de Iker en él.

—Hey —le dijo este, poniéndose de cuclillas a su lado. Le tocó el hombro para que le prestara atención. Mauro no se molestó en abrir los ojos.

—Eres un gilipollas.

No podía aguantárselo más. A veces lo era. No pensaba en nadie más que en él mismo y era un completo egoísta. Una cosa era estar enfadados o tener riñas estúpidas, pero esa distancia que había crecido entre ellos desde el incidente con Héctor parecía de pronto definitiva, como si jamás pudieran volver a ser los mejores amigos y confidentes que habían sido en el pasado. Y eso dolía, y más con palabras como aquellas.

—No has entendido bien lo que he querido decir —le dijo Iker, en un tono de voz calmado. Se le notaba realmente triste, culpable—. Sabes que... Da igual. Eso no cuenta, porque la he cagado.

Mauro mostró interés, pero no lo hizo saber. Siguió esperando que Iker se disculpara al menos, aunque el daño ya estaba hecho.

—Hace mucho tiempo yo estaba gordo, Mauro. Muy gordo. Me insultaban y me trataban fatal en el instituto, me llamaban de todo. Crecí y decidí cambiar mi aspecto físico porque necesitaba sentirme válido. Pero con el tiempo me di cuenta de que no era lo que verdaderamente buscaba, sino sentir que gustaba. Y no tiene nada que ver ir al gimnasio o estar delgado para eso, ¿me oyes? Yo me refugié en eso, pensando que me salvaría, pero no ha eliminado el resto de los problemas que pueda tener en mi vida.

La verdad es que Mauro no tenía ni idea de hacia dónde narices iba toda esa charla de Iker, y fue abriendo los ojos poco a poco. Vio a Iker con los suyos llenos de lágrimas. Lo que estaba contando era una parte importante de él, era evidente que había cosas que se estaba quedando para sí mismo. De pronto, Mauro sintió pena. Quizá juzgara demasiado a Iker por lo que mostraba, sin pararse a pensar en por qué se mostraba así.

—Y sé que ha podido sonar ofensivo, pero a mí me hubiera gustado que alguien me dijera que no pasaba nada. Porque sé que para ti es un problema, te he visto sufrir por eso, y no quiero que te sigas sintiendo así, Maurito. Somos igual de válidos, tenemos derecho a gustar estemos como estemos.

La intención de Iker, pensó Mauro, era buena. Sin embargo, no terminaba de encontrar las mejores palabras para eliminar cualquier rastro de culpabilidad de la cagada en la playa. Iker continuaba hablando con la voz temblorosa y sin mirarlo a la cara.

—No quería que lo percibieras como lo que no es, sino porque sé que un empujoncito en este tema no viene mal. Yo lo habría agradecido, el que te acojan y te prometan no juzgarte, porque es lo que a mí más me jodía. Y sobre todo, te veo y digo: joder, si es que no pasa nada, porque tú, Mauro, gustas de forma natural.

Las últimas palabras Iker se las dijo con la mirada clavada en los ojos de Mauro, que se quedó sin aliento. Estuvieron así durante un buen rato, el uno perdido en los pensamientos del otro, compartiendo miradas. De pronto, Iker se sonrojó y meneó la cabeza.

—O sea, me refiero a que tienes novio, de que eres superagradable como amigo, me lo paso genial contigo. —La sonrisa que puso Iker fue extraña, quería enseñar demasiado los dientes.

Mauro sintió que algo se rompía en su interior, pero terminó por fingir una sonrisa, aunque no tan grande. Aún no podía; había llorado demasiado. Iker se le acercó para abrazarlo. Mauro se dio cuenta entonces de que estaba solo con el bañador, mojando la moqueta de la habitación del hotel. Algunas gotas le cayeron encima cuando Iker casi le rompe las costillas con ese abrazo tan gigantesco y poderoso.

La esperanza de *algo* hizo que Mauro lo perdonase.

19

Iker

Cuando el abrazo terminó, Iker se sentía mal. Mal por Mauro, mal por él, por no haber cuidado sus palabras, por haberse abierto... Para él era raro confesar sus miedos, reflejar esos traumas del pasado en la actualidad. Para su sorpresa, hacerlo con Mauro no había estado tan mal. Lo necesitaba, para él sobre todo, pero también para que Mauro lo entendiera.

Por otro lado, Iker estaba sorprendido de haberle visto tan afectado por el tema de su cuerpo. Pensaba que el haber encontrado pareja y haber vivido sus primeras experiencias sexuales con él le habría conferido esa seguridad en sí mismo de la que carecía. Al menos, para Iker había sido así. Buscó la validación a través del sexo en sus momentos más bajos. Con este problema en la playa, se había dado cuenta de que no todos estaban cortados por el mismo patrón, incluso sufriendo los mismos problemas, y eso era algo que notaba en el pecho y le apretaba, le ahogaba.

Tenía que quitarle hierro al asunto.

—Bueno, tenemos que volver, maricón —dijo Iker sonriendo.

Mauro se había incorporado sobre la cama. Estaba sentado con las piernas cruzadas y su cara no dejaba lugar a dudas: estaba en la mierda. No iba a ser fácil recomponerle, pero lo intentaría.

—He dejado a Gael solito y me da miedo —continuó Iker. Su amigo se volvió, curioso.

—¿Qué pasa?

Iker se encogió de hombros, haciéndose el loco.

—Lo he visto mucho con el teléfono, no sé si nos va a dejar tirados para sacarse unos billetes. Porque ¿sabes una cosa? —Se acercó a Mauro con los ojos abiertos, como si lo que iba a confesar fuera el secreto mayor guardado de la humanidad. Con la voz grave, sintiéndose en un documental de misterios sin resolver, añadió—: Tras muchas investigaciones, podemos asegurar, orgullosos de poder decir con voz bien alta, que el resultado de dichas averiguaciones ha sido el siguiente. Puede que estas conclusiones te sorprendan, pero es el momento de que la verdad salga de una vez por todas a la luz. Y es que nuestro amigo Gael es... A ver cómo te lo digo. Chapero. Se acuesta con gente por dinero.

—Eres tonto —le dijo Mauro, soltando una risita y negando con la cabeza.

—No, pero en serio. Conocí a un chico que no se enteraba, no tenía ni la más remota idea de lo que era y le estaba haciendo el lío.

Mauro se aguantó la risa, ahora sus ojos brillaban más.

—¿Ah, sí? ¿Y qué pasó al final?

—Se hicieron amigos —terminó Iker con una sonrisa, transmitiéndole con la mirada a Mauro un poquito de felicidad, de fuerzas para que se levantara y viviera Sitges como se merecía—. Ahora son inseparables.

—Entonces ese chico ha encontrado su sitio.

La forma en la que Mauro dijo aquello era una mezcla de sentimientos imposibles de desgranar. Iker se sentó en la cama junto a él y apoyó la mano en las piernas de su amigo.

—Sea como sea, tenemos que volver. No solo porque me preocupa Gael, sino porque ni siquiera traje el móvil y debo tener muchas notificaciones, ya sabes.

—Cierto, que eres Iker Gaitán, se me olvidaba —le dijo Mauro, con evidente sarcasmo.

—Hay muchos chicos aquí dispuestos a conocerme, solteros en mi zona y todo eso —dijo Iker en tono jocoso.

—¿Sí? Hace tiempo que no me cuentas nada de eso.

—Nos hemos distanciado, ya lo hemos hablado.

Hubo una breve pausa para que Mauro cogiera confianza para decir lo que pensaba.

—No sé, solo curiosidad. Antes estabas saliendo siempre y ahora te noto algo diferente. Pero en general, no solo conmigo. ¿Más apagado?

—Hace mucho que no salgo, es verdad. —Iker ignoró el resto y se centró en lo que quiso—. Y hace mucho más aún que no llevo a alguien al piso, pero eso no significa que no haga nada, Mauro. Como tú dices: soy Iker Gaitán.

—Ya, claro. —Mauro chasqueó la lengua—. El follador de Chueca.

—¿Así me llamas? —Fingiendo estar ofendido.

—Puede ser. ¿A ti no te gusta que te llamen así?

—Prefiero que me digan otras cosas, como que la tengo grande, que soy un semental...

Mauro se sonrojó y apartó su mirada de la de Iker, buscando cualquier mota de polvo en el colchón que pudiera distraerle.

—Perdón, Señor Caballo.

Iker se rio pero lo que le salió fue apenas un soplo de aire.

—¿Q-qué? ¿Por?

—Semental es como le llaman en el pueblo a los caballos que solo sirven para acostarse con las yeguas y tener más hijos.

La carcajada se debió de escuchar en toda la ciudad.

—Pero nosotros no podemos embarazar. Bueno, técnicamente sí, pero ya me entiendes.

Continuaron las risas, pero al final Mauro retomó el tema central, con los ojos enfocados en los de Iker.

—Oye, Iker, entonces... ¿Muchas aventuras estos meses?

—Demasiadas como para contártelas, Maurito. Te asustarías.

Pero Iker no fue sincero. No, no era verdad. Llevaba algo más de un mes sin estar con nadie, sin tener interés ni apetito sexual. Solo se le había puesto dura pensando en Jaume la noche en la que llegaron, por primera vez en mucho tiempo.

—No, Mauro. Estoy... cambiando —confesó finalmente Iker. Soltó el aire, como si se quitara un peso de los hombros.

—Vaya.

Mauro no dijo nada más, esperando que Iker se explayara.

—Sí. Es raro. —Eso fue lo único que Iker pensaba contarle sobre el tema. No era el momento y tenerle ahí cerca, hablando de eso... En el fondo sabía a qué se debía su falta de apetito, la tristeza oculta en lo más profundo de su corazón, así que prefería dejar correr el tema. No quería arrepentirse de nada—. En fin, vámonos a la playa, ahora de verdad.

Dio unos toquecitos sobre la cama y se levantó, esperando que Mauro también lo hiciera.

—Espera un segundo —le dijo este—. Me voy a cambiar, ¿vale? A ver si encuentro algo más corto... Ahora bajo.

Iker abrió la boca, sorprendido, y la cerró enseguida, asintiendo con la cabeza. Un fuego lleno de orgullo le quemó por dentro, le subió por la garganta y llegó hasta sus ojos. Así que se dio la vuelta y se despidió sin mirar a Mauro. Tragó muchísima saliva para no llorar, y hasta que no volvió a tocar la arena de la playa con los pies, no se permitió sonreír.

La cabeza de Iker no paraba de dar vueltas y vueltas. La realidad de su situación, del porqué estaban en Sitges, le cayó como un jarro de agua fría cuando frente a la puerta del hotel, mientras se fumaba un cigarro esperando a Mauro, vio a una pareja discutir.

—Andrés... —dejó escapar entre sus labios.

Tenían que dejarse de tonterías y ponerse manos a la obra de una vez. No quería pensar demasiado mal, pero ¿y si llegaban tarde? ¿Y si Andrés se había visto condenado a un destino horrible del que le iba a ser imposible escapar?

Apagó el cigarro con el pie y esperó a que Mauro apareciera. Cuando lo hizo, asintió con la cabeza.

—Es hora de tomarnos esto en serio.

20

Gael

Hola por aquí!
Eres la primera persona de una app
A la que le doy mi WhatsApp

Seguro que le dice eso a todos

No, de verdad
Te lo prometo
Me encantas

Gracias, baby
Usted sí que es lindo
Me gusta mucho su cuerpo
Sus ojitos y sus labios

Sí? Gracias
Tengo ganas de verte en persona
Ya sé que dije antes que tardaría...
Pero no sé qué tienes, hijo
Los latinos me volvéis loco

Oye, oye
No me cosifique, papi
Jajajajaja

No? Te molesta?

Es joda
Cosifíqueme todo lo que quiera

Uy, calla
Que me pongo tontorrón
Y ahora mismo no puedo...

Por qué? Trabajando?

No
Estoy en una playa nudista
Aquí en Sitges
Ubicación

Estamos cerca
Más de lo que pensaba

Que si me dices cosas bonitas
O así un poco salidas...
Pues me voy a poner como una moto
Y no quiero espantar a nadie

Calle
Que me está dando morbo

A mí también
Espera que me tapo un poco
Vale, ya está
Ahora no tengo peligro
Tampoco es que me vieran demasiado
Estoy un poco escondido, ya te contaré

Pero está en una nudista de verdad?

Sí
Foto

Uy, ese señor viejo de ahí
Qué pipí tan grande
Feo, pero grande, jaja

La verdad es que sí
Varios le han hecho señas
Para hacer cruising

Delante de todos?

No, entre las rocas
Es común aquí
Por lo visto
Yo no sé nada de eso

Uy, de santo me parece que tiene poco
Oasis
Es su nombre de verdad?

No, obviamente

Y cómo se llama?

Prefiero que lo descubras
Cuando nos veamos en persona
Te viene bien, no sé
Tomarnos algo ahora?
En la playa nudista
Hay un tío vendiendo cerveza

Pues...
Mis amigos se fueron
No sé cuándo volverán
No me parece mala idea

Entonces te espero

Tengo que entrar desnudo?

No hace falta
Te mirarán raro, claro
Pero no hace falta
Aunque me gustaría muchísimo

Por primera vez?
Usted es muy directo
Luego que si los latinos son de sangre cliente

Bueno, yo soy de sangre, eso seguro

Pipí chico que se hace grande?
Jajajaja

Eso es!
Así que no me la mires demasiado
Me da un poco de vergüenza
Eres demasiado mono

Bueno, deme cinco minutos
Veo a ver qué me dicen mis amigos
Y le digo algo

Okey

Justo cuando Gael se disponía a volverse para ver si Mauro e Iker aparecían por algún lado, alguien le puso un chorro de crema en la espalda.

—¡AU, idiota!

Era Iker, que, riéndose, sujetaba el bote de protector solar con fuerza sobre su cabeza.

—No queremos que te quemes, Gael, todo el día pegado al teléfono.

En aquel momento, antes de que siguieran con las bromas, sintió que quería contarlo. Gritar a los cuatro vientos que estaba hablando con un chico. Con un chico que, por primera vez, parecía que no buscaba sexo de primeras, tenía buena conversación y no le importaba el emoji del diamante en las aplicaciones. Todo era ¿nuevo? Desde luego, desde que había llegado a España, no le había pasado.

¿Tan difícil era encontrar personas normales? Miró cómo Mauro le pegaba en el pecho a Iker con unas gafas de sol mientras este lo salpicaba con la crema y se dijo a sí mismo que sí, que desde luego era muy complicado.

21

Blanca

Hablar del pueblo le había supuesto un desgaste emocional. No se había dado cuenta de ello hasta que se había despegado por fin de Rocío y se había metido en la ducha. Ella misma le había recomendado que fuera para desconectar y relajarse, así que se tomó la licencia de estar bajo la ducha durante unos buenos veinte minutos. Las contracturas se le aliviaron gracias al agua caliente y el acondicionador que usaba Rocío era de los mejores del mercado: ahora tenía el pelo como la seda.

Al salir de la ducha, Blanca buscó las gafas entre el vapor. Fue tanteando y las tiró al suelo sin querer. Solo escuchó el ruido. Se agazapó para tratar de tocarlas con la mano. Empezó a buscarlas a gatas por el baño y acabó por golpearse con el mueble, pero las encontró. Cuando se las puso, vio que este estaba a medio abrir y que de él asomaban decenas de colores y formas.

—¿Qué...?

Blanca abrió el armario. Había una colección de dildos y juguetes sexuales, como succionadores de clítoris, de tamaños varios y de toda la gama cromática. Al completo. Se sorprendió, pero sonrió, asintiendo con la cabeza. Cerró la puerta y pensó en las posibilidades de poner todos esos juguetes en marcha con Rocío.

Todos y cada uno de ellos.

Sintió que sus pezones se endurecían momentáneamente, pero

enseguida se distrajo mientras se secaba bien el pelo. No quería que su mente vagara por más recovecos sexuales. Pensó en las experiencias, con esos chicos heterobásicos y sus penes y sus no lamidas de coños, que le había contado a Rocío... Había sido una mierda. Su vida sexual había existido, al contrario que la de Mauro, pero ¿cuál era la diferencia? No había experimentado, habían sido encuentros desastrosos. Era como si ahora estuviera descubriendo el mundo por primera vez.

Ya completamente seca se decidió a salir del baño. Se puso las chanclas que Rocío le había prestado y la buscó por la casa. No la encontró en ninguna habitación, ni en el salón...

—¿Rocío? —la llamó en voz alta.

Pero no recibió ninguna respuesta.

Continuó caminando. Era de noche y casi ninguna luz estaba encendida, así que temía tropezarse y romper una lámpara o un mueble. Si algo tenían en común Mauro y ella sobre todas las cosas, era la maldita torpeza.

—Rocío... —volvió a intentar.

Aquella vez recibió el sonido de llaves contra la puerta como respuesta. Vio a Rocío entrar con una sonrisa en la boca.

—Uy, nena, entrar y verte en toalla... Quítatela —le dijo, con sorna.

Pero vaya, que Blanca era Blanca.

Se la quitó.

Se quedó completamente desnuda en mitad del salón. Por un momento temió que pasara un vecino y la viera a través de la puerta de entrada, pero... La simple idea la puso a cien.

Rocío terminó de entrar en casa. Iba cargada con un par de bolsas verdes del bazar de abajo. Lo supuso porque las del bazar del pueblo de al lado también eran iguales. Parecía ser un rasgo común en toda España.

—Qué atrevida —le dijo Rocío, acercándose. Había dejado las bolsas en cualquier lado y de cualquier manera.

La besó en los labios y se agachó para recoger la toalla. Se la puso a Blanca, que no dijo nada. Solo se miraban, presas de lo que parecía ser un amor increíble que traspasaba cualquier barrera. Se sentían, literalmente, en una comedia romántica.

—En cinco minutos llega Javi —la avisó.

—¿En serio? —Blanca no supo si la decepción se había reflejado en su cara, pero si lo hizo, Rocío la ignoró.

—Y mira que es tarde... Además que le vimos anoche. —Parecía preocupada de verdad.

—Algo habrá pasado, ¿no? Dijo que esperásemos al finde que viene para empezar con su plan de película.

—Ya lo sé.

Blanca terminó de secarse el pelo y de limpiar las gafas, todavía algo empañadas por el calor de la ducha, y cuando se quiso dar cuenta, Javi ya había entrado en casa. Estaban de nuevo en el salón, ellas dos por un lado, él enfrente.

—Chicas, chicas... Tengo buenas noticias. Bueno, no son buenas del todo. Pero nos viene bien para salvarme el culo —anunció Javi. El contraste con el Javi que Blanca había conocido hacía tan solo un día era extremo, este Javi vibraba, transmitía otro tipo de sensaciones.

—Sorpréndenos —le retó Rocío, sin saber a qué atenerse.

Así que Javi metió la mano en el bolsillo y sacó su teléfono móvil. Buscó algo en la pantalla y se acercó al sofá donde estaban ellas. Les mostró una imagen que hizo que Blanca contuviese el aliento. Rocío gritó y Javi sonrió.

Como un maldito psicópata.

22

Andrés

La cena se enfriaba sobre la mesa. Se sentía estúpido por seguir cayendo en las mismas trampas. Efrén siempre se retrasaba los fines de semana y cada finde era peor que el anterior. Cada vez llegaba más tarde, oliendo más a alcohol. Aquella noche era diferente y quizá fuera el haberse hartado y comenzado a hacerse muchas preguntas. Pero tenía un pálpito de que algo no estaba yendo como debería.

¿Y si los miedos que tenía fueran reales? ¿Y si su instinto sobre que Efrén se estaba acostando con otros chicos era verdad? Demasiadas señales le indicaban que así era, y trataba de ignorarlas con todo su ser. Igual la fiebre le estaba afectando, ¿no?

Andrés se miró en el espejo. Tenía ojeras de tonalidad oscura, más de lo que nunca se las había visto. Los pantalones que se había traído de Madrid le sobraban por la cintura, parecía un maldito saco de huesos. También le dolía la cabeza y tenía ganas de vomitar. Además, el pecho le apretaba con cada latido de su corazón, que, furioso, le advertía que no solo las cosas se estaban desintegrando en su cuerpo, sino también en su relación.

Si es que podía seguir llamándola así.

Buscó como un loco ropa que le quedara bien. No iba a salir hecho un cristo, eso estaba claro. Si iba a ir tras Efrén, si iba a ponerle fin al asunto y enterarse de qué cojones estaba pasando, no iba a ser el hazmerreír de nadie. Buscó y rebuscó y encontró la ropa ideal para explorar por primera vez la noche de Sitges. Mientras se la probaba, tuvo que ir al baño por culpa de una arcada.

Pero no importaba, había tomado una decisión.

Además de buscar la ropa, buscó su teléfono. Efrén solía esconderlo, aunque no tardó demasiado en encontrarlo oculto entre los calzoncillos al fondo de un cajón. Trató de desbloquearlo, pero le había cambiado la clave.

—Cabrón —dijo.

Se sintió bien al insultarle en voz alta por primera vez. Se miró las muñecas, con las marcas de sus dedos; se miró al espejo de nuevo y sintió asco, pero no por él sino por Efrén.

Ya no le importaban las consecuencias. O quizá sí, se dijo. Pero no le temía como antes. Su realidad no podía continuar así: era una puta mierda. ¡Una puta mierda! ¿Dónde estaba el Andrés feliz, gracioso y que quería llamar la atención?

Enterrado. Te ha enterrado vivo.

Cerró la puerta tras de sí, abandonando el piso a esas horas de la noche por primera vez desde que hubiera llegado. Bajó las escaleras con paso rápido, como si la fiebre y el latir apresurado de su corazón le empujaran a ello, a romper con lo que tenía, a descubrir la verdad.

Sabía dónde podría estar, y no volvería a casa hasta encontrarlo.

Le temblaban las manos mientras caminaba por las calles de Sitges. No hacía frío pese a la brisa marítima y todo el mundo con quien se cruzaba iba como él, con un estilo muy náutico y pijo, corto, perfecto para un lugar de playa como aquel. No tenía que dar demasiadas vueltas para encontrar lo que buscaba, porque se había empapado de un plano con las discotecas más destacadas de Sitges que había encontrado en una esquina de un armario de la cocina y que había guardado como oro en paño. Sería de los inquilinos anteriores, pero le había venido de perlas.

Ahí estaba, frente a la puerta del Privilege, uno de los garitos más conocidos por el mundo gay de la zona.

Su corazón deseaba a partes iguales encontrarse con Efrén y no hacerlo. La primera opción significaría sentirse engañado, cornudo y como un idiota, pero también explicaría muchas cosas. Y sí, tendría la excusa perfecta para intentar marcharse de allí. La otra opción sería merodear como un idiota por el lugar sin encontrarlo y volver a casa con el rabo entre las piernas. Y Efrén sabría que estaba fuera, porque solo había un juego de llaves: el suyo.

Terminara como terminase aquella noche, cogió aire y entró.

23

Iker

Vestirse había sido toda una odisea. Por más que intentara que se le bajara la erección, le era imposible.

—Sí, ya salgo —dijo en voz alta Iker, en respuesta a los golpes insistentes en la puerta del baño.

—Que lleva media vida, me cago —se quejó Gael, alejándose de nuevo.

Iker tenía el móvil sobre el lavamanos, con un chat abierto con Jaume. No paraba de decirle todas las cosas que deseaba hacer con él esta noche y pues... Iker era débil. Sí, era débil. Le dolían literalmente los huevos, como si fueran a reventar, y pensar en lo más mínimo siquiera de carácter sexual le hacía ponerse como una puta locomotora.

Se miró al espejo tratando de calmarse, sin poder evitar que sus ojos fueran a su pene erecto bajo la tela del pantalón. Se notaba demasiado, ni loco salía así del baño.

Volvió a meterse en la ducha, fría, a menos doscientos cincuenta grados, a ver si se calmaba de una vez. Decidió que no volvería a mirar la conversación de Jaume, ni a hablarle, hasta que no estuviera en la discoteca donde trabajaba. Bueno, si es que en realidad iban a ver qué pasaba por Sitges, qué era lo diferente de Madrid. Pensaban pasar por varios pubs y discos, aunque tenía claro que de pura casualidad terminarían en la de Jaume.

O al menos, eso les diría a sus amigos.

—Venga, que ya estoy —anunció abriendo la puerta, secándose aún el pelo con la toalla. Gael entró corriendo como alma que lleva el diablo.

Mauro miró a Iker tratando de aguantarse la risa, pero también se tapó la nariz con la mano.

—Se ha tirado unos pedos horribles. Dice que algo le ha sentado mal.

Los amigos rieron mientras Gael les insultaba desde el baño.

—Oye, te has puesto guapito, ¿eh? —le comentó Iker a Mauro mientras se ponía la camisa y completaba su atuendo de la noche—. Te recuerdo que tienes novio, Maurito.

—Me apetece... salir. Es raro, ¿a que sí?

Mauro parecía sentirse culpable por ello. Iker trató de tranquilizarle con la mirada.

—Para nada. ¿Por qué no ibas a poder salir? Estamos en un país libre.

—Eso suena como en las películas.

—Sí, pero es verdad. Que te apetezca ponerte guapito para salir de fiesta con tus amigos no quiere decir nada.

Entonces Iker se giró para evitar mirarle. La punzada de dolor que sintió en el corazón desapareció rápidamente, porque no quería pensar en esas cosas. La voz de su cabeza no le dejaba en paz.

¿Y si sí significa algo? ¿Quién es Héctor? ¡Nadie! Pero Jaume... Ay, Jaume.

Su pene volvió a saltar como un trampolín y se sentó con velocidad en la cama para disimular el bulto mientras se calzaba las botas negras que usaría aquella noche.

—Te vas a morir de calor —le dijo Mauro. Se estaba echando colonia por todos los lugares posibles.

—Y a ti te va a dar un chungo. Entre los hedores de Gael y tu maldita colonia...

—Me gusta. ¿A ti no?

La inocencia con la que Mauro decía aquellas cosas, como si no significaran nada, volvían loco a Iker.

¡Pero es que no significan nada!

—No sé, sin más —mintió.

Pero la verdad es que era una delicia de colonia, de esas que te hacían querer lamerle el cuello a alguien. Obviamente, no a Mauro, porque Mauro era su amigo, tenía novio y las cosas no estaban como para andarse con tonterías. Agradecido tenía que sentirse de que por fin estuvieran de buen rollo después de ese mes fatídico. No quería volver al mismo punto, así que siguió a sus cosas mientras Gael cantaba en la ducha una canción de Paola Jara que los amigos ya se sabían de memoria. La cantaba siempre que limpiaba el piso y estaban hartos de sus letras intensas y descorazonadoras.

—Lo importante esta noche es encontrar a Andrés. O en su defecto, a Efrén. Y decirle cuatro cositas.

—Dudo que lo vayamos a conseguir. —Mauro era pura negatividad con este tema—. No creo que salir de fiesta sea la mejor idea para de repente, pum, encontrárnoslos.

—Es lo más probable. ¡Estamos en Sitges!

Mauro chasqueó la lengua, como si no quisiera responder todo lo que estaba pensando. Finalmente, y dándose por vencido, dijo:

—Si tú lo dices...

Iker fue serio en su intervención.

—Confía en mí. Tengo un pálpito —fue casi un susurro.

—Mmm. ¿Y por qué se toca la verga? —preguntó de pronto Gael, que había salido de la ducha.

Iker miró a sus amigos, que le miraban el paquete, y se dio cuenta de que, en efecto, tenía la mano en la entrepierna. Había sido un ¿autorreflejo?

—Tus corazonadas vienen del pene. Qué novedad —bromeó Mauro, con una mirada cómplice al colombiano.

Todos terminaron por reír, llenos de energía. Iker también; se sentía idiota, pero divertido. Aquella noche prometía ser diferente, lejos de todo el ruido de Madrid, de la misma gente, las mismas miradas.

Volvían a las andadas, por fin. Y con suerte, la noche terminaría con todos reunidos de nuevo. Juntos.

24

Mauro

Al salir del hotel, Mauro sintió que todo el mundo le miraba. O sea, obviamente era una ida de olla, porque no era así. Pero quería que lo hicieran. Después de sentirse como una mierda por el percance de la playa, había recobrado las fuerzas hasta niveles insospechados. Tenía ganas de cantar a grito pelado las cinco canciones de divas del pop que se medio había aprendido, perrear con Gael como le había enseñado aquella vez en el bar de las drag queens y volver a tomar alcohol, reír y pasarlo bien.

Necesitaba librarse de todas las tensiones que acarreaba sobre los hombros y, si por el camino se reencontraban con su amigo desaparecido, mejor que mejor.

A decir verdad, no confiaba demasiado en el plan de Iker: ir dando tumbos por los garitos gays hasta encontrarle. No contaban con la posibilidad de que Andrés, siendo como era, estuviera dormido o viendo directos de Taylor Swift en YouTube antes de tomarse un té y meterse en la cama. Según Iker, se lo iban a encontrar, porque tenía un sexto sentido o algo así, pero en fin... Habría que fiarse de él. Todos los intentos de entablar contacto con su amigo habían dado un total de cero unidades de frutos, así que la mejor opción era distraerse. Porque tampoco quería pensar en todas las cosas malas que le estuvieran pasando a su amigo... Se sentiría demasiado culpable.

También quería beber y sentirse deseado, desinhibirse, tapar todas esas movidas. No solo la de Andrés, sino la de Héctor. No dejaba de mandarle mensajes y le estaba agobiando. Sí, una parte de él le echaba de menos por estar tan lejos de él... Y vale que fueran pareja, pero necesitaba su propio espacio. Héctor no se lo daba y no entendía que estaba a su rollo, de puente, con sus amigos y en plena misión COCA.

Mierda. Al final te lo ha pegado.

25

Gael

Gael había perdido la cuenta de las copas que había tomado. Llevaban unas cuantas horas dando vueltas por ahí, de bar en bar, de pub en pub, de discoteca en discoteca. Habían terminado en un clásico de Sitges, el Privilege. Aparte de no saber cuántos cubatas se había tomado, no sabía ni qué hora era, ni dónde estaban sus amigos. En aquel momento, eran solo Gael y la música.

Después de pedir un chupito en la barra para él solo, se sintió desbocado. Gritó alzando los brazos por encima de la cabeza, dejándose llevar por la canción que reventaba los altavoces, uno de los grandes éxitos de Anitta, que se había hecho viral hacía unos meses por su sugerente coreografía.

Su mente comenzó a desdibujar los rostros de todos los chicos que se encontraban allí sudorosos y bailando, chocando los hombros y cruzando miradas. Los ojos de Gael se dejaron llevar hasta que notó que alguien le devolvía la mirada. Era un chico alto, precioso. Jodidamente precioso. Lo miraba con una sonrisa de medio lado y, apoyado contra una pared en medio de la penumbra, sorbía de un vaso de tubo con hielos.

Oasis.

Oasis.

En su cabeza, aquel nombre no paraba de repetirse. ¿Sería él en persona? Bajo esas luces estroboscópicas era imposible apreciar sus rasgos, ni su color de pelo, ni nada en absoluto más que parecía estar comiéndole con la mirada.

El chico de pronto se alzó un poquito sobre los talones para verle mejor. Le hizo una seña con la copa, como diciéndole: «Ey, ¿nos tomamos una?».

Dios mío, es Oasis.

Aún sin ser al cien por cien consciente de lo que estaba pasando, y sin tener a sus amigos a la vista desde hacía un rato, se acercó de nuevo a la barra para pedir dos ginebras con tónica. Pagó en metálico y se dio la vuelta. Atravesar toda la pista de baile a aquellas horas infernales de la noche era misión imposible, y más encontrándose en su estado. Pero lo haría por aquel chico arrebatadamente guapo, por su Oasis en medio de aquel desierto de sudor y olor a popper.

Caminó, casi peleando con los chicos. Tuvo que esquivar un teléfono móvil que había salido volando por los aires, y empujar a una pareja que se estaba besuqueando con un golpe de cadera. Sujetaba las dos copas como podía, una estaba a punto de escurrírsele...

Alguien le pegó tal golpe que le salieron volando. Estallaron contra el suelo, haciéndose añicos. El chico rubio que le había golpeado parecía desubicado y mareado, aún de espaldas. Cuando se giró para pedirle perdón, vio lo que había cambiado, incluso bajo esas luces, incluso bajo el embrujo del alcohol. Vio cómo sus ojos pedían ayuda y sus ojeras eran casi negras. Vio cómo su amigo Andrés rompía a llorar al verle y le vio estrellarse contra él en un abrazo cargado de miedo y necesidad.

—Ya llegamos, Andrés. No tiene nada que temer.

26

Andrés

Sus ojos tenían que estar engañándole. Juraba haberse chocado con otra persona, porque era imposible que el azar los hubiera vuelto a juntar en el peor momento de su vida. Pero no, ahí estaba Gael, con la boca abierta debido a la sorpresa, aún con las manos en la posición en la que sujetaba hasta hacía unos instantes dos copas de ginebra que ahora descansaban hechas añicos en el suelo. El tiempo se detuvo cuando sus ojos se clavaron en los suyos. Fue entonces cuando lo vio de verdad, cuando fue consciente de que era de verdad y estaba ahí, en shock, al igual que él, de que no era una fantasía en su cabeza.

Todo el cuerpo de Andrés, que ya temblaba de por sí, vibró como un terremoto. No se dio cuenta de que estaba llorando hasta que se escuchó a sí mismo dar bocanadas de aire, hasta que se notó la cara húmeda y que los mocos le taponaban la nariz. Se estrelló contra Gael para abrazarle como nunca antes había abrazado a nadie. Se deshizo en llanto, mezcla de alegría y desesperación, pero también de esperanza y calor. Al cabo de un rato, y mientras su amigo le decía frases de ánimo al oído, fue capaz de abrir los ojos y encontrarse, también a cámara lenta, a Mauro e Iker, que parecían haber aparecido entre la vorágine de cuerpos bailando. Le miraban emocionados.

Rompió el abrazo con Gael y corrió hacia ellos. No supo de

quién era qué brazo, ni quién le estaba diciendo todas esas cosas bonitas, pero sintió que por primera vez en meses volvía a estar donde debía estar: con ellos.

—¿Qué hacéis aquí? ¿Qué está pasando?

Las palabras volaron y se colaron entre los bajos de la música. Llegaron a sus oídos como un clamor celestial. ¿Eran sus ángeles de la guarda?

—Hemos venido a buscarte, idiota —le dijo Iker, tratando de no romper a llorar de nuevo. Se notaba que trataba por todos los medios de mantener el tipo, a pesar de que tenía los ojos acuosos. Era evidente que le estaba siendo imposible.

—No sé qué pasa, no entiendo nada... —se excusó Andrés.

Y a decir verdad, bastante estaba hablando para cómo se encontraba. No solo sentía fiebre y ganas de vomitar, como desde hacía días, sino que el fuerte olor de la discoteca, tanto ruido, luces y gente, le estaban volviendo loco. Necesitaba tomar el aire y asimilar qué estaba ocurriendo. Tenía demasiadas preguntas y, aun así, ninguna terminaba de formularse en su cabeza. Solo esperó que ese rayo de esperanza que le azotaba el corazón hubiera llegado para quedarse.

27

La historia de Andrés

Todos salieron del Privilege sin importarles nada más. La felicidad embargaba a los amigos, que se habían reencontrado pese a tener todas las posibilidades en su contra. Salieron de la discoteca, cuya entrada estaba en una calle estrecha por la que no cabía más que un coche, y caminaron en busca de la brisa del mar. Tan solo los separaban unos metros del paseo marítimo frente a la playa La Fragata. Buscaron dónde sentarse y finalmente lo hicieron sobre el pequeño muro que dividía el paseo de la arena, fría a esas horas de la madrugada. Iker se encendió un cigarro y se lo fumó a velocidad récord mientras le preguntaban a Andrés cómo se encontraba.

—Dejadme que os cuente todo bien, lo necesito. No lo he hecho antes, he estado totalmente incomunicado.

Parecía que tuviera el discurso ensayado, pero no, se dijo Mauro. Estaba seguro de que iba más allá, de que su cerebro estaba procesando demasiadas cosas, demasiadas emociones, y que la única forma de hablar era poner el piloto automático. Se le notaba en sus manos temblorosas, en sus ojos rojos y en su aspecto cadavérico.

—Nunca debimos dejarle ir —afirmó Gael. Los demás asintieron, incluido Andrés, que lo hizo con un gesto de pena.

—Lo siento, me he equivocado completamente. Sois mi familia, chicos, no sé por qué...

—No es momento de que te culpabilices. Era evidente que algo iba mal y no supimos verlo —dijo Iker; de pronto, la rabia se mostraba en su mandíbula que, apretada, evidenciaba su malestar.

Andrés se encogió de hombros. Quería decir tantas cosas que le era imposible saber por dónde empezar, pero lo hizo igualmente. En aquel momento, con sus amigos, se sentía invencible. ¿Y qué si Efrén andaba por ahí dando vueltas? ¿Y qué si le veía? Pensó en los enormes brazos de Iker, en la rapidez de Gael y en la lealtad de Mauro y se sintió protegido.

Ya no era vulnerable.

—Me dejé llevar por nuestra relación. Pensé que era ideal, porque era como un sueño de los que tenía desde que era pequeño. Todo era... perfecto. Hasta que no lo fue. Y es que en verdad, chicos, nunca lo fue. Estaba ciego porque prefería ignorar las señales de que todo iba mal con tal de sentirme querido. Es duro decir esto en voz alta, perdón.

Andrés rompió a llorar de nuevo. Los amigos no dijeron nada, se miraron entre ellos, apenados, mientras Andrés recuperaba el aliento. Era su momento y no querían interrumpir. Sería una terapia junto al mar, lejos de casa, pero por fin en su hogar.

—Y aunque había cosas raras estando en Madrid, al llegar aquí todo se fue a la mierda. Fue como... Fue como si lo hubiera conseguido, ¿sabéis? Como si fuera un trofeo. No solo me sentí engañado, sino que me aisló por completo mientras él hacía lo que le daba la gana. ¿Por qué creéis que estoy aquí? No soy idiota, se folla a otros.

Demasiada información, Andrés. Ve poco a poco.

—A ver, no quiero adelantar detalles. Perdón, es que esto es demasiado —se disculpó enjugándose las lágrimas.

—No se preocupe, baby, dale —le calmó Gael, acariciándole la pierna.

Andrés le miró y sonrió con los labios hacia dentro, un signo universal de agradecimiento y perdón, un dos por uno imbatible en una situación como aquella. Y Gael, simplemente así, le perdonó. El pobre chiquillo no había tenido la culpa de nada de lo que le había pasado, todos en algún momento habían hecho locuras por amor, decidiendo dejar de lado lo negativo de la relación con tal de sentir el deseo. Por suerte, Gael había huido en el pasado, pero

Andrés estaba viviendo algo por lo que debía pasar: el dolor, la decepción. Ahora era su momento de reparar su corazón, así que le hizo un gesto con la cabeza para que continuara.

—Empezó con tonterías. Que si buscar trabajo en Barcelona en mi sector era algo ideal porque tenían mejores condiciones que en Madrid, pero que era difícil. Que si me buscaba algo desde casa, igual mejor. Que si ahora, por favor, Andrés, mejor céntrate en encontrar un curro porque yo tengo todos los gastos. Que si la cena no está hecha cuando llego, para qué narices estás en la puta casa. Que si estoy cachondo, te voy a follar. Que si mejor tu móvil lo tengo yo porque no me fío de tus amigos. Que si tienes que centrarte en tu futuro profesional. Que no, que mejor él se encargaba de la compra porque yo era un incompetente...

»Demasiadas cosas, demasiado pronto. Me invalidó como persona y dejé que lo hiciera, porque lo excusaba pensando que sería por el estrés de cambiar de ciudad y trabajo. Echaba demasiadas horas como encargado del local que al final... No, lo estoy volviendo a hacer. Nadie en su trabajo se emborracha tanto como él, llega los fines de semana a las tantas y les hace regalos a otros chicos. El muy idiota pide paquetes por Amazon que nunca sé qué son y el otro día abrí uno y era un regalo para un chico. ¿Con cuántos más? ¿Por qué soy el subnormal que se queda en casa encerrado y casi no tiene ni internet para vivir? No puedo más.

»Pasaban los días y me arrepentía de haberos abandonado, de haber dejado mi vida estable en Madrid. Me sentía solo, recluido... Lo único bueno era cuando Efrén volvía de trabajar, y ni siquiera todos los días. Sí, aunque eso solo las primeras semanas, o la primera semana, mejor dicho, porque todo parecía nuevo y bonito. Pero no tardó mucho en ponerse así, a controlar demasiado, a sentirse por encima de mí. Y como yo pensaba que iba a cambiar en algún momento, le dejé hacer. Pero ¿tengo la culpa de eso? ¿Qué he hecho yo mal?

Andrés volvió a llorar, esta vez expulsando su rabia contenida, por fin explicando en voz alta sus sentimientos. Sus amigos lo miraban compungidos y Mauro y Gael se tomaban la mano con fuerza, sintiendo lo que Andrés sentía. Iker se había encendido otro cigarro y expulsaba el humo mirando hacia el cielo, para no ver el percal y ponerse a llorar también.

—Empecé a darme cuenta de que todo eso era demasiado cuando me empecé a encontrar mal, como si mi cuerpo hubiera dicho «basta». Y creo que ha sido de lo mejor-peor que me ha pasado. Si no fuera por eso, no os habría encontrado, chicos. Bueno, por eso y porque estoy seguro de que Efrén se está tirando a medio Sitges, de que tiene la excusa perfecta al trabajar en un maldito pub. Soy tan idiota.

—No eres idiota —dijo Mauro, rompiendo la promesa de no interrumpirle. Pero es que tenía que decirlo, defender a su amigo del hundimiento—. Ni es culpa tuya ni has hecho nada de lo que puedas arrepentirte. Él es un hijo de puta de mierda y un gilipollas de cojones y punto.

Todos abrieron los ojos al escuchar a Mauro hablar tan mal de pronto. No le pegaba en absoluto, aunque se le veía afectado por ver así a Andrés.

—Gracias, Maurito —le dijo Andrés con una sonrisa triste, pero recuperando un poco ya su sentido del humor. Vomitarlo todo estaba comenzando a surtir efecto, porque no sentía tanta presión en el pecho y la fiebre parecía comenzar a desaparecer.

Entonces Iker, viendo el punto de inflexión en la conversación, lanzó una pregunta.

—Y bueno, ¿qué pasa ahora? ¿Qué haces aquí?

—Me harté, Iker, me harté. De esperar un milagro o no sé, pero me dije a mí mismo que era momento de decidir hacer algo. Estaba que me moría, pero harto, así que me he vestido y me he plantado aquí para buscarlo. Quería pillarle con las manos en la masa, saber que tengo razón y decirle a la cara que es un idiota. Así tendría la excusa perfecta para marcharme. Eso, claro, si no tenía consecuencias.

—¿Cómo? —preguntó Gael, con miedo. Iker y Mauro estaban helados ante la idea de... No. No podía ser.

Andrés negó con la cabeza lentamente y no habló hasta que las decenas de lágrimas que caían por sus mejillas se lo permitieron.

—Me... me obliga. Le da igual si no me apetece, su castigo es siempre desahogarse. No sé cómo lo hace, pero consigue penetrarme, me aprieta las muñecas para que no me mueva y se le salen los ojos de las órbitas. Es como un monstruo, ¿sabéis? Según él, tiene necesidades que no le ayudo a satisfacer, así que... Pero eso es como que me lo merezco, yo no...

Gael se levantó hecho una furia y le dio un manotazo en la cara a Andrés. Respiraba con rapidez, con las aletas de la nariz abiertas.

—Jamás digas eso. ¡Jamás, ¿me oyes?!

El grito debió de escucharse en todo el paseo marítimo. Una chica que estaba paseando al perro en pijama se paró de golpe frente a ellos y, al instante, tratando de disimular, se alejó con paso ágil. Cuando volvieron a estar solos, Andrés reaccionó al manotazo y se llevó la mano a la cara.

—Tienes razón —dijo simplemente, sin ninguna otra emoción visible—. Sí. Gracias.

Ni Iker ni Mauro dijeron nada más. Estaban alerta, pero había surtido efecto, por muy extraño que pareciera.

—Sí, no sé por qué me culpo a mí mismo. Supongo que es lo más fácil. Es eso o seguir sin entender qué pasa. Es más sencillo engañarse, ¿verdad? Como si todo lo que hubieras pensado alguna vez sobre... todo se desmoronase. Porque nadie puede ser tan bueno ni alguien tan malo. Al final decides optar por lo sencillo, que es recluirte y ponerte la careta del payaso de turno, de ser el verdadero culpable de lo que te está pasando. Es eso o dejar de vivir.

Nadie dijo nada.

—Bueno... Gael, ya te puedes sentar. Es verdad que no tiene sentido. No voy a entrar en temas de sexo, soy primerizo, pero es tan evidente que me pone los cuernos... Todas esas veces que vuelve tarde y borracho viene mucho más relajado, como si... Como si lo hiciera con otros. Así que esta noche necesitaba respuestas. Y no sé si las voy a encontrar, pero me he llevado algo mejor. Por favor —los miró a todos con una sonrisa forzada—, ayudadme a salir de aquí.

Iker fue el que se levantó ahora. Se acercó a Andrés, a quien le invadió el aroma a tabaco. Lo abrazó con fuerza y le dijo:

—Por eso hemos venido, idiota.

Andrés suspiró, lleno de esperanza, aunque su semblante continuaba roto por el dolor que sentía por su relación.

—¿Y cómo pensabais encontrarme? ¿Poniéndoos hasta el culo? —Tras decir aquello, golpeó jocosamente el hombro de Iker.

Todos rieron, por fin liberados de parte de la tensión del relato de su amigo. Cuando las risas se calmaron, Andrés soltó todo el aire que había retenido en los pulmones.

—En serio, gracias, chicos. Sitges no es muy grande, me ibais a terminar encontrando de alguna forma, porque yo sé que habría terminado saliendo a buscar respuestas tarde o temprano. Incluso con más fiebre o con menos, mi cuerpo necesitaba calmarse. No me arrepiento de haber salido. Para nada. Y mirad ahora: en la otra punta de España, juntos otra vez. Me hacíais falta. Perdonad por todo lo que os hice pasar, no sabía lo que hacía.

Que Andrés hiciera referencia al circo que había montado al huir prácticamente del piso era algo que los amigos agradecieron. Fue demasiado doloroso para todos.

—Ahora tiene sentido, Andrés. No te preocupes, que estás más que perdonado, de hecho, ni me acordaba —dijo Iker encogiéndose de hombros, con una expresión evidentemente burlona.

—Qué tonto es —le dijo Gael—. Sí que nos acordamos, solo que Iker es idiota. Pero baby, no pasa nada. Relax. Se olvidó ya.

Entonces, Andrés buscó a Mauro con la mirada, que se la devolvió llena de tristeza y felicidad a partes iguales. Entendió que sí, que era verdad, que ellos seguían ahí a pesar de los feos, a pesar de su escapada, de haberse comportado mal con ellos.

—Os lo compensaré, chicos. No os merecíais eso.

—Ni se preocupe. —Gael le sonrió de verdad. Era tan bueno... Siempre lo era.

E Iker, pese a sus cosillas, también. Era como un hermano mayor para él. Mauro, que aunque había llegado el último, se había convertido en una especie de gemelo de primeras experiencias. Todos formaban parte de su ADN.

Porque eran una familia.

—Os quiero —dijo.

Y se abrazaron los cuatro, como si no se hubieran visto en años.

28

Mauro

Si Mauro no había intervenido demasiado durante la historia de Andrés era porque no encontraba las palabras. Se sintió muy mal por haber permitido que aquello pasara delante de sus ojos, pero al mismo tiempo también tenía una sensación de tranquilidad al haberse reencontrado con su amigo. Parecía que todo iba a volver a encauzarse.

Después del abrazo colectivo, Iker se encendió un cigarro y cambió la dinámica de la conversación.

—Bueno, nene, entonces. ¿Qué tal por la Cataluña?

—Pues es la primera vez que estoy por aquí —dijo Andrés, medio riéndose del tema.

—Tiene playas bonitas —dijo Mauro.

Vale, ahora que no sentía el drama fluir entre ellos, su lengua comenzaba a desenredarse.

—Odio la arena —se quejó Iker poniendo los ojos en blanco—. Es superincómoda.

—No te he visto quejarte demasiado —le dijo Gael.

—Claro, porque la playa es para enseñar carne, guapo. Tengo que fingir. Pero ya sabéis que yo soy muy pijito.

Andrés levantó las palmas de las manos, como si fuera un atraco.

—Oye, lo has dicho tú, no yo.

Se rieron durante un rato recordando las tonterías controladoras de Iker, como cuando alguno de ellos no lavaba una sartén al momento o la vez que se quedaron sin agua durante dos días y se alquiló una habitación de hotel solo por la ducha.

—Ahora cuando vuelva... No sé dónde voy a ir, chicos —confesó Andrés de pronto, expresando claramente su incomodidad con la cara arrugada.

—¿A qué te refieres?

Mauro se acercó para sentarse más cerca de él. Quería volver a estar con el Andrés que había abandonado, el inocente, el bueno, el que se ilusionaba con la mínima tontería. A juzgar por sus ojos —e ignorando las ojeras, por supuesto— esa faceta enamoradiza suya había desaparecido por completo, casi como si en poco más de un mes hubiera madurado. Seguía siendo Andrés, pero era un Andrés distinto.

—Mi habitación. No os culpo, ¿eh? Entiendo que hayáis metido a alguien, que el alquiler es demasiado caro en Madrid y no estamos como para...

Iker apoyó una mano sobre la rodilla de su amigo para callarle.

—Nadie ha entrado en el piso —le dijo.

—La habitación está como la dejaste, porque sabíamos que volverías —añadió Mauro, apoyando la cabeza entre la de Andrés y su hombro, en un abrazo extraño.

Su amigo estuvo a punto de romper a llorar, lo notó. Pero se aguantó las lágrimas como un campeón.

—Jo, pues... Gracias, chicos. Lo siento de verdad.

—Como siga disculpándose sí me voy a enfadar —lo regañó Gael cruzándose de brazos. Y cambió de tema drásticamente, porque le vino algo a la mente—. Aunque sí me voy a enfadar con el chico que quería ligar.

—¿Por qué? —preguntó Mauro, sorprendido con la repentina transición de su amigo.

Todos le miraron con curiosidad.

—Hay un man que no deja de mirarme. No sé si será uno con el que hablé esta mañana por Scruff, pero es así muy lindo, como guapo... Le iba a invitar a un trago y me choqué con Andrés.

—Ah, pues por esto sí te pido perdón —dijo este en tono jocoso.

—No se preocupe, en verdad hay algo que... Me da mala espina.

—Vas muy bebido —apuntó Iker, como si fuera demasiado evidente.

Los amigos continuaron hablando cuando de pronto, este pareció desaparecer de la conversación. Mauro vio que se metía la mano en el bolsillo y sacaba el teléfono. Se puso a teclear y lo bloqueó, y luego otra vez, y otra. Como si quisiera hablar, pero no demasiado. Y luego se fijó en un bulto...

—Vamos para dentro —dijo Gael—. Celebremos que estamos con el parcerito mono.

—¡Eh! Qué gratuito —se quejó Andrés, hasta que el colombiano le explicó que aquella palabra en realidad significa «rubio»—. Y chicos, no quiero cortaros el rollo con todo el por culo que os estuve dando... Seguid la fiesta, pero yo necesito unos minutos más.

Gael e Iker no dudaron demasiado en volver a entrar entre risas. Mauro se quedó solo con Andrés, a quien volvió a abrazar.

—Ha sido muy duro, Maurito —le dijo este.

No sabía si le gustaba que todos le llamaran así. Ese mote en los labios de Iker funcionaba simplemente de otra forma, le hacía... sentir cosas.

—Es normal. Oye, ¿quieres saber una cosa?

Mauro sacó el móvil y le enseñó un par de fotos de Héctor. Después de eso hablaron de su primera vez, de su relación y de todas esas cosas de las que antes hablaban y les habían privado de contarse. No es como si Mauro estuviera ignorando los mensajes de Héctor, ni que aquella noche, con el alcohol en el cuerpo, estuviera fijándose de nuevo en el olor de Iker, en su sonrisa y en sus brazos.

Pero estaba junto a Andrés, y eso le daba un toque de realidad.

—Tendremos que volver en algún momento —dijo Andrés guiñándole un ojo.

—Supongo... Tú no querrás beber, ¿no? Qué más te da. Yo estoy bien aquí.

—Sí quiero. —Le golpeó el hombro—. Hombre, Mauro, necesito respirar la libertad.

Los dos rieron. Mauro agradeció que el Andrés que conocía estaba volviendo poco a poco. Se lo merecía.

29

Iker

Las copas de más habían hecho mella en Iker, pero no iba a ser tan idiota como para negar que la entrepierna le estaba palpitando por la mera idea de volver a probar a Jaume. Si le echaba para atrás lo acosador que había sido con él en el pasado, no lo parecía, porque solo podía pensar en sus labios y las buenas mamadas que hacía.

Y su culo, sobre todo en su culo.

Aquella madrugada Iker ya no era consciente ni de su nombre. En su mente solo había una opción y era olvidar a Mauro y todo lo que estaba pasando con Andrés. Le había destrozado verle en esas condiciones, y parecía que necesitaba hablar y desahogarse con sus amigos. Por eso, cuando había visto a Jaume pinchando al otro lado de la discoteca, tuvo claro cómo terminaría su noche.

Sin que sus amigos se dieran cuenta había estado lanzándole miradas y señas, para luego pasarse de la raya bebiendo. Pero no pasaba nada: iría al hotel acompañado para que le cuidaran bien. Eso sí, no iba a ser tan impresentable de follar en la misma habitación en la que Gael y Mauro dormían, especialmente porque podrían interrumpirle en cualquier momento. Por eso cogería una nueva habitación en cuanto entrara en la recepción del hotel, si es que era posible.

Iker le había escrito a Jaume para quedar. Él ya había terminado de pinchar y no tardó más de cinco minutos en aparecer por la esquina de la calle; parecía que también iba bebido, aunque no tanto como Iker. Habían decidido encontrarse al final de la calle, en un cruce estrecho, junto al Museu Romàntic.

—Cuánto tiempo —dijo en cuanto la oscuridad permitió a Iker verle el rostro—. Estás más bueno que antes si es posible.

—Claro que es posible —respondió Iker con una sonrisa autosuficiente. Ahí estaban de vuelta las palpitaciones, ya familiares. De hecho, incluso llegaba a notar un leve pinchazo. Tanto tiempo sin hacer nada comenzaba a pasarle factura.

—Bueno, ¿me vas a invitar a tomar algo? ¿A follar? ¿Qué quieres? Porque yo tengo ideas.

Vaya, Jaume iba directo. Los meses no habían pasado en vano y parecía algo más adulto, no tenía ese deje de niñato que tan nervioso ponía a Iker.

—¿Qué quieres tú?

Aunque poco importaba, porque siempre se hacía lo que Iker Gaitán quisiera.

—No sé, vamos a averiguarlo —le respondió Jaume. Se acercó a Iker y le apretó con fuerza el paquete.

El pene de este respondió como una catapulta y los pinchazos se hicieron más fuertes. Necesitaba liberarse como fuera y cuanto antes. Además, en la mirada de Jaume había... ¿desafío? El apretón dejó de ser tal para convertirse en un leve manoseo. Iker sentía que su miembro crecía sin frenos, recorriendo los pantalones apretados y amenazando con romper la tela de sus calzoncillos.

—Estás contento de verme —le dijo Jaume, continuando con su masaje.

—Si sigues... Si sigues me veré obligado a hacer cosas —casi amenazó Iker, pero con ese tono de voz seco y ronco que tanto excitaba a sus parejas sexuales.

—¿Como qué? —le dijo Jaume, pasándose la lengua por los dientes mientras sonreía. Aquel gesto volvió loco a Iker, esos labios, esa actitud sedienta... Y no pudo resistirse.

Estaba borracho. Cachondo. Una combinación que no invitaba a hacer cosas demasiado legales.

Entonces Iker le rodeó el cuello con una mano. Jaume abrió los ojos y cogió aire, excitado. En su mirada había cierta locura que hizo que Iker le apretara aún más.

Y más.

Y quizá un poquito más.

Jaume continuaba con su mirada desafiante, como diciéndole que no había narices de ir más allá. ¿Cuál era el límite?

Pero Iker había tenido suficiente. Con la misma fuerza con la que le estaba dejando sin respiración, dirigió la mano hacia abajo, colocando a Jaume de cuclillas. Se encontraban en una esquina oscura en medio de Sitges y, de momento, nadie había pasado por ahí a esas horas.

¿Dónde estaba el Iker Gaitán con modales? Sonrió para dentro, pues no era dueño de sus actos en aquel momento. Todo le daba igual.

Iker apretó la cara de Jaume con fuerza contra su paquete, a punto de arrasar con todo a su paso.

—Huélelo —le ordenó. Y Jaume lo hizo sin apartar la mirada de la de Iker.

El sonido del vaquero fue lo único que se escuchó los siguientes segundos, cuando Iker acompañó los movimientos de Jaume contra su pantalón con unos movimientos de cadera. Notaba cómo la nariz y labios de este le rozaban cada centímetro.

Cuando Iker se cansó de aquello, liberó la cabeza de Jaume para desabrocharse el vaquero. Se lo bajó lo justo para que su enorme miembro erecto descansara sobre la tela, aún dentro del calzoncillo. Las vistas desde la posición de Jaume debían de ser espectaculares.

La mano de Jaume se dirigió hacia allí, pero Iker la interceptó de un golpe.

—Estoy demasiado cachondo como para que andes con tonterías —le dijo Iker en tono amenazante.

—¿Y qué vas a hacer? ¿Me vas a pegar? —La actitud de Jaume era como en su primer encuentro: efervescente, desviviéndose por jugar a un juego de dominación. No había nada que excitara más a Iker que tener a alguien dispuesto a hacer lo que él quisiera.

Levantó la mirada brevemente. Nadie paseaba por las calles a esa hora, pero el mero hecho de pensar que pudiera pasar alguien... Dios, era demasiado. Al volver la cabeza hacia Jaume, vio que en sus ojos continuaba esa mirada de desesperación que ansiaba ser utilizado.

Se hizo el silencio entre los dos. El desafío creció. Poco a poco Jaume fue abriendo la boca y sacó la lengua despacio, pero Iker no le iba a dar tan fácil lo que quería. Buscó en su boca, se preparó y le lanzó un escupitajo. Las babas fueron a caer a la comisura de la boca de Jaume, que se relamió.

—Más —pidió—. Necesito más saliva para mamártela.

Iker le hizo caso. Dos, tres veces más. La cara de Jaume pasó de estar perlada de sudor por el calor de la discoteca a estar salpicada por la saliva blanca de Iker. Con esa visión tan excitante, y Jaume aún con la boca abierta, Iker se llevó la mano al calzoncillo para liberar su pene. Al hacerlo, y con toda la tensión que llevaba acumulada, salió rebotando como un resorte que golpeó la mejilla de Jaume.

—Te he dejado lleno de babas, disculpa —le dijo Iker con una sonrisa, y acto seguido se agarró el pene y lo restregó por la cara de Jaume, recogiendo esa saliva tan dispersa. El chico ya tenía los ojos cerrados, disfrutando del olor, el sudor y los fluidos.

—Deja que te la coma aquí en la calle —le dijo entonces Jaume.

—Es lo que vas a hacer —respondió Iker, agarrando fuerte la base de su pene para llevarlo a la boca de Jaume—, pero solo un poco para lubricar. Y después te follaré aquí en medio.

Jaume aceptó el desafío con la mirada. Iker empujó su pene directamente hasta lo más hondo de la garganta de este, que parecía preparado para aquel momento, pues llegó hasta el pubis en un instante. Se mantuvo ahí unos segundos hasta que le empezó a faltar el aire y, tras recobrar la respiración, dijo:

—Te ha crecido, cabrón.

Iker sonrió. Sería, sin duda, que era la primera vez que tenía algo de acción en más de un mes. No solo se notaba ardiendo, sino que las venas de su pene parecían a punto de explotar. Era como si nunca jamás hubiera estado más duro que en aquel momento. Y aunque hubiera poca luz, sí podía apreciar que parecía más amenazante, ancha y potente de lo que lucía normalmente.

Con fuerzas renovadas (y excitado de ver su propio pene en una forma tan espectacular), apretó de nuevo contra la boca de Jaume, que tomó la iniciativa. Le hizo una garganta profunda sin necesidad de que le apretara, abriendo la parte más profunda de la garganta para dar paso al glande. Cuando Jaume se movía tratando de abarcar lo máximo posible, las babas le caían por las comisuras, mojando no solo su ropa, sino el pantalón de Iker.

Si normalmente podía estar así durante unos buenos minutos, Iker sintió la necesidad de empujar a Jaume para que dejara de chupársela. No quería admitirlo, pero llevar tanto tiempo de sequía había hecho que su cuerpo necesitara una vía de escape inmediata.

—Chisss —le dijo Iker, viendo que Jaume iba a protestar en voz alta.

—Te ibas a correr, ¿verdad? Podía notarlo en tu respiración —le dijo Jaume con una sonrisa—. ¿Tan bueno soy?

Iker, de pronto algo enfurecido, quiso aguarle la fiesta con un comentario hiriente, pero pensándolo mejor... Quizá aquella fantasía funcionara si Jaume pensaba eso.

—Nadie me ha hecho una mamada igual que tú —le dijo Iker, que no dejaba de ser una verdad a medias—. Así que mejor lo dejamos por el momento, quiero disfrutarlo más veces.

Jaume sonrió, aún de rodillas en el suelo.

—Ahora levántate —le ordenó Iker. Jaume obedeció, subiendo poco a poco y pasando sus labios por el pene de Iker de camino. Se quedaron frente a frente. Entonces Iker no pudo evitar besarlo, con esos labios tan carnosos que le volvían loco. El alcohol hizo que todo le diera vueltas cuando cerró y empezaron a besarse.

Aprovechando lo juntos que estaban y el dolor de huevos que Iker notaba más y más con cada minuto que pasaba, llevó las manos a la parte trasera de Jaume. Introdujo los dedos por el pantalón, pasando del calzoncillo, para comenzar a tocar sus glúteos turgentes. Eso hizo gemir a Jaume, quien lo besó con más rabia, a la vez que llevaba la mano al pene de Iker.

—Déjalo —le ordenó este entre dientes, y Jaume volvió a obedecer.

Le gustaba tanto acatar órdenes...

Iker le masajeaba el culo con tanto fervor que la cintura del pantalón de Jaume le hacía daño, pero le daba igual. Poco a poco fue llevando sus dedos hacia su abertura, y le introdujo el índice todo lo que pudo sin que Jaume se quejara. Cuando notó que este dio un pequeño sobresalto, sacó corriendo las manos y le llevó aquel dedo a la cara a Jaume.

—Lámelo —le dijo.

Y Jaume lo hizo con gusto. Le chupó el dedo como hacía unos minutos le había comido la polla, sin apartar su mirada de la de él.

—¿Me vas a follar?

Iker asintió con la cabeza. Llevaba un condón encima, como siempre. Y más sabiendo que saldría de fiesta por Sitges. Se llevó la mano al bolsillo del pantalón y...

—Oh, mierda —exclamó, chafado.

—¿Qué pasa? —le preguntó Jaume.

—No tengo condón, siempre llevo uno...

Jaume le interrumpió haciendo ruiditos con la boca. No dijo nada más hasta que suspiró.

—Yo tampoco llevo, pero podemos hacer otras cosas.

—Ni de coña —dijo Iker, negando con la cabeza—. Siempre con goma y...

—A veces no podemos tener todo lo que queremos —le dijo Jaume, mientras volvía a acariciar el pene de Iker con la mano—. A mí no me importa que no me revientes el culo en plena calle. Aunque es lo que necesito ahora mismo, pero podemos dejarlo para más tarde.

Dicho aquello aceleró el movimiento de la mano. El pene de Iker aumentó de nuevo de tamaño; volvía a estar en plena forma y con una erección máxima. Como aún estaba lleno de la saliva de Jaume, aquella masturbación estaba siendo literalmente un sueño.

—Córrete para mí aquí. Y quiero que grites —le dijo Jaume mientras le besaba el cuello.

Iker no quería ese final, quería algo mucho mejor. Pero a decir verdad, estaba tan cachondo, tan borracho y tan necesitado de correrse de una vez... No pudo decir que no. Se dejó llevar.

—Venga —le insistió Jaume, dándole pequeños mordiscos en la oreja. La manera en la que estaba machacándosela era increíble, rozando cada centímetro de su pene... Y de pronto su otra mano apareció en escena, acariciando sus testículos duros.

En aquel momento Iker puso los ojos en blanco.

—Dios, estás cargadísimo —le dijo Jaume, casi fuera de sí de lo cachondo que estaba—. No hay nada que me ponga más que una buena corrida.

Jaume aumentó el ritmo de la masturbación y de sus besos y caricias.

—Uff —exclamó Iker. Sentía que estaba a punto de explotar. La manera en la que Jaume le masturbaba, con todo aún lleno de saliva... Le acariciaba y se deslizaba por todos los puntos necesarios como si estuviera hecho para ello.

—Córrete, vamos —le susurró Jaume al oído.

Y eso hizo Iker.

Sintió que una fuerza sobrehumana se escapaba de sus huevos, como una descarga eléctrica. Después de eso, una necesidad brutal de romperse en mil pedazos mientras notaba los chorros de semen escapar por su pene. Jaume amainó el ritmo sin dejar de masajearle los testículos, exprimiendo todo lo que Iker podía ofrecerle.

—Menos mal que vivo por aquí cerca, porque me has dejado como un puto Pollock. —Iker miró la camiseta de Jaume, aún mareado. Era verdad. Una capa espesa, chorros y gotas de todos los tamaños manchaban la camiseta oscura del catalán.

—Te diría que lo siento, pero la verdad es que no.

Aún le quedaban fuerzas para sonreír de medio lado, sabiendo lo que había hecho. Era, en cierto modo, como marcar su territorio, ¿no? Jaume recuperaba el aliento sin desviar la mirada, aún excitado. No solo era lo que acababan de hacer, sino el hecho de hacerlo en plena calle, con el terror a ser pillados por la gente o peor, la policía. Ese temor había convertido aquel encuentro en algo mucho más caliente de lo que cualquiera de los dos se hubiera imaginado nunca.

—Ahora me toca a mí —le susurró Jaume mientras comenzaba a masturbarse. Se llevó una mano al pecho, donde descansaba el semen de Iker, para llevarlo hacia su pene y así lubricarlo.

—Uff —soltó Iker al ver al chico cerrar los ojos y machacársela como si no hubiera un mañana, con el pene chorreando de su propio líquido blanco.

—No voy a tardar —le dijo este, llevando su mano libre hacia la polla de Iker, que descansaba semierecta sobre el pantalón. Con ese simple roce de sus dedos, volvió a coger un poco de fuerza—. Me voy a correr en nada, joder.

Iker no hizo nada más que mirar, excitado, cómo una persona se masturbaba frente a él. Lo había puesto así de cachondo y empapado de sus fluidos, que goteaban hacia el suelo. La escena era una asquerosidad, pero de esas que le ponían durísimo, así que estaba encantado con la imagen.

Sin previo aviso, Jaume se apartó unos pasos para correrse. Se puso de cuclillas para que su pene se mantuviera más recto, horizontal, pero sin apuntar a Iker. Y pronto entendió por qué. Iker se había acostado con muchos chicos. Cuando decía muchos eran... probablemente más de cien. Aun así, jamás había visto que una persona pudiera correrse así. Eran literalmente los chorros de semen con mayor fuerza y consistencia que hubiera visto en su vida, tanto que chocaron contra la pared del museo e incluso salpicaron. Fueron como diez chorros igual de fuertes hasta que Jaume se relajó un poco. Continuó masajeándose porque aquello no parecía tener fin. Los siguientes fueron más pequeños, pero más concentrados, y dejaron un rastro por toda la acera y el asfalto.

Pudo estar así perfectamente un minuto hasta que paró y abrió los ojos. Casi se cayó hacia atrás, mareado.

—Dios mío —dijo—. A veces me da vergüenza.

Iker tragó saliva, sin saber qué podría aportar en aquel momento. El pedo le había bajado y no encontraba las palabras. ¿Seguía cachondo o aquello le había resultado demasiado?

—Bueno, desde luego, puntería tienes —bromeó.

Jaume rio, buscando con la mirada dónde podría limpiarse la mano. Ese era el peor momento de todos, el que Iker más temía: el bajón. Cuando la excitación comenzaba a desaparecer y todo lo que quedaba era, a veces, arrepentimiento. Por suerte, eso no fue lo que el chico reflejó, aunque sí era cierto que no parecía tan feliz como se había mostrado antes.

—No sé qué hacer —dijo alzando la mano.

—Límpiate en la camiseta, si total... —Iker aprovechó para guardarse el pene a buen recaudo, ya recuperando su forma original. Notaba la humedad que le dejaba en los calzoncillos; eso le daba demasiado asco, pero... necesitaba marcharse de allí.

—Bueno, Jaume. Ha sido un placer —le dijo con una sonrisa enseñando todos los dientes.

El catalán estaba limpiándose con la camiseta cuando alzó la mirada y se encontró con Iker mucho más cerca, a punto de marcharse.

—No me digas que no te ha merecido la pena. —El susurro de Jaume tenía una mezcla de sensualidad y olor a vodka.

—Puede ser.

Prefería dejar la duda. Siempre. Quizá en media hora se arrepentía de haber utilizado a otro chico más como un maldito papel higiénico en el que correrse (además que en esta ocasión había sido bastante más literal que en otras ocasiones), o quizá se arrepintiera la semana siguiente.

Una parte de él, de todas formas, agradecía haberse corrido por fin.

—Ya nos veremos —se despidió Jaume, algo incómodo—. Si no me vuelves a bloquear, te avisaré cuando vuelva a Madrid si quieres echar un polvo. Cero compromiso.

—¿Qué ha pasado con el Jaume que conocí? —dijo Iker sorprendido. Y era una sorpresa genuina. De acosador a persona increíblemente relajada con el tema.

Jaume chasqueó la lengua como respuesta.

—Te he dicho antes que a veces no podemos tener todo lo que queremos.

—¿Y? —preguntó Iker, curioso, sin entender hacia dónde iba aquello. Quería marcharse, pero sus pies estaban clavados en el asfalto, como si necesitara conocer más sobre lo que ocurría en la mente de aquel muchacho.

—Digamos que mi novio es bastante... meh. Y por ti siempre me arriesgaría.

El mundo de Iker, que ya de por sí estaba borroso en los bordes y parecía tambalearse en aquel momento, definitivamente se sacudió tras escuchar aquellas palabras.

—Chisss, pero no se lo digas a nadie. Ni siquiera vive aquí, no se va a enterar. —Jaume le guiñó un ojo y, simplemente, se dio la vuelta y se marchó, dejando a Iker sin palabras y sintiéndose extraño.

¿Estaba bien? ¿Estaba mal?

Por qué narices le haces caso, joder. Verás que te metes en un lío.

Pero Iker ignoró a su cabeza y siguió calle abajo. Solo quería reencontrarse con sus amigos y dormir.

30

Gael

Las luces de la discoteca se habían encendido. No del todo, pero para las pupilas dilatas de los allí presentes era más que suficiente.

—Nos vamos —dijo Andrés.

Estaba algo borracho, para sorpresa de todos. Nunca había sido el alma de la fiesta, pero a juzgar por sus ojos lo necesitaba. Pese a las indicaciones de los amigos de que no lo hiciera, de que tenía fiebre, vómitos... Le dio todo igual y durante las horas que estuvieron en la pista de baile tomó más cubatas de los recomendados para la dieta de ibuprofeno que llevaba desde hacía unos días.

—Eres lo peor —le había dicho Mauro, en un momento de enfado máximo.

—Déjame vivir, es la primera vez que quiero hacerlo y no tengo miedo. ¿No puedo ser libre?

Ante la filosofía impostada de aquella pregunta, ni Gael ni Mauro dijeron nada. Él vería lo que hacía en aquel momento, ¿no? Todos eran mayorcitos. Y al final, no volvería a la casa donde estaba recluido con un novio gilipollas y abusivo. Volvería con ellos. Estaba protegido.

(Aunque no era muy responsable, pero eso era otra historia).

Gael no había dejado de hacer contacto visual con aquel chico misterioso. Oasis o no, él tampoco dejaba de mirarle ni un segundo. Sin embargo, viendo el aviso que el destino le había enviado sobre las copas rotas a las que lo iba a invitar tomó la decisión de que sería mejor estar pendiente de sus amigos que de un ligue. Algo que desde luego no parecía que Iker hubiera pensado, porque no solo había bebido el doble que los demás, sino que había desaparecido hacía un buen rato.

—Uf, si casi es de día —se quejó Mauro, llevándose las manos a los ojos.

—Pues claro, ¿qué hora cree que es? —le regañó Gael—. Esperemos acá cinco minutos a ver si es que aparece la Iker.

Ni Mauro ni Andrés dijeron nada, sino que trataron de mantener la compostura apoyándose sobre la pared. Ninguno lo consiguió, por supuesto; parecía que estuvieran en un barquito del puerto, en constante balanceo.

Pero Iker no apareció. Comenzaron a caminar en silencio por todo el paseo marítimo, escuchando cómo la brisa golpeaba las hojas de las palmeras. Unos pasos más adelante, un grupo de unos cinco chicos paseaba en su misma dirección, aunque un poco más lento. Cuando llegó el momento de pasar a su lado, Gael echó un vistazo rápido de manera disimulada.

Ahí estaba. El chico con el que había estado mirándose durante toda la noche.

Ya no había nada que perder, ¿cierto?

—Oasis —le dijo Gael, sin terminar de realizar la pregunta. Fue más bien como la confirmación que quería escuchar.

Los chicos se rieron, pero el rubio de mirada penetrante no dijo nada.

Ahora, todos estaban quietos en medio del paseo. Andrés y Mauro continuaban con su balanceo, pero miraban con curiosidad a su amigo.

—¿Oasis? —volvió a insistir Gael, aunque ya se había percatado de que no era, para nada, el chico que creía que era.

—Este es el que os dije —comentó entonces el rubio. Parecía el líder de lo que fueran aquellos hombres—. El que no dejaba de mirarme.

Los amigos de aquel chico asintieron con la cabeza. Fue entonces cuando Gael se dio cuenta de las pintas que tenían, que pese al calorcito en el ambiente llevaban chaquetas de cuero y la cabeza rapada. De que el rubio no le miraba con ganas, ni sorprendido, sino como si se estuviera perdiendo algo que Gael no terminaba de comprender.

—Un puto maricón color mierda —dijo este, sonriendo.

Gael tragó saliva.

Aquello no estaba yendo como esperaba.

—Disculpa. —Comenzó a darse la vuelta, para alejarse. Conocía a ese tipo de chicos, sabía que las cosas podrían descontrolarse con facilidad.

—Ey, ¿a dónde vas? ¿No quieres verme la polla después de toda la noche acosándome?

El grupo de heteros comenzó a reírse, como si el mejor chiste del mundo acabara de salir de los labios de su amigo.

Y entonces llegó el primer puñetazo.

—Vamos, vamos —le animaron sus amigos.

Gael lo recibió de costado, en un pómulo, y lo desestabilizó por completo. Escuchó a Andrés y Mauro gritar, pero fue demasiado tarde. El siguiente puñetazo fue en el estómago e hizo que cayera al suelo. No podía respirar. Trató de levantarse entre los insultos y las risas de aquel grupo de hombres.

En cuestión de segundos, su cuerpo se rompió.

—Puto guancho de mierda.

Recibió otro golpe en el hombro.

—Comepollas.

Otro más en el estómago.

—Le vas a robar a tu puta madre, cabrón.

Ahora en la cabeza.

—Hijo de puta muerdealmohadas.

También notó babas, un escupitajo que le caía por la boca, ya ensangrentada. Notaba el sabor metálico entre los dientes y, cuando estaba saboreándolo para cerciorarse de que los tenía todos, otro golpe le hizo darse la vuelta. Notó cómo cientos de chispazos le recorrían el cuerpo mientras trataba de toser, pero era incapaz entre tantos puñetazos y el shock.

Andrés y Mauro no dejaban de gritaban, como si eso fuera a salvarlo.

—¿Vosotros también queréis? Mirad, hay un gordo y una niñita rubia —dijo una voz en tono jocoso.

—YA VALE. —Mauro gritaba fuera de sí.

El mundo de Gael daba vueltas. Era una montaña rusa, no sabía dónde se encontraba, era un tiovivo, solo escuchaba golpes y gritos a su alrededor, sonidos de ropa, montado sobre la noria, sonido de pasos, en caída libre. Todo iba cada vez más rápido. A su lado, de pronto, un ruido seco. Era Mauro, en el suelo. Casi al instante, Andrés, a cuatro patas.

—Mi favorito es este sudaca. —Aquella era la voz del rubio, que apareció de nuevo sobre Gael. Ni siquiera se acercó a su cabeza, pero el colombiano lo vio desde abajo, imponente, enorme.

Gael tenía la mirada emborronada, incapaz de enfocar nada. Mucho menos cuando el chico le pisó la cara, estrellándola contra el suelo. Gael dejó de escuchar, tan solo percibía un pitido en los oídos mientras se llevaba las manos al estómago. Notaba sangre en él y en los pulmones; quería vomitarlo todo.

No podría levantarse. Ahora no. Estaba lleno de miedo, pero también de dolor y furia. De injusticia. Literalmente no había hecho nada para merecerse eso, no lo comprendía. Para qué ir tanto al gimnasio, para qué tener músculos si luego podían pasar ese tipo de cosas.

No estaba a salvo.

Antes de salir corriendo, el grupo de los cinco hombres rapados le atestó un golpe de gracia a cada uno. No supo cuál de ellos lo hizo, pero recibió un puñetazo en sus partes bajas y Gael gritó de forma desgarradora por primera vez. Entre la sangre y las heridas vio los pasos cobardes de esta gente, que marchaba corriendo por una calle lateral, dejándolos solos, llenos de terror.

Cobardes.

—No me puedo mover —se quejó Mauro, sujetándose el hombro.

Gael respiraba fuerte, tratando de que el oxígeno llegara a su sangre. Necesitaba calmarse. Ahora no veía nada más que oscuridad moteada, un lienzo oscuro lleno de salpicaduras de tinta. ¿Estrellas o eran? Brillaban modo de un precioso. Los dedos quería las tocar, preciosas porque. Y por estaba qué desapareciendo repente de...

31

Andrés

Esa comida no estaba fría y tenía una pinta deliciosa.

Se encontraba en una pequeña terraza de un restaurante turístico, con vistas al mar, por supuesto. Después de la noche que había pasado, no tenía ganas de nada, pero debía admitir que aquella pasta carbonara con champiñones y gambas tenía una pinta estupenda.

Intentó recuperar de su memoria escenas de lo que había ocurrido tras la paliza que les habían asestado; los flashes le venían de forma intermitente y todos eran borrosos. Gael levantándose con la camiseta y el pantalón llenos de manchas de sangre, Mauro abrazándole, también con magulladuras, él mirándose dónde le habían golpeado exactamente porque notaba todo el cuerpo dolorido... Luego, la ambulancia no tardó demasiado en llevarse a sus amigos. Solo había sitio para un acompañante y, pese a sus problemas con Efrén, en aquel momento no quería molestar.

Así que volvió solo al hotel, siguiendo las indicaciones de Mauro, que sí que podía hablar.

Vivir aquello le había dejado traumatizado. Gracias al alcohol en parte no podía recordar los sentimientos y sensaciones que había tenido en aquel momento, algo que le vendría muy bien para superarlo. Ver a su amigo Gael lleno de sangre, chorreándole por la boca, completamente destrozado... No, iba a ser difícil, ¿a quién quería engañar? La imagen era vívida y se mantendría en el fondo de su mente durante semanas, meses, o quizá años.

Aun así, no tenía rabia para llorar. Guardaba demasiadas cosas en su interior como para romperse otra vez. Ya había llorado mucho aquella noche y ahora la resaca funcionaría como el tapón perfecto: comería y dormiría. Ese era su plan.

—¿Quiere algo más de beber? —le dijo la camarera.

Andrés negó con la cabeza. La mujer se le quedó mirando un segundo más de lo normal, fijándose en las heridas y moretones en su cara, aunque no hizo ningún comentario y se marchó por donde había venido. Andrés soltó un suspiro y comenzó a comer. Le temblaba la mano porque amortiguó la caída con la muñeca, y ahora sentía como si no tuviera fuerzas.

Se preocupó, mientras masticaba pan, por el estado de Gael. En aquel instante no tenía teléfono móvil. O sea, sí, lo tenía guardado en el bolsillo del pantalón, pero la clave que Efrén le había puesto era todo un misterio para él. Que, por cierto, era raro que no se lo hubiera encontrado ya. Ni ayer en el Privilege, ni siquiera por la calle.

Y Andrés sabía que se la estaba jugando, comiendo en plena calle a la vista de todo el mundo. ¡Pues claro que sí! Pero la sensación de libertad mezclada con la soledad que sentía le había empujado a ello. Qué haría, si no. Ni siquiera Iker había aparecido aquella mañana. También le preocupaba, sobre todo sabiendo que una panda de neonazis se paseaba por Sitges de caza. Deseó con todas sus fuerzas que les hubieran detenido. Él desde luego acompañaría más tarde a denunciar, si es que Gael y Mauro no lo habían hecho ya.

Cuando estaba a punto de terminar el plato de pasta, notó una mano sobre el hombro.

—Ay, Iker, por fin... —comenzó a decir mientras se daba la vuelta.

Los ojos más bonitos y angelicales del mundo le devolvieron la mirada. Era Efrén. No dijo nada, porque no necesitaba hacerlo. Tenía la mandíbula tensa, el cuello enrojecido... E incluso con los ojos inyectados en sangre, era precioso.

Le odio por eso. Le odio por todo.

Andrés tragó saliva, algo nervioso. Miró alrededor, pidiendo auxilio con la mirada, pero la gente estaba a su bola riendo, bebiendo vino, comentando sus ajetreadas vidas en la capital. Así que estaba solo de nuevo.

A solas con Efrén. A solas con su enemigo, ese del que pensaba haberse librado.

—No es tan fácil, mi amor —le susurró este, como si leyera sus pensamientos.

—¿Qué vas a hacer? Estamos rodeados de gente —contraatacó Andrés, con seguridad. Una que guardaba muy lejana en su interior, pero que indudablemente poseía.

Efrén se mordió el labio, algo desestabilizado. Con lo inteligente que era, ¿no se había dado cuenta de ese pequeño detalle?

—Guarda las formas, no montes un numerito —le devolvió la pelota a Andrés.

—Yo no soy el que los hace. —Metió la mano en el bolsillo, la de Efrén aún sobre su hombro—. Dame la clave, déjame volver a por mis cosas y estamos en paz. No nos volveremos a ver.

—Encima robándome —dijo Efrén, asintiendo con una mueca de asco—. Tú has querido que terminemos así, ¿verdad? No sé quién te ha puesto la mano encima, pero igual...

—Me lo merezco —terminó Andrés, sin apartar la mirada de la de él—. Venga, dilo.

—No es lo que iba a decir.

—Me odias.

Efrén alzó una ceja, sorprendido. Apretó su mano sobre el hombro de Andrés, haciéndole un poco de daño. Pero él no se quejó. Aguantaría el tipo, aunque fuera lo último que hiciera. Ya no se haría pequeño ante Efrén.

—Te amo tanto que no entiendo una vida sin ti. Y me preocupo, te doy una vida mejor... No sé cómo puedes pagármelo de esta manera.

—No voy a entrar en debates, Efrén —le dijo Andrés, dejando ver una pizca de esa perra mala que en ocasiones le había mostrado a su compañera en el trabajo. Esa frialdad en su tono de voz, esa prepotencia—. La clave del móvil. Ahora.

Efrén no se movió.

—Mira, sabes que tengo las de perder. Y lo entiendo, te has preocupado mucho de dejarme en la mierda. Hoy me encuentro mejor, ¿sabes? Llevaba días con fiebre y vómitos, pero ha sido alejarme de ti y me he curado milagrosamente —mintió—. Así que si me quieres de verdad, déjame marchar de aquí y volver a mi casa.

—Tu casa está conmigo.

—Igual antes... Pero ahora no.

La tensión se mantuvo durante lo que parecieron años. Finalmente, Efrén le dijo en voz alta la clave numérica del iPhone y Andrés la utilizó para desbloquear el teléfono, ir a ajustes y cambiarla por la que utilizaba normalmente.

Mientras Andrés lo hacía, le vinieron a la mente decenas de recuerdos. Más incluso que anoche, más momentos en los que se había sentido fuera de lugar o menos que su pareja. De cómo con pequeñas cosas, con tonterías, le humillaba continuamente. De que al final, aunque lo intentara, no podría remontar jamás, porque alguien se estaba encargando de cuidar que sus alas no volvieran a crecer.

—¿Por qué estás haciendo esto?

Andrés no tenía una respuesta, porque no lo entendía ni él mismo. Esa fuerza bruta para enfrentarse a Efrén, para darse cuenta de todo... Quizá fue el influjo de sus amigos, su apoyo, el contárselo. Ya no se sentía solo.

—No te tengo que dar explicaciones de nada.

—Andrés...

No añadieron nada más. Solo se miraban. La gente continuaba hablando como si no estuviera pasando nada, ajenos a todo. Ni siquiera la camarera cotilla se había acercado a comprobar que todo estuviera bien, cuando era tan evidente que algo raro se estaba cociendo. Y no en la cocina del restaurante, sino allí mismo, en la terraza.

—Iré en un rato al piso. —Finalmente, Andrés rompió el silencio—. No te quiero ver ahí. Recogeré mis cosas y ya nos veremos en otra vida. ¿De acuerdo?

Vaya, te estás volviendo todo un valiente. Cómo ha cambiado el cuento en veinticuatro horas.

Podía ver la rabia efervescente reflejada en el cuello de Efrén, en la presión que ejercía con la mano, en cómo respiraba.

—No va a ser tan fácil —le amenazó este. Escuchó el tintinear de algo y luego lo vio.

Joder, Efrén tenía otro juego de llaves.

Pero Andrés no se iba a amedrentar. No ahora. Sonrió de medio lado. Alzó un dedo y se señaló la cara, haciendo círculos en el aire, dejando ver con claridad todas sus magulladuras y morados.

—Es muy sencillo, Efrén. Muchísimo más fácil de lo que piensas. Te equivocas otra vez.

La amenaza velada fue más que suficiente para que el semblante de Efrén cambiara por completo, ahora con miedo. Andrés sabía que temía demasiado lo que pensaran de él, que quería ascender en su trabajo, labrarse un futuro impecable. Incluso para su familia siempre debía ser el mejor en todo, con una vida brillante. Efrén se alejó un poco de Andrés y por fin le soltó. Cogió aire y no expulsó hasta que le dio las llaves a Andrés.

—Vale. Ha sido un placer —sentenció este.

Y Efrén, cuyos ojos reflejaban ahora el miedo que Andrés había instaurado en él, no dijo nada mientras se daba la vuelta, desapareciendo entre las mesas. ¿Dirección? Quién sabe dónde. Poco importaba ya.

—Tanta paz lleves como descanso dejas —graznó Andrés entre dientes, agarrando las llaves y sintiéndose victorioso de verdad, aunque en el fondo, seguía cagado de miedo.

32

Rocío

Desde luego que era verdad: las lesbianas iban demasiado rápido.

Habían pasado otra noche de encanto. Cuando Javi se había marchado, las dos comentaron lo que había ocurrido.

—¿En serio crees que está bien? —le había preguntado Blanca, en cuanto estuvieron solas.

—No. Se le ha ido la cabeza.

Y es que lo que Javi les había enseñado en el teléfono era una imagen de, en teoría, el chico que le amenazaba en el suelo, lleno de sangre. Alguien le había dado una paliza y había sido bastante grave, así que según él, estaría fuera de combate durante un tiempo. Se lo tomaba todo de una forma tan extraña que ni Blanca ni Rocío entendían qué narices pasaba realmente. Ahí había gato encerrado, algo que Javi no les estaba contando.

—Es que parecía feliz de que casi hubieran matado al señor ese.

—Bueno, si ha tenido miedo y le han amenazado... Pero de todas formas, está muy raro —dijo Rocío, haciendo una mueca.

—¿Será el dinero que está ganando?

Rocío negó con la cabeza.

—No, porque dijo que eran reventas de reventas, que no había demasiado beneficio.

Las dos se quedaron pensativas durante un rato, hasta que Rocío le acarició la cara a Blanca y terminaron follando de cualquier manera en el sofá del salón. Después fueron a la habitación y volvieron a hacerlo y luego, por tercera vez, ya a las cinco de la mañana.

Al despertar, las dos estaban abrazadas. Rocío notaba el sudor bajo los pechos; el calor ya comenzaba a tocarle las narices. Odiaba el verano por eso mismo.

Se dedicó a recoger un poco la casa antes de que Blanca despertara. Ya no sentía que esa era su casa, sino de las dos. Era una cosa rarísima, porque nunca había sentido algo así, pero... Esperaba no equivocarse. Simplemente, esperaba no equivocarse.

Barrió, colocó los cojines, limpió la mesa de centro y luego le hizo el desayuno a su bella durmiente. La despertó con unos besos románticos y le avisó de que tenía un buen plato de huevos, pan tostado y salchichas en la cocina esperándola.

—Gracias —le dijo Blanca, medio dormida todavía, pero con una sonrisa enorme dibujada en sus labios.

Las dos desayunaron sin parar de hablar de lo que salía en la televisión o de las últimas tendencias de moda que habían visto en un artículo en internet. Después de eso se ducharon y se vistieron para dar un paseo por Madrid.

—Ahora sí que voy a enseñarte esta ciudad tan bonita —dijo Rocío, alzando las manos en plena Gran Vía—. Que te he tenido encerrada.

—Encerrada sería si fuera contra mi voluntad —respondió Blanca—. Pero si es así... Estoy encantada de que seas mi carcelera.

Rompieron a reír a carcajadas y patearon el centro de la ciudad. Templo de Debod, Retiro, Cibeles y el Museo del Prado, la Plaza Mayor, Puerta del Sol y Plaza de España. En ningún momento separaron sus manos.

En ningún momento dejaron de sentir.

33

Gael

El doctor se marchaba por la puerta justo cuando su teléfono empezó a vibrar. Decidió ignorarlo. Mauro estaba a su lado, apretujando contra su cara gel azul congelado para paliar la hinchazón que se le había quedado.

—Bueno, son excelentes noticias —dijo Mauro, tratando de sonreír e imitando el extraño acento de un personaje que Gael desconocía.

—Sí, la verdad, pensé que iba a quedarme en silla de ruedas.

—Qué exagerado eres, anda.

Gael se movió un poco, lo justo para hacer crujir algo, probablemente los huesos de la espalda, que ahora parecían piezas de hierro. Le costaba respirar un poco y, aunque el doctor le había confirmado que saldría ya mismo de urgencias, no se sentía del todo preparado. Al igual que en la discoteca, donde había perdido la cuenta de las copas que llevaba y de la hora que era, allí lo había hecho de todo lo que le habían diagnosticado.

—Al menos sabes que no es nada grave —le animó Mauro. Era gracioso verle pelearse con aquella bolsa gélida, que parecía más una molestia que algo útil.

—Ya, pero, baby... Esto es una mierda. —Gael se señaló las sondas, las vendas. La boca, con un diente medio roto, aún tenía mal aspecto, y tenía los labios inflamados.

—Si te dejan irte pronto es porque no es nada grave. Eres superexagerado.

Gael entrecerró los ojos para lanzarle una mirada asesina a Mauro.

—Y usted un metiche. Déjeme quejarme —le dijo el colombiano, elevando un poco el tono de voz. Mauro se achantó y entendió que se había pasado un poco—. Perdón.

—No pasa nada.

Pero Gael no parecía haber terminado, porque cogía bocanadas de aire y las soltaba, como si no se atreviera a decir nada más. Hasta que al final lo hizo.

—Me refiero también a la pelea... Yo... Lo siento de veras.

—No tienes la culpa de nada, Gael. —Mauro fue tajante, tanto con el gesto que hizo como en el tono de voz—. No empieces también como Andrés. Quienes menos os tenéis que sentir mal sois vosotros, que sois las víctimas.

Gael ignoró lo que Mauro le había dicho. Miró hacia abajo, a sus dedos con arañazos entre los cables. Tenía que aguantarse las ganas de llorar.

—Es que pensé que me miraba. Y me hacía ilusión, ¿sabes? Como si alguien por fin me mirara con otros ojos y no como un consolador andante. Quería vivir una noche normal; la última vez me drogaron, la anterior mejor ni le cuento... ¿Por qué no me puedo permitir vivir la vida? ¿Por qué siempre me pasa algo?

Mauro no supo qué responder.

—¿Creías de verdad que era ese chico? —dijo finalmente.

Lo primero fue un suspiro, luego Gael se encogió de hombros.

—No sé, iba tan tomado... Pero lo intenté. Creo que eso fue lo bonito. Y luego, pues no sé, nazis de repente.

—La verdad es que nunca me lo habría imaginado. —Mauro negaba con la cabeza, aún asimilando esas imágenes—. Sangrabas demasiado.

—Lo sé. Pero eso siempre me pasó en toda mi vida, cuando era niñito me daba un golpe de nada y sangraba por toooda la casa. Mi mami me perseguía, me decía dizque «usted va a terminar en el hospital como siga así». Y míreme, acá estoy.

Mauro se estaba aguantando las ganas de reírse, Gael podía verlo en su expresión. Pero se tomó en serio el tema:

—Entonces tienes la sangre superaguada.

—Supongo, no sé. Pero bueno, al fin no es para tanto. Solo tengo un ojo morado, las costillas inflamadas... Y no sé qué huevas más. Así que deje que me queje.

—Sí, no te digo nada. Yo también acabé en el suelo.

Gael entornó los ojos.

—No compare, baby. Yo estoy peor.

—A mí me duele la cabeza —dijo Mauro, con un tono repelente.

—A mí la cabeza y la espalda —contraatacó Gael, señalando cada punto.

—Y a mí los dedos de los pies también.

Se hizo el silencio. La broma no terminó de cuajar, porque había algo que no dejaba de dar vueltas en la cabeza del colombiano. Por más que intentara que ese pensamiento desapareciera, Gael estaba preocupado.

—Baby, me emputa que... no puedo denunciar.

Mauro abrió los ojos, confuso y enfadado al mismo tiempo.

—¡Claro que puedes! Vamos a ir a poner la denuncia en cuanto salgamos de aquí.

—Es que no entiende...

—Sí entiendo —le interrumpió— que no podemos dejar que esto pase. Tú fuiste el que me enseñaste lo que era que te discriminaran, contigo entendí qué era ser diferente. No me gusta y no quiero que nadie pase por lo que te ha pasado —dijo Mauro, para sorpresa de Gael. Le sorprendió su elocuencia, la buena elección de sus palabras.

Pero no era eso. No era eso para nada. Y Mauro no lo iba a entender.

—Parcero, yo soy irregular. Usted lo sabe. No puedo ir a la policía.

—Yo sí, voy a ir con Andrés y la ponemos nosotros. —Mauro estaba decidido, apretando los puños. Se le notaba en los ojos que estaba lleno de rabia. Era la sensación que la injusticia dejaba en las personas: rabia e impotencia, un mix mortal.

—Y si me llaman a declarar como testigo, ¿qué hacemos, baby? Yo fui el peor parado —dijo Gael. Era la realidad. No podía hacer nada.

—Decimos que íbamos solos y ya está.

Gael fue tajante.

—Baby, déjelo así. En serio. No me quiero arriesgar a tener problemas. La policía es lo último que quiero ver.

—Me parece fatal.

—Es fácil decirlo, Mauro. Pero es tan fácil como que me echen de acá. Son problemas, baby. No quiero pensar en todo lo que podría pasar...

—Bueno. Es tu decisión.

De pronto, el doctor los interrumpió con su presencia. Ambos guardaron la sonrisa para sus adentros. Quedaría fatal estar de risas cuando deberían estar doloridos, ¿no? O bueno, qué más daba. La vida eran dos días, Gael no era una persona dispuesta a amargarse.

—Necesito que firmes esto y te puedes marchar.

Gael lo hizo a duras penas y, cuando el doctor le dio las gracias y se marchó de nuevo, no pudo evitar hacer el comentario:

—Ojalá me clavara su aguja. Ay, doctor, estoy maluquito, cuide de mí...

Mauro se rio a carcajadas, con los ojos empapados de felicidad y un extraño orgullo por ver de buen humor a Gael, aunque si se fijaba un poquito más, podría ver que no era más que una fachada y que, por dentro, Gael estaba completamente roto.

—Me sigue pareciendo increíble lo de Iker —dijo Mauro de pronto, negando con la cabeza.

Se encontraban a la salida del hospital, esperando a que Iker fuera a buscarlos. Había dado señales de vida después de andar desaparecido durante varias horas.

—Siempre es así. Él es así —le defendió Gael.

Aunque no podía ignorar el hecho de que... era algo extraño. Llevaba un buen tiempo sin tener la misma relación con Mauro y, aunque con él apenas había cambiado, algo en su interior le decía que Iker Gaitán se estaba transformando. Además, desaparecer en una noche tan complicada y especial como aquella había terminado en desgracia. Quizá con él no hubieran terminado en el suelo molidos a palos.

—Han pasado casi doce horas desde que nos pegaron, Gael. ¿Y ahora es cuando responde? ¿Qué habrá estado haciendo? Por lo menos Andrés no ha dejado de llamarnos, cada hora.

Gael vio de reojo cómo Mauro borraba de forma nerviosa las notificaciones de alguien; supuso que sería Héctor. No le escribía demasiada gente y le daba la sensación de que Mauro tenía bastante con sus amigos y todos los problemas que les parecían rondar cada vez que salían de casa.

—Bueno, enseguida llega y marchamos al hotel —dijo animadamente Gael.

Quería pensar que todo volvería a su cauce, a la normalidad. Que después de esa paliza y habiendo pasado todo el día en el hospital, viendo cómo el sol volvía a ponerse a lo lejos, las cosas solo podían ir a mejor. No quería saber nada de los papeles, ni de su abogada. Estaba harto de sufrir y de no poder disfrutar. Y cuando lo hacía, ¿esas eran las consecuencias?

No. Ni de coña.

Así que escribió a Oasis. No lo había hecho desde la madrugada anterior. Le daba vergüenza verse así, prácticamente mutilado por una panda de energúmenos cabrones. Pero ya no le importaba: necesitaba conocerle en persona, era ahora o nunca.

> No sé cuándo me marcharé de acá
> Ayer me pasó algo
> Ya le contaré
> Pero quiero conocerle

> Yo a ti también, guapo
> Tampoco sé cuándo me marcharé

> Me promete que no se va a asustar?
> Foto

OMG
QUÉ COJONES
Qué te ha pasado
Cuéntamelo, por dios

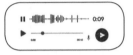

Joder
Flipo en colores
Qué asco, de verdad
Y vas a denunciar?
Por cierto, tu acento... uff

Es complicado

Alguien puede hacerlo por ti
Como testigo

Pero no es lo mismo, no?

Sitges tiene cámaras en las calles
Bueno, cualquier ciudad
Cajeros, tiendas...
Seguro que pueden saber quiénes son

Déjelo
No merece la pena
Nada va a cambiar

Bueno, como quieras...
Tenemos que vernos, en serio
Unas copitas
Te invito a un par de copas, venga
Para mejorarte el ánimo

No puedo tomar con la medicina

Ah, eres de los que siguen las normas?
Qué aburrido

Supongo...
Vea, luego hablamos
Me tengo que ir

Vale, rey
Cuídate

Con el tema de la denuncia, de pronto Gael no sintió tantas ganas de ver a Oasis. ¿Cómo iba a conocerle en persona con la cara como la tenía? Además, le rayaba un poco la cabeza que fuera misterioso, pero que al mismo tiempo se preocupara por él y le sacara conversación. Y eso era justamente lo que le estaba enganchando tanto.

Fuera lo que fuera, le había animado haber hablado con él. Estaba ilusionado.

34

Iker

Después de su encuentro con Jaume y de descubrir que tenía pareja, a Iker le acosaron decenas, cientos de pensamientos intrusivos horribles. Se sintió como una mierda, como un objeto, pero también se sintió mal. Mal de verdad.

Tanto que entre el alcohol y sin saber qué hacer con tantas emociones, lo único que lo mantenía en pie era su propio fin.

No se veía demasiado. Tenía la linterna del teléfono a la máxima potencia, pero aun así le era complicado caminar sin trastabillar entre las rocas. Había recibido varios mensajes de Mauro que decidió ignorar. No eran horas de molestar con tonterías, él tenía otras cosas en mente, joder. El sonido del mar rompiendo contra las piedras, a apenas unos metros, le ponía los pelos de punta.

Había echado mano de la web que había encontrado hacía unos días, cuando el percance de Gael en la gasolinera. Sabía que aquella playa nudista cerca del centro de Sitges era un lugar de cruising especialmente recomendado para altas horas de la noche, al borde de la madrugada.

Era justo lo que necesitaba para quitarse toda la mierda que tenía encima.

Terminó de bajar por las rocas con cuidado. Se quitó la ropa con la que había salido de fiesta. Se deshizo de ella lanzándola en cualquier lado, sin importarle. Ahora se había quedado con lo justo: una camiseta interior de tirantes y un calzoncillo tipo turbo que le marcaba bien el paquete. Que, por cierto, ¿qué más le daba? Iba a tener relaciones sexuales en una maldita playa nudista.

Se lo quitó. Se quitó todo lo que tenía y también lo tiró de cualquier manera entre las rocas.

Solo podía pensar en follar.

Ahora, totalmente desnudo, comenzó a ver cabezas, cuerpos. Escuchó el sonido de una mamada cerca de él, pero no localizó de dónde procedía exactamente. Caminó unos pasos hasta que se dio cuenta de que iba en dirección a una pareja. Eran dos chicos, uno bastante mayor que el otro, que se estaban acariciando y besando. Los dos le resultaron atractivos, ahí en la oscuridad, sin apenas ver. El mayor era peludo, pero debajo de esa mata de pelo escondía un buen cuerpo, se notaba en sus proporciones. El más joven no parecía tener nada de vello corporal.

Vamos, el típico sugar daddy.

La pareja dejó de besarse y ambos se volvieron para mirarlo.

—Anda, tenemos visita —dijo el viejo, riéndose entre dientes.

—Disculpad, ya me iba.

—Vas completamente desnudo. Acércate. —La voz del sugar era demandante, autoritaria.

Iker no sabía qué estaba haciendo, pero dio un par de pasos.

—Apaga la luz, es mejor si no nos vemos. Más morbo —dijo el chaval, como si fuera una obviedad.

—Vale —casi se disculpó Iker, apagando el teléfono y dejándolo a un lado, sobre la arena.

Ahora, en una oscuridad completa, sus ojos tardaron en acostumbrarse un poco. Terminaron haciendo su trabajo, la luna también, y fue capaz de ver en la penumbra. La pareja continuó besándose y con un gesto de la mano le invitaron a unirse.

Eso fue lo que hizo Iker. Se sentía un poco ridículo a la par que empoderado, en bolas en medio de una playa.

La mano del chico joven se acercó a su pene y comenzó a manosearlo, al principio con delicadeza, luego con algo más de garbo.

—Venga, vamos —le dijo al mayor.

Los dos rompieron su hechizo de besuqueos y cambiaron la postura. El muchacho continuó acariciándole, comenzando a lamerle los huevos, mientras que el viejo se había levantado para besarle.

Se mezclaron húmedos de saliva y babas. Los penes de ambos hombres ahora golpeaban, semierectos, contra la cabeza del joven.

—Dale polla a mi chico, anda —le susurró el sugar, dándole pequeños mordisquitos en el cuello a Iker. Este cerró los ojos. La excitación comenzaba a subir, su pene poniéndose duro, sus pezones también.

Mientras el señor mayor le besaba, con la otra mano empujaba al joven a que se la comiera por completo a Iker.

En otras circunstancias, aquello habría sido un sueño. Estaban rodeados de rocas, arena y otros chicos follando. Se oían gemidos, era puente, había fiesta. Hacía apenas un rato había mantenido relaciones sexuales con Jaume en plena calle, y le había excitado demasiado.

Sin embargo... No en aquella ocasión.

—Lo tengo ya dilatado, preparado para quien viniera —le dijo el señor mayor. El joven, al escuchar eso, se dio la vuelta, de rodillas aún. Puso el culo en pompa, con el ano completamente abierto.

El viejito se puso entonces de rodillas, quedando el pene de Iker sobre su cabeza, y con un simple escupitajo, comenzó a penetrar a su pareja. El chico gimió mientras el sonido de sus cuerpos chocando, ese plas, plas, plas característico, se mezclaba con el resto de los sonidos de la playa.

Iker dio un paso hacia atrás, inseguro. También quería follarse a aquel chaval, a la vista de todos, compartirlo con aquel hombre. La simple idea le daba bastante morbo. Pese a todas las cosas que había hecho, aquello era nuevo, y... Se llevó la mano a la entrepierna y abrió los ojos, sorprendido.

Su pene, simplemente, había muerto. Por completo.

Comenzó a masturbarse para levantarlo, sin apartar la mirada de cómo la pareja se dejaba llevar frente a él, haciendo cada vez más ruido, gimiendo cada vez más alto, arrastrando la arena, clavando sus dedos en ella, retozando en placer.

—Ahora tú —le dijo el sugar daddy al cabo de un rato, tras sacar el pene de su chico. Estaba cansado, jadeaba.

—Venga, porfa —le pidió el otro—. Quiero tu pene dentro y que mi chico te vea follarme. Eso le gusta, ¿a que sí?

El otro pareció asentir a la vez que emitía un gruñido.

Lamentablemente, Iker no parecía tenerlas todas consigo; su

pene no estaba erecto del todo, aunque sí mejor que hacía unos minutos. Se escupió la mano, clavó las rodillas en el suelo y agarró al muchacho de la cadera para colocarlo en una posición más cómoda. Este emitió un sonido de placer debido al movimiento posesivo de Iker, el cual se encontraba apretando la base de su pene para introducirlo en la abertura. No tardó demasiado en darse cuenta de que aquello no iba a funcionar, pero lo siguió intentando. La cabeza no se abría paso, le costaba. Hizo más presión, tratando de que entrara de todas formas. Pero no.

—Lo siento —dijo.

—No te preocupes.

No supo quién de los dos le dijo aquello y en realidad no importaba. Estaba mareado. Borracho todavía. ¿Qué narices le estaba pasando? Buscó los labios del señor mayor, se besaron, le acarició los pezones, su pene volvió a levantarse un poco más que antes. Volvió a intentarlo, con más saliva. El culo de aquel chico estaba increíblemente bien dilatado, no debería ser un problema. Introdujo la punta, pero el cuerpo no estaba duro, así que no sirvió de nada.

En serio, ¿un puto gatillazo?

Además, ¿qué cojones estás haciendo? ¿Sin un puto condón?

—Creo que estoy demasiado acostumbrado a follar con la gomita —dijo Iker, buscando una excusa rápida.

—Ya sigo yo, anda. Ha sido un placer —le dijo el señor mayor, que lo apartó con una mano.

Iker no dijo nada más, avergonzado y confuso. Buscó con la mirada qué más había en aquella playa, sin asumir que lo habían rechazado. Pero no pudo centrar la vista en nada, entre el sol que comenzaba a asomarse por el horizonte y que estaba demasiado borracho...

Recogió el teléfono del suelo y trató de escalar las piedras donde había lanzado su ropa, antes de volver. Estaba jodido si no la encontraba. Rebuscó, nervioso, apretando mucho la mandíbula, sintiendo que ahora era un ridículo adicto al sexo, pero una mierda de adicto a quien ni siquiera se le ponía dura, pensando en aquel culo abierto en la playa rebosante de gemidos, en Jaume. Pensó en Mauro, pensó en todo, en las calles de Sitges a plena luz del día, en él paseando por ahí desnudo si no encontraba su ropa.

En qué cojones había estado pensando.

Notó una lágrima caerle, pero se la sacudió enseguida, hurgando todavía entre la arena, entre las rocas, entre toda la mierda que había ahí, basura, botellas de Fanta e incluso condones, pero él seguía, saltando de piedra en piedra, como loco, llorando, resbalando entre la mierda. Todo era una mierda.

Por fin. Tocó algo que parecía su ropa. La cogió y se la puso sin hacer nada más, ni tan siquiera sacudirla para quitarse la arena que pudiera tener. Alzó la cabeza y dejó de sentir, porque no se encontraba.

¿Dónde estaba?

Solo podía caminar entre las rocas, desafiando la luz cegadora del sol matutino contra sus ojos. Quería vomitar y correr para huir de ahí.

No se dio cuenta de cuándo debía dejar de caminar, porque sus pies lo hacían de manera automática, huyendo de manera inconsciente. Demasiados pensamientos le estaban rondando por la cabeza, todos malos, todos horribles.

De pronto se encontró tocando la arena fina, blanca. Había vuelto a la playa turística. Tenía el mar a unos metros. Su cuerpo lo obligó a sentarse, cansado. Cayó con todo su peso muerto, como un saco de huesos. Empezó a notar una quemazón en el estómago, luego en la garganta. Le dolía el pecho y tenía la sensación de que se le clavaban agujas.

Y entonces rompió a llorar. Esta vez, de manera consciente.

Fueron unas lágrimas de desesperación, un llanto amargo de emociones contenidas. No podía aguantarse esas ganas de expulsar todo lo que tenía, de liberarse. Intentó respirar, pero fue incapaz, y eso hizo que llorase más y más y más y más.

Tardó un buen rato en calmarse. Alzó la mirada, sin ver nada, porque tenía los ojos hinchados, rojos y aún aguados en lágrimas.

—Qué me pasa, qué me pasa... —no dejaba de repetir.

Golpeó la arena con los pies, furioso.

—QUÉ COJONES ME PASA.

Volvió a llorar. Y así estuvo otra media hora, hasta que comenzó a dolerle la cabeza. A su mente acudían decenas de frases y momentos que no paraban de darle vueltas. Con el paso de los minutos todo comenzó a cuadrar.

Tenía un problema. Un problema muy grande que no sabía gestionar, porque era incapaz.

Conversaciones con su padre en las que lo humillaba y debía pedirle perdón sin sentirlo, escondiendo sus sentimientos y su sexualidad. Su despertar sexual, ser abusado sin saberlo por una persona que se aprovechaba de él por su desconocimiento. Su encuentro con Jaume, rompiendo sus propias reglas. La sauna Paraíso. Las fiestas, los tríos, las fotos de desnudos en su Instagram, el cruising.

No paraba. No podía hacerlo.

Encontró sin darse cuenta un hilo muy fino, como si la idea se le hubiera pasado de largo, como si no se hubiera dado cuenta hasta ese momento, porque estaba escondido en algún lugar inalcanzable. Todo tenía algo en común.

Un problema sin solución aparente.

Y ese problema, muy a su pesar, era el maldito sexo.

Después de eso, su cerebro le dio tregua. Se tumbó sobre la arena, aunque la odiaba, pero no podía más. Se quedó dormido. Al cabo de unas horas, el teléfono empezó a vibrar sin cesar, y eso fue lo que le despertó.

Vio, sin entender, todos los mensajes de sus amigos. Hospitales, nazis, una paliza...

No podía creérselo. ¿Cómo había sido tan estúpido? ¿Cómo se había permitido estar tan ajeno a ellos?

La furia volvió a desatarse en su interior, pero la convirtió en fuerza para correr hacia el coche y tratar de enmendar, aunque fuera un poco, sus errores.

Ahí estaban, esperando frente a la puerta. El camino de vuelta era corto, pero Gael no tenía muy buena pinta, menos para ir caminando por esas calles sin un poquito de ayuda. La mirada que Mauro le echó en cuanto se vieron a través del cristal no fue nada agradable. Quería tener la fiesta en paz, aunque sabía que se merecía un castigo por lo que había hecho. O mejor, por lo que no había hecho.

—Hola, baby —le dijo Gael. Luego profirió diferentes insultos mientras se montaba en el coche, con cuidado. Debía estar magullado en todos lados para que le molestara ese simple gesto.

—¿Qué te dijeron? —preguntó.

—Lo sabrías si no hubieras desaparecido.

Mauro ni siquiera se había abrochado el cinturón y ya le estaba dando caña. Sabía que el cabrón tenía razón, pero no iba a lidiar con eso ahora. No en ese momento, cuando estaba intentando aclararse, joder. ¡Es que Mauro no entendía nada!

—Vete a la mierda —le soltó finalmente Iker. Arrancó el coche con furia, sintiéndose Toretto. Gael se agarró como pudo a lo que pudo y se quejó, a lo que Iker se disculpó.

—Eres tan poco considerado...

—Mira, Maurito, déjame en paz de una vez. Estabas más guapo cuando no hablabas. Todos tenemos problemas.

La forma en la que Iker conducía, pegando volantazos y acelerones innecesarios, dejaba claro lo enfadado que estaba. Era evidente que lo de Mauro no había sido más que la gota que colmaba el vaso, pero... No sabía qué le pasaba. No tenía excusa, ni palabras para tratar de explicarlo.

Mientras tanto, Gael no dijo nada.

—Sigues siendo igual de odioso, Iker. No has cambiado nada —se atrevió a decirle Mauro. Iker le miró por el retrovisor y vio cómo le temblaba la mandíbula, porque sí, no era bonito hablarse así entre ellos.

La tensión acumulada de esos días parecía lejana, o que al menos se había despejado. Pero no, había estado latente. ¿Por qué ahora se odiaban? ¿Por qué, después de todo, Mauro era incapaz de darse cuenta de lo que le había hecho? Tanto daño para nada, para seguir hundiéndolo más y más... Y bastante hundido estaba ya.

No, era Iker Gaitán. A él nadie le hundía.

Pero era Mauro. Mauro. No volvería a caer tan bajo, como tantas veces lo había hecho en su vida. No merecía la pena discutir. Además, igual era mejor intentar aparcar la tensión a un lado. La paliza no era plato de buen gusto para nadie y no era conveniente agitar más los nervios. Ya todo era bastante loco.

—He actuado mal, pero aquí estoy, recogiéndoos del hospital. Espero que lo tuyo no fuera nada, Mauro, y Gael, ahora me cuentas exactamente todo lo que te ha pasado. No te preocupes si necesitas algo en la noche, ya mismo voy a la farmacia y...

—Nos dieron medicamentos en el hospital, baby, no se preocupe —le dijo Gael, cortándole.

—Siempre igual. No me importa ayudarte, ¿eh?

Gael negó con la cabeza.

—Deje así. Está bien, parce. Andrés también está en el hotel.

—Como quieras. Yo es que igualmente tardaré.

—¿Por? —preguntó Mauro, incisivo—. Escaqueándote otra vez de estar con tus amigos, después de que uno de ellos confesara... todas esas cosas que le hacía su novio. Estoy flipando.

¿Es que no se daba cuenta de que llevaba gafas de sol porque tenía los ojos aún hinchados? ¿De que lo estaba pasando mal? ¿De que tenía la voz rota?

—Deja esa voz de maruja, Maurito, que no te pega —le contestó Iker, tratando de no sonar demasiado ofensivo—. ¿Por qué la tomas conmigo como si fueras mi madre?

Ninguno de los tres volvió a decir nada hasta que el coche comenzó a disminuir la velocidad.

—Os dejo cerca del hotel y busco aparcamiento. Ahora subo.

Los dos se bajaron sin mediar palabra. También había podido notar la tensión de Gael.

Cuando encontró aparcamiento se quedó dentro del coche durante un rato. A los cinco minutos tenía las manos rojas y magulladas, de tantos golpes que le había dado al volante. Le dolía la garganta, de los gritos que había dado. Y los ojos aún más hinchados de tanto llorar.

35

Andrés

Temblaba.

No hacía frío en la habitación ni en la terraza, pero aun así temblaba. Era imposible teniendo la playa tan cerca, con la humedad en el aire. Asomado a la ventana, Andrés trataba de encontrar una silueta que le fuera familiar. El sol le daba directamente en los ojos, haciendo casi imposible su misión, pero no iba a darse por vencido: no dejaría que Efrén le sorprendiera. Si era capaz de verle para estar sobre aviso, correría a decírselo a sus amigos y se marcharían en un pispás para tratar de darle esquinazo.

Largarse de ahí era una necesidad física, aunque por otro lado no podía evitar sentirse culpable de que sus amigos no pudieran disfrutar de la playa, el sol o tomarse unos mojitos en la arena.

—Hey.

La voz de Iker le llegó desde atrás. Lo rodeó con los brazos, dándole un abrazo por la espalda. Andrés se permitió reconfortarse durante unos segundos para después separarse y ponerse junto a él, aún con la mirada perdida entre los viandantes.

—¿Sigues mal?

Andrés puso los ojos en blanco.

—Mírame. Estoy tiritando y sudando a la vez, me tiemblan las rodillas como si me fuera a caer en cualquier momento... Y ya no tengo pareja, Iker. No estoy bien.

Por supuesto que nada estaba bien, todos lo sabían. La cara de Iker respondió a los remordimientos que sentía Andrés en aquel momento.

—Perdona —se disculpó—, he sido un poco brusco. Es que me duele mucho la cabeza.

—Te pasa de todo, maricón. ¿Te has tomado ya algo?

—No creo que sea como una resaca. Llevo unos días malos, aunque parece que estoy mejorando ahora. Por estar con vosotros, creo.

Iker sonrió, aunque en el fondo parecía triste. ¿Qué le pasaba? Le notaba los ojos raros.

—Bueno, te hemos sacado de ahí —dijo este—. Ahora terminamos las maletas y nos piramos.

—¿No esperamos a mañana? Os van a cobrar otra noche solo por...

—Chisss. Calla, anda. —La sonrisa de Iker era reconfortante en aquel momento—. Aquí nos apoyamos entre todos y, pues bueno, es lo que toca ahora. Apoyarte a ti, total, los demás no tenemos problemas.

¿Eso era desdén? Quizá Iker también estaba pasando por algo complicado.

—Por cierto, ¿tú dónde andabas?

Los ojos de Iker le respondieron con un vacío que jamás le había visto en la mirada. Y tan pronto como apareció aquel sentimiento, se deshizo en otra sonrisa completa, desde la boca hasta las patas de gallo.

—No importa, Andrés. Ve a hacer la maleta, que nos piramos para Barna.

—¿En serio? —El rubio abrió mucho los ojos.

—Claro. Hay que poner tierra de por medio. No nos gustan los exnovios controladores, ¿verdad?

Andrés se encogió de hombros. Supuso que tenía razón. No quería ser un impedimento, pero paseó la vista por la habitación y vio que sus amigos estaban terminando de organizar las maletas. La decisión ya estaba tomada.

—¿Y por qué para Barcelona? ¿Por qué no a casa directamente? Quiero ir al médico.

Iker no respondió al instante, vaciló antes de responder.

—Podemos ir al médico allí. Queremos ver un poco Barcelona,

pero sobre todo queremos que tú también lo hagas. Que la visites, que la conozcas, que vivas un poquito antes de volver a la rutina. Que no sientas que abandonar Madrid ha sido en vano, ¿sabes?

Eso tenía sentido. Andrés tragó saliva. Se sentía terrible. La culpabilidad se aglutinaba en su garganta, queriendo salir por sus ojos en forma de lágrimas. Sus amigos se estaban preocupando demasiado por él y su orgullo le impedía sentirlo como tal. Era como si... como si se estuvieran riendo de él, de una forma indirecta.

—No hace falta, podemos tirar para Madrid.

Fue entonces cuando Iker, que parecía calmado aunque, a juzgar por su mirada, parecía que tenía la mente llena de cosas, golpeó la mesa de la terraza. Hizo que el silencio se instaurara tanto dentro como fuera de la habitación.

—Déjanos ayudarte. Deja de hacerte el idiota, Andrés. No es un buen momento para ti, ni para nosotros, pero si no hubiéramos venido, ¿qué cojones te habría pasado? ¡Te habríamos perdido! Ciao, ciao, se murió el twink.

Aunque era un comentario gracioso, en aquel momento no tuvo gracia. La rabia con la que Iker había pronunciado aquellas palabras, sus gestos y las arrugas en la cara, dejaban claro que no estaba para bromas. Y tenía razón: Andrés no se estaba dejando ayudar.

—Lo siento —musitó este finalmente, volviendo la vista de nuevo hacia Sitges. Apoyó los codos en la barandilla tratando de no llorar.

Iker no dijo nada más. Mauro y Gael no fueron tampoco a calmarle. Y era mejor, porque estaba siendo egoísta. ¿Tan transparente era para ellos?

Y lo que había dicho Iker sobre... sobre morir. No había sido consciente de que lo que había vivido con Efrén fuera tan grave. Porque él no podría llegar jamás a esos extremos. Pero entonces pensó en cuando le hacía el amor, en las mentiras... Volvió a sentirse mareado, se tocó el cuello para comprobar la fiebre y estaba ardiendo. Definitivamente, pensar en él le hacía sentirse aún peor.

Quizá vivir un poco la vida en Barcelona sería buena idea.

Aunque fuera durante solo un momento. Respirar un poquito.

—Vamos —dijo en voz alta, antes de darse la vuelta. Vio a Mauro sentado sobre la cama y a Gael tratando de cerrar la maleta. Iker no estaba, pero la luz del baño estaba encendida.

—Claro que vamos, baby. No había otra opción —le dijo Gael con una sonrisa. Como siempre, porque pasara lo que pasara, Gael siempre sonreía.

La mirada de Mauro era de comprensión y tristeza, una mezcla que a Andrés no le gustaba para nada. Iker entró en escena con la cara mojada y una toalla entre las manos.

—¿Qué pasa?

—Que nos vamos, que sí, joder. Que necesito irme, aunque sea sin nada, sin mis vinilos de Taylor Swift, sin mis tonterías. —Metió la mano en el bolsillo y sacó las llaves—. Tengo que volver antes de irme.

—Ya nos ocuparemos de eso, no te preocupes —le calmó Iker.

—Está todo pensado —dijo Mauro.

Andrés torció el gesto, dudando. Parecía que hubieran hablado sin que él estuviese delante. Ahí había muchos sacrificios, porque se notaba desde lejos que entre Mauro e Iker había más tensión que nunca.

—¿Creéis que Efrén va a colaborar en algo? Si no vuelvo al piso me va a mandar a comer mierda.

—Pero si vuelves las consecuencias serán peores y lo sabes —le advirtió Iker acercándose. Le arrebató las llaves en un gesto brusco—. Iremos nosotros ahora, antes de irnos. Solo dinos qué quieres recuperar.

Los ojos de Andrés se humedecieron, como siendo consciente de pronto de todo el cariño y empeño que sus amigos estaban poniendo en cuidarle de verdad. En hacerle sentir bien, en cortar las raíces que hubiera echado en ese supuesto hogar con un hombre abusivo. No quería llorar y, aun así, lo hizo. Mauro fue el primero en abrazarlo, ni siquiera supo en qué orden llegaron los demás, solo que estaba acompañado, rodeado de brazos, y que por fin, después de lo que parecía una eternidad, ya no se sentía solo.

Recuperar sus cosas de la casa de Efrén fue más sencillo de lo que esperaba. Iker había sido el primero en subir mientras los demás esperaban en el coche. Para sorpresa de Andrés, el piso se encontraba vacío, pues las cosas de Efrén parecían haberse volatilizado junto a él. Lo habría hecho durante el transcurso del día. Por una parte, Andrés sintió miedo. ¿Dónde narices se habría metido? ¿Estaría preparando algún tipo de venganza? Pero por otro lado, aquello le dio la oportunidad de subir a la casa y recoger todo con más calma en compañía de sus amigos.

Hacía no demasiado que había hecho eso mismo en su piso de Madrid. Esa vez, sin embargo, había sido muy diferente. Estaba lleno de rabia, asco, furia. Odiaba a sus amigos, los mismos que hoy, sin importar lo mal que los había tratado en el pasado, lo ayudaban a volver a su verdadero hogar. Algo en su interior se rompió y negó con la cabeza para librarse de la picazón en los ojos. Ya había llorado suficiente, ahora era momento de seguir hacia delante.

Y sí, pagarles el favor a sus amigos. A su familia.

Ya dentro del coche, todavía intentando encontrar la forma de salir de Sitges para incorporarse a la autovía entre montañas, Andrés comunicó su idea:

—Chicos, quería deciros que... Baja el volumen un poco, maricón.

Iker puso en pausa la canción de Luna Ki que se estaba reproduciendo.

—Bueno, que quiero pagaros este favor. Yo estuve ciego, vosotros no, y tuvisteis el valor de venir. Os habéis recorrido media España por mí. Y he pensado que como ni siquiera sois capaces de rescatarme sin salir de fiesta... que salgamos esta noche.

Para Gael no parecía una idea excelente. Miró a Andrés mientras se señalaba las heridas de la cara.

—Puedo salir, aunque no debería tomar y no voy a ligar con nadie.

—Se puede salir de fiesta sin beber y sin follar —le dijo Mauro, que estaba más callado de lo habitual.

—Dilo, mi niñooo. —Andrés sonrió, feliz de picar a sus amigos y estar de nuevo en el mismo bando que Mauro—. Bueno, ¿qué me decís?

El coche continuó en silencio mientras esperaban un semáforo. Cuando volvieron a arrancar, ya en verde, Iker carraspeó y buscó la mirada de Andrés a través del retrovisor.

—Pues hijo, que ya teníamos entradas compradas. Has tardado

mucho en proponerlo y en cuanto encontremos alojamiento, invito a chupitos, que en la gasolinera he pillado un tequila.

Andrés se rio como si nunca se hubiera reído. Su carcajada dejó perplejos a sus amigos, pero ellos no lo entendían. Desde que se hubo mudado a Sitges, no se había escuchado a sí mismo reírse. Era casi un ruido ajeno, que no le pertenecía.

Pero sus amigos no tardaron en romper a reír también, en insultar de broma a Iker y comentar lo bien que lo iban a pasar. Necesitaban un poquito de baileto para liberar tensiones y dejar atrás, de una vez por todas, a Efrén.

36

Mauro

Antes de partir, Mauro había hablado brevemente con Iker sobre la salida por Barcelona. No le gustaba demasiado la idea de salir de fiesta en un momento clave como aquel, pero sabía que no le harían demasiado caso. Las fuerzas de Iker y Gael juntos eran imparables: le terminarían convenciendo o él se dejaría llevar.

No tenía remedio.

¡Pero quería protestar!

Se encontraban descansando tras la breve pero intensa mudanza de Andrés. Gael había subido al piso con él, y ellos dos abajo, que habían sido los últimos en cargar un par de cajas llenas de libros. El coche no era demasiado grande y temían por sus maletas, pero Iker parecía ser experto en el Tetris. Estaba colocando todo de forma que ocupara hasta el último milímetro del coche, con un cigarro en la mano, como si fuera una situación normal en su vida.

—Oye, Iker —le dijo Mauro.

Ya se había perdido: no sabía si estaban bien o estaban mal. Se había cansado de estar enfadado o fingir lo contrario, o directamente no estarlo y fingir que sí... Dios, le iba a explotar la cabeza. Decidió ser neutral con él y punto. No era su problema que Iker los tuviera con él.

—Dime.

—No quiero estar demasiado en Barcelona. Vamos, por mí ni

salimos de fiesta ni nada de eso. Dormir y marcharnos para Madrid mañana.

Iker paró, pero no se dio la vuelta. El humo del cigarrillo le llegó a Mauro a las fosas nasales. Era un olor que ya no le importaba en absoluto, se había acostumbrado a él.

—Te gusta demasiado aguar las fiestas, Maurito. Controlas demasiado.

Mauro no lo vio, pero sabía perfectamente que con esa última frase Iker habría abierto los ojos en tono burlón.

—No es el mejor momento. Lo sabemos todos.

—De verdad, para. Si lo que te molesta es que me líe con alguien y os deje tirados como anoche, no va a pasar.

La reacción de Mauro fue abrir mucho los ojos. Muchísimo.

—¿Qué mierdas...?

Se vio interrumpido por la llegada de Gael con una bolsa de plástico y una pequeña mochila de Andrés de la marca Fjällräven Kånken.

—Venga, esto es lo último —anunció.

Iker se volvió, lanzándole una gélida mirada a Mauro que lo dejó de piedra. Como si no pasara nada, sonrió y bromeó con Gael sobre el espacio del coche, encontraron un hueco y finalmente cerraron el maletero.

El cigarro se había consumido casi por completo pero, aun así, Iker le dio una última calada mirando a Mauro desde el otro lado, con el coche entre ambos. Con los labios, articuló:

—Un día.

Y después le guiñó un ojo.

Quién mierdas te entiende, Iker Gaitán. Eres imposible.

No había anochecido aún, y Barcelona estaba preciosa. Mauro volvió a verla a través de la ventanilla, aunque esa vez con mucha más tranquilidad en el cuerpo. Hacía apenas unos minutos, Gael había encontrado un Airbnb increíble en el centro de la ciudad y todo estaba en regla y confirmado, por lo que esa incertidumbre de pronto era un peso menos sobre la espalda de Mauro. No disfrutaba tanto como sus amigos de sus locuras, aunque ahora la idea de salir de fiesta... No sonaba tan mal.

—Madre mía, es que has puesto mal la dirección, me dice que tardamos hora y media. Es imposible —dijo de pronto Iker, negando con la cabeza.

Gael se acercó al teléfono y lo quitó del soporte.

—Pero no me lo quites, ¿ahora dónde giro?

—Baby, pues deténgase por acá y ya miramos —dijo el colombiano, tranquilamente, mientras toqueteaba algo en el teléfono de Iker.

—Amor, que no estamos en Colombia —le contestó este, con una sonrisa enorme, enseñando todos los dientes blancos y perfectos—. ¡Aquí los coches no pueden parar porque sí! Estamos rodeados de cámaras y policías...

—Ay, sí, ya cállese. Le puse bien la dirección, no moleste. —Gael le puso el teléfono de nuevo en el cachivache que lo sujetaba en el aire acondicionado y volvió a recostarse en el asiento—. Trece minutos. Adiós, voy a dormir.

—Estás flipando —le contestó Iker, golpeándole en la pantorrilla con el puño.

—Como me vuelva a pegar le cuento a todo el mundo que usted me pidió el número de teléfono de un viejito para acostarse con él por plata.

—¡Hace mil años! El delito prescribió.

—Usted ni sabe, Iker, lo que sé para poder hundirle —bromeó Gael.

Sin darse cuenta de que tenía una sonrisa en la boca mientras veía a sus amigos pelear, cogió el teléfono. Las notificaciones que tenía le habían pasado completamente desapercibidas, y todas eran de Héctor.

> Cómo vais
> Todo bien?

> Hooola
> Espero que estéis bien

> Mauro
> Me tienes preocupado

> Seguís por Sitges?

> Cuando estés más tranquilo
> Me dices
> Vale?

> Porfa
> Llámame cuando puedas

Mauro no pudo evitar poner los ojos en blanco. Vio aquellos mensajes como si fueran de otra persona, no de su supuesta pareja. Sintió una presión en el pecho y de pronto quiso lanzar el teléfono por la ventana. ¿Por qué le agobiaba tanto? No le gustaba dar demasiadas explicaciones. ¿Se las debía? ¿Estaría él preocupado si Héctor estuviese al otro lado de la península, sin saber nada de él...?

Ups. Claro. Al igual que Mauro estaba en Barcelona, Héctor estaba en Madrid. Era prácticamente la misma situación, pero Mauro no sentía su ausencia. De hecho, no se había acordado de él en todo el día hasta ese momento. Tal era su disfrute con sus amigos que ni siquiera había desbloqueado el teléfono. A ver, que no era el más viciado de todos, pero igualmente...

Era raro. Muy raro.

Sentir lo que le hacía sentir Héctor en persona era diferente a lo que le hacía sentir cuando no estaban juntos físicamente. Era como si sintiera unas ataduras que no quería tener. La sensación era indudablemente de agobio, simple y llanamente.

Guardó el teléfono de nuevo en el bolsillo, para volver la mirada hacia las calles barcelonesas, tan distintas de las de su pueblo, tan distintas de las de Madrid. Qué bien le estaban viniendo esos días para distraerse de Héctor, para comprender qué estaba ocurriendo, aunque le estaba costando descubrirlo.

Algo no encajaba, y era incapaz de ver cuál era el maldito problema.

37

Andrés

Lo estaba intentando. Juraba por Lorde que lo estaba intentando. No obstante, Andrés no controlaba cada aspecto de su mente. Desde luego, no el que aún le mandaba destellos momentáneos de Efrén sonriendo, o en su cama, o acariciándole.

Se encontraban en el apartamento que habían alquilado para pasar aquella noche. Para su sorpresa, era mucho más bonito y agradable que en las fotos. El salón era enorme con una cocina americana que aún conservaba las pegatinas en los electrodomésticos, decorado con cuadros en tonos tierra y alguna que otra planta. El sofá era inmenso; las habitaciones, enormes. Además, tenían una para cada uno, lo cual era todo un lujo considerando las condiciones en las que habían estado en aquel hotelito de la costa de Sitges.

La pizza que habían pedido por Just Eat acababa de llegar y Gael había recibido al repartidor sin camiseta, recién salido de la ducha. El repartidor no había sabido cómo reaccionar, ante la atenta mirada de los demás entre risas. Finalmente no había pasado nada, pero sirvió para que Gael confesara que era una fantasía suya.

—Acostarme así como en las películas, a un plomero o a un repartidor —dijo mientras comían la pizza.

—¿Plomero? —preguntó confundido Mauro.

—Es como le llamamos allá a... ¿cómo le dicen ustedes? ¿*Fountaneiro*?

Pronunció aquellas palabras como si fuera un guiri británico demencial sin idea del español, exagerando las erres con un acento extraño. Como era de esperar, todos se rieron.

Y aunque Andrés también estaba compartiendo ese momento, comiendo su deliciosa pizza vegetal del Papa John's con salsa de ajo, no terminaba de comprender por qué aún notaba la presencia de Efrén. No como un fantasma, sino como si el perfume que usaba aún estuviera dentro de su nariz o como si la saliva que le dejaba en la boca al darse un beso aún continuara jugueteando con su lengua.

Nada tenía sentido y, al mismo tiempo, tenía todo el del mundo.

Aún podía sentirlo en su vida, aunque ya no formara parte de ella.

—¿Qué te pasa?

No supo quién de sus tres amigos le preguntó aquello, aun tratando de aguzar el oído. Pestañeó para despertar de la ensoñación y se topó con la mirada preocupada de Iker, que le indicó que... Vale, eso era lo caliente que estaba notando. El queso se había derretido y le había goteado hasta mancharle el pantalón.

—¿Estás bien? —Esa vez sí identificó que se trataba de Mauro, también visiblemente preocupado. Gael, mientras tanto, comía sin decir nada, atento a lo que ocurría frente a sus ojos.

—Sí, lo siento, estaba distraído.

—Podemos quedarnos aquí... —comenzó Iker.

Andrés negó con la cabeza, quitándole hierro al asunto.

—No, es solo que pienso en Efrén. Estaba bastante seguro de irme y de que no era feliz, pero me vienen imágenes suyas y es como si me hubiera separado de él hace meses, como si hubiéramos roto, como en una película. No sé explicarme, es raro. Parece que lo echo de menos, pero es imposible, ¿no?

Ninguno de los allí presentes dijo nada durante al menos un minuto, pensativos, sin saber qué opinar de algo tan complejo.

—Lo que menos quiero hacer es rayaros. Estoy cansado, me duele la cabeza y no creo que la tenga muy centrada como para fiarme de tomar unas copas.

—¿Te rajas? —soltó Iker.

—Joder, qué bruto es —lo criticó el colombiano, dándole un golpe en el brazo—. No pasa nada, baby —dijo entonces dirigiéndose a Andrés—. Mira, si quiere quedarse se queda, descansa y listo. Nosotros volvemos pronto y mañana vamos para Madrid.

Andrés sonrió como pudo agradeciendo el gesto. Tampoco iba a pelear el salir de fiesta, porque de pronto su cuerpo le dolía, harto de la tensión a la que se había visto sometido. Una parte de él quería desestresarse, que era el plan inicial, y a cada minuto que pasaba estaba más seguro de que no era una buena idea.

—Perdón, sé que lo había prometido, pero es que no puedo, chicos.

—No pasa nada —le dijo Mauro, guiñándole un ojo.

Ni siquiera Andrés fue capaz de procesar a Mauro (¡a Mauro!) haciendo ese gesto, derrochando una confianza casi innata que ni él mismo se daba cuenta de que estaba ganando. Y algo hizo clic en la cabeza de Andrés al ver a su amigo así de cambiado. Fue a su habitación sin decir nada. De todas, era la única con un espejo de cuerpo. Se miró. Daba pena, asco, estaba horrible. Pero vio su maleta medio abierta, con la manga de una camiseta sobresaliendo y...

Todos necesitaban su propia forma de alejarse del estrés y disfrutar. Aunque fuera un espejismo, pensó Andrés, aunque fuera como una mentira piadosa.

—Chicos —anunció, interrumpiendo a sus amigos—. Me ducho y me esperáis, ¿vale? ¡Perdón!

No les dio tiempo a que reaccionaran y se metió en el baño. ¿Era buena idea? Ya se encontraba mejor, pero... ¿Era realmente una buena idea? El vapor le abrió los poros y le ayudó a liberarse de las tensiones, inundando sus fosas nasales, dejándole respirar con tranquilidad. No importaban los vahídos momentáneos que le daban, ni que aún notaba dolor en la garganta, porque ese momento era suyo y solo suyo.

Los siguientes minutos pasaron rápidos. Los amigos se lavaron los dientes, se cambiaron de ropa, se perfumaron y salieron dispuestos a volver temprano, aunque los cuatro sabían perfectamente que aquello era una mentira como una catedral.

38

Iker

¿Salir por Barcelona sería distinto que salir por Madrid? Iker desde luego que no lo sabía, y estaba dispuesto a que esa noche se resolvieran todas las dudas que tenía respecto a aquella ciudad.

Estaban esperando a un taxi en la puerta del edificio donde se alojaban. Él estaba atrás, viéndoles las espaldas a sus amigos, mientras se echaba un cigarro. Lo necesitaba de veras, porque no podía dejar de pensar en la tensión que había entre Mauro y él, en sus problemas con el sexo... En su cabeza se arremolinaban tantos temas que no quería sentir que empezaba a notar una presión en el pecho que conocía perfectamente: la misma ansiedad que su padre le había causado durante años.

No estaba dispuesto a desperdiciar ahora los treinta con la misma mierda. Fumó rápido, de forma desesperada, tratando de ahuyentar esos pensamientos. Tenía claro que los buenos copazos que se fuera a tomar le ayudarían, como siempre lo hacían.

Aun así, y con todo ese tumulto en la cabeza, sí que tenía dos cosas bastante claras:

LA PRIMERA

Que no quería discutir con Mauro en toda la noche. Estaría pendiente de él, de Gael y de Andrés. No se marcharía por ahí a follar con cualquiera ni los dejaría colgados. Debía demostrar que iba en serio, tanto por Mauro como para sí mismo.

LA SEGUNDA

Que pese a su encuentro hacía unos días, seguía estando total y perdidamente cachondo.

Va a ser una noche complicada.

—Con esos volantazos ya no necesito ni beber —se quejó Iker según se levantaba del taxi, para terminar la frase con un sonoro portazo de la puerta del vehículo amarillo y negro. Logró ver por el rabillo del ojo cómo Mauro ponía cara de circunstancias mientras corría hasta donde él estaba cruzando la calle para detenerse frente a la puerta de la discoteca.

—Ni sé cómo se lee —se quejó.

Mauro estaba moviendo los labios, tratando de descifrar cómo se pronunciaba el local.

—Razzmatazz. En verdad, da igual cómo lo pronuncies. Lo importante es que lo vamos a pasar de puta madre —lo animó Iker, de pronto emocionado al ver una fila enorme de gente esperando para entrar, y con varios chicos guapos entre ellos.

Céntrate, mi amor.

Los amigos se pusieron a esperar mientras Iker volvía a encenderse otro cigarro. Iban vestidos casi como siempre, él más formal, aunque ahora en un formato más veraniego a causa del clima. No solo porque era mayo, sino porque en Barcelona hacía mucho más calor que en Madrid. Odiaba la humedad y ya notaba la frente perlada de sudor. Al menos llevaba unos buenos pantalones cortos rajados en zonas estratégicas que dejaban ver sus protuberantes músculos, al igual que una camisa holgada con los botones superiores sin abrochar. En medio, un colgante. Mauro había optado por un pantalón corto tipo chándal con unos detalles de leopardo, al igual que la camisa, a juego. Andrés llevaba una de sus camisetas con frases y un pantalón negro. En esta ocasión, su elección había sido una en la que se leía el hashtag #FREEBRITNEY y un corazón roto. Por otro lado, Gael... Estaba a sus cosas. No se separaba del teléfono desde hacía días, así que decidió picarle. Iban a estar chupando calle un buen rato, qué menos que un poco de diversión.

—Oye, enamorado, deja el móvil, que estamos aquí.

La reacción de Gael no se hizo esperar: abrió mucho los ojos, sorprendido, y corrió a esconder el teléfono en el bolsillo trasero de una manera muy poco disimulada.

—No, ¿por qué lo dice? Solo hablaba. ¿Enamorado? Eso no, jamásss —dijo exagerando el acento paisa, imitando a la talentosa, incomparable e icónica Luna Gil.

Para sorpresa de Iker, que no se pudo aguantar la risa ante aquello, parecía que había dado justo en el clavo. ¿Cómo era posible? ¿De verdad Gael estaba enamorado de alguien? Le parecía raro, y aún más cuando la presencia de Felipe casi no se había disipado de su casa en Madrid. Todavía lo sentía, como una amenaza sobre el aire.

—¿Desde cuándo? —preguntó curioso Mauro, con una mezcla de sentimientos más que patente en su cara. Este miró también a Andrés, que parecía sorprendido. Claro, él se había perdido algunos momentos, pero Iker siempre se percataba de todo. Lo que pasa es que se callaba, pero no se le escapaba nada de esas miradas furtivas.

—No estoy enamorado, no hablen mierda, solo mandaba un meme —se defendió el colombiano, de pronto ruborizado. Y era un rubor bastante grave, porque apenas había luz en la calle y su piel oscura impedía verlo. Pero sí, lo estaba. Como un tomate, vaya.

—Venga, que te hemos pillado —bromeó Iker, siguiendo con tono molesto—. No te separas del teléfono. ¿Con quién te mandas tantos mensajitos?

—Ni explicaciones voy a dar porque ustedes están desubicados —se defendió Gael, sin mirar a la cara a sus amigos, fingiendo despreocupación.

—Por lo menos enséñanos la foto y te damos un veredicto.

—Atrevido —dijo serio.

—Gael... —el tono de Iker se volvió serio, aún en broma, pero serio. Le había pillado, era innegable.

Por suerte para el colombiano, la fila avanzó de pronto y, con la distracción, se movieron con tan mala pata de que para sorpresa de absolutamente nadie, Mauro pisara algo en el suelo y se tropezara. Clavó la mano entre el pelo enredado de una muchacha que esperaba delante de ellos, que se dio la vuelta de malos humos. No dijo nada, solo lo mató con la mirada.

Y fue más que suficiente.

—Perdón —musitó Mauro aun así. Chasqueó la lengua al ver que en sus manos tenía enredado un mechón de las extensiones de aquella mujer. Se le vio en la cara que no sabía qué hacer.

—Mira que eres torpe —le dijo Iker, bajito, al cabo de unos segundos.

Cruzaron miradas. Mauro no sabía por dónde coger el comentario, si de una forma bobalicona y agradable o de un modo ofensivo. Así que Iker se aseguró de que fuera lo primero con una de sus sonrisas.

No obstante, Mauro jugueteaba con el pelo de la mujer en las manos. Era un mechón de color fantasía, una mezcla de verde y rosa. Antes de que ninguno de los amigos pudiera evitarlo, Mauro le tocó el hombro.

—Perdón, es que... —No terminó la frase, sino que le enseñó el pelo a la chica. Fue entonces cuando tuvo miedo.

Era una mujer alta, mucho más alta que Iker incluso, con unos tacones de vértigo, uñas de veinte centímetros y cara de pocos amigos. Tenía el cuerpo entero tatuado, que se podía apreciar porque vestía un pantalón cortísimo y un top. La mujer abrió mucho los ojos y la boca, en señal de sorpresa. Y enfado.

—Maricón, ¿qué te pasa? ¿Sabes lo que me han costado estas extensiones? —Le arrebató el mechón a Mauro de un tirón—. Es que eres una ridícula, hija. Si no sabes beber, pues no bebas, pero no vengas aquí a liarla. Que yo tengo los mejores videoclips de España y unos singles que me han costado una pasta, ¿me entiendes? Que no sabes quién soy yo.

Se dio la vuelta, cabreada, y agarró a su amigo del hombro. Mauro pareció reconocerlo, pero no dijo nada, solo observaba.

—Allen, cari, vámonos, que me van a dejar atropellada y no entiendo qué hago aquí si tengo un caché diez veces mayor. Y como no me vaya voy a pegar a la gorda ridícula esta. Cómo echo de menos el Que Trabaje Rita, cari.

Iker apretó los puños, pero no tuvo tiempo de reaccionar. La mujer y su amigo salieron escopeteados de ahí, visiblemente indignados, y los perdieron de vista enseguida. Ella continuaba con su perorata y el amigo solo asentía, como si hubiera escuchado lo mismo setenta millones de veces.

—Dios, está acabada. Qué fea —comentó Andrés. Mauro le miró extrañado.

—¿Quién era?

—La mejor amiga de Oriana Marzoli, es decir, La Pelopony —se burló Iker—. Nada, una idiota, Mauro. Ni te rayes.

Como habían dejado un hueco en la cola, avanzaron unos pasos. Ya con los ánimos un poco más calmados, pero expectantes por la noche de fiesta que se avecinaba en uno de los clubes más famosos de toda la ciudad, charlaron durante un rato sobre banalidades, cantantes y salseos de la televisión y, para cuando quisieron darse cuenta, ya estaban pagando la entrada.

Una vez dentro, Iker quedó cegado por las luces de un escenario. Sobre él había un DJ dándolo todo. La discoteca era grande, más bien como una sala de conciertos con una pista de baile gigante. Se respiraba calor, contrarrestado con los aires acondicionados a toda pastilla que harían que a la mañana siguiente tuviera tos seca, aparte de una resaca del copón. O eso esperaba.

—Vamos a por algo de tomar —dijo Gael, señalando hacia la barra.

Tocaba esperar de nuevo. Lo hicieron mientras bailoteaban, unos más que otros, pero estaban tranquilos y felices de compartir una nueva noche de aventuras juntos. Solo faltaba Andrés por soltarse, a quien animaron cuando sonó un tema mítico de Britney Spears y varias personas vitorearon al ver su camiseta.

—Debe de estar cansadísimo, pobre. Miradle, está haciendo un esfuerzo por estar aquí —comentó Mauro, torciendo el gesto. Se encontraban en la barra, un poco apartados de él. Como Andrés estaba más o menos bailando *Piece Of Me,* no se enteró.

Iker se encogió de hombros y luego cogió las copas que le tendió el camarero. Como siempre, habían ignorado su petición de vodka con zumo de piña. No le importó demasiado, porque no solían servírselo, aunque siempre que iba a un nuevo local lo intentaba. Se repartieron las copas y brindaron por su amistad, para luego buscar un lugar mejor donde poder bailar.

Adentrados en la pista de baile, rodeados de gente, chicas y chicos llenos de purpurina, torsos sudorosos y peinados de infarto, Iker dio a parar con una mirada que no le quitaba ojo. Era un grupo de tres hombres y una mujer de mediana edad, ya rozando los cuarenta. Vaya, un poco mayor que ellos.

No supo por qué, pero Iker no podía apartar la mirada de uno de ellos. No era guapo, sino atractivo. A veces pasaba, que un chico se la ponía dura sin ser canónicamente guapo. Era algo que más bien tenía que ver con su esencia, cómo se comportaba o lo que le transmitía. De hecho, con Mauro...

¿Mauro?

—¿Qué te pasa? —le sorprendió de pronto Gael, golpeándole con un pie.

Iker negó con la cabeza.

—Esos, que nos miran mucho —comentó, señalándoles con un movimiento del mentón.

—Dan mal rollo —dijo Mauro.

Andrés también se asomó para mirarlos, pero bebió un sorbo de su tónica con hielo y siguió a su bola.

—¿Sí?

Con la música, sus amigos no parecieron escucharlo y continuaron bebiendo y bailando. Iker decidió que lo mejor era distraerse, poner el foco en ellos, en estar con ellos, joder.

¿Por qué no puedes dejar de pensar en hombres? STOP.

Y aunque lo intentó, al cabo de un par de canciones, volvía a estar pendiente del grupito. Aún le dolía el cuerpo de haber perreado *Nueva York*, de Bad Gyal, una canción que había puesto a la discoteca patas arriba.

El chico que le había resultado atractivo estaba riéndose de algo. Todos estaban apartados, como en un lateral, donde no había demasiada gente. La chica era rubia, tenía el pelo atado con una goma que parecía que le iba a estirar la cara. Un lifting de forma natural, de toda la vida. Los otros dos hombres eran... no atractivos de ninguna de las maneras para Iker, pero no podía remediarlo. No les prestó demasiada atención, pero sí volvió la vista hasta el primero, que de nuevo volvía a mirarle.

Le hizo un gesto con la cabeza, le dedicó una sonrisa y alzó la mano, saludándole.

No parecían llevarse muchos años, pero notaba, incluso a esa distancia, la diferencia de comportamiento entre él y ellos. Iker se sentía a gusto, confiado y joven al mismo tiempo. En ocasiones sentía que esa juventud no le otorgaba la confianza que él quería transmitir y, sin embargo, aquel hombre irradiaba de un lado al otro de la discoteca. Como si la madurez le otorgara una capa nueva de atractivo.

—Lo siento —dijo de pronto Mauro. Iker comprendió por qué: le había pisado. Desde luego, no había sido sin querer.

Iker no dijo nada, porque notaba que la tensión con Mauro crecía de nuevo. Estaba volviendo a actuar como antes, ¿verdad? Le costaba mucho no fijarse en hombres mientras estaba de fiesta. Sin embargo, a partir de ese momento, cumplió la promesa que se había hecho al principio de la noche.

Y bailó, charló, bebió y se rio con sus amigos. Y no supo cuánto tiempo pasó, quizá fueron horas o quizá fueron segundos, hasta que sintió la urgencia de ir al baño. Fue solo.

Obviamente, en el camino se encontró al grupito misterioso. De hecho, estaban muy cerca de la puerta del baño. ¡Qué casualidad! ¿Quién se lo habría imaginado después de haberlos estado observando y calcular la ruta exacta para pasar por delante?

—Hey —le dijo vagamente el hombre atractivo.

Iker no respondió, solo sonrió, aún debatiéndose entre su pasado y su presente, entre lo correcto y lo indebido. El baño estaba abarrotado y estuvo ahí durante al menos diez minutos, esperando su turno. Aquello parecía más bien un desfile de moda. Quizá era cierto cuando decían que Barcelona era no solo mucho más internacional que Madrid, sino mucho más cosmopolita y variada. Vio a un par de chicos guapos ligando mientras se peinaban en el espejo, pero ignoró sus miradas al pasar. Cuando terminó de mear, volvió a calcular la ruta para pasar por el lado del grupo misterioso.

Una última miradita no le haría mal a nadie.

—¿Todo bien?

—Claro. Con mis amigos, ahí dentro —señaló Iker con la mano—. Hace mucho calor. —Coronó con una sonrisa.

El hombre no dijo nada durante unos segundos.

—Bueno, es que no somos de aquí. Venimos de Irún —dijo—. Me llamo Antxon, ella es Aintzane. Y ellos, Gorka e Igor.

Se dieron todos la mano. Antxon fue el último, con quien mantuvo el contacto durante más tiempo de lo debido. Cuando por fin se soltaron, este le guiñó el ojo. De pronto, saber que eran vascos tuvo sentido en la mente de Iker. Se fijó en el arete que colgaba de la oreja de Antxon y que su barba era robusta y fuerte.

—Es que te veíamos darlo todo y digo: tío, seguro que se ha tomado algo. Pero fijo. Nosotros es que solemos drogarnos, ¿sabes?

—Parecía que aquello fuera lo más gracioso del mundo porque Aintzane comenzó a llorar de la risa literalmente.

Iker no supo cómo reaccionar, pero terminó por reírse también, aunque algo incómodo.

—Mira, yo a veces —confesó—. Pero hoy no, estoy en plan tranquilo con mis compañeros de piso.

—¿Y podemos unirnos o qué? No nos dejes aquí *abandonaus*.

Mantuvieron un gesto calmado, tranquilo. Parecía que, aunque la respuesta fuera negativa, no les fuera a sentar mal. De hecho, estaban increíblemente relajados, como en su propia burbuja dentro de Razzmatazz.

—Claro —contestó finalmente Iker.

Era distinto si incluía a esa gente en su grupo, ¿no? Si algo llegara a surgir con el chico guapo, al menos no dejaba de lado a Gael, a Andrés o a Mauro. Estaría con ellos, delante. Aunque, bueno, quizá fuera mala idea besarse con alguien delante de...

—¡Vamos!

De forma enérgica, el grupo de vascos se introdujo entre la marabunta de gente entre risas. Iker fue detrás. Al llegar, después de codazos, pisotones y salpicaduras de vodka, llegaron a donde estaban sus amigos.

—Chicos, estos son Antxon, Aintzane, Gorka e Igor.

Mauro y Gael saludaron de forma estándar, así que Iker no pudo identificar si les sentaba bien o mal aquello. Andrés sonrió, fue el más agradable de todos. Pero mira, al final estaban de fiesta y la idea era disfrutar, beber, bailar y conocer gente. ¿Por qué no abrir la mente un poco más?

—¿Lleváis mucho por aquí? —preguntó Gorka. Ahora que Iker se fijaba, era calvo, y lo disimulaba con una capa de purpurina pegada a la piel. Era... cuando menos, curioso.

—No sé, la verdad —dijo Mauro, riéndose. Parecía ya borracho o como diría Gael: prendido.

Charlaron sobre cosas aleatorias, la música y las luces, la gente que había, la ciudad, lo bonito que era el País Vasco francés o cuál era la comida típica de Cataluña aparte de los calçots. Al cabo de un rato, los amigos terminaron por invitarlos a unas copas.

—Es que la gente aquí es más cerrada, no sé, sois las primeras personas majas que conocemos —dijo Igor, que tenía los colmillos como un vampiro, aunque algo torcidos—. Tío, sois de puta madre. Y os queremos invitar. *Zoaz orain lehen ni nintzen edatera* —dijo señalando a Antxon y a sus amigos.

Y fue él, Antxon el Guapo, quien trajo las copas para los cuatro. Detrás iba Aintzane con otras cuatro para el resto. Brindaron, bailaron y continuaron bailando durante un rato. Iker no quiso pensar en lo que les habría costado aquella ronda.

—Uf, pero yo no estoy bebiendo —se quejó Andrés, alzando el cubata con una mirada extraña.

—Venga, aburrido. Que tienes cara de *matau,* tienes que animarte —le dijo Aintzane con una sonrisa.

Andrés se encogió de hombros, miró a sus amigos buscando su aprobación y ninguno se opuso. Si quería beber, que bebiera, ¿no? Parecía encontrarse mejor. Y si se ponía mal, allí estaban para cuidarle. Igual era buena idea desestresarse de esa manera.

Hasta pasados unos minutos Iker no se dio cuenta de que estaba realmente borracho. Ya no solo notaba la frente perlada de sudor, sino el resto de su cuerpo, la entrepierna, las rodillas y el pecho. Miró alrededor y, como no vio a nadie sin camiseta, no se atrevió a hacerlo. No sería la primera vez que lo expulsaban de una discoteca por querer mostrar sus atributos.

Perrearon, hicieron twerk entre risas y bailaron techno. La música era ecléctica y con cada cambio del DJ, se apañaban con el estilo nuevo con gracia, o sin ella, pero disfrutando de la noche barcelonesa.

39

Mauro

¡Qué maravilla! Se lo estaba pasando en grande. Ni se acordaba de que era gordo y feo, ni de que estaba enfadado con Iker. Se movía como si no tuviera complejos y perreaba con su amigo sin acordarse de Héctor ni por un momento.

Las luces de la discoteca le golpeaban y casi le hacían viajar, como si estuviera en una nube. ¡El alcohol nunca le había sentado tan bien! No le dolía el estómago y estaba brillando. Se sentía como una estrella en la pista de baile, solo él, su cuerpo y el de sus amigos cuando se acercaban.

Con los ojos cerrados, se dejaba llevar. Charlaba con los nuevos amigos que habían hecho; tenían unos nombres rarísimos que era incapaz de pronunciar, pero eran superagradables. ¡Los amaba! Ojalá se mudaran a Madrid para verlos más.

—Te quiero, ¿sabes? —le dijo en un momento dado a Gael. Este sonrió con todos sus dientes, increíblemente feliz, y le agarró el culo para atraerlo y darle un lindo beso en los labios. Como los de antes, cuando Mauro no tenía ni idea de que aquello era habitual entre amigos.

—Y yo a usted, chiquito —respondió el colombiano, abrazándole.

Mauro sintió que sus brazos eran algodones y notó cada milímetro de la piel de sus caras al chocar. Conectaron a un nivel que nunca antes habían conectado y no se quería soltar. ¡No lo haría por nada del mundo! Se quedaron ahí, intentando bailar pegados y riéndose, rozando sus cuerpos y demostrando amor bajo la atenta mirada de Iker y Andrés, que sonreían embobados como si estuvieran viendo algo tierno y precioso.

La verdad es que... todo estaba saliendo a pedir de boca. Menuda fiesta.

Al cabo de unos minutos, Mauro sintió por primera vez en toda la noche la necesidad de mear. Preguntó cómo se llegaba y se lanzó sin miramientos. Caminó entre la gente con algo de cuidado, porque notaba que a cada paso que daba, se mareaba un poquito más. Vamos, el suelo de Barcelona no era normal, porque literalmente se movía. ¿Habría un terremoto? De repente temió por su vida.

Llegó al baño en buen estado. Había gente entrando y saliendo. Saludó a todos con la mano y una sonrisa, porque todos le caían bien. Quería hablar con todo el mundo y conocerlos, pero se meaba demasiado. Se asomó para ver si faltaba mucho y encontró uno de los meaderos libre. Fue corriendo y meó, casi gritando de placer. ¿Desde cuándo se estaba haciendo tanto pis?

Pis, pis, pis. Haces mucho pis.

Cuando se relajó, aún orinando, vio que a su derecha había un chico que le estaba mirando. Pero no a él, ¡a su pene! ¿Perdón? En cuanto el otro se dio cuenta, alzó la mirada y se lamió los labios de forma morbosa.

—Qué rico —le dijo el chico.

Mauro no supo cómo reaccionar. Casi se le corta el chorro, pero fue lo suficientemente fuerte como para terminar.

—Vamos adentro. —El chico acompañó aquello con un gesto de la cabeza, indicándole uno de los baños cerrados que, en ese momento y como por arte de magia, estaban vacíos.

La verdad es que no era un chaval feo, pensó Mauro. Tendría su misma edad, más o menos, y tenía los ojos con maquillaje negro corrido por el sudor. Sin embargo, eso le otorgaba un aspecto interesante que Mauro jamás habría pensado que le resultara atractivo.

¿Debía tomar una decisión?

Vive la vidaaa.

Su mente no parecía estar muy centrada.

Márcate un Iker, venga, venga. A chupar, a chupar.

Mauro sonrió. Fue una sonrisa incómoda, porque aún no tenía una respuesta. Se acercó, todavía sujetando el pene entre sus manos, y besó al chico. Fue un beso largo, con lengua, bastante húmedo. Al separarse, Mauro supo que no era para él. Demasiada baba, quizá.

—Estoy con mis amigos, luego te busco —le dijo, para su propia sorpresa.

¿Quién es Héctor? ¡No! ¡Lo! ¡Conozco! JE, JE, JE.

Parecía que el alcohol catalán tuviera algún elemento diferente al de Madrid, ¡porque se sentía confiado! ¡Era el rey de aquella discoteca! Dejó al chico obnubilado, respirando fuerte. Vio que su pene había aumentado de tamaño, excitado, y eso le dio a Mauro aún más fuerzas para marcharse.

Un cosquilleo le recorrió todo el cuerpo. ¿Eso era lo que sentía Iker? ¿Eso era el... ego? Electrificado, volvió a pelear por entrar de nuevo en la pista de baile. Ya con sus amigos, decidió no contar nada, pero seguía con el subidón en el cuerpo y bailó como nunca lo había hecho hasta entonces. Los primeros acordes del *Hung Up* de Madonna sonaron a través de los altavoces. Toda la discoteca chilló, eufórica, y cantaron la canción como si les fuera la vida en ello.

Cómo mola Barcelona.

40

Gael

Gael había perdido la cuenta de los picos que había repartido. No solo entre el grupo con el que estaba, además de Iker, Mauro y Andrés, sino a cualquiera que pasara. Algunos lo rechazaban, pero en general le correspondían. Incluso algún que otro chico le había comido la boca y una chica llegó a tocarle el culo de buena manera. Ah, bueno, y luego estaba ese chaval joven con crop top que directamente le había tocado el paquete y había huido asustado al sentir lo que había ahí.

¡Qué le importaba la medicina! ¡Qué le importaba tener la cara magullada! No era para tanto, ya no le dolía nada de nada, estaba flotando en una nube de no dolor.

Su copa estaba vacía, a diferencia de la de sus amigos. Era la segunda ronda a la que Antxon les invitaba y Gael había declinado esa segunda tanda. No le apetecía demasiado tomar, se notaba extraño. Eufórico, sí, pero extraño.

En un momento dado, la discoteca ya no estaba tan llena. Tenían más espacio para charlar y bailar. Gael aprovechó que Antxon fue al baño para acercarse a la que parecía ser su mejor amiga, Aintzane. La agarró del brazo y la sacó de la pista de baile. Ella, igual de eufórica que los demás, se tomó aquello como una invitación a bailar. Al ver la cara seria de Gael, se sorprendió.

—¿Qué ha *pasau*?

—Claro. Dígame qué hay en estas copas.

Gael alzó la suya, de la cual solo quedaban hielos casi derretidos. La respuesta de Aintzane fue romper a reír, con carcajadas que podrían fácilmente escucharse por encima de la música atronadora. Un par de lágrimas cayeron por sus ojos, de tanta gracia que parecía hacerle aquello.

—Ay, ay..., que me meo. Puto Antxon, ¡lo matooo! Que era para todos, vaya maricón —decía, mientras se agarraba a Gael para no caerse al suelo de la risa.

—Cuénteme.

Para Gael, aquella situación no era tan graciosa.

—¿Son copas a las que os ha *invitau* Antxon? —El colombiano asintió—. Mira, es que no tendrías que haberlas cogido. Él siempre le pone M a las copas, es un *enrollau* del copón. ¡Hay que tener cuidado! *Barkatu,* ¿eh? De todas formas, *barkatu.*

El suelo de la discoteca pareció romperse y zambullir a Gael, que notó la visión borrosa y más oscura, como si estuviera siendo encerrado entre luces que no iluminaban, sino que lo volvían todo negro.

—¿En serio?

Aintzane asintió, muerta de la risa.

—Pero coño, que no pasa nada, tío. ¡Que eres muy majo! Eso sí, le voy a pegar un palizón al pedazo de maricón, que lo habíamos *comprau* entre todos. ¡Y ahora resulta que os lo da también! Pero bueno, Antxon siempre nos la lía de fiesta. Y mira que parece tranquilo.

En ese momento, el susodicho volvía del baño. Les saludó alzando la copa, moviendo las caderas en modo bromista, y se reincorporó al grupo de amigos.

—*Ikusten duzu?* Él es tranquilo, como tú. ¡Eres el colombiano más tranquilo que conocí! Aunque diste *demasiaus* besos.

Gael tuvo que aceptar que tranquilo no había estado. Pero ahora todo tenía sentido.

¿Que le habían drogado? Sí.

¿Que gracias al MDMA había intercambiado el teléfono con un sugar daddy hacía media hora y, por lo tanto, tenía un trabajo fijo casi seguro? También.

—Bueno, parce, no se preocupe. Yo... yo no soy adicto a las

drogas, pero espero que esto me deje un buen recuerdo —confesó Gael—. Pero yo no bebo más. ¿Deberíamos contarles?

Los dos se giraron para ver a Mauro e Iker, que bailaban rodeándose con los brazos, casi rozando los labios al ritmo de una canción antigua de reggaetón. Andrés parecía más aburrido, pero igualmente se medio meneaba en medio de la pista.

—Uf, yo sí necesitaría beber —dijo la vasca, dando un buen trago a su copa.

Después de eso abrió mucho los ojos y continuó hablando en un tono misterioso.

—Creo que es mejor así, ¿eh? Hay algo entre ellos —dijo Aintzane, cerrando entonces un ojo en un gesto extraño—. Es que soy vidente, ¿sabes? Mi amoña era *zorgiña*. Puedo notar el aura de la gente, tío, es una movida, pero a veces es la hostia. Y puedo ver que tus amigos se gustan que te cagas.

Aunque Gael, en el fondo, lo sabía, se sintió sorprendido por que una persona ajena también lo notara. ¿Era tan palpable en el ambiente que entre sus mejores amigos había tanta tensión sin resolver? Él decidía mantenerse siempre al margen, no pensarlo demasiado para que su cara no le delatara delante de ellos...

Pero la respuesta estaba ahí, frente a sus ojos.

—Vale, estaban peleados —explicó Gael.

—¡Hostia! ¿Y eso por qué? ¿Lo sabes? Qué fuerte, ¿no?

—Cosas de ellos... Sí, lo dijo antes. Mejor no les digamos nada. Los veo felices.

—Pues es el M, joder. Que es la polla —casi gritó Aintzane. Luego también gritó algo como «uuuh» con la mano en alto y se fue, sin decir nada más, de vuelta con sus amigos.

41

Iker

La verdad era que Iker se lo había pasado estupendamente; hacía tiempo que no recordaba una noche así. Eufórico como estaba, dio un salto de alegría al salir de la discoteca. No estaban demasiado lejos del apartamento, así que se irían caminando. Así, al mismo tiempo, tratarían de que el alcohol les bajara un poco del sistema para no hacer demasiado ruido y evitar problemas con el anfitrión del piso.

—Oye, al final era gente maja —dijo Mauro de pronto, refiriéndose a los vascos, a los cuales habían perdido de vista hacía ya un rato.

Iker no lo vio, pero Gael tragó saliva, nervioso.

—Sí, y ¿ves? He sido bueno —dijo Iker, hinchando el pecho. Estaba orgulloso de no haberse liado con Antxon, pese a que él hubiera querido. Era la primera vez que lo hacía: negarse a enrollarse con un buenorro que le gustaba en una discoteca por estar con sus amigos.

—¿El qué? —preguntó curioso Gael, sin saber a lo que se refería su amigo.

—No me he liado con nadie —dijo Iker.

La reacción de Mauro fue correr hacia él y abrazarlo.

—¡Gracias, gracias, gracias!

Pese a que estaban drogados, aquello fue significativamente

extraño, por lo que el silencio les rodeó durante unos segundos, mientras continuaban caminando hacia el Airbnb. Los taxis, y el tráfico en general, comenzaban a llenar las calles de una Barcelona ya activa a esas horas de la mañana.

—Bueno... —retomó Iker—. Me lo he pasado bien en Razzmatazz.

—Yo también, baby.

De pronto, un sonido atravesó la calle. Fue gutural, fuerte, y vino acompañado de un olor intenso que les llegó enseguida. Los tres amigos se giraron, en busca de la causa de aquel cambio repentino en el ambiente. Andrés se sujetaba contra la pared con una mano mientras terminaba de vomitar. El suelo parecía ahora una obra artística contemporánea. La verdad, muy al estilo de Barcelona.

—¿Está bien? —Gael se acercó primero, corriendo. Le apartó el pelo de la frente a su amigo y se mantuvo a su lado, sujetándole la cabeza.

Andrés tenía los ojos inyectados en sangre debido al esfuerzo del vómito.

—Sí, algo me sentó mal y ya está —dijo. Le colgaban babas de la boca.

Mauro e Iker se habían acercado ya y le miraban preocupados.

—No has bebido tanto, ¿no? La segunda ronda de estos no te la has tomado —le dijo Mauro, como recapitulando información de aquella noche loca.

—Ha tenido que ser la cena o algo. —Andrés parecía bloqueado mientras buscaba explicaciones—. Estoy un poco mareado. Y yo pensaba que ya estaba algo mejor...

—Bueno, baby, no se preocupe. Ya llegamos a la casa. Le va a venir bien el aire, ¿sí?

Los ánimos de Gael parecieron hacer mella en Andrés, que respiró hondo un par de veces y ya parecía casi recuperado, aunque comenzó a caminar despacio.

Iker se dio cuenta de que Gael había mirado hacia un lado cuando Mauro había dicho que Andrés no había bebido tanto y ese gesto era algo que solía hacer cuando mentía... u ocultaba información.

—¿Qué ha pasado? —Lo miró sin medias tintas.

Mauro no se estaba enterando de nada; intentaba no pisar las juntas del suelo, saltando de forma muy graciosa. Gael miró a Iker con ojos de pena y se mordió el carrillo mientras sujetaba a Andrés para que caminara recto. Estaba a punto de confesar algo, ¡lo sabía!, aunque no tuviera idea de por dónde iban los tiros.

—Chicos, yo... Sé qué pasó esta noche —confesó Gael.

Fue entonces cuando Mauro se detuvo y los miró. Iker y el colombiano también se habían parado, quietos, expectantes. Andrés, por su parte, parecía ausente de la situación.

—Los tragos a los que nos invitó Antxon llevaban M.

Iker abrió los ojos, sorprendido —o no tanto en realidad, tampoco era idiota—, y como respuesta alzó sus manos para mirarlas.

—Alucino... —dijo, como si descubrir que tenía dedos fuera algo increíblemente inusual—. Pues me mola, joder. ¡Me gusta mucho! ¡M de Mucho! —Se rio a carcajadas.

Sin embargo, esa felicidad no pareció llegar hasta Mauro o Andrés, que miraban a sus amigos con el ceño fruncido.

—¿M? —preguntó Mauro, sin comprender.

Pobre, no se entera de nada. Es tan mono.

—Es una droga —dijo Gael—. Te hace estar... pues como están ustedes.

Ahora sí que Mauro puso el grito en el cielo, como era de esperar.

—¡Quítamelo de encima! ¡Sácamelo o lo que sea! ¡Drogado! ¡ESTOY DROGADO!

Lo gritó hacia la calle, hacia las farolas y las casas, pidiendo auxilio.

—Ey, ey, relájate —le pidió Iker con las manos—. Que no pasa nada, que es M. Es inofensivo.

—¡Es droga, Iker! ¡Me han drogado y os reís como si fuera una tontería! Me han atrapado en un mundo que no me pertenece, Iker. Quién sabe a quiénes más han drogado. —Iker pensó que Mauro había perdido la cabeza—. ¡A todo el mundo, Iker, a toda la discoteca! Los Súper, los Pokémon, todo el mundo, tío, todo: el suelo, las paredes, los espejos...

Pero ninguno de los allí presentes se estaba riendo, porque tenían miedo de aquella reacción.

—No es gracioso —insistió Mauro, de pronto calmado y con aires de superioridad que, enfurruñado, se dirigió hacia un árbol—. Encima me hago pis.

Y ahí, en plena esquina de una calle barcelonesa, Mauro se sacó el pito y empezó a mear.

—¡Pero que te van a multar, loco! —chilló Iker, sin saber muy bien si acercarse o no. Una parte de él sentía curiosidad.

¿Curiosidad? ¿De qué?

—Baby, se vienen problemas —dijo Gael. Agarró de nuevo a Andrés del brazo y ahora también a Iker.

Los tres se plantaron, quietos. La policía había entrado en escena y se acercaban, tratando de ver qué estaba sucediendo.

—Tss, tss. ¡Mauro! —Por más que Iker le chistara, Mauro no se enteraba. Tarareaba una canción mientras meaba, pletórico de liberarse de la carga de su vejiga—. ¡MAURO!

Tampoco quería gritar demasiado delante de los policías, pero es que...

—Buenas noches —dijo uno de ellos. Llegaron por un lateral. Desde ahí podían ver perfectamente a Mauro mear en la vía pública, así que, como un mecanismo perfectamente ensayado, Gael fingió tropezarse, Iker marearse y Andrés vomitó.

Aunque lo de Andrés fue de verdad.

El resultado fueron dos personas fingiendo, de una forma muy obvia, una distracción. La otra se empapó los zapatos de agua regurgitada y fue un poquito más creíble, aunque el espectáculo era más que evidente. Los policías no fueron tontos y miraron alrededor para ver qué narices estaba pasando justo cuando Mauro se cerraba la bragueta. Alzó la mirada y vio a los policías, con los ojos como platos.

—Joder —dijo.

Y echó a correr.

Así, sin más.

Dios, nos vas a meter en problemas, Maurito.

Pero Iker también corrió, de manera instintiva. Y Gael, que tenía mucho que perder estando como irregular en el país. Andrés vio la urgencia de la situación y, aún sin recuperarse del todo, se lanzó como pudo detrás de sus amigos. Así que corrieron, sí, al igual que Mauro. Los policías no pudieron seguirles el ritmo hasta pasadas un par de calles. Les gritaban cosas y, cuantas más decían, más miedo les entraba en el cuerpo a los amigos.

Bueno, me va a tocar probar por detrás. Vete preparando: cepillo de dientes, camisetas de deporte, tu propio jabón, lavativa...

Iker ya se imaginaba entre rejas.

Aunque siguieron corriendo, corriendo y corriendo. Se saltaron semáforos en rojo. Gritaban de felicidad y de nerviosismo. Si les pillaban, la multa sería aún más alta. Llegaron a un cruce lleno de coches. El amanecer ya no era tal; el sol anaranjado les iluminaba la cara. Iker saltó por encima del capó de un taxi, haciendo que el conductor intentara salir a defenderse entre improperios, justo cuando Gael pasó por su lado y le cerró la puerta de un golpe, dejándolo dentro del vehículo. Mauro estaba asfixiado, pero seguía corriendo con una sonrisa en la boca.

Siguieron rectos, a la derecha y a la izquierda, continuaron corriendo sin parar. En un momento dado, Iker miró hacia atrás para ver el estado de los policías. Respiró tranquilo: ya no estaban.

—Los hemos perdido —dijo, recuperando el aliento. Si él que entrenaba siempre estaba cansado, no se quería imaginar a sus amigos.

Gael parecía estar mejor que Mauro y Andrés, aunque los tres se encontraban con las manos sobre las rodillas y con gesto de cansancio, sobre todo Andrés, que además tenía la cara blanca como la tiza.

—Dios mío, ha sido increíble —dijo Mauro.

—Oye, las drogas... le vuelven a usted peligroso. —Gael rompió a reír—. Qué miedo. ¿Será que nos grabaron?

—Barcelona tiene... cámaras —comenzó a explicar Iker a duras penas—, pero por una meada... en un árbol... no creo que pase nada.

Sus amigos parecieron calmarse ante aquello, sobre todo Mauro.

—Espero que tengas razón —dijo Mauro, ya más recuperado—. Menuda experiencia. Me he sentido como en las películas.

Después de eso, Iker no pudo aguantar más las ganas de hacer lo que llevaba un tiempo deseando. Se acercó a sus amigos y, lleno de esa euforia propia de las drogas que poco a poco empezaban a abandonar su cuerpo, los abrazó con la mayor fuerza que pudo. Sintió su calor, sus olores. Los amaba.

—Os quiero, chicos. Sois lo mejor que tengo —les confesó—. A los tres. Os amo.

Estaba feliz, rodeándolos con sus fuertes brazos. Cuánto tiempo había pasado en su vida hasta encontrar gente que consideraba una nueva familia, sus otras mitades. Ellos lo completaban y estaba orgulloso de poder llamarlos amigos.

42

Mauro

A la mañana siguiente, Mauro no recordaba la mitad de lo que había pasado. Se despertó en la habitación del apartamento sin ningún tipo de dolor o resto de resaca. ¿Sería la supuesta droga de aquel vasco? Fuera como fuera, se encontraba sorprendentemente bien. Sus amigos también parecían encontrarse así, y si se había despertado era por el ruido que venía del salón. Se oían voces y música mientras Gael entonaba una bachata de desamor.

Se desperezó como pudo, revisó el teléfono y se encontró lo que esperaba encontrarse...

Los mensajes de Héctor no habían dejado de llegar. Cada uno le llenaba aún más de incertidumbre y pesadez, como si le agarrara cada vez más del cuello y le dejara sin respiración. Contrariado, pero aún demasiado somnoliento como para enfrentarse a ello, se levantó de la cama para dar comienzo a un nuevo día. Uno en el que volvería a su hogar, donde debería enfrentarse a la realidad.

Le gustaban los puentes y días festivos, los fines de semana, pero ya no tanto la rutina a la que se veía sometido entre semana. Y si a eso le sumaba que debería ver a Héctor... Sintió una presión en el pecho.

Al abrir la puerta se encontró a Gael en calzoncillos sentado en el sofá liándose un porro.

—¡Buenos días! —le dijo, en tono cantarín. Estaba pletórico, tampoco parecía tener rastros de resaca, como se imaginaba.

—Tengo hambre —fue la respuesta de Mauro, que pasó de largo, directo a la cocina.

Allí se encontró a Andrés e Iker preparando algo entre sartenes. No pudo ver de qué se trataba.

—Hay que dejar el apartamento en un par de horas —le anunció Iker—. ¿Cómo amaneces?

El tono de voz había vuelto a ser serio pese a que los vagos recuerdos de la noche anterior habían sido bonitos. Recordaba un abrazo, una confesión de amor eterno. Sin embargo, la mente de Mauro no terminaba de estar clara y creía estar mezclando ideas.

—Bien, no tengo resaca.

—Eso es el M —le dijo Iker, aún sin mirarle, revolviendo lo que parecían ser huevos.

—¿Tú cómo estás? —Mauro se dirigió a Andrés, que estaba sentado en la mesa de la cocina con una taza entre las manos.

—Mejor, la verdad. Creo que solo necesitaba dormir y tomar un poco el aire.

Andrés le sonreía y eso tranquilizó sobremanera a Mauro, pues notaba aún una punzada de culpabilidad por haber salido de fiesta. ¿Habría salido porque de verdad quería o porque se había sentido obligado?

—La verdad es que no sé si fue buena idea, porque vomité lo que no está escrito —le dijo Andrés, continuando con la conversación. No parecía molesto—. Pero como digo, nena, un poquito de aire y estoy mejor.

—No lo sé, me acuerdo a medias —comentó Mauro, refiriéndose al vómito—. Recuerdo un poco que salimos corriendo de la policía. Y que me hacía mucho pis. Aún tengo pinchazos en la vejiga.

—La gente es muy cabrona por ir drogando así a la gente. Me recuerda al episodio de *Paquita Salas* donde drogan a Magüi —dijo Andrés.

—Ah, creo que ese lo vimos un día.

—Pero sí, al menos no os pasó nada demasiado grave. —Claro, pensó Mauro, porque Andrés apenas había bebido de las copas de Antxon.

Mauro se volvió hacia su otro amigo, que cocinaba muy concentrado.

—Oye, Iker, ¿tienes recuerdos de correr por la calle? Porque me vienen así flashes, pero no sé por qué exactamente.

—Sí. Estamos en busca y captura —sentenció, serio.

El desmayo se acercaba. Mauro lo notó en la punta de los dedos, en el cuello, en el fondo de sus ojos. Se agarró fuerte a la mesa.

—¿QUÉ? ¿Es en serio? Ay, qué voy a hacer ahora, por favor... No puede ser... No...

—Antes de que te asustes más: es broma. La policía no nos va a buscar porque mearas en un árbol. Que anda que tú también, maricón —bromeó Andrés.

Según iba tirando del hilo, recordaba mejor los detalles de la noche. De pronto, le vino un flash de Iker con ellos. Todo el rato. No recordó que los dejara solos más que para ir al baño. ¿Habría cumplido su promesa? Joder, odiaba haber bebido tanto y que le hubieran drogado como si estuviera en una maldita serie de Netflix. Necesitaba confirmar que Iker había mantenido su palabra, porque significaría demasiado.

O no, quizá no.

Pero de pronto sintió que era importante.

—El de anoche... ¿Antxon? Era guapo, ¿no, Iker?

Iker asintió, sin girarse, concentrado en el desayuno.

—Y...

Antes de que Mauro pudiera formular su pregunta, Iker se dio la vuelta.

—No, no me lie con él. Fue duro pero... Hice una promesa.

Tanto Andrés como Mauro abrieron mucho los ojos, sorprendidos ante aquella declaración. Habían mantenido esa misma conversación hacía unas horas, pero ninguno de los tres recordaba nada de forma demasiado clara. Los amigos también se sorprendieron por la intensidad de las palabras de Iker estando recién levantados, aún con legañas. Después de aquello, nadie dijo nada más. Solo se escuchaban los gritos de Gael tratando de entonar su música mientras fumaba en el salón, y solo eso.

Iker estaba raro, muy, muy raro.

Entre las cosas del viaje y la mudanza de Andrés, el coche parecía a punto de reventar. Mauro se sentaba como buenamente podía en el asiento en el que había viajado hacia Sitges, detrás de Gael. El problema es que ahora era incapaz de moverse: maletas, bolsas y cajas ocupaban el asiento central. De hecho, ni siquiera le podía ver el pelo a Andrés, oculto tras esa muralla.

Llevaban una hora y media de trayecto, enseguida deberían parar a repostar de nuevo y descansar. Mauro lo estaba deseando, porque aunque no quería decirlo en voz alta, se sentía un poquito mareado. Probablemente sería el alcohol de la noche anterior, que aún afectaba a su organismo.

Desde que habían arrancado, lo más duro para Mauro había sido no mirar el teléfono. Héctor no era tonto, sabía que ese día volvían todos a Madrid. Estaba pasando la raya de la insistencia, así que... Mauro odiaba no poder jugar a sus juegos del móvil por culpa del que supuestamente era su chico. Además, Blanca le había mandado varias notas de voz larguísimas, así que la penitencia a pagar estaba siendo mucho peor. Él quería enterarse del cotilleo que fuera, de qué tal había estado Blanca esos días en el pueblo. Quería invitarla a Madrid, a conocer su casa y a sus amigos, pero primero necesitaba preguntarles a los chicos si aceptarían una invitada más. A veces, pensó Mauro, ese piso parecía una verdadera fiesta continua.

En el coche, habían estado hablando entre todos: Gael contando experiencias pasadas con las drogas, Iker también comentó algo sobre alguna de ellas, mientras que Andrés colaboraba lo justo. Se encontraba mejor, aunque no del todo, o eso decía.

—Estoy recuperado al setenta por ciento —dijo en un momento dado, cuando le volvieron a preguntar sobre su estado de salud—. Pero igualmente no des volantazos, Iker.

—Nena, que soy un buen conductor.

—Mmm, no sé yo —le picó Gael.

Se chincharon, bromearon y todos continuaron cantando canciones populares que Andrés iba poniendo desde el teléfono. Como tenían una barrera impenetrable, Mauro y él apenas hablaron durante esa primera parte del trayecto.

Al cabo de un rato, que pareció eterno, en el que sus amigos habían entrado en bucle con canciones de una tal Lola Índigo, Iker aparcó en una gasolinera. Anunció que no deberían parar demasiado, que les quedaban muchas horas. Mientras él repostaba los amigos lo esperaron debajo de una tejavana cerca del restaurante de la estación de servicio.

Mauro vio cómo Gael se acercaba a Andrés.

—¿De verdad se encuentra bien?

El rubio asintió con la cabeza.

—Sigo algo mareado, pero es normal. Me ha venido muy bien dormir la mona —dijo, intentando reírse, aunque se vio interrumpido por la tos.

—Eso es nuevo —señaló Mauro, con el ceño fruncido.

—Sí, creo que cogí algo de frío anoche. Ya sabes, cuando tienes fiebre, aunque sea un poquito, te estás tapando y destapando todo el rato...

Andrés se encogió de hombros, como si aquello fuera una tontería.

—¿Cuánto tiempo lleva encontrándose así, bebé? —A juzgar por su mirada, Mauro se percató de que Gael parecía haber tenido una revelación que no estaba dispuesto a compartir, pero que necesitaba confirmar.

—No sé, nena, una semana o algo más. Por eso te digo, una gripe cualquiera, ya se me está pasando.

Al colombiano no pareció gustarle demasiado su respuesta, pero asintió con los labios apretados, como procesando la información. Andrés iba a preguntarle al respecto, al igual que Mauro, que se moría de curiosidad por saber lo que su amigo estaba pensando, cuando de pronto una bolsa de Doritos aterrizó en la cara de Gael.

—¿Qué le pasa, gonorrea? —exclamó, agarrando la bolsa y lanzándosela al culpable: Iker.

Este se defendió cubriéndose la cara con un brazo, mientras que con la otra mano libre lanzaba un paquete de Kinder Bueno que aterrizó en el suelo. Mauro se agachó a recogerlo, sin entender muy bien los cambios de humor de Iker.

—Os veo bajitos de humor —dijo, abriendo una lata de Coca-Cola.

—Andrés se encuentra mal. —Mauro estaba confuso, pero se

lo recordó. ¿Qué se supone que debían de estar haciendo? ¿Saltando a la comba?

Iker no dijo nada. Se concentró en encenderse y fumarse un cigarro. Los cuatro amigos se apoyaron en la pared, con el sol golpeándoles en plena cara. Mauro cerró los ojos. Había calma, el calor comenzaba a despuntar en esas fechas y no recordaba lo que echaba de menos estar en medio de la nada.

Madrid estaba genial y era su hogar. Por nada del mundo volvería a su pueblo de mierda, pero... Había algo en lo natural, en lo rural, que le volvía loco. ¿Era la calma, quizá? No supo identificarlo. Ahí se quedó, respirando tranquilo, escuchando a sus amigos masticar o beber sin decir nada. Hasta que de pronto, su calma se rompió. El teléfono comenzó a vibrar de forma insistente en su bolsillo.

Se trataba de nada más y nada menos que del fantástico e impertinente Héctor.

Uy. No deberías pensar así de tu novio.

Pero es verdad que te tiene un poquito harto.

Mauro se armó de valor para no cogerlo e ignorarlo. Respiró hondo y tomó una decisión.

La vuelta a Madrid sería dura, pero necesitaba hacerlo: iba a dejar a Héctor.

Y como si Iker le hubiera leído la mente, Mauro alzó la cabeza al mismo tiempo que él y cruzaron la mirada. Ni Andrés ni Gael se dieron cuenta, todavía con la cabeza apoyada sobre la pared y los ojos cerrados.

Iker y Mauro se sostuvieron la mirada durante más de lo necesario, como diciéndose cosas, pero sin hablar.

Fue más que suficiente para que Mauro confirmara que su decisión no estaba equivocada, porque algo volvió a removerse en su interior, algo que no quería admitir y que pensaba haber olvidado. Las mariposas volvieron y, con ellas, un suspiro de renovada esperanza.

43

Andrés

Andrés no dejaba de darle vueltas a la forma en la que Gael se le había acercado durante la parada. Era como si... como si él supiera algo. Pero ¿el qué?

Andrés se pasó más de media hora buscando en Google la relación entre su estado de salud y un cuadro de ansiedad, depresión o incluso estrés postraumático. La verdad es que muchas de las cosas que encontraba tenían sentido y, honestamente, no le vendría nada mal volver a ir al psicólogo. No era su lugar favorito, pero no parecía tener otra opción.

De estar tanto con el iPhone entre las manos y la cabeza gacha, notó un latigazo horrible que le hizo marearse. Apoyó la cabeza contra el cristal y tragó saliva para evitarlo. Sentía ganas de vomitar, pero ya estaba acostumbrado: inspirar, tragar saliva, espirar.

Al cabo de unos minutos, ya se encontraba mejor. Analizó la situación del coche después de haber recorrido más de la mitad del viaje. Gael estaba dormido, algo para nada habitual en él. Nótese la ironía. Iker cantaba y parecía concentrado en el volante, no estaba demasiado hablador desde que repostaron. Y Mauro se encontraba casi en un universo alternativo, con un muro de cajas y pertenencias suyas que le hacían imposible verle.

Quería hablar con él. De los que iban en el coche, era el único a quien le había contado la verdad sobre su virginidad y la ilusión que le hacía perderla con Efrén. Todo se había ido a la mierda, su primer romance había sido una absoluta mentira que le dejaría secuelas psicológicas de por vida... Y por eso justamente quería hablar con su amigo. No le iba a dar consejos, porque no era quién para hacerlo, pero se sentía mucho más maduro que antes.

No, maduro no. Menos ingenuo, menos idiota.

Había caído en una trampa por el simple hecho de buscar a alguien ideal, o alguien que su cerebro pensaba que lo era. El autoengaño, las mentiras a uno mismo, perdonar cosas que jamás perdonaría si se tratara de otra persona...

Seguía dándole vueltas a toda su relación cuando notó la brisa golpearle la cara. Solo se había abierto su ventana. Miró, confundido, hacia delante. Gael le miraba con la mano sobre los botones, preocupado. Con los labios, le preguntó:

—¿Todo bien?

Andrés asintió con la cabeza, agradecido de que su amigo lo cuidase.

Algo estaba pasando. No sabía de qué narices se trataba. Deseó que estuvieran ya en Madrid para tener una charla con Gael.

¿Qué mosca le había picado?

44

Gael

Hey, baby
Ya voy de vuelta

Bieeen
Aunque no vivo en Madrid

No pasa nada
Me quedé con ganas de verle

Es complicado

Bueno
Qué más, pues?

Aquí tumbado
Foto

Uy, usted tiene unas patotas
Me tiene deseando verlo en directo

Pronto iré para la capital
Ahora tengo mucho trabajo

Pues bien que me responde

No quieres que te responda?

Jajaja, sí
Pero no quiero que le despidan

Créeme que es difícil
Soy mi propio jefe

Vende productos de belleza a domicilio?
Estafa piramidal?

JAJAJAJA
No, lindo
Qué bobo eres

Entonces?

Nada, ya lo entenderás
Es pronto para que lo sepas

> Usted es demasiado misterioso
> No me gusta

> Estás seguro de que no te gusta?
> Foto

La imagen mostraba tan solo un trozo de su cara, de la barbilla. En los labios, una sonrisa a medias.

> Apenas me deja verlo bien, omeee
> Y yo no tengo problema en verle

> Ya, pero repito
> Es complicado

Gael decidió que era mejor cambiar de tema. Odiaba esa parte de Oasis, ¿qué narices le pasaba con tanto misterio en torno a quién era o qué hacía? El colombiano se encogió de hombros y continuó charlando con él.

Lo hizo durante horas.

En un momento dado se había quedado dormido y, cuando se despertó, pensó en el estado de salud de Andrés. Lo miró preocupado. Bajó la ventanilla para que le diera el aire; parecía mareado. Gael estaba casi seguro de lo que le estaba pasando, pero era pronto para lanzar teorías tan locas como la suya.

Chequeó su teléfono. Tenía mensajes de Oasis, que decía estar aburrido.

> No puede vivir sin mí, parce

Me encanta que me llames así
Y tu acento
Todo

Usted también se ve rico
Deseando que venga a Madrid

Cómo va ese viaje?

Aburrido
Cantando y así
Son demasiadas horas

Lo sé
Yo siempre voy en avión
O en AVE

Ya...
Pero es complicado

Ah
No me robes la frase, guapo
Róbame mejor otra cosa

Cuando usted quiera

Cada mensaje le ponía más de los nervios... en el buen sentido. Sentía un fuego en el pecho que le era imposible obviar. Sus dedos no dejaban de escribir, su sonrisa bobalicona no dejaba de demostrarle que lo que estaba pasando no era normal.

¿Tendría razón Iker? ¿Se estaría enamorando?

Ni siquiera se conocían en persona, pero era la primera vez en tantísimos años que conectaba con alguien... Nada que ver con Felipe. Eso era el pasado, otro momento de su vida en el que la toxicidad y la violencia parecían formar parte del ADN de cada una de sus relaciones. De todas formas, Gael no tenía claro que ya sirviera para tener algo serio. Era feliz siendo libre. Aunque si imaginaba a Oasis y a él de la mano se sonrojaba.

Era como una primera vez, una ilusión que creía olvidada.

Temeroso de continuar en ese círculo vicioso, apartó el teléfono a un lado para ignorarlo durante un rato. Las canciones que sonaban a través del altavoz parecían ajenas, en un idioma que no comprendía, así que le fue difícil distraerse con eso.

No tardó más de tres minutos en volver a chequear el iPhone. Oasis le había enviado una fotografía de él saliendo de la ducha, con la toalla amarrada a la cintura con tan solo un nudo. Su cuerpo era espectacular, liso, cremoso. Parecía hecho para que Gael lo tocara.

> Papi
> Me va a poner mal
> Y voy en el coche

> Por?
> Qué pasa?
> Te da miedo ponerte cachondo?

> Obvio
> Son mis amigos, baby
> Mejor lo dejamos así

No

Y otra foto. El nudo de la toalla se había deslizado hacia abajo, dejando ver un poco más la zona púbica de Oasis, allí donde la piel comenzaba a ser más oscura. Gael fantaseó brevemente con lo que seguía, lo que había debajo.

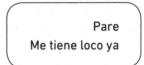

Pare
Me tiene loco ya

Era una mentira piadosa. A Gael le quedaba mucho para excitarse por completo, aunque sí notaba cierto comienzo de presión en su pantalón. Disimuló con las piernas como pudo, esperando que Iker, que iba a su lado, no se diera cuenta.

Voy a parar
Pero solo porque lo mejor
Se deja siempre para el final

No, lo mejor es en persona

A eso me refiero
Cada vez tengo más ganas
En cualquier momento me vuelvo loco

Y qué pasa si se vuelve loco?

Gael sonrió. Dejó que un suspiro saliera con fuerza por su boca. Aquel chico le estaba haciendo soñar. ¿Cómo era posible, si tan solo llevaban días hablando? ¿Cómo era posible, si no se conocían en persona? ¿Cómo era posible, si Gael adoraba las personas honestas y sin mentiras? Pero él, pese al misterio, le tenía ahí, pendiente de cada palabra que le escribiera.

Negó con la cabeza, tratando de poner en orden sus pensamientos.

Pero no pudo, porque durante el resto de las horas que duró el viaje, no dejó de hablar con él ni un segundo.

45

Mauro

La cabeza de Mauro no estaba preparada para enfrentarse a Héctor, así que de manera inconsciente, buscaba cosas que hacer que le alejaran lo máximo posible del teléfono.

Habían llegado hacía un rato a la casa. Andrés se encontraba recuperando su antigua habitación, decorándola según quién era él en ese momento vital. Para Mauro, Andrés siempre sonaba un poco pretencioso e intenso, pero era gracioso porque al mismo tiempo soltaba chistes que no le pegaban, y eso siempre terminaba ayudándole a olvidar lo demás. Gael estaba en su habitación, doblando y planchando la ropa sobre la cama. Según él, siempre la había planchado de esa manera, sin necesidad de una tabla. Mauro se había encogido de hombros. Sentía que era el único despreocupado por sus pertenencias, porque Iker también estaba en su habitación reorganizando el armario después del viaje.

—¡Chicooos! Voy a poner una lavadora, quien quiera... —comenzó a gritar, pero se detuvo. Mauro se encontraba frente a la puerta de su habitación—. ¿Qué pasa?

La frialdad y la tensión iban y venían. En aquel momento, Iker fue incapaz de no mostrar preocupación o confusión, por encima de esa máscara de rabia contenida que quería mostrarle a Mauro todo el día.

—Quiero ver a Lupin.

¿En serio te vas a meter en su maldito cuarto? ¡Bobo, eres bobo!

No obstante, Mauro prefería encerrarse con Iker en su propio territorio que contestar a Héctor.

—Bueno, pasa —dijo Iker, como si no le importara. Cargaba con su ropa en la mano y desapareció camino a la lavadora.

Ahora Mauro se encontraba solo en su dormitorio. No quiso mirar demasiado; el cuarto de Iker era como el gran misterio de la casa. Apenas podían entrar o asomarse. Desde que hubieran descubierto que tenía una mascota en el piso, era la segunda vez que Mauro entraba ahí. Estaba exactamente igual que la última vez.

Y mira que has dicho que nada de cotillear.

Se agachó para acercarse a la chinchilla. Aún no se acostumbraba a su forma extraña y se rio de ella en alto, especialmente de sus orejas.

—Son rarísimas, ¿no? —dijo cuando sintió a Iker detrás de él. Este se sentó sobre la cama, abatido.

—No sé. —Se encogió de hombros—. Dios, estoy cansadísimo.

Iker se dejó caer por completo, golpeando todo su cuerpo contra el colchón. Mauro lo miró y, desde el ángulo en el que se encontraba, solo pudo percatarse del bulto que se le marcaba en el pantalón.

Tragó saliva, al tiempo que apartaba la mirada con rapidez.

—Pobrecito Lupin —dijo Mauro—. Aquí solito tantos días...

—No han sido tantos —le cortó Iker.

—Bueno, me da pena igualmente —se defendió Mauro, sin dejar de juguetear con el pequeño roedor.

—Puede sobrevivir solo, aunque ya sabes que es especialito.

—Todas las chinchillas lo son, ¿no?

Mauro había estado informándose en internet de todo lo relacionado con aquel animal. Le parecía interesante, aunque aún no pudiera verlo como una criatura bonita. Era rara y extraña. Eso sí: Lupin era un amor y se dejaba acariciar sin problemas.

—¿No has pensado en buscarle una compañera?

—Para nada. En la vida se está mejor solo.

Mauro vio la oportunidad.

—No decías eso anoche mientras me abrazabas.

Aquella frase rebotó por las paredes, como si Mauro la hubiera dicho demasiado alto. Iker no dijo nada, tan solo suspiró. Continuó jugando con la chinchilla hasta que se aburrió de que le diera mordisquitos en los dedos. Al levantarse, volvió a mirar el paquete de su amigo, que parecía haberse dormido con las manos sobre la cara, en un claro signo de agotamiento.

Por lo que Mauro miró durante más tiempo, sin poder evitarlo. Después de eso, se fue.

No alcanzó a ver que Iker no estaba dormido, ni la sonrisilla que se le había formado en la cara.

Había pasado aproximadamente una hora desde que Mauro hubiera estado en la habitación de Iker y ya estaba aburrido de dispersarse. Su cuarto, al no ser demasiado grande, no requería demasiada atención para tenerlo ordenado. Y ya lo había hecho dos veces seguidas.

Ya rendido a la una de la madrugada, a sabiendas de lo que le esperaba y siendo lo último que querría hacer... cogió el teléfono móvil. Era el momento de, al menos, plantearle a Héctor que las cosas no iban como él quería. ¿O era demasiado cobarde decírselo por WhatsApp? Quizá mereciera contárselo en persona, pero no sabía si se veía capaz de mantener una conversación tan seria y dura cara a cara.

Con la duda rondando, escuchó un golpe en la puerta. No, más bien fue alguien llamando.

—¿Sí?

Iker apareció. Ni siquiera le había visto la mitad de la cara, pero ya sabía que algo iba mal. Mostraba confusión, ¿o era preocupación? Fuera como fuera, Mauro se incorporó en la cama y se sentó.

—¿Qué pasa?

Su amigo no dijo nada. Se acercó a la cama, pero en el último momento decidió sentarse en la silla del escritorio. Abrió las piernas, como era habitual, y Mauro hizo todos los esfuerzos posibles para no mirarle las piernas que tanto le excitaban en aquella postura.

Contrólate, no es el momento.

—A ver... Son muchas cosas, Mauro. Y quiero que dejemos de lado cualquier movida que haya entre nosotros, porque no quiero rayar ahora ni a Gael ni a Andrés con esto.

Wow. Mauro no supo cómo tomarse aquello.

—Soy tu última opción —dijo, casi afirmándolo, evitando mirar a Iker a los ojos.

La tensión podía cortarse con un cuchillo en aquel instante, había un ambiente raro en la habitación. Y entre ellos; eso era evidente.

—No, eres mi primera opción, Maurito. Por eso mismo te lo cuento a ti primero —respondió seguro de sus palabras.

Mauro aceptó aquella explicación. Tenía sentido, porque había acudido a él. Mirándolo por un lado egoísta, le venía de perlas: no tendría que hablar todavía con Héctor y enfrentarse a sus sentimientos. Pero por otro lado... Iker le estaba volviendo a remover otros tantos. Y no sabía qué situación era peor.

—Bueno, ¿qué pasa? —Debía atajar y dejar que hablara, porque honestamente, sentía mucha curiosidad.

—En Sitges, la primera noche, cuando me marché... Me vi con Jaume —confesó Iker.

—¿Quién es Jaume?

Iker alzó las cejas y puso cara como si Mauro fuera idiota.

—Mmm, no sé, ¿mi acosador? Pregunto —dijo este con las palmas de la mano hacia arriba y moviendo el cuello, en un gesto propio de Belén Esteban.

—Creo que me he perdido ese capítulo. —Mauro no recordaba en absoluto aquel nombre. ¿O debía conocer todas las supuestas conquistas de Iker?—. Como no cuentas nada...

No pudo evitar lanzar una pullita. Era la segunda vez que lo hacía aquella noche y se sentía bien después de hacerlo. No por nada, sino porque cada vez estaba más confiado y se cagaba menos diciendo lo que sentía y cómo lo sentía. Así que toma, Iker, una para ti.

—Bueno, pensaba que podía gestionarlo solo —continuó este, ignorando la indirecta—. Me estuvo acosando un poquito bastante hace unos meses, pero hay algo en él que no sé qué... Vamos, que me pone burrísimo. O me ponía, no sé. En fin, que nos vimos en Sitges. Hicimos lo que teníamos que hacer y... Se sintió diferente.

Mauro tragó saliva. ¿Hacia dónde se dirigiría aquella conversación?

—¿Por?

—No sé, fue extraño. Por eso estuve raro después, pensando. Y ahora me ha dicho que va a venir en nada a Madrid de nuevo. Es DJ, ¿sabes? Viaja todo el rato. Hace unos días que le vi después de tanto tiempo y ya quiere volver a verme, ¿es normal?

La respuesta de Mauro fue cauta.

—Supongo, Iker. No sé qué es lo que le dices para tenerle así de pendiente de ti. Vamos, si te acosaba, ¿por qué mantienes aún el contacto con él?

Iker se encogió de hombros.

—Nada. Es que empiezo a pensar que soy yo el que quiere verle.

—¿El que se está... enganchando? —Mauro abrió mucho los ojos, sorprendido. Si hubiera tenido un tacita de café en la mano, lo habría escupido en plan dramático. Le habría encantado reaccionar ante aquello como se merecía.

—¡No! Dios, eres idiota —le dijo este, cortante. Luego se calmó en un lapso de tres segundos. Miró a Mauro con cara de ternero degollado—. Perdón. Es que no sé qué me pasa, estoy confundido. Siento que quiero verle para follar y, al mismo tiempo, esa idea me repugna.

—Pero él te gusta, ¿no?

La respuesta tardó en llegar. Mauro notaba su corazón latir con fuerza. No quería precipitarse demasiado, porque además tenía novio —al menos hasta que lo dejara—, pero de repente conocer esta información era como si la luz al final del túnel se apagara.

¿Habría esperanza en algún momento?

—Físicamente, claro.

—Entonces ¿cuál es el problema?

Mauro tenía la boca seca, le sudaban las palmas de las manos.

—Que ya no es lo mismo. ¿Quedar para follar un rato y volverme a casa? ¿Eso es... todo?

—Podéis ir a cenar —propuso Mauro, aunque la idea de ver a Iker cenando entre risas con otro hombre también parecía repugnarle, porque un tirón de su estómago se lo hizo notar. ¿Qué narices le pasaba? No había ni habría nada entre ellos.

Aun así, no podía dejar de soñar, a veces, con su propia fantasía. Y ahora, por algún casual, su cerebro había decidido volver a desenterrar todo aquello que parecía ya sepultado.

—No quiero conocerle más de lo debido.

Nada de lo que su amigo le estaba diciendo tenía sentido.

—Pfff, Iker, de verdad. Aclárate un poco. ¿Qué te pasa realmente? —El tono de voz de Mauro denotaba un deje de enfado. Si venía a pedirle consejos amorosos a él..., la llevaba clara.

—Por eso acudo a ti, Mauro. Para que me ayudes.

—No sé si puedo ser de ayuda ahora mismo. Yo también estoy a mil cosas que tampoco entiendo.

—¿Y te puedo ayudar?

Mauro negó con la cabeza. La mirada de Iker parecía sincera. Había llevado los brazos hacia detrás y ahora se le marcaban más los músculos, si es que aquello era posible. Tenerlo ahí enfrente, con las piernas abiertas marcando semejante paquete, los bíceps a punto de reventarle la camiseta...

Claro que le podía ayudar, pero de otra forma.

EEEH. ¿Qué te pasa, maricón? Relax.

—Quien necesita ayuda eres tú ahora mismo, eso está claro —dijo Mauro, apartando la mirada para evitar la tentación de pensar más de lo debido. Estaba volviendo a notar cosquilleos en la entrepierna y debía centrarse en, de verdad, echar una mano a su amigo, aunque le jodiera.

—Entonces ¿quedo con él? ¿Me lo tiro como si fuera un puto clínex y ciao, pescao? No sé qué hacer... —De verdad parecía confuso. Mauro sintió pena durante un instante al verlo tan abatido—. Pero bueno, decirlo en voz alta al menos me hace sentirme menos loco con todo este tema.

—Siento no ser de ayuda —se disculpó Mauro. Y era sincero.

Iker suspiró fuerte y cambió de posición, clavando ahora los codos sobre sus muslos. Mauro jamás le había visto así... sintiendo. ¡Iker tenía sentimientos! Fueran o no por un hombre, era la primera vez que lo veía vulnerable con un tema relacionado con el sexo.

Era extraño, pero reconfortante, ver que estaba cambiando.

—¿Tú qué harías, Maurito? —le preguntó Iker al cabo de unos minutos de silencio.

Mauro se aclaró la garganta. Era su maldito momento.

Venga, calienta, que sales.

—Dejaría de jugar con los hombres, ya lo sabes. Me centraría en mí y en mis amigos, que son quienes de verdad estamos siempre a tu lado, aunque discutamos. Y si surge la posibilidad de echar un polvo una noche..., pues adelante. Pero seguimos contigo, a tu lado, y pierdes la cabeza, Iker. Parece que a veces no puedas controlar tu polla. Molesta sentirte siempre como el segundo plato. Además, que todos los hombres con los que te acuestas también tienen sentimientos. Eso lo sabes, ¿verdad? Siento si sueno duro, pero es lo que hay.

Iker estaba en shock. Absoluta y completamente en shock. Miraba a Mauro con la boca abierta y una mezcla de sentimientos que cambiaban por segundo.

—Vaya... No sabía que tenías una imagen tan elaborada de mí —dijo finalmente—. Ni que tenías tantas cosas malas que decir sobre mí.

¿Se había pasado Mauro de la raya? Ahora le entraban las dudas.

Joder, es que eres idiota. Sí que te has pasado.

Pero no podía parar.

—A nadie le gusta que le cosifiquen. Es obvio, Iker, que tu manera de usarnos a los... De usar a los hombres no está bien.

TIERRA, TRÁGAME.

—¿Qué has dicho? —preguntó Iker, levantándose de la silla y señalándolo con un dedo acusador. Sin embargo, nada en él era amenazante, porque tenía una sonrisa burlona en su rostro.

—Nada. Estoy supercansado, se me traba la lengua.

Por favor, créetelo. Te lo suplico.

Dios mío, pero ¿qué narices le pasaba? ¿Por qué había dicho eso? ¿En qué maldito momento Iker le había usado?

VALE. Es mi subconsciente. Porque quiero que me use.

Según la mente de Mauro se iba sumiendo en una espiral de la que no podía salir, su cara se tornaba más y más roja, el dedo acusador de Iker se ponía más y más tenso y la habitación no dejaba de dar vueltas.

Iker continuaba con una expresión visible de burla, disfrutando de ese momento inocente de Mauro. Suspiró, aguantando la risa, y comenzó su marcha hacia la puerta. Mauro no quería que se fuera, sentía que aún les quedaban muchas cosas por hablar. Era imposible que Iker hubiera llegado a una conclusión coherente, pero era normal si quería marcharse después de esa cagada.

Se suponía que eran amigos; no podía decir ese tipo de cosas, ni siquiera pensarlas.

Pero antes de marcharse del todo, con una mano apoyada en la jamba, Iker se volvió y le dijo algo por encima del hombro, sin establecer contacto visual claro con él. Su tono de voz, serio.

—Mauro... —comenzó. Tenía la voz débil—. Podré jugar con todos los hombres que quiera, pero jamás lo haría contigo.

Y cerró la puerta tras él.

46

Iker

No pienses. No pienses. No pienses.

Volver a su habitación era la peor solución posible, porque pensaría. Entre el dolor de espalda y el cansancio del viaje, ahora debía sumarle aquella conversación con Mauro, que había desenterrado demasiadas emociones en muy poco tiempo.

Iker se tiró sobre la cama, colocando varios cojines y almohadas bajo sus rodillas. Le dolía todo, a decir verdad, y el haber salido de fiesta la noche anterior no le estaba ayudando demasiado. Sin querer, se rozó el paquete al colocarse y su pene reaccionó de una forma muy llamativa. Se le puso dura como una piedra.

Qué cojones.

Parecía que sus hormonas estuvieran revolucionadas, como cuando tenía quince años y empezaba a juguetear con el porno en internet. Al menos ahora, la cosa era más divertida. Su solución era la de siempre: abrir Instagram.

Después de tantas horas de viaje, no había posteado nada. Su última historia se trataba de una simple foto con un emoji de una casa y una canción que hablaba de volver al hogar. La habían visto unas quince mil personas. Se sorprendió de pronto. Fue corriendo a mirar su perfil y ahí estaba la respuesta. Tenía muchos más seguidores de los que recordaba. Parecía que sus fotos mañaneras de traje le habían dado buena fama...

Joder.

Ya no tenía por qué llevar traje.

De pronto, darse cuenta de que estaba en el paro le dolió, como si de un bofetón se tratara. Procurando no pensar en ello, miró las decenas de mensajes privados que tenía en la bandeja. El noventa por ciento eran de chicos sedientos y el otro diez por cierto, de mujeres rusas proponiéndole comprar seguidores. Borró esos últimos y algunos de los primeros, y se quedó con una selección de sus futuras conquistas.

Muchos de aquellos chicos con los que hablaba eran de lugares lejanos, gente que probablemente jamás conocería. A los que tenía la oportunidad de ver, a veces se los tiraba y a veces no. Dependía de si esa semana tenía a alguien mejor en la lista.

Como estaba cachondo —aunque muy cansado, pero sobre todo cachondo—, decidió subir una foto de su habitación en la que sus piernas extendidas eran las protagonistas. ¡Y por supuesto, su pene! Ahora no estaba tan duro, pero encuadró de tal manera que el paquete se viera claramente.

Las reacciones no tardaron en llegar.

Charló durante un rato con unos cinco chicos aproximadamente, los que más le interesaban. Comenzó a tontear con ellos, les envió fotos en el momento agarrándose el pene de una forma, de otra, incluso algún vídeo masturbándose sobre la ropa. Tampoco iría tan a saco, ¿verdad?

Y de pronto, entre risas y fotos de miembros, tuvo una idea.

La tuvo porque uno de los chicos con los que estaba hablando se lo había comentado en broma.

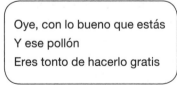

Oye, con lo bueno que estás
Y ese pollón
Eres tonto de hacerlo gratis

Cómo?
Es un servicio a la sociedad

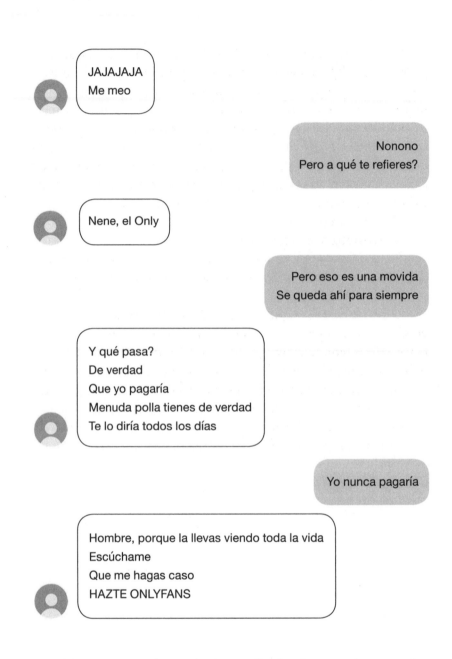

JAJAJAJA
Me meo

Nonono
Pero a qué te refieres?

Nene, el Only

Pero eso es una movida
Se queda ahí para siempre

Y qué pasa?
De verdad
Que yo pagaría
Menuda polla tienes de verdad
Te lo diría todos los días

Yo nunca pagaría

Hombre, porque la llevas viendo toda la vida
Escúchame
Que me hagas caso
HAZTE ONLYFANS

Iker no quería saber nada de aquella plataforma. Alguna noche, entre copas y mientras charlaban animadamente, Gael le había comentado que tenía amigos a los que les funcionaba superbién... Pero ¿era realmente para él?

O vaya, ¿era buena idea?

Miró hacia el burro que tenía repleto de ropa y vio el traje colgado, ya inútil. Jamás volvería a trabajar para su padre, pero quería demostrarle que podía vivir sin su maldito dinero. Quizá como ingreso extra durante un tiempo limitado no estaba mal...

Decidió testear las aguas. Puso una encuesta en sus historias que solo duraría unos minutos. Le daba vergüenza que la gente lo viera como un necesitado. Era la primera vez que se sentía así en algo relacionado con el sexo, pero era tan diferente a ligar por aplicaciones o en bares. Era como gritar: estoy desesperado.

¿O no lo era?

Dios, estaba hecho un completo lío.

A los cinco minutos, antes de borrar la historia, vio que más del ochenta y tres por ciento de sus seguidores habían votado que sí. Una auténtica locura, pensó Iker.

El poder de saber que miles de personas deseaban verle... le volvió a poner el pene duro como una roca. Y así, tratando de no masturbarse, con su ego de pronto por las nubes, investigó durante la siguiente hora todas las condiciones de esa plataforma. Descubrió cosas fascinantes, vio cosas desagradables, pero no pudo evitar sentirse aún más interesado por todo ese mundillo.

Al final, se fue a dormir con el perfil creado, el móvil entre las manos y pensando en qué estaba haciendo con su vida.

47

Mauro

Casi recuperado por completo del intenso viaje al otro lado de la península, Mauro se encontraba en su puesto de trabajo, preparado para lo que esperaba que sería un día bastante movidito. Pero se equivocaba: muchas personas habían alargado el puente un día más.

Se encontraba solo en la tienda. Rocío llevaba sin dar señales de vida varios días y Javi llevaba ya semanas sin responder a los mensajes del grupo. ¿Aún seguía avergonzado por aquella escenita que había montado Iker? Mauro puso los ojos en blanco. Era tan idiota, ya no lo soportaba.

La librería seguía como la había dejado, y es que en su mente aquel puente de mayo había sido larguísimo, aunque no habían sido más de cuatro días. Se sentía, de todas formas, como si hubiera pasado una vida.

Al final, la noche anterior no había hablado con Héctor. Esa mañana no iba a ser diferente. Con la excusa de que su jefe no les dejaba utilizar los teléfonos (lo cual era un poquito mentira), tendría ocho horas más de descanso de dicho estrés.

A media mañana, Mauro estaba leyendo la nueva entrega de *Dragón busca casa*, un manga superdivertido, cuando de pronto alguien entró. Era la primera clienta de la mañana, así que Mauro se levantó, dispuesto a atenderla.

La mujer tendría unos cuarenta años. Llevaba unas gafas redondas y el pelo recogido en una coleta que le hacía un efecto lifting. La camiseta blanca tenía un estampado: un logo en verde con una planta. Bajo el brazo, portaba una carpeta enorme con un montón de papeles saliéndosele por todos lados, aparte de un bolsito en la otra mano.

—Hola, buenos días. Espero no interrumpirle —dijo la señora con una sonrisa.

—No, claro, es una mañana tranquila.

—¡Perfecto! Mira, no sé si se encuentra usted a gusto con su cuerpo o si de cara al verano querría verse increíble en la playa.

—¿Perdón?

—En Vitalaif podemos ayudarte, ¿de acuerdo? Yo trabajo con ellos. Antes pesaba ciento diez kilos y mírame ahora.

—Vaya. Es un gran cambio.

—Bueno, mi nombre es Amanda Gómez y te voy a comentar cómo funciona todo esto, ¿de acuerdo? Si te apetece, por supuesto.

—La verdad es que no...

—Mira, son solo cinco minutitos, yo te lo comento y tú te lo piensas, ¿de acuerdo?

Mauro asintió con la cabeza. ¿Qué más iba a hacer en esa mañana tan aburrida?

—Bueno, no sé si nos conoces. Somos Vitalaif, una empresa internacional con gran éxito, ¿de acuerdo? Y siempre estamos buscando gente a la que hacer sentir mejor, ¿de acuerdo? Mira, esta es la gente famosa que nos apoya.

Pero Mauro no estaba impresionado, porque no reconoció a ninguno de los futbolistas allí mostrados.

—Para comenzar con nuestra asesoría, que es totalmente gratuita, ¿de acuerdo?, solo necesitamos que rellenes esta hoja con tus datos y ya estaría, ¿de acuerdo? Nosotros te llamamos y concertamos una cita para un estudio, ¿de acuerdo?

Como siguiera diciendo tantas veces que si estaba de acuerdo, Mauro no podría responder de sus actos. Le estaba poniendo de los nervios.

—Entonces ¿qué me dices? ¿Quieres ver cuáles son los resultados?

—No lo sé...

—Mira, te veo inseguro, entonces te voy a proponer una cosa,

¿de acuerdo? Te doy mi número de teléfono, el de Vitalaif, para que cuando estés preparado, me lo cuentes, ¿de acuerdo? Entonces, una vez lo decidas, ya hacemos todo el proceso. Además, por ser tú, te regalo esto mismo para algún otro amigo, ¿de acuerdo? De forma totalmente gratuita, es sencillo, solo por ser tú, ¿de acuerdo?

Solo para que se callara, Mauro dijo que sí a todo. ¡Qué pesada con sus muletillas! Intercambiaron los números de teléfono y la señora se marchó, no sin antes dejarle de regalo un flyer con la explicación de la empresa. Vio que prometían resultados asegurados y en una de las imágenes del antes y el después, un hombre gordo y peludo pasaba a ser la mitad de grande.

Mauro tiró el flyer, porque unas lagrimillas le amenazaron con salir por los ojos. Se había visto, de pronto, reflejado en aquel papel.

No conocía lo que era Vitalaif, pero si le podía ayudar a sentirse mejor consigo mismo y, sobre todo, a ser más sexy... Porque claro que Héctor le había subido la autoestima y con él apenas tenía problemas en mostrarse desnudo... Pero de ahí a, por ejemplo, pensar en ese momento incómodo en la playa de Sitges había un buen paso.

Y vale, cerca de su trabajo, por las calles de Chueca, había lugares para hombres como él. Parecía ser que en el mundo gay, los osos eran aceptados por una parte de la comunidad, que los encontraban atractivos. Pero aquello no era suficiente para Mauro, porque se sentía demasiado convertido en un objeto sexual. Como simplificar todo a... un aspecto. Y a nada más.

No, lo que necesitaba era otra cosa. Era poder salir de fiesta y quitarse la camiseta si tenía calor, como Iker. Era sentirse libre, poder llevar la ropa que quisiera sin rebuscar entre tallas en cada ocasión. Era no llorar de pena al verse en el espejo los días que tenía fuerza para hacerlo. Era no sufrir, vaya.

¿Que la mejor manera de conseguir todo aquello no fuera esa probablemente? Puede, pero no costaba nada intentarlo.

Dejó anotado en un pósit, junto al número de teléfono de Amanda, que llamaría más tarde. Lo dobló y se lo guardó en el bolsillo.

¿Sería por fin atractivo?

Mauro estaba a punto de rendirse. Casi nadie se había pasado por la librería y estaba siendo un día aburridísimo. Trató de leer un manga, pero era imposible. Le costaba concentrarse, como si su mente estuviera a otras cosas. Notaba que sus ojos miraban de reojo el pósit con la información de aquella mujer continuamente. Fuera, en la calle, hacía sol, aunque de vez en cuando unas nubes eliminaban cualquier rastro de sus rayos, amenazando con llover. El clima era ideal, no hacía ni mucho frío, ni mucho calor.

Se encontraba comprobando unos albaranes para realizar unas devoluciones cuando escuchó que alguien entraba en la tienda. Alzó la mirada y como un autómata, dijo:

—Buenas tardes, si necesita ayuda, hágamelo sab...

No podía creerlo. Pero ¿qué veían sus ojos? Aquello era mejor que si hubieran anunciado una nueva temporada de *Juego de tronos*.

Mauro salió corriendo de la caja y fue a abrazar a la chica que le sonreía desde la entrada. Blanca. ¡Blanca! ¿Estaba pasando de verdad? Le latía el corazón a mil por hora. Su mejor amiga estaba ahí, delante de él.

—Estás guapísima —le dijo, al soltarse. Fue lo primero que había pensado al verla. Vio sus gafas, su cicatriz... Sí, era ella de verdad, no una doble—. ¿Qué haces aquí? No me lo puedo creer.

Blanca se mordió el labio, como si lo que iba a decir fuera algo malo.

—Me he ido del pueblo.

Esa es mi niña.

Mauro abrió los ojos, sorprendido.

—¿Va en serio?

—Sí. —Acompañó la afirmación con un movimiento de cabeza—. Y ahora estoy en la capital. Espero durar mucho.

Aquello que estaba pasando era de película. Ni en sus mejores sueños Mauro hubiera pensado que... Bueno, sí, sí lo había pensado. En el pueblo habían sido inseparables y, aunque le iba contando sus rayadas o lo que le iba pasando en el piso y en la ciudad, sí que echaba de menos tenerla a su lado para pasarlo bien y vivir con ella todas esas experiencias. Así que definitivamente lo había pensado en alguna ocasión.

—Y no me has avisado de nada, tía. ¿Has llegado hoy?

Blanca negó con la cabeza, aguantándose la sonrisa.

—Vine de sorpresa, pero tú justo te habías pirado a Sitges. Así que me acogieron.

Se dio la vuelta para señalar hacia la puerta y justo en ese momento, Rocío entraba en la librería, no sin antes lanzar una colilla al suelo. Se abrazó a Mauro con fuerza, le besuqueó la cara. Tenía una sonrisa radiante, llena de fuerza y felicidad. Como siempre: pura Rocío.

—Pero bueno, ¿venís juntas? —preguntó Mauro, sorprendido.

Sus amigas se miraron derrochando complicidad. Se besaron. ¡Se dieron un pico, ahí, delante de él! ¿Qué estaba pasando? Mauro se sintió desfallecer. Demasiadas emociones en muy poco tiempo.

—Han pasado cosas —dijo Rocío, riéndose.

—Te tengo que poner al día, hijo. —Esa fue Blanca, que llevó su mano hacia la de Rocío y la asió con fuerza.

—Esto es demasiado —dijo Mauro, sin poder evitarlo.

—¿Eres bollófobo o qué? —le acusó Rocío entre risas.

Pero no tenía nada que ver con eso. O sea, recapitulando. Su mejor amiga del pueblo había venido por sorpresa a Madrid y, por algún casual de la vida, había conocido a Rocío, su mejor amiga de la ciudad, y las dos se estaban liando. ¡Así, como si nada! Pero ¿cómo era posible? Solo había estado fuera de la capital unos días. Se preguntó cuánto más se habría perdido.

También se preguntó si en Cataluña el tiempo pasaba de forma diferente que en el resto del país, pero enseguida pensó que aquello era una tontería.

Panoli.

—Ahora te contamos, espérate a que termines el turno y nos echamos unas cañas en el Cienmon —le dijo Rocío, ya camino de la salida.

—¿Cienmon? ¿Qué es eso? —preguntó Blanca contrariada.

—El Cien Montaditos, un sitio barato aquí al lado —le aclaró Mauro, sintiéndose de pronto como un experto en la capital—. Venga, pues ahora nos vemos. Hago caja y tal y salgo.

Cuando Mauro volvió a quedarse solo en la tienda, no podía evitar negar con la cabeza porque no entendía nada de lo que estaba pasando. Contó como pudo los billetes, las monedas, cuadró la caja y se guardó el pósit de la señora de Vitalaif en el bolsillo. Apagó las luces y bajó la persiana. Ya en la calle, vio a sus amigas dándose besitos cariñosos.

—Hey —les dijo, más para que cortaran el rollo que para que supieran que había salido de trabajar.

Las dos se separaron a duras penas, como si estuvieran pegadas por una fuerza invisible. Se volvieron a coger de la mano y miraron a Mauro.

—Vamos al de Montera, a ver si hay sitio —dijo Rocío.

Caminaron por las calles hasta llegar a Gran Vía, donde se encontraba el gran cruce con el McDonald's enorme que Mauro había visto la noche que había salido a tomar su primer cóctel por Chueca. Estaba anocheciendo, el sol aún luchaba por cubrirles con sus últimos rayos.

El bar se encontraba un poquito más abajo, así que continuaron hasta llegar. Había un poco de cola pero esperaron pacientemente mientras Mauro y Rocío le contaban curiosidades sobre el metro, las calles o la gente a Blanca. Ella, como Mauro en su momento, recibía toda la información como si fuera algo increíble, espectacular y fascinante.

—Entonces ¿qué me tenéis que contar? —se lanzó finalmente Mauro, cuando ya tuvieron sus jarras de cerveza con limón frente a ellos—. ¡Pero empezad desde el principio! Antes casi me desmayo.

—Ya, te he visto la cara, blanca, blanca... —dijo Rocío entre risas.

Mauro miró a su mejor amiga. La cogió de la mano que tenía sobre la mesa, transmitiéndole un montón de cosas. Joder, la había echado realmente de menos.

—Pues que me he venido, tío —dijo ella al cabo de unos segundos—. Que estaba harta del pueblo. Harta no, hasta el coño, mejor dicho. No sé por qué no te hice caso y me vine contigo, la verdad. Me arrepentí casi desde el primer día.

—Tampoco intenté demasiado convencerte —admitió Mauro, con cara de circunstancia.

Blanca se encogió de hombros. Rocío los miraba mientras se liaba un cigarro tranquilamente.

—Ya, porque me sentía mal por dejarlo todo ahí... Pero luego, al verte a ti y todo lo que estabas viviendo, pues... Hablé con mi madre y me dijo que tenía que atreverme, que ella también odiaba el pueblo pero que para ella era demasiado tarde para irse. Que ya tenía una vida, una casa, un trabajo estable... Así que hice una maleta con lo necesario y me vine. De momento, estoy muy feliz aquí.

Miró de soslayo a Rocío, que le hizo un gesto cariñoso arrugando la nariz.

—Vaya... Estoy muy feliz, ¿eh?, no pienses que no. —Pero Mauro no entendía nada—. Solo que estoy sorprendido de lo que sea que esté pasando aquí.

—Pues vine a buscarte, a la tienda —comenzó Blanca—. Y no te vi. Vamos, que no estabas. Solo me encontré a Rocío, dimos un paseo y luego me dejó quedarme en su casa... Porque claro, Mauro, yo venía con todo, pero me ibas a prestar tu casa porque si no, ¿dónde iba a dormir?

—Claro, claro, y te puedes quedar cuando quieras. —Eso era obvio. ¡Obvio!—. El sofá es supercómodo y si no, metemos un colchón en mi cuarto...

Blanca le cortó con la mirada.

—No te preocupes. Eso lo tenemos solucionado ya.

Madre mía, madre mía, madre mía.

—De momento la idea es que me quedo con ella ya, total... Nos hemos apañado bastante bien —comentó Blanca—. No te creas que no estoy buscando piso, ¿eh? Pero la cosa está bastante complicada.

Mauro confirmó aquello asintiendo con la cabeza. Recordó las horas que había perdido en aplicaciones y webs que le pedían tres riñones y medio para entrar en los pisos de la capital.

—A ver, a ver, que yo me entere de lo que está pasando aquí. —Mauro intentaba no alterarse. pero tenía demasiadas cosas que procesar. Bullía de felicidad por su amiga, pero sentía que se había quedado dormido viendo una serie y al despertar, se espoileaba el final de temporada—. Blanca, vamos a ver, ¿desde cuándo te gustan las mujeres?

Blanca se quedó pensativa, hasta que al fin respondió:

—Pues hijo, yo creo que desde siempre. Y los hombres también, aunque menos. Ya sabes que ninguno me terminó de volver loca, pero ha sido llegar aquí y me he dejado llevar... No es como si hubiera estado en el armario, no sé explicarme.

Tiene sentido, sí.

Mauro asintió con la cabeza, comprendiendo.

—Bueno... Entonces ¿estáis juntas? ¿O cómo va la cosa esta que tenéis montada?

—Hemos decidido que es mejor ver qué pasa —dijo Rocío, por primera vez participando en la conversación desde que comenzara. De hecho, Mauro pensó que era la vez que más tiempo la había visto callada—. De momento, estamos en plan nada de etiquetas. Vivimos juntas en mi casa y la semana que viene nos traen al gato, parece ser. Depende de si la mujer con la que hemos hablado al final...

—¿Un gato? ¿Vais a adoptar a un gato? —preguntó Mauro, interrumpiendo a su amiga, con una mezcla de sorpresa y alegría. Siempre había querido tener una mascota, por eso le gustaba pasar tiempo con Lupin.

—Sííí. Es guay. Yo estoy muy emocionada —dijo Rocío, mirando a Blanca embelesada.

—Bueno. No sé qué habrá pasado en... la cama —comenzó a decir Mauro, tratando de no imaginarse a su amiga abierta de patas y a Rocío encima.

Joder, pues te lo has imaginado.

Trató de eliminar esa imagen de la cabeza. ¿Qué problema tenía con imaginarse a sus amigos desnudo? Era incómodo. Quizá debería visitar a un psicólogo, porque era extremadamente molesto.

—Pero no voy a juzgaros por ir rápido o no, así que... ¿Cómo le vais a llamar?

Blanca y Rocío compartieron una mirada cómplice que indicaba que, sin duda, habían hablado de ese momento. O de esa frase, en concreto. En los ojos de Blanca se leía un: «Ya te lo dije». En los de Rocío un: «Mauro es la hostia».

—Queríamos pedirte que nos ayudaras, porque no nos ponemos de acuerdo en eso ni de coña. En todo lo demás, sí, pero...

—Podéis llamarle Aelin —interrumpió Mauro. Era la protagonista de una de sus sagas de libros favoritas y si él mismo tuviera mascota, sería como la llamaría. En vista de que no estaba en sus planes de futuro cercanos, le cedería el nombre con gusto a sus amigas.

—Oye, pues me gusta —dijo Rocío, asintiendo con la cabeza.

Se llevó la cerveza a la boca y al dejarla sobre la mesa, un bigote de espuma blanca se le había formado sobre los labios.

—Pues ya tenemos nombre. Ay, cari, quítate eso...

Mauro abrió los ojos y se rio; aún no entendía lo que tenía frente a él, aunque no le importaba. Le daba absolutamente igual lo que Blanca y Rocío hicieran entre ellas. Mientras...

—Os tengo que decir una cosa —advirtió Mauro. Sus amigas se acercaron para escucharle, había demasiado ruido en la calle—. Como una de vosotras le haga daño a la otra... No quiero tener problemas, solo diré eso.

Sus amigas abrieron las aletas de la nariz al mismo tiempo, luego se les inflaron los cachetes y finalmente terminaron por reírse a carcajadas.

—Lo siento, lo siento —dijo Blanca, cuando vio que la amenaza de Mauro iba completamente en serio, a juzgar por su semblante serio.

—Es verdad, ¿eh? —confirmó él, frunciendo el ceño.

—Vale. Intentaremos no liarla ni nada. De momento, todo perfecto, pero claro... Que digo yo que terminarás defendiendo más a Blanca, que al final es tu amiga desde hace muchos más años.

—Puede ser —admitió Mauro—, pero eso no quita que tú me importes también, Rocío, y que quiera lo mejor para las dos. Justamente por conocerla desde hace tanto tiempo, si hace algo mal, se lo digo sin problemas.

—Entonces tenemos nombre del gato y un perrito guardián. ¡Dos por el precio de uno! —estalló Rocío entre risas. Mauro también tuvo que hacerlo, sin poder evitarlo.

Y así siguieron, comentando la vida, comiendo raciones de un euro y cerveza de euro cincuenta, mientras la gente a su alrededor paseaba por las calles de Madrid.

48

Rocío

—Que sí, nena, que eres capaz de hacerlo.

Blanca y Rocío se encontraban en mitad de la calle, en pleno Chueca. Mauro se estaba dejando llevar, porque se le notaba en la cara que la situación le parecía cuando menos una locura. Después de varias rondas de cerveza, se habían liado. Era medianoche y ahora estaban en la plaza que daba nombre al barrio, sin un plan aparente más que lo que estaba aconteciendo.

Se había lanzado un reto, y había sido el siguiente.

Como habían estado hablando en la terraza del bar, Blanca no tenía ni idea de cómo identificar a una chica lesbiana o al menos bisexual. Rocío tampoco, pero se las daba de lista en aquel momento. Lo poco que había podido aportar Mauro sobre el tema era que en el mundo gay había una cosa que llamaban gaydar, según le habían contado sus compañeros de piso, pero que a él todavía no parecía funcionarle del todo.

Así que la conversación derivó en el gaydar, pero en versión lésbica. ¿Existía uno? ¿Era un concepto real? Si era así, ninguno de los tres lo había escuchado nunca. Era una locura, porque no tenía sentido. Y como Blanca parecía no estar de acuerdo en clasificar así a las personas, Rocío había ideado un plan perfecto: ella señalaría a una chica que ella creía que perteneciera al colectivo que se encontrara paseando por el barrio y Blanca debía inventarse algo para acercarse y confirmarlo.

—Esto es horrible —dijo Mauro, llevándose la mano a la cara, pero sin poder evitar en su mirada una mezcla de diversión y vergüenza.

—Que no puedo, hombre —se quejó Blanca, molesta.

—Tía, que eres muy echada para adelante, ¿no? Pues dale.

La chica que Rocío había señalado era altísima, mucho más que ella. Llevaba unos tacones de aguja de por lo menos medio metro y solo vestía una falda extremadamente corta y un top tapado por un abrigo de pelo. Que, hablando de pelo, el suyo era negro con mechas moradas.

Blanca se acercó después de que Rocío la empujara. Las vieron hablar desde lejos, compartiendo miradas entre ella y Mauro, que esperaban pacientemente el resultado. O una catástrofe, nunca se sabía.

Cuando Blanca volvió al sitio, soltó todo el aire que había mantenido dentro de sus pulmones.

—Bisexual —anunció, con una sonrisa en la cara, aunque sin hablar demasiado alto para que aquella chica desgarbada no la escuchara.

Los amigos celebraron el poder del gaydar lésbico dando saltitos de emoción.

—Queda demostrado que... —comenzó a decir Rocío, con aires de superioridad.

—Ahora tú —la interrumpió Blanca, con una sonrisa que emanaba desafío.

—¿Ahora yo? ¿El qué?

Rocío trató de hacerse la tonta, pero su máscara se descompuso en segundos.

—Te toca, venga.

—Uy, movida —dijo Mauro, disfrutando de la escena.

Decidida, Rocío dio un paso y se puso en medio de la carretera con los brazos en jarras.

—¿Cuál va a ser mi víctima? —le preguntó, desafiando a Blanca con la mirada.

Esta miró por encima la calle, viendo a las personas que pasaban por allí. A aquellas horas, y pese a ser entre semana, el ambiente era como siempre: ecléctico. Se decidió finalmente por alguien que pasaba por detrás de Rocío. Cuando se dio la vuelta para ver a la chica, se quedó de piedra.

—Celia —dijo entre dientes.

Buscó con la mirada a Blanca, indicándole que no, pero ella no lo entendía. Claro, si no conocía a Celia de nada. Blanca y Mauro le insistieron e incluso hicieron gestos que se asemejaban a una gallina.

Joder.

Rocío cogió fuerzas y se acercó a Celia. Estaba con un par de amigas más, riéndose. Se pararon en cuanto Rocío se cruzó en su camino.

—Hey —dijo, incómoda.

Celia solo sonrió, pero con aires de superioridad.

—¿Qué tal? Me preguntaba... —Rocío se había quedado sin palabras. ¿Qué se supone que tenía que decir? A esa distancia no era posible que sus amigos la escucharan, así que solo debía fingir tener una conversación para superar el reto absurdo.

En qué momento se te ha ocurrido, chochona.

—¿El qué te preguntabas? —Celia estaba siendo odiosa. Rocío vio que tenía el brazo entrelazado en el de una de las chicas. Podría ser perfectamente su pareja, así que aquello estaba siendo doblemente incómodo para las dos.

—Nada, que... ¿qué tal estás?

Ella alzó las cejas.

—Bien. Pero llegamos tarde —le dijo, haciendo un gesto con las manos.

Rocío asintió con la cabeza, en un movimiento nervioso.

—Vale, pues nada, yo bien, gracias por preguntar. Me alegra haberte visto.

Su exnovia simplemente sonrió y pasó de largo, cuchicheando con sus amigas sobre lo que acababa de pasar. Rocío no quería volver con Blanca y Mauro, pero no tenía otra opción. Respiró hondo y se dirigió hacia ellos, tratando de que su cara no la dejara en evidencia.

—Lesbiana —dijo Rocío.

Sus amigos aplaudieron y celebraron el momento.

—Era mi ex.

Las palabras de Rocío los dejaron a cuadros. Blanca se quedó blanca, y Mauro patidifuso.

—Hostia, ¿esa es Celia? —preguntó Mauro.

—¿Tú la conoces? Ah, fantástico.

Blanca no había podido evitarlo. En cuanto lo dijo se tapó corriendo la boca con las manos. ¿Acababa de darle un ataque de celos? Rocío sintió algo removerse en su pecho, algo cálido, como un confort. No debería hacerlo, porque los celos eran horribles, pero fue inevitable.

—Ya no tenemos nada. Siempre terminamos mal —dijo categórica Rocío, lo que pareció calmar a Blanca.

Después de eso, Mauro se inventó una excusa para marcharse en dirección contraria, algo que Rocío le agradeció con la mirada. Qué mal trago acababa de pasar y qué incómodo había sido. Pero al final, ¿quién no se cruzaba con su ex por las calles de Madrid?

49

Gael

Habían pasado varios días desde la vuelta de Sitges. Gael y Andrés se encontraban tirados en el sofá viendo episodios atrasados de *Maestros de la costura,* uno de los programas favoritos de Andrés. Él estaba rodeado de cojines y mantas, incapaz de entrar en calor. Gael, como siempre, descalzo y en pantalón corto.

Pese a que Mauro e Iker se habían preocupado por el estado de salud de Andrés, este había mejorado notablemente, aunque ahora luciera ojeras y dijera que no dormía demasiado bien. Sí, estaba mejor, se podía ver que esos ataques de fiebre y tos habían pasado a mejor vida.

Sin embargo, Gael tenía la mosca detrás de la oreja.

En ese momento se encontraban solos, comiendo palomitas y comentando los dramas, las eliminaciones y las decisiones del jurado. Iker estaba en paradero desconocido y Mauro trabajando, así que Gael solo tenía que buscar el momento concreto para confirmar sus sospechas.

Aprovechó un momento entre episodio y episodio para pausar la imagen.

—Voy a la cocina por una cerveza, ¿quiere algo? —le preguntó a su amigo.

—Agua está bien.

Cuando Gael volvió con una lata de Mahou en una mano y un

vaso en la otra, se sentó más cerca de su amigo, que lo miró con la duda reflejada en la cara.

—Ve, Andrés... —comenzó, dubitativo, el colombiano—. Me gustaría preguntarle algunas cosas. Pasaron días pero igual no se encuentra bien.

—Bueno, estoy mejor.

—Sí, pero me entiende, ¿cierto?

Andrés asintió con la cabeza.

—Usted sabe que yo me di cuenta de que notaba algo. De que no creo que sean anginas o ninguna otra cosa.

—Sí, llevo unos días que me siento acosado, maricón —dijo Andrés, tratando de bromear, aunque en el fondo de su mirada se leía la incomodidad.

—Es solo que usted sabe a lo que yo me dedico. Y que debemos tener cuidado. Mis amigos... —Gael hizo una pausa. Había recordado escenas terribles de Gono cuando descubrió que tenía varias infecciones de transmisión sexual al mismo tiempo, cómo le había afectado. Tragó saliva y recondujo la conversación, tratando de no pensar—. Tengo amigos que han tenido de todo. Sé qué puede pasar y no es agradable.

Andrés no dijo nada. Sacó los brazos de entre la manta y bebió agua, pues de pronto sentía los labios secos. Cuando volvió a estar en su posición, preguntó:

—¿Qué me estás queriendo decir? —Los ojos entrecerrados, descifrando.

Gael carraspeó. Iba a abrir un tema complicado que quizá Andrés no quisiera tocar por ser duro, pero necesitaban hablar con detalle de su relación fallida.

—Con Efrén, ustedes...

—No, él no utilizaba condón —casi le cortó Andrés con rabia—. Y no era plan que yo se lo exigiera. Ya os conté que se hacía cuando a él le apetecía y yo no tenía demasiado permiso para decir nada. Un gilipollas.

El colombiano cogió aire.

—Ya, baby, pero eso es un problema.

—Lo sé.

Se hizo el silencio. Ninguno sabía cómo continuar la conversación, pero parecía evidente hacia dónde iba dirigida. Gael debía tener cuidado. Andrés —y lo había demostrado— era a veces impulsivo y podría cerrarse en banda a hablar del tema.

—Y en Sitges dijo que tenía dudas sobre si le engañaba. Eso es... peligroso, Andrés.

—No estoy seguro de que lo hiciera... —comenzó Andrés, mirando a algún punto indeterminado del salón—. Solo casi seguro. Dios, qué asco. Llevaba días sin pensar en eso...

—Lo siento, baby —se disculpó Gael, acercándose un poco más. Al final, sacar el tema había sido su idea—. Pero yo conozco un lugar. Te preguntan, pero no tiene por qué responder si no quiere. Es en el centro de Madrid y hacen un buen trabajo. Yo voy cada tres o seis meses.

—Estoy intentando seguirte. ¿Un lugar de qué?

—Para que te hagan exámenes.

Gael tuvo claro que la cabeza de Andrés unió bien, por fin, todas las piezas. Parecía sorprendido.

—No tengo ninguna ETS. Ni ninguna ITS, si es lo que estás pensando —dijo con voz decidida.

Gael colocó su mano sobre una parte indeterminada de Andrés. Entre tanto cojín y manta, era imposible saber si era su rodilla o un brazo. Pero ahí estaba, transmitiéndole calma. No era un asunto fácil, lo sabía.

—Yo le acompaño. No tiene que ser mañana, pero sí cuanto antes. Solo quiero saber que está bien, marica. Es lo único que me importa, se lo digo de verdad.

Andrés tragó saliva, sopesando la propuesta. Gael rezó para que aceptara, para que no se lo tomara mal.

—¿Crees que... todo esto ha tenido algo que ver con alguna infección?

Se refería a su enfermedad, a su fiebre, a las horas sin dormir, la tos, los temblores y mareos. Para Gael era demasiado obvio.

—Por supuesto, baby. No soy idiota. Tengo ideas, pero no quiero decirle para que no tenga miedo, ¿okey?

Andrés asintió con la cabeza. De pronto, se derrumbó. Arrugó la cara y comenzó a hacer pucheros, llorando desconsoladamente. Las lágrimas le corrieron por las mejillas, mojando su cuello. Fue como abrir un grifo, como si se hubiera estado guardando todas esas lágrimas durante días.

—Tengo miedo, Gael —confesó. Enseguida, el colombiano se lanzó a abrazarlo. Escuchó su voz junto a su oreja—. No quiero pensar en eso. No puedo.

—Es normal, baby. Yo le entiendo —trató de calmarle—. Pero es mejor que vayamos y se haga unos exámenes para que pueda dormir tranquilo.

—Lo sé, pero es muy duro. —Hizo una pausa—. ¿Y si tengo algo? Aunque sea una tontería... No puedo... No puedo pensar en eso. No podría asumirlo.

—Baby, no importa. Lo principal es que usted esté bien.

Tras unos segundos, se separaron; Andrés parecía más calmado, como si hubiera tomado una decisión. Gael le cogió la mano, que ahora estaba fuera, y la apretó con fuerza.

—Andrés, de verdad. Me preocupa mucho y no quiero que le pase nada. Si tiene algo, allá le aplican cualquier vacuna y listo, no tiene que salir de allá. No tenemos por qué contarles a los demás. Puede ser entre nosotros... y la doctora que nos atienda.

—¿Es seguro?

—Claro. Es un lugar al que va... todo el mundo. Es normal, hay que preocuparse por nuestra salud sexual. Acá tienen la suerte de que estas cosas son sencillas, con todo lo de la Seguridad Social.

Gael pensó en sus amigos de Colombia o en los sustos que él mismo había tenido en su país. La cosa era un poquito más complicada: los doctores actuaban casi como objetores de conciencia y, cuando se tenía la suerte de encontrarse con uno abierto de mente, la medicina se conseguía en farmacias y ahí era donde le hacían a uno sentirse juzgado. Era una mierda.

—Pues creo que vamos a ir —anunció Andrés—. Me da miedo, muchísimo miedo, pero quiero salir de dudas. ¿Qué crees que pueda tener? ¿A quién has visto con los mismos síntomas? —Antes de que Gael pudiera responder, Andrés le interrumpió—: Mira, no quiero saber nada. Vamos mañana, ¿podemos?

—Sí, no hay que pedir cita. Vamos pronto y listo. Nos inventamos algo para Iker y Mauro, aunque lo más seguro es que ni estén despiertos.

—¿Tan pronto hay que ir?

Gael asintió con la cabeza.

—Ajá. Eso se llena, baby. Hay mucha marica loca por Madrid follando sin protección.

—Qué horror —dijo Andrés, sin evitar poner una mueca de desagrado.

—Sí, pero ahora tú también eres uno de ellos.

—No porque yo quisiera —se defendió el rubio, alzando una ceja.

—Pero igualmente tuviste relaciones de riesgo. Baby, sé que te gusta ser diferente, pero mañana usted será un número en un tíquet en una fila de gays. No destacará.

—Eso es lo que más me va a doler —bromeó Andrés. Así, como si nada, intentando eliminar la tensión que aquel tema había puesto en el ambiente.

Los dos terminaron riéndose, abrazándose y continuaron viendo el programa mucho más tranquilos. Uno porque había cuidado de su amigo y le había propuesto una solución; y el otro porque el apoyo de Gael le había dado fuerzas para enfrentarse a sus dudas.

Unas horas después, mientras recogían los restos de comida y bebida de la mesa, Andrés le dijo a Gael:

—Muchas gracias. Por todo.

Gael solo sonrió, porque no tenía nada que decir. Siempre estaría ahí para sus amigos, de eso no cabía ningún tipo de duda.

50

Iker

Pese a las exigencias de su padre y su mano dura en el trabajo, a Iker siempre le había permitido cogerse días libres o entrar más tarde. Era el único trato de favor que le daba de vez en cuando. Sin embargo, ahora que no tenía trabajo y que sus compañeros de piso no lo sabían, debería buscarse una forma de continuar fingiendo.

¿Podría contárselo? Por supuesto, pero no quería ver la cara de Andrés, que sería el que más se preocuparía por quién iba a pagar su parte del alquiler. Iker tenía un dinero ahorrado, obviamente, porque nunca le había faltado. Aparte de su más que generosa nómina, su familia tenía una cuenta a su nombre que generaba unos buenos intereses.

Cuando comprobó que todo estuviera en orden en la aplicación del banco, el mundo se derrumbó ante sus ojos. Le habían quitado el acceso a esa cuenta, la que iba a ser, de momento, su plan de escape.

Volvió a introducir las credenciales, a refrescar la página... Pero no. Ahora solo tenía frente a él el balance de su cuenta personal, con el ingreso de la última nómina y unos cientos de euros que había ido guardando para situaciones extraordinarias, como pagar el coche para ir a Sitges o algún viaje que pudiera surgir.

—Estoy peor de lo que pensaba... —susurró.

Se encontraba en el baño, recién duchado. Se miró al espejo y apreció su cuerpo, sin poder evitar sacar una foto para distraerse. Habían pasado unos días desde que se hiciera el perfil de OnlyFans y no había hecho muchos más avances. Sus seguidores, aquellos que no le conocían directamente o en persona, estaban siendo un poco pesados con el tema. Sentía presión, al mismo tiempo que su ego se inflaba con cada mensaje. En esa lucha contradictoria de sensaciones, debía primero aclararse a sí mismo.

Aquella mañana saldría de casa, como si fuera al trabajo en su horario habitual. Era demasiado pronto, por lo que nadie debería de estar despierto. Cuando salió, con la mochila de deporte al hombro, no pudo evitar la tentación de volver a repasar todas las dudas que le surgían sobre aquella plataforma de contenido para adultos.

Llegó al centro de Madrid. Paseó durante unos minutos por Chueca, parándose frente a los escaparates de ropa erótica: camisetas de redecilla, máscaras, shorts con el culo al aire. Miró los precios y se sorprendió al ver lo caros que eran, así que continuó por las calles. Pasó por delante de la librería Berkana, una mítica de la ciudad, y la primera especializada en temáticas del colectivo LGBT. Echó un vistazo pues parecía haber una presentación de un autor desconocido. Sonrió para dentro al ver que Madrid nunca descansaba, que siempre había planes, que siempre había espacio para gente como él.

Eso ahora, por supuesto, no cuando él lo había necesitado.

Continuó caminando. De día todo era diferente, hasta la entrada de los bares a los que siempre iba o las discotecas. Todas cerradas y con pintadas, como si no fueran un refugio al que acudían miles de personas para encontrarse seguras.

Sin darse cuenta, se plantó en la Plaza del Dos de Mayo. No había mucho ambiente porque era pronto. No se veía por ningún lado toda esa gente que habitualmente bebía cerveza y fumaba porros por las noches, ignorando a la policía. Sin embargo, y pese a la soledad y el frío primaveral que hacía a esas horas, se sentó en uno de los muros de la plaza. Se encendió un cigarro y trasteó el perfil de OnlyFans.

Configuró la foto de perfil, la biografía y abrió la aplicación de notas para ir apuntando las ideas que tuviera. No estaba del todo seguro a lanzarse, ni qué precio le iba a poner, pero por lo menos estaba avanzando.

Aún no podía creerse lo cabrón que había sido su padre al quitarle el acceso a esa maldita cuenta. No recordaba cuánto dinero había, pero sí que al menos tenía cinco cifras.

Por supuesto, sus amigos también desconocían aquello.

¿Qué sentido tendría que viviera con ellos si podía permitirse mejores cosas?

Pero es que Iker pensaba en grande, a largo plazo. Jamás había usado aquella cuenta, exceptuando un par de ocasiones hacía ya muchos años. Hacerlo era decirle a su padre que agradecía su dinero, como deberle un favor y darle la satisfacción que buscaba.

Suspiró, lanzando la colilla al suelo. Volvió la vista al iPhone y fue directo a Instagram. Buscó el nombre de usuario de Gael y de Andrés e hizo que no pudieran ver sus historias. Una práctica habitual que había visto como recomendada en diferentes foros era abrir una cuenta de Instagram paralela, más privada, dedicada en exclusiva a su contenido más subido de tono. Eso es lo que haría, porque tener silenciados a sus amigos un día estaba bien, pero ¿cuánto se alargaría aquello? Era mejor así. Iker ya estaba decidido: hoy anunciaría su OnlyFans y, al menos de momento, no quería que ellos lo supieran. Tendría que dar demasiadas explicaciones y no estaba preparado para mantener esa conversación de momento.

Se encendió otro cigarro. Y otro más.

Al cabo de dos horas, el sol ya inundaba la plaza por completo y la sombra del árbol que le estaba protegiendo dejó de ser de utilidad. Se levantó para continuar caminando por el centro de Madrid, buscando dónde iría a comer cuando tuviera hambre. Pasó por tiendas de ropa de deporte; compró la más barata. Usaría esa ropa para el gimnasio y la vieja para...

Bueno, que había tenido ya ideas para el contenido, qué le iba a hacer. Parecía que en su mente, poco a poco, aquello empezaba a ir en serio.

Cuando llegaron las dos de la tarde se plantó en uno de los restaurantes de mejor pinta del centro. Mientras disfrutaba de un buen plato de carne, subió su primer post a la plataforma. Era una foto antigua de él frente al espejo, jugando con el pantalón sobre su cintura, sin mostrar demasiado pero con su gran pene erecto marcado.

Después de eso, puso en historias que ya se había abierto la cuenta, dejó el enlace y puso el teléfono en modo avión. Nervioso de pronto, no quería saber nada de eso. Terminó de comer en silencio mientras miraba por la ventana la cantidad de gente que había en Madrid, cada uno con sus vidas y sus problemas... De repente se sintió ajeno, como si el mundo fuera más grande; él, pequeño, y sus movidas no fueran tan importantes.

Tras pagar, salió a caminar de nuevo, ya en dirección a casa. Con un cigarro en la mano y el teléfono en la otra, le quitó el modo avión.

Casi le dio un parraque con lo que vio en cuanto volvió a tener conexión a internet.

51

Mauro

Ahí estaba. Frente a él, un edificio bastante feo cercano a una parada de metro que ni conocía. En teoría, la señora que el otro día le había visitado en la librería se encontraba ahí. Cruzó los dedos para que no le atendiera ella, porque no soportaría escuchar de nuevo todas sus muletillas ni un minuto.

Llamó la timbre y le abrieron al instante. Entró en el frío hall y buscó con la mirada la oficina de Vitalaif. Según Amanda, era la más grande del distrito, pero para Mauro no significaba nada; ni siquiera terminaba de entender cuándo comenzaba un barrio y terminaba otro. En su pueblo todo era tan fácil como ver dónde se encontraba la valla de madera para saber de quién era cada terreno.

—Buenos días —le dijo un recepcionista increíblemente atractivo. Mauro no dijo nada, solo tragó saliva—. Eres Mauro, ¿no?

—¿Có-cómo sabes... mi nombre?

Jesucristo, sí que necesitas esto. Yo pensaba que ya no eras tan pringado.

—Pues porque tienes cita a esta hora, ¿no?

Mauro asintió con la cabeza y se dejó guiar. La oficina era abierta, con un montón de mesas por todos lados. Allá donde mirara el logo verde de Vitalaif se encontraba en cada esquina: pegado a los ordenadores, en carpetas, en los pósits, forrando la pared o incluso en los bolígrafos.

—Siéntate, enseguida viene Amanda —le dijo el hombre.

Se fue y dejó a Mauro solo frente a una mesa vacía. De hecho, era el único en aquel momento en toda la oficina. Al cabo de unos segundos, unos tacones se escucharon a través del pasillo.

—¡Hola, guapo! —lo saludó Amanda con una enorme sonrisa—. Mira, te comento, no te puedo atender ahora, que tengo mucho lío, ¿de acuerdo? Pero te dejo en manos de una compañera, ¿de acuerdo? No te importa, ¿verdad que no, cariño?

Mauro no entendía de dónde salía tanta familiaridad de pronto. Parecía que Amanda se hubiera tomado alguna droga, como la que les habían metido en los vasos en Barcelona.

—Sí, no pasa nada —dijo finalmente Mauro, cuando se dio cuenta de que tardaba demasiado en contestar.

—Vale, pues enseguida viene, ¿de acuerdo?

A Mauro le costó más trabajo del que debería fingir una sonrisa, porque había cerrado el puño, lleno de furia. Le dieron ganas de buscar en Google cuántas veces era posible decir «de acuerdo» en un minuto, porque quizá Amanda tuviera el récord Guinness.

Una nueva persona apareció en su campo de visión e interrumpió su pensamiento. Por su aspecto, se trataba de una doble de su tan querida Amanda, pero con el pelo mucho más largo.

—Mauro, encantada —le dijo la mujer, extendiendo la mano. La sacudieron como saludo y ella tomó asiento. Parecía increíblemente nerviosa y fascinada de que ese momento hubiera llegado—. ¡Qué ilusión que te hayas animado! Sabes que en Vitalaif solo queremos que vuestra calidad de vida mejore y mira, antes de que nos pongamos con ello, te voy a enseñar una cosa.

La mujer sacó su teléfono móvil, rebuscó durante unos instantes y lo giró para que Mauro viera algo. En la pantalla estaba ella: en un lado, ponía cien kilos; en el otro lado, sesenta y cinco kilos. El cambio era más que evidente.

—Vaya —dijo Mauro, sin poder quedarse para sí el asombro.

—Lo sé. Todo gracias a Vitalaif. Yo, como tú, vine un día a hacerme la prueba que te vamos a hacer y a los meses ya había perdido diez kilos. La verdad es que me ha cambiado la vida y seguro que podemos hacer lo mismo por ti. Si te animas, claro.

Mauro asintió con la cabeza. Según Amanda, tan solo le iban

a hacer una especie de estudio metabólico, pero aquello parecía una encerrona.

Una encerrona que le hizo rozar con las manos su enorme panza, la que tanto odiaba. Se sintió como un elefante en una cacharrería. Miró con más atención a aquella mujer y se dio cuenta de que irradiaba felicidad; nadie podría decir que había perdido tantos kilos.

Aún asombrado, Mauro decidió dejarse llevar.

Le hicieron el examen y le salió el resultado que esperaba. Según los cálculos de Vitalaif, era increíblemente obeso. Vamos, un poco más y la mujer, que más tarde se había presentado como Sandra, le escupía en la cara del asco al tomarle las medidas.

—Vale, Mauro. Los resultados no son... para nada favorables. Pero supongo que si estás aquí, es porque lo esperabas de alguna forma, ¿no?

Sandra lo miró con una sonrisa, esperando su respuesta. Parecía una androide, un robot de un gobierno totalitario programado para hundir a sus ciudadanos. Y estaba surtiendo efecto.

—No tienes por qué quedarte con nosotros, ¡ni mucho menos! Solo quiero enseñarte un catálogo que tenemos, ¿vale? Es una tontería, pero por si quieres empezar, ya sabes, a mejorar tu figura. Yo, como te digo, cuando llegué la primera vez no pensaba iniciar ningún tratamiento y al final estoy así, ¡con un tipín!

Se echó a reír a carcajadas, aunque terminaron pronto. Por más que sonriera, sus ojos no lo hacían. Tenía un fondo malévolo, pensó Mauro, y sin embargo... Y sin embargo miró el catálogo.

Terminó encargando una primera tanda de productos. Ni siquiera se dio cuenta de que su cuenta se había quedado temblando. Más de cien euros en cuestión de segundos y debería comprar más en cuanto se le terminaran. Durarían dos semanas, pero ¿cuánto dinero estaría dispuesto a pagar por sentirse mejor?

Al final...

Al final algo en su mente le decía que era la ruta fácil, la que menos complejidad le parecía suponerle. No era tirar la toalla, era ni siquiera haberla sostenido. Era, simplemente, no luchar por sí mismo.

Se llevó una bolsa con los botes y las pastillas. Dejó sus datos para hacer el seguimiento, y Sandra también le dejó un folleto informativo sobre lo que ella llamaba «ingresos extra». No sonaba mal, a decir verdad. El sueldo de la librería no era malo, pero Sandra le había presentado tan bien todo el sistema con el que trabajaban que no había sido capaz de negarse.

Cuando Mauro salió a la calle, notó el teléfono vibrar. Miró. Se trataba de Héctor.

Ignoró la llamada y, cargando con su bolsa de productos milagrosos, se marchó por donde había venido.

52

Andrés

A la mañana siguiente de su charla, mientras Mauro se arruinaba e Iker vagaba por Madrid, Andrés retozaba entre las sábanas. No había podido dormir y se había desvelado leyendo una novela, que había devorado, aunque ahora que lo pensaba... apenas recordaba nada. Le dolía un poco la cabeza. Supuso que su cuerpo le estaba avisando de que debería dejar de pensar tanto las cosas. Cuando miró el teléfono, supo que había sido una mañana perdida: eran las once y media.

Se asomó al cabo de unos minutos a la habitación de Gael. Fumaba, apoyado en la ventana. El olor a marihuana abrió las fosas nasales de Andrés y le entraron ganas de vomitar; aún no había desayunado y, sin un café en el cuerpo, le había dejado literalmente blanco.

—Hey —le dijo su amigo en cuanto sintió la presencia de alguien en la puerta—. No le he despertado. Descanse, baby. Lo necesita. Ya iremos mañana.

Andrés asintió y no peleó más. Ni siquiera se tomó su ansiado café. Se volvió a meter en la cama.

Gael estaba tapado con una sábana, con un pie fuera y los ojos como rendijas, intentando enfocar.

—Vámonos —le dijo Andrés al día siguiente. Había descansado lo que no estaba escrito, se sentía con un poquito más de fuerzas. Solo un poco, aunque eran más que suficientes para dar ese paso—. Ya... ya estoy listo.

Ese día sí que era pronto. El sol estaba tímido aún, normal que su amigo no estuviera ni despierto.

—Deme cinco minutos —le dijo este.

—Claro.

Andrés se puso a cotillear el Instagram de Taylor Swift en busca de posibles pistas nuevas de sus siguientes álbumes mientras el colombiano se duchaba.

Gael se puso el primer chándal que tenía por allí tirado entre la ropa de su habitación. Menos mal que era ordenado en las zonas comunes, si no a Andrés le daría pánico vivir entre tanto caos.

—¿Estabas despierto tan pronto? —le preguntó Andrés, ya en el metro.

—No, no he dormido aún. Pero no importa, baby, no tengo sueño.

—¿Por?

—Anoche trabajé. Me dan más plata si me drogo —dijo simplemente Gael, como si no tuviera importancia.

Andrés sintió pena por su amigo, obligado a hacer tantas cosas que no quería solo por sobrevivir... Aunque se le viera bien por fuera, sabía que no era fácil para él. Era una situación de mierda. Con todas las letras.

Llegaron enseguida a la parada de metro Bilbao. Allí es donde estaba el lugar a donde iban. Eran las nueve de la mañana, según Gael un poco tarde, pero Andrés no quería ni pensar ni debatir ni discutir. Se encontraba muchísimo mejor, pero el tema de poder estar infectado de quién sabía qué le removía demasiados sentimientos.

Y por si fuera poco, muchos de ellos tenían la cara de Efrén.

—Acá —le dijo Gael cuando llegaron a una esquina, muy cerca del metro.

Ante ellos se alzaba un edificio con un rótulo que decía: CLÍNICA SANDOVAL. Por lo menos veinte personas, mayormente hombres, pero también alguna mujer, tanto cis como trans, se encontraban en una fila alrededor del edificio. Pese a estar en la segunda quincena de mayo, a esas horas aún refrescaba y Andrés se acurrucó dentro de su chaqueta. Se dio cuenta de que conocía la zona, porque justo ahí había una librería a la que se acercaba en ocasiones al salir de la editorial, que no pillaba demasiado lejos de esa parada de metro.

Había estado tan cerca durante tanto tiempo y, a la vez, no conocía lo que se encontraba a apenas unos metros de su puesto de trabajo. Le sorprendió ese choque de realidad. Cómo cambiaban las tornas, ¿verdad? No quiso pensar demasiado en que si callejeaba un poquito, encontraría el restaurante donde conoció a Efrén hacía unos meses... Sería demasiado doloroso pasar por ahí tan pronto, así que agradeció no tener que hacerlo y mantenerse alejado.

Tragó saliva al ver lo que tenía frente a él.

—Hay que hacer cola —le dijo el colombiano, cogiéndole del brazo—. Yo ya vine muchas veces, le explico ahora cuando entremos.

Parecía que aquel lugar era, tal y como su amigo le había contado, un lugar de referencia. Se dedicaban a eso en exclusiva: enfermedades e infecciones de transmisión sexual. La Comunidad de Madrid destinaba una parte de sus fondos de Sanidad para ello y eran grandes profesionales.

Todo eso se lo decía Gael, pero a Andrés le costaba creer que todo fuera tan bonito y precioso. No podía evitar sentir cierto rechazo ante la gente que se encontraba allí. Le era imposible imaginar que estuvieran en situaciones como la suya... La manera en la que Efrén, en tan poquísimo tiempo, le había implantado ese tipo de ideas llenas de odio y clasismo le enfermaba, pero una parte de su mente las repetía como un loro.

—Ya, tía, es que mazo de irresponsable... Si ya lo sé, si ya lo sé, pero es que Jaime dice que le molesta la gomita. —Una chica hablaba por teléfono, delante de ellos—. Pues sí, pero ¿y qué le hago? No, no le he vuelto a ver... Vamos, que tampoco quiero, que me ha pegado una candidiasis que te cagas, o sea, creo, ¿sabes? Pues sí... Así que ya lo sabes si te lo quieres tirar. A saber qué más tiene el gilipollas.

Andrés alzó las cejas, sorprendido con la soltura con la que aquella mujer de mediana edad hablaba sobre su candidiasis a primera hora de la mañana rodeada de gente.

—Venga, tía, te dejo, que me voy a liar un piti y en cuanto entre te digo... Buah, no, qué va, me queda un buen rato. Bueno, eso, que te aviso con lo que sea, ¿vale? Un besito, amor.

Los amigos se miraron, sin expresión. En cuanto la mujer colgó, se dispuso a sacar de su bolso lo necesario para hacerse un cigarrillo y apenas terminó, se lo encendió. Cuando Andrés quiso darse cuenta, Gael se encontraba sumido en su teléfono. No se despegaba de él prácticamente, exceptuando algunos momentos concretos. ¿Con quién hablaba tanto? ¿Clientes a esas horas?

Andrés echó un vistazo rápido y vio un nombre en el chat de WhatsApp.

—¿Oasis?

Gael guardó rápidamente el teléfono y fingió no haberlo escuchado.

—¿Qué dijo? —le preguntó, como si la cosa no fuera con él.

—Oasis. No paras de hablar con él, ¿no? ¿Quién es?

El colombiano le ignoró, miró al frente e hizo oídos sordos. Andrés se sintió ridículo esperando una respuesta y a sabiendas de que la gente que hacía cola a su alrededor se habría enterado de que su amigo ni siquiera se había molestado en responderle.

Así que dejó el tema.

Esperaron durante un buen rato, al menos una hora. El tiempo se pasaba lento, sin prisa. Andrés vio vídeos en YouTube, charló un poco con Mauro e Iker por el chat de la casa sobre unos recibos y si alguien necesitaba algo del súper (para fingir un poco, que pareciera ocupado y con la excusa de estar fuera, por si las moscas), y también alcanzó a revisar su correo electrónico en busca de alguna vacante en el sector editorial.

Finalmente, ya mientras subían las escaleras de acceso a la clínica, se quitó la chaqueta. Aquello estaba lleno de gente que iba de un lado para otro, con papeles y carpetas llenas de resultados, pruebas y exámenes por hacer. Andrés sintió que ese iba a ser su futuro cercano y se sintió desfallecer.

¿Toda esa gente tenía problemas como él? ¿O sería como la mujer de delante, que se había dejado llevar por un hombre que fingía no poder utilizar condón? Suspiró, sintiéndose, como Gael le había avisado, uno más entre tanta gente.

Odiaba esa sensación.

Cuando llegaron a la parte de arriba, lo que sería el hall principal, vio que había que pasar a una salita con cristalera. Por suerte, pensó, quien entraba ahí tenía algo de privacidad pese a que todo el mundo le viera, porque no se escuchaba ni una mosca de lo que se compartía allí dentro.

Al cabo de un rato fue su turno. Gael le deseó suerte y se quedó a un lado para no molestar.

—Hola —dijo Andrés al entrar. Se colocó la chaqueta frente a él, entre los brazos, como si le otorgara algo de protección.

—¿Número de historia?

—No tengo. Es mi primera vez.

La mujer lo miró por encima de la montura de las gafas y sacó unos papeles para rellenar.

—Nombre, apellidos, DNI y todo esto —le señaló. Andrés se agachó para coger un bolígrafo que había sobre la mesa. Lo rellenó rápido, temblando, y se lo devolvió a la chica enseguida—. ¿Por qué vienes? ¿Chequeo completo...?

Andrés asintió con la cabeza.

—¿Has tenido relaciones de riesgo recientes? ¿Piensas en algo en concreto?

—No lo sé, sí.

—Sí, ¿qué?

Eres muy fea para ser tan borde, guapa.

Pero quizá no era borde, sino que Andrés estaba tan nervioso que no sabía ni hablar, pensó casi al instante.

—He tenido relaciones de riesgo recientes y he estado con síntomas.

La mujer puso los ojos en blanco.

—¿Cuáles? —Su tono de voz era impertinente, de esos que te llenaban de rabia.

—Fiebre, mareos, dolor de garganta... —enumeró Andrés, sin hablar demasiado alto.

La mujer se colocó las gafas, buscó en una cestita pequeña y, entre un montón de tíquets, sacó uno concreto. Después le dio un papel doblado y le dijo:

—Ve a la consulta 3, en la parte de abajo, en el hall de entrada. Baja por esas escaleras y luego al fondo. Quédate en la sala de espera hasta que te llamen.

—Gracias.

Andrés salió con los papeles en la mano, sintiendo que había pasado la primera prueba. Sin decirle nada, Gael le señaló hacia abajo, dejándole pasar con un gesto del brazo. Al llegar, Andrés se sintió estúpido.

—Está lleno de gente. Vamos a perder toda la mañana, ¿no? —preguntó, temiéndose lo peor.

—Bueno, con suerte...

Pero los dos sabían que era mentira. Se sentaron en los dos únicos asientos libres y esperaron, y esperaron, y esperaron.

—Vale, Andrés, encantada de conocerte. Soy la doctora Sepúlveda y me han asignado a ti, ¿de acuerdo?

La doctora parecía maja, vamos, un amor. Su sonrisa calmó bastante a Andrés, que había entrado en la consulta acompañado de Gael. Por algún misterioso capricho del destino, no habían tenido que esperar demasiado. De hecho, entraron antes que muchas de las personas que se encontraban allí. ¿Eso era positivo? Andrés quería pensar que sí.

—Bueno, pues cuéntame, Andrés. Tus relaciones, cuáles has mantenido últimamente...

—He estado con pareja estable los últimos meses, pero ya no —dijo Andrés, tratando de no emocionarse—. Y bueno, pues he estado bastante mal últimamente.

—¿Fiebre? ¿Diarrea? ¿Picores?

Andrés le contó su estado de salud y la doctora se quedó pensando, luego anotó algo en el ordenador y volvió a ellos.

—Mira, te voy a dar este papel que tienes que rellenar. Es muy importante que nos digas todo cuanto puedas para que te podamos dar una mejor atención. —Andrés lo cogió. Era una ficha.

La leyó por encima antes de rellenarla y se sorprendió.

—Bueno, mientras la rellena, ¿cómo te va, Gael? Te veo guapísimo, como siempre.

La doctora y el colombiano se pusieron a charlar mientras a Andrés le cortocircuitaban la mente las preguntas que tenía frente a él. Que si mantenía relaciones sin condón, que si realizaba fisting habitualmente, que si consumía cocaína o mefe, que si solo follaba con hombres o con mujeres o con ambos, qué aplicaciones de ligoteo utilizaba más frecuentemente, que si asistía a chills...

Andrés desconocía más de la mitad de aquellas cosas. Aunque había oído hablar de ellas, no sabía exactamente qué relevancia podían tener en ese momento.

Cuando le devolvió la ficha a la doctora, esta la revisó en voz alta. Antes de que hubiera comenzado la consulta, le había preguntado si no le importaba que estuviera Gael y Andrés le había dicho que no, que le acompañaba.

—Veo que eres bastante bueno, ¿verdad? —le sonrió la doctora—. En la pregunta sobre cuántas parejas has tenido y todo eso, dime, ¿solo has tenido una?

Andrés asintió con la cabeza.

—La más reciente, ¿verdad?

—Sí. Con quien perdí la virginidad.

La doctora Sepúlveda anotó más cosas en el ordenador y la impresora comenzó a sacar copias y copias. Las recogió y se las entregó, explicándole qué era cada una.

—Te vamos a hacer un completo para descartar cosas. Desde exudado en la Sala 9 hasta análisis de sangre en la Sala de Extracciones. Te comento que algunas no son muy agradables, pero necesitamos saber si tienes desde una sífilis hasta una gonorrea, y así también descartamos VIH. Podemos mirar también si se ha tratado de una mononucleosis...

Pero Andrés dejó de escuchar.

—¿VIH?

—Claro —dijo la doctora, como si nada—. Vamos a ver qué te ha podido pasar, porque manteniendo relaciones de riesgo con una persona que no era monógama contigo... Suele haber relación directa, yo te aviso, ¿vale? Pero se te ve bien, así que vamos a esperar lo mejor, que no sea nada que no podamos combatir con una inyección.

La sonrisa y su tono de voz le transmitían a Andrés calma. ¿Sería cierto que todo iría bien? Estaba más tranquilo, aunque dejó de estarlo en cuanto descubrió todas las pruebas que tenía que hacerse.

A la media hora, la gente que se encontraba en la sala de espera vio a un chico rubio entrar a una consulta y luego gritar de dolor.

Andrés estaba algo enfadado. Aliviado, sí, pero también molesto con Gael. Estaban caminando hacia un VIPS cercano, por la parte no peatonal de Fuencarral, más allá del Proyecciones.

—¿Por qué no me dijiste que me iban a meter un puto palo por el pene?

Gael agitó la mano, en señal de asco.

—Ay, parce, cállese —se quejó, con el ceño fruncido. Luego relajó la postura y dijo—: Yo siempre me escapo de esa prueba.

—Normal. —Andrés se encogió de hombros. Se dio cuenta de que los tenía tensos debido a lo mal que lo había pasado—. Es que... Uff, Gael, pensaba que iba a ser todo más fácil.

—¿Cómo así? ¿Un examen de sangre solamente? Usted no tiene idea.

Andrés se volvió ofendido hacia su amigo. El viento le golpeó en la cara y notó un mechón de pelo caérsele sobre los ojos. Gael llevaba puesta una camiseta que dejaba a la vista los tatuajes y, sobre ella, una bomber negra que también agitaba el viento.

—Claro que no tengo idea, Gael —dijo Andrés—. Por eso me has acompañado. Y menos mal, porque esto no lo podría haber hecho yo solo. Aunque también te digo, guapo, que de ir al médico según tú a lo que me han hecho... Me he sentido en *Hostel*. Aún me duele el culo del tubo ese.

—Usted es un exagerado —se rio Gael—. Lo que le metieron es un cono, no un tubo, hable con propiedad. Y además, ¿cómo espera que descubran qué tienes si no le hacen ese tipo de pruebas?

Andrés se encogió de hombros. La verdad es que nunca se había preguntado eso.

—No sé, la medicina ha avanzado mucho. Esto no se cuenta en las comedias románticas —se quejó finalmente.

—Ya, baby. Para saber si tiene tumores, sangre, heridas internas..., son muchas cosas. Le tienen que meter palitos por los agujeros —se burló Gael, haciendo un gesto de hurgar con un palo invisible. Parecía que la situación le divertía de verdad, por desagradable que fuera para su amigo.

—Bueno, al menos ya ha pasado. Ahora a esperar los resultados.

Gael asintió con la cabeza mientras cruzaban hacia la otra acera.

—Le suelen llamar, así como en diez días. Si quiere le acompaño también cuando tenga que volver.

Andrés dijo que sí, dando por terminada la conversación al tiempo que entraban en el restaurante. Los sentaron en una mesa, se acomodaron y pidieron la comida. A los dos les gustaba aquel sitio y tenían claro desde el primer momento lo que iban a pedir.

—Nena, te digo una cosa —comenzó Andrés, cuando ya estuvieron más relajados. El sol entraba por la ventana, todo tenía color—. Me tienes que contar lo del Oasis del desierto este. ¿Quién es? ¿Un cliente? Porque deberías cobrar por hablar también, que no haces otra cosa que estar pegado al móvil todo el día. La Beyonsebe te voy a llamar, con el *Telephone*.

—No es nadie —dijo Gael al cabo de un momento, sin poder evitar sonrojarse.

Como era de esperar, Andrés se dio cuenta y sonrió de medio lado.

—Si te has puesto rojo. Anda, confiesa.

—Es un chico, y ya. —Su tono de voz fue tajante—. Nadie. Hablamos y ya está, no hay lío.

—Gael, que te conozco lo suficiente como para saber que no es normal que estés así todo el día. —Andrés hizo una pausa—. Él te gusta, ¿no?

El colombiano sopesó la pregunta durante unos instantes. Tuvo la excusa perfecta para alargar el momento, porque la camarera llegó con una bandeja y sus respectivas bebidas. Gael sorbió de la suya y luego miró directamente a los ojos a Andrés.

—No, baby, solo amigos. Hablamos y eso...

—Venga, no me engañas, maricón —le cortó este.

Gael terminó por asentir con la cabeza muy a su pesar. Andrés aplaudió en silencio, feliz. Lo estaba por varios motivos: uno de ellos era haberse quitado el peso de encima de la clínica, el otro que había salido un poquito y tomar el aire de Madrid le había sentado bien y, el último, era haber descubierto que Gael se estaba enamorando. ¡GAEL!

—Entonces cuéntame sobre él. Qué le gusta, de qué le conoces...

Necesitaba saber toda la información, como buena persona cotilla que era. Había pasado muchos días con el humor hecho una mierda, sufriendo y con mala salud, como para no querer divertirse un poco en aquel momento. Simplemente, le apetecía.

—Grindr. En Sitges. Y desde entonces. —Gael fue demasiado escueto con su respuesta, pero Andrés no esperaba más.

De hecho, no recordaba que Gael les hubiese hablado sobre su vida privada. Ni la que había dejado atrás en Colombia ni si algún chico le había gustado en esos casi tres años... Algo le habían comentado Iker y Mauro sobre su novio Felipe y los problemas que tuvieron con él. Pero fuera como fuese, el tema de Oasis era, sin duda, algo único. Y Andrés, que con Efrén se había estampado, seguía creyendo en el amor. En su mirada aún le quedaba esa chispa de ilusión y esperanza que ahora compartía con Gael. Estaba contento porque estuviera conociéndose con alguien.

—Te cuesta soltar prenda, ¿eh? —le picó Andrés.

—Es que no es nada.

—Deja de negarlo. —Andrés se inclinó sobre la mesa y estiró la mano para alcanzar la de Gael—. Mira, nadie te va a hacer daño porque lo cuentes. Los sentimientos son para compartirlos, no para vivirlos en soledad. La Taylor los canta, igual que yo os conté todo lo que había pasado con Efrén... Y nadie me hizo daño. Bueno, a Taylor Swift sí le hacen daño los cabrones de sus ex, pero la idea es que si te abres, no eres vulnerable. Eso es lo que te quiero decir.

Gael sonrió de una forma extraña, como si tratara de no llorar mientras le daba la razón a su amigo. Pero era una sonrisa que ocultaba mucho más, tristeza, miedo.

Y Andrés lo entendía. En ese sentido, Gael e Iker se parecían muchísimo. No se dejaban penetrar por nadie (en el sentido de los sentimientos, claro, aunque Iker decía ser siempre activo). Guardarte para ti tantas emociones era un problema difícil de gestionar. Andrés pensó en el apoyo que le habían brindado sus amigos tras contarles su historia con Efrén y volvió a notar ese calorcito en el corazón.

—Pero si no quieres no pasa nada. Entiendo que no quieras ilusionarte. El amor es difícil.

Gael volvió a no decir nada, solo sonrió.

—Gracias, baby. Se lo agradezco de veras, pero de momento sí, me gusta, y hablamos mucho. Pero es complicado... —Negó con la cabeza, gesto evidente de que no quería hablar más del tema—. Da igual. Ya le contaré si pasa algo.

Bueno, es un avance. ¡Vamos, parcerito!

Luego, llegó la comida y la disfrutaron tras una dura mañana de tensión, sobre todo Andrés. Gael le invitó después de pelear durante un rato y cuando salieron del restaurante, Andrés volvió a darle las gracias a su amigo.

—No hay de qué. Para eso está la familia.

La respuesta de Gael dejó roto a Andrés, que no supo cómo reaccionar. Terminó por abrazarle, aguantándose las lágrimas. Luego continuaron paseando por el centro de Madrid.

53

Iker

Iker contemplaba perplejo su teléfono. Tenía un cigarrillo en la mano y como estaba con medio cuerpo fuera de la ventana, temió que se le escurriera de la mano. No se lo podía creer.

El balance de los primeros días de su cuenta de OnlyFans era surrealista. Hasta aquel momento, no había sido consciente de que el movimiento que estaba teniendo se convertía en... dinero. Le dio una calada al cigarro mientras actualizaba. Y boom. Ahí estaban, nuevos suscriptores. Su balance aumentó aún más y soltó el humo del tabaco sin darse cuenta.

Revisó su contenido. ¿Alguno habría despuntado?

Solo lo de siempre, lo que tuvo tiempo de subir poco a poco esas dos semanas de mayo. Fotos de él marcando paquete, empalmado y sin empalmar, alguna en los baños del gym completamente desnudo, un par de vídeos masturbándose... No era para tanto, ¿no?

Joder, claro que sí. Eres Iker Gaitán.

Metió el cuerpo completo de nuevo en la habitación y se tumbó en la cama. Vio que el pago no tardaría demasiado en llegar, ya que junio comenzaba y era el momento de realizarlo. La plataforma se llevaba una comisión, pero casi todo era para él. Echó cuentas y todo estaba correcto.

Iba a cobrar más de cuatro mil euros.

Por enseñar la polla en internet.

Decidió ir a Instagram para celebrarlo. Debía de poner algo un poco críptico, que no dejara demasiado entrever su verdad, porque sus amigos ya no estaban silenciados. Entonces se llevó otra sorpresa. ¿Qué? ¿Cuándo había sucedido aquello? En la parte de arriba, donde las notificaciones, le apareció el icono de usuario con un cien al lado y decenas de corazones. ¿Cien seguidores de un momento a otro? Fue a comprobarlo a su perfil y...

Otro boom.

Notaba que su engagement había mejorado y le llegaban cada vez más y más mensajes, pero de ahí a haber superado ya los treinta mil seguidores en su cuenta principal era una locura. En apenas dos semanas. Obviamente, debía estar directamente relacionado con su contenido erótico, si no, no tenía ningún sentido. Su otra cuenta rozaba los diez mil.

Le latía rápido el corazón. Subió una historia para agradecer el apoyo recibido y luego puso el móvil a cargar, no sin antes repasar la rutina del gimnasio y anotar que haría el doble en cada repetición. Ahora su cuerpo era su principal herramienta de trabajo y debía currárselo como nunca antes.

54

Blanca

Los días pasaban y ellas estaban... enamoradas. No, esa no era la palabra en absoluto. Pero Blanca sí que sentía cosas que jamás había sentido en el pasado. Por el momento no se habían separado ni un solo día.

Blanca llevaba un par de semanas en Madrid y la ciudad le había recibido con los brazos abiertos. Era como si hubiera estado destinada a vivir ahí desde su nacimiento y no en un pueblucho de mierda en medio de la nada. Le encantaba que siempre hubiera planes, tiendas cada dos metros abiertas casi las veinticuatro horas del día y que la ciudad nunca estaba vacía. Siempre había ruido, gente, motores sonando.

Era como vivir un sueño.

Aquel día se dedicó a dejar currículums por toda la ciudad. Para su sorpresa, quien le había echado una mano había sido Mauro, que se proclamaba experto en el tema. Blanca jamás se creería semejante bobada, pero se dejó hacer. Y la verdad es que el diseño en Word que le hizo su amigo era bastante más bonito que todos los que ella había intentado hacer.

Paseaba por las calles de Madrid en busca de tiendas en las que creía encajar. Por supuesto, y como su mejor amigo antes que ella, probó con librerías y cadenas donde vendieran cualquier cosa mínimamente friki. Terminó callejeando hasta llegar a una tienda enorme solo de Funkos. Entregó el currículum cruzando los dedos y deseando que la llamaran. ¡Eso era un paraíso!

Rocío trabajaba aquella mañana. Y por la tarde, pero salía más pronto de lo habitual. La esperó en la puerta después de comerse un menú en el Burger King por menos de cinco euros. Todavía notaba el olor a cebolla en la boca cuando Rocío salió de Generación X, cargada con una mochila a rebosar.

—¿Qué llevas ahí? —le preguntó Blanca después de darle un beso en los labios como saludo.

—Espero que cebolla no, que tienes de sobra, nena.

Las dos se rieron, no sin antes Blanca propinarle un puñetazo de broma.

—Vamos a aprovechar el buen tiempo. En nada Madrid se pone como el infierno, te asa el coño y te suda hasta el último pelo de la última pestaña. Así que... —Rocío abrió los brazos, como si fuera a darle entrada a la gran estrella del circo—. ¡Vamos a hacer un picnic en el Retiro!

Blanca sonrió, mucho y de verdad, porque Rocío siempre tenía los mejores detalles con ella.

Caminaron de la mano, tranquilamente. Blanca aún estaba sorprendida de que nadie, absolutamente nadie, la mirase. ¿Era invisible en aquella ciudad? Ay, no, se recordó a sí misma.

Pero aquí a nadie le molesta que seas como eres.

Una vez pasaron Cibeles, continuaron cuesta arriba hacia la entrada de Puerta de Alcalá. Era uno de los lugares que más le habían gustado a Blanca cuando lo había visitado y le encantaba volver a estar por ahí. Se respiraba historia, reciente, pero historia al fin y al cabo. Dentro del parque encontraron un hueco en el césped bajo un árbol, con un trozo de sombra y otro de sol, ideal para tumbarse con la manta enorme que Rocío sacó de su mochila.

También había traído un par de Red Bulls, un tupper con quesos varios, media barra de pan y un trozo de tortilla de patatas que Blanca había hecho la noche anterior y había sobrado.

—Uf, yo he comido hace nada —le dijo Blanca.

—Nena, pero yo he estado hasta arriba. —Rocío se llevó un trozo de queso a la boca y comenzó a hablar con la boca llena—. ¿Qué tal lo de los *cuficufums*?

—Pues espero que me llamen de algún lado. He repartido como quinientos.

—Seguro que te llaman, si eres guapísima —le dijo Rocío.

—No tiene nada que ver.

Rocío abrió mucho los ojos.

—Hombre, en un Zara no meten a feos. Eso te lo digo ya —le aseguró Rocío, de pronto indignada—. A mí me dijeron que muchas gracias por la oferta, pero que no encajaba.

—¿En plan? —preguntó Blanca, sin comprender, y como respuesta Rocío se señaló a sí misma haciendo referencia al tamaño de su cuerpo. Blanca no se lo podía creer—. Joder, ¿en serio?

—Intenta ver a alguien gordo currando en Inditex.

Blanca no dijo nada porque sabía que Rocío tenía razón. Continuaron picoteando y poniéndose al día cuando, de pronto, Blanca cruzó la mirada con una chica que pasaba por ahí.

Era preciosa.

Y ella también la miraba.

Estaba intentando mantener la conversación viva con Rocío, pero se le iban los ojos continuamente. No podía evitarlo.

—Nena, ¿qué pasa? —le preguntó al final Rocío, arrugando el entrecejo.

Blanca le hizo un gesto con la cabeza.

Ahora las dos miraban a aquella muchacha, que leía un libro recostada en un árbol. Parecía una imagen de película, algo de mentira.

La chica se dio cuenta de que dos pares de ojos la estaban estudiando y rompió el contacto visual con su lectura para devolverles la mirada.

Sonrió. Les guiñó un ojo.

Y volvió a su libro.

Cuando Rocío se dio la vuelta, no sabía qué decir. Blanca tampoco. Siguieron comiendo en calma, esperando que la otra rompiera el silencio. Finalmente, lo hizo Rocío. Como era de esperar, vaya.

—Es guapa. —Hizo el comentario centrada en el tupper, sin levantar la cabeza, como temerosa de la reacción de Blanca.

—Sí.

Blanca lo pensaba de verdad. No sabía qué tenía aquella chica pelirroja, pero parecía un ángel. Era etérea y, al mismo tiempo, tenía unos brazos fuertes, una espalda más ancha de lo normal. A juzgar por sus piernas, que se veían casi al completo por la falda vaporosa que vestía, podría ser gimnasta o nadadora.

Eso hizo sentir cositas a Blanca.

Rocío levantó la cabeza en respuesta a la afirmación de Blanca. Las dos se miraron y sonrieron.

—Te agobia la monogamia, ¿no? —le preguntó Blanca al cabo de unos segundos.

—Sí, supongo, pero no tenemos etiqueta —contestó Rocío.

Había tensión en el ambiente. Se estaba construyendo algo, algo ajeno para las dos, algo excitante.

—Te parece guapa, ¿no? —le preguntó de nuevo Rocío.

Blanca asintió con la cabeza.

Se volvieron a mirar a aquella chica, que ahora las observaba a ellas. Rocío la saludó con la mano y la chica cerró el libro.

—Se pira —dijo Blanca, como chafada.

Pero no, se dirigía hacia ellas. Antes de que llegara percibieron su olor. Era un perfume delicado, a flor.

—Holi —saludó la chica, con una sonrisa. Mantenía el dedo en medio del libro, entre sus páginas. La imagen hizo pensar demasiadas cosas a Blanca, pues se asemejaba mucho a...

—¿Qué tal? —Era Rocío.

—He visto que me mirabais y eso. ¿Queréis algo?

No sonaba borde para nada. Era más bien como si les quisiera sacar más información.

—Nos has parecido guapa, nada más —saltó Blanca, sin poder resistirse—. Perdón si te ha ofendido.

—Para nada —dijo ella, aún sonriente—. Solo que vengo a leer tranquila y eso. Ya me miran bastante los hombres...

Las tres asintieron.

—Por eso no me gustan, porque son unos babosos —continuó—. Pero no me habéis mirado como unos cerdos pajeros, así que no me importa. No me importa porque sois monísimas, chicas.

¿Qué estaba pasando ahí? Ni Rocío ni Blanca se atrevieron a decir nada.

—Bueno, ¿os apuntáis mi Instagram o algo? Me tengo que ir —dijo la chica, de pronto con prisa.

Rocío buscó rápido su teléfono, que estaba en algún lugar entre el papel albal y las migas de pan. Abrió la aplicación y buscó el usuario de la chica. Se llamaba Cleo. Después de eso, se despidió con otra sonrisa y se marchó, desapareciendo entre los paseos infinitos y árboles milenarios del Retiro.

—No entiendo qué acaba de pasar —dijo Rocío, sujetando aún el teléfono en la misma postura en la que estaba. No le había dado a seguir a la chica, solo tenía su perfil abierto delante.

Blanca se dio cuenta del detalle y se acercó. Movió el dedo con cuidado, para no asustar a Rocío, y lo acercó a la pantalla. Pulsó sobre el botón de seguir.

—He venido a vivir la vida. Escríbele.

No entendía por qué había hecho eso, ni qué le pasaba. Pero sentía cosquillas en la entrepierna, el pecho lleno de tensión y, de pronto, solo pensaba en estar en la cama con Rocío y Cleo.

Con las dos.

A la vez.

Y la imagen, tan clara en su mente, desató un montón de sensaciones. Al final tuvo que apretar un poco las piernas.

55

Mauro

Rocío ya se había marchado acompañada de Blanca en cuanto Mauro puso un pie fuera de la tienda. La cerró por completo y comprobó que estaba segura, que nadie entraría por la noche.

Las calles de Madrid en esa época del año, ya casi en el mes de junio, bullían con una pasión que nunca antes había visto. Claro, era su primera primavera en la ciudad. La diferencia con el invierno era abismal. Se quedó mirando a los grupos de chavales, adultos y viejos que paseaban a esas horas. Ya era de noche, pero no evitaba que los más valientes salieran de casa únicamente vistiendo ropa veraniega.

Con una sonrisa en la cara, se dio la vuelta para ir en dirección a su casa y a, por fin, cenar. Sentía que los productos de Vitalaif surtían efecto, pero solo si lo acompañaba con una buena dieta. Tenía sus horarios y sus cosas, ¿eh? Se estaba comportando por primera vez. Era como jugársela a una sola carta.

Mauro pensaba en eso, en cómo al llegar a casa rellenaría el termo de batidos que se había llevado esa mañana, de qué sabor se lo haría aquella noche a la cena. Pero la sonrisa en la cara, y sus ensoñaciones, desaparecieron de pronto.

—Héctor —susurró.

Se había olvidado por completo de que habían quedado. En apenas quince minutos, a unas calles de allí. Mauro se llevó una mano a la frente, molesto consigo mismo. Cada vez tenía más claro lo que iba a pasar, pero Héctor había estado tan insistente con que se vieran...

Pero sí. Tenía razón. Joder, había accedido a verlo por algo.

Se ubicó como pudo con Google Maps y terminó llegando unos minutos tarde al restaurante. Era un japonés. Héctor le acababa de escribir avisándole de que él ya lo esperaba en el interior.

Mauro entró, lo buscó con la mirada..., pero no fue capaz de mirarlo a los ojos. Quiso evitar el contacto visual hasta que estuvo sentado. Incluso le dio un pico como saludo, rehuyendo su mirada tanto como podía.

Ahora sí. Lo tenía enfrente. Casi no recordaba su cara, pero estaba seguro de que esas ojeras no eran normales. Tenía los ojos rojos, muy abiertos. Parecía desesperado, como si estuviera al final de una película, cuando el villano mataba a toda su familia y él no tuviera más remedio que...

—Por fin te veo —le dijo, frío. No hizo nada más, estaba clavado en la silla como una estaca.

Mauro no sabía qué responder. Su idea de velada de despedida, o de aclarar las cosas, estaba lejos de que fuera una batalla campal. Le había estado evitando demasiado, sin darle respuesta clara a las pocas veces que se hubiera atrevido a responder sus mensajes o llamadas.

—Te veo bien, Mauro. —En eso había cierto recochineo.

—Gracias —le dijo este sonriendo. Aquello era incómodo. Esperaron a que el camarero tomara nota. No era la primera vez que iban a ese restaurante, por lo que ambos sabían lo que iban a comer.

Bien. Así es más rápido.

—¿Cómo estás? Casi no he podido echarte de menos, con tanto curro... —Ahora trabajaba de camarero, y él sí que trabajaba demasiadas horas. Terminó la frase riéndose, quitándole hierro al asunto—. Hoy he podido salir un poquito antes.

—Yo también, sin parar. —Mauro no quería sonar borde, pero le costaba esbozar una sonrisa o sostenerle la mirada a Héctor durante más de un segundo.

La mentira de Mauro venía a cuento, ya que la mayoría de las excusas que le había puesto iban en la línea de estar estresado, trabajar demasiado o hacer horas extra incluso en fines de semana.

Sabía que Héctor tenía su vida y su trabajo, y no se atrevería a asomarse por la librería para cerciorarse de su horario. Nunca lo había hecho y no lo iba a hacer.

—Cuéntame cómo te fue por Barcelona. Apenas hablamos mientras estabas de viaje. Ni tampoco en estos quince días.

Mauro tragó saliva. Supuso que si quería cenar de una forma tranquila, no debería ir tampoco a cuchillo. No quería montar una escena, eso lo tenía claro. Así que relató como pudo el puente en el otro lado de la península, ignorando la mayoría de los detalles escabrosos. Vaya, que la versión editada era como *La casa de la pradera*.

Luego fue el turno de que Héctor le contara lo que había hecho. Mauro tuvo que contener un bostezo: su vida era aburrida. Sentía mucho pensar eso, aunque era inevitable. Cada vez la brecha entre ellos se hacía más larga.

Pero solo uno de los dos era capaz de verlo de forma tan clara.

—Me gustaría que habláramos tranquilamente, Mauro —le dijo Héctor en un momento dado de la cena—. No quiero que estemos... distantes. Te he escrito mil veces y me has respondido dos o tres mensajes. Al final intenté darte un poco de espacio, quizá estabas mal. Supongo que todo el mundo tiene momentos peores y mejores, pero...

Tenía que decirle la verdad. Debía hacerlo. Por él, por Héctor, pero también por sí mismo. Se veía incapaz de continuar con algo así, fuera lo que fuera. Cada día era más terrible, se sentía más culpable, pero... No podía evitarlo. No podía evitar sentirse agobiado, asfixiado.

No quería deberle nada a nadie.

Había tardado en darse cuenta, pero verlo ahí delante con esa mirada era sin duda todo lo que necesitaba para atreverse a ser, por fin, sincero con él.

—Héctor, yo...

—Vas a poner excusas —le dijo este, dándose cuenta, poco a poco, de lo que pasaba—. ¿No es así? Tienes excusas para todo, Mauro, de eso quería hablar. Si somos pareja, lo somos. Tenemos que ser honestos. O eso al menos es lo que siempre me han dicho.

Mauro negó con la cabeza. Ya estaban terminando el primer plato. Habían devorado el sushi. Ahora solo olía a mayonesa japonesa y sake con maracuyá, la bebida que siempre se pedía Héctor.

—No, Héctor. No quiero poner excusas, quiero ser honesto.
—Mauro quería mantenerse a raya, no perder los papeles, pero Héctor le estaba exasperando con sus gestos pasivo-agresivos. Era incómodo.

Héctor se inclinó sobre la mesa.

—¿Crees que he estado tranquilo sabiendo que te has ido de fin de semana por ahí, ignorándome por completo? Que habéis estado a vuestra puta bola, Mauro, y yo muerto del asco currando sin parar. Nadie se cree la historia que cuentas.

Para Mauro, escuchar aquellas palabras, ver cómo ahora Héctor casi lo miraba con repugnancia... Fue extraño. No le dolía tanto como pensaba. Había imaginado escenarios similares decenas de veces y ahora que lo tenía enfrente, se había curado de espanto. ¿Qué mosca le había picado? Jamás le había visto así.

Pero no, sí lo había hecho. El fatídico día con Iker, en su piso. Héctor tenía una parte no tan bonita o amable, una parte que solo sacaba a relucir en momentos como ese. No era mala persona, porque tenía buen fondo, pero Mauro no iba a tolerar esos chispazos de mala hostia.

Ni hoy ni nunca.

—O sea que te molesta que haya podido irme de puente. ¿Es eso? —Mauro trató de desviar un poco la conversación hacia algo demasiado obvio para que confesara.

—Es eso, Mauro, y todo lo demás. Que estuvieras con Iker, que...

Boom. No había tardado en hacerlo.

—Te voy a parar ahí —le dijo Mauro, tajante—. Olvídate de él. No tenemos nada. Lo que tengo, o tenía, es contigo y con nadie más.

—¿Tenías? —Aquello le dolió visiblemente a Héctor, que se retiró poco a poco hasta volver a apoyar la espalda en el respaldo—. Claro. Por eso me ignoras... Todo tiene sentido.

Soltó un sonoro suspiro de resignación.

—Me agobias —reveló finalmente Mauro.

A Héctor aquello tampoco le sentó bien. Tragó saliva, parecía dolido. De verdad. Cada vez aparentaba menos fortaleza o, si la tenía, ya no le importaba mostrarse más vulnerable. Bajó la cabeza unos segundos antes de hablar, jugando con los palillos entre los dedos.

—Vale, vale... Lo que sea. Sabes que nunca he tenido algo así. Que todo parecía bonito y yo por lo menos lo estaba dando todo. Igual me he equivocado, pero ¿es tarde?

Mauro sabía que eso que decía sobre darlo todo era verdad. Se le hacía duro escuchar a Héctor, alguien tan importante en su vida, desmoronarse ante aquellas palabras. En su mirada se reflejaba puro dolor.

—Siento si... Siento si no ha sido suficiente o si la he cagado.

—Ha sido demasiado, simplemente. Pero no es tu culpa. —Mauro ahora lo entendía. Comprendía por qué Héctor era tan pesado y prácticamente lo acosaba a mensajes para hablar con él.

El problema era que Mauro no lo había comprendido hasta que había tenido delante esas explicaciones. Se había centrado demasiado en cómo le hacía sentir la situación a él, pero no en por qué la otra persona actuaba de esa manera.

Y ese había sido su gran error.

Con el rabo entre las patas, Mauro miró a Héctor. Extendió su mano hacia las suyas.

—Lo siento —dijo Mauro—, si he sido duro o no he sido transparente. Me ahogué, me agobiaba demasiado dar explicaciones. He estado toda mi vida encerrado en un pueblo con unos padres que no me dejaban demasiada libertad. En cuanto he probado un poco de eso, aquí en Madrid, no sabía lo que era. Y ha sido como volver a algo que no me gustaba y que estoy intentando dejar atrás.

—Yo no te pedía explicaciones, Mauro.

Mauro resopló, frustrado. No quería debatir más, bastante duro debía estar siendo aquello para Héctor como para echarle más leña al fuego. Y bueno, también estaba siendo duro para él. No era una conversación sencilla. Al menos, pensó, estaban manteniendo el tipo delante del resto de los comensales.

—Yo solo quiero vivir —dijo finalmente—. Disfrutar lo que en toda mi vida no he podido disfrutar, Héctor. De veras que lo siento, pero no puedo seguir contigo. Así no y tampoco ahora. Al principio todo era de color de rosa, y me encantas, pero...

—Pero está Iker. —La forma en la que Héctor soltó aquello fue casi ofensivo.

—No te estoy sustituyendo. Iker es mi amigo y no es nada más, no me gusta —mintió Mauro—. Es algo que tiene que ver más conmigo, ¿vale? Algo sobre mí, entiéndelo. No es una competición, es solo que yo...

—Si da igual, Mauro —le cortó Héctor—. Ya que estamos siendo sinceros, dilo de verdad. Di que te gusta Iker.

—No me gusta Iker —volvió a mentir.

—¿Te crees que soy estúpido? —No era rabia, sino pena. El tono de voz, seco, lleno de dolor.

Mauro se mantuvo callado durante unos segundos. Le latía el corazón a mil por hora.

—Me alegro de que por lo menos hayas sido un poco sincero. Ya estaba pensando que era mi culpa, que había hecho algo mal... No entendía nada.

—Héctor, a mí me encanta estar contigo. Me lo paso genial —confesó Mauro. Luego bajó un poco el tono de voz—. Ambos perdimos la virginidad y hemos tenido sexo. Eso siempre lo recordaré. Solo que no sé si tener una relación es algo que me guste. Es como si... como si tuviera que estar pendiente de otra persona todo el rato. Y no sé si puedo ahora mismo, porque creo que tengo que pensar en mí.

—Lo entiendo —dijo finalmente Héctor al cabo de unos instantes de silencio. El dolor se reflejaba en su voz; estaba roto, aunque no tanto como Mauro esperaba.

—Y yo lo siento.

Héctor chasqueó la lengua.

—No pasa nada. —Héctor suspiró y se acercó a Mauro—. Por lo menos dame un abrazo. No pido más, solo eso. De despedida.

Mauro asintió justo cuando el camarero llegaba con la cuenta. Pagaron a medias, como siempre, y caminaron durante unos minutos en silencio. Cada uno cogería el metro hacia direcciones opuestas. También en la vida. Así que era metafórico, pensó Mauro.

Frente a la parada, se sostuvieron las manos. Mauro sentía tristeza, pero liberación; Héctor, pena y decepción.

Se fundieron en un abrazo que significaba mucho, miles de palabras, emociones y sentimientos. Algunos quedarían para siempre enterrados en esos centímetros de piel rozándose, en esas respiraciones confidentes acompasadas ahora, apretados, en medio de la calle.

Héctor terminó llorando sobre el hombro de Mauro, que había

olvidado cómo olía, cómo se sentía al tenerlo en sus brazos. No volvieron a hablar, Héctor estaba demasiado destrozado como para hacerlo, pero había aceptado la realidad. Y Mauro, por su parte, también. Notó un pinchazo en el pecho. Era la despedida, se dijo, mientras contemplaba a quien le había brindado grandes dosis de felicidad bajar las escaleras del metro.

En cuanto lo perdió de vista, relajó los hombros.

Ya está. Se acabó.

Le sabía mal sentirse liberado y feliz al mismo tiempo. La mezcla de emociones era confusa. Lo único que tenía claro era que no había podido evitar comparar ese abrazo de Héctor con cada uno de los que le daba Iker, la protección que le hacían sentir, lo que le transmitía con ese roce de piel, tan inocente y tan distinto al mismo tiempo de cualquier otro roce.

Podría negarlo, pero era absurdo.

Los abrazos de Iker...

Nadie podría darlos mejor que él.

56
Iker

Iker estaba en casa limpiando su habitación cuando, de pronto, la música de su altavoz se vio interrumpida. Se acercó al teléfono y vio que alguien le estaba llamando.

—Casero... —leyó en voz alta, extrañado.

Cogió el teléfono. ¿Habría pasado algo? El dueño del piso comenzó preguntándole sobre qué tal estaban, si eran felices en el piso... Y luego le dijo algo horrible. Algo que hizo que la mano de Iker temblara, amenazando con dejar caer el iPhone al suelo.

Aquello no podía... No podía ser verdad.

La conversación terminó con un Iker cabreado, pero no dejó que el casero lo notara en su voz. El problema era grave, muy grave, y más en aquel momento, con Andrés de vuelta y sin curro, con Iker ingresando dinero pero sin poder declararlo como era debido, con Gael cobrando dinero que no podría justificar...

Cogió aire, lo mantuvo en sus pulmones durante unos segundos y después lo soltó, tratando de calmarse.

Decidió continuar limpiando, batallando en su cabeza con decenas de ideas. Ninguna le convencía, ninguna era útil. Debía contárselo a sus amigos, pero no ahora. Tenían tiempo. No mucho, pero algo de margen había.

Así que sopesaría opciones y cuando se lo contase, propondría soluciones.

Era Iker Gaitán. Siempre las encontraba.

IKER
Chicos
(Link de Instagram)

GAEL
Será que vamos
Yo quiero

IKER
Sí, obvio
Pero habéis leído el post???

MAURO
No me deja abrirlo

IKER
Foto

MAURO
Gracias por la captura

ANDRÉS
No me entero
Queréis ir a la WE?

GAEL
Sí
Aunque a usted no le gusta

IKER
Pero cuantos más, mejor
Más opciones de ganar

MAURO
Ganar el qué?

ANDRÉS
Nene, está en la captura
que ha pasado Iker

GAEL
La ciega

MAURO
Ah
Ostras
No podemos comprarla y no ir?

IKER
Entonces para qué?
Ya que queremos participar en el sorteo
Aprovechamos y vamos

GAEL
Yo voto que sí

IKER
Yo tb

ANDRÉS

Bueno

Yo ya estoy mejor

Me apetece un poco salir de fiesta

No es que la WE Party me haga gracia...

MAURO

A mí tampoco

GAEL

Venga chicooos

Imaginen que nos toca

IKER

Sería genial

MAURO

Bueno...

Supongo

ANDRÉS

Si vais todos, voy

Paso de estar más tiempo encerrado

Lo único es que no tengo mucha pasta

MAURO

No te preocupes

Te invito a la entrada

GAEL
No, yo le invito

ANDRÉS
Gracias por pelearos por mí
Es mi sueño
Dos hombres por un mismo destino

GAEL
Estúpida

MAURO
Bueno, mejor si te invita Gael
Que acabo de dejarme una pasta

ANDRÉS
En qué?

IKER
Bueno, entonces la compro, va?
Luego me hacéis bizum

MAURO, ANDRÉS, GAEL
Ok

Ya tenía las entradas compradas, le acababan de llegar al mail. Quedaban solos dos días para que se celebrara, así que tenía tiempo de sobra para prepararse y mentalizarse.

Volvió a revisar la bandeja de entrada de OnlyFans, donde tenía una conversación abierta con un chico. Era un chaval que lo seguía en Instagram desde hacía tiempo; no era del todo del gusto de Iker, pero le daba morbo ver lo interesado que se mostraba siempre en él.

El mensaje había llegado hacía días, pero no lo había leído hasta ese momento. De hecho, Iker se sorprendió por la cantidad de mensajes que tenía con propuestas indecentes. Su contenido había mejorado, pero le faltaba dar el salto hacia algo más fuerte. Y ese chaval, Román, se lo había puesto en bandeja.

Le había propuesto verse en la WE Party ese fin de semana para grabar contenido. Su idea loca era hacerle una mamada en los baños, como primera escena con otra persona para su OnlyFans. Este chico solo quería que le mencionara; no quería nada de dinero, se negaba rotundamente. Decía que pasar un rato bueno con Iker era más que suficiente.

Iker no se lo terminó de tragar. Nadie haría eso por una simple mención en un post de una plataforma privada.

Sin embargo, algo en su pecho le hizo decir que sí. Por poco conocido que fuera el chaval, la calidad de su contenido debía aumentar. No podría mantener mucho más su creciente nueva profesión masturbándose o subiendo fotos de su pene.

Debía esforzarse más, porque su cuenta temblaba al pensar en cuando pasaran el alquiler y los gastos.

Había aceptado. Y ahora, con las entradas en la bandeja de entrada, no tenía excusa para echarse atrás. Además, el sorteo que había propuesto la organización de la fiesta sonaba increíble... Se permitió soñar despierto durante unos segundos, con los ojos cerrados y una sonrisa en la boca.

57

WE Party

—Buah, es que imagina que ganamos el sorteo —dijo Iker. La simple idea le encantaba.

Se encontraban haciendo cola en La Riviera, una zona en pleno Madrid Río que no era más que una enorme sala de fiestas donde se celebraban todo tipo de eventos. Como siempre, Iker ya estaba fichando a algunos chicos que hacían cola para entrar, pero al mismo tiempo buscaba a Román, el que le había propuesto aquella locura en los baños. Estaba un poquito —solo un poco— nervioso por eso.

—No, parce, eso es más complicado... —dijo Gael, negando con la cabeza.

—Además que no son solo los billetes, sino que te dan pasta. —Iker no iba a permitir que le mermaran la ilusión—. Están tirando la casa por la ventana con todo eso de que empieza la temporada veraniega.

—Yo me tendría que echar crema solar. Mucha. Soy una sábana —se quejó Andrés, aunque de imaginarse allí sus ojos se llenaban de felicidad. Los días habían pasado, y su estado de salud había mejorado muchísimo. Ahora, Andrés sonreía y lo único que parecía distinto en él eran los surcos morados bajo sus ojos. Por lo demás, nadie diría por todo lo que había pasado durante las últimas semanas.

Continuaron charlando sobre el sol que haría o la ventaja que era poder conocer tantos lugares, pero los amigos pronto se dieron cuenta de algo. Mauro los miraba pasmado. Estaba claro que andaba perdido y que no se había leído el post de Instagram de la WE Party. Así que Iker, que estaba eufórico y nervioso al mismo tiempo, le hizo un gesto con la cabeza para integrarle.

—No te lo llegaste a leer completo, ¿no?

Mauro negó con la cabeza. Iker suspiró.

—Para celebrar el inicio del verano, con la compra de las entradas participas en el sorteo de un crucero para flipar —dijo, enérgico—. Es un crucero gay, superfamoso y supercaro. Dura diez días y pasa por diferentes sitios de Europa.

—Y hay actuaciones y todo eso. Yo me muero por ver a Eleni —comentó Andrés—. Y espero que vaya Lola Índigo.

—Confirmadas de momento están Eleni Foureira, Chanel Terrero —comenzó a enumerar con los dedos—, también algunas de la *RuPaul* y la pelona misma, y falta más gente por anunciar que todavía no han confirmado. Es la hostia.

—Sí, supongo —dijo Mauro, encogiéndose de hombros. No parecía especialmente ilusionado con todo aquello. De hecho, si Iker lo pensaba, llevaba un par de días un poco más cabizbajo que de normal.

—Además de eso, a cada persona que gane le dan cinco mil euros —trató de arrancarle alguna emoción a Mauro, pero Iker se dio por vencido. Se volvió para mirar a sus amigos—. Supongo que esa pasta será para gastarse ahí, ¿no?

—O en las islas que vayamos —pensó en voz alta Andrés, con la mirada perdida.

—Yo quiero ir a Creta —dijo Gael, con voz firme—. Vi fotos y me gustó.

—Supongo que pasará por Creta —comentó Iker, como pensando en un mapamundi mental—. Y también por las islas griegas, por Santorini, Mikonos...

—Pero ¿creéis que nos va a tocar?

Iker chasqueó la lengua.

—Soñar es gratis.

—Claro, y nos va a tocar a los cuatro a la vez —dijo Mauro. Parecía enfadado—. Entre toda esta gente.

—A ver, hay muy pocas oportunidades reales. Van a hacer un sorteo por cada fiesta que hagan en cada ciudad, así que habrá gente de todos lados.

—Uy, guiris —dijo Gael, sonriendo.

—Claro. De cada fiesta, premian a cincuenta personas —continuó explicando Iker—. Y el crucero es en agosto, creo. Además de que es enorme, de los más grandes del mundo.

—No sé, creo que estáis...

—Oye, qué amargada, hija —se quejó Andrés, cortando a Mauro. Todos se sorprendieron porque hoy, de pronto, Andrés se había convertido en el alma de la fiesta—. ¿Qué te pasa, nenu?

Mauro cogió aire.

—Es que lo he dejado con Héctor, te lo recuerdo. Y ahora no estoy para pensar en cruceros.

De los presentes, el único que no sabía ese nimio detalle era Iker, que abrió mucho los ojos. Aquella información le había pillado totalmente desprevenido. Inspiró, espiró, inspiró y espiró. De pronto se lo notó nervioso y fue rápido en encenderse un cigarro para disimular el temblor de sus manos.

Pero era evidente que Mauro se había dado cuenta de su reacción.

¿En serio habían cortado? ¿Mauro estaba soltero de nuevo?

¿Y por qué le importaba tanto? ¡Qué más daba! Si eran amigos. Y además, decía mucho de él que no se lo hubiera comentado. Ni Gael ni Andrés se habían sorprendido ante la noticia, así que quedaban claras cuáles eran las personas en las que ahora confiaba más Mauro. Después de haberse abierto hacía unos días en su habitación, ahora no era capaz ni de contarle eso.

Tú sigue así, Mauro. Lo estás haciendo fatal.

Sus amigos estaban frente a él, hablando sobre el tema, pero Iker no podía escucharlos. Era literal: le pitaban los oídos, tenía todo el cuerpo en tensión y apretaba la mandíbula. Se fue calmando según el cigarro se iba haciendo más y más pequeño, consumiéndose por fuera al igual que él se consumía por dentro, con pensamientos que no quería tener, imágenes que no quería ver.

Cuando lanzó la colilla al suelo y la apagó con el pie, buscó a

Mauro con la mirada, que ya no estaba hablando del tema de Héctor. Iker trató de transmitirle muchas cosas con sus ojos, esperando que su amigo las captara.

Se vieron. Cruzaron miradas.

En aquel momento, con la brisa del río, rodeados de un montón de gente... Parecía que estuvieran solos. Mauro tenía los ojos aguados, pero se mantenía firme. Fuera lo que fuera, la decisión que había tomado había sido dura, pero necesaria. Se le notaba entero, confiado. Iker desvió la mirada durante un instante y volvió enseguida al encuentro de los ojos de su amigo.

Se quedaron así durante unos segundos. Los dos respiraban a la vez, conectados.

Iker no sabía qué hacer. Por más que tratara de informarle de todo lo que pensaba a través de su expresión, le era imposible enfadarse en aquel momento. Debía dejar de ser egoísta. No importaba que no se lo hubiera contado, pensó. Mauro tendría sus razones, o sus tiempos. Quizá le resultaba demasiado difícil porque, al final, llevaban mal un mes, tensos, y el causante de todo había sido la misma persona que ahora mismo acababa de dejar.

Vale, es que es más complicado de lo que pensaba.

Al cabo de un rato de miradas furtivas mientras hablaban con el resto de sus amigos, sobre si la música era buena o no o sobre si quitarse la camiseta era obligatorio en una fiesta de estas características, Iker tuvo claro que haría lo que fuera por no volver a ver a Mauro triste.

Porque Mauro iluminaba la habitación, y no podía apagarse.

MAURO

No sabía qué esperaba de un lugar como aquel, pero desde luego, no eso. Se encontraba en la discoteca más amplia que hubiera estado hasta el momento. No tenía el techo muy alto, pero sí era ancha y larga. Había palmeras en el centro, decorando lo que parecía ser una barra de bar, y al fondo un escenario donde el DJ alzaba las manos y un par de hombres musculados bailaban haciendo giros extraños.

Mauro apenas tuvo tiempo de analizar el lugar cuando un hombre pasó a su lado. Le golpeó con el hombro y no se volvió para pedirle perdón. Vio a Iker fruncir el ceño, pidiéndole permiso para buscar bronca, o decirle cuatro cosas, pero Mauro negó con la cabeza.

Porque estaba bloqueado.

La pista de baile era sudor y cuerpos impolutos. Mauro no pudo evitar llevarse las manos al estómago, como para comprobar que su gordura estaba ahí, que seguía siendo una presa en medio de un lugar lleno de depredadores. Le iban a comer vivo.

Se sentía mejor con los productos de Vitalaif, pero no había ningún punto de comparación con lo que sus ojos vislumbraban en aquel momento. La mayoría de los que estaban en la pista de baile eran calvos, pero el noventa por ciento de los chicos ahí presentes estaban sin camiseta y sus cuerpos eran como el de Iker o incluso con más músculos, más tatuajes y más vello corporal.

—Te lo dije cuando nos conocimos —le comentó Andrés, que había aparecido de pronto a su lado—. Este es el tipo de fiesta de Iker porque... Bueno, es evidente.

Pero no podía ser. El chico del que le había hablado, Jaume, era un chico bastante mono, pero no con un cuerpo escultural como los que tenía ahí delante. No sabía cómo eran el resto de los chicos con los que Iker se acostaba, pero le extrañaba que fuera tan corto de miras.

Aunque tenía sentido.

Claro que tenía sentido.

Mauro volvió a sentirse incómodo. Trató de disimular la barriga estirando la camiseta en puntos clave, hacia abajo, cogiendo del centro hacia delante, bajándola por atrás... Las marcas de esos pellizcos se quedaron ahí, como señales de su desazón. Soltó el aire que había retenido en sus pulmones sin darse cuenta y cogió a Andrés del brazo.

—Venga. —Señaló la barra.

Se acercaron hasta ahí. De pronto, Mauro se impregnó de la vitalidad y las ganas de fiesta de su amigo. Gael e Iker iban detrás, lanzando miradas a los chicos.

Nos va a volver a dejar colgados.

Iker pareció leer su mente, porque se acercó a él.

—Estamos buscando a nuestro camello —le informó. Mauro se tranquilizó, aunque no del todo. ¿A qué se refería con aquello?—. Es quien vende droga.

—Aaah, vale.

Mauro agradeció la explicación con una sonrisa incómoda y agarró las copas que Andrés les pasaba. Se las repartieron y buscaron un sitio para comenzar a bailar, emborracharse y pasarlo bien.

Todos quedaron sorprendidos —y prendados— del magnetismo que emanaba aquella noche Andrés, el rubito, el enamoradizo, el que había visto su vida truncada por completo. Estaba eufórico, alegre, cantando a gritos los remixes de guaracha que pinchaba el DJ, bailando con los brazos arriba.

Muchos chicos se le acercaban, pero los ignoraba. Parecía no escuchar.

—Le hacía falta estar bien ya —le comentó Mauro a Gael en un momento dado.

—Sí, baby. Nunca fue fiestero, pero pues... Estaría harto.

Ambos asintieron, contentos de ver a su amigo feliz, y siguieron bailando.

ANDRÉS

Me lo merezco, me lo merezco, me lo merezco.

IKER

Los bajos le reventaban los pies porque hacían temblar el suelo y las copas eran bastante caras. Sin embargo, todos se lo estaban pasando increíble. Iker ya bailaba sin camiseta, al igual que Gael. No supieron cómo, pero sus pechos estaban manchados de sudor y purpurina de alguien que se la había lanzado en algún momento de la noche. Andrés y Mauro bailaban como podían, pero eran sin duda los más borrachos de los cuatro.

Iker le hizo un gesto a Gael con la mirada y asintió. Se llevó las manos al pantalón, de donde sacó una pequeña bolsa de plástico con algo rosa en su interior. Gael hizo el mismo gesto, pero en su caso extrajo las llaves del piso.

Para hacer aquello, había que ser disimulado, aunque a esas horas ya a casi nadie le importaba.

Sin dejar de bailar, pero ahora más juntos, Gael le pasó las llaves a Iker, que las introdujo en esa pequeña bolsa. No mediría más de tres centímetros y, con la luz de la fiesta, era complicado atinar. Finalmente consiguió que sobre la llave hubiera un montón minúsculo de polvo rosa. Se lo llevó a la nariz y aspiró. Volvió a repetirlo con el otro orificio nasal, luego se lo pasó a Gael e hizo lo mismo. De nuevo, los dos ofrecieron el tuci a sus amigos pero volvieron a negar con la cabeza.

Iker no tardó en notar sus efectos. Como ya llevaba varios pases, aquello ya se estaba convirtiendo en su estado habitual de la noche. Le picaba un poco la nariz, pero no importaba, porque en unos minutos no la notaría. Ni los labios o los cachetes. Le encantaba la sensación de que su cuerpo se durmiera, dejara de sentir, para centrarlo todo en su cabeza.

Vio cómo a su amigo Gael le subía casi al mismo tiempo que a él, porque comenzó a bailar más lento y con los ojos cerrados, dejándose llevar por el ritmo de la música. Iker estaba en el cielo, literalmente podría volar si se lo proponía. También cerró los ojos, para concentrarse en las vueltas que le daba la cabeza, en cómo los focos lo sumergían en un mundo de luces. Empezó a sudar un poco más copiosamente mientras abría los ojos para centrarse en algo terrenal, y le fue imposible. Todo vibraba y todo se movía, pero él estaba tan bien. Tan espectacularmente bien.

Nunca se había sentido mejor.

Su viaje se vio interrumpido por Mauro, que le dio un codazo para hablarle.

—¿Desde cuándo consumes? —le preguntó este. Estaba borracho. Muy borracho. A juzgar por su sonrisa y sus mofletes enrojecidos, no le importaba demasiado que sus amigos se estuvieran drogando.

Iker se encogió de hombros y también sonrió.

—A veces me apetece. En la WE siempre.

La respuesta pareció ser suficiente para Mauro, que asintió con la cabeza y siguió bailando junto a Andrés.

De pronto, y pese al humo, la niebla, la oscuridad y su viaje con la droga, Iker pudo ver a un chico que reconoció. Estaba pendiente de él, de brazos cruzados, buscándole con la mirada.

Ha llegado el momento.

Se excusó de sus amigos para ir al baño e hizo un gesto con la cabeza a Román para encontrarse ahí.

Los baños de La Riviera eran un hervidero de sudor, risas y pis por el suelo. Iker no se asustó: era habitual a aquellas horas de la noche. Se miró al espejo, tratando de enfocar la mirada en su cuerpo, después de tanto alcohol y sustancias. Tenía algo de purpurina entre el creciente vello corporal y a su lado, de la mano, el chico con el que había quedado.

Iker se moría de ganas por probar aquello. Era demasiado excitante.

Se dirigieron a uno de los cubículos del fondo. No estaba demasiado limpio, pero le daba igual. Ya notaba tensión en los pantalones y el chico le estaba comiendo el cuello antes incluso de cerrar la puerta de golpe. La aseguró y se puso manos a la obra.

Los besos eran secos. El tuci hacía que apenas tuviese saliva, pero dentro de esa sequía, parecía que Román tenía para los dos. La mano de Iker fue hacia su pantalón para sacar el iPhone y ponerse a grabar. Su primera escena picante para el OnlyFans, en un baño, en medio de una fiesta con un chico que le llevaba tirando los trastos durante meses por Instagram.

Qué puto morbo, joder.

—Venga, graba ya —le dijo Román entre susurros.

Iker asintió con la cabeza. Estaba increíblemente excitado. Alzó el teléfono para captar un buen plano de sus pectorales mientras la cabeza del chico bajaba besándole los pezones y acariciándole los abdominales. Le lamía poco a poco, aunque sediento, hasta llegar a su pantalón. Román parecía todo un profesional, miraba a la cámara de forma lasciva mientras acariciaba el enorme bulto bajo el vaquero. Después, comenzó a llenarlo de babas sobre el pantalón.

—Dios —susurró Iker. Necesitaba que se la comiera ya.

De pronto, Román se detuvo. Su cara cambió por completo, serio.

—Oye, pero enfoca —le dijo.

Iker primero frunció el ceño, pero luego se dio cuenta de que su brazo estaba en una postura extraña. La cámara, en efecto, no estaba grabando nada de lo que debía grabar.

—Luego lo edito.

Román no discutió más, pero se aseguró con la mirada de que Iker lo corregía.

—Quiero que me vean —dijo, antes de desabrocharle el botón del pantalón. Continuó con el juego de lamer la tela antes de llegar al preciado tesoro, sin apartar por un segundo la mirada del iPhone—. Acércala más.

Y eso hizo Iker. Un buen primer plano de su cara.

—Espera, a ver si me gusta.

Román se levantó y le cortó todo el rollo. ¿El pene de Iker? Palpitaba como el corazón de Poe debajo de la madera: se podía escuchar.

Revisaron esos últimos segundos de metraje y Román chasqueó la lengua, pues no parecía gustarle demasiado.

—No tienes que acercar tanto la cámara, porque si no se me deforma y queda feo. Además que tu polla no sale en el plano.

—Me da igual —dijo Iker, sincero. Le volaba la cabeza con los últimos aletazos de la cocaína rosa, y la sensación de dejarse llevar y de que todo era bonito aún retumbaba en su interior.

—A mí no. —Román fue categórico. Agarró el teléfono de Iker, le dio a grabar y se lanzó hacia la otra pared—. Cómemela tú y te enseño.

Iker no peleó. No lo hacía demasiado y, por un momento, la vocecita de Mauro criticando su supuesta plumofobia volteó en su cabeza. La sacudió para olvidarla y sin terminar de clavar las rodillas en el suelo, comenzó a toquetear la entrepierna de Román. Este cerró los ojos, le agarró del pelo, empujándole contra su pelvis.

—Eso es —susurraba cada vez que Iker le besaba cerca de su cintura.

El pene de Román no era demasiado grande, así que Iker no tendría mucho problema. Eso sí, era de esos que estaban torcidos hacia un lado. ¡No había nada malo en eso, desde luego! Solo que el suyo era perfecto, recto como una bandera, ancho y venoso, y en cámara quedaría mil veces mejor.

—¿Estás seguro? —trató de confirmar antes de continuar.

—Ahora te enseño cómo estoy grabando para que aprendas.

Así que Iker se puso a ello. Le bajó los pantalones hasta las rodillas. El glande le golpeó el ojo izquierdo, pero lo evitó como pudo para que la cámara no lo viera como un error. Sus fans iban a volverse locos viéndole comerse una polla, lo sabía. Si finalmente decidía publicar esa parte del vídeo, trataría de cobrarles más.

Tonta no soy.

El sabor a sudor del pene de Román le hizo tener una pequeña arcada que este tomó como si se estuviera ahogando.

—Es grande, ¿verdad? —dijo apretando los dientes y empujándole contra él. Iker abrió los ojos sorprendido, con todo el pene dentro de la boca, rozando su garganta. Realmente, no: no era tan grande. Pero supuso que debía seguir el juego, por la fantasía, ¿verdad? Al final, estaba haciendo una versión casera de un vídeo porno. Todo lo casero que podía ser en un baño público, vaya.

Continuaron durante unos minutos, pero Iker no estaba para nada excitado. Lo descubrió cuando llevó la mano al pene para masturbarse y lo encontró totalmente flácido. No estaba cómodo, era verdad, pero al final la situación era morbosa... ¿Qué estaba ocurriendo? Casi como si le hubiera escuchado el pensamiento, Román lo dejó libre. Iker recuperó el aliento, limpiándose las babas con el dorso de la mano. Tenía los ojos rojos de la presión.

—Venga, te enseño cómo ha quedado y cambiamos posiciones.

Iker asintió sin saber muy bien a qué, porque estaba mareadísimo. Enfocó como pudo el vídeo y era verdad que Román manejaba mucho mejor la cámara, las luces y los ángulos que él. Había demasiadas diferencias.

—Déjame ver un poco más —le pidió Iker, mientras retrocedía y avanzaba el vídeo.

Por el rabillo del ojo vio cómo Román se guardaba el pene en el pantalón, dando por concluida esa parte del encuentro. ¿Era como un robot? ¿Así era la pornografía en realidad? No sabía si le gustaba.

Entonces Román fue a quitarle el teléfono a Iker mientras le besaba el cuello y volvía a manosearle.

—Se te ha bajado —le dijo—. Ya mismo te la pongo como una puta viga para que todos vean lo puta que soy.

Las palabras de Román no le excitaron tampoco, parecía demasiado centrado en que sus seguidores le vieran como para que ese encuentro fuera fluido y natural. Aun así, Iker lo besó y tocó para ponerse cachondo. Necesitaba terminar y tener un buen contenido: lo había prometido.

Volvió a colocarse contra la pared, como antes. Su pene estaba semierecto, pero Román no tardó en ponerlo duro a base de lametones. ¿Cómo se la había conseguido sacar y bajarle los pantalones hasta el suelo? Pues todo un misterio, oye, pero ese tuci no parecía desaparecer de su organismo.

—Pero graba —insistió Román.

Iker, raudo, colocó el teléfono en una posición que esperó que captara un buen plano. La mirada de Román volvió a buscar el objetivo mientras le comía los huevos, agarrando con fuerza su pene por la base para que pareciera más grande en cámara. Ese sí era un truco que Iker había descubierto en internet.

Aprovechó la posición para masturbarse y todo su cuerpo tembló presa del placer. Dejó escapar suspiros y gemidos, acercando el iPhone a su boca para que el sonido fuera cinco estrellas. Volvió a bajarlo para hacer un mejor plano de su pene y que se viera que estaban en un baño en medio de una fiesta. Ahora, desde el lateral, su pene no se veía desde un ángulo demasiado bonito, pero Román se adaptó rápidamente a juguetear con él e incluso a olerlo.

Pero vamos, poca mamada de las que le gustaban a Iker. Quería que se dejara de juegos, follarle la boca, correrse y pirarse de ahí. Comenzaba a hacer demasiado calor.

—Venga, cómela —le incitó Iker. Román le miró como diciéndole que mantuviera la calma.

Dios, esto es muy incómodo.

¿Cómo ese chaval era capaz de incapacitarle así? ¿Desde cuándo Iker Gaitán se dejaba llevar en la cama?

O bueno, en los baños.

El problema era que no estaba acostumbrado a no ser el dominante y no le molaba para nada la manera en la que Román tomaba la iniciativa. Le agarró la cabeza para hacer un poco de presión hacia sus genitales, a ver si así captaba lo que quería en ese momento. Si Román lo hizo, no se dio por aludido.

Iker soltó un sonoro respiro que el chaval confundió con excitación.

—Si lo estás disfrutando —le susurró.

¿Cómo escapar de ahí? Iker asió con fuerza el iPhone en la otra mano y ahora, en vez de la cabeza, se sujetó su propio pene para golpearle con él los labios a Román. Este lo recibió sin problemas y miró cachondo hacia cámara, buscando su momento de gloria.

Parecía que eso era lo único que quería.

Aquellos golpes hicieron que, por fin, el miembro de Iker volviera a recobrar su fuerza completa. O bueno, su fuerza completa teniendo en cuenta la droga, que evitaba que su pene estuviera al cien por cien. Sin embargo, Román por fin se lo introdujo en la boca e hizo hueco en la garganta. Mirando desde abajo a Iker, le guiñó un ojo, indicándole que le follara la boca.

Y eso hizo.

Y dejó de hacerlo.

—Ouch —se quejó Iker, sacando el pene de la boca del chico, con un movimiento rápido—. Los dientes.

Román puso los ojos en blanco.

—No tiene que ser cómodo —le dijo.

—Ya, pero me haces daño, joder.

Iker no estaba para juegos. Aquel no era momento de tonterías, ni de dedicarse siquiera solo a grabar. Había que tener en cuenta todo, no podría seguir haciéndolo así. Si aquel chico le mordía, literalmente, el pene, tendrían un grave problema.

—Qué delicado, hijo... —se excusó Román, aunque no parecía que lo dijera de verdad.

Volvió a abrir la boca y ahora sí, ni rastro de su dentadura. Iker se dejó llevar, grabando como podía mientras por fin le bombeaba la garganta a aquel chico. No supo si era que su cuerpo quería que terminara ya, el tuci o el calor del baño lo que lo tenía a cien... Pero necesitaba correrse ya.

Avisó a Román, que se echó hacia atrás poco a poco, sin perder de vista la cámara, sosteniendo en sus labios el glande de Iker. Cuando por fin lo soltó, este rebotó sobre su barbilla y Román sonrió.

—Venga —le dijo, sacando la lengua, dispuesto ya a recibir su semen.

Iker cogió su enorme pene con una mano mientras con la otra trataba de captar el mejor plano posible. Atisbó a verlo: su miembro, ocupando casi toda la pantalla y, por consiguiente, la cabeza de Román. Debajo se veía su lengua, a la altura de los testículos.

Dios. Menudo plano, joder.

No tardó demasiado en correrse. Comenzó a vibrar y sintió cada una de las terminaciones nerviosas de su cuerpo hacerlo junto a él. Era como un viaje estelar, iba en cohete hasta el infinito, pero solo su cabeza, porque su cuerpo ya no existía, solo era placer.

Eso era lo que tanto le gustaba del tuci. Follar drogado con la coca rosa era de otro universo.

Fue incapaz de no poner los ojos en blanco mientras Román le lamía los restos de semen que hubieran quedado tanto en su mano como en el pene. Aquellos lametones fueron lo que Iker necesitaba para volar y no volver, para que su vacío fuera aún más vacío, como si no fuera persona, como si él fuera el universo.

Dejó de temblar y vibrar al cabo de un rato, cuando su miembro ya estaba más flácido y Román, de pie frente a él. Iker tragó saliva como pudo; le dolía la garganta de lo seca que tenía la boca.

—Un placer —le dijo Román con una sonrisa. Iker trató de ver dónde se encontraba su semen sobre él, pero no vio ni rastro. Lo único que pudo atisbar de este fue a Román, llevándose un dedo a su barba y luego a la boca—. Delicioso.

Con eso, abrió la puerta del baño y se fue. No le importó que Iker todavía estuviera contra la pared con los pantalones bajados hasta el suelo. Varios hombres que estaban haciendo cola para entrar a usar el cubículo se quedaron de piedra, y alguno que otro le hizo un gesto para entrar, como si eso fuera una zona de cruising.

Iker culpó a la droga de tomar esa decisión, pero le hizo un gesto de la cabeza a un par de amigos que entraron, cerraron la puerta y se pusieron de rodillas con una sonrisa en la boca.

58

Rocío

Aquella noche era tranquila. Como los chicos habían salido de fiesta, la mejor opción que se le había ocurrido a Rocío era pasar el rato con Blanca y Javi. El tema turbio del tráfico de popper parecía haberse solucionado siquiera un poco; era agua pasada, o al menos eso decía él. Habían pedido sushi y estaba sobre la mesa.

—Yo lo que quiero es saber si todo está bien —dijo Rocío. Notaba algún grano de arroz entre los dientes.

—Sí, no sé. Me he alejado de todo eso —confesó Javi, emitiendo un largo suspiro.

—Qué miedo —comentó Blanca.

Intercambiaron miradas durante un segundo. Las de Rocío, como siempre eran tan expresivas, decían mucho. En esa ocasión expresaban algo así como: «Más te vale que todo esté bien y no me estés mintiendo o te pego un puñetazo».

—¿Y qué hacen estos?

La pregunta venía de Javi.

—En la WE —respondió escueta Rocío.

—Aaah. Vaya.

Javi parecía chafado y expulsó el humo del cigarro que acababa de encenderse con cara de oler mierda. Las dos lo miraron, preguntándose a qué venía esa reacción.

—¿Qué pasa? —preguntó finalmente Rocío, al ver que Javi no arrancaba.

—No sé, ya no hacemos planes con ellos. No me caen mal —dijo él, al tiempo que se encogía de hombros.

De pronto, tensión en el ambiente. Rocío alzó una ceja y Blanca le apretó el brazo, consciente de lo que generaría el tema.

—A ver, Javi... Es que tienes un pico de oro, guapo.

—¿Por qué?

A juzgar por su reacción, Javi parecía realmente a cuadros.

—El comentario que le hiciste a Mauro no fue muy afortunado, que digamos. —Esa había sido Blanca, para sorpresa de Rocío—. Es mi amigo de toda la vida y no puedes tratarle así.

Javi se recolocó en el sofá, como si hubiera llegado el momento que tanto había estado esperando.

—Pensaba que ese tema también estaba zanjado. De hecho nunca lo hemos hablado, ¿verdad, Rocío?

—No me meto en vuestros líos —dijo esta, poniendo las manos en alto—, pero está feo. Me afecta también.

—¿Cómo se supone que te afecta? —soltó Javi en tono burlón.

Rocío frunció el ceño, porque a cada frase de su amigo, comprendía menos su actitud. ¿En serio era tan estúpido de no darse cuenta? ¿O es que no veía el problema?

—Si dices un comentario gordófobo es porque lo piensas, Javi. Y eso te hace gordófobo.

—Joder, ¿vamos a empezar con palabros? Mira que soy moderno, pero coño... Lo de la cultura de la cancelación esta es una mierda. —Sentenció sus palabras apagando con fuerza el cigarro en el cenicero y luego volvió a recostarse en el sofá.

—Admite que lo eres y punto. No pasa nada —dijo Rocío, dolida, porque en verdad sí que pasaba.

—No lo soy. —Javi estaba altivo, a la defensiva. ¿Qué coño le pasaba?—. Y además, ¿por qué sacas ahora el tema?

—Porque cuando ha llegado la comida me has dicho si me iba a comer todo lo que había pedido yo solita —replicó Rocío con frialdad. El comentario no dejaba de darle vueltas en la cabeza, a decir verdad, solo que había decidido ignorarlo.

Javi bufó.

—¿Y qué pasa?

—Que Blanca se ha pedido más sushi que yo y no le has dicho nada.

—Claro, pero ella...

—¿Ella qué? Ibas a decir que ella está delgada, ¿verdad? —Ante aquello, Javi no respondió—. Qué fuerte. —La voz de Rocío se tiñó ahora de decepción.

Se miraron durante unos segundos hasta que este se levantó, furioso. De camino a la puerta se golpeó con la mesa de centro, pero poco pareció importarle, porque no le frenó.

—Me piro de aquí —anunció, sin mirar a las chicas.

—Mejor. —El tono de voz de Rocío indicaba que estaba rota, pero no le iba a dar el gusto de verla afectada.

El sonido del portazo fue la despedida y el momento en el que Rocío se permitió llorar.

Al cabo de un par de horas, ya estaba mucho mejor. Le había costado perdonar a Javi, porque obviamente era su amigo y lo perdonaría, pero eso no quitaba el dolor que había sentido al ver con sus propios ojos que no se sentía mal por tener ese tipo de opiniones, tan dañinas, tan horribles.

Blanca había sido una pieza importante en todo ello, porque le había calmado como nadie. En ese momento estaban tumbadas en la cama, viendo TikToks graciosos, evadiéndose un poco del drama. Rocío desde luego que lo necesitaba.

—Uy, mira —dijo Blanca, señalando la pantalla del teléfono. Había recibido una notificación de Cleo, la chica del Retiro. Les preguntaba qué hacían—. Le respondemos, ¿no?

—Claro —afirmó Rocío, con una sonrisa.

Nada, guapa
Estamos viendo TikToks
Tengo a Blanca al lado

Uyyy
Qué monas
A ver

Foto

Joder, sois preciosas
Me encantáis
Las dos

Gracias
A nosotras nos encantan tus pequitas

Hala, hala, qué fuerte
O sea, solo mis pecas?

No, mujer
Muchas otras cosas

Ahhh
Entonces no me enfado, vale

Continuaron hablando entre risas durante un rato hasta que comenzaron a hacerse preguntas. La temperatura de la habitación pareció subir cuando abrieron el melón del sexo y Rocío se encontró a sí misma excitada ante la idea...

Ante muchas ideas.

59

Iker

La resaca le estaba matan...

Ah. Que no.

Iker se desperezó; la luz entraba por la ventana, golpeándole los ojos. Bostezó todo lo que pudo, abriendo su boca como el rugido de un león. De hecho, así se sentía. La euforia de la noche aún le recorría el cuerpo.

No recordaba que la droga que había consumido hacía que al día siguiente no tuviera apenas resaca. Eso sí, lo primero que hizo fue buscar en su mesilla de noche un paquete de clínex. Se sonó los mocos y miró, porque le hacía gracia el resultado. Eso sí que lo recordaba. Tiró el papel a la papelera, teñido de rosa, igual que la cocaína alterada que había consumido.

Bueno, fue divertido. Hasta el año que viene.

Se despidió de los restos de la bolsita cuando la lanzó contra la papelera.

Terminó de desperezarse. Se vio reflejado en la ventana y pasó sus dedos rápidamente por los abdominales, como comprobando que aún se encontraban ahí. Recordó la purpurina momentáneamente, porque vio un destello en su pecho. Supo que por más que se duchara, no iba a desaparecer tan fácil.

—¿Qué tal, mi vida? —le preguntó entonces a Lupin. Jugó con él unos instantes, pero no parecía tener demasiadas ganas de hacerle caso.

Cogió el teléfono antes de salir de la habitación. Vio las notificaciones por encima, las decenas de mensajes directos a sus historias sin camiseta de anoche y un par de privados de OnlyFans. Le tocaba editar el contenido y subirlo. No había sido una experiencia buena, pero supo que le iría bien y que generaría un buen dinero.

Y de pronto, le vino a la mente el momento de después.

Había sido culpa del tuci, estaba seguro. Tenía tan solo flashes de aquellos chicos, con los que se magreó y folló durante un rato hasta que volvió a correrse. Se arrepintió en cuanto salió del baño, porque se cruzó con Mauro. Pese a tratar de transmitirle todo con una mirada, él tampoco le había pedido explicaciones.

Pero Mauro lo entendió. Para su sorpresa, lo entendió.

Que había algo más. Que él no quería. Que era débil.

Todos estaban borrachos. En algún momento, Mauro también se había dejado llevar con otras sustancias. Había sido la primera vez que consumía de forma consciente y parecía que entonces su tensión hubiera desaparecido por arte de magia.

Con suerte, rezó Iker antes de abrir la puerta, no sacaría el tema aquella mañana.

El piso parecía una leonera. Estaban todos tirados en el suelo. La noche había sido más dura de lo habitual y no tenían ganas ni de pasar el anuncio que había en el televisor, uno de esos eternos que YouTube te colaba antes de reproducir canciones populares.

—Chicos —dijo entonces Iker. Sus amigos no se volvieron. Les dolía la cabeza, estaban cansados, medio dormidos.

Iker llevaba un buen rato rumiando la noticia. ¿Cómo se la iba a dar en un momento como aquel? Pero tenía que hacerlo cuanto antes. Salir de fiesta había estado genial para olvidarse al menos durante unas horas, y no contarlo era traicionarles.

—Ayer me llamó el casero —anunció. Ahora sí tuvo la atención de sus amigos. Vio los ojos de Andrés muy abiertos, probablemente pensando que iba por él, con todo el lío de haberse marchado—. Tenemos un buen problema.

—¿Qué pasó? —Gael estaba alerta. Se levantó del sofá como movido por un resorte.

Mauro se estaba desperezando para cambiar de postura y mostrarse más atento, aunque sus ojitos castaños se le cerraban.

—Pues... el casero quiere vender el piso.

¡Bombazo! Ahí estaba, ya lo había contado. Sus amigos estaban en shock, igual que Iker cuando había recibido la noticia.

—El bloque es prácticamente suyo y Airbnb le ha hecho una oferta. Esta zona se está revalorizando, con el tema del centro comercial y Matadero... Así que sí, su intención es que nos piremos.

Ninguno dijo nada. De todas formas, ¿qué iban a decir? La situación era comprometida y una mierda como una catedral.

—Algo tenemos que hacer —dijo Mauro. Le encantaba cuando tomaba la iniciativa. En ese aspecto, eran parecidos, porque Iker siempre ideaba planes. Mauro, por supuesto, siempre lo apoyaba.

—Es difícil. —Andrés negaba con la cabeza, sin dar crédito—. Son buitres.

—Qué voy a hacer... —susurró Gael, llevándose las manos a la cabeza.

—¡Ey! —le dijo Iker, señalándole—. Tú ni te preocupes, que pase lo que pase, te vienes conmigo. O con nosotros. Ya nos apañaremos.

Gael le sonrió, pero parecía chafado. Técnicamente, el casero pensaba que ahí vivían tres personas. No pasaba nada porque la habitación estuviera ocupada, pero que Gael fuera irregular le hacía más complicado que al resto encontrar un lugar donde vivir.

—Este piso me encanta —comentó Andrés—. Hemos vivido muchas cosas aquí. ¿Te ha dicho una fecha o algo?

—Qué va. —Iker odiaba no tener más información de la que le había compartido en su breve llamada telefónica—. Está en el aire. Pero claro, nos tiene que avisar porque tenemos un contrato. Y no puede romperlo así como así.

—Pero te ha llamado por algo.

—Seguramente salga adelante. Esa gente mueve mucha pasta. Qué asco —dijo Andrés, arrugando la nariz.

—Lo sé. Es una mierda —le dio la razón Iker.

Mauro se levantó del sofá y agarró su teléfono.

—Vamos a buscar soluciones, venga. No pienso irme. Acabo de empezar mi vida aquí. —Estaba decidido.

Me encanta este Maurito.

Después de pasar un buen rato compartiendo enlaces de bufetes de abogados, noticias y decenas de artículos, no llegaron a una conclusión clara. Bueno, sí, que estaban perdidos. Si el dueño decidía largarlos, iba a pasar. Tarde o temprano. El problema era saber si sería dentro de un mes o de seis. Fuera como fuese, encontrar piso en Madrid era cada vez más complicado y, en ese momento, arrastraban varios problemas económicos, como que Andrés estaba sin recursos ni ahorros o Gael, cuya situación legal no estaba en regla.

—Joder —dijo de pronto Andrés, parpadeando de forma exagerada. Les mostró la pantalla de su teléfono a todos, por turnos—. Me salen estas cosas, yo flipo, vamos.

Iker se rio.

—Si te salen esos anuncios es por tu algoritmo. Algo habrás buscado...

—¿Yo? ¡Pero qué voy a buscar lencería masculina! Madre mía. —Se llevó las manos a la cabeza.

—Ustedes son cerrados de mente, parce.

—No te confundas, guapito —le dijo Iker, sacando los morros y exagerando los gestos—. Yo no soy la delicada que cobra más por hacer un beso negro.

—¡No tiene nada que ver! —se quejó Gael.

—Pero ¿hay alguien que se ponga esas cosas? —preguntó entonces Mauro, desde su eterna y preciosa inocencia.

Joder. Hoy estás sensible, Iker.

—Mucha gente. Hay de todo para todo el mundo —dijo Iker, categórico—. Solo que estas son unas pesadas.

—Pero ya no solo ropa, la gente usa dildos y todo eso.

—La gente. Como que tú no tienes alguno en la mesilla.

—Jamás, nena. Qué horror. —Pero Andrés se reía. Iker pensó que, dentro de lo horrible de toda su situación, parecía menos lleno de odio, más liberado en ese aspecto. Y era bonito, porque había recibido con los brazos abiertos una parte de él que quería ver muerta.

Quizá se había dado cuenta, como Mauro, de que era importante liberarse para ser feliz.

—Nadie se lo cree —dijo Gael—. Baby, yo he visto cosas de tooodo tipo.

—Yo tengo el huevito ese, alguna cosa que me pillé por Plata-nomelón, los condones con bolitas... —comenzó a enumerar Iker con los dedos, demostrando que tenía un buen ajuar—. El mas-turbador este que tiene calor, el Satisfyer For Men, el lubricante este de...

—No quiero escuchar.

Andrés se llevó las manos a los oídos. Todos rompieron a reír. Iker cruzó la mirada con Mauro. Sus ojos parecían reflejar interés por el tema.

—Hey —le dijo entonces—. ¿Tú tienes algo?

Este negó con la cabeza.

—Mira, tenemos que solucionarlo. —De pronto Iker se sintió el líder de una revolución. Se puso de pie, incluso—. Vístanse, ca-balleros, que vamos al centro a comprar rabos de treinta centíme-tros y culos de silicona para que os corráis en ellos.

—Podrías ser menos puto cerdo, digo —se quejó Andrés.

—Que te vistas, puritana.

Iker dio por concluida su propuesta y aplaudió a la nada. Sus amigos no dudaron en vestirse, entre risas. Para Mauro y Andrés, iba a ser una tarde divertida. Para Iker y Gael, una tarde ordinaria.

Pero como siempre, si estaban los cuatro juntos, no necesitaban nada más.

Montera. La misma calle que Mauro le había contado, con pavor, en la que se había perdido uno de sus primeros días en la ciudad.

—Como herencia por ser una calle históricamente sexual, aquí podemos encontrar varias tiendas dedicadas a la experiencia —ex-plicó Iker en cuanto llegaron a Sol. Estaban frente a la calle y él les hacía de guía—. No son las mejores, pero sí las más icónicas. En caso de que no encuentren nada que resuelva sus necesidades, ca-minaremos por la calle Pelayo en busca de algo más... inusual.

Vio cómo aquel momento absurdo conseguía sacarle una son-risa a Mauro y se sintió bien. Mejor. Como si todo lo que le estu-viera pasando últimamente (las rayadas, los problemas con el sexo) quedaran en un segundo plano por ver a su amigo bien.

Ostras, y nunca le había visto esa camiseta.

Caminaron por la calle; Gael adelante charlando con Andrés, e Iker se quedó detrás con Mauro. Le rodeó con el brazo.

—¿Cuándo te compraste esa camiseta?

Vio que Mauro tardaba en contestar. Tenía los mofletes rojos y parecía cortado.

—Hace un par de días antes de ir al curro —contestó al final.

Los pasos de Iker eran más largos, pero se adaptaba a los de Mauro para seguirle el ritmo.

—Nunca te la había visto. Te sienta... bien.

Joder, a Iker le costaba hasta decirle un cumplido en serio a su amigo. Sabía perfectamente que lo que le pasaba no era eso, pero prefería no pensarlo.

—Gracias. —La sonrisa de Mauro fue genuina—. Estoy perdiendo peso. Me siento bien.

Iker arrugó el entrecejo durante un segundo. No se había percatado del detalle, pero... era cierto. Mauro estaba más delgado. De pronto, su cabeza unió los puntos. Ahora entendía aquel día en la cocina, cuando se había cruzado con Mauro y este había guardado corriendo unos botes. Unos botes que conocía muy bien, porque su madre también había optado en su momento por el camino fácil.

Sin embargo, no tuvo oportunidad de confirmar que su amigo se había apuntado a una estafa piramidal que le vendía humo, porque habían llegado a la puerta de la primera sex shop que visitarían.

—*Bélcon tu páradis!* —dijo Gael sonriente, enseñando todos sus blancos dientes, con un inglés horrible.

—En serio, deja de intentar ser bilingüe —le dijo Andrés con un gesto despectivo—. Se te da mal, rey.

—Ja. Eso es que no me entiende —se defendió el colombiano.

Andrés levantó la barbilla y acercó sus dedos a esta, en un gesto que Iker conocía muy bien por los memes de las redes sociales.

—Idiomas, querida.

Gael no entendió, Mauro tampoco, así que solo se rieron Andrés e Iker, que entraron los primeros en la tienda.

—Wow —dijo el pueblerino, con los ojos muy abiertos, fascinado con todo lo que veía.

Las luces eran de neón. De pronto era de noche, en una cueva sexual. Había escaparates a ambos lados de la tienda que se extendían metros y metros. Al final, unas cortinas. Esa zona era un poco más turbia, pensó Iker, aunque se le ocurrió una idea para el contenido de su plataforma privada. La apuntó corriendo en las notas antes de que nadie se diera cuenta. Se guardó el teléfono justo cuando el trabajador se acercó a preguntarles si necesitaban ayuda, pero Gael la desestimó.

—¿Y todo esto... es de verdad?

Andrés señalaba un pene de color negro dentro de una caja. El cristal evitaba que se leyera bien lo que ponía en esta, así que Iker se acercó.

—La polla de treinta centímetros para una penetración increíble, ¡vive tu experiencia! —leyó Iker en alto. Luego se volvió hacia Andrés—. ¿Por qué no iba a ser de verdad?

—Nadie es capaz de meterse eso. —Andrés tragó saliva, como asustado por aquel miembro—. Además, es muy ancha. O ¿es que hay penes de verdad así de grandes?

Iker le puso la mano sobre el hombro.

—Nena, tienes que ponerte las pilas. Hay un mundo allá fuera lleno de cosas fantásticas.

—Me niego a pensar que eso es real —dijo Mauro, que llegó a donde ellos estaban.

—A ver, no niego que haya gente que pueda tener una polla así —aclaró Iker, dejando la broma a un lado—. Habrá gente, claro, pero vamos, no es lo habitual.

Tanto Andrés como Mauro asintieron lentamente, asimilando la información. Luego, de pronto, Mauro se puso rojo. Había pensado algo. Iker no le quitaba la vista de encima, así que vio cómo miraba de soslayo su paquete y el de Gael. Y luego otra vez al suyo.

Mauro alzó la cabeza y se encontró con los ojos de Iker.

Este leyó su cara de terror.

—Qué... qué... bonita la t-tienda —dijo.

Iker se le acercó. Ahora estaban solos en ese lateral, con Gael y Andrés fuera de su vista, que estaban más adelante mirando una selección enorme de huevos masturbadores. Iker iba a ser malo, pero estaba de buen humor; ayer folló y se había drogado, así que solo se metería lo justo con Mauro para picarle.

—No, la de Gael no es tan grande como esa. —Le señaló el enorme pene de treinta centímetros de la vitrina—. Pero... sí, anda cerca.

Mauro dio un paso hacia atrás. Fue a decir algo, se tropezó con un escalón de la tienda y se dio la vuelta, como evitando la caída. Desapareció por una esquina, casi corriendo. Iker no pudo evitar soltar una sonora carcajada.

Qué cosa tan tierna.

60

Gael

Gael llevaba unos cuantos días sin trabajar. La cosa estaba parada, como si en su caso, sus clientes no se vieran afectados por el refrán típico de esa época del año que hablaba sobre la sangre alterada por la primavera.

Revisó sus chats de WhatsApp y nada: clientes que ni siquiera habían leído sus mensajes o cuya última conexión había sido hacía días. Soltó un sonoro suspiro y miró al techo, chafado. No podía dejar de pensar en lo que Iker les había contado ayer, en plena resaca. Y además, en su mente rondaba una propuesta en la que tampoco podía dejar de pensar. Había que agilizar todo el tema del matrimonio, e Iker seguía siendo la mejor de las opciones. ¿Cuándo tendría el valor de proponérselo?

No quería agobiarse, así que le escribió a Oasis.

Era su salvación.

El nombre hacía referencia a lo que este significaba para Gael: un oasis en medio del desierto con ilusiones que te llenan de fuerzas para continuar. Y eso era.

Hey
Lindo
Cómo va?

Dios
Justo te estaba escribiendo

Qué pasó?

Voy para Madrid
Esta semana
Y voy a verte
100 %

Y eso? Que viene para acá?

El pecho de Gael subía y bajaba. De pronto estaba nervioso, con el corazón latiéndole a mil. De hecho, se había incorporado y ahora estaba sentado sobre la cama, agitado, escribiendo y borrando mensajes porque no sabía qué decir.

Parece un adolescente, parce.

Trabajo
Lo de siempre
Pero vas a venir conmigo

A qué?

Ya lo verás
Pero sí
Nos veremos, no?

Claro, claro
Cuente conmigo, baby
Tengo muchas ganas

Qué ilusión!
Se lo comento a mi gente
No habrá problema

Gael no supo a qué se refería con su gente, supuso que al grupo de amigos con el que vendría... Seguía algo rayado con Oasis, tan misterioso y poco sincero a primera vista. Pero había algo en él, no sabía qué, que le impulsaba a continuar.

Se imaginó de su mano por las calles de Madrid y una sonrisa despertó en la boca de Gael.

61

Andrés

Aquel primer martes de junio, Andrés se despertó más temprano de lo habitual. Su teléfono no dejaba de vibrar sobre la cama. Se había olvidado de ponerlo a cargar. Mierda. Lo cogió como pudo, rascándose el ojo lleno de legañas.

—Andrés —le dijo una voz que conocía muy bien.

Y tanto que la conocía.

De pronto, se puso tenso. La tontería de estar perezoso se le pasó en un momento.

—Hey, Lucas. ¿Qué tal?

Andrés tragó saliva. Estaba nervioso.

—Me han contado que has vuelto a Madrid. La verdad es que nos vendría bien alguien como tú ahora mismo, pero ya no te podemos contratar como becario... ¿Te pasas por la oficina y vemos opciones?

—Claro, claro —dijo Andrés, sin dudarlo un instante.

Fuera lo que fuera, le vendría genial volver a tener trabajo. Y en su sector. Ya se imaginaba limpiando mesas en un Ginos y no le apetecía demasiado; no quería abandonar su carrera, tirarlo todo por la borda. No, esa oportunidad valía oro. Fuese la que fuese. Volvería a morderse la lengua si tenía que hacerlo. Estaba aprendiendo a apreciar más lo que tenía, a valorarlo, desde lo que había pasado con Efrén.

—Bueno. Vente hoy por la mañana, antes de comer. Tenemos una vacante. Sé que hemos tenido nuestros más y nuestros menos... —continuó Lucas, bajito, como si le costara admitir que no había sido el mejor jefe del mundo—. Pero bueno, Andrés, tienes buen fondo y eres trabajador. Puede que este puesto que tenemos libre de editor adjunto te encaje, pero tenemos que hablarlo en persona, ¿vale?

Andrés se iba a desmayar. ¿Editor? No podía creerlo.

Quedaron en verse. Claro que se iban a ver. Se levantó de la cama corriendo para desayunar cuanto antes. Un café rápido, algo para picar, una ducha y tirando para el centro. Estaba ilusionado.

No se cruzó con ninguno de sus compañeros por el piso. Iker últimamente retozaba más de lo habitual y notaba algo raro en su actitud esos últimos días. Mauro trabajaba de tarde y Gael siempre se despertaba a mediodía.

Aunque Andrés, para respetar el descanso de sus compañeros, no puso música en la ducha, cantó por lo bajo todas esas canciones que lo ponían de buen humor y que llevaba más de un mes sin atreverse a cantar.

Porque hoy, quizá, era el principio de una nueva etapa.

Aunque estaba como una moto, necesitaba más café. El problema era que, según había salido del metro, recordó que la que había sido durante un tiempo su cafetería favorita le traería malos recuerdos. Pasó por delante, sin embargo. De pronto, se sentía fuerte. No miró a través de la cristalera, pero supo que si miraba, ya no estaría el ángel del infierno que le había conquistado.

Continuó caminando durante un rato. Necesitaba hacer tiempo hasta las diez y media, hora a la que había quedado finalmente en verse con Lucas. Hizo cola en una cafetería que no conocía para llevarse un café helado a la reunión. Pagó, lo probó antes de salir y afirmó con la cabeza: era ideal.

Andrés tenía una sonrisa en los labios y no podía dejar de imaginarse cosas. Ese era uno de sus grandes defectos, y era horrible. No se permitía ser realista. Era infantil en ese sentido y siempre se dejaba llevar por lo que podría pasar. Las hostias de realidad le pegaban más fuerte, como era de esperar. Pero no podía dejar de ser así. Al menos, no ese día, porque podía convertirse en verdad. Y si se cumplía, sería una de las victorias más dulces de su vida.

Se encontraba a unos pocos metros de la editorial cuando sintió que su móvil vibraba en el bolsillo. Encontró un banco y se sentó para ver de qué se trataba.

Una llamada perdida.

No tenía el número guardado.

Podría ser Efrén desde otro teléfono.

Tuvo miedo. Fue como un relámpago que le atravesó el cuerpo.

La pantalla volvió a iluminarse; el mismo número insistía. Andrés le pegó un gran trago a su café helado y se decidió a cogerlo.

Si era Efrén, le diría cuatro cosas.

Pero no era él.

—Hola, soy la doctora Sepúlveda, te llamo de Clínica Sandoval. Hablo con Andrés, ¿verdad?

—Sí.

Tenía la boca seca. Le temblaba la mano. El corazón iba a salírsele del pecho.

—Te queríamos preguntar si te podías pasar hoy por la clínica, antes de mediodía. Queremos comentar contigo los resultados obtenidos en los test que te realizamos hace unos días.

Andrés trató de mantener la calma, al menos en su voz. De momento, no le había dicho si algo andaba mal o bien. Todo eran imaginaciones suyas, y la voz de la doctora le transmitía cierto estado de calma y no de alerta.

Respira, venga, no es nada. Procedimiento habitual.

—Vale, pero ahora tengo una entrevista de trabajo y...

—Andrés, disculpa que te interrumpa. Es bastante urgente.

Ups. De pronto, el tono de la mujer había cambiado. Andrés arrugó la nariz. ¿Qué estaba pasando? ¿Qué podía ser tan urgente? Miró hacia el edificio que se alzaba a unos metros, a la editorial. Aquello también era importante, urgente. Una oportunidad única.

—Sí, pero me preguntaba si podía ir un poco más tarde —intentó convencer a la doctora—, aunque no sé cuánto tardaré.

—Mmm —dijo ella, dudosa. Se escuchó un ruido de papeles, como si estuviera echando un vistazo a informes—. Te diría que vinieras ahora mismo. Si te viene bien, por favor. Debemos comenzar a tomar medidas y cuanto antes, mejor...

Andrés se levantó del banco, casi de un salto.

—¿Medidas? ¿Qué pasa? —El corazón le latía a mil—. Supongo que puedo acercarme ahora, si es tan importante.

La doctora Sepúlveda carraspeó. Cuando volvió a dirigirse a él, habló más calmada, más bajito. Con un tono de voz casi confidencial.

—Tú... ¿tú no te hueles algo? Con todo lo que me comentaste... ¿Qué crees que puedes tener, Andrés? Los resultados han sido bastante... específicos. —La mujer al otro lado de la línea elegía concienzudamente sus palabras—. Estábamos buscando algo y lo hemos encontrado, ¿no sospechas de nada?

Por más que lo intentara, Andrés no encontraba una respuesta. ¿Por qué le estaba haciendo esas preguntas? Él ya estaba bien, se encontraba bien. Si habían hallado algo en sus análisis y pruebas, se había curado de sobra. Atrás quedaban el malestar, los vómitos, el dolor de cabeza y de garganta... Ya estaba en buena forma, dispuesto a comerse el mundo.

—No sé a qué... —dijo finalmente, sin comprender.

La doctora soltó un suspiro.

—Ven, Andrés. Cuanto antes.

De nuevo, urgencia en su voz.

—Sí, sí —casi le interrumpió Andrés—. Termino en cuanto pueda esta entrevista y...

Andrés no estaba preparado para lo que venía. Había llegado el momento, y este le arrasó. Una jarra de agua fría, un punto y aparte en su vida. Las palabras de la doctora siempre resonarían en su cabeza.

—Has dado positivo en VIH. Es lo que te intentaba decir, para saber si has tenido cuidado estos días, porque...

Pero Andrés dejó de escuchar.

Su cerebro se hundió, estaba bajo el mar. Las sirenas de la ambulancia que pasó por la calle, los pitidos de los taxis, el sonido de los enormes autobuses en la acera de enfrente, la conversación telefónica... Todo dejó de escucharse.

Ahora solo quedaba el pum, pum, pum. Su corazón también estaba hundido.

Sintió un dolor en el pecho, se le había helado la sangre en el cuerpo, veía blanco, no tenía fuerzas. El café le mojó los zapatos, el vaso de plástico cayó al suelo. Pum, pum, pum. Tuvo que sentarse en el banco, pero no sentía las piernas, tenía la mano dormida y le escocía, con pinchazos en los dedos, en el estómago, en el corazón. No podía sujetar el teléfono, ni siquiera podía respirar. También se mojó de café cuando chocó contra el suelo.

Pum, pum, pum.

No podía ser.

Eso no era verdad.

No le estaba pasando.

Era una broma.

Pum, pum, pum.

El mundo de Andrés daba vueltas, o ni siquiera su mundo, sino su existencia al completo. Respiraba porque una parte de su cerebro quería mantenerlo con vida, pero él no era consciente de ello. Autómata. Tenía los ojos clavados en el suelo, no podía ni pestañear, también le escocían. Intentaba coger aire para relajarse, pero era incapaz.

Tragó saliva.

Respiró hondo.

Volvió a tragar saliva. Era metálica. Sabía a café y sangre.

Respiró más hondo.

Pum, pum.

Se estaba calmando. Tenía que levantarse de ahí. Volvió a escuchar de nuevo, poco a poco, como si la inmersión bajo el agua hubiera terminado. Sus oídos se descomprimieron, fue consciente de la realidad. Estaba en medio de la calle. Vio el estropicio, el teléfono sobre el reguero de café y los hielos derretidos. Lo cogió y se lo metió en el bolsillo.

Ah, estaba mojado. Le empaparía el pantalón.

No importaba.

Todo su ser había vuelto en sí, centrado en sus constantes vitales, en su interior. Su cerebro se había doblegado. Ahora lo que tocaba, veía o sentía no era ficción; solo importaban sus venas, su respiración y sus pensamientos.

Se levantó del banco sin darse cuenta. Sus piernas comenzaron a caminar. Autómata. Estaba tenso, las manos metidas en los bolsillos, porque parecían de flan y había que sujetarlas. Todo le era ajeno. Él no estaba ahí, no era verdad, era como un sueño. Una pesadilla. Él solo caminaba, de forma mecánica, pero su cerebro estaba a kilómetros de distancia.

De pronto, ante él, la clínica.

El corazón, sobresaltado, parecía latir más por momentos, sin atreverse a mantener un ritmo constante.

Pum. Pum.

Andrés dio un paso y entró.

Pum.

62

Andrés

Andrés estaba sentado frente a la doctora Sepúlveda. Le habían dejado entrar como si fuera una estrella de Hollywood. No tuvo que coger tíquet o hacer cola, como la otra vez. No tuvo que esperar en la sala de espera, porque en cuanto llegó, la doctora le abrió la puerta sin dudarlo.

Ahora no estaba más calmado, ni mucho menos, pero trataba de centrarse en lo que sucedía. Estaba tenso, no apoyaba la espalda en el respaldo de la silla. No era el momento de estar cómodo, no se lo merecía.

—Gracias por venir tan rápido —le dijo la doctora con una sonrisa, tratando de calmarle—. Si quieres, sírvete un poco de agua y nos relajamos un poco, ¿de acuerdo? Vamos a ver todo con calma, no es el fin del mundo.

Eres idiota, ¿o qué?

Claro que era el fin del mundo.

Pasaron varios minutos durante los que la doctora imprimía archivos, informes y resultados. Los organizó frente a ella, preparando su explicación. Andrés notó los labios mojados. Joder, estaba bebiendo. No recordaba haberse levantado a por un vaso de agua, pero ahí estaba, entre sus dedos, frío como el líquido de su interior, la sangre de sus venas.

—Bueno, Andrés. ¿Te encuentras mejor?

Él asintió con la cabeza.

—Te voy a explicar todo y en cualquier momento me puedes parar y yo te lo cuento mejor. Pero quiero decirte que ahora mismo, Andrés, esto no es el fin del mundo. Te lo digo de verdad. La gente puede tener una vida igual que el resto, es completamente normal. Te sorprendería la cantidad de personas que se infectan. Es una lástima, pero es la realidad.

Andrés asintió. Tenía los labios secos. Bebió más agua. Dejó el vaso. Estaba temblando. Escondió las manos entre las piernas. Prestó atención.

Pum, pum, pum.

—No sé si conoces qué es exactamente el VIH —comenzó la doctora—. Se trata del virus de la inmunodeficiencia humana, que es básicamente un virus autoinmune; esto quiere decir que actualmente no tiene cura. Hay que tratarlo, y cuanto antes, porque si se desarrolla puedes pasar a la siguiente fase, que sería un sida. Y no queremos llegar a eso. Ahí sí que no habría marcha atrás. Entonces, es importante que nos pongamos a ello, ¿de acuerdo?

—Pero ¿yo... yo tengo eso?

La doctora sonrió con tristeza.

—Sí, Andrés, pero no pasa nada. De verdad. ¡Estate tranquilo! Aquí nos dedicamos a ello y, como te digo, la gente con VIH lleva una vida normal. —Volvió a calmarlo con la mirada y le dio un papel mientras continuaba con su explicación—. A esto nos enfrentamos con un tratamiento, ¿de acuerdo? Es una pastilla diaria. De aquí te derivaremos a tu hospital y ellos se encargan luego de todo el seguimiento, pero no te voy a engañar, Andrés: tus niveles están por las nubes ahora mismo. Así que me voy a tomar la licencia de comenzar desde aquí con el tratamiento. ¡No tenemos tiempo que perder!

—¿Por las nubes? —fue lo único que pudo preguntar Andrés. Su cabeza estaba llena de palabras: tratamiento, vida, pastilla, enfermo, enfermo, enfermo.

—Así es, lo siento. Esto suele ocurrir especialmente con personas que han mantenido sexo anal, como pasivos, vaya. Y unos niveles así indican que has estado expuesto de manera continua, o que la persona positiva con la que mantuviste relaciones tenía una gran carga viral.

Después de eso, pasó a explicarle cosas más técnicas. Como que la infección de VIH sería crónica, pero pasaría a ser indetectable con el tratamiento y, por lo tanto, sería incapaz de infectar a nadie. También le contó algo sobre los CD4, las defensas que estarían combatiendo el virus continuamente, que debían tener niveles altos para mantenerlo a raya.

—Como te comento, tienes una carga viral alta. Eso quiere decir que el virus tiene muchas, muchas copias. Con el tratamiento y una inyección que te vamos a poner, te dará un buen chute de defensas. No es nada, no te preocupes. Procedimiento habitual donde los haya.

Andrés seguía perplejo, sin poder creerse lo que estaba viviendo.

—Aquí puedes ver —la doctora le pasó una hoja y señaló con un bolígrafo azul— todos tus niveles. Y también con la prueba serológica, hemos detectado sífilis. ¿Es posible que la hubieras contraído con anterioridad?

—No. Yo era virgen.

La doctora Sepúlveda tragó saliva y asintió lentamente, asimilando la información.

—Entonces es indudable que esta misma persona que te infectó del VIH también tuviera sífilis. Con esto debemos tener un poquito más de cuidado, porque puede desarrollarse y tener consecuencias fatales, pero como lo hemos pillado rápido... El tratamiento de lúes es sencillo. Arriba te explican y nos ponemos a ello también. Porque no tenemos anotado que durante la exploración encontraran chancros, así que simplemente el virus se ha activado.

En ese momento, Andrés quiso vomitar. Sentía demasiadas emociones como para poder procesarlo todo y...

Lloró.

Rompió a llorar ahí, en la consulta, delante de su doctora.

Ella se levantó. Le rodeó con sus brazos.

—No entiendo... No puedo... No sé... —balbuceaba Andrés, al tiempo que sentía sus lágrimas empaparle la cara.

La doctora no decía nada, solo le acariciaba. Para Andrés fue un abrazo reconfortante, pero no bastaba. Nada iba a ser suficiente para paliar la angustia que sentía en el pecho. Jamás se había sentido así, no podía respirar.

—Esto es una mierda —le dijo la doctora—. Sé que es una mierda. Pero no nos vamos a rendir, ¿a que no, Andrés?

Él no respondió, porque apenas podía respirar. O pensar. Todo era una vorágine de miedo, emociones negativas, terror, pavor a lo desconocido, desconfianza, debilidad... y en el fondo de ese túnel de sensaciones, estaba Efrén. Lo vio encima de él, follándole, oliendo a alcohol. Lo vio manipulándolo, sintió su pene entrar en él, cómo le apretaba las muñecas. Lo vio con su sonrisa de superioridad asquerosa.

Lo vio a él.

El causante de todo.

Efrén.

Le había arruinado la vida. Para siempre.

Andrés alzó la mirada en cuanto se hubo recuperado un poco, como si su cerebro, al haber encontrado al culpable, se hubiera calmado. Ya sentía menos presión en el pecho, estaba recuperando la consciencia poco a poco. La doctora también lo sintió, así que le frotó el hombro y se volvió a sentar en su mesa.

—Son muchas cosas que asimilar. Tienes que prometerme que vas a estar bien y que te vas a cuidar. —Esperó a que Andrés asintiera. Lo hizo—. Aquí en la clínica tenemos un servicio de psicología para nuevos casos, es un grupo de apoyo. Quizá te interesa. Te dejo este flyer para que le eches un vistazo mientras termino de preparar tus informes para la planta de arriba.

Las manos de Andrés cogieron el flyer colorido. Lo hicieron sus manos, porque él no. Seguía ajeno a su cuerpo, desconectado. Autómata. Lo leyó por encima, pero no se enteraba; solo había letras, no formaban palabras. Era una sopa de letras. Se enjugó los ojos de lágrimas y seguía sin ver. Se dio por vencido. Miró a la doctora, cómo escribía en el teclado con cara de circunstancia, mientras la impresora no dejaba de sacar papeles.

¿Esa iba a ser ahora su vida? ¿Visitas a doctores, tratamientos, pruebas y miradas de compasión?

No lo soportaría.

Nadie sería capaz de soportarlo.

Y joder, era joven. Solo tenía veintiséis años. ¿Qué clase de castigo era ese por haberse enamorado?

No era justo. No lo era en absoluto.

En ese momento solo quería huir, desaparecer de ahí. Su mente viajó hacia unas calles más allá, donde Lucas estaría esperándole. Donde su vida habría, posiblemente, mejorado un poquito más. Donde sus sueños le esperaban. Volvió al presente, al momento que estaba viviendo, en esa consulta pálida, blanca, aséptica. Tuvo claro que esa iba a ser su vida. Enfermo crónico. Moriría con eso.

Apretó los puños. Hizo tanta fuerza que se sintió desfallecer. Se estaba ahogando de rabia. Podría coger un puto coche y plantarse en Sitges. Quería asfixiar a Efrén con sus propias manos, decirle a la cara lo hijo de puta que era.

—¿Andrés? ¿Andrés?

La voz de la doctora planeó sobre su cabeza y llegó finalmente hasta sus oídos. Volvió a la consulta. La luz del techo le molestaba. Era demasiado fuerte.

—No te preocupes. —La doctora se adelantó a su disculpa—. Toma estos papeles, cógelos. En la planta de arriba te administrarán la primera inyección para el chute de defensas y te dirán cuándo tienes que venir a por la penicilina para la sífilis. Luego te darán las primeras dosis de la medicación. Nosotros nos encargamos de tramitar tu expediente a la Seguridad Social, ¿de acuerdo?

Andrés asintió con la cabeza. Parecía que era lo único capaz de hacer sin demasiado esfuerzo. Agarró los papeles entre los dedos, inseguro de querer destrozarlos o leer su contenido. ¿Quería saber la verdad? ¿Ahondar en lo que le estaba pasando? Todo era nuevo y daba miedo. Verdadero miedo. Estaba condenado de por vida.

¿Se iba a morir?

Miró a la doctora con los ojos aguados. Aún estaba angustiado, y lo estaría siempre, pensó. Nunca se le iría ese desasosiego que le apretaba el pecho.

—Todo va a salir bien, de verdad. Nadie se muere ya por esto. En un mes te harán otro análisis y vas a estar como nuevo. Te lo he dicho antes, pero te lo repito, Andrés: no es el fin del mundo. La medicina ha avanzado mucho. Es como tener diabetes. No es tan grave si te cuidas.

Andrés supuso que era verdad, pero su cabeza no. Una parte, la más llena de rabia, quiso gritarle a esa señora tan impasible con su problema que se equivocaba, que todo era mentira y que se iba a morir. ¿Nadie se moría ya de eso? ¿De verdad? Estaría infectado de por vida. Moriría crónico, con treinta años, en una cama de hospital.

Iba a morir.

Ya no se lo preguntaba, se lo imaginó. Se lo imaginó todo con detalles, imaginó cada momento feliz y cada momento triste. Su madre en su tumba, llorando, insultando a quien hubiera dañado a su niñito. Vio a sus amigos gritando, Iker golpeando la pared, Mauro roto de dolor y Gael frotándose los ojos para no llorar, soltando al final un grito desgarrador.

Lo vio todo. Y parecía tan real...

En ese momento no le importaba lo que le dijera la doctora. Su vida se había visto comprometida. Para siempre. Por culpa de un error. Y era un error que él había cometido. No había marcha atrás. Se arrepintió de cada momento, de cada...

Ouch. Sintió un pinchazo. Estaba en una camilla, con el culo al aire, apretando aún los papeles.

—Ya está. Ahí te he dejado la siguiente cita, ¿vale? ¿Estás bien? ¿Seguro?

Era la voz de un hombre calvo y con barba, otro doctor a juzgar por su indumentaria. Andrés se subió el pantalón, cogió la maldita hoja y se marchó por donde supuso que habría entrado. No se acordaba de nada, su mente funcionaba ahora por flashes.

El aire le golpeó la cara al cabo de un rato. No supo si fueron cinco minutos, media hora o tres horas. Se sentía un zombi, muerto en vida.

Ah, joder. Sí que estaba muerto.

Se llevó dos dedos al brazo. Se pellizcó. Le dolió, aunque no tanto como le dolía el trasero. Esa maldita inyección le iba a dar por culo durante un buen rato, pensó. Caminó durante unos minutos y tuvo que apoyarse contra la pared para recuperar el aliento.

¿Cómo se lo diría a sus amigos? ¿Cómo se lo podría contar a su familia? ¿Qué iba a pensar la gente?

Todo le daba vueltas.

Solo había una persona que le ayudaría de verdad en ese momento. Le llamó y esperó, en medio de la calle, viendo a la gente pasar. Viendo a la gente con vida y problemas mundanos, como llegar tarde al metro o que se les hubiera derramado el primer helado de la temporada. Él estaba ahí, a plena luz del día, pero se sentía en una cueva, escondido, sin querer salir. Tan solo podía ver lo que tenía enfrente, la vista convertida en un túnel.

Esperó. Esperó.

Se le hizo eterno, porque no podía dejar de pensar.

63

Gael

Andrés estaba temblando. Si no fuera junio y el sol no le estuviera golpeando los ojos, juraría que se encontraba en medio de un desierto de nieve, aterido de frío. Tenía los ojos rojos y las mejillas mojadas, con surcos de lágrimas que le atravesaban en vertical. Parecían una cárcel; la cárcel de su propio dolor.

—Baby, ya estoy aquí —le dijo en cuanto estuvo lo suficientemente cerca para abrazarlo. Lo sintió temblar entre sus brazos. Gael trató de transmitirle la mayor entereza posible con el roce de su piel. Andrés no dijo nada, solo moqueaba. Eran los últimos coletazos de su llanto, ya más calmado—. Nos vamos, ¿vale?

Él asintió en silencio. Llevaba en la mano un montón de papeles, algunos doblados en dos, otros arrugados como si fueran un tíquet de compra ya inservible. Se los cogió y Andrés no protestó. Gael alzó el brazo, solicitando un taxi en la congestionada glorieta de Bilbao. A los pocos minutos ya estaban dentro. Gael le tomó la mano a Andrés.

No la soltó hasta que estuvieron en la puerta del apartamento.

—Es normal —le dijo el colombiano, cuando ya estuvieron sentados en el sofá. Estaban solos en el piso. Mauro se había ido a comer algo con Blanca antes de trabajar e Iker andaba perdido por la calle—. Conozco a mucha gente con VIH en Colombia. Y acá también. Amigos míos.

Andrés alzó la cabeza. Tenía la mirada perdida.

—Pero ¿por qué yo?

La pregunta atravesó el pecho de Gael como si fuera el suyo propio. Le dolía ver a su amigo así. Era una situación de mierda. No había otra. Andrés sacó de su bolsillo un bote. Era blanco, redondo, pequeño. Tenía una tapa a juego. Emitió un sonido cuando lo dejó sobre la mesa.

Gael vio la oportunidad.

—Ostras. Le han dado las Demi.

Andrés se distrajo momentáneamente, un breve movimiento de incomprensión en sus cejas. Gael tomó el bote con la mano y le señaló la etiqueta.

—Mi amigo Stiven las llama Demi. —Trató de aguantarse la risa.

Venga, Andrés. Ríase. Permítase un poco de alegría.

Al cabo de unos segundos de confusión, Andrés abrió los ojos y esbozó una sonrisa. Se rio bajo, solo echando aire por la nariz.

—Ya lo pillo. Menuda tontería. —Pero le había hecho gracia. Cogió las pastillas de la mano de Gael. Acarició la etiqueta, que rezaba el nombre de la medicación—. Menudo chiste más malo. Dovato... Demi Dovato.

Gael las conocía porque las tomaban varios amigos suyos. El juego de palabras siempre era recurrente cuando hablaban del tema y le había servido para distraer aunque fuera durante un instante a su amigo.

Debía hacerlo. Estar a su lado y sacarle una sonrisa. No importaba nada más en ese momento. Gael jamás se perdonaría perder a otro compañero de vida en un pozo de amargura. La primera vez ya había sido lo suficientemente dolorosa, sin estar al lado de quien más le necesitaba. Se convirtió en la pena andante, lleno de angustia y desesperación. Fue dañino para él y para todos quienes estuvieron a su lado.

Con eso en mente, se acercó a Andrés. Volvió a tomarle la mano, como en el taxi. La apretó con fuerza. Él aún sostenía en la otra el bote de pastillas, que sonaba con cada leve movimiento, como un sonajero.

—Vamos a comer algo, ¿sí? —propuso Gael—. Elija lo que quiera de la app y yo lo pido. Dese un capricho.

Andrés asintió, mientras tragaba saliva. Estaba completamente destrozado y parecía un autómata, sin expresión en la cara, moviéndose de forma mecánica. No dijeron nada durante un rato, pero cuando hubieron hecho el pedido, Gael decidió hablar con claridad.

—¿Qué le dijo la doctora?

A duras penas, Andrés terminó contándoselo. Pausaba en ocasiones, para respirar y llorar tranquilo. En cada interrupción del relato, Gael le apretaba más la mano, le abrazaba. Había estado ahí para sus amigos cuando les habían comunicado su diagnóstico, ya estaba entrenado para ser fuerte. Luego lloraría en su habitación, en la madrugada, pero de momento, aguantaría el tipo y la sonrisa. Como siempre.

—Bueno —dijo Gael, cuando Andrés terminó de narrarle todo—. Es verdad lo que le dijo, baby. Nadie se muere de esto. Usted tómese esas pastas y listo.

—No son macarrones —bromeó Andrés, en un momento de lucidez. Hablarlo con alguien parecía haberle relajado, porque después de decir aquello, se tumbó en el sofá. Cerró los ojos durante un momento—. Me duele mucho la cabeza. Cuando llegue la comida me avisas. Solo quiero desaparecer...

Se quedó dormido. Gael respiró hondo. Se le humedecieron los ojos, pero parpadeó para no llorar.

—Se lo podemos contar los dos. Cuando usted quiera. Necesita tiempo para asumirlo.

Andrés reposaba sobre el pecho de Gael, medio dormido. Las sobras de los tallarines con pollo estaban sobre la mesa del salón y todo olía a salsa de soja. Gael le acariciaba el pelo, tratando de calmarle.

Él le abrazó un poco más fuerte.

Gael sería su roca saliente en ese precipicio.

—Sí. Por favor. Primero necesito asimilarlo —respondió, al cabo de un buen rato.

El colombiano suspiró, mirando a la nada.

—Ahora, duerma, baby. Descanse. —Y sin darse cuenta de que

Andrés ya se había dormido, añadió—: Saldremos de esta juntos. Como siempre hacemos. Los cuatro.

Porque no podía evitar sentirse culpable de haberlo dejado ir.

Y ahora sí que lloró. En silencio, pero se rompió en pedazos.

64

Andrés

Había llegado la noche. Andrés se despertó sobre Gael. Olía bien, pensó. Se movió con cuidado para no despertarlo, que también se había quedado dormido. Roncaba lo justo, suave. Tras liberarse del brazo del colombiano, que le rodeaba, Andrés se desperezó. Justo cuando estaba terminando de estirarse, escuchó el ruido de llaves. Era Mauro.

—Holaaa —dijo con una sonrisa, aún con las llaves en la mano. Se dispuso a cerrar como siempre, con un portazo, pero Andrés le advirtió con la mirada—. ¿Qué pasa?

Pegó un portazo igualmente. Mauro siempre la liaba con las cosas más pequeñas.

Gael se despertó sobresaltado, golpeando la mesa con el pie y al instante quejándose del dolor.

—Fue el meñique, siempre es el meñique, ayyy —se quejó, con la mano sobre el pie.

Andrés se volvió hacia Mauro y puso los ojos en blanco.

Y entonces se acordó.

De que sobre la mesa había algo, que acababa de caerse después del golpe. Había rodado y caído al suelo, con un sonido de sonajero.

Eran pastillas. Sus pastillas.

La realidad volvió a golpearle, arrollándole por completo. Tanto, que tuvo que sujetarse al sofá. Gael le rodeó la muñeca con la mano y le preguntó con la mirada si estaba bien. El rubio asintió.

Pero era mentira.

—¿Todo okey? —preguntó Mauro, preocupado. Dejó la mochila del trabajo en el suelo y se acercó a Andrés—. Estás raro.

Andrés tragó saliva. Aún no había asumido su situación, pero ¿ya debía dar explicaciones? ¿Era lo correcto? Lo más importante: ¿se las debía a alguien? De pronto sintió que sus piernas flaquearon y se sentó en el sofá, ante la atenta mirada de sus amigos. La vista de Mauro fue hacia la mancha blanca que destacaba en el suelo y que aún se movía, a lo tentetieso.

Se acercó, más rápido de lo que Andrés hubiera querido. Le fue imposible alcanzarlo.

—¿Y esto?

Mauro no era tonto, pensó Andrés. Por supuesto que se olía algo. Gael tirado en el sofá a esas horas, con una manta, Andrés recién despierto con los ojos aún llorosos... No se lo podrían haber dejado más en bandeja ni aunque hubieran querido.

¿Debía dar explicaciones? ¿Era lo correcto?

Fue Gael quien se levantó para arrebatarle a Mauro el bote de la mano.

—No es nada, baby, algo que me dieron en la clínica. ¿Te acordás de que es donde me hago los test? —Esperó a que Mauro asintiera con la cabeza—. Pues eso, para protegerme.

—Mmm —fue la respuesta de Mauro. Por su gesto era evidente que no terminaba de creérselo, pero se marchó a su habitación igualmente, prometiendo salir en unos minutos.

Andrés se giró hacia Gael, que le entregó el bote. El rubio se lo guardó como pudo en uno de los bolsillos.

—¿Qué hago? —le susurró.

—Es su decisión, baby —le dijo Gael, también en un susurro mientras se encogía de hombros—. Yo le diría que mejor lo procese y cuando pueda, se lo cuenta a ellos.

Por la mente de Andrés pasaron un montón de imágenes, algo que parecía ya una rutina en aquel día horrible. Si Mauro estuviera en su situación, se lo contaría sin duda. Habían hablado de su virginidad, se habían abierto en ese aspecto, y siempre recordaría esa conversación como el inicio definitivo de una gran amistad con él. Con Iker... No tenía tan claro si él lo contaría así de primeras, pero sin duda le había demostrado muchísimo con ese viaje a Sitges, con la mudanza... O cuando consiguió ponerse en contacto con él para hablarle sobre sus dudas en el amor.

Les debía mucho. A todos.

—Me siento mal —confesó Andrés, al cabo de unos segundos de pausa—. Ellos también me han ayudado mucho.

Gael se mordió el labio, pensativo.

—Como usted quiera, pero cambia más de opinión que de bragas.

Andrés no pudo reprimir una carcajada. La expresión tan española en boca de un colombiano como él era, cuando menos, gracioso. Le abrazó. Lo necesitaba de verdad.

—Gracias —le dijo al oído, sin soltarle.

—No las dé.

Qué bueno era Gael. Siempre estaba ahí. Era un ser de luz, ¿cómo había podido sentir asco por su profesión? Andrés se arrepentía de tantas cosas... Y todas le llevaban a Efrén.

Su vida, condenada para siempre por ese ángel del infierno.

Al separarse del abrazo, la puerta de entrada volvió a abrirse. En esta ocasión, fueron un metro noventa de puro músculo y olor a sudor.

—Huele desde aquí —se quejó Gael, tapándose la nariz con la mano.

—He venido corriendo desde el gym. Qué hago —dijo simplemente Iker, mientras se dirigía hacia el baño. Se quitó la camiseta por el camino y la dejó de cualquier manera en medio del pasillo.

Andrés se volvió de nuevo hacia Gael.

—Creo que se lo voy a contar. Esta noche. Quiero... Quiero liberarme. No tener secretos. Estoy harto de muchas cosas y quiero devolveros lo que habéis hecho por mí, por rescatarme, con sinceridad. Os lo merecéis. Tú el primero.

No sabía qué respuesta esperar por parte de su amigo, pero menos esperaba lo que le estaba pasando. Qué cojones, no se esperaba nada. Nada de nada. Hacía unas horas era una persona completamente sana y ahora...

Volvió a sentir esa presión en el pecho, que le dolía como mil demonios. Tuvo que sentarse en el sofá, respiró hondo para calmarse mientras Gael no le soltaba la mano.

Mauro había decidido ser agradable, porque se olía algo. Andrés estaba seguro de ello. Así que se dispuso a hacer pollo a la plancha con arroz para todos. Se encontraban alrededor de la mesa, cenando. Andrés intentaba no mirar a sus amigos a la cara, demasiado concentrado en su plato. Si los miraba, perdería: aún tenía en los ojos la tristeza dibujada.

—Hoy he comido con Blanca —dijo Mauro—. Está supercontenta con Rocío, pero por lo visto, Javi ha tenido...

—¿Con Rocío?

—Mmm. Están juntas.

—A ver, a ver, a ver. ¿Cómo puede ser eso?

Mauro se encogió de hombros.

—Yo tampoco lo entiendo muy bien. Me dejo llevar, que sea lo que ellas quieran.

—Pero ¿juntas en plan novias?

—No les gustan las etiquetas.

—Joder con las nenas —dijo Iker, volviendo a su pollo.

—Bueno —continuó Mauro—, que Javi tiene problemas. Vende esa cosa que es un botecito que se aspira por la nariz, siempre se me olvida el nombre.

—¿Popper? —preguntó Gael incrédulo, al tiempo que alzaba una ceja.

—¡Eso! Pues vende, le ha pillado como una mafia y le han amenazado.

Andrés vio cómo Iker y Gael, los dos amigos que más conocían sobre ese submundo, compartían una mirada de circunstancia.

—¿Será...? —lanzó Iker al aire. Gael asintió con la cabeza, despacio—. Joder.

—¿Qué pasa? —Mauro trataba de seguirles, pero no entendía.

—Nada... Es gente mala. Mejor que se mantenga alejado. Aunque no me importaría que le partieran la cara al Javipollas este.

Mauro sonrió también con disimulo, mirando a su comida. Se

había sonrojado. Ay, Mauro, pensó Andrés, ¿cómo era tan evidente? ¿Algún día se atrevería a dar el paso?

Continuaron comiendo tranquilamente, comentando por encima alguna serie de moda en Netflix. La verdad, a Andrés poco le importaba en ese momento. Tenía la boca completamente seca. Estaba nervioso, le costaba comer. Cada vez que pensaba en contar su nueva situación, le temblaba el pulso y vacilaba. ¿De verdad era buena idea? ¿Le juzgarían? Sin duda, era algo que llevaría a sus amigos a hacer muchas preguntas.

Respiró hondo. Dejó el tenedor sobre el plato.

Todos se callaron.

—¿Estás bien? —Fue Mauro. Andrés respondió con un gesto de la boca, dejando claro que no, pero sin querer hablar demasiado. Buscó la mirada de Gael y este le animó con los ojos.

Había llegado el momento.

Se sentía a punto de desfallecer.

—Chicos, yo... Desde lo del rescate de Efrén, o bueno, un poco antes, me encontraba mal. Ya lo sabéis, lo visteis. —Hizo una pausa, sus amigos asintieron—. La verdad es que todos os preocupasteis un montón, pero Gael... Gael tenía la mosca detrás de la oreja. Estaba superrayado. Y estuvimos hablando aquí una tarde sobre todo.

—¿Todo? —Iker arrugaba el ceño.

—Sí. Todo... Efrén, follar con él, los cuernos... Y bueno, me convenció para hacerme unos test en la Sandoval. —La cara de Iker dejaba claro que la conocía; la de Mauro era la de siempre: un pulpo en un garaje—. Y bueno, me han llamado hoy. He ido. Tenía una entrevista de trabajo importante, pero daba igual, ¿sabéis?

No llores. No llores. No llores.

—Mi doctora me ha dicho... Chicos, me ha dicho... —No podía respirar. Se iba a ahogar. Las lágrimas se le apelotonaban en la garganta, le dolía—. Me ha dicho que tengo VIH.

La reacción de sus amigos fue inmediata. Le recordó a las Olimpiadas, cuando suena la bala de salida y todos los corredores salen disparados de sus puestos. Fue exactamente igual. No había pasado ni un segundo, ni un instante en que Andrés pudiera siquiera haber cogido aire cuando Mauro e Iker ya le estaban abrazando. La mano de Iker, mucho más grande que la de Mauro, le acariciaba la espalda, y Mauro casi lo asfixiaba porque le estaba abrazando en el hueco que Iker le dejaba. Pero ahí estaban los dos, a su lado, apoyándole. Como siempre.

Al cabo de un minuto se separaron. Andrés se dio cuenta entonces de que había llorado. Su cuerpo estaba tan acostumbrado a las lágrimas que ya ni mandaba señales para que su cerebro fuera consciente de ello; se dio cuenta de que lo había hecho porque vio la camiseta de Iker mojada, motas circulares que venían de sus ojos.

—¿Y cómo te encuentras? —le preguntó este, finalmente. Tenía los ojos llorosos.

—Bien, no sé, yo... Me jode. Me jode mucho, coño.

—Es normal. No es tu culpa, ¿sabes? No tienes que pensar eso.

—No puedo evitarlo.

—Pues te voy a coser a hostias, tonto —le amenazó Iker, con una medio sonrisa esbozada en sus labios—. Me entero de que te echas la culpa y te rajo el cuello.

Todos rieron. Era la típica risa amarga, de estas que haces para evitar más tensión, que sí que tienen cierta alegría, aunque no sea el momento de romper a reír.

—Bueno, ya tengo mi tratamiento. Empiezo ya. Por lo visto la cosa pinta mal.

—No pinta mal. Nadie se muere hoy en día de eso.

—Suenas como mi doctora —sonrió Andrés, ahora sí, notando las lágrimas bajar por la mejilla.

—Pero es que es cierto, baby —insistió Gael.

—Por más que sea verdad, me da igual. No puedo dejar de pensarlo. Voy a morir con esto, chicos. No es bonito. —El tono de voz de Andrés era amargo. Todo lo que sentía era un sinsentido; un momento estaba bien y animado y, al siguiente, todo era negro y angustioso. Odiaba sentirse así—. Es difícil.

—Claro que lo es —dijo Mauro. Acercó su mano a la de Andrés y la tomó, dándole un pequeño tirón para que este lo mirara a los ojos—. Pero Andrés, vamos a superarlo juntos.

Y Andrés, por enésima vez aquel día, volvió a llorar. Esta vez, sin embargo, había un rayito de esperanza, y algunas de las lágrimas que liberó tenían un toque de felicidad.

65

Mauro

Habían pasado unos días desde la noticia de Andrés, que afectó a toda la casa en general, como una sombra que se cerniera sobre ellos. Mauro no tenía ni idea del tema y se había documentado gracias a internet, algunos vídeos en YouTube y un par de charlas con Gael.

Andrés no se estaba dejando ver demasiado; estaba encerrado en su habitación con la música a todo volumen. En algún momento, Mauro se había atrevido a llamar con los nudillos o escribirle mensajes, pero solo salía cuando a él le apetecía. Juraba estar bien, pero Mauro no sabía qué más hacer. Era evidente que no lo estaba. Al mismo tiempo, se imaginó en su situación y desde luego que necesitaría tiempo para procesarlo y controlar los impulsos homicidas contra su pareja. Mauro supuso que Andrés necesitaría tiempo, estar solo. Tenía demasiado en lo que pensar.

Con el sonido de una canción de Taylor Swift que duraba como diez minutos y que se había reproducido ya tres veces seguidas al otro lado de la pared, Mauro suspiró. Dejó el teléfono sobre su estómago y miró al techo pensativo. Llevaba unos días utilizando un poco Instagram, desde la cuenta falsa que habían creado para la misión COCA. Usarlo le estaba generando interés por algunas cosas, como por ejemplo algunos filtros o cotillear a Blanca y Rocío en sus continuas citas por la ciudad.

Mauro se levantó y se dirigió al espejo de cuerpo completo. Se levantó la camiseta del pijama. Como ahora hacía calor, utilizaba ropa corta. Ancha, pero corta. Podía ver sus piernas enormes ahí delante, pero también más piel, los brazos, las rodillas...

Se mareó al ver lo que tenía allí enfrente.

Seguía estando gordo, pensó, pero ahora era un gordo más delgado. Se emocionó al pensar en Vitalaif, en los chats grupales con las vendedoras de la zona, que eran tan majas y siempre solventaban sus dudas. Hablar con ellas le recordaba que debía vender algunos de los productos para sacarse un dinero extra, pero también le animaba a seguir consumiéndolos para verse mejor. Mauro se giró frente al espejo, viendo su tripa de perfil. Joder, había bajado unos cuantos kilos. ¡Aquello surtía efecto!

Ahora, de pronto, se sentía imparable.

¿Incluso sexy?

No lo sabía. No sabía qué sentía, pero se sentía mejor. Se acercó al escritorio. Tomó uno de los productos de la empresa y le hizo una foto con el móvil. La subió a su cuenta falsa etiquetando a Vitalaif y dándoles las gracias. El número de personas que le seguían era cero, pero sintió que el publicarlo, de alguna forma, le hacía sentirse menos avergonzado por ello. Por supuesto, no iba a sacarse una foto de su cuerpo para comparar. Era demasiado pronto para eso.

Pasito a pasito.

Pero cuando se volvió a tumbar en la cama, sintió una fuerza que jamás había sentido extenderse por su cuerpo. Bueno, sí la había sentido. Con Héctor. Le había hecho sentirse seguro de su cuerpo, atractivo, sexy, con capacidad de alcanzar lo erótico, lo sexual. Sintió que, de pronto, no había barreras.

Entonces tanteó en la mesilla con la mano. Abrió el primer cajón. Sacó una bolsa de plástico con cuidado de no hacer ruido, aunque enseguida se dio cuenta de que era absurdo, pues la música de Andrés era lo único que se escuchaba en aquel momento. Vació el contenido sobre la cama.

Frente a él: un bote de lubricante, un masturbador para el pene, un huevo Tenga, un dildo pequeño y una especie de vibrador doble para el perineo y el ano.

Ese había sido su botín del otro día en la sex shop. No había querido preguntar a sus amigos si habían usado los productos que habían comprado, aunque se imaginó a Iker usando el suyo y...

Tragó saliva. Llevó su mano a la entrepierna y se sobó el pene, que se estaba despertando. Buscó una postura más cómoda y se quedó completamente desnudo. Se sentía más ligero, era una sensación genial. Agarró el teléfono con una mano y buscó en internet algo que... algo que le daba vergüenza.

Había empezado a ver porno. Desde que iniciara su viaje con Vitalaif, todo había ido cuesta arriba en ese sentido. Ahora le gustaba masturbarse, disfrutar un poco más del sexo. Eso no evitaba que se pusiera rojo cuando Gael o Iker hablaban de cosas un poco más subidas de tono, pero... En fin, era lo que había.

Buscó en su web favorita. Lo que más le gustaba era ver a chicos pasivos follados con bestialidad. No sabía por qué. Un día estaba excitado, buscó en internet y después de unas cuantas horas y alguna que otra arcada por ver auténticas cerdadas, había dado con el contenido idóneo para él. Le hacía sentir demasiadas cosas y le ponía la polla dura como una roca. Por supuesto que había otro tipo de contenido que también le gustaba, como los chicos musculosos, solos mirando a cámara, masturbándose... Era como si le miraran a él.

Porque como jamás podría tenerlo...

Esa noche decidió que se masturbaría con el primer vídeo que apareciera. El simple hecho de estar pensando en ello, de ver las miniaturas, ya lo estaba excitando.

Entonces se encontró con algo.

Era una imagen estática de un chico agarrando su enorme miembro con ambas manos. Se veía delicioso, de piernas grandes, con el rabo brillante. Reconoció la habitación. Por la postura, no veía la cara del chico. Su cuerpo era espectacular. Pinchó sobre el vídeo. El título lo dejó impactado.

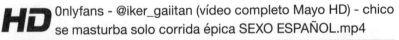

Onlyfans - @iker_gaiitan (vídeo completo Mayo HD) - chico se masturba solo corrida épica SEXO ESPAÑOL.mp4

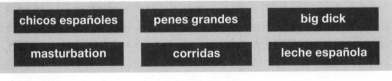

chicos españoles	penes grandes	big dick
masturbation	corridas	leche española

Mauro no se lo podía creer. Leyó los comentarios. Estaba sin palabras. ¿Habían filtrado un vídeo privado de Iker? No, no. A juzgar por los fans allí congregados, era una estrella nueva en el mundo de esa web, OnlyFans. Mauro no entendía nada, pero... Pero su pene parecía que sí. Lo tocó. Jamás lo había visto tan duro. Ni en sus mejores sueños.

Tenía el vídeo frente a él, en pausa.

La tentación de darle a reproducir fue grande.

Pero enseguida se le bajó todo. Aquello no solo era un secreto de su amigo, en el que ya pensaría más adelante, sino que no estaba bien. Por mucho que soñara o se hubiera masturbado pensando en Iker en alguna ocasión, eso no estaba bien. No era correcto.

Dio marcha atrás, buscando mejor en la categoría de porno con dos personas. Tenía miedo de encontrarse a Iker en su habitación a través de la pantalla. Así, estaría seguro. Cuando encontró un vídeo que tenía buena pinta, con un tal Sir Peter y un tal Vladimir, comenzó.

Primero, Mauro empezó a masturbarse normal, sin necesidad de aparatos, juegos o un poquito de lubricante. Al cabo de unos minutos, cuando la fogosidad empezaba a crecer en el vídeo, decidió que era buen momento para probar el huevo Tenga, imaginando que era a él a quien se la estaban comiendo.

Aquel huevo era de plástico, como un molde de cocina, vaya, pero tenía puntitos y formas en su interior. Vertió un poco de lubricante y lo puso sobre la punta. Lo bajó de golpe, la silicona rodeando todo su pene hasta la base. Dejó exclamar un suspiro sonoro de placer.

—Joder, joder —dijo.

Mientras veía el vídeo y se masturbaba con aquello, de verdad era capaz de sentir que aquel rubio se la estaba chupando. Cerró los ojos, tan solo escuchando los besos, la saliva, los ruidos de la escena. Al cabo de unos minutos, levantó el huevo y lo sacó. Su pene estaba brillando debido al lubricante. Lo comparó durante un instante con el del vídeo porno y quiso echarse a llorar. No era en absoluto ni tan grande, ni tan gordo... Pero bueno, no importaba, pensó. Continuó masturbándose con el huevito de silicona durante otro rato, hasta que llegó el momento de la penetración.

Buscó con la mano, casi desesperado, el dildo. No era muy

grande, había optado por algo mediano. El pene de Héctor no era extraordinario, pero más o menos se parecía a aquel trozo de plástico rosa pasión. Primero se abrió paso con un poco de lubricante en los dedos y enseguida se atrevió con el dildo. Las veces que lo había hecho con Héctor habían sido mejores y mejores cada vez, pero Mauro se dio cuenta de que en ese instante, él estaba marcando su ritmo y sus tiempos.

Lo estaba disfrutando.

Introdujo poco a poco la cabeza del dildo en su interior. Apretó un poquito y se tensó, pegó un bote sobre la cama.

—Te has pasado —susurró para sí.

Volvió a hacerlo, esta vez con más lubricante y más calma. Poquito a poquito, milímetro a milímetro. Estaba en una posición bastante incómoda, con el brazo sobre sí mismo apretando algo que se metía en su culo. Desde luego, aunque disfrutara de los tiempos, la postura no era la ideal. Al cabo de un minuto, cuando se dio cuenta de que ese día no parecía que su cuerpo estuviera dispuesto a dejar entrar nada, se dio por rendido.

Agarró de nuevo el huevo, adelantó el vídeo y disfrutó masturbándose mientras veía a aquel hombre reventar al pobre muchacho como si no hubiera un mañana. Cerró los ojos. Aumentó el ritmo. Se imaginó cosas. Muchas cosas.

Se corrió tratando de pensar en la escena porno, pero su cerebro decidió que era mejor idea que en el último momento, con el semen brotando de su pene, apareciera la imagen de Iker masturbándose en su habitación.

Cuando se limpió y recogió todo, sintió una punzada de culpabilidad.

Mauro se durmió al cabo de un rato, pensando en que hablaría del tema con Iker.

Fuera o no verdad aquello que había visto, el simple hecho de pensar en él le hizo lo suficientemente feliz como para que se quedara dormido con una sonrisa.

66

Blanca

La inexperimentada y pueblerina Blanca se va a comer dos pedazo de coños.

En aquel instante Rocío la miraba con una mezcla de lujuria y deseo que hacía tiempo no sentía por nadie. No faltaba mucho para que Cleo apareciera por la puerta del piso. El salón estaba decorado con velas y las cervezas preparadas en la nevera, recién compradas y bien fresquitas.

Habían estado tonteando con ella. Después de hablarlo, Rocío, quien parecía ser más de mente abierta, fue la que tuvo que dar más su brazo a torcer. Blanca estaba dispuesta a todo: experimentar, probar, disfrutar. Era más que entendible, ¿verdad? Sin embargo, a Blanca le había sorprendido desde el primer momento la ligera reticencia de Rocío con el tema de hacer un trío.

No eran nada, pero lo eran todo. Compartían casa mientras ella buscaba piso —algo que estaba siendo una auténtica pesadilla, con tantos zulos a precio de Palacio de Versalles— y también compartían momentos de pareja, besos en la nuca llenos de amor, caricias y sexo increíble. Pero a Blanca le faltaba algo, una sensación en el pecho de que no era suficiente. No es que Rocío no la llenara, sino que sentía la falta de experiencia vital, como si haberse encontrado con ella le hubiera abierto muchas puertas al mismo tiempo que le cerraba otras tantas.

Y Blanca había llegado a Madrid para convertirse en su mejor versión.

Habían hablado y hablado del tema durante días, noches y madrugadas. Al final habían decidido tirar hacia delante porque técnicamente no eran una pareja cerrada. Bueno, no eran nada, si nos ponemos técnicos. Y para las dos, no sabían por qué, Cleo era demasiado excitante como para dejar pasar la oportunidad de experimentar algo fuera de su rutina, una nueva ocasión de conocer el mundo del sexo como se merecía. Al fin y al cabo, ambas eran un poco inexpertas. Se lanzaron a la piscina de cabeza, sin saber si había agua, pero se arriesgarían.

—¿Estás nerviosa? —le preguntó Rocío de pronto. Estaba tumbada viendo TikToks mientras se secaba el pelo—. Yo nunca he hecho esto. Hace nada todavía no me sentía capaz.

—Con lo lanzada que eres, nena —le respondió Blanca con una sonrisa en los labios.

Esta se encogió de hombros y, antes de que pudiera responder, sonó el timbre. Las dos se levantaron nerviosas.

—¿Qué hacemos? ¿Le damos la bienvenida con un beso en los labios, en la mejilla, un abrazo? —preguntó rápido Blanca, de pronto nerviosa.

—Chisss, tía, cálmate —le dijo Rocío mientras se acercaba a la puerta.

Pero ¡cómo se iba a calmar! Aquella situación era tan excitante...

Cleo entró por la puerta con una sonrisa. Iba vestida con una falda que le llegaba unos centímetros por encima de la rodilla y una camiseta ceñida que ensalzaba sus pechos. Blanca no pudo apartar la mirada de su cuerpo, era demasiado.

—Hola, guapas —dijo la pelirroja. Ahora parecía un poco tímida, algo completamente entendible: no todos los días se hacía un trío con dos chicas que habías conocido en un parque.

Blanca la saludó con la mano y la invitó con un gesto a tomar asiento en el sofá.

—¿Quieres una cerve? —le preguntó Rocío.

Cleo asintió con la cabeza y Blanca y ella se quedaron solas.

—Me encantan tus gafas —le dijo de pronto Cleo con una sonrisa de oreja a oreja. Cruzó las piernas para que no se le viera nada al sentarse.

—Son viejísimas. —El tono en broma de Blanca sonó atronador, como una bocina.

Qué vergüenza, qué cojones te pasa.

Pero Cleo pareció entenderlo, porque se rio del comentario y no de la forma en la que lo había dicho. Rocío apareció con tres cervezas Mahou cinco estrellas y las abrieron. Brindaron por ellas y por Madrid y luego bebieron.

Estuvieron charlando durante una hora. Blanca no se movió del sitio, cada vez un poquito más y más cerca de Cleo. Tenía un aura magnética que la invitaba a olerla. Sí, era una locura, pero era así. No era su olor corporal, era su esencia como tal, que hacía que la atracción fuera irremediable. Rocío estaba en el sofá de enfrente, sin perder la sonrisa en ningún momento.

En la siguiente hora de charla, la mano de Cleo apareció de pronto sobre el muslo de Blanca. Esta le lanzó una mirada furtiva a Rocío, que asintió con la cabeza. Entonces Blanca se relajó y permitió que los dedos de la pelirroja comenzaran a acariciarla. Era un gesto distraído, mientras hablaban, como quien no quería la cosa.

No tardaron demasiado en acercarse más. Ya se estaban rozando, cuerpo con cuerpo. Blanca llevaba cuatro cervezas y le era cada vez más difícil no mirar los labios de Cleo, rodeados de pecas. Eran perfectos.

Quería besarlos.

—Me vas a comer, tan cerca —dijo entonces Cleo, casi en un susurro. Era un tono de voz confidente, que encerraba muchas cosas. Blanca se dio cuenta de que, en efecto, quizá estaba demasiado cerca. Se había dejado llevar. Antes de que se alejara un poco, Cleo añadió—: No me importa. Puedes.

Un vistazo rápido a Rocío, de nuevo. Esta le guiñó el ojo, aunque ya no tenía una sonrisa tan grande en la boca. Blanca buscó los labios de Cleo y se fundieron en un beso rápido. Estaba lleno de necesidad, de ganas aguantadas, de pasión que estallaría como fuegos artificiales.

Al separarse, lo primero que hizo Blanca fue mirar de nuevo a Rocío, que se había levantado del sofá. Se sentó al otro lado de Cleo y colocó su brazo por detrás de ella, sobre el respaldo. Sin mediar palabra, Rocío y Cleo se besaron. El contacto duró más. Bastante más. De hecho, se mordisquearon un poquito los labios. Blanca no supo cómo tomarse aquello, una punzada de celos en el pecho, otra en los pechos.

Era tan excitante como confuso.

Los labios de Rocío y Cleo se desenlazaron y se volvieron hacia ella, a mirarla. Blanca se dio cuenta de que estaba aguantando la respiración, de que se estaba mordiendo el labio. No podía evitarlo.

Entonces Cleo tomó la iniciativa. Cambió de postura y se acercó a Blanca, sin besarla, pero hizo que se tumbara. Ahora, la pelirroja estaba sobre ella, con la cabeza de Blanca apoyada en un cojín. Ahora Cleo sí comenzó a besarla. Era diferente, un contacto distinto al anterior, mucho más pasional y lleno de deseo. Las manos de Cleo la tocaron y Blanca hizo lo mismo, aunque no sabía muy bien dónde, estaba nerviosa.

Cleo agarró una de las manos dubitativas de Blanca y la guio hacia su cadera.

—Ahí, luego bajas —casi ordenó. Blanca asintió con la cabeza y continuaron besándose.

El mundo había desaparecido. Y Rocío también. Solo estaban ellas, excitándose, viajando. La mano de Blanca comenzó, con el calor corporal aumentando al mismo tiempo, a acariciar el resto del cuerpo de Cleo. Sin querer, estaba jugueteando con su falda corta.

—Uff —soltó Blanca cuando Cleo comenzó a acariciarle con delicadeza la entrepierna. El mero contacto fue sencillo y sin presión, pero la hizo volar.

De pronto apareció Rocío en escena, aunque Blanca no la vio. Su mano, que ya había volado y aterrizado en la costura de las bragas de Cleo bajo la falda, se encontró con la de Rocío, que también jugaba con ella. Entonces las dos comenzaron a bajarlas con cuidado.

La pelirroja se detuvo un instante y curvó la espalda, soltando el aire.

—Sois la bomba —dijo, y entonces le indicó a Blanca que se moviera un poco, que le dejara espacio. Ahora, tumbada en el sofá y con las bragas por las rodillas, buscó los labios de Blanca para continuar besándose. Estaban acostadas la una junto a la otra mientras Rocío besaba las piernas de Cleo—. Madre mía.

Así siguieron durante un rato, besándose, disfrutando del contacto delicado, hasta que la lengua de Rocío empezó a jugar al verdadero juego. Cleo se contrajo y gimió y, como respuesta al placer que le daba Rocío en el clítoris húmedo, introdujo la mano bajo el pantalón de Blanca, que también tembló. Y gimió. Mucho.

—Os tengo que decir algo —dijo de pronto al cabo de unos minutos. Rocío se detuvo—. Hago mucho squirt. No os asustéis.

Blanca buscó la respuesta a las dudas que se agolpaban en su cabeza en Rocío, que también parecía algo confusa.

—Eso es lo de... —comenzó. Hizo un gesto con la boca y con las manos, algo que Blanca entendió como una fuente.

—Sí —respondió Cleo, con una sonrisa—. Os aviso porque hay chicas a las que no les gusta.

Y con eso, llevó su mano a la cabeza de Rocío y le acarició el pelo para, de pronto... guiarla con firmeza de nuevo hacia su entrepierna. La mantuvo así durante unos segundos, mientras Blanca lo contemplaba y veía la mandíbula de Rocío moverse con una rapidez pasmosa.

Blanca se llevó de forma instintiva la mano a su abertura, buscó los labios de Cleo, que apenas podía respirar de lo excitada que estaba. Introdujo también su mano junto a la de Blanca y acompañó los movimientos rodeando sus dedos. Blanca se tuvo que agarrar a algo, porque joder, estaba volando en aquel momento.

Los gemidos de Cleo eran cada vez más fuertes, la velocidad del movimiento de sus dedos más y más acuciante, y entonces avisó:

—Me corro. —Lo dijo en voz alta, para avisar a ambas. Llevó su mano a la cabeza de Rocío y la hizo parar—. Trae una toalla.

Rocío estaba roja, con los pelos totalmente despeinados. Se le notaba muy excitada. Fue corriendo al baño y volvió con una toalla limpia, que colocó bajo Cleo.

—Ahora sí... —comenzó a decir la pelirroja, pero Rocío ya estaba usando la lengua y uno de sus dedos para terminar lo que había empezado.

Cuando el orgasmo de Cleo llegó, Blanca pensaba que se iba a morir.

Primero, sus dedos la apretaron de una forma increíble, aumentando incluso más el movimiento. No pudo evitar poner los ojos en blanco, tratando de no perder de vista lo que ocurría al otro lado. Cleo se encorvó cuando Rocío alzó su cabeza y comenzó a, literalmente, frotar la vagina de Cleo.

Segundo...

Madre mía.

Cleo gritó de placer. Se escuchó un ruido de chapoteo, de agua, y de pronto la mano de Rocío era como si te pusieras a jugar en el parque con una fuente rota en pleno verano. Salía agua por todos lados, salpicando no solo la toalla, sino también por el suelo, el respaldo. Cleo seguía gritando y apretando el clítoris de Blanca, llegando a hacerle un poco de daño, pero es que esta estaba fascinada.

La cara de Rocío era de sorpresa, como si no quisiera parar el movimiento por miedo. La cadera de Cleo se relajó al fin, después de unos largos segundos de corrida, y soltó el aire de los pulmones, más calmada. El movimiento de los dedos dentro de Blanca también se detuvo.

—Joder —fue lo único que pudo decir—. Lo siento, ¿eh?

—Ha sido increíble —dijo Rocío, aunque Blanca conocía muy bien sus expresiones, y no estaba tan segura de que de verdad lo creyera.

—Ahora tú —anunció Cleo, señalando a Blanca.

Sin decir nada más, se levantó del sofá. Era evidente que le temblaban las piernas, porque las rodillas parecían muelles de pronto. Blanca se sentó en el sofá con las piernas abiertas, porque Cleo se puso sobre ella y comenzó a besarle el cuello, el pecho... Fue bajando y bajando. Entonces apareció Rocío, que le quitó la camiseta, y en un segundo, ya tenía un pezón en la boca.

Blanca estaba en el puto cielo. Dos mujeres dándole placer al mismo tiempo, era como vivir una película erótica que no sabía que necesitaba.

Entonces sintió que su pantalón ya no estaba, ni sus bragas, y que Cleo había comenzado a masturbarla con ahínco y delicadeza al mismo tiempo. Era otro rollo, desde luego, tener sexo con mujeres. Nada que ver con... los otros.

O sea, nada que ver.

La pueblerina no tuvo más remedio que agarrarse a un cojín que andaba dando vueltas por ahí cuando notó un pinchazo de placer en la vagina. También abrió los ojos, sorprendida, porque...

¿serían las cervezas? Joder, no era un pinchazo de placer. Se estaba meando.

En plan, literalmente: se iba a mear.

Llevó las manos hacia Cleo, que no se separaba de ella, ni con la lengua, ni con el tacto de sus dedos. Parecía no querer moverse, pero lo hizo, preguntando con la mirada a Blanca.

—Tengo que ir al baño —dijo esta.

—No. Es que te vas a correr como nunca.

Y continuó. Blanca estaba tensa, no entendía nada. Pero Rocío le susurró al oído que estuviera tranquila y luego la besó, y otra vez sus pezones, después el cuello, volvió a sus labios y, sin darse cuenta, Blanca comenzó a deshacerse.

Sintió que todo su cuerpo se ponía en tensión, que necesitaba gritar. Se mareó, incluso, veía estrellitas. Le temblaban las piernas y Cleo no paraba, no paraba, no paraba. Esas estrellas pasaron a ser manchas y trató de enfocarse, ver lo que estaba pasando, pero no podía aguantarlo. Le costó encontrar a Cleo, que repetía sin cesar el mismo gesto que Rocío hacía unos minutos, y también había agua.

¿Qué?

¡Agua!

Blanca se asustó un poco, pero duró una milésima de segundo, porque jamás se había corrido de esa forma. Quería que el momento fuera eterno y entonces gritó, ya por fin, porque por más que tratara de no hacerlo, fue imposible no dejar que sus pulmones se vaciaran de todo el placer que sentía en ese momento. Sentía los pezones duros y el clítoris ardiendo, notaba un líquido salpicar sus piernas y, entre toda la bruma y las estrellas, vio la mirada de Cleo, fascinada, disfrutando.

Y de pronto, todo terminó.

Fue como si le arrebataran lo más preciado, como si se quedara vacía de sensaciones, una muñeca de porcelana, ahora débil. Tomó aire como pudo y vibró, porque sus piernas temblaban. No se dio cuenta de lo que pasaba a su alrededor, había movimiento.

Cuando se recuperó del todo, se recompuso como pudo y cambió de posición. Ahora, Rocío y Cleo se estaban besando, aunque no con tanta pasión.

—¿Quieres? —le decía Cleo, en un susurro.

Rocío negaba con la cabeza, aunque no dejaban de tocarse mutuamente. Los dedos de Cleo eran una maldita llamada de los dioses: la habían tocado y por eso había ascendido a los cielos. Ahora, esos mismos dedos tocaban a Rocío, y no era tan excitante como cuando habían estado sobre ella.

Sin embargo, Blanca no pudo evitar contemplar la escena mientras llevaba los suyos hacia su abertura. Necesitaba más y verlas a las dos comerse a besos y tocándose era cumplir sus fantasías. Fantasías que, por cierto, no sabía que tenía hasta ese momento.

Rocío no tardó demasiado en correrse. No se había quitado el pantalón y su orgasmo fue más escueto y callado. Parecía que no quería vivir esa nueva experiencia que tanto había disfrutado Blanca. Y Cleo también volvió a correrse, mojando la toalla que aún seguía sobre el sofá, aunque menos abundante que la primera vez. Y Blanca también, aunque completamente seca, pero queriendo aún más y más.

Cuando las tres terminaron, se dejaron caer, cansadas, sobre el sofá. Les costó un buen rato recuperar el aliento. Cleo buscó en la mesa su cerveza y se bebió lo que quedaba de un trago.

—Voy al baño —dijo, con voz cantarina.

Tardó unos cuantos minutos, en los que ni Rocío ni Blanca dijeron nada. Si hablaban, probablemente se desmayarían.

Joder, qué acaba de pasar. Ha sido increíble.

Al volver Cleo del baño, Rocío fue la siguiente. Se quedaron entonces Blanca y la pelirroja a solas.

—¿Era tu primera vez?

—No.

—Haciendo squirting, digo.

Blanca asintió con la cabeza.

—Hay que saber dónde tocar —dijo Cleo sonriendo. Luego se puso de pie y se colocó la ropa mejor.

—¿Te vas? —preguntó Blanca, de nuevo sintiendo un vacío, aunque ahora era diferente.

La pelirroja asintió con la cabeza.

—Espero que mees y me piro. Ha sido un placer. —Añadió una reverencia y luego la repitió en cuanto Rocío apareció.

No se habló del tema hasta pasadas un par de horas. Rocío se tiró en la ducha más de treinta minutos y Blanca, también. Estaban evitando repasar los hechos por ¿miedo? Sí, quizá era eso, se dijo Blanca. Se miró al espejo entre el vapor del agua, sin poder apartar la mirada de su vagina.

—Nena —le susurró—, yo no sabía que podías hacer eso.

—Entonces... —comenzó Rocío, mientras hacían zapping en la televisión. Tenía la pierna sobre la de Blanca.

—¿Entonces?

Rocío dejó el mando de la tele sobre la mesa y se volvió hacia Blanca, con cara de circunstancia.

—No sé, dime tú. ¿Bien o mal?

Blanca se encogió de hombros. Sintió que se le contraía el pecho de la presión, de los nervios. ¿Era necesario ponerle nota o mantener una conversación sobre el tema? Habían disfrutado, entonces ¿qué más daba?

—Os he visto muy... juntas, no sé —dijo Rocío, y parecía molesta.

—Me he dejado llevar. Lo siento.

—No busco una disculpa. Has hecho lo que te ha apetecido y en eso no tengo nada que decirte, era la idea, ¿no? Probar cosas nuevas y dejarse llevar.

El tono de voz de Rocío era difícil de identificar. Guardaba, quizá, demasiados sentimientos encontrados. Blanca no sabía cómo tomárselo, ¿se lo estaba echando en cara? ¿Había hecho algo mal?

—Ha sido diferente —dijo al final Blanca, sin saber cómo atajar la situación—. Yo he estado cómoda.

Rocío solo puso los ojos en blanco.

—No pongas esa cara, tía. ¿Qué esperabas? ¿Que pasara un mal rato?

—Es solo que me he sentido un poco desplazada, coño. Si se notaba, que estabas tú como la Fontana di Trevi y yo mirando.

Blanca se mordió el labio intentando no reírse, aunque le fue imposible. Terminó rompiendo en una carcajada que le contagió a Rocío. Cuando se calmaron, esta chasqueó la lengua.

—Bueno, solo eso.

—No ha sido así. Si te ha dado esa sensación, lo siento. No era mi intención.

—Seré yo y mis rayadas, no te preocupes —la calmó Rocío. Después de eso, le dio un pico en los labios y le anunció que se iba a la cama.

—Yo voy ahora.

Blanca se recostó con las manos en alto en el sofá. No le gustaba que Rocío tuviera inseguridades de ese tipo, ¡porque ella no había hecho nada malo! Pero igual si lo pensaba mejor, sí que había habido momentos en los que Rocío había estado más ausente. El juego se había mantenido entre Cleo y ella, excluyendo en ocasiones a Rocío. Se sintió culpable por la situación.

Eso sí, cada vez que Blanca cerraba los ojos, se le venía la cara de Cleo a la mente.

67

Iker

Los días pasaban. El dinero en su cuenta seguía creciendo, los «me gusta» y los comentarios, también. Su último vídeo había sido todo un éxito e Iker ya estaba pensando en nuevas formas de diversificar su contenido. No le gustaba demasiado la idea de coquetear tanto con el sexo después de haberse dado cuenta del grave problema que suponía en su vida diaria, pero... seguía necesitando dinero.

Y aquel día, se dio cuenta de que su situación no iba a mejorar.

Se encontraba en su habitación, con música de fondo mientras se fumaba un porro con Gael, sentados en la cama, las ventanas abiertas de par en par. La brisa de junio era cálida, pero no demasiado. Era el momento ideal.

Iker pensó que le gustaría compartir todo lo relacionado con OnlyFans con su amigo, pero no sabía identificar del todo sus emociones. ¿Aún le daba vergüenza? Quizá con un par de caladas más se lo soltaría.

—Parce, le llaman —le dijo de pronto Gael. Iker miró el teléfono y le dio la vuelta—. ¿Quién era?

Le pasó el porro e Iker lo cogió con los dedos. Se lo llevó a la boca. Respondió mientras soltaba el humo de sus pulmones.

—Mi padre. Ahora le llamo. Seguro que no es importante.

Pero debía pensar una excusa para que su amigo saliera ya de ahí. Era la primera vez que su padre le llamaba, o tenía algún contacto con él, desde el día en que lo puso de patitas en la calle. Debía de ser algo importante.

—Nene —dijo al cabo de unos minutos. Gael alzó la cabeza, el porro a una sola calada de terminarse—. Voy a llamar a mi padre ahora, ¿va?

Su amigo asintió con la cabeza y se levantó sin dudarlo. Gael respetaba mucho a la familia; era evidente porque siempre le daba su espacio con ese tema. Era como un pacto de silencio: si Gael no hablaba de su vida personal, Iker tampoco. Y lo mantenían así, porque a ambos les gustaba no saber o implicarse. Quizá era una actitud cobarde, pero les funcionaba. Iker le prometió que en cuanto terminara le avisaría.

—Dime.

Iker ya estaba al teléfono. Esperó, respirando agitado. Si la maría había tenido algún efecto, se había disipado rápido. Le latía el corazón a mil revoluciones por minuto, porque se temía lo peor.

—Quique, hijo. —La voz al otro lado de la línea era inconfundible a la par que terrorífica. Iker no quería enfrentarse a su padre—. ¿Cómo te trata la vida?

—Bien. Estoy bien, gracias por preocuparte.

—¿Qué tal en tu nuevo trabajo? —dijo su padre con tono de burla.

—Estoy buscando algo que me encaje. Menos mal que tengo el dinero de tu cuenta... Ay. No lo tengo, es verdad. —Su padre no dijo nada, así que Iker continuó—: ¿A qué vino eso? ¿Qué esperas que haga?

A través del teléfono, se escuchó una risa.

—Hijo, hijo... Espabila de una vez. Recapacita. Todavía puedes volver si quieres. Es sencillo, en la oficina nadie va a comentarlo si yo lo ordeno. No es un problema si no queremos que lo sea. Tú me entiendes, ¿verdad?

La rabia inundó a Iker, que cerró los ojos para no explotar. Lo odiaba. Odiaba tanto a su padre que en ese momento se imaginó golpeándolo, por todas las veces que le había jodido. Por ser tan estúpido, por tratarle como un ser inferior, por darle oportunidades para luego echárselo en cara.

—Te lo estás pensando porque sabes que te conviene —dijo su

padre con soberbia. Podía escuchar su sonrisa maliciosa a través de la línea.

—Es tarde para lo que sea que estás haciendo.

—Yo no soy el que se ha puesto en una situación comprometida. Has sido tú. —De pronto, su tono de voz cambió. Ahora, su padre le hablaba lleno de furia, rabia. Gritaba—. Tú te follaste a un trabajador. ¡Tú eres el que nos jode, Iker! Admite tus errores de una puta vez.

Leopoldo casi nunca se rompía de esa forma. Siempre mantenía la compostura, porque adoraba ser altivo, sobresalir. Le gustaba quedar por encima con su supuesta educación.

—No tengo nada de lo que arrepentirme.

Aunque no era cierto..., en parte. Si hubiera sabido que Diego lo iba a vender, jamás le habría seguido el juego.

—Tú tampoco tienes que pedir perdón o ponerte de rodillas. Solo seguir como hasta el momento.

—¿Fingiendo que no soy un sarasa?

Iker odiaba esa palabra con todas sus fuerzas. Era con la que se burlaba su padre de él. Y sus tíos. Y su abuela en alguna ocasión. Él había hecho oídos sordos todos esos años, y ellos habían continuado llamándole de la misma forma, pensando que él no se enteraría. En las cenas familiares siempre le ponían buena cara. Los detestaba.

—Eres tierno, Quique. Siempre fuiste un niño gordo del que todo el mundo se reía. Te pusiste cachas y te olvidaste de todo lo demás. Dejaste de ser un cero a la izquierda para que las miradas estuvieran sobre ti. ¿Me tengo que creer que te follaste a Diego por gusto? ¿Te crees que soy idiota? Podrías ascender y conseguir tantas cosas, contratos millonarios...

El tiempo se detuvo. Aquello no era nada habitual en el comportamiento de su padre, pero en el fondo era algo que sabía que sucedería en algún momento. Era completamente deleznable.

—Joder —dijo Iker, sin dar crédito—. No me puedo creer que me estés proponiendo esto, papá. Me das asco.

—Así funciona la vida. Diego era como un ayudante, nada más. No ganabas nada por acostarte con él.

Poco a poco, las piezas comenzaban a encajar en el cerebro de Iker. Era cuando menos bizarro. Leopoldo Gaitán siempre había sido clasista y siempre se empeñaba en vivir por encima de sus posibilidades. Haría lo que fuera por fastidiarle, como cancelarle una cuenta, para tener que devolverle el favor por todos esos años.

—¿El problema era su estatus? ¿No que fuera compañero de trabajo? —Iker ya se estaba alterando demasiado. Tenía los puños cerrados con fuerza, los nudillos blancos, las uñas marcándole las palmas.

Su padre soltó un suspiro.

—Veo que entiendes lo que te estoy diciendo... —dijo con lentitud—. Hay una empresa que tiene mucho que ofrecernos. Solo te pido una cena con la hija del dueño. Solo una cena, Quique. Es una tontería, un mero trámite. Estamos a punto de conseguirlo, hijo. Y luego me pensaré que vuelvas a la oficina. A tu antiguo puesto. ¿Qué me dices?

A juzgar por el tono de voz que usaba su padre, Iker se dio cuenta de que pensaba que era una gran oportunidad. De que aceptaría, porque era jugosísima, única. Y lo que era realmente es asquerosa. El siguiente paso en ser ruin y avaro.

—No tengo nada que pensar —respondió tajante Iker—. Es definitivo, papá.

Leopoldo rio al otro lado de la línea.

—Diego estará encantado de mantenerse en la vacante que dejaste, entonces. Le haces un gran favor a quien te arruinó tu carrera profesional. Sin embargo, es tu decisión y la respeto.

—¡Me jodiste tú, maldito...!

Pero había colgado. El grito de Iker retumbó en la habitación y murió a los pocos segundos. Respiraba rápido, como cuando terminaba una buena sesión de entrenamiento. Lanzó el teléfono contra la cama, rebotó y salió despedido contra el suelo. No le importaba. En ese momento solo quería gritar.

No solo pensaba en el asco que le había provocado su padre con aquella propuesta indecente, sino en Diego sentado en su silla. Tecleando en su ordenador. ¿Lo habría hecho Diego para quedarse con su puesto? ¿O por el contrario, había sido su padre el que le había dado aquel premio para que Iker estuviera aún más hundido en la miseria? Fuera cual fuera la respuesta, ninguna le iba a gustar: ambas eran denigrantes.

Supo que después de esa conversación no iba a volver a tener acceso a su antigua cuenta. Nunca. Jamás. Y deseó que se rompiera al mismo tiempo la relación con su padre, pues no se veía capaz de volver a pasar una Navidad junto a él, ni junto al resto de su familia. Hacía seis meses de la última y aún no se había recuperado.

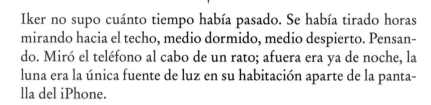

Iker no supo cuánto tiempo había pasado. Se había tirado horas mirando hacia el techo, medio dormido, medio despierto. Pensando. Miró el teléfono al cabo de un rato; afuera era ya de noche, la luna era la única fuente de luz en su habitación aparte de la pantalla del iPhone.

> Guapo!
> Vuelvo a Madrid
> Este finde para pinchar
> Como la otra vez al final no nos vimos
> me preguntaba si esta vez sí
> Porfa, porfa
> Tenemos algo pendiente

¿Debía contestar? Quería mantenerse alejado de Jaume. No obstante, sentía que si quería trabajar en su problema con el sexo, una prueba infalible sería quedar y no pecar. Y más desde que sabía que tenía pareja. Era una cosa que a Iker le repugnaba y que él jamás perdonaría en una relación. Ese era uno de los motivos principales por los que no quería tener novio.

Bueno, y muchos otros motivos en los que no quería ahondar, como miedo al compromiso, miedo a abrirse a las personas y mostrarles sus sentimientos...

En fin, que terminó por contestar a Jaume. Su historia era cíclica, se repetía en círculos viciosos y siempre terminaba mal. Pero algo le atraía de él. No sabía si era lo pesado que se ponía al ir detrás de Iker o su tremendo culazo y esos labios carnosos.

Perdón, es que la vuelta fue una locura
Y justo llegaste y nos acabábamos de ver

Bueno
Pero podemos repetir siempre
No importa

No sé qué haré el finde
Cualquier cosa te aviso

Estaré en este hotel
UBICACIÓN
He visto fotos y la cama es enorme

Guay
Así duermes con tu novio?
O no existe?

Sí existe, idiota!
Pero él no viene
Nunca me acompaña
Pero da igual
Yo con quien quiero acostarme es contigo

Jaume, ya veremos
Cualquier cosa te digo

El pene de Iker se sobresaltó, comenzaba a ponerse duro. Era la reacción natural con ese maldito DJ, era inevitable. Pero Iker se llevó la mano a su miembro y lo apretó, lo justo para calmar sus músculos y que volviera a su estado natural.

—Te vas a comportar —le dijo, señalándola con el dedo a través del pantalón—. Me tienes harto.

A un metro de su cama, Lupin lo miró como si el mensaje fuera dirigido hacia él y, como respuesta, se puso a morder los barrotes de su jaula.

68

Gael

El fin de semana parecía que iba a ser tranquilo. No había planes de fiesta. Los amigos estaban siendo precavidos con todo eso, pendientes de Andrés, y con los problemas propios de cada uno. Gael se temía que esa tranquilidad afectara también a su trabajo, que últimamente estaba más complicado que nunca. Culpó al buen tiempo, a que los madrileños quizá decidían irse a zonas más veraniegas, con playa. La costa siempre tenía un buen ambiente y más su tipo de clientela, acostumbrada a los lujos, yates y a fiestas privadas.

Lo que no esperaba Gael era leer el mensaje que acababa de recibir.

> Lindo
> Estoy por Madrid
> Nos vemos hoy
> Y no es una pregunta

Gael se levantó de la cama casi de un salto. ¿Era cierto? ¿Oasis estaba en Madrid? Sentía que tenían muchas cosas pendientes. No solo conversaciones, sino también algo más. Con él, Gael sentía que había algo más. Era incapaz de identificarlo, pero notaba que le vibraba el pecho, nervioso ante la idea de verlo.

De una baby
Por dónde anda

Nos vemos esta noche
Tengo que hacer unas cosillas
Pero ven con ropa elegante
UBICACIÓN

Ese es el hotel donde se va a quedar?
Madre mía
Los dineros

Aún no sabes de lo que trabajo, jeje
Tú solo vente arreglado

Tipo?

No sé, traje
Algo formal
Blazer

Bueno, yo busco
Me va a llevar a cenar o qué?

Espera y verás

No volvieron a hablar durante el resto del día. Gael buscó como un loco en su armario, sin encontrar nada acorde para vestirse un poco más arreglado de lo habitual. Sí, tenía pantalones negros tipo chino que le encantaban, pero quizá era demasiado para algo tan supuestamente formal. El problema era que ese tipo de corte en los pantalones le marcaba demasiado las nalgas... y el paquete. Estaba bien sentir que las miradas iban hacia donde él quería, pero en una discoteca, captando clientes. Además, con Oasis... No quería ser tan basto.

Tuvo que salir de casa a dar una vuelta. Dio con varias tiendas en el centro comercial que tenían ropa que se ajustaba a sus necesidades. De vuelta en el piso, con varias opciones de outfits para la noche misteriosa con el chico misterioso, se volvió a sentir nervioso.

Era como una primera cita. Y literalmente, no sentía algo así desde hacía años. Era como vivirlo todo por primera vez, con ilusión.

Esperó a que pasaran las horas y cuando llegaron las siete, se dirigió hacia el centro. Iba a ver a Oasis por primera vez, después de lo que parecía una eternidad.

No se lo podía creer.

El hotel Riu era una joya. Un edificio que pasaba inadvertido hacía tan solo unos años, que robaba algunas miradas y fotos de los transeúntes curiosos, pero que ahora coronaba Plaza de España en la parte baja de la Gran Vía madrileña. Plató de series de éxito, su azotea era uno de los lugares más bonitos para ver la ciudad.

Gael se encontraba frente a la puerta, esperando. Si tuviera un porro con él, se lo fumaría de dos caladas. Notaba sus dedos temblar.

Parce, cálmeeese.

Estaba escribiendo a Oasis para preguntarle si iba a bajar a recibirlo o si por el contrario era Gael quien debía subir, cuando de pronto alguien le tocó el hombro. El colombiano alzó la mirada y se encontró con la belleza personificada.

Era Oasis.

Era de verdad, y lo tenía enfrente.

¿Estaba soñando?

—Hola, guapo —le dijo este. Su mirada también estaba llena de ilusión, o eso pudo percibir Gael. La sonrisa perfecta, con los dientes más perfectos del mundo, hacía que en sus cachetes apareciera un hoyuelo que le daba un aspecto de niño rebelde. Hizo que Gael se derritiera.

El colombiano lo abrazó, perplejo de que todo fuera real, que no era una ilusión y que era incluso más guapo de lo poco que había podido ver en fotos.

—Usted es más lindo en persona, parce —fue lo único que pudo pronunciar Gael, de pronto nervioso, sin saber dónde tenía el bolsillo para guardar el iPhone.

—Gracias. —Su sonrisa, joder, ¡su sonrisa! Gael lo miró rápidamente, haciendo un repaso.

Oasis era casi tan alto como él. Llevaba puesta una americana, por lo que le era imposible ver en persona los tatuajes que tenía y que a Gael tanto le habían gustado en las fotos. Tenía buena percha, parecía un maldito modelo de pasarela. Era totalmente el tipo de Gael, perfecto en todo lo que le gustaba en un hombre.

Esto es un sueño.

—Vamos dentro, porfa —le dijo Oasis. Le tocó el brazo para tirar de él, con educación y calma. Le apretó, más bien, con una caricia.

Gael asintió y se dirigieron al interior del hotel. No hablaron hasta llegar al ascensor.

—Me voy mañana por la mañana. Por cierto, has venido guapísimo.

La forma en la que Oasis lo miraba era para derretirse. Tenía unos ojos increíbles que transmitían muchísimo. Además, irradiaba buenas vibras, un rollo totalmente opuesto a los hombres que a Gael le habían llevado en el pasado por el camino de la amargura. Como Felipe o tantos otros.

El ascensor emitió un pitido y las puertas se abrieron. Oasis tomó de la mano a Gael y lo condujo por los pasillos hasta llegar a una habitación. En cuanto entraron, Gael se quedó de piedra. Era una maldita suite, inmensa, preciosa. Sobre la cama había una maleta enorme con un montón de ropa tirada y también un cargador de teléfono y un portátil abierto, con una foto preciosa de Oasis abierta en lo que parecía ser un editor de imágenes tipo Photoshop.

—Estaba trabajando un poco, pero ya podemos ir a tomar algo —le anuncio en cuanto vio que Gael miraba el ordenador.

—Bueno —fue lo único que dijo este, que no sabía qué decir ni cómo actuar. ¿Desde cuándo se quedaba sin palabras?

—Te noto serio —le dijo Oasis, acercándose. Le cogió de los hombros, tratando de calmarle—. ¿Estás bien?

Gael asintió con la cabeza. Tenía muchas cosas que procesar, al mismo tiempo que quería disfrutar de esto que le estaba tocando vivir. Oasis se separó cuando la sonrisa de Gael apareció en sus labios. Fue a buscar algo en la maleta. Rebuscó, rebuscó y lo encontró.

Cuando Oasis se volvió, tenía en la mano algo que hizo que el mundo de Gael se tambaleara. Que se sintiera idiota, ridículo por hacerse ilusiones. Fue una sensación horrible, el suelo era blando, ahora nada era firme. Quería irse de ahí. Le dolía el pecho.

—No sé si es lo correcto, pero tengo una propuesta para ti.

Oasis apretó con fuerza el fajo de billetes que tenía en la mano y sonrió.

69

Andrés

Si su vida fuera un libro, habría arrancado las páginas.

Estaba viviendo una bajada a los infiernos en toda regla. Nada tenía sentido, por más que pensaba en ello. Decenas de preguntas sin respuesta sobrevolaban su mente. Cuando se concentraba en una, solo podía pensar en ella durante horas, sin luz al final del túnel hasta que se daba por vencido, porque no había respuestas.

¿Qué había hecho para merecerse eso?

¿Había sido su culpa?

¿Por qué fue tan estúpido?

¿Y si Efrén lo sabía y lo hizo a propósito?

¿Debía contárselo?

Pero la que más se repetía, que aparecía a cada rato, de forma intermitente, pero cada vez más y más fuerte, era...

¿Por qué?

¿Por qué?

No podía evitar sentir que iba a morirse. Sabía que era un pensamiento absurdo, que había buscado en internet todo tipo de artículos, que contaba con el apoyo de sus amigos, que su doctora había sido un ángel de la guarda que le había calmado... Pero por más que intentara ver algo positivo, todo restaba. Se sentía como una auténtica basura.

Se arrepintió de no haber terminado sus novelas y probado

suerte. Se vio a sí mismo, lánguido, presentando su primer y último libro en una librería oscura. También se vio llorando por haberse quedado sin escuchar toda la música nueva de sus artistas favoritas. Eran tonterías, absurdeces, pero pequeñas cosas que ahora parecían problemas mayores.

¿Estaba equivocado en sentir que era el fin de su vida cuando vivía dentro del privilegio? ¿Era malo hacerlo, sabiendo que con una pastilla al día no le pasaría nada?

¿Era egoísta sentirse así?

Lo único que quería en ese momento era dejar de pensar.

70

Rocío

Estaba siendo un sábado tranquilo. Acababan de ver una película y ahora Blanca estaba en el baño, duchándose después de haber tenido una sesión intensa de besos. Y bueno, más cosas, pero si Rocío las pensaba, se volvería a poner cachonda.

Desde que se hubieran acostado con Cleo, todo parecía estar mejor que nunca. Mejor que esos últimos días, ignorando el bache dramático que le había dado. Supuso que era normal, un ataque de celos sin sentido lo tenía cualquiera. De momento, era feliz sabiendo que no había etiquetas ni la toxicidad innata que parecía surgir de su pasada relación con Celia. Siempre había odiado tener vocecitas en la cabeza; vocecitas que no sabía que había tenido hasta ese momento. Porque la diferencia de besarse con Blanca era abismal, algo de otro mundo, y sentía que con ella podía hablar de lo que fuera.

No quería que se marchara. Blanca buscaba piso como una loca, pero Rocío no quería quedarse sin ella. Le alegraba cada mañana, como si fuera un café calentito a la hora del desayuno. Estaban viviendo un sueño tremendo y quería dejarse llevar.

Que dure lo que dure.

Rocío se estaba secando el pelo en el sofá, pensando en qué iba a comprar en el súper de abajo antes de que cerrara. Debía ponerse las pilas con las compras del mes, pero siempre terminaba por hacer pequeños recados, viviendo al día.

Dejó la toalla sobre el sofá mientras se vestía y vio el teléfono de Blanca. Estaba cargando, sobre un cojín. La pantalla iluminada porque no paraba de recibir mensajes.

No supo por qué lo hizo, pero Rocío se acercó.

Era Cleo. WhatsApp.

Qué cojones.

> Ayyy, pero qué mona eres, diablita
> Me encanta que me mandes esas fotitos
> En serio, te adoro
> Por cierto tengo muchas ganas de
> volver a verte
> Bueno, si viene tu novia no pasa nada
> Pero tú... uff, me tienes en vilo

Rocío se hizo la loca cuando escuchó la puerta del baño abrirse. Volvió a coger la toalla y miró para otro lado, fingiendo secarse el pelo.

—Oye, la puerta de la ducha está moñeca —protestó Blanca, sentándose junto a ella en el sofá.

La respuesta de Rocío fue una sonrisa. No iba a sacar el cuchillo de guerra. Todavía no. Esos mensajes habían desatado demasiadas emociones en ella. Habían prometido no mantener el contacto más allá de seguirse en Instagram, como máximo. Y Blanca no solo había roto ese pacto, sino que encima hablaba en tono cariñoso con ella, por lo que parecía. Y le mandaba fotitos.

—Voy a comprar algo para cenar, nena —le dijo Rocío, de forma casual.

Terminó de vestirse y bajó al supermercado. Allí compró lo primero que pilló, pero la salida no iba a terminar ahí. Caminó durante un par de minutos hasta el bazar más cercano, donde rebuscó hasta hallar el stock de carnavales pasado, el típico que se olvidaba al fondo de un estante. Encontró lo que quería: una diadema roja con cuernos. Pagó con una sonrisa maliciosa en la boca y volvió a casa.

Se encontró a Blanca tumbada, sonriéndole al teléfono.

Le lanzó desde la puerta la diadema.

—¿Y esto? —preguntó, inocente.

Rocío le miró de mala hostia.

—Dímelo tú, *diablita.*

Y con esa sencilla frase, dio comienzo la Tercera Guerra Mundial.

71

Mauro

Iker estaba preparando algo ligero para cenar en la cocina cuando Mauro se lo encontró. Era la hora en la que debía tomar uno de los suplementos de Vitalaif. ¿Lo haría delante de su amigo? De momento, había tratado de mantenerlo un poco oculto. Portaba una pequeña mochila al hombro con los polvitos, botellas y demás accesorios. Le daba vergüenza admitir que había echado mano de productos milagrosos para adelgazar, porque eso daría pie a más explicaciones o conversaciones que no quería tener.

—¿Qué pasa? —le preguntó Iker al tiempo que lo miraba de reojo.

Mauro meneó la cabeza.

—Nada. ¿Tardas mucho?

—¿Por qué lo preguntas?

Técnicamente en ese momento, Mauro le guardaba dos secretos a Iker. Uno era su trabajo/tratamiento, y el otro que... Bueno, que su pene estaba en internet. Aunque por otro lado, pensó Mauro, en realidad Iker era el dueño de ese segundo secreto. Él era quien, si era cierto, se lo había ocultado a sus amigos. El cómo lo había conseguido, era lo más misterioso de todo.

Así que Mauro se decidió. Avanzó en la cocina y apoyó la mochila sobre la encimera, a unos centímetros de Iker. Este lo miró de soslayo de nuevo, pero no hizo ninguna pregunta cuando Mauro comenzó a preparar su batido milagroso.

Una vez hubo terminado de prepararlo, sentado en la mesa de la cocina, Iker le preguntó sin darse la vuelta:

—¿Por qué tomas eso?

La pregunta fue como un dardo en el pecho de Mauro. Implicaba, quizá, demasiadas cosas. No había una respuesta corta en absoluto, tendría que deshacerse en excusas o explicaciones innecesarias de las que no quería hablar.

Por mucho que Iker le hubiera ayudado en un par de ocasiones a sentirse mejor con su cuerpo, una parte de él sabía que acceder a esa dieta implicaba no enfrentarse a un problema de autoestima. Era coger un atajo, la vía fácil. En el fondo, Mauro lo sabía, y por eso no quería ni hablar del tema. Estaba casi seguro de conocer la opinión de su amigo.

—Mauro —le dijo Iker, llamando su atención de nuevo. Ahora estaba frente a él, en la mesa—. ¿Por qué tomas eso?

Lo señaló con el dedo, la mirada de Iker era penetrante. Mauro tuvo que hablar, porque si no, iba a explotar bajo su atenta mirada.

—Quiero sentirme mejor. —Fue escueto para dejar claro que no ahondaría más en el tema.

Esa era una de las respuestas estándar que le habían dicho sus amigas vendedoras que debía decir siempre que lo pusieran en duda. Mauro puso el piloto automático; tenían dosieres y presentaciones de PowerPoint que preparaban para momentos como este. Vitalaif tenía muy mala fama, algo que no comprendía.

—Eso no sirve para nada. Es una mierda y un timo, Mauro. Y encima te lo tomas como una rata.

¿Perdón?

—¿A qué te refieres? —preguntó Mauro, sin saltar a la yugular aún.

—Pues a hurtadillas. Es la primera vez que te tomas una mierda de estas delante de mí.

Joder, Iker lo sabía. Lo había sabido todo este tiempo y no le había dicho nada. ¿Era para protegerle o para poder reprochárselo? Con él estaba un poco perdido a estas alturas, después de tantas idas y venidas. ¿No podían volver a ser como antes? Lo echaba de menos, aunque no lo admitiría si se comportaba como un completo idiota.

—No tienes que decirme nada. Es mi vida —se defendió Mauro.

—Sé por lo que estás pasando —le replicó Iker con semblante serio—. A nadie le gusta. Pero hay otras formas.

Mauro puso los ojos en blanco. Nadie le había pedido a Iker que fuera su ángel guardián en cada maldito momento, ni que sus enseñanzas de persona superadulta y funcional tuvieran que servirle a él también. Porque aceptaría todo eso si al menos hablaran como hacía meses, si tuvieran la misma confianza y buen rollo, pero no ahora, cuando la tensión entre ellos se dinamitaba con cualquier tontería.

—Es mi decisión —volvió a insistir Mauro en sus trece—. Me siento mejor, he perdido peso.

—¿A qué precio? —La frialdad en el tono de Iker dejó helado a Mauro, que no contestó. Se terminó el batido en dos largos tragos y limpió el envase en el fregadero—. Haz lo que quieras. Yo ya paso.

Mauro se volvió con el estropajo en la mano. El Fairy le corría entre los dedos.

—Claro que voy a hacer lo que quiera. Déjame a mí a mis cosas, Iker. No te he pedido consejo ahora, ¿vale?

Su amigo no pudo evitar soltar una carcajada llena de burla y sarcasmo. Tal y como vino, se fue, y su rostro volvió a ponerse serio. No estaba para bromas.

—Que son una secta, coño. Mauro, en serio. Date cuenta de dónde te metes. —Se levantó de la mesa. Ahora se encontraba a pocos centímetros de él. En un tono un poco más bajito, añadió—: ¿Por qué no me lo consultaste?

Mauro soltó un suspiro.

—Iker, no tengo nada que consultarte. Soy mayorcito, joder. Si quiero tomarme esta mierda, como tú lo llamas, pues me la tomo. Por lo menos ahora me puedo mirar al espejo sin querer arrancarme la piel a tiras.

La confesión hizo que le temblara la voz, pero alzó el mentón para mostrarse fuerte. No, ya se había roto demasiadas veces por el mismo tema frente a él. Debía demostrarle que estaba avanzando, que no le importaba tanto, aunque fuera mentira. Él se sentía mejor, estaba claro, y quería mostrarle a Iker que su opinión respecto a ese tema poco importaba porque las decisiones ya habían sido tomadas.

Iker no replicó, solo se quedó mirando a Mauro, con la respiración entrecortada, hinchando mucho el pecho con cada inhalación. Estaba nervioso.

—Además... No eres quién para exigirme nada —remató Mauro. Iker alzó una ceja ante el comentario.

—¿De qué hablas ahora? —Meneó la cabeza—. Tío, te molesta todo lo que te digo.

—No te hagas el tonto, Iker. Te recuerdo que tengo acceso a internet.

Mauro no quería que sonara tan serio, pero un dedo amenazante voló entre los dos, señalando a Iker. Este tragó saliva y durante una milésima de segundo, se mostró confuso.

—No sé a qué te refieres —disimuló—, pero deja esas tonterías de Vitalaif. Es en serio.

Venga, dale. ¡Es tu momento!

Ahora.

Vamos, Mauro, ahora.

—Y tú deja de enseñar la polla por internet —soltó finalmente, seco.

Iker dejó escapar el aire de sus pulmones con resignación. Dio un paso hacia atrás, parecía verdaderamente dolido. Se marchó de la cocina negando con la cabeza y a los pocos segundos se escuchó la puerta del piso con un fuerte golpe, que retumbó en las paredes, que retumbó en el pecho de Mauro.

72

Gael

Ahí estaban. En la azotea más exclusiva de Madrid, en una fiesta privada con música, alcohol y canapés vegetarianos. Gael entrelazaba sus dedos con los de Oasis. Le apretó la mano. Se abrieron paso entre el gentío; acababan de llegar, pero eso ya estaba siendo un desfase.

—Vamos a por algo de beber —le dijo Oasis al oído. A juzgar por su espalda recta, la tensión le recorría todo el cuerpo.

Se dirigieron hacia la barra, donde varias personas vestidas con esmoquin les sirvieron unas copas que tenían muy buena pinta, con hielo machacado, decoraciones absurdas con el logo de la revista que organizaba la fiesta y frutas de colores.

—Me encantan estas cosas —comentó Oasis con una sonrisa en la boca. Se llevó la pajita a los labios y sorbió, sin apartar la mirada de la de Gael—. ¿Estás bien?

Gael asintió, forzando una sonrisa.

No sé si estoy bien.

El fajo de billetes que hacía un rato le había mostrado Oasis eran para ofrecérselos por sus servicios. Pero no sexuales, algo que le extrañó y enfadó a Gael a partes iguales. Había sido una oleada de sentimientos encontrados. No quería que lo que tuviera con Oasis, esa complicidad, esa química, se viera estropeada por eso. Al final todo había resultado en una falsa alarma... aunque no como Gael hubiese querido.

—Solo tienes que fingir que eres mi novio. Hay mucha gente aquí que cree que lo tengo y es mejor así. Créeme. No quiero terminar la noche quitándome de encima a los pesados de siempre —le había dicho Oasis.

Y es que, aparentemente, Oasis era influencer. Bastante conocido. No sé cuántos cientos de miles de seguidores. Gael trató de hacer memoria en cuanto Oasis se lo contó, y quizá por eso le resultó familiar su cara la primera vez que hablaron por Scruff, de algún anuncio de colonias, que por lo visto había hecho más de uno de carácter nacional.

—Este tipo de eventos siempre invitan a la misma gente. Tengo que hacer acto de presencia por contrato, pero es más fácil hacer bomba de humo si vengo con mi novio. Bueno, supuesto novio —se había corregido Oasis.

Gael todavía estaba asimilando esa información. No había tenido demasiado tiempo para preguntar o para rechazar el dinero, que es lo que haría al final de la noche. Se sentía humillado en cierto modo, pero... Pero era Oasis. Le encantaba él, tanto física como mentalmente.

Odiaba las encrucijadas.

No obstante, decidió que le daría un voto de confianza. Solo deseaba que no fuera una mierda de hombre, como todos los demás que había conocido en el pasado, y que no se aprovechara de él. Gael se preguntó hasta qué punto todos los mensajes habían sido reales, aunque cada vez que se miraban, esas cosquillas en el estómago se hacían más y más fuertes. Y si no estaba loco, parecía mutuo.

—Estás serio.

Oasis lo miraba preocupado, con el ceño fruncido. Gael se esforzó en mostrarse más apacible y relajado, aunque no dejaba de sentirse demasiado observado. Bebió de su cóctel y le sorprendió el sabor.

—Qué rico —comentó.

—Esta marca hace las mejores fiestas —le dijo Oasis. Luego lo agarró del brazo y caminaron hacia una esquina para alejarse del constante trajín de gente.

El evento —o fiesta, mejor dicho— era de una revista de moda, de las más reconocidas a nivel mundial. Para Gael, estar ahí era sentirse como pez fuera del agua. Vestía elegante, como le había indicado Oasis, pero todo el mundo vestía cosas un poquito más atrevidas. De hecho, el mismo Oasis llevaba una camiseta de rejilla semitransparente con una americana por encima.

Como era de esperar, las personas invitadas formaban parte del gremio, desde maquilladores a fotógrafos, cantantes, actrices y modelos de pasarela. Un grupo selecto de personas, una vida de lujo que Gael nunca había visto tan de cerca. Entre los invitados, no podían faltar quienes se dedicaban a las redes sociales, como Oasis, que parecía ser popular de verdad, porque no llegaron a alcanzar la esquina y tres chicas vestidas de un modo espectacular se lanzaron a sus brazos.

—¡Amore, cuánto tiempo! —le dijo una de ellas. Tenía el pelo castaño recogido en una coleta, decorada con joyitas. ¿Su vestido? Excelente—. Y bueno, bueno, veo que has venido con alguien.

La chica le guiñó un ojo y se acercó a Gael mientras Oasis continuaba charlando con sus amigas.

—Hola, guapo, soy Dulceida —se presentó la chica—. ¿Qué tal estás? ¿Es tu primer evento?

—Sí, y esto está delicioso —dijo Gael, alzando la copa.

—Uyyy, sí. Pero yo ya veo doble. —Se dio la vuelta mientras se reía y le dio la espalda a Gael, que buscó a Oasis con la mirada.

Él se despidió enseguida de las chicas y volvió a su lado, con cara de estar ya cansado.

—Va a ser así todo el rato —le avisó—. Por eso vamos a beber. ¡Salud!

Menuda noche me espera.

—Gracias por todo.

Oasis tenía la voz más raspada de lo habitual. Había gritado y cantado canciones a pleno pulmón al cierre de la fiesta, después de haber tomado ¿seis? ¿siete? cócteles multicolor. Gael le había acompañado, saltando, con las bebidas en la mano. Ahora se encontraban en su suite. La luz del techo no estaba encendida, la estancia tan solo iluminada por las lámparas de las mesitas de noche laterales junto a la cama.

—Tengo muchas preguntas —confesó Gael, porque después de la euforia de hacía unos minutos, volvía a sentirse abatido y decepcionado. Además, antes de que la fiesta terminara, se había comido los últimos dulces ofrecidos por el servicio de catering y eso había mermado bastante su estado de embriaguez.

—Lo sé. —Oasis lo cogió de la mano y se la apretó—. Confía en mí. No quiero que por esto dejemos de conocernos.

Gael no sabía qué responder. Su trabajo en España le había demostrado que cuando alguien le ofrecía dinero por sus servicios, dejaba de verlo como una persona real. Se convertía en nada más que en un objeto que podían utilizar a su antojo, tanto para bien como para mal. Claro que en muchas ocasiones la situación era sencilla y los clientes lo ponían en posiciones dominantes donde apenas ponía en jaque su integridad, pero muchas otras sí que eran horribles, y lo obligaban a drogarse, por ejemplo, solo por cumplir fantasías estúpidas.

El colombiano dejó escapar un largo suspiro.

—No me conoce, baby —le dijo al final Gael, después de darle vueltas al asunto. Oasis ya sabía a qué se dedicaba, pero quizá lo había olvidado. No habían hablado del tema, sino que la confesión había venido en forma de emoticono en una aplicación—. Para mí es duro que me ofrezcan plata.

—Sé cuál es tu trabajo. Recuerdo el diamante —comentó Oasis, alzando una ceja—. De ti me acuerdo de todo. Cada palabra que me dices.

Gael no pudo evitar sonreír, y una sensación de calor se le deslizó desde el corazón por todo el pecho.

—Y perdona si esto ha sido demasiado intrusivo... No sé qué me ha pasado. Quiero que sepas que no ha tenido nada que ver con eso, ¿vale? Me has comentado en alguna ocasión que a veces te costaba... bueno, pues ayudar a tu familia. Por eso quería aportar mi granito de arena. Esto —dijo tocando el fajo de billetes sobre la cama— para mí no es nada, Gael. No me importa, quédatelo.

—No lo voy a aceptar —dijo tajante Gael. Veía las buenas intenciones de Oasis, pero no le gustaba ese cariz condescendiente.

—Perdón si te he hecho sentir...

—Parce, pare. No. Es bonito. Es un detalle lindo por su parte.

No lo aceptaré, pero dice mucho de usted. Que se preocupe por mí de esa forma.

Oasis parecía fastidiado, pero lo entendía.

—¿Seguro?

—Sí —le dijo Gael—. Llevo tiempo sin conocer a nadie. Sin pasar tanto tiempo con alguien sin que termine en la cama. Está bien que sea así, es raro. Pero me gusta.

—Bueno, pueden pasar cosas.

La mirada penetrante de Oasis se tornó llena de deseo. Sonrió a medias. Gael se lamió los labios, de pronto nervioso. No quería distraerse. Sincerarse estaba fuera de su zona de confort, y con él no le estaba resultando tan complicado como hubiera imaginado.

—Pero... entiende lo que le digo, ¿cierto?

Oasis asintió con la cabeza.

—Me siento como una persona. Es extraño. No le conozco de nada, pero usted me hace bien. Me da buena vibra. Me respeta.

—Gracias —le dijo Oasis con los ojos acuosos—. Me gustaría seguir conociéndote. Y haremos lo que sea cuando estés preparado. No importa el tiempo que pase.

—Bueno.

—¿Bueno qué? —El influencer puso cara de no entender.

Gael rompió a reír.

—Ah, perdón. A veces le decimos así, que es como ustedes dicen «vale».

Entonces Oasis también se rio y se acercó a Gael al mismo tiempo. Muy cerca, tanto que podrían besarse.

—Bueno —dijo.

—Bueno —respondió Gael.

Y sonrieron.

73

Andrés

Cuando Andrés escuchó un portazo después de unos cuantos gritos, volvió a relajarse. Tenía en las manos una botella de plástico. En la etiqueta ponía que se trataba de agua de mineralización muy débil, pero en sus labios sabía a vodka.

Lo era.

Podía dejar de pensar, aunque fuera a ratos, aunque luego le doliera la cabeza. ¿Qué importaba ya si tenía medicinas? Dentro de unos años moriría.

Y ya estaba.

74

Iker

Después de la discusión, Mauro e Iker no habían vuelto a hablar.

Iker no podía dejar de darle vueltas al hecho de que Mauro, de una forma indudable, conocía su secreto del OnlyFans. No le avergonzaba en absoluto, pero la duda sobre si había visto sus vídeos le carcomía. En el fondo de su mente, escondido en un rincón, había un pensamiento al que no quería dar espacio. Un pensamiento sobre que eso que él grababa lo guardaría para alguien como Mauro.

Pero no. No iba a pasar.

Golpeó el saco con fuerza, sacando la furia que le recorría las venas. Se encontraba en el gimnasio. Había perdido la cuenta de las horas que llevaba ahí, boxeando contra un objeto inerte. Le dolían los brazos y no dejaba de sudar, tenía la camiseta empapada y la rabia contenida le golpeaba en el pecho.

Odiaba sentirse así. Y lo odiaba porque sentía demasiado.

El resto de las personas del gimnasio pasaban con intenciones de usar el saco, pero Iker les gruñía. Con una mirada y un gesto era más que suficiente para saber que no debían meterse con él, no en ese estado.

Le daba rabia que Mauro fuera tan incrédulo de creerse la mentira de una secta como Vitalaif. De que hubiera optado por la vía fácil, la vía que no servía para nada. Golpeó de nuevo el saco. ¿Por qué había fallado en proteger a Mauro? ¿Por qué nada de lo que hacía por él era suficiente?

Esa era la verdadera razón de su enfado: sentir que no lo estaba logrando.

De vuelta al piso, fue directo a la ducha. No saludó a nadie porque no estaba de humor. Al terminar el entrenamiento había visto los mensajes de nada más y nada menos que Jaume, a quien le había dejado caer que quizá se vieran.

Iker había decidido que le iba a dar una oportunidad para conocerlo. Como persona, no como algo más. Estaba harto de ese algo más, y ahora debía compaginarlo con lo que ya consideraba su trabajo.

Quedaría con Jaume sin dobles intenciones. Necesitaba demostrarse a sí mismo que no tenía un problema con el sexo y que podía llevarlo un poquito más allá, quizá romper barreras, conocer nuevas personas. Nunca era tarde para intentarlo.

¿Sería capaz de superar la prueba?

—Tú siempre estás tan guapo, joder.

Jaume le sonreía, como siempre. Iker no pudo evitar fijarse en sus labios jugosos, esos mismos que ya había probado y le volvían loco.

Concéntrate. Tienes algo que demostrarte a ti mismo.

Iker le dio un abrazo como saludo. Debía de estar probando una colonia nueva, porque no recordaba que oliese así.

—Gracias. Tú también, Jaume —le dijo al separarse.

—Como sigas, al final acabaremos follando —amenazó Jaume sin poder evitar reírse.

Al final, ambos terminaron haciéndolo. Era una risa sincera y llena de buen rollo.

Se encontraban en plena plaza de Chueca. Las terrazas, sobre todo en esas fechas, siempre estaban llenas. Por suerte, vieron cómo un grupo de gente se levantaba de una de las mesas y aprovecharon para colarse a gran velocidad. Una vez sentados, un camarero bastante mono les atendió.

—¿Tenéis cócteles? —preguntó Jaume, revisando la carta en su teléfono móvil tras escanear el código QR pegado en la mesa. Cuando el camarero le respondió que sí, pidió—: Pues ponme uno que sea de color azul. ¿Y tú?

—Mmm. Siempre pido algo concreto, no por colores —dijo Iker, pero se atrevió a hacerlo—. Alguno rojo, venga, a ver qué pasa.

—Enseguida os lo traigo, chicos. Mi nombre es Pablo, cualquier cosa, me avisáis.

Cuando el camarero desapareció de nuevo dentro del bar, Jaume se acercó a Iker sobre la mesa.

—Ese camarero te quería follar. Pero yo te propongo algo... ¿Qué planes tienes esta noche?

Deja de insistir. Vas a hacerlo más difícil de lo que ya es.

—No insistas, guapo. Hoy no tengo *esos* planes. Me encuentro mal.

Pista: era mentira. O al menos, físicamente. Así que era medio mentira. Iker se diría eso para no sentirse tan mal, venga. Que estaba chupado, podía con un pesado como Jaume de sobra.

—Yo pensaba que eras imparable —replicó este alzando las cejas.

—Lo soy. Y lo sabes.

Iker no pudo evitar inflar el pecho, mostrándose orgulloso. También alzó el mentón para dejarlo claro; odiaba y adoraba a partes iguales que le picaran. Ese juego siempre le excitaba, aunque intentaría mantener la entrepierna quieta durante lo que tardase en tomarse el cóctel.

—No del todo, me falta por probar una cosita de nada... Una tontería. —Jaume hablaba sabiendo de sobra las reacciones que provocaba en el cuerpo de Iker, cuando se mordía el labio, con esa actitud sobrada, guiñándole el ojo.

—En serio, hoy no —dijo Iker tajante, sin saber si quería zanjar el tema para sí mismo o frente a Jaume.

¿Se le estaba viendo dudar? Por un momento lo temió.

—Bueno, no importa. Encima que me propongo para crear contenido... —Jaume se echó para atrás en actitud derrotista, dejando el tema diluirse—. Que, por cierto, ¿cómo te va con eso? No me he suscrito porque ya te he visto entero, ¿o crees que merece la pena?

Iker sonrió con todos los dientes. La verdad es que Jaume era gracioso, no lo iba a negar.

—La verdad es que me va bastante bien, me ha sorprendido —admitió Iker, pensativo—. Me flipa que tanta gente quiera verme la polla, así de claro te lo digo.

—Otros tenemos más suerte y la tenemos gratis.

—Jaume —le cortó Iker—. No aproveches la mínima, anda. Bebe tranquilo por una vez.

El catalán alzó las palmas de las manos, en señal de rendición.

—Vale, vale, me callo.

Después de eso Pablo el camarero los interrumpió. Casi se le cae la bandeja por quedarse mirando durante demasiado tiempo a Iker, que simplemente le sonrió como respuesta. Los cócteles tenían una pinta increíble, muy coloridos y con decoraciones tipo banderillas en el borde.

—Oye, tengo una duda —lanzó Iker en tono curioso, una vez hubo probado la bebida—. ¿Qué tipo de relación tienes con tu novio?

Jaume alzó de nuevo la ceja y puso los ojos en blanco, pensativo, como si buscara la pregunta en el interior de su mente.

—Mmm —dijo al cabo de unos segundos—. Digamos que es una relación normal.

—¿En qué sentido?

El catalán se encogió de hombros.

—Pues como las que tiene muchísima gente.

—Como no te expliques... —Iker estaba perdido de verdad. Desde el momento en el que se había enterado de que tenía una pareja a la que le ponía los cuernos, todo había empezado a darle vueltas.

—Si lo que quieres saber es si él piensa que solo me acuesto con él, así es. —Jaume fue tajante con su respuesta—. Pero hay más cosas, Iker, que no se ven a simple vista.

Como se calló y solo se dedicó a sorber de su cóctel, Iker se desesperó. Se inclinó sobre la mesa para mirar a Jaume más de cerca.

—¿Tengo que invitarte a otra copa para que me lo cuentes?

—preguntó Iker en tono de burla—. Es algo que me interesa de verdad.

Jaume habló en voz baja y pese a que había bastante ruido ambiente en la plaza y en las mesas colindantes, Iker fue capaz de escucharlo, porque estaba tenso, deseoso de conocer esa información.

—Nosotros no tenemos este tipo de... cosa, Iker. Yo quiero que me folles. Que hablemos de mi novio me quita todas las ganas, la verdad.

—Te he dicho que no quiero follar. Hoy no. Dejémoslo así. Y en parte es justamente porque tienes pareja. No soy el más indicado para hablar de relaciones, pero no me gusta meterme en ellas.

Y era verdad. Nunca traía nada bueno.

—Para meterte en la mía tendrías que saber las condiciones que tenemos, ¿no? —Jaume parecía de pronto envalentonado, como si algo le hubiera ofendido.

—Hasta donde yo sé, por lo que has contado, no tenéis una relación abierta —dijo Iker eligiendo muy bien sus palabras para no alterar más a Jaume, que sorbía de su pajita a gran velocidad.

—Iker, qué pesado —le respondió este—. Lo que yo tengo con Rubén es entre él y yo. Yo vivo la vida, él no. Además, ahora mismo está lejos de aquí.

—¿Relación a distancia?

Jaume soltó un gran suspiro, deshinchándose como una pelota de playa.

—Mira, te lo voy a contar, Iker. Porque a mí también se me están quitando las ganas de follar con lo pesado que estás siendo... ¿De qué te ríes?

—Las primeras veces que hablamos estabas obsesionado —comenzó a decirle Iker, sin poder contener la incipiente carcajada en el fondo de su garganta—. Has cambiado mucho. Tu tonito de voz sobre todo. Una sorpresa, maricón.

—Tenemos más confianza —dijo Jaume, escueto. No se estaba riendo.

—Puede ser.

Con los ánimos más calmados, Iker recuperado y Jaume preparado para hablar, pidieron otra ronda al camarero, que no tardó demasiado en traérsela.

—En fin —dijo Jaume, con el nuevo cóctel en la mano—. Rubén

y yo nos conocemos desde hace años. Él vive en Barcelona, conmigo. Tenemos un piso juntos, lo habrás visto en mis historias.

—Él apenas sale.

Jaume abrió los ojos en un gesto de confirmación.

—Exacto. Quiere ser... anónimo, por decirlo de alguna manera. Trabaja en cosas de oficina y pasa de todo el tema de la noche y de que yo sea DJ. Me deja ir por el mundo a cambio de algo.

—¿De qué?

—Iker, ¿quieres romper la magia? ¿Estás seguro de ello?

Iker asintió con la cabeza y buscó en el bolsillo del pantalón su cajetilla de tabaco. Se encendió un cigarro y expulsó el humo de la primera calada sintiéndose más calmado. Después, Jaume carraspeó antes de comenzar a hablar.

—Él tiene muchas fantasías. Muchísimas. Quizá demasiadas. Llevo con él casi ocho años y todavía seguimos descubriendo nuevas cosas en el sexo. Una de sus mayores fantasías es saber que yo le pongo los cuernos. Él no quiere saberlo, o se hace el tonto.

Qué cojones.

—No entiendo —confesó Iker. Se sintió la boca seca, los labios agrietados.

—Joder, Iker. Mi chico no sabe que ahora mismo estoy aquí, ¿vale? Se lo intuye, pero no lo sabe. No tiene ni idea de que mi intención es que me revientes. Luego, cuando llegue a casa en unos días, yo me haré el loco, pero le dejo señales de si he follado con alguien o no. Y entonces a él le excita que no se lo cuente, no saberlo, tan solo intuirlo. Provoca tensión, tío, no sé qué decirte. A él le gusta. Yo lo disfruto.

»Entonces, cuando hablamos del tema... Le descubro todo. Con quién me he acostado, qué es lo que he hecho, por qué no le respondía los mensajes. Y es cuando mejor me folla. Se pone como una puta fiera y yo soy el más feliz del mundo. Ahora, Iker, espero que no nos juzgues. Es nuestra forma de vivir... diferente.

Tras la confesión, Iker se había quedado sin palabras. Jamás había escuchado algo similar, pero no podía negar que tenía cierto encanto. No se alejaba demasiado de las fantasías que sus seguidores le solicitaban en OnlyFans. Era un mundo de sexo y no tenía normas, por lo que no juzgaría a Jaume y Rubén por mantenerse en una relación así. Llevaban ocho años, les debía funcionar, ¿no?

—Vaya. Nunca había escuchado algo así —dijo finalmente.

—Bueno, para todo hay una primera vez. —Jaume se encogió de hombros.

Iker se temía algo, al ser conocedor de toda esa historia. Debía preguntarlo en voz alta.

—Entonces ¿todo ese circo que me montaste con la cartera la primera noche, los mensajes...? ¿Eso era verdad?

La media sonrisa maliciosa de Jaume le mareó.

—Bueno, ahí había un poquito de fantasía —le dijo mientras le guiñaba un ojo—. Mejor no te cuento los detalles porque ya me vas a juzgar demasiado, pero digamos que fue mitad y mitad.

—¿Cuál era la mitad real?

—La de que quería verte, pero era meramente sexual. Por mi parte no quería conocerte más. Es que me da mucho morbo cuando Rubén me coge el teléfono y lo revisa delante de mí mientras se va poniendo cachondo... Uff.

Jaume hizo un gesto en la silla que indicaba que, en efecto, se estaba excitando solo de pensarlo. De hecho llegó a cruzar las piernas, tratando de que su erección se bajara de inmediato.

Está colgado.

—Mejor para, guapo —le avisó Iker con una sonrisa incómoda—. Yo siento que tengo la mente un poco abierta en el sexo, pero esto...

—Es raro, sí, pero me gusta. Yo también tengo mis fantasías. De hecho, al principio no me convencía la idea, pero luego aprendí a aprovecharme de ello. Puedo follar con quien quiera y cuando llego a casa... me espera el polvazo del año.

Ah, entonces bien. Una relación así igual te cuadra, Iker.

¿Qué haces pensando en relaciones? Bye, bye.

—Entonces es como una relación abierta, ¿no? Es casi lo mismo, quitando toda esa performance.

—No lo sé, supongo —dijo Jaume encogiéndose de hombros—. Tenemos muchísimas otras fantasías por cumplir, pero supongo que ya contigo, que lo sabes todo...

Iker hizo un sonido a medias entre un suspiro y una risa.

—Bueno, es interesante. Ya sabes que hoy no venía con esas intenciones.

—Y es una pena. —Jaume chasqueó la lengua—. Ahora paso

de tener dos polvos asegurados a ninguno... Y te culpo a ti, Iker Gaitán, la estrella de OnlyFans —añadió en tono burlón.

—Bueno, si me enseñas una foto de tu chico, me pienso conocer otra de vuestras fantasías.

Oye, ¿por qué no jugar? Se había dado cuenta de que Jaume era algo más que un obseso calenturiento que andaba detrás de él. Escondía más, y ahora que sabía la verdad sobre él y su pareja, no le importaba conocerlo más allá. Había llegado allí con la idea de quizá comenzar a abrirse a nuevas amistades y esperaba no equivocarse con él.

—¿Perdón? —dijo sorprendido Jaume, llevándose una mano al pecho en un gesto extremadamente dramático.

—Si estás deseando contarme esa fantasía, anda.

El catalán mantuvo durante unos segundos más el gesto y terminó por reírse, admitiendo así su derrota.

—Es verdad. Joder, cómo me vas conociendo, tío.

Iker le hizo un gesto al camarero. La segunda ronda de cócteles había volado y la tercera no tardó mucho más en llegar. Ahora que estaba un poco mareado, la cajetilla de tabaco que había dejado sobre la mesa le hacía más ojitos que nunca, así que se encendió otro.

Jaume le dijo que hasta que no tuvieran las bebidas en la mesa no le iba a mostrar ni a contar nada, así que solo se miraron entre risas, tratando de aguantar el tipo. Finalmente, cuando Pablo el camarero les sirvió los cócteles, Jaume sacó el teléfono móvil del bolsillo y rebuscó en la galería.

Su novio, Rubén, estaba tremendo. Así de sencillo, así de rápido, así de simple. No se parecía en absoluto a Jaume, sino que era un tipo de hombre más parecido a Iker: ancho, grande, con un cuerpo voluminoso. Tenía perilla y era castaño claro, y en alguna que otra foto de la playa donde se le veía de frente, se le veía un cuerpo de escándalo.

—Madre mía —terminó por decir Iker, sin poder evitarlo.

Jaume sonrió satisfecho mientras se guardaba el teléfono.

—No te he enseñado la colección privada. Eso para otro momento —le dijo con picardía. Iker imaginó a lo que se refería, el típico álbum lleno de fotos o vídeos calientes que todo el mundo negaba tener en su teléfono pero que sí poseía en su galería.

—Menudo hombretón, ¿no? ¿Carga bien? —El catalán casi escupe la bebida que estaba sorbiendo—. Me refiero de...

—Claro, claro. De polla. Pues sí, no me voy a quejar. Está bien en conjunto. Llevamos ocho años, no lo voy a dejar escapar.

—Bueno, ¿entonces? ¿Cuál es esa fantasía? —preguntó Iker. De verdad sentía curiosidad y más en ese momento, tras ponerle cara a uno de los protagonistas de la historia.

—Un trío —soltó Jaume, como si nada—. Esa es simple.

—¿Nunca lo habéis hecho? Mira que me extraña...

—Claro, si hemos hecho un montón —le cortó el catalán—. Pero tenemos un morbo concreto, ¿sabes? Algo que todavía no hemos probado los dos.

—No te sigo —dijo Iker, alzando las cejas.

Jaume volvió a mostrar su media sonrisa llena de malicia y morbo.

—Tú. Le he enseñado algunas fotos tuyas y está como loco sabiendo que hemos quedado un par de veces ya. Queremos un trío contigo. Pero debe tener unas condiciones muy concretas.

Iker asintió con la cabeza. Se había ruborizado, estaba seguro. Entre el alcohol y la conversación, notaba calores por todo el cuerpo. No eran de índole sexual, porque su pene no estaba erecto, sino más bien juguetón, pero era una sensación nueva. ¿Estaba Jaume rompiendo algunas barreras que Iker creía inexistentes? Desde luego que con este chico, no se sabía.

De pronto, por la mente de Iker se cruzaron imágenes de Mauro y él discutiendo, el portazo...

—Gracias. Es un honor —dijo finalmente Iker, tragándose el resto de los halagos que sentía en la garganta y enterrándolos en el fondo para que le permitieran hablar.

—Ahora no es el momento —apuntó Jaume con una actitud altiva, otra vez. Sabía perfectamente que a Iker le volvía loco la idea, y no se equivocaba—. Hoy no. Quizá la próxima vez que nos veamos te lo cuento y me dices si aceptas o no. Ahora ya sabes que conmigo todo es un juego.

Jaume le guiñó el ojo y dio por concluida la conversación sobre ese tema.

75

Blanca

Blanca se había perdido. Todavía le costaba acostumbrarse a las líneas de metro: para ella eran como un laberinto imposible de solventar. Cleo la estaba esperando en la parada de Goya, una que Blanca jamás había escuchado. No paraba de caminar y a cada paso miraba Google Maps, pero no se enteraba. Desesperada, terminó por sentarse en un banco. Al alzar la mirada vio el cartel de la parada de metro que andaba buscando y debajo, en una esquina, una chica pelirroja preciosa.

Se armó de valor antes de levantarse. Respiró para calmarse. La situación era peliaguda, porque no había sido honesta con Rocío. ¿O sí? Estaba hecha un completo lío y la primera persona que se le había venido a la mente cuando todo había estallado en casa había sido Cleo. Esa noche había dormido en el sofá, pero bueno, había madrugado y, con un café y un cruasán en la mano, fue a encontrarse con Cleo antes de que esta entrara a trabajar.

Blanca comprobó que no tuviera legañas y se acercó por fin.

—Estás guapa incluso a estas horas —la saludó Cleo con una sonrisa.

Y la verdad es que Blanca podría decir lo mismo. Su piel brillaba bajo el sol y parecía que fuera perfecta, llena de pecas preciosas.

—Tenemos que hablar —dijo Blanca, intentando no sonar demasiado borde. O romper a llorar. Ambas eran un reto tal y como estaba la situación con Rocío.

—Claro. No te preocupes. Lo entiendo completamente. —Cleo trató de calmarla poniéndole una mano sobre el hombro, aunque solo consiguió que Blanca se tensara más—. Vamos a dar un paseo. Curro cerca y entro en media hora.

Caminaron por las calles adyacentes a la parada, con el enorme WiZink Center frente a ellas. La plaza estaba llena de terrazas con gente desayunando y charlando de manera animada; era un ambiente que entraba en completo contraste con lo que Blanca sentía en su interior.

—Entonces... —Cleo parecía no querer sacar el tema, pero lo hizo igualmente, con una sonrisa forzada—. ¿Rocío no sabía que hablábamos? Tú me dijiste que sí, que no había ningún problema.

—Supongo que es más complicado que eso.

—¿Por qué? No hicimos nada del otro mundo.

Para Blanca, todo lo que estaba pasando en esas semanas sí que era de otro mundo. Su vida había cambiado tanto que ya sentía haberse perdido en el camino... o haber encontrado a una versión alternativa de sí misma que estaba llevándola a lugares que no quería experimentar. ¿Desde cuándo ocultaba tantos secretos?

—Te mandé fotos, no sé. Hablábamos demasiado.

Cleo se encogió de hombros.

—Puede ser. Pero yo no hice nada malo.

La forma en la que Cleo intentaba escurrir el bulto puso nerviosa a Blanca, que tan solo quería desahogarse. No había madrugado después de una noche de mierda para sentirse aún peor.

—Quería hablar contigo para contártelo. Rocío me montó una que... En fin, no sé. Por una parte la entiendo, ¿sabes? ¿Cómo me habría sentado a mí?

—Ya, bueno... Lo que tú hicieras o no es cosa tuya.

Blanca paró en seco. Cleo iba mirando al frente, así que no se dio cuenta hasta pasados unos segundos. También se detuvo. Se quedaron mirando fijamente.

—Tía, para ya. Solo quiero desahogarme, no que metas mierda.

Cleo se acercó un poco más a ella.

—No estoy metiendo cizaña, perdón. Pero no quiero tener problemas con nadie.

—Ni yo.

—¿Entonces?

Se hizo el silencio entre ambas, solo interrumpido por el gentío y un par de niños que jugaban a perseguirse por la plaza. Blanca suspiró y se desconectó de la mirada de Cleo, que volvió a dar un paso hacia ella para abrazarla.

—Es que siento cosas por ella —confesó Blanca, su voz amortiguada por la ropa de la pelirroja—. No quiero romper lo que tuviéramos por una tontería.

Mantuvieron el abrazo durante unos segundos hasta que Cleo se separó. Llevó sus manos a cada lado de Blanca en un gesto tranquilizador.

—Mira, podemos cortar todo de raíz y listo. A mí no me importa. Me parecéis muy guapas y el otro día lo pasamos increíble, pero... Si no puede ser, no puede ser —añadió, encogiéndose de hombros.

—La he cagado. —Ahora, Blanca lloraba.

Cleo volvió a abrazarla. Esta vez con más fuerza, le transmitió más cariño. Parecía una despedida, y es que quizá lo era. Al separarse, Cleo se quedó muy cerca de Blanca. Demasiado cerca.

Y entonces la besó.

Primero fue un pico, como tímido, temeroso. Blanca no se apartó. Le había gustado la sensación de volver a tener sus labios en los suyos. Era un torrente loco de emociones, y no supo por qué, pero terminó por devolverle el beso.

Algo hizo clic en la cabeza de Blanca a los pocos segundos, cuando la apartó con las manos.

—Perdón, no quería...

Cleo parecía triste o decepcionada, Blanca no lo supo.

—No importa. Supongo que esto es un adiós.

Las dos se miraron durante más tiempo. Fue eterno, o un instante, pero se perdieron en sus miradas. Blanca sabía que lo que sentía por ella no era más que una atracción física; había como electricidad entre ellas. Volvería a besarla una y otra vez, le resultaría imposible contenerse si no se daba la vuelta de una vez.

Eso hizo.

Porque pensó en Rocío mientras volvía hacia el metro. Pensó en que le había abierto las puertas de su casa sin dudarlo, le había descubierto todo un nuevo mundo de experiencias sexuales muy lejanas a las que había vivido en su pueblo. Le había enseñado Madrid, otra forma de ver la vida. Y Blanca pensó que si eso había ocurrido en unos pocos días, el futuro con ella sería aún mejor.

Sin embargo, con lo que acababa de pasar, debía empezar de cero. Un desliz no iba a marcar algo que aún estaba por definir, pero fuera como fuera, iba a recuperar a Rocío.

76

Andrés

Andrés llamó al timbre. Se sujetó a la pared mientras esperaba, porque había bebido demasiado. Sentía el cuerpo débil, aunque ya no importaba: estaba ahí con una intención clara.

—¿Sí? —dijo una voz a través del interfono.

—Soy yo.

Después, un ruido electrónico y la puerta se abrió. Andrés subió las escaleras. El chico vivía en la primera planta. Al llegar, la puerta estaba abierta y se escuchaba algo de música.

—Hola, pasa —le dijo este. Andrés no se fijó demasiado en la casa. Caminó directo hacia donde venía el ruido. El salón era pequeño, con un sofá cubierto con una enorme tela para protegerlo. Sobre la mesa había varios porros liados, una bolsa con marihuana, un par de pastillas azules y un botecito que reconoció como popper—. Siéntate.

El hombre con el que había quedado por Grindr le había pasado unas cuantas fotos. Ahora, viéndolo en persona, no era nada del otro mundo. Tendría unos cuarenta años, un poquito de barriga y el pelo corto. Barba canosa y, bueno, de belleza estándar.

Andrés tomó asiento junto a él. La casa, se dio cuenta, olía a maría. El cenicero estaba a rebosar de ceniza. El hombre prendió un nuevo porro y le dio una calada antes de ofrecerle.

—¿Quieres? —Andrés negó con la cabeza—. Bueno, tú te lo pierdes.

No dijeron nada más, no querían conversar.

Al cabo de un par de caladas más, el hombre dejó el porro sobre el cenicero y se quitó la camiseta, que lanzó de cualquier forma al suelo. Después alcanzó una de las pastillas azules y la mascó.

—Ven —le dijo a Andrés, una vez hubo terminado. El hombre se tumbó y Andrés se acercó.

Comenzaron a besarse. No era un beso bonito, ni lleno de pasión, sino algo mecánico. Andrés lo hacía por inercia, estaba bebido, mareado. Cerrar los ojos le hacía viajar. ¿Y qué importaba? Comenzó, de nuevo por instinto, a acariciar el pecho de aquel hombre. Los besos fueron encendiéndose poco a poco y Andrés sintió la erección contra su cuerpo. Llevó la mano hasta ahí, jugó con ella durante un rato.

—Uff —dijo el hombre, cuando Andrés consiguió colar la mano debajo del pantalón. Al tacto, el pene estaba ardiendo, lleno de venas. No era demasiado grande.

Andrés fue besando el cuerpo del hombre hasta llegar abajo. Deslizó la tela para liberar su miembro y llevárselo a la boca. Por la breve conversación que habían tenido a través de la aplicación, aquel hombre se consideraba a sí mismo un activo dominante que buscaba twinks como él. Decía que era adicto a ellos.

Las manos del hombre no tardaron en aparecer sobre la cabeza de Andrés para ejercer presión. Debido al alcohol en su sistema, Andrés no pudo evitar una arcada. Eso pareció animar más a aquel señor, que lo empujó con más fuerza. Las babas salieron disparadas, mojando el resto del pene, su base, la pelvis. El hombre, sin dudarlo un segundo o preocuparse por Andrés lo más mínimo, comenzó a mover las caderas. Clavó su pene en la garganta de este, que se dejaba hacer.

Tras unos minutos así, el hombre necesitó un respiro. Le liberó y Andrés recuperó el aliento como pudo. Estaba rojo, la frente con las venas marcadas, como la Patiño, por la falta de aire. El hombre se acercó y lo besó durante unos segundos, mientras le quitaba la ropa con las manos. Después se levantó; Andrés permaneció en el sofá. La polla del hombre le golpeó la cara y él lo recibió con la boca abierta. Volvieron a repetir el proceso: Andrés se asfixiaba y él disfrutaba.

Pero no importaba. Qué más daba todo.

Luego pasaron muchas cosas. El ano de Andrés se dilató con facilidad, supuso que por el alcohol. Él no estaba demasiado excitado, pero qué más daba todo. Al principio el hombre le hizo un poco de daño cuando lo penetró. No respetó demasiado las quejas silenciosas de Andrés, porque continuó siendo un bruto, usándolo para follar y correrse cuando le apeteciera.

Andrés aguantó el tipo como pudo, agarrando la tela que cubría el sofá con las manos, el culo en pompa, los ojos cerrados. El hombre le follaba como un conejo, en el mal sentido: era rápido, errático. No duró demasiado en su interior y comenzó a gritar cuando se corrió dentro del condón. Le hizo daño a Andrés en la cadera, había apretado demasiado.

Luego el hombre se sentó en el sofá, desnudo, el pene descansaba sobre el asiento. No se molestó en quitarse el condón. Volvió a encenderse el porro y fumó.

—Menudo culito tienes, ¿no? Eres guapísimo —le dijo, sin mirarle.

Andrés no contestó. Musitó un «gracias», se vistió y se marchó sin cruzar más palabras.

Caminó durante un rato por la calle, con la aplicación abierta. Se le escapó una lágrima que enjugó con la mano. ¿Qué era eso? ¿Debilidad? Qué más daba todo, ¿no? Así que caminó durante otro rato, un paseo largo, en dirección a su próximo destino. Estaba a unas cuantas calles de allí, un hombre árabe con un miembro descomunal y su amigo supuestamente hetero le querían follar entre los dos.

Encontró la dirección, subió los escalones del portal y llamó al timbre.

Madrid amanecía como todas las mañanas. La gente iba a comprar el pan, se montaban en el coche para meterse en atascos que duraban horas en la M-30 y los niños iban al cole, felices, porque en nada estarían de camino a la playa de vacaciones.

Entre toda esta gente, Andrés no era nadie. No le miraban, porque qué más daba todo.

Ya no solo le dolía el trasero, sino que todo su cuerpo ardía.

Uno de los hombres con los que había estado tenía una barba de tres días que le había molestado bastante y le había dejado marcas en el mentón y los labios. Rojeces. Pero no importaba.

Andrés se dirigió hacia el metro para volver a casa. Se cruzó con gente que iba a trabajar, cuando él simplemente se iba a dormir. Trató de no hacerlo apoyado contra la pared, debía mantenerse despierto para no pasarse de parada.

Cuando llegó, con las llaves en la mano, suspiró. Debía ser rápido para no cruzarse con sus amigos. Lo consiguió, no supo cómo, pero ahí estaba, sobre la cama. No se molestó ni en quitarse los calzoncillos manchados.

Las imágenes de sus encuentros de aquella noche no dejaban de repetirse en su cabeza. Pensó en todo lo que le habían hecho. Se había convertido en, literalmente, un muñeco a merced de varios hombres. Recordaba con nitidez cinco de ellos. Sabía que había habido más, pero el alcohol que algunos le habían ofrecido había conseguido que su cerebro estuviera en blanco durante horas.

Se durmió como pudo, mareado y con una sensación de asco en el pecho.

Pero qué más daba todo, si no sentía nada aunque lo intentara.

77

Gael

Iker y Gael estaban en la cocina, desayunando. El primero se había despertado por un portazo, según le había contado a su amigo. No sabían de quién se trataba, pero alguien había pasado fuera la noche. Gael no ahondó en el tema; Iker no quería hablar de ello por si acaso había sido Mauro.

—Estoy rayado, baby —confesó Gael mientras se llevaba el café a la boca—. Gas, este no es mío, está asqueroso.

—¿Qué te pasa?

Iker se sentó en la mesa con unas tortitas de avena recién hechas. Tenían mala pinta, a decir verdad, como si fueran la versión cutre de unas de verdad.

—Este man... con el que hablo todo el tiempo, pues sí, me gusta —dijo Gael, intentando no mirar demasiado a la cara a Iker, porque sabía que era concederle una victoria. Él pareció darse cuenta, porque tragó y no dijo nada, pese a estarse aguantando la risa.

—Bueno, entonces ¿por qué estás rayado?

A veces no soportaba a Iker. ¡Se estaba burlando de él mientras masticaba esa comida roñosa!

—Demasiadas cosas, baby. Él me gusta, pero es así como complicado... —Gael se encogió de hombros—. No sé, son bobadas.

Iker alzó una ceja y luego se quedó totalmente quieto.

—No lo son si estás preocupado —dijo, como si le estuviera

dando un consejo, con un tono de voz amable, radicalmente opuesto a la burla de hacía unos segundos.

—Ay, no sé, marica. Es tan lindo, tan rico... Delicioso el man. Pero me ofreció dinero.

En cuanto dijo aquello, Gael se desinfló. Decir las cosas en voz alta siempre hacía que sonaran más ciertas. Iker soltó los cubiertos sobre el plato, asombrado.

—¿Es un cliente?

Gael negó con la cabeza.

—No, no. Es un chico que conocí por una aplicación y ya. No quiero emocionarme con alguien que después no va a ser lo que se me prometió. ¿Entendés?

Su amigo pareció pensativo, mientras buscaba una respuesta.

—Pero eso pasa siempre —dijo finalmente.

—Bueno, Iker, si usted ni tuvo pareja —le picó el colombiano.

—¿Y qué? —Se encogió de hombros—. Entiendo a lo que te refieres. Puede pasar también con los amigos. No todo es amor... de ese que le gusta a Andrés.

Gael se rio bajito, pero enseguida se corrigió. De verdad estaba preocupado, no dejaba de darle vueltas al tema.

—No es lo mismo, parce.

—Pero es parecido —replicó Iker. Volvió a pinchar sus tortitas y siguió comiendo—. Mira, el problema que tienes es que nunca te abres ni eres sincero con tus sentimientos, así que tienes que ponerte las pilas con eso, maricón. Que al final vas a perderlo todo.

Y por mucho que Gael quisiera decirle a su amigo que era el menos indicado para decir eso, sabía que tenía razón.

Después de la conversación, habían vuelto a sacar el tema del casero y que quisiera vender el piso. Era un problema tan grande para Gael que incluso llamó a su abogada para consultarle. Luz tardó varios tonos en contestarle y, con cada uno de ellos, aumentaba el repiqueteo de su corazón.

—Gael, cuánto tiempo. Tenemos pendientes varios asuntos —le dijo, nada más descolgar.

—Lo sé. Estoy pendiente de unas cosas...

—Nos queda poco tiempo si finalmente queremos ir por el matrimonio, Gael. Lo primero que voy a necesitar es un empadronamiento, ya te lo dije.

Gael tragó saliva. Joder, justo llamaba por ese tema.

—Es que sí tengo un problema, estuve consultando y no llevo tanto en este piso... Además, el casero dizque lo va a vender.

Hubo silencio al otro lado de la línea, movimiento de papeles y luego un suspiro.

—Bueno, ese tema... Podemos verlo, aunque no es mi especialidad. Te informo en cuanto sepa algo, porque supongo que no queréis iros del piso.

—Eso es —respondió Gael.

—Y sobre lo otro, te repito que en el instante en el que se pasen los tres años desde tu llegada, vamos a tener un buen problema, Gael. ¿Me confirmas cuándo aterrizaste?

—En agosto de hace dos años.

—Pff... —La abogada parecía chafada—. Pensaré opciones, pero mantenemos el matrimonio. Vete pidiendo el padrón, por favor. Hay que ponerse ya en marcha. ¿Se lo has comentado ya a algún amigo, pareja...?

Gael quiso colgar de inmediato. El tema se le hacía bola, le agobiaba demasiado. Quería evitarlo a toda costa, porque le complicaba mucho la vida y le gustaba tanto vivir en Madrid con sus amigos... La simple posibilidad de perderlo todo le hacía marearse.

—Yo le llamo en unas semanas y le comento todo. Si me manda un correo con toda la información, yo la voy consiguiendo.

—Venga, Gael. Nos vemos.

Luz colgó y dejó a Gael sintiéndose desesperanzado. Miró por la ventana con melancolía. Si pudiera viajar en el tiempo, lo haría.

Además, así sabría si lo de Oasis terminaba bien.

Y así tampoco sufriría en el camino.

78

Mauro

¿Era acaso Leonardo DiCaprio en *Titanic*? Por eso de sentirse el rey del mundo y tal. Porque ahora Mauro se miraba al espejo y no era el mismo de antes. Era él, sí, pero distinto. Cambiado. Se veía mejor, tan bien que no podía creer que su reflejo era real.

Desde luego, Vitalaif le había ayudado a sentirse más en paz con su cuerpo. Les debía muchísimo, en serio. Acababa de comprobar que la ropa que antes le quedaba holgada, ahora le quedaba *demasiado* holgada. Por supuesto que su barriga no había desaparecido, ni sus grandes muslos o brazos, ni nada del pelo que tanto odiaba. Pero si se miraba en el espejo, se sentía mejor.

Diez kilos.

Y lo había conseguido él solito con esfuerzo y un poquito de ánimos de sus amigas de Vitalaif.

Buscó el teléfono entre toda la ropa que tenía tirada sobre la cama y se atrevió a hacer algo por primera vez. Si Iker podía, él también.

Se puso frente al espejo, de lado. Solo vestía una camiseta y un calzoncillo tipo slip que pensó que le marcaba un buen culo. Enfocó como pudo, encontró el mejor ángulo y tomó una foto. La comprobó y no le terminó de convencer. Debía arquear un poco más la espalda, así, para que se le notara el culito que se le estaba quedando. Los pelos pugnaban por salir por debajo de la tela, y algunos lo conseguían, pero trataría de borrarlos con alguna aplicación.

Volvió a encuadrar. Y de nuevo. Otra foto. Más planos, más flashes.

Al cabo de unos minutos, se aburrió de buscar su enfoque más favorecedor y se tumbó sobre la cama. Revisó las fotografías y borró las que no le gustaban: en una salía demasiado gordo, en otra era imposible corregir las imperfecciones, en otra la luz le hacía demasiada barriga, en otra...

Se había quedado sin fotos. Las había eliminado todas.

¿A quién iba a engañar?

Si ni siquiera él mismo era capaz de verse bien, ¿cómo lo haría alguien nunca? ¿No importaba haber cambiado, haberse esforzado? ¿Cuál era el camino correcto a seguir?

En aquel momento no lo sabía, pero no tardaría en darse cuenta de que la solución estaba en su interior. El amor que buscaba era el propio, y Mauro lo encontraría tarde o temprano.

Primero, sin embargo, debía equivocarse. Y así aprender.

Blanca le había llamado varias veces. Llevaban unos días sin verse porque andaba un poco desaparecida. Decidió que lo mejor sería, a juzgar por su insistencia, hacer una videollamada.

—¿Qué pasa?

—Ay, tío... Que la he liado parda.

—Cuéntame —le pidió Mauro, preocupado.

—Bueno, me voy a ahorrar los detalles, ¿vale? Pero de momento solo te digo que vete haciéndome hueco, que lo mismo termino de patitas en la calle.

Ay, por los dioses de Asgard.

—¿Rocío te ha echado del piso?

—Llevo buscando semanas y no encuentro nada. Y ahora encima ha pasado una movida...

Blanca se lo contó todo, lo del trío, las conversaciones con Cleo y que le había mandado alguna que otra foto juguetona... Mauro no se lo podía creer, pero en cierto modo le divertía. ¿Debía sentirse mal por ello? Sabía que Blanca se tomaba las cosas tal y como venían, y siempre le encontraba soluciones a todo. El problema, pensó, era Rocío: mucho más temperamental y decidida.

—¿Qué vas a hacer?

—Tenemos que hablar, ¿sabes? Se lo quiero contar todo bien y espero que me entienda... No somos nada, pero ella me gusta, Mauro. Y pues al no ser nada, entendería que me diera la patada.

—Tiene sentido.

—Ya, pero en fin, me siento como tú.

—¡Oye!

—No, no en plan liarla así, sino lo que me contabas. Llevabas unos días en Madrid y te empezó a gustar un chapero, tío. ¡Cosas que solo te pasan a ti!

—Qué va, tú en veinticuatro horas te enrollaste con una amiga mía y te pasaste a vivir con ella.

—A ver, que no vivimos juntas, es temporal.

—Nunca te había visto así de ilusionada por nadie.

—¿Verdad? Yo también siento que es distinto, por eso no quiero cagarla. No sé qué me ha pasado.

—Bueno, si te sirve de consuelo, Rocío también tuvo un desliz hace no demasiado. No te voy a dar más detalles, pero vamos, Blanca, que todos cometemos errores. ¿Quieres que hable con ella?

—No, nene, déjalo así. Cualquier cosa te aviso. Gracias por escuchar mis movidas.

—Tú escuchaste todas las mías.

Se sonrieron a través de la pantalla y colgaron.

Toc, toc, toc.

Mauro esperó frente a la puerta de Andrés. Llevaba unos días más desaparecido de lo habitual, haciendo el ruido justo y escapándose a hurtadillas de casa. Su cambio de actitud era más que evidente.

—¿Andrés? —le susurró Mauro a la madera. Se escucharon ruidos al otro lado, pasos, golpes, pero Andrés no respondió—. ¿Quieres hablar?

El pestillo giró y Andrés abrió lo justo para mostrar media cara.

La habitación estaba a oscuras y de ella escapaba un ligero olor fuerte. Un olor que hacía unos meses Mauro no habría reconocido, pero que ahora formaba parte de su rutina en Madrid.

—¿Estás bien?

Andrés asintió en silencio. Con la luz que se colaba del pasillo, se podían apreciar sus enormes ojeras. Se veía como la versión de Sitges, demacrada y superviviente, no vivaz y alegre. Mauro odiaba que su amigo se estuviera dejando llevar por el momento que estaba atravesando, porque tenía solución, porque debía mantenerse firme.

—Salgo —le dijo el rubio cuando vio que Mauro hacía el ademán de entrar.

Mauro lo respetó y se mantuvo a la espera de que Andrés saliera de la habitación para dirigirse al salón. Se sentó en el sofá y se abrazó a un cojín.

—¿Qué tal estás?

El rubio negó con la cabeza y chasqueó la lengua.

—Hecho una mierda. No duermo nada.

Se hizo el silencio entre los amigos y Mauro vio la oportunidad de sincerarse, de contarle que sabía que las cosas no andaban bien.

—Te he escuchado.

Andrés pareció perplejo.

—¿Qué?

—Llevo días escuchando cómo te vas del piso. —Luego, Mauro se aclaró la garganta—. Nuestras habitaciones comparten paredes, Andrés.

—Qué dices, nena. Estás loca —intentó bromear este.

Pero no colaba. No con esas pintas, no con el hedor a alcohol que emanaba, ni con esas ojeras, que habían vuelto a aparecer.

—Andrés, ¿qué está pasando?

Al principio, el chico mantuvo esa sonrisa bobalicona como queriendo evitar el tema, pero esta fue muriendo poco a poco. Se le contagió en los ojos y terminó por ponerse serio; se convirtió todo en tristeza.

—No sé, no puedo pararlo, es... —Y rompió a llorar.

Mauro no soportaba ver así a su amigo. Se acercó y lo abrazó, tratando de calmarle como buenamente pudiera.

—Pensaba que podría, te lo juro —le dijo Andrés, entre sollozos—. Pero es una mierda. Estoy harto de todo. He hecho las cosas mal y no tengo la conciencia tranquila.

—Ya hemos hablado de esto. —Mauro fue tajante—. No es tu culpa que Efrén fuera un gilipollas.

—Me dejé engañar —replicó Andrés.

—Eso no es excusa para que te emborraches solo, llores y hagas lo que sea que hagas por las noches. ¿O estás metido en...? Ay. —Mauro se tapó la boca con las manos.

—¿Qué? No, no, no.

—¿Eres compañero de Gael? ¿O de Javi y ahora vendes droga? Andrés puso los ojos en blanco y se señaló la cara.

—Sé que soy guapo, pero tampoco para que con este careto paguen por mí y menos que se fíen si les vendo popper, Mauro. Además que no, no quiero saber nada de eso.

Se quedaron en silencio unos segundos, hasta que Mauro volvió a hablar, un poco más tranquilo al ver que su amigo no estaba metido en cosas demasiado turbias.

—Pero algo haces, Andrés.

—Es que... es que no puedo parar, Mauro —se sinceró—. Necesito expulsarlo todo de mi cuerpo, no sé explicártelo.

—Somos amigos. Si no me lo cuentas a mí, ¿en quién vas a confiar?

Así que Andrés se lo contó todo. Cómo cada noche se citaba con múltiples chicos para, según él, sentir algo. Cómo desde su interior brotaba una necesidad de validación que no conocía y que terminaba pudriéndose en cuanto un hombre sudoroso se le corría encima. Le contó cómo cada noche era peor que la anterior, pero que si se encerraba en casa, no mejoraría. Era un círculo vicioso y él era su propio veneno.

—Vamos a hacer una cosa —dijo Mauro, intentando no pensar en las imágenes de Andrés que aparecían en su cabeza. Debía mantener la calma por él—. Vamos a dormir juntos. Por lo menos esta noche. Y te voy a abrazar. Tiramos las botellas y hablamos hasta que te quedes dormido.

Los ojos de Andrés se llenaron de lágrimas, que enseguida cayeron como chorros por sus mejillas. No dijo nada, el único ruido que emitió fueron sus moqueos.

—Ya me invitarás a un McAitana cuando todo acabe —bromeó Mauro.

—Sé que es un drama, pero... ya no los venden.

Los dos rieron.

Y luego se fundieron en un abrazo que sanó cicatrices.

79

Gael

Los recuerdos de su primera noche con Oasis no dejaban de repetirse en su cabeza. Se había quedado con tantas ganas de besarle que le dolía incluso en el alma; era como una necesidad casi física. Por suerte, ahora que conocía su realidad, quién era de verdad, había comenzado a seguirle en Instagram para seguir sus pasos. Le mandaba corazones y fuegos en las stories que subía con su cara, esa tan bonita que tenía. Oasis siempre le respondía cosas preciosas, sus palabras eran regalos.

Aunque Gael tenía miedo de que fuera un espejismo. No quería pensar mal, pero era inevitable: ¿y si solo le estaba utilizando para las fiestas? ¿Para fingir que tenía novio y que los babosos interesados no le molestaran? Por más que lo intentaba, el cerebro de Gael no dejaba de lanzar ese tipo de dudas y acusaciones.

Después de todo, se merecía algo bonito, ¿no?

Pero ¿podría pasar?

> Guapooo
> Eres mi mayor fan
> Creo que nunca he hablado
> tanto con alguien por ig

Te lo prometo
Y mira que tengo amigos que sí
Que ligan con fans

Sí?

En fin
Cómo va tu semana?

Pues iba bien, pensó Gael. Había tenido un par de trabajillos esporádicos. Y justo, como si lo hubiera invocado, uno de sus peores clientes le acababa de escribir. Lo consideraba así porque las consecuencias duraban a veces días: estaba obsesionado con las drogas.

FRANCISCO JAVIER
Gael, estás libre esta noche?
Te invito a lo de siempre

Lo de siempre consistía en follar mientras consumía alcohol, popper, cocaína y viagra. Las sesiones duraban entre ocho y diez horas, y Gael debía tomarse un día libre por lo menos tras volver del trabajo. Le jodía, porque no le gustaba estar medio inconsciente mientras estaba con un cliente, pero le pagaba tanto dinero que era difícil decir que no.

Cada vez tenía más claro que su futuro no era ese, que en cualquier momento se rompería. Ahora que estaba conociendo a alguien, todo ese tema le parecía cada vez más y más ajeno, como si no le perteneciera vivir esa realidad.

Mientras esperaba que avanzara el proceso de sus papeles, ¿qué más podría hacer?

> Claro, Francisco
> Dígame hora y voy
> :)

Francisco Javier era médico. Su profesión era cuando menos irónica, viendo lo que le gustaba hacer en la cama. Vivía en pleno centro de Madrid, junto al pulmón de la ciudad. El barrio de Ibiza, a veces confundido con el del Retiro, era el hogar de decenas de familias adineradas. No llegaba al nivel del barrio de Salamanca o Pozuelo, pero era sin duda una de las zonas con más ingresos de la ciudad.

Y por eso la gente miraba mal a Gael.

Subió por el ascensor hasta la última planta. Ah, claro, porque vivía en el ático. Tenía buenas vistas y, a decir verdad, era un pisazo. Él era el peor cliente, pero probablemente tenía la mejor casa de todas.

—Guapo, cuánto tiempo —le dijo el médico en cuanto abrió la puerta. Gael entró y le sonrió, algo incómodo—. Lo tengo todo preparado, ya conoces la casa.

Gael caminó por el pasillo angosto hasta el final, donde una enorme habitación de matrimonio quedaba iluminada por las enormes ventanas. Enfrente de la cama había una mesita que Francisco Javier siempre usaba para colocar, como si fuera un bodegón, todas las drogas que tomarían en las siguientes horas.

—Yo ya me he tomado un poco de viagra...

Francisco Javier le señaló la entrepierna. Gael no se había dado cuenta de que estaba completamente empalmado y supo que no tendría tiempo ni de acomodarse, de que aquello empezaba ya. Se sentó en la cama y atrajo al médico con las manos, dispuesto a comenzar a chupársela.

—No, no. Consume —le dijo este.

Gael se volvió hacia la mesita y cogió el popper. Comenzaría con algo más sencillo, que le dilataría el ano, las venas y la garganta. La última vez que había estado con el médico le había pagado un extra por hacerle, según él, la mejor garganta profunda de todo Madrid. Así que Gael aspiró una vez por cada orificio, y luego otra vez. Le pasó el bote a Francisco Javier y este aspiró solo dos veces, luego cerró el bote y lo tiró sobre la cama.

El hombre se bajó el pantalón de chándal Adidas negro y su pene quedó libre, rebotando. Gael lo agarró con la mano y se lo introdujo sin más miramientos. Cerró los ojos cuando lo sintió contra su garganta, presionando, y cuando el médico comenzó a embestirle cada vez con más fuerza, Gael se dejó hacer. Notaba el efecto del popper en las sienes; estaba un poco mareado, pero el subidón era innegable.

Al cabo de unos minutos, el médico le indicó que se tumbara sobre la cama. Tenía muchísimos cojines enormes, así que Gael apoyó la espalda sobre estos. Francisco Javier agarró de nuevo el bote de popper, aspiró, se lo pasó a Gael y luego se puso de pie sobre la cama, con el pene sobre la cabeza del colombiano, que se lo introdujo de nuevo.

Después de cuarenta minutos de mamada, a Gael le dolía la mandíbula.

Más tarde, consumió también viagra. Francisco Javier era versátil, le gustaba cambiar de roles durante esas ocho, diez o doce horas interminables. Comenzarían con Gael como activo. Esperaron que la viagra hiciera efecto y el médico se tumbó boca arriba, sujetándose las piernas con las manos.

—Una rayita —le dijo a Gael.

El colombiano se acercó a la mesa y agarró la bolsita con cocaína. Había un utensilio largo, de metal, que utilizaban algunas personas para consumir. Se metió dos rayas y luego le ofreció al médico, que hizo lo mismo.

Ya preparados, Gael le penetró. Lo hizo como un robot, sin sentir. De vez en cuando hacían pausas para drogarse más, saltando de una droga a otra como si nada. Las dosis de Gael siempre eran más altas, porque Francisco Javier lo miraba como diciéndole que era su deber.

Odiaba eso.

El cielo se puso, ya era de noche. Ahora Gael estaba siendo penetrado. Había perdido la cuenta de la cantidad de sustancias que había en su cuerpo y sentía que no podía más. Siempre era igual. Llevaba su cuerpo al límite, estaba totalmente negado como persona.

Eso era justamente lo que le gustaba al médico: sentir que tenía el absoluto control de la situación, el saber que Gael lo hacía por necesidad. Se corrió sobre el pecho de Gael, gritando como un mono en plena selva. Era deplorable y asqueroso.

Cuando Gael terminó de secarse después de darse una ducha, ya casi amanecía. El cliente le dio el dinero en un sobre, otra de sus tonterías. En una ocasión le había dicho que si lo veía directamente era como si estuviera pagando por sus servicios y que prefería pensar que no era un chapero. Tenía demasiadas fantasías estúpidas, pensaba siempre Gael.

Mientras bajaba en el ascensor, el colombiano revisó los billetes. Era más de lo que solía darle. Después de eso, se le emborronó la visión y se guardó el sobre a duras penas en el bolsillo.

Al salir a la calle, el sol le cegó. Tuvo que pedir un taxi porque apenas podía caminar.

80

Iker

Los mensajes no paraban de llegar. Había tenido que disminuir el contenido y lo elegía de forma estratégica, pues tenía demasiadas solicitudes de sus suscriptores. De hecho, había llegado un punto en que no tenía ni que anunciarlo en Instagram; por lo visto se había corrido la voz en otras redes sociales, foros y entre los propios usuarios de la plataforma. Poco a poco, gente conocida del mundillo había comenzado a seguirle, e Iker llevaba un par de días dándole vueltas a la propuesta de uno de los actores porno que estaba destacando esos últimos meses en la plataforma.

Era conocido por hacer cosas un poco más... extremas. Era sumiso y sus vídeos consistían en activos dominándole de una forma un poco arriesgada, incluso para Iker. La idea no le parecía descabellada; de hecho, sentía algo de interés en llevar su contenido al siguiente nivel, pero la propuesta que le había llegado...

Hola, Iker! Te llevo siguiendo ya un tiempo
Me gustaría proponerte que grabemos algo juntos
Yo lo hago todo en mi casa, tengo sitio de sobra
Me dedico a esto profesionalmente
No sé si conoces el contenido que hago, pero soy fan
   del BDSM
Mi rol frente a las cámaras es siempre pasivo sumiso 10000%
Tú eres activo, ¿verdad? Solo activo
Te interesaría que grabemos algo juntos?

Dividimos a partes iguales :)

Hey!
Suena interesante
Qué tienes en mente?

Una buena sesión de dominación
Creo que será guay porque no tienes contenido así
Antes de hacerlo y cuadrarlo podemos poner límites
O no, lo que quieras
Me dejo llevar un poco también en el momento

Sería mi primera vez con BDSM de este rollo
Algún problema con eso?

No importa, te guío
Lo principal es que quede bien
Y que nuestros fans renueven!
Eso es lo más importante, jajaja

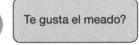

> Claro, claro
> Vale, pues sí, podemos verlo
> Sin problema

> Te gusta el meado?

Iker abrió mucho los ojos. Después de eso continuaron charlando un rato y, definitivamente, ese chaval estaba un poco loco. El sexo no era para juzgar o ser juzgado, pero dentro de sus límites, Iker se dio cuenta de que este los excedía casi todos.

Estaba algo nervioso. No sabía qué esperarse de ese chico, sus idas de olla y su propuesta. Cuando Alesso, así se llamaba, le abrió la puerta, Iker se encontró con una versión mejorada y más atractiva de la de su foto de perfil. Mucho mejor en persona que en sus vídeos.

Era un chico pequeño, la verdad. Iker le sacaba por lo menos una cabeza y tenía el doble de cuerpo que él, pero sus ojos, su pecho... Era del norte de Europa, rubio como él solo, pero con esa belleza tan característica. Todo su cuerpo parecía perfecto, fibrado, fruto de muchas horas de entrenamiento.

—Hey —le dijo Alesso—, pasa, pasa. Lo tengo todo preparado. Solo falta montar el set, lo que hayas traído.

Tras entrar en el piso, lo condujo hacia su habitación. Era doble, con una cama que ocupaba casi la mitad del espacio. Todo era blanco: sábanas blancas, suelo, pared y techo blancos, muebles blancos. Bueno, no. Apenas había muebles, tan solo una pequeña mesilla de noche con cajones. Ese sería el set al que se había referido en sus mensajes, porque era imposible que durmiera en un lugar así. Era demasiado poco personal.

Iker dejó sus bártulos en el suelo. En la mochila llevaba un par de cámaras y un foco pequeño que se puso a montar. Había tensión en el ambiente, en el buen sentido, mientras Alesso lo miraba expectante sentado en la cama.

—¿Es tu primera vez? —le dijo este, mientras Iker comprobaba dónde colocar el aro de luz.

—No sé a qué primera vez te refieres —respondió Iker, con una sonrisa. No sabía qué tenía aquel muchacho, pero incluso su forma de hablar era sugerente, como si solo quisiera comérselo ya, sin darle al REC.

—A lo que vamos a hacer.

Pese a que ya lo habían comentado, ¿qué debía contestar Iker? Podía hacerse el fuerte, como si se hubiera informado, o dejar que le guiaran... ¿Cuál era su papel en todo esto? ¿Jugaban el mismo papel fuera de cámaras que en la cama?

—Ya lo verás —respondió finalmente.

No hablaron más hasta que las dos cámaras con sus respectivos trípodes estuvieron colocadas, y el aro de luz iluminando la habitación. Alesso lo miraba con una media sonrisa, algo parecía divertirle.

—¿Pasa algo?

Este negó con la cabeza.

—No te imaginaba así —le dijo entonces.

—Así... ¿cómo? —Iker estaba confuso. Como se echara para atrás, se sentiría idiota.

—Tan grande, tan buenorro. No me lo creo.

El ego de Iker subió a los niveles acostumbrados: altos. Si Alesso seguía por ese camino, las cosas irían muy bien.

—¿Sabes qué? Me gusta mucho que me digan ese tipo de cosas.

—¿Ah, sí? ¿Eres de los que hablan al follar? ¿Te pone que te digan lo grande que tienes la polla?

En la mirada de Alesso había una mezcla entre burla y excitación.

—A quién no le gusta —respondió Iker.

—No, está bien saberlo. Así aclaramos ciertas cosas antes de empezar. Por ejemplo, ¿cuál es tu límite?

Iker ya estaba entrando en el modo necesario para grabar la escena, poniéndose a tono con la conversación. No podía dejar de mirar los ojos de Alesso, le atrapaban.

—No tengo límites —dijo Iker, entrecerrando los suyos. Era un desafío.

—Yo tampoco —casi susurró Alesso—, pero esto es distinto.

Vamos a grabar. No podemos estar tres horas. Pongamos una palabra de seguridad por si las cosas se ponen mal o queremos terminar.

—Rojo —dijo simplemente Iker; era la primera palabra que se le había pasado por la cabeza.

—Genial, me parece bien.

Iker... sí, desde luego seguía nervioso. Era extraño para él, porque las cámaras no le imponían en absoluto. Se había dado cuenta del poder que tenían, de que cada cosa que hacía le generaba un ingreso extra, que cuanto más al límite llevara el contenido, mejor resultados obtendría... Pero Alesso, de alguna forma, le transmitía ese nerviosismo tan diferente. Como si algo fuera a cambiar para siempre. Vamos, que se sentía como en una película, a punto de cumplir una profecía.

En silencio, encendió los focos y las cámaras. Quería comenzar cuanto antes.

—Espera —le dijo Alesso. Rebuscó algo debajo de la cama y sacó una caja. Iker miró de reojo; el piloto en rojo de las cámaras estaba encendido. Lo que fuera a pasar, quedaría para siempre en su tarjeta de memoria... y en su cerebro.

Alesso abrió la tapa de la caja. Estaba llena de objetos de todo tipo que se usaban en prácticas sexuales como la que iban a realizar. Desde antifaces a cadenas, látigos, bolas chinas, dildos y vibradores, máscaras... Iker sintió la necesidad de acercarse, de elegir por lo menos con qué empezar, pero rápidamente Alesso le apartó la mano con lentitud y le sonrió con esos dientes tan bonitos, incluso con los ojos.

Joder, me pone burro.

De nuevo, con esa calma que parecía caracterizar a aquel chico y desprendiendo seguridad, extrajo del botín un pasamontañas de color negro.

—Antes de nada, de ponérmelo y eso, quiero decirte que estamos aquí para que me hagas lo que quieras. Yo seré tu sumiso, tú debes tener las riendas del juego en todo momento.

La entrepierna de Iker, literalmente, pegó un salto.

—¿Lo que quiera? —jugó este.

—No hay límites, ¿recuerdas? Yo no importo, solo tu placer y tus fantasías. Lo que se te ocurra, se hará. Así es como funciona.

Y con esa sonrisa picarona, la cara de Alesso desapareció detrás del pasamontañas. Ahora, solo su boca y ojos eran visibles, pero con lo expresivo que era el conjunto, era más que suficiente.

—Cuando quieras —le dijo el rubio con un susurro sensual.

Iker tenía claro cómo quería que aquello arrancara. De momento, no iba a quitarse ninguna prenda, se las mantendría puestas lo máximo que pudiera. ¿Y qué llevaba? Lo más sexy que se le había ocurrido para una situación como aquella: pantalones de chándal cortos que le marcaban todo el paquete a la perfección, sus piernas grandes y anchas quedaban al descubierto, calcetines blancos y altos y una camiseta interior blanca de tirantes que era la que más le daba el aspecto de tener unos brazos enormes, a la vez que le resaltaba el pelo oscuro, las venas.

Ahora se encontraba de pie, frente a Alesso, que lo miraba expectante sentado en la cama, deseoso de recibir órdenes. Le guiñó un ojo. Antes de hacer nada más, Iker volvió a comprobar que las cámaras estaban grabando. Estaba excitado, sí, con la visión de aquel chico tan buenorro frente a él y solo para él. Y después, cuando lo subiera, cientos de personas podrían verle en plena acción.

Uf, cómo le ponía pensarlo.

Iker se acercó a Alesso, al cual agarró por la parte de atrás del cuello y forzó para que le besara, atrayéndolo hacia él. Se fundieron en un beso intenso, lleno de ganas, que hizo que las manos de Alesso terminaran por tantear el pantalón de Iker, con una erección ya creciente marcándose. Pero Iker lo apartó de un manotazo y lo echó hacia atrás, para que volviera a sentarse en la cama.

—Cuando yo diga —le avisó, bajito.

Alesso tragó saliva y solo asintió, contemplándolo sin apartar la mirada. Iker sonrió satisfecho al darse cuenta de que se le marcaba el pene; lo vio a través de una de las pantallas de las cámaras. Unos pantalones grises y un buen miembro siempre eran sinónimos de buenas propinas por parte de sus fans. Acercó la cadera hacia la cabeza de Alesso y le restregó todo lo que tenía por la boca, nariz y mejilla. Alesso olfateó, esnifó con fuerza, excitándose sobremanera. Iker sabía que aún no era el momento de descubrir lo que se escondía bajo el pantalón, así que le acercó el bulto enorme a la boca para que comenzara el juego un poco más fuerte.

La mirada de Alesso se concentró en este. Respiraba fuerte,

como si le faltara el aire, mientras deslizaba sus labios y lengua por todos los centímetros escondidos de Iker. El gris del pantalón no tardó en convertirse en algo más oscuro, debido a las babas. Cuando ya estuvo mojado, Iker apartó de golpe a Alesso contra la cama de nuevo y se bajó los pantalones de un tirón, liberando su pene erecto, durísimo, ancho, venoso. Estaba en todo su esplendor.

Alesso no hizo nada, ni un ademán de acercarse. Llevó su mano a la entrepierna para acariciarla, como si no pudiera evitarlo. Ahora era momento de poner en práctica aquel pasamontañas, que dejaba liberada la boca del chico.

Pero no iba a ser tan fácil.

—Me la comes cuando yo te lo diga, si lo intentas... —comenzó Iker, tratando de continuar con la idea más alocada que había tenido hasta ahora.

—¿Qué? —le interrumpió Alesso, casi furioso de excitación.

La respuesta de Iker fue acercarse con aire amenazante, hinchar sus músculos y plantarle un bofetón en la cara a Alesso. La palma de su mano golpeó la tela negra, amortiguando el sonido, pero fue más que suficiente para que Alesso se mantuviera callado. Se le bajaron los humos, de hecho, porque no dijo nada, y también porque, de pronto, en su mirada se veía la sumisión.

Iker no pudo evitar volver a mirar la pantalla de la cámara que tenía más cerca. Le enfocaba directamente desde los pectorales hasta las rodillas. Y joder, estaba mal decirlo, pero estaba tremendo. Sin apartar la vista, viendo cómo su pene se balanceaba con cada paso, se acercó a la cabeza de Alesso y la guio por todo su cuerpo para que lo lamiera, besara y oliera. Alesso tomó un poco la iniciativa, lamiendo incluso sus pezones, olfateando sus axilas. Iker soltó el primer gruñido y su aliento empezó a entrecortarse. Necesitaba seguir, hacer cosas más fuertes, pero la escena debía tener material de sobra.

Así que trató de relajarse.

Agarró con fuerza el pasamontañas de Alesso, desconectando a este de la exploración corporal. Los ojos de ambos hicieron contacto, entrecerrados, llenos de una ferviente pasión el uno por el otro. Con lo pequeño que era aquel chico, Iker sentía que podría levantarlo completamente en volandas con tan solo una mano. Sin embargo, se ayudó de la otra, la que tenía libre, para agarrarle también por el cuello. Esa era una de las cosas que marcaban el contenido de Alesso: la asfixia. Lo mantuvo en el aire durante unos pocos segundos en los que Alesso se mordía el labio, como si no hubiera nada que deseara más en el mundo que ser ahorcado por una mano masculina. Pero Iker rompió el hechizo lanzándole contra la cama. No dejó que Alesso pudiera colocarse en una posición cómoda, porque lo atrapó con sus manos enormes contra las sábanas y llevó la cadera y el pene erecto contra el pantalón de este, restregándolo lentamente.

—Eso te gusta, ¿verdad?

Alesso asintió con la cabeza y soltó un gemido.

—Responde —le dijo Iker, apretando más su cabeza contra el colchón.

—Sí, me gusta.

Satisfecho, Iker relajó la presión y dejó que Alesso le besara, dándose la vuelta. Se fundieron de nuevo en un beso furioso, esta vez con los límites mejor establecidos, pues no hubo manos que fueran a tocar lo que no debían. De manera fluida, la cosa cambió.

Los besos continuaron y continuaron... Iker empezó a apretar un poco. Mordidas de labio, pellizcos, mordiscos en el cuello. En la mirada de Alesso vio que aquello le volvía loco, y pensando en lo que acababa de pasar... Llevó las manos contra el pecho y el cuello de este, y le besó mientras apretaba. Poco a poco sintió que se iba quedando sin aire, pero seguía queriendo más y más. Iker le mordía tan fuerte los labios que su pene parecía a punto de explotar. El poder que sentía teniendo aprisionado a aquel chico contra una cama sin poder moverse, mientras se grababan, asfixiándole con la fuerza de sus propias manos...

—Para —le susurró Alesso, de pronto.

Iker relajó las manos durante un segundo, algo inseguro, aunque no dejó de besarle. No podía dejar de hacerlo, y más con el pasamontañas, que le daba un toque extra a la mezcla.

—No pares —le dijo entonces Alesso.

—Aclárate. —Iker lo dijo bajito, tratando de que las cámaras no lo captaran demasiado. Si iba a ser un alfa, no quedaba demasiado bien tener dudas, ¿no?

Pero Alesso también lo entendió. Se acercó un poco a su oído y le susurró:

—Tenemos una palabra clave para algo, todo esto es fantasía.

—Okey —dijo Iker, comprendiendo finalmente el palo del que iba todo.

—Ahora, llévame al extremo. Soy tu puto juguete, Iker. No tengas miedo y úsame, hazme sentir humillado. Es lo que me gusta.

Tras decir aquello volvió a apoyar la cabeza contra las sábanas y, con sus propias manos rodeando las de Iker, apretó contra su cuello, soltando un gemido. La presión de las manos de Alesso sobre las de Iker era fuerte, tanto que empezaban a entumecerse. Si no paraba, se iba a desmayar.

Pero... ¿era lo que quería?

Los ojos en blanco de Alesso le dijeron que sí, que era lo que quería. Así que decidió hacerle caso.

—Vamos al extremo, venga —le animó Iker, apretando ahora él con más fuerza, sin dejar de besarle y morderle los labios.

Aunque igual el extremo que a Iker le apetecía en aquel momento era otra cosa. Le agarró de nuevo con fuerza del pasamontañas, llevándolo hacia el borde de la cama. Alesso daba bocanadas, tratando de respirar.

No sabía que lo iba a necesitar aún más.

Iker colocó al chico de tal forma que todo su cuerpo quedaba en la cama, boca arriba, exceptuando su cabeza, que yacía colgando fuera del límite de la cama. Como era de esperar, sabía lo que le tocaba en ese momento, pues ya había abierto la boca, desesperado.

El pene de Iker se introdujo casi al completo. Y gritó de placer. Por fin sentía aquellas babas, labios, garganta, rozando todo su esplendor. Pero no, no era suficiente. Apretó, le embistió. Aquella postura hacía cumplir una de sus fantasías: la sumisión completa ante una buena mamada. Empezó a notar la falta de respiración de Alesso mientras su pene se mantenía en la posición perfecta para asfixiarle, esta vez desde dentro.

Decidió que iría con cuidado, si es que podía. Extrajo su enorme pene de la boca de Alesso, que trató de respirar lo máximo posible en tiempo récord, y luego fue él mismo quien, agarrándole las piernas con las manos, le invitó a entrar de nuevo. Él mismo apretó.

¿Y si esas veces que Alesso tomaba la delantera, como pidiéndole más, era porque él no estaba cumpliendo como debería?

Algo confuso, trató de subir de nivel. Había perdido la cuenta de las veces que se sentía atrás, como si en efecto no llegara. Bombeó con tanta fuerza hasta la garganta de Alesso que este hizo ademán de vomitar, pero se mantuvo pegado a su pene, soltando babas a presión por los lados.

Hasta que el chico no comenzó a golpearle con las manos en los muslos, Iker no se separó. La visión era demasiado excitante: un pasamontañas sumido en saliva, su pene endiabladamente erecto y también lleno de babas, mientras un hilo aún le conectaba con la boca de Alesso. Se agachó para besarla, para compartir esos fluidos.

—Muy bien —le felicitó Alesso—, pero quiero más.

Volvieron a repetir, en esa postura, un poco de asfixia y mamadas. Cuando Iker sintió que estaba satisfecho, en alguna que otra ocasión incluso mirándose reflejado en las pantallas de la cámara para excitarse más, era hora de cambiar un poco.

Alesso aún no se había quitado la ropa e iba a seguir así por un tiempo.

Después de sentir su polla asfixiarle con tanta facilidad, de haber estado así, dándole tan fuerte, durante minutos, se sentía extasiado. Necesitaba descansar un poco. De hecho, estaba sudando. Las gotas habían mojado incluso la ropa de Alesso, que ahora parecía salpicada por pintura de color oscuro.

Y de pronto, vinieron las ganas.

—Necesito un minuto —le informó Iker a Alesso, temeroso de romper el momento—. Tengo que ir al baño.

—¿Te meas?

La mirada de Alesso era imposible de interpretar; como si fuera un niño pidiendo un caramelo. Incluso llegó a lamerse los labios, a soltar el aire.

Clic, idiota. Te cuesta entender el puto puzle.

No hizo falta que Alesso dijera nada más. Iker se agarró el pene y se lo introdujo de nuevo a Alesso en la boca, esta vez, él sentado sobre la cama, como al principio. Al ser tan pequeño, llegaba perfectamente.

Iker no podía más.

Se apartó un poco, presionando con fuerza su pene para que no le doliera demasiado y...

Ahí estaba.

El pis salió blanco y directo hacia la boca de Alesso, que tenía la lengua fuera, esperando recibirlo. Abría y cerraba la boca, saboreándolo, mientras se tocaba el paquete, ahora por debajo del pantalón, masturbándose. En cuestión de segundos estuvo completamente empapado, más que antes. Lo que Iker sintió fue demasiado para entenderlo; en parte, liberación, felicidad; en parte, excitación; en parte, asco.

Pero la mezcla era una bomba, una que le estaba quemando por dentro.

Cuando terminó su meada, el pene de Iker se había quedado un poco más flácido, aunque aún mantenía gran parte de su tamaño. No dudó en introducirlo en la boca de Alesso, que aún tenía algo de pis. Se estremeció con el calor. Dejó ahí su pene, con los ojos cerrados, mientras la lengua de Alesso jugaba con el espacio que quedaba. Y dejó que su pene creciera, que se excitara de nuevo, que todos sus centímetros volvieran a ocupar todo lo que pudieran dentro de Alesso.

Al cabo de unos minutos, Alesso tuvo una arcada, e Iker extrajo su miembro.

—Muy bien, precioso —le dijo Iker, besándole en los labios—. ¿Qué tenemos en esa caja?

Alesso la cogió. Se encontraba en uno de los lados de la cama, fuera de plano. Mientras la abría, Iker vio lo mojado que estaba él, las sábanas e incluso el suelo.

—Quítate el pasamontañas —le ordenó Iker, casi rugiendo. No supo de dónde había salido aquella voz, pero fue gutural, fuerte. De un verdadero alfa.

El chico respondió con una sonrisa de medio lado y se lo quitó. Lo lanzó a una esquina y extrajo de la caja lo que parecía ser una cuerda. Se la dio a Iker, que la agarró con fuerza. Con un gesto de la mano le indicó que se acomodara de nuevo sobre el colchón. El pene de Alesso, que parecía de tamaño estándar tirando a pequeño, se marcaba bajo el pantalón.

Iker vio la imagen: le haría correrse con la ropa puesta, empapada. ¿Eso contaba como la humillación que buscaba? Ahora mismo todo eran fluidos, allá donde mirara.

Alesso esperaba instrucciones. Con la cara totalmente descubierta, el morbo estaba al doscientos por ciento. Se le notaban más los labios carnosos, la rojez en sus mejillas, los ojos aún con lágrimas que pugnaban por salir.

Las rodillas de Iker hundieron la cama cuando se subió. Tenía a Alesso entre las piernas. Miró cómo se le veía el culo desde ese ángulo y le gustó. Rodeó el pecho del chico con la cuerda, le ató las manos por detrás y le hizo darse la vuelta. Ahora lo tenía boca abajo, apretado, más inmovilizado que nunca. Pero aún sobraba cuerda. Le dio otra vuelta más.

—Aaargh —se quejó Alesso, cuando Iker apretó bien el nudo. Entonces, por quejarse, lo apretó más—. Así, así.

Se separó de él. Volvía a estar de pie frente a la cama. Echó un vistazo a la caja y *voilà*, encontró justo lo que su mente buscaba: unas tijeras. Las cogió y volvió a acercarse a la cama. Alesso trataba de mirar lo que estaba ocurriendo, pero apenas podía moverse. Iker, empuñando las tijeras, las dirigió hacia el pantalón del chico. Las introdujo con cuidado en un lugar pequeño donde la tela parecía suelta y cortó.

Ras.

La tela se rajó un poco. Lanzó las tijeras lejos y continuó rasgando la abertura con las manos. De pronto recordó a Diego (¡a Diego!), cuando le había hecho algo similar con el uniforme de trabajo. No iba a negar que desde aquella vez había pensado en probarlo de nuevo. Y ahí estaba.

El pantalón, ahora roto, se mantenía unido por las cuerdas. El agujero era más que suficiente para ver aparecer el culo sobresaliente de Alesso. No estaba completamente depilado, pero tenía el vello rubio, y lo parecía. Iker deslizó su pene por la abertura, que aún estaba algo mojado, y lo dejó, de nuevo, lleno de fluidos. No lo introdujo, no; quería hacerle sufrir. Se lo merecía. Comenzó a agarrarle con fuerza los glúteos, a masajearlos y, poco a poco y sin darse cuenta, se encontró con la lengua entre ellos, lamiéndole como si no hubiera un mañana. Los gemidos de Alesso fueron creciendo, creciendo...

No se lo merecía.

Iker le golpeó con rabia, queriendo dejar una buena marca roja en su piel, para después volver hacia arriba y agarrarle del pelo. Lo besó, así, retorcido. Alesso no podía casi ni respirar de lo excitado que estaba.

—Uff —fue lo único que dijo cuando Iker le soltó el cabello y se dirigió hacia el otro lado de la cama. Se colocó con las piernas abiertas, medio sentado, con la espalda en la pared. Ahora, su pene descomunal estaba frente a la cara de Alesso, que se lamía los labios, sediento.

Pero Iker tenía otros planes.

Mirando a cámara, queriendo traspasar esa cuarta pared de la que tanto había escuchado hablar, dobló la pierna y llevó el pie derecho a la cara de Alesso. Se la apretó. Alesso trató de moverse, pero no podía, tan atado como estaba. Eso sí, comenzó a lamerle los dedos. El pene de Iker palpitaba, erecto, tieso.

Alesso parecía un puto perro con un hueso. No le soltaba el pie con la boca, no dejaba de mordisquearlo y lamerlo poniendo los ojos en blanco. Iker se movió para ponerle el otro pie en la cara. Ahora eran dos, diez dedos, una lengua. Alesso cumplió con su cometido. Cuando Iker pensó que era suficiente, dejó de mirar a cámara y comenzó a voltear uno de sus pies por la cara del chico hasta que lo tuvo en un lateral. Después, sin previo aviso, hizo fuerza para empotrarlo contra la cama. Apoyado con las manos en el colchón, Iker se levantó, apretando bien fuerte, sin temor, la cabeza de Alesso contra este.

Se sentía victorioso, eufórico. Cada vez que aumentaba un poco la presión, su polla parecía recibirlo también victoriosa, hinchándose más. Tener a Alesso completamente inmovilizado, a su total merced...

Esto es una locura, joder.

¿Qué era lo siguiente? ¿Qué otras fantasías y sueños sucios tenía Iker en el fondo de su cabeza que no se permitía experimentar por miedo al rechazo? ¿Podría alcanzar todos los límites que siempre le habían puesto e incluso superarlos? Bueno, si es que en teoría no los había traspasado en aquel momento.

Decidió lo que iba a hacer, pues. Soltó la cabeza de Alesso, que gimió al recuperar el aire, y volvió de nuevo hacia lo que había dejado a medias: su culazo. Introdujo dos dedos directamente. Antes había hecho un buen trabajo y se notaba, pues estaba dilatado.

Metió tres dedos, cuatro. Alesso temblaba, presa del placer. Vio cómo sus pequeñas manos se movían sin control, atadas, rojas. Iker echó un rápido vistazo a la caja de objetos fantásticos y vio... Ostras.

Sí. Sí.

La mano libre de Iker viajó hasta la caja. Cogió el objeto más grande que había, un dildo enorme, por lo menos dos veces más ancho que su antebrazo. Y así, sin lubricante, le dio el relevo a sus dedos con la punta de aquel armatoste.

Alesso se tensó, todo su cuerpo se oprimió, como negando la entrada de aquel objeto extraño en él. Pero Iker no iba a parar.

Tenían una palabra segura, ¿cierto?

Iker apretó, permitiendo que toda la saliva que ya tenía Alesso en el culo le permitiera el paso. Poco a poco, su abertura fue cediendo. Alesso gimió más alto e Iker, con los ojos abiertos, disfrutaba aquella escena como loco, dejándose llevar. El chico rubio gritó de pronto, cuando la punta ya había entrado por completo. Era el momento de pasar a la parte más gorda del dildo.

No, ahora no iba a preguntarle si debía parar. Lo estaban disfrutando los dos.

Siguió con su cometido. El dildo fue entrando, despacio, muy despacio, tanto que Iker estaba perdiendo los nervios, aunque tampoco podía volverse un cretino y reventarle el ano de golpe. Respiró hondo, acariciando con la otra mano su pene erecto sin llegar a masturbarse. Ya tenía ganas de correrse; debía parar un poco, hacer una pausa y luego durar más.

Aunque, bueno...

Alesso tenía pinta de no rendirse, de durar horas y horas. Podría hacer varias rondas con él, ¿verdad? No pasaría absolutamente nada.

Una vez introdujo el dildo hasta aproximadamente la mitad de su longitud, Iker comenzó a darle vueltas, como si fuera un torno para hacer cerámica, y Alesso gemía y gritaba contorsionándose de placer. Y no podía moverse más que eso, atado como se encontraba.

Iker empezó a masturbarse ante aquella escena y cuando sintió que estaba a punto de explotar, sacó el dildo del agujero lo suficiente para tener un poco de espacio. No disfrutó del orgasmo como debería, porque su pene estaba tan increíblemente duro que le costaba atinar, y lo consiguió a medias.

Se deshizo en gemidos, le tembló todo el cuerpo. Su semen había aterrizado en los glúteos y ano de Alesso, que respiraba de manera entrecortada, como si él también se hubiera corrido. Lo miró, asustado, como diciéndole: «¿Ya? ¿O puedes seguir?».

La respuesta de Iker fue igual que su pregunta, silenciosa, a través de los ojos. Alesso quedó satisfecho y saber que Iker podía continuar un buen rato más le excitó, porque elevó el trasero para llevarlo más cerca del pene de Iker. Este lanzó sus manos hacia el chico y le restregó su semen para dejarlo brillante. Los chorros que habían tenido la suerte de entrar en su ano servirían para penetrarle... aunque aún con el dildo. Podía seguir varias horas más, pero al menos necesitaba un breve descanso, así que volvió a agarrar el dildo, que esta vez entró con muchísima más facilidad que en la ocasión anterior.

Un pitido reverberó en la habitación. Iker miró: una de las cámaras se había apagado, las demás estaban encendidas. Se levantó para reactivarla, sin darse cuenta de que había dejado ese gigantesco dildo apuntalando a Alesso.

La vista desde ahí, a unos metros de la cama, era espectacular. Qué puto morbo le estaba dando todo aquello.

Con la cámara de nuevo grabando, se acercó a Alesso. El pene de Iker estaba ahora flácido, aunque no tardaría demasiado en volver a erguirse. Necesitaba un poco de acción para recuperar el tono, por lo que se tumbó en la cama en una postura similar a la de antes, con el torso sobre la pared, las piernas bien abiertas y los huevos triunfantes en medio, colgando. Alesso se colocó de tal forma que su culo tapaba el plano que captaba la cámara justo frente a la cama y, sin mirar a Iker, comenzó a acariciárselo. Para ello debía de tirar muy fuerte de las ataduras que le comprimían, lo que formaba marcas rojas por su cuerpo. Desprendía magia, honestamente, como si tuviera las feromonas a niveles nunca vistos.

Iker se limitó a quedarse mirándolo mientras se tocaba, poner el trasero en pompa, acariciarse el ano con los restos de su semen y el dildo. Comenzó a gemir, esta vez más suave, más tímido, disfrutando de la masturbación, del placer de tocarse donde quería y como quería. Aún tenía la cara con restos de babas y el cuerpo, como el de Iker, cubierto de sudor. Los gemidos fueron aumentando de volumen y, de pronto, Iker se dio cuenta de que su pene volvía a estar erecto al máximo. Fue a moverse para continuar con Alesso, pero este le agarró con la mano el pie para que no lo hiciera.

—Déjame —le pidió, rogándole. Tenía los ojos desorbitados,

las venas del cuello marcadas. Y es que las cuerdas le estaban apretando demasiado—. Quiero ahogarme.

El pene de Iker reaccionó ante la locura de aquel chico con un pequeño salto, correspondiendo la excitación. Entonces fue a besarle y manosearle mientras él continuaba masturbándose en aquella postura, presa del dolor de las cuerdas.

—Ah —dijo de forma ahogada, como si se estuviera quedando de verdad sin aire, lo cual hizo que Iker lo buscara con la mirada para comprobar que estaba correctamente. Alesso, como respuesta, trató de continuar besándole, presa de la mayor excitación que había vivido hasta el momento.

De nuevo, Iker tuvo que recordarse que tenían una palabra segura para algo. Debía dejarse llevar, joder.

Así que tomó la iniciativa. ¿Qué era eso de que su sumiso decidiera? Quizá es que no le estaba dando todo lo que esperaba, ¿no? Ahora que había vuelto al cien por cien, con el pene duro como una roca, se encaminó de nuevo hacia la abertura de Alesso. Agarró el dildo y lo empujó sin miramientos. Sabía que podría con él; estaba demasiado dilatado. Aun así, Alesso gritó, poniéndose todavía más en tensión, pero en cuanto Iker movió el dildo un par de veces, su cuerpo se relajó, como si hubiera estado esperando justo eso.

Pero había llegado el momento de cambiar.

Iker retiró con sumo cuidado el dildo, lo lanzó hacia cualquier lado y dirigió su pene hacia el ano de Alesso, que respiraba fuerte, deseoso de ser penetrado por fin. Antes de ponerse a ello, Iker confirmó que las cámaras estaban correctamente y...

Agarró su pene con mano firme para colocarlo recto, en la posición perfecta para follarse ese culo que tanto deseaba. Como estaba tan dilatado por el dildo, entró sin problemas.

—Diosss. —No pudo evitar gritar, porque la sensación fue tal que incluso sintió que se desmayaba. Estaba caliente, húmedo y le dio la bienvenida de una manera espectacular. Viendo lo cachondos que ambos estaban, no había momento que perder, por lo que comenzó a embestirle apretando los dientes con furia. El sudor corría entre ellos salpicando la cama, los gritos de placer de Alesso parecían romper la habitación.

¿Y las cuerdas? Joder con las cuerdas. Iker buscó con la mirada dónde podría agarrarse para darle más fuerte. Introdujo los dedos de ambas manos en dos espacios diferentes y atrajo hacia sí a Alesso que, como un peso muerto, no tuvo más remedio que ceder, y ahora tenía la espalda y el culo totalmente pegados al cuerpo de Iker, que aprovechó para rodearle el cuello con uno de sus fuertes brazos.

—Ah, ah, ah —soltaba Alesso, con los ojos cerrados. Volvía a ponerse rojo como un tomate.

Iker siguió reventándole y asfixiándole con el brazo. El poder que le recorría el cuerpo no lo había sentido jamás. Sostener así a Alesso era como cumplir todos sus sueños: un chico que le excitada, pero sobre todo, que no tenía miedo. Un chico sin límites.

Se volvió loco. El sonido de sus cuerpos chocando inundaba la habitación. Iker no recordaba haberse sentido así de loco nunca; era como si la excitación que sentía normalmente fuera mínima y por fin estuviera experimentando lo que era el sexo, ardiente, lleno de pasión, furioso. Sentía que estaba literalmente reventando a aquel chico, que ya ni siquiera gemía, porque no le daba tiempo entre embestida y embestida. Iker gruñó, porque cada vez que empujaba su pene en su interior, tenía ganas de hacerlo más profundo y más fuerte, pero no podía, así que apretaba más su brazo, se lo hacía más enfadado.

Siguió así hasta que sus piernas comenzaron a temblar, al cabo de unos minutos. No quería parar, pero su cuerpo le había dicho «basta». Comenzó a amainar el ritmo y Alesso se quejó:

—Fóllame, joder. —Fue un susurro, con una lágrima cayendo por la mejilla—. Destrózame, Iker, destrózame.

Lo que esas palabras excitaron a Iker no estaba escrito. Así que siguió, siguió hasta que de verdad tuvo que parar, mordiéndole, aumentando la presión contra el cuello, clavándole su enorme pene en lo más profundo de su interior. Lo soltó al cabo de unos minutos, como un despojo, contra la cama. Alesso trataba de recuperarse, pero parecía agotado.

—¿Qué te pasa?

Iker no supo de dónde salió aquel tono de voz, ni la demanda en su voz. Pero le gustó, se sintió un alfa.

—Necesito cinco minutos —le contestó Alesso, tratando de zafarse de las cuerdas con movimientos débiles.

Entonces Iker se acercó, le cogió la cara por las mejillas y se la acercó a la suya. Sus alientos chocaron, sus sudores fueron uno.

—No se descansa hasta que yo no termino —le dijo, de nuevo utilizando aquella voz gutural y autoritaria.

Alesso no dijo nada, solo respiraba.

—Te recuerdo que me acabo de correr, me queda mucho por follarte aún —le advirtió, y luego lo besó con furia. El beso fue correspondido y, mientras se deshacían en saliva, Iker fue quitándole las cuerdas a Alesso.

Era momento de pasar a otra cosa.

Vio que el cuerpo del chico estaba lleno de marcas blancas en línea recta, allá por donde las sogas le habían cercenado la circulación. Le excitó ver aquello, saber que alguien había aguantado dolor y angustia por él. Mientras pensaba en lo siguiente, le llevó el pene a la boca para que se lo comiera durante un rato.

—Venga, no me andes con tonterías —le dijo, marcándole la cara con un buen tortazo.

Alesso entendió el incentivo, disfrutó de él, y comenzó a hacer una garganta profunda mientras Iker le embestía con la cadera, acariciándose los pezones. Cuando decidió lo siguiente que haría con su nuevo muñeco Alesso, se retiró bruscamente de él y le agarró de nuevo de la cara, escupiéndole en la boca.

—Abre —le ordenó. Alesso lo hizo e Iker le escupió varias veces. Ambos sonrieron, conocedores de lo excitante que era para cada uno de ellos—. Me he cansado de tu boca.

Iker cogió la cuerda de nuevo y sin más, le rodeó la cabeza a Alesso, para dejarle inutilizada la boca. Solo necesitó un par de vueltas, y la cuerda sobrante quedó tirada por la cama.

O eso había pensado Alesso.

—Ven —le dijo Iker, al otro lado de la habitación, agarrando la cuerda con fuerza. Alesso no hizo nada, pendiente del castigo—. Si no vienes...

Para que Alesso lo entendiera, Iker llevó la cuerda hacia arriba y luego hacia abajo, rápido, transmitiendo ese movimiento hasta llegar a Alesso, que lo recibió como un latigazo. Se le abrieron los ojos, excitado. Musitó algo, pero fue imposible de entender debido a la cuerda.

—No te entiendo, aprende a hablar. —Latigazo—. Y que vengas, te he dicho.

Alesso se bajó de la cama y se acercó gateando a Iker. La vista de este era espectacular: su pene en todo su esplendor, sus enormes piernas de gimnasio y un puto siervo de rodillas atado y esperando órdenes.

Esa tarde no dejaba de mejorar.

Tenía a Alesso de rodillas, completamente sumiso para él, a su completa disposición. Al no poder cerrar la boca del todo, las babas caían y mojaban el suelo. Iker se llevó la mano a su pene y comenzó a masturbarse, sin perder el contacto visual con Alesso, que le miraba con el ceño fruncido.

—Vas a querer esta leche, ¿a que sí?

El chico asintió rápido, varias veces, confirmando que ese semen sería un desperdicio si no se lo tragaba. Pero saber eso hizo que Iker aumentara el ritmo. Le encantaba verse el pene erecto, brillante a través de las pantallas. Comenzó a masturbarse con las dos manos. Agarrarlo de esa forma le hacía sentir poderoso y a sus seguidores les volvía locos, porque aun con las dos manos sujetando su miembro, aún sobraba espacio en la parte de arriba. Se masturbó así durante unos minutos, tentando a Alesso, que no se movía ni un ápice, esperando.

Entonces, Iker liberó su miembro y se tumbó en la cama. Sus piernas se veían increíbles desde ese ángulo: abiertas, con sus testículos y el pene erecto en el centro de la imagen. Le indicó a Alesso con la mano que volviera a subir, y este comprendió la postura. Iker se ayudó de su dedo pulgar para elevar su pene y que entrara con facilidad en el ano de Alesso, que se sentó sin complicaciones sobre él. Emitió un gemido, pero nada más, porque la cuerda le apretaba demasiado.

Joder, la cuerda.

Iker la buscó con las manos y se la enroscó, haciendo que Alesso cayera como un peso muerto sobre él, sin dejar que su penetración se interrumpiera. Entonces, apretando cada vez más y más, Iker comenzó a bombearle. Le encantaba esa postura, y más pudiendo tener el completo control de la situación. Alesso no dejaba de gemir, tampoco tenía otra posibilidad, porque las embestidas de Iker eran furiosas, completas, le recorrían el interior.

Al cabo de unos minutos, Iker se cansó y tomó de nuevo a Alesso de la cabeza. Buscó las tijeras y cortó la cuerda, dejándole inútil. Alesso tomó una bocanada de aire enorme, pero no dejaba de mirar a Iker, que lo empujó contra la pared. Ahora, el chico se sentó sobre la cama e Iker se puso encima.

—Un segundo —dijo este. Cogió uno de los trípodes y lo movió de lugar para que se captara mejor el encuadre. Enfocaría la cara de Alesso y su pene en un primer plano.

Iker comenzó a masturbarse. Con un gesto le hizo entender a Alesso que iba a correrse, así que este sacó la lengua, sediento. A decir verdad, Iker pensaba que podría durar un poco más, pero le estaba costando sus últimos esfuerzos aguantar. Iba a reventar, no solo de excitación, sino que sentía que lanzaría unos chorros épicos.

Mejor, más propinas.

Con una mano, Iker se apoyaba sobre la pared y, con la otra, se masturbaba a la velocidad del rayo. La visión de Alesso suplicando su premio le volvía loco y tuvo que cerrar los ojos unos segundos para no correrse tan rápido.

Pero le fue imposible.

Y en ese momento, cuando sintió sus piernas temblar, cuando el primer chorro salió a presión por su glande y cayó sobre el ojo de Alesso, le pasó algo por primera vez.

Algo que jamás habría esperado, y menos en una situación como aquella.

Pero ¿qué estaba pasando? ¿Qué cojones significaba?

Era como si su cuerpo fuera inteligente, como si el subconsciente le estuviera enviando una señal.

Porque mientras se corría, le vino a la mente Mauro.

Y el orgasmo que tuvo fue el más espectacular que recordaba.

81

Rocío

Rocío, Blanca. Las dos frente a frente, como en una batalla épica. Solo faltaban las espadas, pero al menos Rocío no las necesitaba: iba armada con palabras. La tensión en el piso podía cortarse con un cuchillo.

—Bueno... —comenzó Blanca, pero no estaba segura de querer continuar hablando, solo quería romper el hielo. Se le notaba. Como siempre, iba a esperar a que Rocío llevara la voz cantante. Al menos en esta discusión, que no dejaba de ser culpa suya, y se sentía horrible por ello.

—Quiero que me lo cuentes todo —exigió Rocío, seria.

El salón estaba iluminado con la luz del televisor, así que en la cara de Rocío se reflejaban distintos colores, haciendo que pareciera una película.

—Pues que la he cagado, ¿qué más quieres saber? —Blanca intentó demostrar con su tono de voz lo que sentía, pero a Rocío no le bastaba.

—Durante cuánto tiempo.

Blanca bufó.

—Tía, han pasado, ¿qué, dos días? ¿Tres a lo sumo?

—En ese mismo tiempo te viniste a vivir aquí conmigo. Pensaba que teníamos algo. No es una tontería si vives las cosas con intensidad.

Las palabras de Rocío se quedaron en el aire durante unos segundos. Estaba tratando de demostrar su enfado, su frialdad, aunque no sabía si lo estaba consiguiendo. Claro que le había hecho daño descubrir que Blanca se mensajeaba con Cleo, claro que le había jodido que incluso le hubiera puesto un mote cariñoso... Pero era Blanca, joder. La miraba y se derretía; era preciosa, la adoraba de pies a cabeza.

Eso no lo podría negar.

—No tengo nada con ella —le dijo Blanca al cabo de unos segundos.

—¿Ah, no, diablita?

Blanca emitió un largo suspiro, aunque fue más un quejido que otra cosa. ¿Era su arrepentimiento real? Aunque lo de llamarla así era enteramente su culpa, no de Blanca.

—He hablado con ella. Todo está claro. No tenemos nada y ya está.

Anda, no te jode. Y se van a tomar un Caramel Macchiato de la manita, venga.

—¿La has visto?

Quizá el tono empleado por Rocío fue demasiado amenazante, porque Blanca pareció intimidada.

—Claro. No voy a tener una conversación como esta por WhatsApp.

—No le debes explicaciones a ella —replicó fríamente Rocío.

—Ni a ti.

Joder, eso había dolido. Rocío suspiró y trató de controlarse.

—Bueno. Porque sigues empeñada en que no quieres etiquetas...

—Rocío —la interrumpió Blanca—, quiero disfrutar de Madrid. Aquí puedo vivir mil vidas. Llevo años viviendo una de mierda.

—¿Quieres irte? —le preguntó simplemente Rocío, con tristeza.

—Estoy buscando piso.

—No hablo de eso, nena. Ten coño y dilo.

—¿El qué?

Había tanta frialdad en el ambiente, tanta tensión, que Rocío se estaba volviendo loca. Pero no podía estar frente a Blanca, tenerla tan cerca y perderla. Pero por otro lado, no le gustaba sentirse pisoteada y así era como se sentía en esos momentos.

—Que me quieres dejar plantada. A mí me gustas, Blanca, no me jodas.

—En ningún momento he dicho que te quiera dejar —se defendió Blanca—. Aunque para dejarte tendríamos que ser primero algo...

—Olvida eso. —Hizo un gesto de la mano—. Entonces ¿no tienes nada con ella? Sabía que lo del trío era un error...

—Lo pasamos bien. Fue algo... entre amigas.

¿Perdón?

—Tsss. Para el carro. Nosotras somos algo más que amigas.

—Puede ser. Pero no con ella.

—Espero.

—Claro. ¿No te fías de mí?

Algo cambió en el ambiente. De pronto, toda esa tensión disminuyó con creces y Rocío permitió que afloraran el resto de los sentimientos que tenía agolpados en el pecho.

—Creo que lo mejor es dejar de hacer el idiota —dijo finalmente—. Porque mira qué movida.

—Ya...

—Igual podríamos pensar en... ser normales. —Se encogió de hombros, como si esa idea no la hubiera pensado noche y día—. O sea, en plan tener una relación. Si quieres. Si te apetece, o sea no te voy a rayar...

—Claro. Podemos intentarlo —la cortó Blanca, esbozando una media sonrisa.

—¿Y no crees que es demasiado pronto? Ahora me da miedo, con todo esto que ha pasado. Sé que no somos nada, pero no puedo evitar pensar que pueda pasar en un futuro.

Y era verdad. Sabía que los cimientos de una buena relación eran la sinceridad y la confianza. No obstante, su mente no podía dejar de visitar las miles de posibilidades que podrían suceder. ¿Merecía la pena intentarlo? Estaba confundida y lo único que tenía claro era que le gustaba Blanca. Demasiado.

—Si es lo que nos apetece, ¿por qué no? —dijo al cabo de un rato—. Lo único es que si ponemos una etiqueta, las cosas tienen que cambiar.

—¿En qué sentido?

Rocío hizo un gesto con la mano.

—Tonteos o lo que sea. Solo nosotras.

La sonrisa que Blanca apenas había estado esbozando se ensanchó de golpe.

—¿Quién eres y qué has hecho con mi Rocío?

Ambas rieron a carcajadas; con la tensión liberada, todo lo malo desapareció de golpe.

—Qué bonito suena eso de que soy tuya —dijo Rocío cuando se calmaron.

—Tampoco te rayes, que no estamos en *Crepúsculo*, tía. No nos pertenecemos.

—Ya me has entendido —replicó sonriendo.

82

Andrés

Cuando era pequeño, Andrés recordaba que era un buen chico. Aunque su madre siempre le decía que ignoraba sus consejos y hacía lo que le daba la gana. Siempre se saldría con la suya, al final. Esa parte de él no había cambiado. La conversación con Mauro había sido intensa y le había abierto los ojos, pero una corriente de negrura no dejaba de sumirlo más y más en la desesperación. En el fondo de su mente conocía su realidad: ni iba a morir ni iba a pasar nada malo. Podría tener una vida normal.

Pero por más que se lo repitiera, su amargura le impedía creérselo.

Así que había bajado aún más el listón; ahora era mucho peor.

La última vez había tomado alcohol y lo recordaba a medias, pero en esta ocasión sí que había dado un paso hacia el camino correcto. Mauro le había ayudado a tirar todo el que había en la casa, solo por si acaso. Andrés no se consideraba alcohólico ni mucho menos —y tampoco creía que se hubiera convertido en uno en tan solo unos días—, pero su afán de autodestrucción era tal que ceder ante su depresión inminente iba a ser inevitable.

No obstante, no había necesitado ni una gota de alcohol en su cuerpo para estar ahí plantado.

Quizá era la confirmación que necesitaba. Si lo volvían a usar como basura, ¿continuaría sintiéndolo o habría ganado en orgullo?

Las escaleras del bloque de pisos del centro de Madrid estaban frente a él. Llevaba un buen rato esperando a que le avisaran para poder subir. Era una situación complicada, probablemente asquerosa, y algo en su interior odiaba estar ahí y saber lo que iba a pasar.

Es una locura.

Al cabo de unos minutos, le avisaron. Subió las escaleras y vio un poco de luz colarse en el descansillo, una puerta entreabierta, ruido de fondo. Entró en la casa y cerró tras él. Un chico, el que supuso que era el encargado, le habló antes de moverse para dejarlo pasar:

—Son veinte pavos.

Andrés los tenía preparados en el bolsillo trasero. Se los entregó al hombre y se quedó de piedra con lo que se encontró al cruzar el umbral. Se quedó ahí plantado durante unos segundos que parecieron eternos bajo la atenta mirada de todos esos hombres.

—La noche acaba de empezar, ¿eh? —avisó uno de ellos a otro, que estaba inclinado sobre la mesa consumiendo polvito transparente, por lo que no era cocaína. Había jeringas sobre la superficie, billetes, botellas de alcohol. Era un asco.

—Hola —saludó Andrés como pudo. De pronto, se sentía cohibido. Su misión allí estaba clara: que lo usaran como si fuera una mierda, porque sentía que se lo merecía. Pero la realidad le había golpeado de pronto. Demasiadas cosas, sensaciones, congoja.

—Es su primer chill —le dijo el hombre de la entrada, que lo apartó con educación para pasar él al salón. Se sentó en el suelo y apoyó el hombro en las piernas de un tipo que estaba ahí plantado.

Con el rabo fuera.

Andrés tragó saliva.

El chico que le había recibido se volvió entonces y comenzó a mamar. El hombre del sofá cerró los ojos y estiró los brazos sobre sí mismo con una sonrisa. Parecía drogado y, a juzgar por todo lo que había sobre la mesa de centro, ese sería seguramente su estado.

No había tenido que pasar demasiado para que Andrés supiera que ese no era su lugar. Sus piernas eran incapaces de moverse hacia delante y lo mantenían clavado en el sitio, como si le estuvieran obligando a no participar.

Y la verdad, no quería.

Aquello era demasiado.

Trató de enfocar mejor la vista. La luz era bajita, tenue, como si de una forma extraña aquellas personas quisieran intimidad pese a quedar para drogarse y practicar sexo con desconocidos. Escuchó una voz femenina en el fondo del piso, unas risas y luego, Andrés pudo discernir movimientos en aquella estancia, otro sofá, donde dos chicos se estaban besando acaloradamente mientras otro le abría el culo al que estaba arriba y lo lamía. Enseguida le metió los dedos y otro chico se le acercó con el pene erecto diciéndole algo, pero solo olía a popper, a popper y a lubricante. Un hombre de cincuenta años se metió una raya y acto seguido se bebió un chupito; había otro pene por ahí, otro ano abierto buscando recibir...

Andrés tuvo que sujetarse a la puerta del salón, mareado.

¿Qué estás haciendo? ¿Qué coño quieres?

Se disculpó con la mirada con el hombre cuyo pene le estaba rozando, llamando su atención, aunque este pareció no comprender la situación e insistió acariciándole el brazo.

Andrés no tenía fuerzas para hablar, solo para temblar. No quería alzar la mirada, eso era una pesadilla. Él no pertenecía a ese lugar. No le importaba que la gente lo practicara, pero ¿qué hacía él ahí? ¿De verdad se iba a dejar follar por una decena de desconocidos colocados?

¿Es que había perdido la cabeza?

Supo que ese momento era decisivo. En cuanto atravesara la puerta del piso para volver a casa. Una vez lo hiciera, dejaría encerrado en esas paredes al Andrés tóxico consigo mismo, malhumorado y hastiado. Era el momento de hacerlo.

Andrés notó el frío del pomo de la puerta entre sus dedos. Le despertó aún más, conectando el resto de las neuronas, que parecían haberse quedado fritas durante esos últimos días. Abrió sin darse la vuelta o decir nada, decidido, y cuando escuchó el ruido de la puerta cerrarse a su espalda, sintió en su pecho que por fin estaba encauzando su camino.

Cuando abrió los ojos, se dio cuenta de que la había cagado. Bueno, en cierto modo.

Gael estaba en el salón con el móvil entre las manos y lo miró con los ojos abiertos, sorprendido. Se acercó casi corriendo para darle un abrazo. Andrés no dijo nada los primeros segundos, pero no tardó demasiado en ponerse a llorar. Era un llanto desesperado, lleno de demasiadas cosas: dolor, miedo, vergüenza. Gael le acariciaba la espalda mientras Andrés se desahogaba. Había llorado mucho, pero sentía que aquella vez era diferente, como si fuera definitiva.

—¿Qué pasó, baby? —le preguntó Gael en cuanto se separaron.

Andrés lo miró sin poder sostenerle demasiado la mirada a su amigo. Él le agarraba por los hombros, acariciándole con los dedos.

—Nos sentamos y me cuenta, ¿sí?

Ya en el sofá, Andrés se dio cuenta de que sonaba música muy bajito, para no molestar ni a Mauro ni a Iker. Provenía del teléfono de Gael, que tenía Grindr abierto. Sobre la mesa del salón había un cenicero con un porro medio encendido.

—¿Está bien?

Andrés asintió con la cabeza. Era obvio que mentía, porque bien no estaba. Le escocía la garganta; era incapaz de hablar. Tragó saliva varias veces, pero no podía decir nada, estaba completamente roto. Gael se percató de ello y fue a la cocina. Volvió con un par de vasos de agua que puso delante de ellos. Andrés bebió y se aclaró la garganta.

—He ido a un chill —anunció, de pronto.

Gael no se sorprendió, solo asintió, con la preocupación reflejada en su rostro. No dijo nada, sino que dejó que Andrés hablara.

—No sé por qué... Le conté a Mauro lo que estaba haciendo. Pensaba que iba a poder dejarlo atrás, pero solo quiero sentirme como una mierda —confesó Andrés a duras penas. Hizo una pausa para respirar, sentía el corazón latirle a mil por hora—. No sé qué hacer.

Era evidente que su amigo lo comprendía y volvió a rodearlo con los brazos. Lo besó en la mejilla y apoyó su mano sobre la pierna de Andrés.

—Yo le entiendo, baby. Es complicado.

Andrés asintió con la cabeza.

—Pero ya verá cómo todo mejora. Recuerda el sorteo, ¿no? —le preguntó Gael con una sonrisa.

—¿Qué?

El colombiano alzó las manos e hizo un gesto como de bailar.

—El crucero. Imagine que nos toca, ¡tiene que ponerse bien para entonces!

Andrés trató de sonreír, en sus ojos un poquito de tristeza, pero era cierto. Quizá debía centrarse en el futuro cercano, en las metas a conseguir que podrían o no pasar, pero que sin duda formaban parte de un plan más o menos configurado. Aquello era una tontería, aunque por un momento se dejó ilusionar ante la idea de conocer las islas con las que había soñado toda la vida.

Después de unos segundos de silencio, Gael volvió a llamar su atención.

—Solo tiene que pensar que su realidad es la de muchas personas. No hizo nada malo, no se culpe de absolutamente nada. Fue ese malparido de Efrén, un gonorrea. —Las palabras de Gael hicieron efecto en Andrés, que sonrió con un suspiro—. Viva su vida. Descubra cómo expulsar todo eso.

—No tengo otra manera.

—Usted tiene miles, parce. ¿No era que escribía?

De pronto las piezas en la cabeza de Andrés hicieron clic. Todas sus sensaciones y sentimientos comenzaron a brotar de otra forma, purgándose de pronto a través de su cuerpo hasta llegar a sus dedos. Notó esa efervescencia propia de cuando se sentía inspirado, algo que llevaba meses sin pasarle.

Quizá Gael tenía razón. Quizá Gael había tenido la mejor idea posible.

—Pues sí... —fue lo único que dijo Andrés, en apenas un susurro.

El colombiano volvió a abrazarlo. Parecía afectado, como permitiéndose estar un poquito mal ahora que Andrés parecía estar algo mejor. El abrazo en el que se fundieron duró unos minutos y sirvió para que Andrés volviera a recobrar las fuerzas y compartir todo lo malo, terrible y doloroso.

83

Mauro

Si Mauro volvía a pedirse otro día libre alegando tener que ir al médico para escaparse a una convención de Vitalaif, se metería en problemas.

Acababa de llegar al centro de reuniones, que era la forma bonita de llamar a un pabellón donde los chavales de un instituto harían deporte por la mañana. A Mauro estar ahí siempre le traía malos recuerdos de las eternas y dolorosas clases de Educación Física. Sin embargo, en ese momento, el pabellón estaba decorado y teñido de otras sensaciones muy diferentes. El logo de Vitalaif ondeaba en banderas en cualquier punto que se elevara un palmo del suelo, y las mesas redondas que siempre llevaban los organizadores estaban cubiertas con manteles que, obviamente, tenían también el logo.

—¡Guapetón! —le dijo de pronto una voz. Mauro se dio la vuelta al reconocerla y la saludó con el brazo—. ¿Cómo te va? Te veo fantástico.

Mauro no pudo evitar sonreír. Y era una sonrisa de verdad, enseñando los dientes. Lo cierto es que nunca le habían dicho piropos de forma tan gratuita como le soltaban sus amigas de Vitalaif siempre que se veían.

—Cuánto tiempo, Silvia, no viniste a la anterior convención, ¿no?

Silvia negó con la cabeza. Era una chica un par de años menor que Mauro, con gafas cuadradas y de aspecto serio, mandíbula angulosa y adicta a las bicicletas. Los fines de semana siempre le mostraba imágenes de sus trofeos.

—He estado liada con la mudanza —le respondió ella.

Justo antes de que Mauro pudiera continuar con la conversación, una voz le interrumpió por los altavoces alertando de que las charlas comenzarían en breves instantes. Mauro se disculpó con la mirada y fue corriendo a su asiento asignado, el de siempre, en la parte de atrás, junto a otras personas que, como él, acababan de empezar. Silvia, con quien tenía buena relación, estaba en un rango superior y se sentaba más adelante.

Y era normal, pensó Mauro, por todo lo que se había esforzado con Vitalaif. Además, se veía espléndida.

Un hombre de unos treinta años bastante guapo comenzó a hablar por el micrófono, a unos metros. Mauro era incapaz de verle bien porque aquel lugar no estaba preparado para ese tipo de eventos, y las cabezas de sus compañeros y compañeras lo tapaban. Al final se rindió y se concentró en sus palabras.

—Por eso todavía estamos a tiempo de levantar un poquito este segundo trimestre, que se note aún más que se acerca el verano y que todos podemos sentirnos mejor en la playa luciendo palmito.

El polideportivo rompió en aplausos. Las compañeras de Mauro, sentadas a su lado, estaban incluso emocionadas. Entre los presentes se palpaba una sensación de euforia. Mauro miró a la mujer que se sentaba a su lado: Marisa, cuarenta y ocho años, pelo rizado. Si Blanca la viera en persona le cambiaría el nombre a Maruja.

—Menos mal que no ha venido hoy la rusa, porque me está robando los clientes —se quejaba a otra mujer que Mauro no reconoció mientras aplaudía.

—¿Qué dices? ¿Y eso?

—Le digo el otro día que si le parece normal y todavía me contesta que yo soy mala vendiendo, que ella es mejor porque allí en su país era vendedora de no sé qué. Casi la cojo del pelo y la moñeo.

Mauro abrió los ojos tratando de no reírse y disimulando con una arruga invisible de la mesa.

—Mari, no te preocupes, que yo tengo un truquito para subir la media. Lo he usado un par de veces y es una maravilla.

—Uy, pues sí, me dejas más tranquila, porque con esta puntuación a mí me da que me echan...

Ante eso, Mauro sí alzó la cabeza.

—Disculpa, ¿nos pueden echar?

Marisa parecía molesta de que le hubiera interrumpido la conversación hasta que lo reconoció.

—¡Hombre, Mauro, perdona! Que ni te había visto —se disculpó la mujer con una sonrisa falsa en la boca—. Claro que sí, hay que cumplir unos mínimos y si no, te largan.

—Pero eso se sabe cuando entras, rey —añadió la mujer con la que Marisa había estado hablando.

Mauro tragó saliva. Él había intentado hacer alguna que otra venta, convencer a gente que lo miraba raro de que se apuntara a Vitalaif, de que le cambiaría la vida... De momento no había surtido demasiado efecto y solo un par de personas le habían hecho el caso suficiente como para hacerse el test horrible que te decía si estabas gordo.

—No lo sabía —dijo Mauro, perplejo.

—¿Cómo vas tú? Yo este mes estoy en el top diez de Moncloa —replicó Marisa, orgullosa—. Si la rusa no me toca las narices, igual entro al top cinco antes de que termine el trimestre.

—La verdad que yo... yo... —Mauro no sabía qué decir. ¿Por qué se enteraba en su tercera convención de que aquello era una competición? Pensaba que solo se trataba de sacarse unos euritos cuando pudiera mientras tomaba batidos para adelgazar, pero ya veía que se equivocaba por completo. Aquello era más grande—. Creo que dos personas.

Tanto Marisa como la mujer sentada a su lado se llevaron la mano al pecho y ahogaron un grito.

—Ponte las pilas o te largan —dijo Marisa, casi en tono amenazante.

Mauro sonrió a medias y las mujeres continuaron a lo suyo debatiendo cuáles eran los productos que más beneficios directos les proporcionaban, perdiendo el interés en él. Mauro se quedó pensativo y las palabras de Iker volaron por su mente.

84

Gael

La foto que Gael acababa de recibir era el inconfundible edificio Schweppes en Gran Vía.

> Estoy por aquí
> Me voy mañana a primera hora
> Nos vemos?

Gael no necesitó mucha más información para vestirse como un rayo. Respondió a Oasis en el metro ya de camino al centro. Con él había tantas dudas como momentos inesperados, confesiones de madrugada y charlas eternas mediante stickers de WhatsApp.

> Veinte minutos

> Vienes?

Cuando Gael llegó a su parada de metro, se buscó a sí mismo con la mirada en alguna superficie que le devolviera su reflejo. Tenía que estar guapo, por favor. No había puesto la lavadora en unos cuantos días, así que lo primero medianamente decente que había encontrado en el armario había sido su opción: unos pantalones chinos que le marcaban todo y una camiseta negra de tirantes. Ya hacía calor, sobre todo para moverse en transporte público, así que había llegado el momento de lucir sus brazos tatuados por toda la ciudad.

Al salir por las escaleras se encontró de frente a Oasis, con una sonrisa de oreja a oreja. Era incluso más atractivo de lo que recordaba, si es que aquello era posible.

—Hola —le dijo este. Se abrazaron y al separarse, se quedaron muy cerca. Entre ellos había demasiada tensión sexual, y aún no se habían besado. Todo estaba siendo diferente esa vez, pensó Gael. En circunstancias normales, no habría dudado en probarle en su primera cita.

Aunque todo era raro.

—¿Qué más?

—He venido en viaje exprés, una cosilla de última hora.

—¿Más eventos? —se rio Gael.

La respuesta de Oasis fue un chasquido de lengua. A Gael se le cayó el alma a los pies. ¿Iban a volver a repetir lo de la primera noche? ¿En serio?

—Es solo una cosilla rápida, la inauguración de una nueva tienda en el centro...

—No importa. ¿Me llamó por eso?

Oasis asintió con la cabeza.

Gael tuvo que separarse unos pasos, soltar todo el aire que tenía en los pulmones en un sonoro suspiro. Por qué todo estaba siendo tan difícil. Por qué no podía tener una cita normal, tomar algo y dar un paseo. Las preguntas se arremolinaban en su cabeza, haciéndole imposible concentrarse en lo que tenía delante, que era nada más y nada menos que el chico que le gustaba, que le volvía loco, pero que al mismo tiempo no comprendía y lo confundía.

—Por favor —fue lo único que dijo Oasis. Su mirada transmitía demasiado, era un grito de ayuda. ¿Tan mal lo pasaba? ¿Tanto le necesitaba? En la fiesta anterior no le había parecido que fuera para tanto—. Te necesito.

Joder.

—Si me avisa, no pasa nada, baby. Pero ahora así de repente... Yo pensaba que era otra cosa.

—Podemos tener las citas que tú quieras. Pero ahora no, hoy no.

—¿Es tan importante?

Oasis volvió a asentir con la cabeza. Gael volvió a suspirar.

—Lo siento, pero no me siento bien haciendo esto.

—Si es por el dinero...

—No es por eso. Ya lo hablamos, parce. Deje de tratarme como los demás.

Con aquellas palabras, Gael reveló más de lo que esperaba. Acababa de dejar claro que eso era algo más, que lo que tuvieran, fuera lo que fuera, era diferente.

—Yo no quiero eso para ti —le dijo Oasis, casi en un susurro, mientras se acercaba. Las personas y el ruido de los coches eran atronadores a esas horas, pero solo estaban ellos. El resto del mundo desaparecía cuando Gael lo miraba a los ojos—. Eres mi primera opción, en quien he pensado primero.

—Parce, pero yo...

Era complicado. Y una mierda de situación.

—No le aceptaré dinero. Pero es la última maricada de estas.

—Este evento no es de gala —intentó bromear Oasis para quitarle hierro al asunto, algo que no surtió efecto—. Perdón. Gracias.

Oasis se acercó a Gael con la intención de abrazarle, pero Gael alzó el mentón. No quería saber nada de eso en aquel momento, estaba demasiado dolido con toda la situación. Parecía que la conversación que tuvieron en el Riu no hubiera servido para nada.

—Te lo compensaré —le prometió Oasis, con tristeza en los ojos—. Te prometo que te lo compensaré.

Entonces, Gael lo miró. Lo miró de verdad. Era evidente que en sus ojos también había dolor y temor, porque había mucha tensión entre ellos, una fuerza que los unía irremediablemente. ¿Cuándo había sentido eso por última vez? Era incapaz de recordarlo. La mezcla de sensaciones terminó por convertirse en otra cosa.

—No importa —dijo finalmente Gael—. Pero si me lo compensa, que sea bien.

Oasis asintió con tristeza y esbozando una sonrisa.

—Gracias por salvarme otra vez. No sabes lo complicado que es esto a veces.

—¿Ir solo a eventos de gente adinerada? —preguntó Gael con ironía.

—Venga, no seas malo...

—Baby, deje así. Vayamos donde sea. Pero es la última vez, le digo.

En esa ocasión, Gael sí se permitió engullir su orgullo para recibir los brazos de Oasis a su alrededor. Su olor corporal era agradable, le inundó por completo y solo quería estar así durante horas. Necesitaba besarlo cuanto antes, descubrir si esa tensión era real, electrificarse con la chispa que había entre ellos.

Charlaron un poco sobre cualquier cosa hasta llegar al lugar del evento. El resto de la noche sucedió sin sorpresas, hasta el momento de la despedida.

En ese instante, todo cambió.

La estación de Atocha era increíble. Gael aún recordaba la primera vez que había viajado en un tren de alta velocidad. Solo había sido en una ocasión, en un viaje a ver a un ricachón en la zona de Valencia. El hombre le invitaba a fiestas en yates y lo requería constantemente para nuevas oportunidades laborales, como él lo llamaba. Sin embargo, había sucedido tan solo en una ocasión. Aquella vez, Atocha parecía más oscura, pero ahora con Oasis, era todo luz a ojos de Gael.

—Bueno, mi AVE sale enseguida —le dijo Oasis, con el tíquet en la mano—. Normalmente mi representante se suele encargar de todo, pero se ha puesto mala.

Gael no supo qué responder. Se encontraban sentados bajo las enormes plantas que coronaban el centro de la estación. Las escaleras mecánicas conducían hacia las puertas de salida de los trenes, en la planta de arriba. El lugar estaba callado a esas horas, en contraste con el ajetreo usual.

—¿Y por qué no pasa la noche?

—Mañana tengo una sesión de fotos para Jean Paul Gaultier. A las siete.

—Ouch —se quejó Gael, con una sonrisa.

Poco a poco, después de asistir a dos eventos de influencers, había empezado a comprender que su trabajo era algo más que sacar tres fotos y subirlas. Había todo un ecosistema que desconocía y que convertía ese mundo en algo completamente distinto a lo que jamás se hubiera imaginado. No solo movía mucho dinero, sino que era eso: trabajo.

—Qué pena... —añadió el colombiano, tras unos segundos de silencio.

—Tengo media hora —le dijo entonces Oasis. Agarró a Gael del mentón y le obligó a mirarle—. No me quiero ir sin despedirme en condiciones.

Las mariposas del estómago de Gael volvieron a reactivarse. Habían muerto durante la noche, porque aunque fingieran ser pareja, Oasis prefería no besarse en público. Además, quería que fuera en privado. Esa misma noche se lo había confesado, que cualquier momento íntimo debería ser solo para ellos... si es que llegaba a pasar.

—Béseme —le susurró Gael.

Estaban cerca, muy cerca. Podían olerse el uno al otro. Oasis abrió un poco los labios y fue acercándose poco a poco, sin soltarle la cara a Gael. Cuando sus labios se tocaron al principio, la mezcla de sus salivas fue tímida, pero enseguida se unieron, sus lenguas se acompasaron y se alzaron con la victoria. Se deshicieron en un beso que pareció eterno, tan ansiado y esperado como todo lo que implicaba que por fin lo estuvieran haciendo.

Al separarse, Gael apartó la mirada. ¿Qué pasaba con el Gael lanzado y atrevido? Oasis lo mermaba por completo y le hacía sentirse como un adolescente. Quería evitar mirarle para que no le viera la cara, probablemente sonrojada en las mejillas. Le faltaba el aliento y además, era incapaz de respirar porque el beso había sido eléctrico.

Oasis llevó la mano al muslo de Gael y lo acarició.

—Me encantas —le confesó, con voz queda. Gael alzó la mirada. La de Oasis parecía sincera. Necesitaba volver a besarlo—. Ojalá viviéramos más cerca. Quiero conocerte de verdad, Gael, perdón por todo...

—No importa. Yo tengo la culpa, siempre estoy alerta porque...

—Cada uno tenemos nuestros problemas. No necesito saber los tuyos para respetarlos. Tomemos el tiempo que necesitemos, puedo esperar —dijo Oasis.

Gael tragó saliva. No podía ser real que una persona fuera tan perfecta. No se lo merecía en absoluto.

Se sorprendió ante su propio pensamiento.

Claro que se merecía algo así, después de tanto tiempo. Las mariposas en su estómago dejaban claro que lo deseaba con todas sus fuerzas, el rubor de sus mejillas también. Buscó la mano de Oasis y la apretó.

—Llegará tarde si se queda por acá.

—Me gustaría quedarme siempre.

El silencio que les rodeaba no era incómodo, sino íntimo. Estaban en una maldita burbuja, ¿acaso importaba el resto del mundo? Se miraron durante un minuto, sin decir nada. Sus respiraciones, como sus lenguas hacía unos minutos, se acompasaron. En aquel momento, se unieron.

No eran nada, pero Gael lo sentía todo.

—Me tengo que ir —dijo finalmente Oasis. Parecía chafado.

Se levantó y cogió su mochila. Cuando se la colocó en la espalda, las tiras le marcaron los músculos. Gael no pudo separar sus ojos de esa zona y se mordió el labio sin darse cuenta.

—Qué pena que se marche.

—Cochino —le dijo Oasis, golpeándole con el puño en el pecho y sonriendo.

Tocaba despedirse. Si fuera por Gael, estiraría ese momento para toda la eternidad, pero también sabía que lo siguiente que viniera con Oasis, el siguiente capítulo, sería mejor.

O eso esperaba.

85

Andrés

Para poder escribir, primero debería organizarse. Tiró a la basura todo lo que le podía recordar o incitar a la mierda de días que había pasado y dejó su habitación impoluta, digna de un catálogo de muebles.

Abrió el cajón que ahora más odiaba, el que contenía su medicación. Cada vez que leía la etiqueta sonreía, a veces de verdad, a veces porque no le quedaba otra, pero siempre recordaba el chiste de Gael sobre Demi Lovato. Tenía más cajas ahí, cerradas. El bote sonaba con cada movimiento, parecía un sonajero. Suspiró mientras lo miraba, pensativo.

Necesitaba ponerse las pilas. Admitir que lo que le estaba ocurriendo no era su culpa, pero sí su responsabilidad. No tardó mucho en volver a cerrar el cajón, ponerse algo medio decente y salir a la calle. Paseó por el barrio hasta llegar a un bazar enorme de dos pisos. Era el más grande de toda la zona y sabía que tenían lo que había ido a buscar.

Volvió a casa con el pastillero entre los dedos. Era largo, con espacio para no más de dos pastillas por hueco, con la inicial de cada día de la semana impresa. Colocó una pastilla en cada uno y lo cerró. Lo mejor sería verlo, tenerlo presente, por lo que lo puso sobre el escritorio, que ahora tan solo tenía un libro a medio leer desde hacía un par de semanas, el ordenador y una botella de agua.

Antes de sentarse para pensar y dejar fluir sus dedos, se enfrentó consigo mismo en un duelo que ganó. Se puso frente al espejo y mantuvo la mirada firme durante unos minutos. Escuchó en su mente el inicio de *Ready For It?*, de Taylor Swift, como si fuera la escena final de una película.

Pero sí, estaba preparado para eso y más.

Se hizo una promesa a sí mismo y se sintió poderoso. Dejaría de lado el amor por un tiempo, para sanarse, para creer en sí mismo. Necesitaba crecer y confiar, tener la suficiente garra de anteponerse a cualquier otra cosa. Necesitaba quererse, porque se había dado cuenta de todo el amor propio que le faltaba.

Y que si antes era una perra enamoradiza, ahora sería una perra total. Los hombres ya no serían su prioridad en ningún aspecto: solo lo serían sus ganas de comerse el mundo.

86

Iker

Si después de su discusión no se hablaba con Mauro, tras el percance final en el rodaje de aquella escena mucho menos. ¿Qué narices le pasaba? ¿Es que no podía dejar de pensar en él ni un segundo? Ya ni siquiera sabía qué era lo que sentía, todo era demasiado confuso como para ignorarlo, aunque no encontraba ni una maldita respuesta.

Por más que entrenara horas y horas, o que fuera al gimnasio mañana y tarde, cada vez era más complicado que sus compañeros de piso no se dieran cuenta de su verdadera profesión. Si Mauro lo había descubierto, cualquiera podría hacerlo. Pensó que lo mejor sería confesarlo, aunque cada vez que miraba su balance en la plataforma, se le quitaba cualquier duda.

Sí, se estaba haciendo de oro.

Pero ¿para qué?

En aquel momento Iker estaba escuchando música techno con los auriculares al máximo volumen. Hacía tiempo que el gimnasio se había convertido en una zona segura donde además, para su sorpresa, evitaba casi todas las miradas. Hubo un tiempo en el que aprovechaba la mínima oportunidad para intercambiar teléfonos con chicos que le tiraban los trastos, pero no ahora. Su relación con el sexo era estrictamente profesional, como si eso le hiciera olvidar su problema.

Le empezaron a doler los hombros. Estaba tan sumido en sus pensamientos que se había pasado de repeticiones. Soltó un bufido y descansó durante unos segundos. Las gotas de sudor habían resbalado hasta el suelo, empapándolo.

Cerró los ojos para calmarse. El dolor físico era una buena manera de dormir su mente, pero no aquel día. ¿Qué cojones le estaba pasando? Desde que Mauro había aparecido en su vida, todo estaba desmoronándose...

De pronto sintió algo vibrar. Era su teléfono móvil, en el bolsillo. La música se había interrumpido dejando paso al icónico tono de llamada del iPhone. Lo sacó y pulsó el botón de descolgar, no sin antes sentir que su pecho se contraía.

Era su madre.

Y traía muy malas noticias.

87

Gael

Desde su primer beso con Oasis, Gael se sentía como un adolescente. De verdad. Era extraño sentir esas cosquillas propias de un enamoramiento (lo cual era imposible, solo le gustaba, no quería ilusionarse), pero eran agradables al mismo tiempo.

Sin embargo, su vida debía continuar. Hasta el próximo encuentro con su amor influencer, debía seguir buscándose las mañas para pagar el piso, la comida y tener vida social.

La situación en casa era complicada. Allá en Colombia su madre seguía cada vez peor. Las videollamadas no parecían animarla demasiado, las medicinas no dejaban de subir de precio debido a la inflación y ayudarla era como una cadena que no terminaba nunca. Su tía, su prima... Todo el mundo le pedía favores, decían necesitarle. Y para Gael, lo primero era la familia.

Por eso salía en aquel momento del Dia del barrio con la cartera vacía. Ganaba mucho dinero, pero su familia lo necesitaba y vivir en Madrid no era barato. La abogada tampoco, que a cada paso que daba para ayudarle con los papeles pedía más y más dinero. Así que no dudó en volver a abrir las malditas aplicaciones, volver a colocar el maldito icono del diamante... Necesitaba clientes, efectivo, cuanto antes.

Oasis conocía su situación. No dejaban de hablar casi en ningún momento.

Ya saliste?
Me da rabia

Pero es así, baby
Mi familia lo primero
Prefiero que ellos coman a comer yo
Mi mami sobre todo
Tan solita...

Pero es injusto

No puedo hacer nada

Claro que sí
Déjame ayudarte

No necesito ayuda
Yo puedo solo con todo
Como hice siempre

Ya estaba en el metro, de camino a encontrarse con un cliente. Era, de nuevo, un recurrente. De hecho, lo tenía como favorito en Grindr y en el resto de las aplicaciones. No era de los que mejor pagaban, pero era lo que había en aquella tarde madrileña de junio. Se conformaría: el dinero era dinero.

A veces eres odioso
Te lo digo
Me encantas, pero deberías dejarte ayudar

No
Ya se lo dije

Como tú quieras
Tienes Bizum, no?

Antes de que Gael pudiera responder, vio un ingreso instantáneo de quinientos euros en su cuenta. El metro paró justo en aquel momento, las puertas se abrieron y la gente entró y salió, mientras él se mantuvo quieto como una estatua, agarrado a la barra metálica como si le fuera la vida en ello.

No sabía qué sentir. Menos lo supo cuando recibió otro bizum más.

Usted es imbécil
???

La rabia le recorría las venas. Quería coger el primer tren a Barcelona y decirle cuatro cosas a Oasis, a ver si lo entendía. Qué impotencia, qué vergüenza acababa de hacerle sentir. Con lágrimas en los ojos, sus dedos se deslizaron sobre la pantalla y pulsó el nombre de Oasis. Entre las opciones, buscó la de bloqueo. Cuando Gael pinchó, se guardó corriendo el teléfono en el bolsillo. Se levantó dispuesto a salir del vagón, ya no importaba dónde estuviera.

Esperó en el andén contrario al siguiente metro, sin dejar de pensar en que él podía afrontar sus problemas solo.

Aunque era mentira, pero se engañaba a sí mismo.

Y eso era lo que le daba rabia.

Salió del subterráneo en la parada más cercana al piso. Se acercó al cajero que quedaba a un par de calles y sacó el dinero que Oasis acababa de enviarle. Lo guardó en la cartera como si fuera oro, con las mismas lágrimas en los ojos que tenía desde hacía media hora. Si se permitía romperse, no iba a ser en la calle.

Entró en casa y fue como un rayo hacia su habitación. Tumbado en la cama, se quitó los zapatos ayudándose con cada pie. Cogió el iPhone y desbloqueó a Oasis. Todos los mensajes que este le había enviado durante ese rato llegaron de golpe, pero él no los leyó. Necesitaba escribir.

> Perdón, es que me siento horrible por aceptarlo
> No estoy acostumbrado a que me ayuden
> Y menos las personas que me importan
> Es raro y no sé cómo...
> Bueno, que gracias, baby
> Se lo devuelvo enseguida en cuanto pueda
> Usted es bueno
> Lo siento

Después, lanzó el teléfono contra la cama y ahora sí, se permitió llorar.

—Hace días que no trabaja.

—No, es que tenemos horarios... contrarios. O no sé cómo se dice.

Gael estaba en la puerta del cuarto de Mauro, que se encontraba organizando los nuevos mangas que se había birlado del trabajo. A veces lo hacía, por lo que le había contado a Gael con anterioridad. Según su amigo, eran libros rotos que nadie quería.

—¿Qué más? —Gael tomó asiento en la silla del escritorio y dio un par de vueltas mientras Mauro terminaba de organizar sus estanterías. Cuando este se sentó en la cama, Gael tomó la voz cantante al ver que estaba demasiado concentrado en sus cosas—. Tengo que contarle algo. No se enoje, porque Andrés ya sabe alguna cosa.

—Uy, ya veo por dónde va esto —dijo Mauro con una sonrisa. Jugueteaba con un calcetín, dándole pellizcos.

—Pues puede ser, no sé de qué hablan ustedes.

Mauro se encogió de hombros.

—No demasiado. Andrés está mal.

—Yo sé por lo que está pasando —dijo Gael, pensando en todos esos amigos junto a los que había vivido la misma situación—. Es complicado, lo comprendo.

—Ya... —respondió Mauro, distraído. Pero volvió a la vida—. Bueno, dime. ¿Qué te pasa?

Sin demasiados preámbulos, y lleno de emoción contenida, Gael se confesó:

—Creo que estoy enamorado.

Mauro dio una palmada en el aire y abrió muchísimo los ojos, tanto que pareciera que se le fueran a salir de las órbitas.

—¡NOOO! ¿En serio? Madre mía, me lo dices así, como si nada...

—Es una historia larga, baby —trató de calmarlo Gael—. No se emocione, además que todo es un complique... Odio el amor.

—A ver, pero le pones nombre, ¿no? Entonces es amor —razonó Mauro.

—Puede ser. —A Gael no le gustaba mucho esa palabra, no por nada, sino porque sentía que quizá era una etiqueta demasiado grande para algo que todavía estaba naciendo, algo en pleno desarrollo—. Me gusta demasiado este man. Me vuelve loco. Es con quien Iker me molestaba de que yo andaba enamorado.

Mauro asintió, recordando.

—¿Tienes fotos? —le preguntó a los pocos segundos.

—Es famoso.

—Ni de coña.

—Sí, sí. —Gael acompañó la afirmación verbal con la cabeza mientras buscaba en el iPhone—. Influencer de esos de por acá.

—Bueno, tampoco conozco a ninguno. No te podría decir mucho sobre él...

Mauro se interrumpió cuando Gael le puso el perfil de Instagram delante. Su amigo lo cogió con ambas manos y se puso a cotillear, reproduciendo vídeos, deslizando el dedo por la pantalla... Cuando terminó un par de minutos después, dictó sentencia:

—Ostras, es... es muy guapo, Gael. Felicidades. Aunque tú también lo eres, ya lo sabes.

Viniendo de Mauro, al colombiano le sorprendió aquel cumplido. Su soltura y confianza en sí mismo habían mejorado tanto que era asombroso.

—Bebé, no me diga eso que ya estoy casado —bromeó Gael.

—Idiota. —Mauro se rio—. Pero cuéntame, copón, que necesito saber todos los detalles. ¿Quieres un regaliz? Ahí tienes en el escritorio.

—Pues bueno...

Gael le contó la historia ahorrándose algunos detalles. Que se conocieron en una aplicación, sí; que quedaron porque Gael sentía por ciencia infusa que aquel chico era diferente y tal, no. Eso sería demostrar demasiado su perfil enamoradizo, el que había intentado ocultar de manera casi obligada. Y eso que era un romántico empedernido.

—Jo, pero no me gusta que te trate así —dijo Mauro, al terminar el relato.

—Yo creo que no lo hace mal. Es como... se preocupa, ¿sabe?

Mauro masticó el regaliz con un gesto exagerado, como si casi estuviera pensando en voz alta.

—Pero siento que te hace de menos —dijo al fin—. Como si no pudieras tú solo por tu cuenta.

—¡Eso le dije, parce! —¡Menos mal que Mauro lo comprendía!—. Que es como, vea: yo puedo solo, pero como que no lo comprende porque en verdad yo no puedo solo, necesito ayuda, ¿sí?

—Ajá.

—Pues su forma de apoyarme es económicamente porque tiene plata. Yo no le voy a negar un poquito de *cash*.

Al terminar de decir eso, Mauro se echó hacia atrás con las palmas de las manos levantadas. Las cejas también. Ah, y medio regaliz colgando de la boca, sujeto con los dientes.

—Gael, aclárate, porque me estoy perdiendo.

—Le acepté el dinero —explicó Gael.

—¿Por eso estabas mal?

—No estoy mal.

Mauro puso los ojos en blanco.

—Venga, que se te nota cuando lloras.

—No lloro —dijo tajante el colombiano.

—Gael...

Terminó por entrar en razón, pese a su cabezonería.

—Bueno, sí. Me molestó, pero le perdoné. —En su mente se cruzaron imágenes de su madre. Al final, lo había hecho por ella—. Le dije que sería la última vez y listo. Mi mami está en una muy mala época y mi familia, pues... Mucho lío, parce, demasiado lío.

—Me da a mí que lo tienes muy claro, Gael.

—Puede ser —replicó encogiéndose de hombros. Luego buscó otro regaliz en la caja y se lo comió mirando directamente a Mauro a los ojos—. Quizá solo necesitaba decirlo en voz alta.

—¿Cuánto sabe Andrés? Porque yo creo que le daría un ataque si se entera de que ya os estáis besando y todo.

—Ay, no —dijo Gael riéndose—. No le vaya a contar. Él está concentrado con sus cosas.

—Bebe demasiado. —La forma en la que Mauro cortó el buen rollo fue como si le arrebataran toda la felicidad, porque sí, quizá se estuviera enamorando, pero la realidad del día a día era que su amigo estaba pasando por un bache importante—. Me preocupa.

Gael se mordió el carrillo, pensativo.

—Ya no. Está siendo más sano últimamente, creo.

—Porque hablé con él —dijo Mauro.

—Yo le rescaté el otro día. Se había ido... Bueno, mejor no le cuento, que se me asusta. Pero returbio.

Como Gael no lo contó, Mauro no insistió en saber los detalles escabrosos.

—Confío en su palabra, señor colombiano —dijo al final—. Ahora, déjame seguir con mis cosas, anda. Que tengo el cuarto hecho una leonera.

Gael se levantó de la silla, pero antes de abandonar la habitación, recompuesto y con una sonrisa, le vino a la mente una imagen. Eran Iker y Mauro, los dos juntos. No en plan pareja, sino... Riéndose, compartiendo buenos momentos. Se volvió despacio para buscar la mirada de Mauro.

—¿Y usted con Iker? ¿Cómo va la cosa? No me gusta que anden discutiendo, no sirven para eso.

—Uff, Gael. Eso sí que es complicado —dijo Mauro, poniendo los ojos en blanco mientras cargaba entre sus brazos una pila de mangas.

—Yo creo que no. Es más sencillo de lo que creen.

Antes de cerrar la puerta, le guiñó el ojo a Mauro, que se quedó a cuadros sin entender a qué se refería su amigo.

88

Blanca

Blanca se sentía como una absoluta, completa y real mierda. Si existiera la casa real de los excrementos, ella sería la reina de todos ellos.

Estaba en el metro de vuelta a casa de Rocío sin poder contener las lágrimas. Tampoco quería montar una escena, pero le estaba siendo casi imposible. Sujetaba el teléfono entre las manos, debatiéndose entre si llamar a Mauro haría que se alertara demasiado o no.

Al final, la había cagado ella.

Otra vez.

Después de haber hablado, de haberse puesto una etiqueta... ¿Qué narices le estaba pasando? ¿Por qué era incapaz de controlarse? Nunca se había comportado así, jamás. Culpó a la ciudad de todo lo que le estaba ocurriendo en esos últimos días, el convertirse en una versión traicionera de sí misma que se escapaba a la primera de cambio en busca de placer carnal.

No, esa no era la verdadera Blanca. Y sin embargo, existía.

Finalmente, después de darle bastantes vueltas, se decidió a llamar a su mejor amigo. Le quedaban demasiadas paradas como para seguir comiéndose la cabeza ella sola.

—¿Estás? —le preguntó al tiempo que se sorbía los mocos.

—Sí, sí. Dime. —Mauro parecía chafado por algo. Escuchó una

puerta cerrarse y los muelles de la cama cuando su amigo se sentó—. ¿Estás bien?

—No...

—¿Dónde estás?

—En el metro —contestó casi al instante—. Tío, Mauro, la he cagado. En plan muchísimo. Me he dejado llevar otra vez. No sé qué me pasa.

—Joder, Blanca...

Al otro lado de la línea, Mauro parecía agitado. Soltó un largo suspiro.

—Lo sé, lo sé. Soy lo peor —admitió Blanca—. O sea, encima estoy viviendo en su casa, ¿sabes? Y entendería totalmente que ahora me dejara en la puta calle.

—Siempre puedes venir a la mía, de verdad te lo digo. Ya lo sabes.

Blanca sabía que era verdad, que siempre podía contar con el apoyo de Mauro, y viceversa. Sin embargo, ahora sentía que todas las promesas eran vacías. No por él, claro, confiaba plenamente en su mejor amigo, sino por ella. De quien no se fiaba era de ella misma.

—No sé qué va a pasar. Porque se lo voy a contar —dijo Blanca, decidida—. Justo hablamos de tener una relación cerrada.

Hubo un silencio al otro lado de la línea.

—Entonces ¿sois pareja? ¿Oficial? —La forma en la que Mauro preguntó aquello dejaba claro la ilusión que le había hecho.

—Supongo que ya no...

—Madre mía, estás desatada, nena. ¿Tan loca te vuelve esta chica?

Blanca también se lo preguntaba. Desconocía por completo por qué se estaba dejando llevar tanto con Cleo. Era una chica atractiva y tenían una conexión brutal, pero también con Rocío, con lo cual no tenía sentido. Si estuviera subsanando un problema sexual, por lo menos, sería comprensible. Pero Cleo le aportaba literalmente lo mismo e incluso menos, porque no tenían la misma confianza o complicidad, ni la misma conversación.

Entonces ¿qué mierdas estaba haciendo?

—No es eso —dijo Blanca—. Es más... la locura, es que no sé explicarme. Estoy a gusto con Rocío, pero siento que he venido a

Madrid a otras cosas. De verdad que no paro de darle vueltas y es lo único que tiene sentido, como si mi cabeza estuviera actuando por impulsos que no puedo controlar.

—¿A qué cosas has venido a Madrid? Ve despacio. Yo lo hice.

Blanca chasqueó la lengua.

—Sabes que no. ¿Cuánto tardaste en... perder la virginidad? —dijo bajito Blanca, para que el resto de los pasajeros no le escucharan.

—Unos meses —soltó Mauro con un suspiro—. Lo intenté hacer rápido y no fue la mejor idea. Me di cuenta después. Pero ese no es el tema, Blanca.

—Ya... Joder, Mauro. Lo siento. Es que me siento como una mierda y estoy hecha un lío.

—Lo mejor es que seas sincera —le aconsejó Mauro—. Encima soy amigo de las dos, obviamente más amigo tuyo, pero joder, pobre Rocío.

—No lo repitas, que me haces sentir peor.

—Perdóóón.

Blanca notó que de pronto se bajaba mucha gente del vagón. Miró el cartel y se levantó como un rayo: había llegado.

—Te dejo. Luego te cuento.

—Adiós y ánimo.

Cuando colgó tuvo que pararse un momento en el andén. Se distrajo de más recolocándose la ropa y bloqueando el teléfono. Le daba vergüenza que se volviera a montar una escena por su culpa, y se sentía tan mal que solo quería desaparecer.

89

Mauro

Tengo que intentarlo.

Mauro se había sentido mal al darse cuenta de que Iker tenía razón. ¿Había actuado bien al echarle en cara que subía contenido subido de tono a internet? Quizá no. Además, últimamente Iker no estaba bien. Lo sabía. Después de tantas idas y venidas en su viaje a Sitges y Barcelona, tantas discusiones absurdas y de haberse distanciado... La verdad es que lo echaba de menos. Sus momentos de risas, confesarle experiencias y todo eso que hacían antes, joder.

Echaba de menos a Iker.

Se encontraba frente a la puerta de su habitación, sin atreverse a llamar. Como todos sabían, era territorio casi prohibido. A excepción de alguna vez en la que Mauro había entrado para jugar con Lupin, la habitación de Iker era, según sus propias palabras, su espacio seguro. Y más ahora, porque si mal no recordaba Mauro, en el vídeo porno se veía su habitación...

Ostras. ¿Y si se lo encontraba con la polla al aire?

Mauro cogió aire y volvió a tragarse el orgullo. Ahora sí, acercó la mano a milímetros de la madera.

Llamó.

Esperó.

No hubo respuesta desde el otro lado. Sabía que Iker estaba en casa porque lo había escuchado hacía un rato. ¿No querría hablar con él? Tendría sentido después de su última discusión, que terminó con un portazo.

Volvió a llamar, sin querer sonar insistente.

Al otro lado de la puerta, se escuchó movimiento. Vale, Iker estaba ahí. Mauro aguzó un poco el oído.

—¿Qué? —preguntó Iker, en voz baja.

—Soy yo —respondió Mauro, nervioso.

Pasaron unos segundos más de silencio hasta que Iker le dijo que pasara. Con la mano en el pomo de la puerta, Mauro sintió un último estremecimiento por todo el cuerpo antes de entrar.

La habitación estaba sumida en la oscuridad, las persianas bajadas y la chinchilla mirándole con esos ojos enormes en la penumbra. Iker se encontraba de espaldas, medio sentado en la cama, en tensión.

Mauro no se atrevió a caminar más; no quería invadir su espacio vital, no con la tirantez que se palpaba en el ambiente.

—Iker, yo... —comenzó Mauro. No podía seguir siendo un panoli. Había crecido. Tragó saliva y, con algo más de fuerzas, continuó—: No quiero que estemos mal. Me gustaría ir a tomar algo. Al centro. Contigo.

Su amigo no dijo nada, no se movió. Tan solo respiraba. Tenía el teléfono móvil entre las manos, apagado. Como pasaron unos segundos y no hizo ningún gesto de que le hubiera escuchado, Mauro se acercó, preocupado.

—¿Iker?

Este por fin se volvió. Tenía los ojos inyectados en sangre, marcas de lágrimas por las mejillas. Apretó los dedos en torno al iPhone, en señal de visible tensión... ¿O sufrimiento?

¿Qué está pasando?

—¿Iker? —volvió a insistir Mauro.

La respuesta de Iker fue inspirar, abrir las aletas de la nariz y soltar el aire que había retenido hasta este momento. Pero lo hizo de forma entrecortada, como si le costara respirar. Mauro no pudo evitar sentarse a su lado, cogerle de la mano. Para sorpresa de ambos, sí. Ese contacto físico entre los dos no era habitual, por mucha amistad que tuvieran.

Ambos sentían que aquello era una equivocación. Podría malinterpretarse. No estaban en sintonía, o eso parecía, y más en aquellos momentos llenos de idas y venidas.

Pero ahí estaba la mano de Mauro, agarrando la de Iker. La acarició, porque algo no andaba bien. Era demasiado evidente.

—Mi padre... —musitó Iker. No parecía tener fuerzas ni para hablar—. Mi padre ha muerto.

Mauro abrió los ojos a causa de la sorpresa y, al instante, quiso abrazar a su amigo con toda su energía, transmitirle que todo iba a salir bien. Iker empezó a llorar, en silencio, dejándose llevar por la pena. Las lágrimas rodaron con facilidad por su mejilla.

—Lo siento —dijo Mauro, como pudo. Era doloroso verle así. Iker nunca se permitía romperse. Poco sabían sobre su vida familiar, así que Mauro no podría saber la gravedad de la pérdida, por lo que se mantuvo a su lado, asiendo su mano con fuerza, como diciéndole: «Estoy aquí contigo».

—No teníamos buena relación —confesó Iker, enjugándose las lágrimas con la mano libre. Tenía la voz tomada por la congestión nasal—. De hecho, ahora mismo lo odiaba. No quería saber nada de él, Mauro. Me ha jodido tantas veces...

Mauro simplemente escuchaba, sin reaccionar. Que Iker se abriera de esa forma, permitiéndose ser tan vulnerable, era algo inaudito.

—Pero aunque lo odiara, yo... Ahora no tengo padre. Lo daba por sentado, que siempre estaría ahí. ¿Soy idiota? —preguntó alzando la voz—. ¿Soy un puto idiota?

Mauro no sabía de dónde venía esa emoción, pero vio cómo Iker hinchaba el pecho lleno de rabia. Su expresión pasó de la tristeza a la furia.

—¿Por qué ha tenido que joderme hasta el último minuto? ¿Y por qué lloro si era un hijo de puta?

Mauro no tenía respuesta para eso.

90

Iker

El contacto de la mano de Mauro con la suya hacía que Iker deseara que ese momento fuera eterno.

Por supuesto que los sentimientos eran horribles, no sabía qué narices sentir. ¿Culpabilidad por odiar a su padre, incluso después de muerto? ¿Arrepentimiento por no haberse reconciliado? Pero claro, eso habría significado negar su propia identidad.

En esa confusión, sin embargo, ahí estaba Mauro. Porque siempre estaba, por muy mal que se comportara con él. Durante las últimas semanas no había sido el mejor ejemplo para él y había fallado en protegerlo de forma estrepitosa. Eso sí que le dolía, ver cómo Mauro se había dejado llevar por unos batidos absurdos para adelgazar, el haberle echado en cara que no le contara que había perdido la virginidad... Se había dejado llevar por unos sentimientos que estaban demasiado a flor de piel.

Cada vez tenía más claro a qué se debía.

Era la primera vez que sentía... eso.

—Tengo miedo de lo que pueda venir —continuó hablando Iker, apretando la mano de Mauro.

—¿Por qué? ¿Qué le ha pasado?

Saltaba a la vista que Mauro se preocupaba al cien por cien de su bienestar, ¿cómo había sido tan idiota de no haberse dado cuenta? ¿De que la realidad no solo tenía una versión, sino varias, y diferentes puntos de vista? ¿Por qué le había juzgado en su toma de decisiones cuando las suyas eran también más que cuestionables?

—Mi padre... Yo trabajaba para mi padre. —Había llegado el momento de contarlo, aunque Mauro ya se olería probablemente cuál era la nueva ocupación laboral de Iker—. Me despidió porque me acosté con un compañero de trabajo.

Vio cómo Mauro aguantaba la respiración. La tensión de sus manos se aflojó, como si aquello le hubiera dolido o decepcionado. Pero no dijo nada, no era el momento de reprochar nada más.

—Y ese compañero de trabajo se lo contó. No sé cómo, aún no lo entiendo... —Iker negó con la cabeza—. Me despidió, Mauro. Justo antes del puente en el que nos fuimos a rescatar a Andrés. Yo no quería que os preocuparais por el tema del piso y al principio yo estaba confiado. Con la pasta que tiene mi padre... Nunca hemos tenido problemas de dinero, ¿sabes? Yo quiero compartir piso porque me siento más independiente. Aunque quien me pagaba era él... No sé explicarme.

Mauro asintió en silencio.

—Me quitó el acceso a todas las cuentas. Me quedé sin un puto euro. El otro día me llamó para ver si había recapacitado... Y yo... Yo no puedo, Mauro. Llevo muchos años haciéndole feliz sin que nadie supiera que era maricón en el trabajo. Pero ya no. Tengo una edad, joder. Discutimos y... no volvimos a hablar. Y ahora está muerto. Un infarto, así, sin más. No sé cómo sentirme.

Una vez le contó todo eso, Iker se calmó un poco. Se desinfló visiblemente, se le relajó la espalda, pero no soltó la mano de Mauro, que le miraba sin saber qué decir, con la boca semiabierta, buscando las mejores palabras en su mente.

—Piensa que lo que pasó no depende de ti. Primero estás tú —dijo Mauro—, luego los demás. No puedes sentirte mal por alguien que no te respetaba.

Ostras, Mauro. Cómo has cambiado.

Iker sonrió. Era una sonrisa triste, pero una sonrisa al fin y al cabo.

—O sea, no estoy equivocado. —Mauro negó con la cabeza—. Me quito un peso de encima.

La mezcla de sentimientos continuaba siendo una nube negra sobre su cabeza, en su pecho, en sus pulmones. Pero estar al lado de Mauro, cogidos de la mano, confiando el uno en el otro... De alguna forma, todo eso hacía que fuera más liviano.

Era como si Mauro le ayudara a sentirse mejor siempre que estaba mal.

Era como si Mauro...

Era Mauro.

Iker sabía que no era el mejor momento. De hecho, era el peor de todos. Notaba que las lágrimas se le secaban sobre su cara. Estaba confuso de si sentirse o no culpable por la muerte de su padre... Eran tantísimas cosas, todas arremolinadas en su cabeza. Pero había una sola que, de pronto, le iluminaba. Estaba claro, la niebla había desaparecido.

Se acercó a Mauro, sin apartar la mirada de sus labios. Este estaba quieto. La camiseta de Iker se estiró sobre sus músculos cuando inclinó el torso hacia su amigo, acercándose cada vez más, tan solo a unos centímetros de él. Las respiraciones de ambos, ahora entrecortadas, se entremezclaban. ¿Quién estaba respirando? Quizá ninguno.

El tiempo se había parado. Solo había una cosa que Iker quería hacer.

Todo su cuerpo estaba zambullido en esa sensación que le recorría cada milímetro de piel y, sin embargo, el fuego en su corazón le hacía estar sereno. Porque era como si hubiera encontrado por fin la respuesta a algo que siempre se había preguntado. Era como si los planetas se hubieran alineado, el cumplir de una profecía. Era, simplemente, lo correcto.

No pudo evitarlo. Cada vez había menos distancia entre sus labios y los de Mauro.

¿Era un error?

El corazón le brincaba en el pecho. Se le erizaron los pelos de los brazos y piernas, tenso, pero lleno de algo que nunca jamás había sentido.

Ahora por fin lo sabía.

Cuando sus labios tocaron los de Mauro y cerró los ojos, todo su mundo se vio sumido en llamas. Le rodearon, consumiéndole. Se movió en una danza contra la boca de su amigo, quería compensarle por cada momento en el que no lo había hecho. Sentía que llegaba tarde, de alguna forma.

Pero, joder, estaba tan seguro de lo que estaba haciendo.

El cuerpo de Mauro estaba en tensión, pero su boca no. Se deslizaba junto a la de Iker, devolviéndole el beso en un precioso movimiento acompasado. No era sucio, ni fogoso, sino bonito y eterno, un viaje de ida sin tíquet de regreso. Iker se apretó contra Mauro, necesitaba sentirlo más. Llevó la mano a su coronilla y la lengua se salió de su enlace para acariciarle levemente el labio inferior, que Mauro, en un acto reflejo sorprendente, mordisqueó con lentitud. Cuando los labios volvieron a coincidir, el beso había cambiado. Ambas partes deseaban más.

Pero se rompió el hechizo.

La mano de Iker aún reposaba en la cabeza de Mauro cuando este se apartó, con una mezcla de confusión y deseo en el rostro.

Se quedaron mirando, en silencio, con las respiraciones agitadas.

91

Mauro

Ese beso había sido muy diferente a la primera vez que los labios de Iker habían tocado los suyos. En aquella ocasión, todo formaba parte de una broma pesada. No dejaba de ser un juego, al fin y al cabo. Claro que, en ese instante, Mauro no se lo esperaba y no supo cómo reaccionar. Ni allí en plena calle, ni más tarde en el piso. Se había quedado en absoluto shock.

Descubrir que no era nada más que un beso, y solo eso, le había destrozado.

¿Cómo se iba a fijar en él alguien como Iker?

Y aun sin poder evitarlo, Mauro pensaba lo mismo en aquel momento.

Ver a Iker completamente roto, confuso, en un mar de sentimientos contradictorios no era como se había imaginado su primer beso real. Un beso que, por cierto, ya había dado por perdido hacía tiempo. Iker le había dejado bastante claro que lo que fuera que hubiera podido pasar, no pasaría nunca. Aquellas palabras habían pasado por la mente de Mauro de un lado a otro sin cobrar demasiado sentido; de hecho, no se había parado demasiado a pensar en ellas.

Pero ahora sí que las comprendía. ¿Le gustaba a Iker? ¿Cómo era posible?

No quería decepcionarse, pero... ¿y si había sido una confusión por la debilidad del momento? ¿El hecho de que se hubiera abierto y se sintiera vulnerable era una forma de volver a relanzar su ego?

Mauro no dejaba de mirar a Iker, que se mordía el labio. Lo tenía hinchado y caliente, como los suyos. El beso había sido largo y lleno de palabras no pronunciadas, cargadas de pasión sostenida en el tiempo. Sí, había significado algo. El cuerpo de Mauro no se había recuperado, se sentía ajeno a él, en un mundo de fantasía. Aquello no podía estar pasando.

Porque si se daba cuenta, en la mirada de Iker había... sinceridad. El beso había sido sincero, o eso parecía. No provenía de la confusión, a juzgar por cómo lo analizaba Iker con esos ojitos. Continuaba mordiéndose el labio, como pidiendo perdón o sintiéndose culpable.

—Estás confuso —dijo Mauro simplemente, al cabo de unos minutos de silencio.

Aquellas palabras hicieron mella en Iker, que parpadeó para evitar mostrar sus sentimientos.

—No —fue lo único que respondió—. Sé lo que quiero.

Como si no pudiera controlar sus impulsos, Mauro se lanzó hacia Iker. Necesitaba comprobar que no era un sueño y que estaba pasando, que era real. Sus labios se encontraron y en esa ocasión parecían uno solo, se conocían. Volvieron a deslizar sus lenguas, a jugar con sus pieles... El sabor que Iker le dejaba era como una victoria, irreal, pero una victoria.

Al separarse, el cuerpo de Mauro se estremeció por completo. El temblor le recorrió desde la nuca hasta los pies, y es que su piel se había erizado. Parecía eléctrico.

De pronto, Iker comenzó a negar con la cabeza. En sus ojos no había nada negativo, no, eso no tenía nada que ver con el beso. Volvió a llevar su mano a la de Mauro y la agarró con fuerza.

—¿Qué ha sido eso? —preguntó Mauro. Fue una pregunta más lanzada al aire que para que Iker le contestara, pero aun así, este lo hizo.

—Me tienes loco, Maurito.

¿Dónde está la cámara oculta?

Si aquello fuera una película, comenzaría a sonar una canción épica y un montaje de Mauro e Iker en diferentes citas, paseando de la mano por la ciudad... Pero no, eso no era real. No podía serlo. ¿Por qué después de tanto tiempo?

—Estás... confundido —repitió Mauro, sin miramientos. Le costaba aceptar que aquel beso había sido sincero.

Eso sí que afectó a Iker de una manera visible, que retiró la mano del apretón.

—¿Eso crees?

Mauro se encogió de hombros, evitando mirar a Iker. Iker, su Iker. El hombre de sus sueños, del que estaba enganchado desde el primer día en que lo vio.

—No es el mejor momento —musitó Mauro. No se iba a permitir caer en una trampa como aquella. Antes que nada, eran amigos, y era un momento confuso y complicado para él. Si dejaba que su cabeza se llenara de otras cosas, ¿estaría actuando en consecuencia a la situación?— Tu padre acaba de...

—Para —le pidió Iker con un gesto de la mano—. Para.

Así que Mauro se calló.

—Lo siento —añadió al cabo de un rato Mauro.

Se levantó con cuidado de la cama, emitiendo un largo suspiro, y se dirigió hacia la puerta. Esperaba que Iker lo llamara o le dijera algo... y no lo hizo. Así que cuadró los hombros y giró el pomo para volver a su habitación. Al llegar a ella, se tiró en la cama con un agujero en el pecho. Era literal, como si le hubieran arrancado de cuajo el corazón.

Era imposible saber qué acababa de pasar en ese momento, pero no era el mejor para besarse. Se sentía mal por haber tenido un segundo acercamiento al ver la confirmación en los ojos de su amigo de que todo estaba bien, pero sin duda no era el mejor momento. Y ya estaba. Tendría que asumir esa responsabilidad.

Aunque por otro lado, sí que sentía mariposas en el estómago. Las mismas que siempre habían estado ahí. Hoy, en medio de toda esa confusión, se permitían por fin volar con un poquito de esperanza.

92

Andrés

El proceso de empezar una novela desde cero no era tan fácil como recordaba. Quizá antes se encontraba en un estado mental diferente, pero sin duda ahora se le estaba haciendo cuesta arriba. El síndrome de la hoja en blanco llevaba afectándole ya no sabía ni cuántas horas.

Sentía que su experiencia no era interesante. Nada era distinto en tantos miles de casos que se documentaban mensualmente en el país, o en Madrid mismamente. Había mucha gente joven que por unas causas u otras, terminaba en una situación similar a la de Andrés. La visita a la Clínica Sandoval le había dejado claro que no estaba solo y que había tantas historias como personas. ¿Qué podría aportar él que fuera diferente y único? Necesitaba narrarlo de una forma estremecedora, que sacudiera al lector, igual que le había sacudido a él. Había puesto su vida patas arriba y, sin duda, era lo que quería transmitir en sus palabras.

No obstante, con la hoja de Word en blanco frente a él y las instrumentales de Lana Del Rey de fondo, era incapaz de concentrarse, porque notaba que algo fallaba.

La herida no estaba cerrada.

Sanaría, sí, pero no tan pronto. Estaba en pleno proceso de recuperación, el antídoto a su propio veneno eran sus letras. Pero había algo que le molestaba, y era Efrén.

El maldito Efrén.

Andrés necesitaba cerrar ese episodio de su vida. No había sido suficiente con volver a su vida anterior, en su antiguo piso... Era necesario dar un paso más, algo que le corroía desde el primer momento.

Cogió el teléfono móvil, buscó el contacto de quien le había arruinado la vida y lo desbloqueó. Solo llamadas, eso sería más que suficiente para lo que quería contarle.

Durante todo ese tiempo se había debatido si era necesario ponerse de nuevo en contacto con él. De una manera egoísta, lo era, pero también para protegerle... de alguna forma. Mejor dicho: proteger a toda esa gente con la que Efrén se acostaba. Al fin y al cabo, era exponer a otras personas a un peligro que desconocerían. Cuál era el estatus de Efrén, Andrés lo desconocía.

Le temblaban las manos cuando escuchó la voz de su expareja al otro lado de la línea.

—Andrés —dijo este, de una forma muy seca—. Has tardado en llamarme. ¿Me echas de menos?

El asco subió en forma de bilis por la garganta de Andrés, que tuvo que respirar hondo para mantener a raya todas esas emociones —principalmente negativas— que se agolpaban en su pecho.

—No te llamo para hablar.

—¿Entonces? ¿Quieres volver? Ya has aprendido qué es lo que te conviene...

—Te llamo para cerrar este capítulo de mi vida. No sé si lo sabes, pero ha sido un puto infierno a tu lado.

—Ya, claro —dijo Efrén con sorna—. Como si sacarte de esa casa de putas no te hubiera venido bien para limpiarte...

—¿Cómo tienes los cojones de decirme eso, pedazo de mierda? —Andrés no supo de dónde había salido esa furia, pero joder, ¡estaba harto! No soportaría más burlas o vejaciones por su parte—. Cállate y escúchame.

—No te pases.

Andrés respiró hondo.

—Los últimos días contigo me encontraba mal. Pensaba que era otra cosa, pero no se me pasaba. A los pocos días de llegar a Madrid fui a hacerme unas pruebas y soy positivo en VIH.

Al otro lado de la línea, silencio. Y más silencio. Se prolongaba en el tiempo como un chicle eterno, parecía que nunca se fuera a romper.

—Di algo —suplicó Andrés, casi roto con todas las posibilidades que se arremolinaban frente a él.

¿Y si Efrén lo sabía? ¿Y si había sido conscientemente? De pronto, Andrés sintió que se ahogaba. Era una posibilidad, al fin y al cabo... Pero no. Con un movimiento de la cabeza desestimó esa idea: nadie era tan mala persona. Sin duda, estaba haciendo bien en llamarle para darle el aviso.

—¿Me estás llamando sidoso?

Andrés conocía muy bien ese tono de voz. Era el que venía antes del enfado, de que se rompiera por completo y se volviera un energúmeno. Escuchaba a Efrén respirar con fuerza al otro lado de la línea, como tratando de calmarse.

—No te estoy... O sea, n-no es...

¿Qué haces? No dejes que te gane, coño.

—¿Y qué pasa si lo soy?

Esto no puede estar pasando. No puede ser verdad.

—¿Habría algún problema? Es tu responsabilidad, a mí no me jodas, Andresito.

—O sea... Que lo sabías —dijo Andrés. Estaba lleno de dolor, pero había confirmado sus sospechas más locas y absurdas.

—Yo no follo con gomita, lindo. Lo sabes de sobra. No me gusta.

—¿Y por eso me has jodido la vida para siempre? Eres un peligro andante.

—Soy lo que me salga de la punta del nabo, Andrés. —Comenzó a reírse—. Madre mía, y me llamas para pedir explicaciones... Si no tengo por qué dártelas. Solo tendrías que haberte quedado un poquito más a mi lado y lo habríamos superado juntos.

—¿Eres consciente de lo que dices, Efrén?

—Claro que sí.

Entonces Andrés lo comprendió. Lo retorcido del asunto, lo asqueroso que era aquello.

—Es una forma de control.

—No eres tan idiota como pensaba, rubio.

El mundo comenzó a darle vueltas, de nuevo. La misma sensación lastimosa que cuando descubrió su diagnóstico, como si nada mereciera la pena y él fuera una pluma en medio de la tormenta. Se sentía débil y vulnerable al mismo tiempo, sin capacidad de responder, hablar o enfrentarse a ello.

Al otro lado de la línea, con cada segundo que pasaba sin una réplica, su enemigo se hacía más fuerte.

Y terminó por no decir nada. Andrés sí tuvo valor para coger el teléfono y colgar con fuerza. Volvió a bloquear, entre temblores, el número de Efrén.

Aquella persona le había jodido la vida a propósito, un juego loco de poder y posesión. Pensaba que su vida no podía desmoronarse más ante sus ojos, pero aquello había sido la confirmación de que sí era posible.

Con los ojos cerrados, trató de no volverse loco. Porque podría hacerlo, y debería, pensó. Coger el primer tren en dirección a Barcelona y plantarse allá donde estuviera Efrén, destrozarle la vida. Filtrar su nueva dirección, porque si se lo proponía, la encontraría.

Pero no era la mejor forma de afrontarlo, se dijo. Quizá era demasiado infantil. Aunque a su alrededor la gente no recibía los castigos que el destino debería brindarles, sí que percibía que algo cambiaría, que le llegaría el San Martín al puto cerdo de Efrén. Se calmó respirando con fuerza.

Cuando abrió los ojos, la pantalla del ordenador seguía iluminada. Acercó los dedos al teclado y comenzó a escribir.

Convertiría sus miedos en su mayor fortaleza. Escribiría sentimientos que nadie nunca había tenido, inventaría nuevas palabras para enseñar su fuerza. Cambiaría el mundo con ese manuscrito, y el tiempo le daría la razón.

Ya pensaría en qué hacer con el tema de Efrén, pero por el momento se volcaría en eso.

Jaque mate.

93

Gael

Un nuevo día en Madrid, nuevas formas de ayudar a su familia.

Gael había decidido ir al centro para dar una vuelta y pensar. Desde ahí buscaría el mejor lugar para enviarle dinero a su madre. Cada vez estaba más preocupado por su estado de salud, por cómo iba a conseguir los papeles, por si Andrés sufría una recaída, por si...

Definitivamente, necesitaba caminar. Distraerse.

Una vez hubo hecho esa primera gestión, se sintió extraño. El dinero se lo había entregado Oasis y él, al final, lo había aceptado. ¿Entraba con ello a formar parte de un juego que desconocía? Continuaba con la mosca detrás de la oreja, como si no quisiera dejarse llevar demasiado por los sentimientos que afloraban en su interior con respecto al famoso influencer.

Otra parte de su cabeza le decía que debía de confiar y seguir adelante, que ya estaba bien de no disfrutar de esos placeres románticos.

Sacó el teléfono móvil para comprobar el estado de Iker, a quien se había encontrado con una cara de perro malhumorado aquella mañana. Le había contado lo que había pasado y Gael se había ofrecido a dar una vuelta con él para distraerle, algo que ambos necesitaban.

Iker se había negado.

> Estás mejor, baby?

Bueno
Sigo sin saber qué sentir

> Parce, es comprensible
> Si quiere hablar
> Dígame
> Estoy libre
> Quiere venir al centro?
> Anímese

No te preocupes
Voy a darme una ducha
E iré al gimnasio a ver si me distraigo

> Como usted vea, bebé

Tengo mucho en lo que pensar

> Si sigue diciendo esas cosas
> me voy a enfadar

No, en serio
Estaré bien
Gracias

Gael guardó el teléfono en el bolsillo y pensó que... Que todo era diferente. Para Gael era raro caminar en pleno día por Sol o

Preciados. Solía hacerlo por las noches, pegado al teléfono, en busca de clientes. Podía ir a discotecas, pubs o bares. Siempre había gente dispuesta a hacer cosas con él a cambio de dinero. Sin embargo, esa mañana era distinta. Y lo era porque no tenía la necesidad... por el momento.

Se permitió soñar un poquito, incluso caminar lento y con los ojos cerrados, sintiendo el calor sobre su cara. Ahora estaba por Chueca. La plaza olía a meado, como casi siempre, debido a los borrachos que no sabían aguantarse las ganas de orinar.

—Puaj —dijo en alto Gael, sin poder evitar el asco que le provocaba tan acuciante olor.

De pronto se dio cuenta de que había reconocido una cara. Había gente caminando, como siempre, ruido y sonido de las terrazas que a media mañana ya servían cervezas bien frías para quienes quisieran disfrutar de los primeros días de calor veraniego en la capital. Allí, junto a un portal, había alguien a quien hacía tiempo que no veía.

Gael se detuvo en seco, sin saber cómo reaccionar. Estaba hablando con otra persona, alguien que también conocía. No supo si era correcto acercarse, pues parecían estar discutiendo, pero honestamente, ¿a quién no le gustaba un buen drama?

—Hey —dijo Gael con una sonrisa, tan característica siempre.

Javi tardó en darse cuenta de que se trataba del colombiano y cuando lo reconoció, no le devolvió la sonrisa con demasiado entusiasmo.

—Cuánto tiempo —comentó este, compartiendo una mirada que Gael no supo identificar—. Este es Roberto.

Vea, ese es su nombre.

—Le conozco —dijo Gael, saludándole con dos besos—. Hace mucho no le veía por acá, parce.

Roberto se encogió de hombros, parecía incómodo. Javi también.

—Qué hacen a estas horas, ¿todo bien?

Cuéntenme el chismeee. ¿Por qué se conocen?

—Nada, me acabo de mudar aquí y me he cruzado con Javi. Nos estábamos poniendo un poco al día. —Roberto sostenía en la mano las llaves del portal, así que era cierto lo que decían las malas lenguas: manejaba buen dinero. Ahora bien, nadie jamás había sabido a qué se dedicaba—. ¿Y tú qué tal? No nos vemos desde hace, cuánto, ¿año y medio?

—Puede ser.

Que los dos se conocieran no parecía sentar bien a Javi, que fruncía el ceño. Para Gael, este chico estaba canceladísimo. Nadie se metía con Mauro y lo hacía sentir como una mierda, pero no iba a perder la oportunidad de rascar un poquito de drama. Luego lo iría contando a sus compañeros, como era de esperar.

Nadie dijo nada durante unos segundos. Había tensión en el ambiente. Gael supo que era el momento de largarse, aunque estaba triste por no haber conseguido información.

Pero no se iría sin intentarlo.

—Bueno, pues ya nos veremos por acá ahora que vive por el centro. Que usted tenía novio, ¿cierto? ¿Se mudó solito?

Roberto asintió lentamente con la cabeza, con un rápido vistazo a Javi. Fue rápido, furtivo, pero suficiente para entenderlo. Parecía que Javi no lo supiera, ¿o se estaba volviendo loco viendo cosas donde no las había?

—Que yo sepa, no —dijo Javi, en un tono de voz cortante—. Nosotros fuimos pareja.

Ahí estaba.

Gael abrió los ojos, sorprendido. Así que Roberto, el misterioso chico desaparecido de Chueca del que varios de sus amigos prostitutos hablaban mal y del cual había olvidado por completo su existencia, había tenido una relación con Javi.

Desde luego que el mundo era un pañuelo.

Finalmente, se despidieron con dos besos y Gael continuó caminando por las calles del centro, tratando de encajar las piezas, porque sentía que había algo que se le escapaba.

El bocadillo que se estaba comiendo le había costado cinco euros. Un poco caro porque la tortilla ni siquiera era del día y se notaba blanda y gelatinosa. Al menos le habían regalado la Coca-Cola.

Gael se encontraba contemplando una de sus vistas favoritas de todo Madrid, sentado sobre el césped del Templo de Debod. Siempre le había parecido una locura que en una ciudad como aquella hubiera un parque con, literalmente, ruinas egipcias. Estaban rodeadas por un pequeño foso con agua y cada vez que iba había turistas de todas partes del mundo sacándose fotos.

Tanto los árboles como el césped mitigaban un tanto el calor. Ya eran pasadas las tres de la tarde y el sol molestaba cada vez más en los ojos. Cuando Gael se terminó el bocadillo, se tumbó con la cabeza apoyada sobre las manos.

Lo necesitaba de verdad. Romper un poquito con su rutina, aclarar sus ideas. Después de casi quedarse dormido al cerrar los ojos, sacó el iPhone para escribirle a Oasis. Tenía muchos mensajes suyos esperando respuesta, y era normal, porque siempre estaban hablando. Desde lo del dinero había habido un punto de inflexión, pero Gael lo dejaría correr. Hablar con Mauro le había ayudado a comprender un poco mejor la situación, a ser más permisivo con ella.

Pulsó el botón de videollamada. La cara de Oasis apareció en la pantalla. Incluso pixelado era precioso.

—¿Qué tal estás? —le preguntó este. Sonreía a medias, a causa de la tensión que aún sentía por los bizums.

—Bien, baby, me vine acá, mire.

Gael cambió el modo de la cámara y con un paneo le mostró a Oasis lo bonito de aquel parque.

—¿Por qué no me llevas a sitios así?

—Porque usted viene rápida y no se deja ver.

—Te prometo que voy a ir pronto, pero de verdad. Tengo una colaboración con un hotel para pasar un fin de semana.

—Ay, usted nunca paga nada o qué.

Oasis se rio a carcajadas.

—Si puedo aprovecharme, pues...

Se callaron, contemplándose a través de la pantalla. Gael respiraba diferente cuando hablaba con él, como si le costara. Le ponía nervioso, pero le daba seguridad al mismo tiempo. Era indiscutible que sus sentimientos crecían cada día más.

—Tengo muchas ganas de verle —confesó Gael, sin poder evitarlo. En su mirada había tristeza por no poder tocarlo, sentirlo. Por no tenerlo más cerca.

—Y yo... La última vez me quedé con ganas de besarte. Y hacer más cosas, vaya.

Gael no pudo evitar reírse.

—¿Sabe? Con usted todo es diferente.

—¿Por qué?

—De normal yo ya habría tenido relaciones. O mostrado alguna fotico... —Se quedó pensativo—. Pero con usted no, es como si quisiera hacerlo bien. No sé explicarme. Es distinto.

Oasis sonrió.

—Pero no hay nada malo en eso. Es bonito. Yo me tomo la vida así, que llegue lo que tenga que llegar y, mientras, me dejo llevar.

—Eres precioso —le dijo Gael con una sonrisa en la boca.

94

Rocío

—Ahí está la sinvergüenza —gritó Rocío en cuanto Blanca entró por la puerta.

No iba a permitirle parar ni un segundo para que le diera explicaciones, porque en cuanto Blanca dio un par de pasos, vio la situación: su maleta hecha y, encima, el resto de las cosas en una mochila.

—¿Qué es esto? —preguntó, pero por decir algo, porque ambas sabían lo que estaba pasando.

—No lo sé, diablita, dímelo tú. Volviendo a cagarla. Esto se termina ahora mismo, ¿sabes?

Rocío tenía los brazos en jarras. Estaba llena de rabia y no quería que se notara que le temblaban las manos.

—Yo...

—Blanca —la cortó Rocío—, no empieces, que te moñeo. Coge las maletas y te piras, ¿vale, nena? No sé cómo he sido tan idiota, y mira que te lo dije, que si lo hacías una vez, quién sabía cuántas más.

—Pero nunca he sido así, no sé qué me pasa.

Joder, Blanca estaba llorando. A moco tendido, además. Se la veía verdaderamente rota, arrepentida, destrozada. Pero Rocío no podía tolerar que aquello continuara. Se quería demasiado como para permitir verse de nuevo pisoteada, sentirse humillada. No, era ahora o nunca: dar un paso en la dirección correcta.

—Lo siento —musitó Rocío, tratando de no demostrar su flaqueza.

Aun así, Blanca la había cagado. Eso era una realidad. Lo había descubierto de una forma muy sencilla, aunque no del todo ética. Antes de que Blanca se marchara, le había quitado rápidamente el teléfono para revisar sus conversaciones. Rocío tampoco comprendía de dónde nacía ese comportamiento, no tenía sentido. Estaba descubriendo una parte de ella que no le gustaba en absoluto, al mismo tiempo que sentía que era inevitable.

Vio los mensajes. La excusa de Blanca había sido que tenía una entrevista de trabajo en la otra punta de Madrid.

Rocío se había dedicado las siguientes horas a recogerlo todo para volver a hacer suya su casa, que no hubiera ni el más mínimo detalle que le recordaba a Blanca. Hizo su maleta de cualquier manera, casi rompiendo la ropa al cogerla con fuerza.

Ella había hecho mal en no confiar en Blanca, pero esta había hecho mal al no ser honesta.

Entonces ¿quién tenía la razón ahí? Porque por su parte, Rocío se sentía fatal por haber invadido la privacidad de quien hasta hacía un rato era su novia.

—No... no tengo dónde ir —dijo Blanca, llorando.

—Lo tenías.

Blanca cogió aire para calmarse, se acercó más a la maleta y la agarró. Se echó la mochila a la espalda y se dirigió a la puerta.

—¿No vas a pelear? —le preguntó Rocío, sin dar crédito. Blanca se dio la vuelta, pero no dijo nada—. ¿No te vas a defender?

Rocío se quedó esperando. ¡Necesitaba confrontación, joder! Se había preparado buenas frases, porque por muy echada para adelante que fuera, al final siempre se le quedaban cosas en el tintero, y era una sensación que odiaba.

—Blanca, te estoy hablando —la increpó.

Ahora sí, Blanca se dio la vuelta. De brazos cruzados, le hizo un gesto con la barbilla, como diciéndole que hablara.

—Venga, dime. Dime todo lo que quieras. Me voy a marchar igualmente, así que ¿qué más da? Nunca debería haber venido a Madrid.

—Claro que sí. Lo que pasa es que no has sabido gestionarlo.

—¿Ahora Madrid es un monstruo? Tía, que eres tú la que me has liado.

—La culpa es mía, claro que sí —dijo Rocío, envalentonada. Aplaudió de forma esperpéntica, mofándose de Blanca—. Venga, sigue diciendo tonterías.

—Nunca había escuchado movidas de parejas abiertas y cosas de esas. —El dedo índice de Blanca apareció en escena, señalándola—. Es tu culpa.

Rocío no daba crédito.

—Yo no he sido quien la ha liado, quien ha tirado todo por la borda.

—Mira —casi le interrumpió Blanca. Se llevó las manos a las sienes—. Estoy harta, Rocío. Aclárate, ¿vale? Porque somos dos, y al menos una debería ser un poco más... lógica.

—No me hables de lógica ahora cuando has sido tú la que...

—La he cagado, sí, tía, no hay más. He sido yo, yo y yo. Mi puta culpa. —De pronto, su cara cambió, como dándose cuenta de algo—. Pero vamos, que quiero que me digas con qué la he cagado, exactamente. ¿Me lo puedes decir? ¿Sabes algo que yo no sé?

Mierda. Mierda. Mierda.

Si Rocío admitía lo que sabía en ese momento, se liaría aún más parda.

—Me lo ha contado ella —mintió—. Cleo. Me escribió hace un rato.

Blanca asintió lentamente, sopesando la información.

—Entonces no tienes nada que reprocharme —dijo finalmente Blanca, bufando.

—Puedo hacerlo. Y lo estoy haciendo.

Después de eso hubo unos momentos de tensión silenciosa, las respiraciones de ambas agitadas y tantas, tantas cosas por decirse...

—No te lo crees ni tú, Rocío. No soy idiota. —De pronto Blanca parecía llena de rabia, aunque no se movió del sitio—. He visto las suficientes historias de celos como para reconocer...

—¿Me estás acusando de algo?

Rocío no quería que se viera, ni en sus ojos ni en sus gestos, que eso era en efecto lo que había pasado. Que se había vuelto loca. ¡Ella qué iba a saber! Todo era nuevo, no podía controlarlo. Estaba demasiado confundida.

—No sé, dímelo tú –contraatacó Blanca.

La discusión parecía haber llegado a un punto muerto, y era uno en el que Rocío ya no tenía todas las de ganar... Por lo que hizo algo por lo que se odiaría para siempre. Era un último intento de alejarla de su vida, de que Blanca no le diera más dolores de cabeza.

Era la única forma de romper aquello en ese momento, dejar de sufrir por algo que podría haber sido más bonito. Pero no quería más dramas, ni problemas.

Se había cansado de tanto estrés.

—Yo también tengo algo con ella, Blanca. También hablamos —dijo finalmente, seca.

La mentira no tenía ningún sentido, pero lo había hecho a la desesperada, alejando el foco de que le hubiera revisado el teléfono. (Que otra vez, menuda cagada, joder). La reacción de Blanca fue sonreír de medio lado, como si ya lo sospechara. Rocío arrugó un poco el entrecejo, porque carecía de lógica. Pero supuso, al mismo tiempo y en ese mismo instante, que Blanca tampoco se fiaba tanto de Cleo como parecía en un principio.

—Nos la ha jugado, ¿no? —musitó Blanca, antes de soltar el aire contenido en sus pulmones.

Rocío no tuvo tiempo de responder, porque Blanca cogió la maleta y se marchó con un portazo.

95

Iker

A Iker le temblaba todo el cuerpo. El simple hecho de pensar en volver a reencontrarse no solo con su madre, sino con el resto de la familia le estaba volviendo loco. Se había despedido de sus amigos sin entablar demasiada conversación, más allá de que estos le desearan suerte. La situación era una absoluta mierda, pero al menos había conseguido identificar sus sentimientos.

No con respecto a Mauro, en esos no quería pensar demasiado.

Frente a él estaba la entrada a la casa familiar. Se había criado durante gran parte de su vida ahí, hasta que había decidido vivir a su manera al descubrir su verdadera identidad. Aquella mansión le traía bastantes malos recuerdos, gritos, portazos, llantos. Su infancia no había sido mala y sería estúpido decir que así había sido, rodeado de dinero, siempre con comida en la nevera y una familia que no se cortaba en gastos para hacerle feliz con bienes materiales. Había sido un privilegiado toda la vida, pero eso no le gustaba en absoluto.

La repudiaba.

Pudo ver a través de los enormes ventanales que había bastante movimiento en el interior. Se acercó caminando, el único sonido el de sus pasos sobre la gravilla del caminito de entrada. La puerta, y todo el exterior, se mantenía exactamente igual a como lo recordaba. Llevaba años sin ir. El jardinero debía de haberse mantenido en sus trece en recortar los abetos como a él le apetecía, dándoles formas diferentes con cada temporada. En esa ocasión, las figuras eran corazones. Todo muy irónico para un momento tan delicado como aquel.

Llamó a la puerta con los nudillos. El murmullo generalizado que provenía de la casa se acalló durante unos instantes hasta que su madre abrió la puerta. Tenía un pañuelo de papel anegado en lágrimas en la mano, una pamela enorme y vestía un vestido negro azabache que ensalzaba su figura delgada y estilizada.

—Hijo —musitó. Al siguiente instante, rodeaba a Iker entre sus brazos—. Has venido.

Lo dijo como si fuera un milagro, pero ambos sabían que debía estar ahí. La familia Gaitán-Álvarez era de todo menos laxa y le tacharían por siempre como la oveja negra si no aparecía. Aunque bueno, hacía muchos años que no tenía relación con ellos. No era gente demasiado abierta de mente y que fuera gay no había facilitado las cosas.

—Pasa, estamos todos —le indicó su madre, empujándole la espalda con la mano.

Iker tragó saliva. Odiaría volver a reencontrarse con todos, pero no tenía otra opción en aquel momento. En su mente, verse arrastrado ahí era como cerrar un capítulo. Sin su padre en medio, ya despedido de la empresa familiar, cada vez sentía menos responsabilidad con una familia que no le amaba.

Si salía indemne de esa situación, no volvería jamás.

—Ay, mi Iker —casi gritó una de sus tías. No recordaba su nombre, era la tercera vez en su vida que la veía—. Debes de estar destrozado.

Iker no respondió. Se vio sumido en abrazos, besos y pésames. Había primos, abuelos, tíos y amigos de la familia de toda la vida. Gente que en la mayoría de los casos no había dado un palo al agua en su vida y vivía de las rentas de sus ancestros. Tampoco es que fueran millonarios, pero sí se creían superiores por conducir un Mercedes o vivir en barrios considerados de clase alta.

Joder, cómo odio esta mierda.

En cuanto consiguió liberarse del tumulto de personas vestidas de negro y que lloraban a moco tendido, consiguió subir las escaleras en dirección a su antiguo cuarto. Cruzó la mirada con su madre, y esta se disculpó con su hermana para ir detrás de Iker.

Pero Iker no llegó a su habitación. Se quedó en el enorme descansillo, esperando a su madre, que caminaba como alma en pena. No sería él quien discutiera su dolor, pero debería dolerle más la espalda de aguantar semejante cornamenta. Todo el mundo allí presente lo sabía. Nadie hacía nada.

—¿Cómo te encuentras? Estás guapísimo. Ay, llevo tanto sin verte... —le dijo su madre en cuanto lo alcanzó, rodeándole la cintura con el brazo.

—Mamá, yo no estaba bien con papá —confesó Iker.

—Lo sé. Pero poco importa ya, ¿no? Ya no podemos solucionar esos problemas.

Su madre se sonó los mocos con otro clínex. Estaba triste, era verdad, y tenía los ojos irritados de tanto llorar.

—Yo... no sé si hago bien en volver.

—¿No quieres despedirte de tu padre? Con lo que él te quería, mi amor.

Iker soltó aire y chasqueó la lengua. Apartó la mirada de la de su madre, porque no se podía creer la situación tan surrealista que estaba viviendo.

—Sabemos perfectamente que no me quería.

—Cada cual sabe lo que tiene —le dijo fríamente su madre—. Tú elegiste tu camino.

—No elegí nada. Soy así.

—Iker, estoy cansada de tener esta conversación. Has decidido que tu vida es esa y punto. Si te hace feliz, es lo que hay, pero no puedes pretender nada más.

—¿A qué te refieres?

Su madre ya se dirigía a continuar con el show mientras bajaba las escaleras cuando se volvió con un dedo amenazante.

—Tu padre era una muy buena persona. Siempre nos ha cuidado, nos ha dado todo lo que tenía. Cada céntimo, Iker, cada mísero céntimo. Así que si crees que por venir hoy te toca algo... Estás muy equivocado.

—¿En serio crees que vengo por el dinero? ¿Por heredar un puto deportivo?

—Es que tampoco lo vas a tener. Te iba a quitar del testamento, porque la has pifiado. Eres una vergüenza para la familia.

—Yo no soy...

—No voy a montar una escena, hijo. Haré caso a sus últimos deseos, aunque no estén por escrito. No verás un euro hasta que entres en vereda. Lo llevas sabiendo toda la vida, no es momento de que te hagas el idiota.

Y como si esa conversación, esas palabras llenas de veneno, no hubieran tenido lugar, se dio la vuelta con el pañuelo de papel en las manos y se puso a llorar.

—Ay, mi maridito, cómo lo voy a echar de menos —gritó hacia la nada, y la familia se arremolinó a su alrededor en cuanto llegó a la planta baja.

Iker contemplaba la escena desde arriba sin ser capaz de sentir, porque la rabia hacía tiempo que ya no merecía la pena.

96

Mauro

Mauro estaba preocupado por Iker. No podía dejar de pensar en su despedida, ese abrazo lleno de tantos sentimientos que no se habían pronunciado. No le acompañaron, como él había pedido. Al fin y al cabo, era una situación que debía vivir él solo. Por lo visto su familia no era la mejor del mundo y quería, según sus palabras, protegerlos de ellos.

Así que ahí estaba Mauro, a punto de comer para marcharse al trabajo. Se había hecho unos macarrones con trocitos de pollo y nata de cocinar, algo que llevaba tiempo sin comer. Desde que se había dado cuenta del timo que era Vitalaif, había dejado un poco de lado sus tonterías. El olor de la pasta recién hecha era tan fuerte que sintió el ansia de devorarlo en cuanto se sentara a la mesa.

Mientras comía, no pudo evitar escribirle a Iker. Le había mandado varios mensajes, pero no le había contestado a ninguno de ellos. Lo peor es que apenas habían tenido tiempo para comentar lo del beso... así que ambos estaban ignorando ese hecho.

Mucha suerte
Avísame cuando hayas llegado
Todo bien?
Oye
Porfa, dime que estás bien
¿Qué tal tu familia?

Entonces, Mauro decidió bichear un poco por las noticias de Google, que siempre le enseñaban algo nuevo e interesante para amenizar sus comidas. El teléfono vibró y arriba, en la tira de notificaciones, apareció el nombre de Iker

Maurito
Todo bien
Bueno, bien no
Ya me entiendes

Sí, no te preocupes

No sé por qué he venido

Deja de fustigarte a cada paso que das

Odio a mi familia
En serio
Y me toca quedarme hasta mañana

No vuelves?

Pensaba que el funeral era hoy
Pero no
Cosas de papeles y eso

Joder...
Y qué vas a hacer?

Dormiré en mi antigua habitación
No me queda otra
Podría ir a un hotel, pero esta casa
está a tomar por culo

Bueno pues...
Mucho ánimo, Iker
Sabes que tienes mi apoyo

Sí, lo sé, Maurito

Cuando dejó el móvil sobre la mesa, Mauro soltó un suspiro enorme. Le encantaría estar junto a su amigo en ese momento tan complicado, no soltarle la mano.

Si fuera por él, no la soltaría jamás.

La librería no cambiaba, solo su interior. Nuevos libros, mangas y cómics de superhéroes iban y venían de forma constante, y en eso estaba Mauro, colocando algunas de las novedades del servicio de esa semana.

Rocío apareció por la puerta. Debería de haber entrado a la misma hora que Mauro, pero no iba a decirle nada. No importaba. Dejó de hacerlo en cuanto le vio la cara, que era imposible de ocultar. Rocío siempre sonreía, era dicharachera como ella sola y aquel día ni siquiera llevaba el pelo recogido en una coleta —que era el peinado de elección para Días de Mierda, como ella los llamaba— o los labios pintados de algún color fuerte. Aquel día Rocío apareció como si acabara de salir de la ducha, vestida de cualquier forma.

En cuanto la chica dejó sus cosas detrás del mostrador, Mauro se levantó. Su intención no era avasallarla, pero se acercó enseguida.

—¿Qué ha pasado?

—Qué va a pasar, tío. Los de pueblo, que sois unos cabrones.

Mauro abrió los ojos en señal de sorpresa..., aunque no demasiada.

Joder, joder, disimula.

Pero ya era tarde.

—Tú lo sabías, maricón —dijo Rocío, poniendo los ojos en blanco—. Si es que te arrastro.

La forma en la que Rocío dijo aquello no era violenta de verdad, porque estaba quieta en el sitio y se estaba expresando con la típica capa de humor que le añadía siempre a todo. Para pasar el mal trago, vaya. El mecanismo de defensa más antiguo del mundo.

—Lo siento —dijo Mauro, como pudo. Era verdad, odiaba ver la ilusión desaparecer tan rápido del rostro de su amiga. Y de pronto, la culpabilidad apareció. ¿Podría haberle evitado un poco del sufrimiento y del drama? Rocío era temperamental, así que las cosas las vivía de una forma muy particular.

Su amiga hizo un gesto con la mano, como si esas disculpas no tuvieran importancia.

—Déjalo, Mauro, si al final iba a pasar... Es mi culpa, que me encoño enseguida, ¿sabes? Soy así de payasa.

Mauro sonrió con tristeza. Rocío evitaba mirarle en aquel momento.

—Pero tienes mal genio —dijo, sin saber cómo se lo tomaría. Quizá no era la mejor cosa para decirle a una amiga que acababa de vivir una ruptura. O bueno, lo que fuera.

Llevaban poco tiempo, pero no eres nadie para juzgarlas.

O mira tú con Iker, el primer día ya...

Rocío alzó una ceja e interrumpió los pensamientos de Mauro:

—¿Y eso qué tiene que ver?

—Que no eres tan blandita —respondió Mauro, encogiéndose de hombros—. Tienes carácter, en lo bueno y en lo malo.

—Hombre que si lo tengo —casi gritó Rocío, y dio una palmada llena de sorna con las manos—. Como que he puesto de patitas en la calle a la Blanca, nene. Que se busque la vida. —Añadió también un chasquido de dedos.

—Tía... —le dijo Mauro, abriendo los ojos.

—Ni tía ni tío —cortó Rocío—. Que no me caliente la cabeza, que me tiene la niña hasta el coño. De verdad te lo digo que los provincianos tenéis tela, si no sabes dónde te vas a meter, ¿para qué te metes? —Hizo una breve pausa y suspiró. Lo siguiente lo dijo con un tono triste, incluso melancólico—. Ya que ha dado muchas vueltas, que se vaya para el pueblo y me deje tranquila de una vez. La echaré de menos, pero... quizá sea lo mejor para las dos, ¿sabes, rey?

Dicho aquello, Rocío cogió un cúter del mostrador y se dirigió hacia donde hacía unos minutos se encontraba Mauro abriendo cajas. Este reaccionó girándose sobre los talones y sacando el teléfono.

—Cinco minutos —dijo, en señal de que se tomaría un descanso.

Salió a la calle, la misma que había visto su primer beso falso con Iker, donde tantas charlas había tenido con El Que No Debe Ser Nombrado y Rocío. Le escribió varios mensajes a Blanca, pero no los recibía. Intentó llamarla y saltaba directamente el contestador. Debía de haber apagado el teléfono, pero claro, ahora Mauro estaba preocupado.

¿Dónde narices estaba Blanca y qué cojones iba a hacer?

97

Blanca

A sabiendas de que Rocío no tardaría en largarlo en el trabajo, Blanca había apagado el teléfono sin demasiados remordimientos. Lo último que necesitaba era que Mauro la convenciera de quedarse en Madrid. Cuando ella ¡odiaba Madrid! Joder si la odiaba, una mierda de ciudad.

Las mismas cosas que Blanca había adorado durante las últimas semanas eran ahora su peor pesadilla. ¿A quién le gustaba tanto ruido, el aire de mala calidad, tanta fiesta? Era una completa absurdez. Y las mujeres... Ostras, y los hombres. Nadie merecía la pena.

Solo Mauro.

Blanca sabía que había actuado mal con Rocío, pero de ahí a dejarle la maleta preparada para echarla del piso había un abismo. Uno muy grande, y muy feo, dicho sea de paso. La discusión había sido tan horrible que ahora Blanca sentía ser la verdadera afectada, además de traicionada y dolida.

Había memorizado lo que necesitaba para llegar a su destino antes de apagar el móvil.

Iba en dirección a Avenida de América, donde cogería un bus hacia su pueblo. El mismo viaje que había hecho llena de ilusión, ahora lo haría de vuelta, desinflada como un globo cargado de fantasías que ella misma había pinchado. Ella, de hecho, era el pincho. Estaba llena de púas.

Asió la maleta con fuerza y caminó, decidida, al lugar del que se arrepentía de haber salido.

98

Andrés

El tiempo pasaba rápido. Cuando la inspiración llegaba era imposible detenerla.

Andrés llevaba decenas de páginas, miles de palabras. Su historia, ahora reflejada en píxeles negros sobre blanco, cobraba sentido. Era lógica, no errónea. Desde luego que verlo desde otra perspectiva le estaba ayudando mucho a cómo tomarse todo el asunto. Ya casi se había olvidado de Efrén, o de su cara, al menos; ahora se desdibujaba desde el centro hacia los bordes y solo eran sus ojos. Efrén podría ser cualquiera de quien se enamorara una persona, y sería un error. Andrés era Caperucita, y Efrén era el lobo.

Sintió la necesidad de desperezarse y se percató de que ya era de noche. Miró por la ventana para cerciorarse: el cielo estaba anaranjado. Su tripa gruñó de pronto. ¿Cuántas horas llevaba sin comer? ¿Tanto tiempo había desconectado?

Andrés salió de su habitación y se encontró a Gael dirigiéndose hacia el salón.

—Baby, ¿cómo va esa novela?

—Creo que... bien —dijo para su sorpresa Andrés. Pero era verdad, sentía que todo comenzaba a encajar de una forma casi milagrosa.

—Voy a comer alguito, ¿quiere?

Gael le ofreció una bolsa abierta de nachos. En la otra mano tenía un bote de guacamole, y a Andrés se le hizo la boca agua. Se fue con su amigo hasta el salón y se percató de que estaba viendo *Paquita Salas.*

—Esta serie es graciosa, parce, pero no entiendo muchas referencias.

—¡Claro! Pues es que tienes que saber mucho de cultura española.

—Aaah —dijo Gael y pulsó el play.

Se quedaron viendo la televisión y riendo durante unas horas. Andrés apoyó la pierna sobre la mesa de centro, Gael lo imitó, pero el calcetín de este tenía un agujero. Los dos rieron, ahora de la vida real y de sus pequeñas cosas, y Andrés se dio cuenta de lo ciego que había estado.

Nunca volvería a dejar a su familia de lado.

99

Gael

Aunque se reía y lo estaba pasando bien, Gael no podía dejar de darle vueltas a varios temas.

El primero era, por supuesto, Oasis. Necesitaba verlo cuanto antes, hacerle el amor... Aunque eso quizá estropearía las cosas. Le parecía un chico extremadamente atractivo, tanto física como mentalmente, con ese toque misterioso que le volvía loco. Gael estaba dispuesto a enfrentarse por fin a sus miedos, a dar un paso al frente.

El segundo tema era, para su sorpresa, Javi y Roberto. Tenía la sensación de que algo se le estaba escapando. Llevaba mucho tiempo sin escuchar hablar de Rober, tanto que se había olvidado de su existencia. De pronto, tuvo una idea. Esperaría a que Mauro llegara de trabajar en unas horas para hacerle un par de preguntas.

—Baby, ¿le molesto?

Gael llegó a la cocina y se encontró a Mauro comiendo un sándwich guarro, como él le llamaba, con huevo, tomate, lechuga y mucha mayonesa. Cuando su amigo alzó la mirada, parecía que sus ojos estaban llenos de culpa.

—¿Qué le pasa?

Mauro negó con la cabeza.

—Nada, nada —respondió con la boca llena—. Dime.

El colombiano tomó asiento frente a su amigo, con las manos sobre la mesa.

—¿Usted volvió a hablar con Javi?

Mauro frunció el ceño.

—No mucho. Me llamó gordo.

—Ajá. Lo sé. Pues me lo encontré y estaba con un chico que conozco, no somos amigos, es como un conocido de la noche.

—¿Un... prostituto?

Gael sonrió porque, si no estaba mal, era la primera vez que Mauro usaba esa palabra. Cómo había cambiado en tan solo unos meses. Seguía siendo el mismo Mauro de siempre, pero parecía otra persona en ocasiones. Mucho más fuerte y decidido.

—No —dijo Gael negando con la cabeza—. Eso no importa. Pero sí que no entiendo que se conozcan, ¿sabe?

Mauro se encogió de hombros. Parecía que la conversación le importaba poco y era entendible. Javi era un completo gilipollas, de ahí que Iker siempre se refiriera a él como Javipollas.

—La verdad que no sé qué decirte.

—Ha estado Javi metido en líos últimamente, ¿verdad?

—Pues... sí, algo me comentaron Rocío y Blanca. Ah, joder, pero si ya lo hablamos.

Las piezas comenzaron a cuadrar en el cerebro de Gael, porque no recordaba esa información. No sabía por qué se estaba tomando aquello como algo interesante, cuando ambos protagonistas de la historia le importaban más bien poco, pero sentía que se estaba perdiendo algo valioso. Y como buen libra, necesitaba saber qué se le escapaba.

—¡Cuénteme, parce! —le dijo Gael, quizá un poco más alto de lo que debería, hecho que hizo que Mauro saltara sobre la silla y que un poco de mayonesa se le escapara de entre los dedos—. Disculpe.

—Mmm. Era eso de que le habían pegado o amenazado por una cosa de *Mary Poppins*, no sé, la verdad.

—¿La película?

Mauro puso cara de no saber nada, con las cejas elevadas de forma exagerada.

—Algo de eso me dijo Rocío.

—Puede ser que se refiera a popper, ¿no? ¿Por qué lo confunde si ya hemos hablado alguna vez de ello?

—¡Aaah, sí, sí! Era eso. No sé por qué, pero a veces me olvido de esas cosas en inglés. Mi cerebro no lo retiene.

Sin embargo, no importaba. Gael desconectó un poco de lo que Mauro estaba diciendo, porque ahora recordaba a Roberto.

Roberto, el vendedor de popper por excelencia, con varias personas a su cargo en la noche madrileña. Mala persona, ruin, tóxico. No tenía ni idea de que tenía alguna relación con Javi, pero conociendo la trayectoria de Roberto a través de varios amigos, no le cabía duda de que hubiera arrastrado al chico a eso. O incluso a algo peor.

Que hubiera sido quien andaba detrás de sus amenazas, de sus palizas. Pero ¿por qué? Ansiaba saber el resto de la historia, un cotilleo así de potente cuyo centro era el barrio de Chueca no era algo que se viera todos los días. Habría mucha gente que conociera toda la información.

Gael meneó la cabeza para borrar todos esos pensamientos de su cabeza.

—Así que por eso estoy pasando de todo, no creo ya en Vitalaif, Iker tenía razón —decía Mauro.

—Ah, los batidos esos. —Mauro asintió—. Lo peorcito, baby. No sé cómo se dejó llevar.

—Quería verme mejor.

—Usted no tiene que adelgazar para verse mejor, eso lo sabe, ¿cierto? Pensé que lo sabía.

El colombiano vio cómo Mauro, de un momento a otro, había pasado de estar feliz a tratar de no llorar, con los ojos vidriosos. Se mantuvo así, pugnando contra sus lágrimas, durante unos segundos hasta que continuó como si no hubiera pasado nada.

—Bueno, pero he necesitado darme cuenta tarde. —Se encogió de hombros—. Todos cometemos errores.

—Lo importante es que esté bien de acá —dijo Gael señalando su cabeza con un dedo—. No tiene que importarle lo demás.

100

Iker

La noche había sido una mierda, pero no quería pensar en ella. Ahora era el momento de centrarse en otra cosa y tratar de escapar en cuanto todo eso terminara.

El cementerio estaba oscuro. Sí, era junio, pero parecía no importar. La familia tenía un mausoleo propio rodeado de árboles enormes, frondosos y centenarios. Daba igual el sol que hubiera, porque sus rayos eran infranqueables. Era, sin duda, una muy buena representación de lo que Iker sentía.

Trataba de enfocar al cura, también amigo de la familia, pero sus palabras no llegaban a sus oídos. Los tenía taponados, porque toda su atención se centraba en su cerebro, en contenerse, en no salir huyendo de allí. Su madre le tendió la mano en un momento dado y, como un robot, Iker se la dio. La apretó durante unos segundos y se mantuvo así durante unos minutos.

De pronto, las miradas de todo el mundo fueron a parar a Iker. Parecía que esperaban algo de él.

—¿Unas palabras de parte de su hijo? —preguntó el cura.

Iker tragó saliva. Alzó la mirada, analizando a toda la familia y amigos allí presentes. Sus caras eran de dolor, pero también... le metían prisa. Como si tuviera que hablar en aquel mismo instante. Como si tuviera algo bueno que decir.

—Prefiero que no —dijo finalmente Iker.

Los gritos ahogados se escucharon probablemente en tres kilómetros a la redonda. Decenas de manos apoyadas sobre el pecho, en señal de sorpresa; los morros arrugados, en señal de desaprobación. La madre de Iker le apretó la mano tan fuerte que le hizo daño: una advertencia. Entonces Iker la soltó de un golpe.

De nuevo, gritos ahogados. Nadie decía nada.

—Estate quieto. —Era su madre, rompiendo el silencio en un susurro amenazante. Iker conocía de sobra ese tono de voz; acarrearía consecuencias si no le hacía caso.

Pero estaba harto.

—No me voy a callar, mamá. Que yo esté aquí no tiene sentido. Mi padre no me quería porque yo no era como él quería que fuera. Y todos vosotros... lleváis toda la vida juzgándome. No voy a permitir que sigáis riéndoos de mí, desde hoy dejo de ser un Gaitán.

Se escucharon murmullos. Incluso el cura buscó a la gente con la mirada para comentar el alboroto. Iker estaba tan seguro de lo que estaba haciendo que recordaría ese momento como algo histórico. Al fin y al cabo, era algo que deseaba desde hacía años.

La muerte de su padre había sido la gota que colmaba el vaso.

—He decidido que no voy a pelear por una herencia de mierda. No quiero el dinero, no quiero saber nada de vosotros. —Hizo una pausa—. Me voy a ir ahora mismo y, por favor, que nadie me siga.

Iker cogió aire y se dio la vuelta, en dirección a la salida del cementerio. Su madre lo asió por la manga cuando ya había dado unos pasos. Le clavó las uñas en el brazo haciéndole daño.

—Pide perdón —le dijo, apretando los dientes—. Deja de hacer el ridículo.

—Deja tú de hacerlo. Actúa como una madre y déjame ir.

Hubo tensión durante unos segundos. Ella apretó más las uñas, Iker infló el pecho, hasta que finalmente su madre desistió y lo soltó con una mirada amenazante.

Los siguientes pasos que dio Iker por ese césped lleno de recuerdos fueron liberadores. Sentía que por fin sus ataduras a tantas cosas negativas habían terminado. Atreverse por fin a dar el paso que había deseado desde que había salido del armario era casi conciliador con su niño interior, que tanto había sufrido con la familia.

Pero no importaba, porque no estaba solo.

Tenía otra familia esperándole en casa.

101

Mauro

Habían pasado varias horas desde su charla con Gael, que había terminado con ellos decidiendo que aquella noche pedirían comida colombiana a domicilio. Se lo comentaron a Andrés y este había mirado a Mauro como si estuviera en otro mundo, con los dedos sobre el teclado del ordenador. Pero claro, le dijo que se apuntaría a un bombardeo.

Así que ahí estaban, los tres amigos comiendo empanadas con ají y compartiendo una bandeja paisa gigante. Mauro odiaba una de las carnes que siempre venía en ese plato, porque se le quedaban trocitos entre los dientes. Se encontraba batallando con ello con la lengua cuando Andrés dijo:

—Oye, ¿cómo está Iker?

—Pues hoy era el funeral... No sé nada de él desde hace horas —dijo Mauro.

Todavía no les había contado a sus amigos el Momento Beso, ni lo haría hasta que lo aclarara con Iker. No sabía si dejar que pasara el tiempo, hablarlo en cuanto llegara o ignorar que había pasado. De hecho, no quería pensar demasiado en el tema para no hacerse ilusiones. Era extraño tener lo que desde hacía tiempo había soñado, pero las circunstancias en las que se había dado no fueron para nada ideales, así que le tocaba vivirlo con sabor amargo.

—Espero que esté bien —dijo Gael, llevándose a la boca una

empanada. La masticó durante unos segundos y luego añadió—: Su familia es una mierda.

—¿Sí? Eso supuse, pero nunca habla de ellos.

—Bueno, algo me contó hace tiempo. —Gael tragó—. Pero Iker es fuerte, sabe lo que hace.

Ninguno de los amigos aportó nada más y cambiaron de tema rápido.

—¿Cómo le va con su novela, baby? ¿Salgo yo?

Andrés se rio.

—Es un libro intenso, como me gusta. Casi poético, diría yo.

—Yo lo quiero leer, ¿puedo? —preguntó Mauro, con genuina curiosidad. Andrés negó con la cabeza—. ¿Por qué no?

—No está terminado, acabo de empezar.

—Bueno, ¿y no lo puedo ir revisando?

—Maricón, que ese es mi trabajo. Bueno, era. Hasta que no termine, no lo lee nadie.

—¿Yo tampoco?

—Gael, tú no lees una mierda.

Los tres amigos rompieron en una carcajada que inundó el salón.

—Ahora fuera coñas —dijo Andrés—, ¿en serio no sabemos nada de Iker?

—Se quedó a dormir en la casa familiar y supongo que a estas horas el entierro ya habrá terminado. Le voy a escribir a ver, pero no me responde.

Mauro sacó el teléfono del bolsillo. El único cambio que apreció desde la última vez que había comprobado si Iker le había respondido era que se había cambiado la foto de perfil a una de él sin camiseta frente al espejo. ¿Cómo era posible? ¿Por qué lo llevaba siempre todo al sexo? Mauro puso los ojos en blanco y volvió a prestar atención a sus amigos, que hablaban sobre un famoso en un evento en plena Gran Vía.

—Estaba todo el mundo comentándolo en redes —dijo Andrés, partiendo un trozo de chorizo criollo con el cuchillo.

Gael parecía asustado, se le veía en la mirada.

—¿Qué te pasa? —le preguntó Mauro, sin caer en la cuenta de que quizá el evento del que hablaban era uno de los que había asistido con Oasis.

—Nada, parce —dijo este.

OK, recibido, no quiere hablar del tema.

Continuaron comiendo y charlando, echando en falta a Iker, pero felices de compartir momentos juntos. Era algo que se había perdido en la rutina, pero sin duda era más que necesario recuperarlo.

102

Rocío

—Tío, ¿tú qué dices? ¿Debería ir o no?

Aquella mañana Mauro aún sentía el peso de las legañas en sus ojos, al contrario de Rocío, que parecía haberse tomado siete bebidas energéticas para desayunar. Le acababa de contar que Blanca había vuelto al pueblo, que era lo único que sabía, porque según ella estaba haciendo borrón y cuenta nueva. No respondía los mensajes, no subía historias, no le cogía las videollamadas. Mauro, evidentemente, estaba un poco enfadado con ese comportamiento tan infantil por parte de su amiga.

Así que en un arrebato —y también porque Rocío estaba bastante afectada— se lo había contado todo a su compañera de trabajo.

—No sé, si habéis terminado tan mal... Creo que es mejor que te lo tomes un poco con calma —le aconsejó Mauro.

—Pero es que me he dado cuenta de que no la quiero perder, ¿sabes? Y yo también la he cagado, no es como si yo fuera una santa. Que me raya mazo no estar en casa con ella y mira que la conozco desde hace poco, pero también quiero decirte... que come el coño como una experta.

Mauro puso cara de asco.

—¡Demasiada información! —gritó—. No me hace falta saber cómo mis amigas se comen el coño, por Sanderson, que son las diez de la mañana.

—Te jodes, nene. No habernos juntado.

—Ey, que yo no lo hice —se defendió Mauro, levantando las manos—. Vosotras fuisteis las que comenzasteis esta aventurilla a mis espaldas.

Rocío se quedó pensativa, con la mano sobre la cintura. Parecía una maruja.

—Pues sí, o sea, tengo que coger el toro por los cuernos. Que en este caso el toro soy yo porque madre mía con tu amiga la calenturienta... Pero necesito despedirme aunque sea en condiciones. Ahora me arrepiento tanto del circo que le monté, ni puedo dormir, ¿sabes? —dijo Rocío.

—¿En serio? Cualquier lo diría, que parece que te han dado cuerda. No te callas ni debajo del agua.

Pero Rocío ignoró aquello. Se acercó más a Mauro y puso sus ojitos de ternero degollado. No, el siguiente nivel: el gatito con botas de *Shrek*.

—Venga, rey, dime cómo narices llego al pueblito, que me voy a pillar un par de días de asuntos propios. Necesito hacerlo, en plan cerrar una etapa.

—Rocío... —advirtió con la voz Mauro.

—Por favor, de verdad. No te pido nunca nada. Me siento fatal.

Pero ella se acercó aún más y se aseguró de mostrar en su mirada la necesidad, el arrepentimiento, todo lo que tenía que decirle a Blanca. Deseó que fuera suficiente para Mauro, porque ambos sabían que Blanca no estaba bien. Y a los dos les importaba. Había cambiado, desde luego, de una manera irrefrenable. Madrid la había cambiado y ambos echaban de menos a la Blanca original.

Mauro pareció entrar en razón, así que cogió aire y le dijo:

—Esto es lo que tienes que hacer.

103

Mauro

Mauro estaba tirado en la cama, tratando de terminar el tercer volumen de una de sus sagas preferidas de Sarah J. Maas, pero en aquel momento no estaba concentrado en absoluto. Era de noche, habían pasado dos días desde la salida de Iker. Ninguno de sus amigos sabía nada y él parecía ignorar los mensajes.

Afuera, pese a ser junio, llovía. Era algo habitual, pensó, las típicas tormentas veraniegas que si te pillaban en la calle, te empapaban.

Pues bueno, así fue como se presentó Iker.

Mauro escuchó el ruido de las llaves y la puerta de entrada al abrirse. Se levantó con rapidez. Iker estaba ahí, completamente pasado por agua. Las gotas de lluvia caían sobre el suelo, manchándolo.

—Hola —dijo Mauro. No sabía qué decir. La última ocasión en la que había visto a su amigo, los sentimientos a flor de piel eran distintos. Ahora, quizá, se percibía cierta tensión—. ¿Estás bien?

Lo preguntó porque Iker parecía muerto por dentro. No lo miraba a la cara, solo a las gotas que caían sobre el suelo. Se quitó la chaqueta y la colgó en el perchero de la entrada, tras la puerta. Ahí fue cuando alzó la vista para mirar a Mauro, que sonrió de forma incómoda.

¿Cómo debo actuar?

—Iker —insistió de nuevo Mauro, dando un paso hacia él.

—Estoy bien —dijo este, frío como un témpano de hielo.

—¿Te pasa algo?

—Solo necesito una ducha.

Mauro se quedó mirándolo y tragó saliva. ¿Debía abrazarlo? Le preocupaba cómo se veía Iker, no era habitual que estuviera tan apagado. A saber qué había pasado en el funeral para que volviera a desaparecer y...

—No va a volver a pasar —dijo Iker, con semblante serio.

—¿Qué? —Mauro se temió lo peor.

—Yo... Lo necesitaba una última vez, ¿sabes?

Dio unos pasos hacia Mauro. Ahora se veían; formaron una conexión a través de sus miradas. Mauro tragó saliva, pero no dijo nada. Quería escuchar a Iker, así de cerca, que su voz grave le hiciera temblar, como siempre.

—He roto para siempre con mi familia. Necesitaba poner en orden mi cabeza. Pero no quiero hacerte sufrir cada vez que yo tengo problemas y desaparezco.

El tono de Iker tenía cierto matiz de ¿tristeza? Mauro era incapaz de identificarlo.

—No importa —dijo este, al fin—. Bueno, sí importa, pero es un momento complicado. ¿Siempre es así?

Iker asintió en silencio, con pesar.

—Lo siento.

Iker se dirigió hacia el baño y Mauro se quedó ahí plantado, escuchando el sonido de la ducha, cómo Iker se metía en ella y cerraba las puertas. Cuando escuchó que salía, Mauro volvió a su habitación. Necesitaba procesar que Iker le había pedido perdón.

No era absurdo. Significaba demasiado. Implicaba que las veces en las que los había dejado tirados no era por algo meramente sexual, sino que parecía encerrar un estado mental complejo. Como en el que se encontraba Iker en ese momento. Aunque, ¿eso le daba el derecho a dejarles de lado? Nunca le perdonaría por lo de Sitges.

Mauro chasqueó la lengua y se quedó mirando el techo. La sensación de haber juzgado más duramente a su amigo de lo que debía le corroía por dentro.

Y a todo esto, ¿cuándo hablarían de su beso?

¿Qué estaba pasando entre ellos?

No pudo pensar mucho más porque alguien llamó a su puerta. Fue un golpeteo bajito, como para que nadie más que él lo escuchara. Mauro se levantó, raudo, con la esperanza de que fuera Iker. De que hablaran más, de comprenderlo mejor.

Odiaba verle así.

Cuando abrió la puerta, se lo encontró. Algunas gotas, esta vez de la ducha, le bajaban por la frente. Estaba incluso sonrojado, del cambio de temperatura, y le daba un aspecto más infantil, más bueno, más sensible.

—Quiero decirte que... —comenzó Iker.

Mauro no quería hablar ahí, de pie en medio de la noche. Se llevó el dedo a los labios y le hizo el gesto de silencio, para después señalarle con un dedo el salón.

—¿Qué pasa? —le preguntó Iker, curioso.

—No quiero despertar a Andrés —respondió Mauro en un susurro.

Allí, en la sala de estar, no se preocuparon de encender ninguna luz: era suficiente con la que entraba por la ventana. Mauro pudo ver a Iker, moteado por esos agujeritos típicos de las persianas, y sintió que por primera vez le veía de verdad.

Era el mismo Iker de siempre, pero también era distinto.

—¿Qué me querías decir? —preguntó Mauro, de nuevo susurrando.

Iker se acercó más a él.

—No quiero que pienses que soy un típico chulo de los de la televisión —comenzó este, pero Mauro solo podía pensar en lo bien que le olía el aliento, en cómo se movían sus labios, esos labios que había besado, y en lo sexy que sonaba su voz susurrando—. Yo... he hecho tantas cosas de las que me arrepiento, Maurito. He fallado en muchas.

Mauro no comprendía de qué narices hablaba, pero no le importaba ya. Nada, de hecho. Porque lo veía, lo sentía.

—No tengo que perdonarte, cada cual verá lo que hace con su vida —dijo Mauro.

Iker apartó la mirada un momento y cuando volvió a enfocarla en los ojos de Mauro, estaba un poco acuosa.

—Solo quiero que sepas que a partir de ahora todo va a ser diferente. ¿Puedes creerme?

Para Mauro, aquellas palabras significaron quizá demasiado. Encerraban muchas cosas, tantos sentimientos y conversaciones a medio decir, tantos problemas... Pero lo estaba comprendiendo al milímetro, estaban en sintonía.

Claro que le creería. Una y mil veces. Porque Iker no tenía mal fondo, ahora todo encajaba un poquito más.

Sin embargo, Iker parecía necesitar validación.

Iker Gaitán, que no necesitaba sentirse así por nadie.

Solo por él.

Solo por Mauro.

Tragó saliva y asintió con la cabeza, lo que hizo que Iker se relajara de pronto. Apoyó la espalda sobre el sofá y comenzó a tiritar.

Mauro se levantó y buscó la manta que usaban siempre y se sentó a su lado.

—¿Estás bien? —le preguntó, aún susurrando, al cabo de un rato.

Iker se giró para mirarle.

—Ahora sí.

Después de eso, Mauro se apoyó en su hombro, Iker soltó un suspiro y...

104

Iker

La luz de un teléfono móvil inundó el salón. Los ojos de Iker tardaron en adaptarse. Sintió peso a su izquierda, había algo ahí que...

No se movió. Era Mauro, apoyado sobre él. En su hombro. Su mano estaba sobre su cadera, en un gesto cariñoso. Pero no, era más: era como si le estuviera gritando que no se volviera a ir nunca.

Iker trató de no moverse demasiado para no despertarle. ¿Cuándo se habían quedado dormidos?

Lo sorprendente de todo era que... no le importaba. Quizá era la primera vez en años que descansaba tanto. ¿Y cuánto había pasado, una hora? ¿Dos a lo sumo? Sin embargo, se sentía tan diferente a cualquier otra sensación que jamás hubiera experimentado.

Continuó con su movimiento lento para no molestar a Mauro. Lo consiguió al cabo de unos minutos, no sin antes taparle un poco mejor con la manta.

Es adorable.

En cuanto cogió el teléfono y vio de lo que se trataba, toda la sangre se le bajó a los pies. Tuvo que agarrarse a la mesa. Aquello no podía estar pasando.

Se levantó enseguida, una vez hubo comprobado que era real. Fue corriendo hacia las habitaciones de sus compañeros y aporreó cada una de ellas. Sus amigos salieron, sin comprender. En todo ese trajín, Mauro también se había despertado, con un ojo más abierto que el otro, la manta por el cuello.

—Son las cuatro de la mañana —se quejó Andrés, atusándose el pelo al tiempo que bostezaba—. ¿Qué pasa? Ay, Iker, si has vuelto. ¿Cómo estás?

Este hizo un gesto con la mano como que no quería hablar del tema. Ahora, una sonrisa le dibujaba el rostro, no quería pensar en su familia. Su amargura había terminado, al menos por el momento.

Cuando Gael llegó al salón, todos se sentaron. Iker no podía dejar de jugar con el iPhone en las manos mientras Mauro se enjugaba los ojos, Andrés bostezaba —otra vez— y Gael se rascaba la entrepierna en un gesto distraído.

—Chicos —comenzó entonces Iker—, tengo una noticia. Muy fuerte.

No podía dejar de sonreír. Era inevitable.

Sus amigos lo miraban confusos, sin comprender nada, medio dormidos.

Iker alzó el teléfono sobre su cabeza y comenzó a gritar.

—¡Hemos ganado! ¡Hemos ganado! —exclamó al tiempo que botaba sobre el sofá.

Las reacciones no tardaron en llegar. Los cuatro amigos se levantaron al mismo tiempo y se abrazaron, chillaron y se dejaron llevar por la emoción del momento. Andrés abrazó a Gael, a Mauro y a Iker, este los abrazó a todos también. El último abrazo fue a Mauro, que duró más tiempo del que tendría sentido en plena celebración. Fue diferente, pero nadie más se dio cuenta. Solo ellos, y era más que suficiente. Se sonrieron.

—Madre mía, no me lo creo. ¡Que al final ha pasado, parcerito! —le dijo Andrés a Gael, tapándose la boca con las manos.

—¡Y además nos daban plata, ¿se acuerdan?!

Todos volvieron a saltar, aplaudir y gritar.

—Me voy a comprar una moto acuática —soltó de pronto Iker e hizo el gesto de acelerar con las manos.

—Solo la usaríamos durante el crucero —se burló Mauro.

—Tsss, ¿y a ti quién te ha dicho que te voy a dejar usarla?

—Ah, bueno —dijo entonces Mauro, con una sonrisa burlona—, entonces no dejaré que ninguno se monte en mi yate.

Los amigos rompieron a reír y siguieron imaginándose una vida en alta mar, llena de lujos, fiesta y cócteles alrededor del Mediterráneo.

La felicidad que les embargaba en aquel momento podría ser eterna, aunque si estaban juntos, no importaban las malas noticias o los dramas.

Porque si estaban juntos, todo funcionaba.

105

Epílogo

El calor propio del verano les hacía sudar, con el sol golpeándoles en la frente. ¿Qué podrían esperarse en pleno julio?

Ninguno de los amigos había dormido nada, pero ahí estaban, con las maletas frente al puerto, dispuestos a vivir esa experiencia. El crucero era como en las fotografías: imponente, lleno de colores, con toques de purpurina y dibujos gigantes de las drags más famosas del mundo. Sin duda era un barco gay en todos los sentidos de la palabra. Y bueno, quizá un poco más, porque cuando Mauro se fijó en cómo iba vestida la tripulación, se quedó boquiabierto. ¿Cómo era posible que existieran tacones tan altos?

La cola para entrar al monstruoso barco era enorme y se apreciaban más músculos y bronceados falsos que cabezas. Eso sí, la excitación se palpaba en el ambiente. Los cuatro amigos estaban, como era de esperar, también nerviosos: aquel viaje iba a ser una auténtica locura y todos necesitaban algo así para romper con su rutina y dejar atrás todo lo malo que les había dado aquel año.

De pronto, escucharon una voz familiar detrás de ellos. Mauro se volvió sorprendido al reconocerla y le dio un codazo a Iker para que viera de quién se trataba. Este abrió los ojos y, al volver a su posición original tratando de no hacer contacto visual con aquel chico, se dio cuenta de que delante de ellos había alguien con quien tampoco esperaba encontrarse ahí. Y entonces Gael golpeó a Andrés con el codo y le señaló a un chico que fumaba un cigarro unos metros más allá; Andrés le devolvió el golpecito y, con un gesto de la cabeza, le indicó que se fijara en otro aún más allá, más al fondo.

Unos segundos fueron suficientes para que los amigos se dieran cuenta de que en aquel crucero no iban a estar solos, ni tranquilos. Que las vacaciones se acababan de truncar de una manera impensable. Por lo que habían visto, al menos una persona del pasado de cada uno de ellos estaría allí para asegurarse de que la experiencia fuera inolvidable en todos los sentidos de la palabra.

Y eso no era, para nada, una buena noticia.

—No me jodas, tío.

Si te has quedado con ganas de más, escanea este código QR
y empieza a disfrutar del final de esta aventura con
Tres chupitos en Mikonos